U0535349

柚园

墨鱼甲乙 —— 著

北方联合出版传媒（集团）股份有限公司
春风文艺出版社
·沈阳·

图书在版编目（CIP）数据

柚园/墨鱼甲乙著. —沈阳：春风文艺出版社，2022.2
 ISBN 978-7-5313-6071-1

Ⅰ.①柚… Ⅱ.①墨… Ⅲ.①长篇小说—中国—当代 Ⅳ.①I247.5

中国版本图书馆CIP数据核字（2021）第258249号

北方联合出版传媒（集团）股份有限公司
春风文艺出版社出版发行
http://www.chunfengwenyi.com
沈阳市和平区十一纬路25号 邮编：110003
辽宁新华印务有限公司印刷

责任编辑：姚宏越	**助理编辑**：孟芳芳
责任校对：于文慧	**封面设计**：黄　宇
印制统筹：刘　成	**幅面尺寸**：170mm×240mm
字　　数：483千字	**印　　张**：25.5
版　　次：2022年2月第1版	**印　　次**：2022年2月第1次
书　　号：ISBN 978-7-5313-6071-1	**定　　价**：50.00元

版权专有　侵权必究　举报电话：024-23284391
如有质量问题，请拨打电话：024-23284384

楔　子

加拿大，温哥华。

自从过了七十岁生日，每天早晨五点半，林卿卿便会准时醒来，这三十年来从未有一天改变。

林卿卿侧身缓缓起床，私人医生交代她，不可以猛然起身，否则会令脑血管爆裂。林卿卿觉得很是可笑，自己都这把年纪了，便是想快也是身不由己的。可是私人医生极其认真，每每来为她测量血压时便会反复叮嘱，像个不厌其烦的老母亲，百岁的林卿卿倒像个未经事的孩子。

拉开窗帘，林卿卿透过玻璃窗向远处眺望。海天一色，天地间像挂了巨幕珠帘，迷蒙蒙一片。雨落在延伸出来的一楼屋顶上，溅起细细的水花。

渐入深秋，又到了温哥华一年一度的雨季。林卿卿已经记不得这是来异国他乡的第几个雨季了。一场接一场的秋雨，将四周的枫叶染红。很多时候，她还来不及细细品味秋景的美，几夜风雨之后，红叶便已湿漉漉地落了一地。

林卿卿是喜欢雨的。一个生长于江南的女子，常常在薄烟笼罩之际想起烟雨朦胧的小镇，古巷青石板路上，她的他一手持花伞，一手轻轻揽着她，二人便这样缓步于湖畔垂柳之下，你侬我侬。

"黄太，您可是已经起身？"这是女佣阿华的声音。

阿华来自台湾，今年也已经五十几岁。十年前阿华从中国移民来加拿大，正赶上照顾了林卿卿二十多年的柳妈过世了，经人介绍，阿华便到了林卿卿身边，这第一份工，一做便是十年。

阿华祖籍亦是江南一带，两人算是同乡。阿华很会烧家乡菜，心直口快，做事情亦是利索快捷，林卿卿很喜欢这个小同乡。

"嗯，起了。"林卿卿在屋内答道。

阿华轻轻推开门，见林卿卿一如往日立于窗前赏雨，便问："落了一夜雨，黄太您睡得可好？"

林卿卿紧了紧身上那件丝质睡袍，缓缓转过身来。阿华见了，疾步上前，边搀扶着林卿卿边说："阿凯哥一早下山去了，说是又去接飞机。"

阿凯是林卿卿的司机，姓姚，祖籍上海，已近花甲之年，为她服务了二十五年。林卿卿浅笑道："这几日倒是忙坏了阿凯。"

阿华接过话来："您是有福的人，百岁寿诞，子孙们从世界各地飞来为您贺寿，阿凯哥他忙点儿也是开心的呀。"

林卿卿只淡淡一笑，并不接话。林卿卿今天一百岁了，整整一个世纪，这个世界已经发生了翻天覆地的变化。

林卿卿在餐桌前坐定，阿华端上她这十年来从未改变的早餐：一小碗白粥加一碟雪菜笋丝，还有两块腌渍好的咸冬瓜。只是今天特别一些，阿华还自己手擀了一百根龙须面，又用鸡蛋花做了"寿"字，摆在正中位置。

放好了碗筷，阿华便伏跪在地，向林卿卿磕了头："黄太，阿华祝您福如东海，寿比南山，黄太您福寿永安康哟！"

林卿卿缓缓放下手里的勺子，打趣道："傻囡囡，快些起来了，我是扶不动你的。"

阿华起了身，笑盈盈地说："等下您用了早餐，化妆师就要到了。哦，等您一切停当，客人也差不多要到了，估计阿凯哥也接好上海的飞机回来了。"

林卿卿不再说话，缓缓地吃粥，又缓缓地吃面，一如往日。

林卿卿年事已高，不愿往嘈杂的酒楼宴客，亲眷们经过协商，便请了宴会设计公司，将她的大宅做了陈设布置，又请了温哥华最好的上海酒楼大厨亲自前来掌勺。

一切停当，已经接近十一点钟，宾客们陆续而至。

他们多来自美国、英国、加拿大，大大小小有二十七八个人，为了不影响林卿卿的作息，多数住在市中心的酒店，也有暂住在亲友家中的。

因为前来贺寿，多年未见的亲人们也借机团圆，许多曾孙辈的，或玄孙辈的，彼此虽是首次见面，却因源出一脉，竟然毫无隔阂，抵掌而谈，打成一片。

林卿卿在阿华的搀扶下，缓缓自化妆室行至正厅。厅内的声音戛然而止，所有人都含笑注视着这个家族中最年长的老人。

林卿卿虽已发白如雪，可举手投足间的优雅与从容，仍能看得出她年轻时的美丽与优雅。这许多年，她永远绾着简单的发髻，穿一身合体的旗袍，旗袍的两边衩口处，也永远各绣一朵白色的柚花，不管旗袍何种质地，什么颜色。

阿华搀扶着林卿卿刚在主位沙发坐定，一众子孙就像演练好似的，齐整整跪在地上，向她叩拜贺寿。林卿卿满眼笑意："你们大老远跑来给我做寿，我已经很欢喜啦，快，都快些起来吧，地板硬的。"

后辈们陆续起了身，有近一两辈的，都走到林卿卿旁边，问安祝福。年纪轻的曾孙或玄孙辈，也尾随家中长辈走到她面前，由家长们逐一介绍给她认识。

厅内的人谈笑风生之间，透过落地的玻璃窗，看见白色的宾利汽车驶入院内。司机阿凯从机场接了最后一位客人回来，这是唯一将要住在林卿卿大宅里的客人。阿凯将她交代给阿华，便往车库去搬运行李。

众人都注视着这个最晚出现的女宾客，六十多岁年纪，中发微卷，体态丰盈。阿华将她带到林卿卿面前，她羞手羞脚，显得十分拘谨。

"你就是阿栋的小女儿，利红吧？真像……"林卿卿微笑着冲她招了招手，"快过来，坐到我身边来。"

这个名唤利红的老年女子，是林卿卿表弟程栋的小女儿。她从未见过林卿卿，只听家里长辈提起过这个表姑母，一个有着传奇色彩的女人。

程利红并未走到林卿卿身边，而是在她面前跪下，磕头，又怯生生祝福道："祝姑母春秋不老，松鹤长春！"

林卿卿示意阿华将程利红搀扶起来，慈祥地说："飞机刚落地，又坐了一个钟头的车子，再跪，腰腿哪能吃得消？快让阿华带你去洗把脸，大家都等着你开席呢。"

酒阑席散，打麻将的，玩扑克的，闲话家常的，还有几个会戏文的，便一道唱越剧给林卿卿听，一众人热热闹闹直到吃了夜饭，才陆续散去。

百岁的林卿卿护得一口好牙，每晚睡前仍会吃一小碟当季水果做夜宵。今晚亦如往日，林卿卿坐在摇椅上，阿华端了果碟放在她手边的角几上。许是因为白天应酬得疲累，她此时正微闭了双眼歪在摇椅上小憩。虽然阿华蹑手蹑脚将沙发上的毛毯搭在她身上，林卿卿还是睁眼醒了过来。

一股淡淡的清香扑鼻而来，林卿卿寻香望去，今天的夜宵竟然是一碟红柚。林卿卿难以置信，竟以为自己身在梦境里。

看见她的表情，阿华笑吟吟解释："黄太，这是利红阿姊特意从家乡带来给您的。她听说不允许携带瓜果入境，便将柚子剥好，放在密封盒里，又套了好几层密封袋。过海关的时候，她提心吊胆，生怕查到被人家丢掉，好在没事。"

正说着，程利红洗了澡换了衣服出来。林卿卿招手示意她坐在身旁，一脸祥和："难为你了，这样费心带来。"

从中午到刚才宾客散尽，程利红一直在观察林卿卿。她虽然已百岁高龄，精致的妆容，一丝不乱的发髻，精心搭配的服饰，却令她容光焕发，精神矍铄。林卿卿得体的举止，慈祥的笑容，都让程利红情不自禁地想与她亲近。

听见林卿卿的问话，程利红赶紧回答："阿爸活着的时候，常提起表姑母您，说您从小就喜欢吃柚子。我知道您在这里什么都不缺，可这柚子是咱们家乡的特产，我想着您在这里未必能吃得到。"

林卿卿笑了："是呀，我已经许多年没有吃到柚子了……"程利红能感觉到林卿卿的身子微微颤了一下。

吃下一口红柚，林卿卿慢慢咀嚼，像回味无穷，又像不忍下咽。程利红心里生起一股莫名的伤感。

林卿卿终于吃完了那一小碟柚子，她知道程利红在想什么。轻轻放下手里的叉子，林卿卿缓缓开口："我最喜爱的水果就是柚子与杨梅，那都是家乡的水果。太远了，回不去了……"

忽然想起了什么，林卿卿又问："外婆老宅里的那棵柚子树还在吗？"

程利红点了点头："在的，虽然现在结的柚子少了，却比以前更甜了。每年过了中秋，街坊四邻都来讨着吃，说是难得一见的百年柚树，吃了它结的果子，沾沾福气。"

听到程利红的话，林卿卿的眼睛突然亮了，仿佛看到了外婆家的那棵柚子树，仿佛回到属于她们两人的柚园。

第一章

时光若水，心在一念之间。

江南的秋天也是多雨的。绽放的秋桂被蒙蒙细雨沾湿，沁人心脾的芳香越发浓烈。

林家的宅子后面有一条小河缓缓流过，河上架了一座青石板桥。走过石板桥，便是通往镇子的道路。八岁的林卿卿趴在阁楼的小窗上，边闻着浓郁的桂花香气，边向远处眺望，她在等阿爹回家。

林家世代行医，到了林家阿爹这代，依然继承祖业，济世救人，在小镇上也是颇受大家尊重。

今天是林卿卿的生日，林家阿爹本不打算出门，可是城里前些日子来了一支军队，说是督军得了痢疾，请林家阿爹去军营诊治，他不得不提了药箱跟着军卒前往军营。临出门的时候他答应林卿卿，会给她买糖人，还会去外婆家摘柚子带回来。

已经快要吃夜饭了，仍然不见阿爹回来，林卿卿正急不可耐，便瞧见和阿爹要好的阿浦叔一路小跑过了青石板桥。

不多时，林卿卿便听到楼下传来姆妈的抽泣声，不等她回过神来，就瞧见姆妈随着阿浦叔急匆匆过了青石板桥，奔镇上而去。林卿卿不知为何，心里忽然忐忑不安，只一秒钟犹豫，便腾地跳下窗台，飞也似的跑下楼，追姆妈而去。

林卿卿追到林家姆妈面前，疑惑地问："姆妈，您怎么哭了？您这是要去哪里？出了什么事情？"

林家姆妈顾不得答话，只拉了她往镇上跑去。

林家阿爹倒在血泊之中，呼吸已经停止，那些匪兵也早已不见了踪影。

原来林家阿爹见到督军才发现他得的是杨梅疮，督军畏妻，拒不承认，便命人将他一顿痛打。林家阿爹不过一个郎中，手无缚鸡之力，岂能禁得住那顿毒打，只不多时，便七窍出血，命丧黄泉。那些军卒便将他拖出军营扔在路旁，被镇上人发现，才让阿浦叔来家里报了信。

林家姆妈扑倒在死去的丈夫身上，号啕大哭。年少的林卿卿不知道这便是死亡，看见姆妈这样伤心，又看见阿爹满身是血，惊惧地望着地上的父母，无所适从。

阿浦叔过来劝解林家姆妈："林家阿嫂，事已至此，你要节哀顺变。天暗下来了，林家阿哥不能这样躺在冰冷冷的地上，我去找几个人把阿哥先抬回家，再商量后事吧。"

林家姆妈点了点头，抽泣着："阿浦兄弟，劳烦你了……"

镇子上许多人得过林家阿爹的帮助，知道这个老实的郎中死于非命，也都不忌讳，几个壮年找了一副担架，便将他的尸体往林家抬。

没到村口，就碰上了林卿卿昔日里的小伙伴阿娟。阿娟看见她们母女，就跑着迎了上去："卿卿，快，你家着火了，我姆妈要我在这里等你们。"

阿娟话音刚落，林卿卿撒腿便往家里跑。

虽说风并不大，可木结构的房屋全然挡不住这凶猛的火势。熊熊大火像发了疯似的，肆无忌惮地吞噬着林家的一切。

幸得村民们奋勇将火扑灭，免了殃及四周街坊邻里。那时大家才知道因林家阿爹遭了意外，林家姆妈未熄灭灶膛的火就离开了家。

突如其来的变故，让原本幸福的林家不复存在，林家母女成了无家可归的孤儿寡母。林家姆妈知道自己家是新丧，便谢绝了所有好心村民的邀请，当夜带着女儿住进了村里的祠堂。

林卿卿母女搬进外祖父家已经是林家阿爹七七丧满之后。

外祖父家姓程，因早年外祖父在清府衙内做师爷，便置了些房产与几十亩良田，日子倒算得上殷实。如今外祖父虽已过世，外祖母吴氏却还健在。吴氏只生育一子一女，林家姆妈是她的长女，闺名唤作阿莲。

林卿卿的舅舅叫阿清，是一个毫无主见的男人。林卿卿母女一来，家里自此多了两个吃白饭的人，舅母如鲠在喉，只碍于婆母在前，不敢造次。

院子里的柚子花开了又落，莲塘里的蛙鸣声响起又止，不知不觉林卿卿在外祖母家已经三个年头了。

又是一个桂花飘香的季节。早起的饭桌上，一碗热腾腾的汤面卧了一个荷包蛋，林卿卿知道那是外祖母为自己准备的生日面。

悄悄看了一眼面无表情的舅母，又看了一眼满脸慈爱的外祖母，林卿卿没有动筷子。

吴氏轻轻抚摸她的头，柔声说："卿囡囡，今天是你生日，吃碗面，日后好长命百岁。"

林卿卿还没答话，一旁五岁的小表弟阿栋嚷嚷起来："我要吃荷包蛋，给我吃……"舅母打了一下阿栋的手，愠色道："人家要长命百岁，几时轮到你呀！"

吴氏冷冷斜了一眼儿媳妇，转头又对林卿卿说："快吃吧，凉了不好吃。"

林卿卿看着外祖母："多谢外婆，我这两天胃胀，鸡蛋给阿栋弟弟吃吧。"说着就拿起筷子，将荷包蛋夹给了阿栋。

吴氏见她小小年纪就这么懂事，心里轻叹一声，只得说："快些吃面吧。哦，你姆妈出去有事，等吃中饭就回来了，她要我同你讲一声。"

今天是林家阿爹三周年忌日，阿莲一早就去给他上坟。她没有叫醒熟睡的林卿卿，不愿意让她在生日这天被悲伤笼罩。

吃了早饭，阿清夫妇就往地头查看秋收的情况。家里只有一个帮工刘妈，既要收拾卧房还要准备午饭，带阿栋的活儿自然就落在外祖母与林卿卿头上。

要过冬了，吴氏正张罗着给林卿卿与阿栋两人做身新棉袄，于是领了他们坐到屋檐下，一边择棉花，一边讲城隍老爷的故事给姐弟两个听。

突然起了一阵风，落叶夹杂着尘土到处飞扬，天空瞬间暗了下来。

吴氏本能地抬起一只手挡眼，另一只手忙端起盛着棉花的竹簸箕，对姐弟两个说："快进屋，变天了，要落雨了。"

林卿卿拉了阿栋随着外祖母入了厅堂，进了门，赶忙又接过外祖母手中的竹簸箕，放到中间的八仙桌上。

"外婆，姆妈怎么还没回来？要落雨了，她会不会淋到雨？"林卿卿望着窗外黑压压的天空问道。

吴氏也有几分担心："是呀，你姆妈一早就出门了，算着也要回来了。"

风越发猛烈起来，竟吹断了院中柚树几枝树枝。狂风中豆大的雨点落下来，有了雨的风，更加肆虐地吞噬着一切。

阿栋呜呜地哭泣起来："我要阿爹，我要姆妈，我怕……"

吴氏抱起阿栋，哄道："阿栋莫哭，有阿婆在，不怕不怕。"

说话间，厅堂屋门被推开，舅母惊慌失措地跨进门嚷嚷："出事了，姆妈，出事了……"

吴氏心中一怔，刚放下手中的阿栋，阿栋就奔自己姆妈而去。舅母一边抱起阿栋，一边接着说："阿姐出事了，回家的路上被树压倒了……"

不等她说完，林卿卿就疾声问："舅母，您说我姆妈她怎么了？她在哪里？我要去找姆妈。"

吴氏腾地自竹椅上起身，边朝儿媳妇方向走着，边急促地问："阿莲怎么样了？怎么会被树压倒？阿莲在哪里？"

儿媳妇抱着阿栋，晃着哄着。听见婆母问话，儿媳妇答道："我和阿清见起风了就回家来，刚到路口，就遇到了回来报信的阿耀。哦，阿清跟他去了，要我回来同您讲一声。"

阿耀是陈家的长工，今早吴氏让他陪阿莲去上坟的。

吴氏裹了脚，原本就站不稳，听了儿媳妇的话，一个踉跄险些倒地，幸亏扶住了一旁的八仙桌。

林卿卿却顾不得其他了，跑出了厅堂一头就扎进风雨里。身后外祖母颤抖的喊声，被淹没在风雨的怒吼中。

第二章

被大树压倒的阿莲，内伤久治难愈。转眼入冬，阿莲的伤势日渐加重，到了腊月，阿莲已经奄奄一息。

林卿卿捧着刘妈熬的八宝粥，跪在阿莲的床前："姆妈，今天腊八，刘嬷嬷熬了八宝粥，我喂您吃两口吧。"

阿莲缓缓伸手，吃力地抚摸着林卿卿的头："囡囡，你，你吃呀……姆妈……姆妈看着你吃……就……就欢喜的……外婆年纪大了，你……你要多帮她干活……要……要好好孝……孝顺外婆……要听舅舅、舅母的话……"

十一岁的林卿卿这三年多在外祖家成长了许多，看见母亲的模样，又听见她的嘱咐，心里已经明白了几分。

把碗放在床边的小桌上，林卿卿忍泪点头答应："姆妈，您放心，我一定孝顺外婆，听舅舅、舅母的话。姆妈，您会好起来的，郎中说开了春，您就会好了！"

阿莲艰难地挤了一丝笑容，对林卿卿说："囡囡，要争气，要乖，要……"阿莲又喘息起来，林卿卿再也无法控制自己，泪如雨下："姆妈，姆妈，您会好起来的，会好起来的……"

等吴氏得了阿莲病危的消息，迈着小脚过来的时候，阿莲已经咽下了最后一口气。

看见外祖母，林卿卿一头扑进她怀里："外婆，姆妈……姆妈走了，她不要我了……"

吴氏白发人送黑发人，搂着林卿卿一声"心肝肉"，便痛哭起来。陪着吴氏进来的刘妈也跟着掩面落泪。

阿清夫妇也闻讯而来。舅母看见吴氏与林卿卿相拥着痛哭流涕，就在一旁说："姆妈，您也不要太过悲伤。阿姐早就不中用了，拖到今天费汤费药，如今走了对她、对家里都是个解脱……"话音未落，吴氏就啐她："你良心可是叫狗吃了？你阿姐刚刚咽气，你就嫌弃她拖累？她是我生我养，住自家吃自家，轮不到你来嫌弃！"

阿清本来和阿莲算得亲近，此时见母亲动了气，心里也觉难过，走到吴氏面前，劝解道："姆妈，您莫要和阿栋妈计较，她刀子嘴豆腐心的，哪会当真嫌弃阿姐。"

吴氏听了阿清这话，将林卿卿搂得更紧："我就你姆妈一个女儿，可是连最后一句话也没能说上，我怎么能不伤心呢！卿囡囡，有外婆在，莫怕！"呜呜咽咽又哭了好一阵子，在众人的宽慰劝说之下，吴氏这才略略止了声。

舅母低了头，撇撇嘴，却也不敢再吱声。

因为入了腊月，街坊邻里都忙着准备年节，又因为阿莲过世时身在娘家，只能按风俗停灵一天，行了简单的丧礼，就抬去林家镇子的后山上与丈夫合葬。

冬天的江南潮湿阴冷，偶有几声爆竹声传来，划破漆黑的夜空。

林卿卿知道年节里不可以悲伤哭泣，每天夜里只将瘦小的身躯藏在被窝里，默默垂泪。一家人曾经在一起制香肠、腌咸鱼，迎接新年的情景一幕幕浮现在她的眼前。她想念阿爹，更想念姆妈。

刘妈心细，这些日子清洁房间的时候总能发现林卿卿的枕头与床单上有泪痕，便悄悄告知了吴氏。

吴氏听了，心里越发难受，就对刘妈说："让卿囡囡挪出来，搬到我屋里跟我一道住吧。等过罢年，开了春你再把我隔壁的屋子收拾出来，给卿囡囡做读书习字用。"

刘妈问："老太太，您准备让卿卿去读书哇？"

"卿囡囡家世代行医，都是读书人，她阿爹早就给卿囡囡启了蒙。如果他还活着，恐怕卿囡囡都会写诗作赋了。"轻叹一声，吴氏又说道，"我那苦命的阿莲，打小也是喜欢读书习字的。那时候她阿爹从衙门回来，就会抱着她姐弟两个一道念书。"

刘妈知道吴氏又念起了过往，忙接过话道："老太太您放心，过罢初五，迎了财神，我就打扫隔壁屋。"

迎春花开的季节，林卿卿被外祖母送到了镇上的公办高小。那里曾经是林家阿爹答应要送她去读书的地方，林卿卿暗暗下了决心，一定好好读书，不辜负外祖母的厚爱。

刘妈每天早晨都会给林卿卿准备好饭团，再用小铁壶给她装满糖水，有时是红豆汤，有时是绿豆汤，偶尔也会装些莲子羹，隔天换样。

外祖母晨起会给林卿卿梳两个麻花小辫儿，扎上鲜艳的头绳，等吃完早饭，再送她到家门口，目送她背着自己亲手给她绣的花书包，渐渐消失在巷口。

高小下学很早，林卿卿回到家总会帮着外祖母带阿栋。她教阿栋背朗朗上口的唐诗，写简单易懂的文字，俨然像个教书的小先生。

阿清看着很是欢喜，常常对妻子说："卿卿果然是书香门第的女儿，教起阿栋来，像模像样。"

妻子却是一脸不屑："养个吃白饭的克星，有什么好的？"阿清每次听妻子这样讲话，都会捂她的嘴阻止："这样的话不好乱讲的，当心姆妈听到要生气的！"

妻子在丈夫面前总是肆无忌惮："什么叫乱讲？小小年纪就克爹克娘，我哪里乱讲了？吃白饭不说，还要去读什么书。我嫁给你这个窝囊废，你姆妈说话你屁都不敢放！"

每每说罢这番话，妻子都会嘤嘤哭泣，搞得阿清手足无措，只能低声叹气。

夏花落尽，秋风微凉，又是一年柚子成熟的季节。

林卿卿的生日也是她父亲的祭日。吴氏怕她伤心，正准备偷偷打发刘妈去坟上供香祭拜，就瞧见林卿卿进了灶间。她满眼恳切地看着吴氏："外婆，我也想跟刘嬷嬷一道去坟上祭拜阿爹、姆妈。"

吴氏看见她的神情，虽有些犹豫，却还是同意了："好吧，让你阿州伯陪你们两个一道去，早去早回，外婆在家给你做芋艿饭吃。"

用五花肉烧芋艿，加入生米同煮，便是江南多数人家喜爱的芋艿饭了。林卿卿最喜欢这道饭，点了点头，又向外祖母鞠了躬，就随了刘妈一道出了门。

第三章

芋艿饭的香味在小院里弥漫开来，阿栋腾腾地跑进了灶间，闹着吴氏："阿婆，我要吃芋艿饭，我饿了。"

吴氏一边抽灶膛里的柴火，一边哄阿栋："饭还没熟，阿栋等等就能吃了。"

阿栋却不依，哼哼道："我不，阿婆，我饿，我就要吃。"

吴氏放下手里的柴，招招手对阿栋说："来，阿婆抱着你烧火，芋艿饭马上就熟了。等你阿姐回来，我们就开饭啦。"

阿栋任起性来，哭闹着："不嘛，我就是饿，就是饿！"

吴氏见哄不下他，想起自己橱柜里有米糖糕，就对阿栋说："阿栋不哭，阿婆等下回房给你拿米糖糕吃。"

阿栋听说有米糖糕，破涕为笑，噔噔出了灶间，往祖母卧房跑去。到了橱柜前，阿栋却因个子矮小够不着，又急得哇哇大哭起来。

吴氏疼爱这唯一的孙子，听见哭声，忙起身回到自己卧房。走到橱柜前，吴氏打开柜门，拿出瓷罐，将里面存着的米糖糕取出递给阿栋。阿栋一手接过米糖糕，一手用衣袖擦眼泪。吴氏瞧着，只觉阿栋淘气可爱，疼惜地说："阿婆给你手帕，莫要弄脏了袄袖，当心你姆妈回来了训你。"

阿栋边吃边说："阿婆，我姆妈顶心疼我，她才不舍得训我呢。"

吴氏满眼慈爱，嘱咐着："阿栋慢慢吃，当心噎着。"

话音刚落，顺着门缝，吴氏就瞧见灶间起了黑烟，心知不好，定是灶膛火苗蹿出，灶间起了火。

家里帮工的都跟了阿清夫妇往地里秋收，喂猪养鸡的阿州与刘妈陪了卿卿一道上坟，此时家中只这一老一小祖孙二人。

吴氏脚小步缓，等她提了水再到灶间，已是浓烟滚滚。阿栋尾随祖母，只吓得大哭起来。吴氏一边泼水,一边交代阿栋往地里喊人回来帮忙。

等阿栋跑着离开,吴氏知道,若不将灶间的火熄灭,这座宅子定是难保。狠了狠心,吴氏提着水桶,便冲进了灶间。

等阿清夫妇闻讯带人赶回家中,灶间的火已被吴氏熄灭,吴氏却因吸入了浓烟而昏迷不醒。

送走了镇上的郎中,已经是掌灯时分。

吴氏缓缓睁开双眼,看见了林卿卿满面泪痕地伏跪在床前。吴氏想叫一声囡囡,却觉得嗓子干涩至极,任凭怎样努力,也发不出声来。

林卿卿看见外祖母醒来,疾声问道:"外婆,您醒了,外婆您觉得怎样?"

听见林卿卿的声音,守在一旁的阿清夫妇也赶忙凑到近前。阿清关切地问:"姆妈,您怎样?郎中说您吸了浓烟,伤了肺,恐怕这会儿喉咙也是伤了……"

老婆嗔怪道:"姆妈刚醒,你说这些做什么?姆妈,您喝点儿水,润润喉,等下好喝药。"

吴氏听他两个言来语去,轻轻摇了摇头,却只拉了林卿卿的手。老婆丢个眼色给阿清,让他再凑近前些,看吴氏做何举动。可吴氏只拉了林卿卿,没有任何表示。屋内一时寂静,直到一旁的阿栋嚷嚷着肚子饿,老婆这才心有不甘骂骂咧咧地带他出了屋去。

阿清领了长工们收拾了灶间,又往母亲屋里问了情况,这才回到自己屋里。老婆虽说哄睡阿栋,早早躺在床上,却是毫无睡意。

见阿清上了床,老婆翻身坐了起来:"阿栋爹,姆妈怎样了?可有开口讲话?"

阿清摇了摇头,说:"没呢,只拉了卿卿一时落泪,一时昏睡。"

老婆说:"不是我说,姆妈待这个外孙女比待你这个亲儿子还亲,醒了就拉着她的手不放。"

阿清打了个哈欠:"姆妈向来疼阿姐,阿姐没了,爱屋及乌那自然跟卿卿亲的。我是儿子,姆妈怎么会不疼?那不一样的。好了,快些睡吧,从早上忙到现在,累死了……"

老婆却是不肯就此睡去,不悦地说:"睡,睡,你就知道睡!明日这家当都给了别人,看你还睡不睡得着!"

阿清听她这样说话,一脸不解,问道:"你这话什么意思?好好的,怎么又扯到这些?"

老婆用手指点他额头:"你个榆木脑袋!家里的地契、房契都在姆妈手里,姆妈现在昏昏沉沉的,要是给了卿卿,日后我们岂不是喝西北风啊?"

011

阿清摆了摆手，笃定地说："不会，不会，我是姆妈的儿子，阿栋是她嫡亲的孙子，姆妈怎么会把程家的家产给了卿卿？好了，莫要多想了，快些睡觉吧。"

老婆只管往下说道："好，且不说姆妈将不将家产给她，我只同你讲，卿卿是个克星。你瞧瞧，今天又是她生日，灶间起了火，姆妈受了伤，明年又不知道生出什么孽事来。克死了亲生爹娘，又克了亲外婆，保不好哪日就来克你这个亲娘舅，要是再克了阿栋，我可不依你！我同你讲，你要想法子，将她送去她伯父家，她姓林，又不姓程……"

老婆这边还喋喋不休，那边阿清已经鼾声如雷。老婆狠狠踢了一脚阿清，却不见他有任何反应，只得快快作罢，倒头睡去。

到了外祖母家门前莲池开满莲花的时候，吴氏已经卧床半年之久。那日灶间起火，吴氏吸入浓烟伤及内脏，吃了这大半年的药也未见好转。

常言道，久病床前无孝子，阿清老婆心中早已不耐烦，只因婆母掌着家中财权，表面上不敢造次。她如今又有了身孕，常常借口不适，三两天才到吴氏屋里问候一回。刘妈要照应全家，照料吴氏的事情自然就落在了林卿卿身上。

林卿卿不能再出门读书，每次外婆睡去，她便会拿出外祖父留下的旧书籍，如饥似渴地阅读。她知道了史上第一位女性军事统帅妇好，率领军将征战沙场，主持祭天，担负守土重任；她知道了第一位女商人，被秦王嬴政视作"大姐"的川商巴寡妇清，用财自卫，不见侵犯；她也知道了明末名妓柳如是，书画双绝，才气过人，有着深厚的家国情怀与政治抱负。

林卿卿幼小的心灵受到了震撼，才知道这天下原来女人也是可以有所作为。

第四章

吴氏终究没能熬过这个炎热的夏天，在一个新月如钩的夜晚，交代了阿清要好好照顾林卿卿之后，便撒手人寰。

一抔黄土，带走了这个世间最后一个疼惜林卿卿的人。从此以后，林卿卿便再无依靠，从外祖母口中的"我们家"，变成了寄身娘舅家的孤女。舅母再也不需要装模作样待她客气礼让，她也再不能背上外祖母绣的书包去学堂。随着刘妈在灶间锅台帮手，还要带表弟阿栋，更要学着刘妈为舅母未出世的孩子连夜缝制新衣，每天都有忙不完的活等着林卿卿。

只有夜里，当所有人都沉沉睡去，林卿卿才能悄悄点上煤油灯，读她心爱的书。林卿卿觉得那个时光真的太美好，常常不舍睡去，直到灯枯油尽，才会爬上床。

没多久，舅母就发觉煤油耗得快，只略一盘查，便知是林卿卿所用。舅母指桑骂槐，把阿州伯与刘妈狠狠一番训斥，从那以后，林卿卿连夜里的幸福时光也不复存在了。

初冬的时候，舅母生下了一对龙凤胎。可惜天不佑人，那个男婴不足月便夭折了。舅母自然将矛头对准了林卿卿，哭喊着是她克死了自己的儿子。阿清被老婆这么连哭带闹，也是半信半疑，待林卿卿也不再似从前那般亲近。

刘妈看着心疼，常常私下里做些好吃的给林卿卿，说一些劝慰的话宽解她。林卿卿心里明白，自己如今寄人篱下，不得不更加小心谨慎做事，唯恐惹火上身。

可是舅母并不释怀，整日里在阿清面前念叨林卿卿是克星的话。这年春天是倒春寒，到了三月依然湿冷刺骨。阿栋受了风寒，发了烧，两天两夜迷迷糊糊高烧不退。

舅母又将此事归罪于林卿卿，便对阿清说："这家的人都快要被她克完了，你是不是要她克死我们母子才好？"

阿清心疼儿子，也怕老婆，听她这么说，便支支吾吾地说："你想怎样嘛……卿卿孤苦伶仃的，不让她在我们家，她往哪里去呀？"

舅母冷哼一声："她是林家的女儿，总不能一直赖在我们家吧？我们管她吃，管她住，本来已经是仁至义尽，谁让她是克星，克死我的孩子……"说着，她又呜呜大哭起来，"我可怜的孩子，还没足月就让人克死了。他死得冤哪，可怜我怀胎十月把他生下来……"

阿清见老婆痛哭流涕，唯恐她因伤心过度回了奶水，忙安慰她："阿栋妈，莫哭哇，莫哭……当心回了奶，孩子没奶吃。"

听了阿清的话，舅母更觉自己有理："你还知道管孩子有没有奶吃？命都快要没了，有没有奶算什么呀！"

阿清屈身凑近她，想接过她怀里的孩子，却被老婆一把推开。阿清退到一边，赔着笑说："阿栋妈，那你要我怎么办？年前你要我去卿卿大伯家，可是他家大门紧闭，街坊四邻都说大半年没见林家有人出入了。你说卿卿一个十多岁的孩子，你要我把她送到哪里去？"

舅母抽泣着："我不管，你如果不把她送走，我就带着阿栋两兄妹回娘家去，我不要在这里等她克死我们母子！是要她还是要我们母子，你自己选！"

阿清见老婆固执己见，一时间不知如何是好，只抱头呆坐在竹椅上。

舅母毫无止声之意，继续唠叨着："我同你讲，这样命硬克亲的孩子，一般人家是不会要的，只有去那阳气旺盛的地方，才能压得住。"

听老婆这么说，阿清抬了头，一脸不解地问："什么叫阳气旺盛？哪个地方阳气旺盛？"

舅母看了一眼阿清，压低了声音："掩香阁呀……"

掩香阁是杭州城里规模最大的一间青楼，里面多是卖艺不卖身、才貌双绝的女子。可女子入了青楼，这一生就注定无法再嫁入好人家，运气好的也只能给富贵人家做了妾。

不等舅母说完，阿清就霍地起了身，走到她面前扬起手就要掌掴。舅母也不畏惧，仰着头："打呀，你把我们母子都一起打死，到还一了百了，省得日后被那克星克死！打，你打……"说完，又号啕大哭起来。

阿清刚才听到"掩香阁"，一时气恼，这会儿被舅母这么一哭，举着的手又缓缓落了下来。颤抖着声音，阿清说："卿卿是我阿姐唯一的女儿，清清白白人家的子女，你怎么能讲出这样的话来！"

舅母哭喊："我这一切都是为了保全你程氏一门，你真是不识好歹！好哇，我是毒妇，坏了良心，要将你阿姐的女儿送去青楼！你休了我，休了我！"

阿清听见老婆这样说话，又急又气，却也无言应对："你……你……"

怀里的女儿被吵醒了，哇哇大哭起来。舅母抹了一把鼻涕眼泪，解开扣子，女儿瞬间就安静下来。舅母抬头瞧了一眼阿清，缓了口气："好好的一个家，你当我舍得呀？你瞧瞧囡囡，她才这么丁点儿大，要是当真有个什么事，我还能活得下去吗？还有阿栋，烧了两天，今天早上才稍微好了些，那是我身上掉下来的肉，一把屎一把尿拉扯大的孩子，我怎么能忍心看着他们被人克呀？"

阿清本来就是耳软心活的人，刚才听见舅母说要把林卿卿送去掩香阁，心里难受，才会有愤怒的举动。可此时听见舅母转了口气，又关系一双儿女，只觉左右为难，一时没了主意。

舅母看见他这个模样，就知道火候已到，忙继续劝说："我听说那掩香阁里的姑娘们都是老妈子丫头侍奉着，十指不沾阳春水的，出入还有保镖壮汉护驾，这比跟着你我还要享福呢。你想啊，卿卿这样命硬，又从小被阿姐宠着没缠足，将来有哪户人家敢娶她？去了掩香阁，日后遇上哪个富户显贵将她收了做小，那也是一生衣食无忧的。"

舅母自有心里的盘算，林卿卿虽然只有十多岁，但是看五官相貌就知道将来是个美人坯子，又能读书识字，把她送到掩香阁，定能得个好价钱。

阿清垂下头，虽然母亲临终时所嘱言犹在耳，可又觉得老婆刚才的话也不无道理。看了看正在哺乳的老婆，又看了看吃得正香的女儿，阿清心里一横，对着满眼期盼的老婆点了点头。

第五章

任凭林卿卿怎样哭求，她还是被舅母送到了掩香阁。

掩香阁主事的妈妈姓乔，五十几岁的她却已养过无数的"女儿"，一茬接一茬。如今她养着十二个"女儿"，年长的二十出头，最小的也不过十六七岁，却个个都是花容月貌，柳絮才高。这些"女儿"不论曾经姓甚名谁，入了掩香阁，便再无姓氏，皆以"香"为字。往来掩香阁的，多是达官显贵和文人才子。他们来掩香阁听曲闻琴，以能与这些姑娘吟诗作对为荣。十二人中，名唤香凝的是当中的佼佼者，也是最得乔妈妈宠爱的"花魁"。

乔妈妈的房间位于这座两进院的后院二楼，临窗而立，既可透过前院的中窗瞭望客人往来的情况，又可观察后院仆役们的劳作状态。

乔妈妈看上去斯斯文文，端庄大方，一点儿不像传说中凶神恶煞般的老鸨。

瞧了一眼缩在墙角的林卿卿，乔妈妈也没有示意她近前的意思，只开口问道："小囡囡，你今年几岁了？"

林卿卿怯怯地看了她一眼，瞬即将头垂下。

见林卿卿不答话，她也不气恼，只管缓缓说道："瞧你这身高模样，也不过十一二岁吧？可怜见的，太瘦了。"

一旁伺候的女仆苗氏接口道："大约家里吃不饱饭，饿的。"

乔妈妈轻轻一声叹息："这年头兵荒马乱的，不是家里缺吃少用，做什么要把孩子送到这里来？"

林卿卿听她这样说，忽地抬了头："您是这里管事的吗？求求您，让我回家吧！"

乔妈妈听到她的话，掩嘴笑了："这孩子，你如果还有家，怎么会进了这个门？你家里人签了字画了押，你是走不得的。"

向林卿卿招了招手，乔妈妈接着说："你莫怕，在这里你只要听话，能读好书练好琴，你过的便是千金小姐的生活。"

林卿卿小时候看戏文，隐隐约约知道倚门卖笑女子的悲惨命运，此时听到乔妈妈的话，一脸茫然，愣愣地望着乔妈妈，却未挪动脚步。

乔妈妈也不与她计较，转头对苗氏嘱咐道："这小囡囡长得周正，口齿也清楚,吃了夜饭让梁先生来测测,倘若是块读书习文的料,就把余下的大洋给她家里送去。"

原来,凡是被卖进掩香阁的女孩子,要经过这个梁先生考试,如果会读书识字或者有读书的天赋,便会被娇养起来,以栽培做清倌。只有样貌没有才情的,就转卖去酒楼,再逊一等的,就留下做姑娘们的贴身丫鬟。所以掩香阁往往只付一半定金给卖家,等定下身份,再付余下部分。

听到乔妈妈的话,林卿卿垂着头,扭着衣角,足足一刻钟,壮了胆问道:"在这里当真可以读书识字?"

乔妈妈点了点头,笑道:"如果你是块读书的料,我便请梁先生好好教授你。梁先生早年间可是应过乡试,中过解元的。日后,我还会请师傅教你弹琴、下棋、作画,那些官家小姐能学的,你照样也能!"

林卿卿虽然是个孩子,心里也明白天下没有白得的好处。可是眼前,她知道自己没有选择,只能让梁先生挑上自己,起码不用被转卖到酒楼去。

吃了夜饭,掩香阁门前已停满了香车宝马。不同于酒楼与妓馆的喧哗嘈杂,前院只传来悠扬悦耳的琴音与靡靡歌声。恩客们或慕名而来,或已约定中意的姑娘,个个矜持有礼,翩翩有度。

后院书房里,梁先生得知林卿卿进过学堂读过书,便有几分另眼相看,又考了她几篇诗词,见她也能对答如流,当即就对乔妈妈表了态:"小小年纪,倒是读了不少书,大约以前也是个好人家的孩子。"

乔妈妈满心欢喜:"好!打明天起,就让她同香柔一道跟着先生受业吧。"转头看着林卿卿,问道:"你今年几岁了?生日是哪天?我好给你起个名。"

林卿卿犹豫一下,回答:"到八月,是我的十三岁生日。只是,我不要改名,我有名,我叫林卿卿。"

自从阿爹在生日那天过世,林卿卿再也不愿对任何人提到自己确切的生日,是一种逃避也是另一种怀念。

"卿卿?芳卿可人,一座尽倾!倒是注定你要来掩香阁似的。"乔妈妈调笑道。

林卿卿涨红了脸,争辩道:"你乱讲!这是阿爹为我起的名,我不要改名!"

乔妈妈的声音听上去仍不温不火,只她的神情却不怒而威:"囡囡,你入了掩香阁,就要遵守这里的规矩。好好听话,以后就有好日子。我不喜欢跟人动气的……"

"哦,对了,苗嫂,今天开始要给她缠足,这一双大脚,日后怎么会有恩客喜欢!"

苗氏回答："她这个年纪，恐怕是来不及了。"

乔妈妈冷冷道："且会再长呢，现在缠起来也好过不缠。"

林卿卿听到她俩的对话，不知是羞愤还是惊惧，直勾勾地望着乔妈妈，不由自主地捏紧了拳头。

见她这般模样，乔妈妈反倒乐了："我养了这么多女儿，头回有人敢这样子看我。哈，囡囡，我喜欢你！'文茵畅毂，驾我骐馵。'这个适合你，外柔内刚。就取这个'茵'字，你以后就叫香茵吧！"

卧房里，林卿卿的泪水打湿了枕被，不光因为缠足的痛苦，更是这个世间从此少了一个叫林卿卿的孤女，却多了一个叫香茵的小清倌。

林卿卿第一次见香柔，是在梁先生的课堂上。香柔看上去十三四岁的样子，温婉动人，落落大方。知道林卿卿日后要与自己结伴同学，香柔很是欢喜。

拍了拍身边的竹椅，香柔唤她："先生不住这里，总会来得迟一些，你坐呀！"

林卿卿怯怯地点了点头，却因为新裹的脚带来的疼痛，令她艰难地走到了竹椅旁。

香柔拉了拉林卿卿，说道："坐吧。你这是刚裹了脚吗？我记得小时候我姆妈给我裹脚的时候，我整整哭了三天。没事的，过几天就习惯了。"

见林卿卿点了点头，香柔又说："我叫香柔，我晓得你叫香茵，新来的。"

林卿卿有点儿吃惊，抬起头定定地看着香柔。

"不是所有被卖进掩香阁的女孩子都可以在这里被梁先生授学的。昨天乔妈妈告诉我的，来了一个新伙伴。这里只有我一个人，很孤单，你来了真好，我就有了伴儿。"

见林卿卿仍然不出声，香柔接着说："我十五岁，八月十九生的，我们两个应该年纪相仿吧？"

也许被香柔的热情感染了，也许是同龄人的缘故，林卿卿渐渐地不再羞怯。点了一下头，林卿卿回答："我也是八月生的，我十三岁。"

香柔听到卿卿比自己小两岁却又和自己同月，当即欢喜起来："太好了，你是小妹妹了，我们会是好朋友的！"

第六章

掩香阁的姑娘们很少有晨起的，她们总是将早饭与中饭合在一道吃。

下了课的香柔拉着林卿卿一同入了后院餐厅,这也是林卿卿第一次见到阿姐们。

一张红木八仙桌摆在餐厅中间靠北的位置,西南与东南角各摆了一张红木圆桌,每张桌子上都整齐地摆好了碗筷。

香柔见林卿卿有几分迷茫,就解释给她听:"八仙桌是给乔妈妈与当家三位阿姐的,其余的阿姐们分别坐在两边的圆桌吃饭。我也坐在这里跟她们一道吃,哦,今天开始又多了你。"

"当家阿姐?"林卿卿疑惑地问。

香柔马上回答:"是呀,谁的才艺高,样貌好,还有谁的恩客地位高,财气粗,谁就是当家阿姐呀。掩香阁有十二位阿姐,最红的是香凝姐姐,最得乔妈妈宠爱,还有香奕姐姐和香蔓姐姐也是和乔妈妈同桌吃饭的。"

也不理会林卿卿作何反应,香柔仰了头,一脸憧憬:"等我长大了,我也要坐到八仙桌上吃饭!"

林卿卿有些诧异,看了一眼香柔,又看了一眼空着的八仙桌,并不接香柔的话。

阿姐们陆陆续续入了餐厅,香柔见一个便鞠个躬,喊一声"阿姐"。那些阿姐有的回报以微笑,有的点个头,倒也算得上客气。

与乔妈妈同来的就是香凝了,二十岁上下,柳叶弯眉,肤若凝脂,一颦一笑间都透着妩媚。

见乔妈妈入内,席间众人都起了身,齐声道:"妈妈好!"

先来的香奕与香蔓忙与香凝一道扶了乔妈妈在上首位置坐下,又分别回到各自位置坐定。等她三人落了座,其余的阿姐才重新坐了下来。

苗嫂带了几个帮手的阿嫂端了饭菜鱼贯而入,每个伺候阿姐的贴身丫鬟都帮着自家阿姐打开花巾铺在她们的腿上。

母亲从未教过林卿卿吃饭的时候要在腿上搭手巾,便是外祖母家,也未见过这样的习惯。林卿卿看在眼里,见香柔也把手里的花巾打开铺在腿上,她赶忙随着照做起来。

乔妈妈并未动筷,而是环视众人道:"昨夜我收了个新'女儿',小香柔两岁,你们又多了个小阿妹,可都要好生帮衬着。"说着,她望向林卿卿,接着说:"香茵,起来见见你阿姐们。"

林卿卿并不习惯被唤作"香茵",一时之间未曾反应过来。一旁的香柔碰了碰她,小声提示着,林卿卿这才急忙起身,垂着头轻声向席间众人屈身问好:"阿姐们好!"

"做什么这么害臊?抬起头来让阿姐们瞧瞧。"乔妈妈开口道。林卿卿不得不抬了头,稚嫩的脸上毫无掩饰地流露着畏惧与无奈。

乔妈妈身旁的香奕先出了声:"好标致的小阿妹,怪不得昨日午间进门,夜里就被妈妈收了做女儿。"

乔妈妈笑着点了点头,说:"香茵读过不少书,倒是省了梁先生很多工夫。"

香蔓笑着接口:"梁先生学富五车,莫说香茵读过书识得字,便是未曾启蒙的人,交到先生手里,不出半月也能朗朗上口。"

姑娘们心里都知道乔妈妈赏识梁先生,只是这梁先生早已成家,恪守底线不愿抛妻弃子,仅私下里两人互为知己。听见香蔓夸赞梁先生,乔妈妈越发地开心。

众人正言来语去夸赞着梁先生,香凝斜着瞧了一眼林卿卿,转头对乔妈妈说:"妈妈,孟先生下午要来听曲的,我吃好饭要去收拾收拾。"

乔妈妈听她这样讲,忙摆手示意道:"快,大家都赶紧吃中饭,吃好了各自忙去。"

苗嫂站在乔妈妈身旁为她布菜,其余的阿姐也都由各自的丫鬟布菜盛饭。伺候的人虽多,除去轻轻的碗勺声,餐厅内却安静极了。

林卿卿看过书上提到过去的王公贵胄、侯门大户之家,讲究"食不言,寝不语",今天却是头回得见这许多人一道吃饭,竟然连一点儿声响都没有。

只有香柔与林卿卿没有人布菜,林卿卿小心地学着香柔的样子,拿起筷架上靠外的那双鸡翅木筷将盘中的菜夹到碗里,又换了靠里的红木筷夹起来放入嘴中,这样轮番交替着,很是考究。

安安静静吃完了饭,又进来几个帮手的阿嫂,给每个人面前放了一个小盏。林卿卿见大家都端了起来,她不敢贸然去喝,只轻轻抿了一口,清香甜润,正准备咽下去,就看见大家漱了漱口,吐到身旁丫鬟们的漱盂里。林卿卿一个愣怔,赶忙学着大家的样子,也在嘴里漱了漱,吐了出来。

林卿卿事后才从香柔口中得知,这清甜的漱口水是用陈年风干的橘皮加了少许桂花熬制的,为的是让阿姐们口气清新。

乔妈妈边将手中的小盏递给苗嫂边说:"午后有恩客的,都回去各自准备着,没有的,抚抚琴,练练身段。"

众人齐声应下,等香凝起身离席,也就跟着陆陆续续出了餐厅。

林卿卿见阿嫂们进进出出收拾着餐桌,就想留下来当帮手,却被苗嫂制止了。苗嫂本来已经随了乔妈妈离开,可是乔妈妈将她的手帕落在了餐厅,又打发苗嫂回来取。

苗嫂说："香茵姑娘，这些粗活你是做不得的。"

林卿卿答道："不要紧的，苗妈，我在家里常常做的。"

苗嫂停下脚步，告诉她："你做了乔妈妈的'女儿'，就要懂得爱惜自己的肌肤。莫说这些粗活，再大些，怕是洗脸的热巾，乔妈妈也不会要你自己拧。"

伸手拉了林卿卿，苗嫂又接着说："我晓得你想帮她们，可要是被你乔妈妈晓得了，她们都要挨罚的。"

林卿卿不敢再接腔，她越来越觉得这里规矩甚多，日后需要多留心观察。

仲夏夜里，朗月繁星。

不知不觉间，林卿卿入掩香阁已经一个多月了。她现在和香柔住了同屋，两个人越发地亲密。

前院传来悠扬的琴声，还有阿姐们在和琴而歌。不知道是因了夏夜的湿热，还是前院的声响，林卿卿和香柔都毫无睡意。香柔拉了林卿卿一道坐在窗畔，对着夜空数天上的繁星。林卿卿轻声问："柔姐姐，天上的星星怎么数得过来呀？"

香柔并未停止："怎么数不过来？一颗一颗记下来，今夜数不完，明夜再数。"

林卿卿学着香柔的样子，可数不了几颗就会忘记，便要从头再来，渐渐地就失去了兴趣："柔姐姐，你干吗要数星星啊？姆妈说，星星是太上老君的棋盘，我们凡人怎么数得清？"

香柔停了手，看着林卿卿回答："数不清也要数。我跟阿爹分开的那夜，阿爹就对我说要我数星星，数好了，他就会来接我。两年了，我到现在也没数清，所以阿爹也没有来接我……"说话间，林卿卿看到香柔隐约的泪光，只是她将它们强忍了回去。

平常嬉笑开朗的香柔原来也有悲伤的时候，林卿卿不知道该怎么宽慰她。

香柔虽说只大了林卿卿两岁，却因为入掩香阁久了，早已学会察言观色，懂人情世故。看见林卿卿发愣，香柔伸手在她眼前晃了晃，已经恢复平常的口气："卿卿，你在想什么呢？"

香柔知道林卿卿不喜欢香茵这个名字，私下里就叫她原名。林卿卿回了神，支吾道："没……没什么。柔姐姐，你是不是想家了？"

"家？这里就是我的家。"香柔淡淡地答道。看见林卿卿流露着难以置信的眼神，香柔又接着说："姆妈死了，阿爹为了娶新老婆就把我送到这里'数星星'。也好，不然我这辈子都不可能读书识字……"

"可这里是红粉青楼，长大了要卖笑献俏，怎么会是家？"林卿卿脱口而出。

听林卿卿这样讲,香柔那张并不成熟的面孔上,忽然流露出苦涩的好像已经洞察一切世事的笑容:"青楼不同于酒楼、妓馆,往来这里的都是雅士,我们只是卖艺,除非有自己中意的情郎。我要努力,长大了也要像香凝姐姐一样,做个'花魁',受人追捧,而后择人而事,日后定会有好生活!"

说完,香柔问林卿卿:"你呢,卿卿?日后我们两个都做当家阿姐,不分彼此。"

抬头望着当空的皓月,林卿卿只摇了摇头,却不再答话。

第七章

中秋转眼即至。

乔妈妈虽说知道中秋夜客人不会多,但是还依了其他节日的习惯,将团圆饭放在了中饭时候。

除了乔妈妈与三个当家阿姐,其余的人基本已经到齐。

一个叫香蕊的姑娘抖了抖手巾,对众人说:"大家都听说了吗,袁大总统要做皇帝了。"

她身旁的香宛问:"当皇帝?这民国才几年哪,就要恢复帝制了?"

"有皇帝也蛮好的,现在乱七八糟那么多头头脑脑,都不晓得拜哪家的菩萨,烧哪家的香。"姑娘中年纪最大的香芬说。

香蕊笑道:"芬姐姐,现在新时代了,时髦的人都剪了头发,还要皇帝做什么?"

"这个要问问凝姐姐,许公子待她那样好,有什么事情一定会同她讲的。"邻桌的香惠说。

香惠口中的许公子,是现任财政总长许昌贤的幼子许宥利。

许宥利不愿在北京受父母约束,便长居杭州姨母家中,流连于江南山水之间。遇上香凝,许宥利一见倾心,常常往来掩香阁与她相会。

林卿卿与香柔似懂非懂地听着各位阿姐七嘴八舌的议论。忽地众人安静下来,只见香凝、香奕与香蔓三人尾随着乔妈妈一道入了餐厅。

坐定,乔妈妈并未抬眼,边由苗嫂为自己铺花巾,边问道:"刚才聊什么呢?怎的我们一来就不讲了?"

香芬毕竟年纪最大,乔妈妈问话,自然由她先答。香芬赔笑着说:"不过是些道听途说的话,姊妹们闲聊几句。"

乔妈妈说:"也讲来给我听听。"

香芬还没来得及答话，香惠就开了口："妈妈，听说袁大总统要恢复帝制了，不晓得当不当真。"

听她讲完，乔妈妈抬了眼，环视众人："国事莫论！尤其你们，恩客们多是达官显贵，更要管好自己的嘴。"

香惠听乔妈妈这么告诫，心下里只懊恼自己嘴快，忙随了众人应了下来。

乔妈妈知道姑娘们都不敢违拗自己，于是点了点头："好了，吃饭吧。今天是中秋，我让阿强锁了院门，到太阳落山后再开。"转过头对苗嫂吩咐："让他们开坛老酒，大家一道喝几杯。"

果然如乔妈妈所料，这天夜里姑娘们的恩客多数并未前来，只有与香蔓要好的刘先生吃了夜饭之后才来了掩香阁。

没有恩客的姑娘们有的陪乔妈妈搓麻将，有的凑堆推牌九，都各自找乐。香柔要拉林卿卿一道去看热闹，可是被她拒绝了。香柔也不勉强，只交代她不用等自己，早点儿睡觉之类的话，便开开心心跑去了前院。

林卿卿又如无数个难眠的夜晚一样，爬上了窗台。今夜的月亮好大呀，宛如一轮银盘。如水的月光静静地洒在小院中，整个掩香阁好像沉浸在银色的海洋里。

林卿卿想起了阿爹与姆妈。那时候每逢中秋夜，阿爹都会带着林卿卿在院子里摆一张小方桌，姆妈设好了香案，把从外祖父家摘来的柚子与做好的糕点当供品敬月神。等香燃尽，阿爹就会把糕点拿给林卿卿吃，说是月神吃过的东西小孩子吃了会更聪明。一家人还会一道坐在桂树下，边剥柚子边赏月。

泪水顺着林卿卿的眼眶流下，再也没有这样的时光了，她对自己说。

忽然后院一个人影闪过，像极了香凝，林卿卿以为自己看花了眼，擦了一下眼泪，又揉了揉眼睛，借着月光看清了她的面孔，果真是香凝。

林卿卿觉得奇怪，乔妈妈说阿姐们金贵，磕不得碰不得，就是平常往后院吃饭，也总是有丫鬟们跟着伺候，更别说这夜里黑灯瞎火的。

不等林卿卿回过神来，就看见另一个身影出现。那是个男人，高了香凝半头，看见香凝，那人意图去抱她，却被她推开了。

香凝从怀里掏出一包东西交给了那男人，转头就要离开。那男人却一把拉住她，两个人不知道在说什么，像是发生了争执。

少女的好奇心促使林卿卿向窗外移了移，又竖起耳朵仔细去窥听。忽地，那男人提高了声音："你当真要跟他相好？你曾经的誓言呢？你……我再也不想看到你！"

那是护院的阿强的声音，没错，就是他。林卿卿熟悉他的声音，是阿强从舅母手中接过自己，把自己带进了掩香阁。

林卿卿只觉心跳加剧了，她不明白，掩香阁的当家阿姐怎么会和护院的家丁拉扯，他们两个究竟是什么关系？林卿卿又将身子向外探了探，想再看得仔细些，再听得清楚点儿。

不知道香凝是不是落了泪，林卿卿看见她用手巾轻轻擦了眼角，然后用压得极低的声音对阿强解释着什么。只见阿强不住地摇头，将香凝交给他的那包东西重新塞回给她，头也不回地走了。

香凝呆呆地站在原地，至少有一刻钟，而后才理了理头发，准备离开。就在香凝转身的刹那，她突然抬头，看到了来不及躲避的林卿卿。月光下，四目相对，看得那么真切。

这一夜，林卿卿翻来覆去难以入眠。香凝那冷冷的眼神，令林卿卿不寒而栗。

下了早课的林卿卿被梁先生训斥："香茵，你今天心不在焉，是不是昨天夜里玩得太晚？我同乔妈妈讲过，先要你们精进了学业才可以给你们那些娱乐消遣，这下好了吧，上课也没了心思！"

林卿卿垂着头，小声回答："不怪乔妈妈，我昨夜没有去玩，我……我头痛，没睡好……"

梁先生说："看你的样子，也不像受了风寒，小小年纪怎么会头痛？好了，吃了中饭，你不要午睡，在屋里好好温习今天的功课。"

等梁先生前脚离开，香柔急忙凑近林卿卿，问道："卿卿，你怎么了？早上就看你没什么精神，还以为你是懒得起床。怪我不够心细，你哪里不舒服？要不要去找乔妈妈，请她给你找个郎中看看？"

林卿卿见香柔这样关心自己，张了张口，想把昨夜看到的事讲给她听，可是话到嘴边又咽了下来。她想起在戏文里看到过，青楼女私通男人，是要被上刑的。

香柔见她欲言又止，疑惑地问："卿卿，你究竟怎么了？"

林卿卿不敢，也不愿伤害香凝，她更不愿说谎骗香柔，摇了摇头，只缄口不语。

忽听得脚步声传来，进来的是香凝的贴身丫鬟翠云。翠云也不跟她两人客套，只对林卿卿吩咐道："香茵姑娘，凝姐姐叫你去她房里一趟。"

香柔看看林卿卿，又看看翠云，狐疑地问："凝姐姐找卿——哦，找香茵做什么？"

翠云只说："跟我走就是了，别让凝姐姐等久了，要不高兴的。"

林卿卿心里忐忑，却强作淡定："柔姐姐，我去看看就晓得了，你等我回来。"

第八章

香凝的卧房是前院二楼正中那间大屋。

翠云领了林卿卿进了房内。一股淡淡的桂花香飘来，倒是舒缓了林卿卿紧张的心情。她曾听香柔说过，三位当家阿姐的卧室布置精美，陈设华丽，可此时她却不敢环顾四下。

只听翠云对着里屋说："凝姐姐，香茵来了。"

里面并未作答，几分钟后，香凝才缓步出了里屋。她穿了一件丝质的睡袍，一头时髦的长鬈发别在耳后，拢到了一侧，即便未施半点儿脂粉，依然是明艳动人。

被翠云搀扶着在镜前坐定，香凝只吩咐翠云帮她梳妆打扮，并未搭理林卿卿。

盘好了头，化好了妆，翠云努了努嘴，小声问香凝："凝姐姐，香茵站了快一个钟头了。"

香凝对着镜子又照了照，这才转过身来，斜眼打量着林卿卿。

翠云心里灵光，借口去端燕窝，就关了屋门离开。

林卿卿虽然心里有几分忐忑，又杵在屋子里半天，不知为何心里却不再感到害怕。

"你几岁了？"香凝问得很平淡。林卿卿答道："十三岁。"

"哦，十三岁。我十三岁的时候还跟着父母一起，过着无忧无虑的生活。小小年纪，就来了这里，不容易。"香凝依然淡淡地说。见林卿卿垂下眼不接话，香凝接着自顾自说："我父亲是清朝的官员，得罪了人，被陷害下了大狱，我家也被抄了，我们兄妹卖的卖，流放的流放，那年我十五岁。

"我还未出生，就被父母指婚给了阿强，他是我的表哥。他家也受了牵连，被罚没了家产，流放发配去了宁夏府。西太后死了，他从宁夏府一路做苦役回到杭州，几经周折找到我，甘愿把自己卖来做龟公……"

听到这里，林卿卿不由得睁大了眼睛。香凝直言不讳将隐私道出，是林卿卿始料未及的。

香凝却不理会林卿卿的反应，只继续着自己的讲述："我感激他，也有一些依赖他，我想过等存够了钱，就自己赎身，然后和阿强哥一道回老家安稳过日子。可是我遇到了许公子，他是财政总长的公子，乔妈妈是不会让我走的……"

"许公子是真心待你吗？"林卿卿脱口而出。

香凝脸上一丝犹疑瞬间即逝："也许吧。真心与不真心又怎样？我的命由不得自己，乔妈妈要我做的事，我不得不做。我已经不是清倌了，我不愿以这样的身子去嫁给一个真心待我的男人，他是个好人，该娶个好女人，结婚生子，过安稳的日子。"

听到这里，林卿卿心里好像明白了昨天夜里后院发生的情况。定定地看着香凝，她问道："凝姐姐，你为什么要告诉我这些？我其实什么也没听到……"

香凝露出一抹苦笑："我不是讲给你听，我是讲给自己听，憋在心里，我更难过。阿强哥待我很好，是个可以踏实过日子的男人，可我觉得自己脏，我配不上他。"

林卿卿呆住了，她在掩香阁的这些日子对男欢女爱的事已略有所知，可她毕竟是个懵懂的孩子，她不能理解香凝的感受，但从香凝的话语中听出了痛苦。

香凝站了起来，走到立柜前，又将昨夜那包东西取出，边往林卿卿手上塞边说："香茵，我晓得你是个靠得住的孩子，你帮我把这个再送给阿强哥，让他以后做点儿小生意。"

林卿卿倒退一步，那沉甸甸的银圆咣当一声落在了地上。香凝一愣，只几秒钟便一声不吭，蹲下，捡起，将银圆重新放进了立柜。林卿卿吓得哆嗦起来："凝姐姐，我……我……"

香凝理了理额发，又回到椅子上坐了下来。看了一眼林卿卿，她忽然问道："你想过日后该怎么办吗？"

林卿卿不明白她为什么突然转了话题，摇了一下头，即刻垂了下去。

"我看得出来，你和香柔不一样。她愿意留在这里往上爬，而你，不属于这里。"见林卿卿听了这句话，重新抬头呆呆地望向自己，香凝一记苦笑，又接着说，"不用觉得稀奇，日后乔妈妈也会教你们如何察言观色。她心里晓得的，你不会甘心留在这里，所以她会把你调教好，再卖个好价钱。

"青楼的女人，被梳拢之前是清倌，那是恩客们的宝，更是乔妈妈手里的摇钱树。等做了红倌，如果恩客继续垂青，或者愿出高价赎身收了做妾，那乔妈妈仍然视作宝贝，否则就会被她要求接更多留宿的客……"香凝的眼神渐渐黯淡下来，仿佛眼前看到了自己可悲的未来。

林卿卿不知哪来的勇气，突然问道："许公子他会娶你吗？""不晓得。他这样的家世背景，恐怕就是娶姨太太也会挑良家女儿吧。"香凝苦笑道。

不知为何，林卿卿突然觉得心里隐隐作痛。看着香凝，林卿卿说："凝姐姐，你把刚才的东西给我吧，我送去给阿强哥。"

香凝却说："算了，你送去他也未必肯接的。"

话音未落，就听见翠云的敲门声。得了香凝的回应，翠云这才入了屋。

把温热的燕窝端给香凝，翠云小声说："凝姐姐，刚才我去后院厨房，听后厨的妈妈们讲，阿强哥留了封信给乔妈妈，没要工钱，一早就走了。"

香凝拿起的勺子停在半空，隔了几秒钟才落下来。

一勺接一勺地将燕窝送入口中，香凝忽地红了眼圈："也好，走了好……"

林卿卿呆呆地看着香凝，不知道该不该上前劝慰。翠云蹲到香凝脚边，不作声将手帕递了过去。香凝并没有去接翠云的手帕，轻轻将手中的碗推至一边，站了起来。

走到窗前，香凝推开窗，仰望头顶这四方的天空。几只信鸽的叫声划破寂静的长空，也打断了她的思绪。转过身，香凝对林卿卿说："你走吧。"

林卿卿愣着神，立在原地，翠云赶忙推了一把，示意她赶紧离开。林卿卿这才回过神，一瘸一拐地要离开。香凝见她这样，喊住她："你裹脚了？"

"嗯，来的那天被裹上的。"林卿卿小声回答。

香凝皱了眉，片刻才对翠云吩咐道："你去告诉乔妈妈，从今天起，香茵随你们一道吃饭。"

翠云一脸茫然，看了一眼林卿卿，随即问香凝："凝姐姐，我们那里都是粗茶淡饭，香茵吃起来合适吗？"

香凝也不解释，只说："叫她日后跟着你来伺候我，当然要跟你们一道吃饭。"

翠云一怔，怯怯问道："凝姐姐，香茵是乔妈妈新收的女儿，乔妈妈能答应吗？"

香凝一脸不屑："你只管去，如今她还不会驳了我的意思。"

等翠云应下离去，香凝这才走到呆立着的林卿卿面前，摸了摸林卿卿的头，说："今天就能解了裹脚布。"

第九章

乔妈妈花了"女儿"的价钱收了林卿卿，却被香凝要求当作丫鬟来用，她心里自然有几分不悦。只是香凝如今是自己的摇钱树，又有许公子做靠山，乔妈妈不得不忍气吞声应下这件事。

吃好了夜饭，姑娘们都随乔妈妈去了前院迎客。香柔见四下无人，便跑到林卿卿吃饭的堂屋去找她，却不见踪影。打听了做杂役的妈妈，才知道林卿卿回了屋，香柔转身就往二楼的卧房跑去。

"卿卿，究竟出了什么事？"香柔一把拉住了在叠衣服的林卿卿。

林卿卿停下手，摇了摇头："我也不晓得，只是凝姐姐说以后要我跟着翠云伺候她。"

香柔愤愤地说："她凭什么呀。你长得好看，学得又快，日后一定可以做当家阿姐的呀。她做什么要断了你的路！你做了她的贴身丫鬟，就要去做粗活，吃的、用的都不会有现在的好，而且也不能再上梁先生的课了。"

林卿卿笑了笑，反倒宽慰起香柔来："哪里会有粗活要我做？有那么多做杂役的妈妈，几时轮得到我呀？凝姐姐还让我和你住一个屋子，梁先生的课业你可以夜里教给我呀。好了，不要生气了，同我讲讲今天下午梁先生讲了什么。"

香柔噘了嘴，用手指轻轻点了林卿卿的额头，嗔道："你倒好，跟没事人似的，亏我为你担心！上午凝姐姐莫名其妙叫了你去，我心里就扑通扑通地跳，果然不是好事！"

林卿卿拉起香柔的手，柔声说："柔姐姐，我晓得你待我好。跟着凝姐姐也不会比在家里的活重，顶多就是要我端个茶倒个水而已，你就放心吧！哦，凝姐姐说我今天起就不用再缠脚了。"

香柔听林卿卿这样讲话，也只好作罢："当真？看着你天天瘸着，我也心疼。好吧，既然这样你就去吧。那以后我教你，夜里我们一道温习功课，等我以后有了恩客，我就跟乔妈妈讨你过来跟着我。"

"好，我们一言为定！"刮了一下香柔的脸，林卿卿调皮地说，"现在就想有恩客，不嫌臊！"

香柔佯装生气："好你个卿卿，竟敢笑话我！看我今天不狠狠打你！"说着抓起床上的枕头，就要拍打林卿卿。

林卿卿一下被她打倒在床上，两个小姐妹嬉闹起来。

等许宥利从北京回来的时候，已经是满园晚桂飘香了。他被父母发电报召回北京过中秋，会亲见友，不觉间半个多月就过去了。许宥利对香凝是动了几分真情的，加之在北京又被父母约束拘谨着，一回到杭州城便迫不及待入了掩香阁。

常言道小别胜新婚，香凝却并不能让许宥利这么快便如愿以偿。香凝一边抚琴而歌，一边秋波传动，直叫许宥利神魂颠倒，心愉神牵。

许宥利情难自禁，上前一把拉起香凝，便将她揽入怀中。香凝轻轻将他推开，也不作声，只莞尔一笑。许宥利越发地着迷，拉着的手岂肯放开："宝贝，你不想我吗？你知道我给你带了什么好东西？来，我拿给你瞧瞧。"

说着便将香凝拉到长椅旁，从手提包内拿出了一个表盒。打开了表盒，许宥利不免有些得意："这是亚米茄手表，苏黎世的商人带到北京的，如今北京城的富贵人家都争相购买，当真是一表难求呢。"

香凝莞尔："易求无价宝，难得有情郎。只要你心里想着我，就好了。"

"想，想，怎么会不想？只是父亲希望我多留在母亲身边陪伴，不愿我离京。得了父亲外出巡视的机会，我这不是哄了母亲高兴，飞也似的赶来杭州见你吗？"许宥利急忙解释。

两个人讲话间已经一起入了座，香凝说："家里一切可都安好？我很小的时候随父亲入过一次京，那也是个秋天，北京城遍地黄叶，犹如黄金铺地，美极了。"

"是呢，这个季节的北京城宛如覆了黄金甲。不过我更喜欢杭州的秋天，满城金桂飘香，让人如痴如醉，"轻轻贴了香凝的唇，许宥利又轻声说，"还有你，我的索命妖精……"

温言软语，柔情更浓。

等二人醒来的时候，已是掌灯时分。门外的翠云听到了屋内的动静，轻轻敲了敲门："凝姐姐，有客来访许公子，现在门厅里候着呢。"

边由香凝伺候着穿衣服，许宥利边说："知道我回杭州又能来这里找我的，一定是鸿烨表哥。"

香凝说："这杭州城里能有什么事可以瞒过黄公子？快些出去看看，不是急事怎么会来这里寻你？"

许宥利的表哥黄鸿烨是他姨母的大儿子，今年不过二十四五岁，却已接管了黄氏家族近一半的产业。黄氏家族在杭州城里是名门望族，曾祖早年官至浙江布政使司，到了黄鸿烨祖父黄允文这代便已是红顶商人。清朝虽亡，如今当家的黄廷承却与财政总长是连襟，黄家的生意自然是如日中天。

许宥利再回到掩香阁已经是第二天吃完夜饭的时候了。香凝也不问他，只低头写自己的字。许宥利将外衣脱了交给翠云，便走到近前。

"宝贝，你果然是个大才女！这一手小楷写得当真漂亮！"许宥利夸赞道。

放下手中的笔，香凝抬起头："除去等你们这些恩客，我还能做什么？不过聊以自慰罢了……"

许宥利尴尬地笑了笑："等时机成熟，我就帮你赎身，带你走。"

香凝眼含秋水，细声道："有你这句话，也不枉我将这身子许了你……"

许宥利俯身贴在她的耳畔："你让我牵肠挂肚，我怎么舍得离开你？"

不知何时翠云已关了房门离去，许宥利一把抱起香凝便入了内室。

一番云雨，许宥利已是大汗淋漓，却没有一丝睡意。望着香凝，许宥利说："宝贝，这几天我可能要来得少一些，昨天表哥叫我回去是因为三表哥要结婚了，姨丈家里开始筹备婚礼事宜。他们发了电报给我母亲，母亲自然是要从北京赶来，所以姨丈与姨母就想我过去张罗着布置装饰母亲和哥嫂小妹们的居所。"

听到许宥利的话，香凝心中便盘算起来，只不动声色道："两情若是久长时，又岂在朝朝暮暮？家里事是顶要紧的，你只管忙你的去。"

第十章

黄廷承除去正室柳韵琴，还有两房姨太太张氏和姚氏。三房总共生养了四个儿子、四个女儿，其中长子黄鸿烨、次子黄鸿熠、幼子黄鸿煊与长女黄芳蕙都是柳韵琴所生。

黄鸿熠的未婚妻是杭州城赫赫有名的纺织大王廖昌明的三女儿廖玉凤，跟大哥黄鸿烨的妻子佟玉梅是两家长辈指腹为婚不同，廖玉凤是黄廷承亲自为黄鸿熠择选的，此前两个年轻人不过在一次宴会上碰过一面而已。

黄鸿熠今年二十岁，刚出校门几个月，本来想去法兰西留洋，可是黄廷承坚持要求他完婚之后才能做考虑。黄鸿熠不敢违拗父亲，只能应允下来。

花园的走廊上，黄鸿熠一只手扶着木柱，另一手斜插在裤袋里，呆呆地看着草坪上踢球的两个弟弟。"老三，你在那里傻愣着做什么？"听见喊声，黄鸿熠转过头来，看见大哥黄鸿烨与表弟许宥利一道走了过来。

许宥利其实只小黄鸿熠十八天，每每长辈不在的时候两个人之间就称呼彼此名字，很是亲近。黄鸿熠憨厚地笑了笑，便回答："没事，这不是看老五和老七在踢球吗？"

许宥利调笑："我怎么觉得你在犯相思呀？是想你的未婚妻还是你的小学妹呀？"

黄鸿熠忽地红了脸："宥利，你……你不要乱讲话。"许宥利越发地得意起来："瞧瞧，准是被我猜到了，是想你那个诗社里的小学妹吧？瞧你这没出息的样子，一个大老爷们，还会脸红。"

黄鸿烨过来打圆场："宥利，你明知道鸿熠实诚，就别逗他了。行了，我们一道进屋商量商量后天姨母她们到了接风宴的菜单吧。"

财政总长太太出行排场很大，由一列专车服务。火车站台上，柳韵琴领了许宥利与儿子们携同一班家仆手捧鲜花焦急地等待着。列车自北向南缓缓驶进站台，等停稳，便有车站的工作人员将红毯铺在了车厢门口。

随行的人员先行下了车，而后柳韵琴的大姐、财政总长太太柳悦琴才与子女们逐个下了车来。姐妹两个许久未见，不等接过外甥们送上的鲜花，柳悦琴已上前一把抱住了柳韵琴。

"阿姐，你好吗？这一路坐车辛苦了！"柳韵琴说。

柳悦琴缓缓松了手："算不得辛苦，睡了许久，又有小六给我唱歌跳舞，解乏着呢。"讲话间对着一旁一个十四五岁年纪的小女孩招了招手，示意她近前，"梧桐，快来见过你姨母。"

"半年不见，梧桐长高了好多呀！快过来，来让姨母瞧瞧。"柳韵琴很是欢喜。

许梧桐是许家的小女儿，在许家众兄弟姊妹中排行老六，她是柳悦琴中年所得，也是她亲生的唯一女儿，因而视如掌上明珠。

许梧桐蹦蹦跳跳地到了柳韵琴跟前，问了一声好，就转头对许宥利俏皮地问："四哥，你这些百合花是送给母亲的还是送给我的？"许宥利听她这样问话便笑嘻嘻近了前，先跟母亲问了个安，随后答道："鸿烨表哥手里的是给母亲的，我这个当然是给你的，谁让你是四哥的小女神呢！"

许梧桐接过花，得意地说："你趁父亲外出，悄悄跑来杭州，若非我帮你说好话，父亲一定要发脾气的。"转头看着柳悦琴，她问道："母亲，您说是吧？"

见柳悦琴笑而不语，许宥利一把搂住许梧桐的肩，笑道："我的好妹妹，这几天四哥陪你好好逛逛杭州城，算是感谢还不行吗？"

许梧桐点了点头："一言为定，你可不许讲话不算数。"许宥利兄妹俩说笑间，黄鸿烨与黄鸿熠已近前向柳悦琴献了花，问了安。只听柳悦琴问道："韵琴，怎么不见鸿煊？"

柳韵琴忙答："阿姐，鸿煊昨天踢球摔了一跤，伤了脚踝，出门不便。他倒是吵吵着要来，我让他在家里等你呢。"

柳悦琴问："要不要紧哪，可有请了大夫来瞧瞧？"

柳韵琴点了点头："廷承请了洋人医生，只说用冰块敷一敷就好。"

"胡闹，伤了脚踝要热敷，我就不信那些洋医生。跟廷承说，要请跌打郎中来瞧瞧才好。"柳悦琴打断她的话。

柳韵琴听阿姐这样讲话，忙满口应下，又让黄鸿烨兄弟与同来的许家老大许宥权夫妇互相问了好，一众人这才离开站台，登车前往黄府。

等许宥利再到掩香阁已经是三天以后了。

这天掩香阁搞了"寒露"节,姑娘们都下了大红帖子邀恩客们前来品酒跳舞,犹如洋人的晚宴派对。这是乔妈妈从上海滩学来的,她倒是个与时俱进的人。

掩香阁前院大厅两侧将多张桌子相连,铺上了水红色的桌布,摆上各式水果糕点与各种美酒汽水。厅内与厅外,廊檐下,大门旁,都陈设了从上海运来的玫瑰花,恩客们入了内,便是置身香艳丛中。

香凝做了时髦的鬈发,着一袭银色闪光长裙,那颗闪耀的红宝石项链挡在若隐若现的酥胸之上,配上她丰满的红唇,当得"花魁"的艳丽之名。

许宥利也是第一次见香凝这样的装束,一时间惊为天人。疾步走到香凝座前,许宥利身子略微倾斜,伸出手来:"我的女王,可否与我共舞?"

香凝一记媚笑:"你来得迟,刚才我答应了汪先生。"

许宥利一脸不屑:"你是我的,只准和我跳。"说完,不容香凝反驳,拉了她就进了舞池。

暗柔的灯光下,伴着靡靡之音共舞的人们已紧紧相贴。

许宥利贴着香凝的耳畔,柔声问:"是不是恼我这几天没来看你,专门要找个汪先生来气我?"

香凝淡淡回答:"我有什么可恼你的?你来,我迎,你不来,我也不好去请……来的都是客。"

许宥利心里却认定香凝是在赌气,于是说:"好了,好了,我就知道你恼了我。这几日我母亲与我大哥、大嫂还有小妹一道来了杭州,我要张罗着陪他们,实在是分身乏术哇!"

香凝抬了眼,望着许宥利:"那你是该好好陪一陪的,今夜怎的还跑来这里?"

许宥利答:"如果不是我来了,竟不知道有这样的派对!"

香凝调笑道:"你堂堂总长公子,什么样的派对没有经历过,少了这一场算不得什么。"

许宥利与香凝贴得更紧了:"那些个馋猫都盯着你呢,我不来怎么行?"耳鬓厮磨间,许宥利将香凝紧紧揽入怀内。

第十一章

酒尽意阑,清倌们的恩客陆续离去。许宥利看着尤物般的香凝,自然不舍分别。一阵颠鸾倒凤,两个人正欲相拥睡去,却听见翠云的敲门声。

许宥利一脸不悦,呵斥道:"懂不懂规矩,半夜三更敲什么门!"

门外传来翠云的声音:"许公子,黄府有人找您,说是黄公子的司机小李。"

小李是黄鸿烨的贴身司机,不是急事一定不会这个时候来掩香阁找自己。许宥利听到这里,忽地坐起了身,一脚踏下床,边披上衣服,边往门边走。

开了门,许宥利问翠云:"小李在哪儿?"

翠云答:"李先生回门口车上等您,说是家里有急事。"

许宥利点了一下头,转身进了里屋。香凝也已经裹上睡袍迎了出来,见许宥利抓起衣服往身上穿,就说:"这几天府上要是忙,就别惦记着过来了。夜里凉,穿上件大衣。"说着就按了电铃,叫人往一楼外厅拿许宥利的大衣来。

许宥利穿好衣服,亲了一下香凝的脸颊:"我就喜欢你这样懂事。我回去瞧瞧,得空了我便再来看你。"

许宥利疾步往外走,与前来送大衣的林卿卿撞了个满怀。林卿卿吓得低头连声道歉,许宥利也懒得与她计较,只嘀咕了一句"冒失鬼"便转身下了楼去。

坐上小李的车子,许宥利才知道家里出了何事。原来吃了夜饭,大人们开了两桌牌局搓起了麻将,许宥利便借机溜去了掩香阁。许梧桐见小表哥黄鸿煊脚伤未愈不能出门,其余的表兄弟姐妹们年纪又有相差,自是觉得无聊,就偷偷溜出了黄府。等女仆去房间送夜宵,才发现许梧桐不见了踪影。

许宥利下了车,三步并作两步入大厅。黄府上下都齐集在厅内,只有黄廷承坐在主位沙发上,柳韵琴则陪着柳悦琴坐在一侧,正在对她道一些宽慰之言。

看见许宥利进来,柳悦琴腾地起了身,焦急地问:"老四,你跑去了哪里?小六不见了,这可怎么办哪!"

许宥利迎上母亲,安抚道:"母亲,别急别急,小六自己出去的,走不远。"

"走不远!亏你说得出!你姨丈已经通知了巡警局,可是到现在也是没有消息。小六多年没到过杭州了,人生地不熟,这要是有个什么闪失,可怎么了得呀!"柳悦琴说话间已经落下泪来。

许宥利心里也是有几分忐忑,只此时见母亲这般模样,自己强作镇定宽慰着。

黄鸿烨走近许宥利,拍了一下他的肩膀,问:"你这几天带着梧桐妹妹到处逛,可有提到哪里好玩却未曾去过的?"

黄鸿烨这么一说,倒是提醒了许宥利。拍了一下脑门,许宥利说:"我知道了,前几天我同小六提过西湖边有家馄饨摊,只在夜里出摊的,汤底鲜美可口,馄饨皮薄馅足,准备找一天带她去尝尝的。"

听许宥利这样讲,一旁的黄鸿熠问:"宥利哥,你可对梧桐妹妹讲过往那里去的路?"

许宥利点了点头:"那日往曲院风荷路经那里,就顺手给小六指了一下。"

不等许宥利讲完,许家老大许宥权就接过话道:"快,多带几个人,咱们往那里找小六。"

黄家大宅离西湖并不远,顺着许宥利指引的方向,果然在接近馄饨摊的林荫道旁找到了许楮桐。

虽说是一场虚惊,可是黄廷承心里到底不能踏实。他知道许楮桐在许家夫妇心中的地位,这订婚宴还有半个月才举行,加之柳家姊妹许久未见,这次两人又商量好要柳悦琴母子在杭州多住些时日。倘若日后再出了什么闪失,自己又如何担待得起?

念及此,黄廷承对坐在一旁的柳悦琴说:"阿姐,楮桐也许是一个人觉得寂寞,咱们府上这几个孩子都比她大,芳菲虽是个女孩子却是个娃娃,唯独鸿煊与楮桐年纪相仿,可又伤了脚踝,也不能好好陪楮桐。我想着如果楮桐喜欢,这两天就在亲戚朋友家里给她找几个年纪相仿的,不论读书、玩耍,也好有个伴儿。"

柳悦琴觉得黄廷承所言在理,点了点头:"好,廷承,那就劳你费心了!"

许楮桐从小被娇养长大,向来行事特立独行。黄廷承找来的也都是富贵人家娇宠的孩子,虽然有家里长辈提前交代谦让之类的话语,可玩耍起来彼此间亦是不能够相让。只不两日,许楮桐便不愿再与他们交往。

这天是香凝的生日,许宥利在柳悦琴那里找了个借口,便准备去掩香阁。半个身子刚钻进车里,许宥利便被人一把拉住。转头一看,是许楮桐,他又将身子退出车外,笑道:"小六,你有何吩咐哇?"

许楮桐问:"四哥,你这是要往哪里去?"

许宥利答:"我去瞧个朋友,很快就回来。"

许楮桐接着说:"我一个人在家闷得慌,不如四哥你带上我?"许宥利要去掩香阁,又怎会愿意许楮桐一道?于是推托:"我和朋友们谈论的话题不是你小孩子家喜欢的,你更会觉得无聊,不如在家找鸿煊表弟一道玩。"

"鸿煊哥哥伤了脚踝,便总待在他书房里,甚是无趣!"许楮桐转了一下眼珠,压了声音,"四哥,我刚才听到你与鸿烨表哥说话……"说到这里,她故意止了声,扬扬得意地看着许宥利。

许宥利心里一咯噔,马上明白自己刚才对黄鸿烨说去掩香阁给香凝过生日的事被许楮桐听了去。许宥利弯下腰,满脸堆笑:"好小六,不许同母亲讲,四哥等下回来给你带糖人。"

许梏桐却追问:"四哥,那是个什么地方?你带我一道去吧?"

许宥利敛了笑容:"小女孩子家,去那里做什么?"

"女孩子怎么了?如今是新社会,我偏是要去!你不带我去,我便告诉母亲去。"看了一眼许宥利,见他没有妥协的意思,许梏桐接着威胁,"好,我这就给父亲拍电报,让他召你回北京。"

许宥利知道自己这个小妹,说得出做得到,听她这样讲话,忙哄道:"我的好小六,四哥不过是喜欢那里一个女子,今天是她生日,去看看她而已,你去了,我跟她怎么叙话?"

许梏桐疑惑地问:"四哥,你既然喜欢她,干吗不带她见见母亲,不行就把她娶回家呀。"

许宥利苦笑:"她是青楼的女子,父亲如今的身份,又怎会许我娶她进门?"

"青楼?她美吗?嗯,一定美,四哥你的眼光很好的。"

许宥利轻抚许梏桐的头,尴尬地笑了笑,并未答话。

见他这个神情,许梏桐拉了拉他的手,央求道:"四哥,我不打扰你和那个女孩子说话,你带我去看看,我只是想看看,行吗?"

许宥利看了满眼渴望的许梏桐一眼,又看了一眼手表,心里琢磨了片刻,于是说:"好,这件事天知地知,你知我知,我现在带你去,只是你不可以乱跑,那里有个花园,你只能在花园里玩。"

许梏桐听他这样讲,欢喜地拍起手来:"好,四哥,天知地知,你知我知!"

第十二章

知道许梏桐是许总长的千金,乔妈妈自然不敢怠慢。依照许宥利的吩咐,乔妈妈把许梏桐迎进了后院的主厅,着人奉了上好的瓜果点心,又交代香凝贴身的两个丫鬟翠云、林卿卿一道伺候着,这才笑嘻嘻地退了出去。

这是林卿卿第一次见到许梏桐。

一条淡粉色过膝的笼纱洋裙外穿了一件浅蓝色洋呢大衣,白色的连脚袜配了一双亮晶晶的白皮鞋。微微卷曲的马尾辫,衬上她白皙的脸蛋,把许梏桐的清纯娇小与可爱美丽展露无遗。

许梏桐坐定,看了一眼立在身旁的翠云,开门见山地问道:"那个香凝是不是很美?"

翠云一怔，忙答道："凝姐姐是一等一的才艺兼备的美人。"

"我就说嘛，我四哥的眼光不会差。"看着翠云，许梧桐又问道，"她是不是只跟我四哥一个人好？有没有乱七八糟的男人来找她？"

翠云一阵尴尬，低头回答："许小姐，凝姐姐是咱们这里的当家阿姐，恩客自然不会少。"

许梧桐常随母亲一道去戏院听戏，知道恩客是称呼那些捧场烟花女子的男人，此时听翠云说香凝有许多恩客，心里不由得替许宥利打抱不平起来。

"什么？还有其他男人？这怎么可以！枉我四哥整天记挂她！"许梧桐一脸不悦。

眼前这个千金小姐的话，令翠云一时间语塞。

"凝姐姐为了许公子，已经牺牲很多了……"一旁的林卿卿开了口。

寻声望去，许梧桐这才注意到窗边站立的这个和自己年纪相仿的女孩。"你倒是说给我听听，她为我四哥怎么个牺牲了？"许梧桐歪着头问道。

"凝姐姐……凝姐姐……"林卿卿不知道该怎样对许梧桐解释这男欢女爱的事情，瞬间涨红了脸。

许梧桐却不依不饶："她当真喜欢我四哥，就该离开这里，做个清清白白的女子，而非在这种烟花之地，每日卖笑寻欢！"

林卿卿想到香凝对自己讲的那番话，不由得暗暗紧了紧手，心里直替香凝抱不平。不知哪里来的勇气，她走近几步，说："凝姐姐何尝不想过平常女子的生活？'枕上潜垂泪，花间暗断肠！'您是许总长的千金，又怎会晓得这里女子的愁苦？"

"你，是她的丫鬟？竟会背鱼玄机的诗？"许梧桐惊奇地问。

鱼玄机是晚唐女诗人，亦是那个时代著名的青楼女子。鱼玄机存世的诗词歌赋不少，可因为她的出身，鲜少名门闺秀会被允许诵读她的诗词。听到许梧桐脱口而出鱼玄机的名字，林卿卿也为之一怔。

许梧桐腾地一下从椅子上跳了下来，噔噔几步到了林卿卿面前。"羞日遮罗袖，愁春懒起妆。易求无价宝，难得有心郎。枕上潜垂泪，花间暗断肠。自能窥宋玉，何必恨王昌？"一口气背诵了整首诗，得意地看着林卿卿，她又接着问，"是你们这里的女孩子都要求背诵鱼玄机的诗吗？"

一旁的翠云担心林卿卿惹恼了许梧桐，忙赔笑道："许小姐，香茵她不懂事，您千万莫恼。"

许梧桐斜了一眼翠云，转头盯着林卿卿："我在问你话！"

林卿卿回了神："是我自己在书上读来的，乔妈妈不管这些。不晓得许小姐竟

035

然知道这首诗,我,我班门弄斧了……"

许楮桐依然板着面孔:"既然你这么爱卖弄,那你倒是再多念两首给我听听。"

见林卿卿不语,许楮桐只管目不转睛地盯着她。林卿卿毕竟是个孩子,此时被同龄的小姐这么盯着,一时间不安起来。为了让许楮桐不再这样盯着自己,林卿卿壮了壮胆,点了点头。

"枫叶千枝复万枝,江桥掩映暮帆迟。忆君心似西江水,日夜东流无歇时。"林卿卿缓缓吟出。

鱼玄机的这首《江陵愁望寄子安》也是许楮桐最喜欢的,听林卿卿吟罢,许楮桐不禁问:"你也喜欢她这首诗?"

林卿卿刚点了点头,许楮桐背起双手,眯了眼问:"你可听过她的故事?那是个不寻常的女子,只可惜她红颜薄命。"

见林卿卿和翠云都低头不语,许楮桐忽觉讨了无趣,也没了继续话题的兴致。定定片刻,她跑到窗前,瞧见了院子中间的那棵柚树,忽然又来了兴致。

见许楮桐腾腾跑着下楼梯,翠云与林卿卿急忙尾随着到了院子里。

许楮桐指着树上挂着的柚子,问道:"这个就是平日里我们吃的柚子吗?"

翠云忙答道:"是的,许小姐,我们这棵柚树结的柚子特别香甜可口。平常只有贵客们来,乔妈妈才准我们摘。"

"你的意思只有贵客才可以享用了?那你怎么知道香甜可口呢?"不等翠云说完,许楮桐便抢白她。

"恩客们吃不完,我们……我们就可以尝尝。"翠云尴尬地回答。

许楮桐环着柚树一圈,看定了一个滚圆的柚子,对翠云和林卿卿吩咐:"你们把这个摘下来给我,快点儿!"

翠云答:"许小姐,我上不去树的,您稍等片刻,我去唤院丁搬了木梯过来。"

许楮桐哪里有这份耐心,卷起袖子就准备自己上树。

"我来吧,您穿着裙子会被树枝剐破,而且也很危险的。"一旁的林卿卿拦住她。

许楮桐转过头,上下打量了一番林卿卿,问:"你竟然也没裹脚,还会上树?那好,你上去帮我把那个最圆的摘下来。"

别看林卿卿瘦瘦小小,上树动作却是灵活极了,只见她双手抓住树干轻轻一跃,只不几下便上了主干。顺着许楮桐指的方向,林卿卿只看了一眼,却将旁边的一个摘了下来。

许楮桐见林卿卿不依自己的指示,大声叫道:"我要那个圆的,圆的,难道你是聋子?"

林卿卿也不答她,只对着翠云说:"翠云姐姐,你接好了。"

翠云闻声,忙兜了衣服将林卿卿扔下来的柚子接住。

下了树,林卿卿走到许梧桐面前解释:"许小姐,这棵是文旦柚,本来九月、十月是它的盛果期,因为乔妈妈请花匠护得好,所以果子留的时间长。文旦要皮光果沉、底宽上尖的为上品,吃起来才是酸甜多汁。"

许梧桐不服气:"哼,你的意思就是我挑的那个不好喽?你倒是厉害呀,又会背诗又会爬树,还会挑柚子。"

林卿卿回答:"许小姐您是京城来的,平时吃到的多数都是别人帮您剥好的,认不得柚子也是正常。我不过是因外祖父家里有柚树,小时候常常爬上去摘了吃,所以认得。刚才我只是在想,您既然要吃,就该为您挑选好的。"

许梧桐听她这样讲话,也就气消大半:"算你有心,好吧,我信你一次。"忽地伸手拉住林卿卿,"你身上有股淡淡的花香,嗯,是桂花的香气。"

见林卿卿点了点头,许梧桐好奇地问:"我家里有许多法兰西的香水,却没闻过这个香型的,你是在哪里买到的?"

林卿卿回答:"这不是香水,是我自己做的香包,您如果不嫌弃,我可以送您几个。"

许梧桐望着她,忽然笑了:"走,我们去剥柚子吃。"

第十三章

等许宥利来后院接她回家的时候,许梧桐与林卿卿已经玩得很投机了。

接下来的日子,许梧桐便日日缠着许宥利带她来掩香阁找林卿卿玩耍,两人在不知不觉间已经将对方当成了小伙伴。许宥利也乐得以带许梧桐出门为由,去与香凝私会。

许梧桐从小不是被父母兄姊娇惯着,便是被家仆奶妈奉承着,即便有小伙伴,也多是因父母的关系相识,或一味谦逊,或互不相让,并无真正投缘的朋友。唯独这个林卿卿,虽说是个丫鬟,却不卑不亢,又知书达理。玩耍的时候,林卿卿可以动如脱兔,读书的时候,她又能静若处子,许梧桐与她交往越久,越是觉得她与别的玩伴不同。

杭州多雨,瓢泼的大雨下了整整一夜。因临近黄鸿熠订婚的日子,柳悦琴便不许许宥利兄妹再频频外出。反正出不了门，许梧桐晨起便赖在床上，任凭女仆三番五次相请，她就是不愿起身。

听了女仆来报，柳悦琴便领了随身的吴妈一道入了许梧桐的房间。轻轻掀起被角，柳悦琴柔声唤道："小六，起床了，再不起来吃东西，胃要疼的。"

许梧桐也不睁眼，只懒懒应答："母亲，人家不饿，人家还想再睡。"

柳悦琴哄道："人家要睡，小六不睡，来，母亲拉你起来。你姨母一早让厨房给你包了馄饨，鲜得很，快下楼尝尝去。"

许梧桐揉揉惺忪的睡眼："有什么好稀罕的，说不定还不如四哥带我去的那家路边摊做的好吃。"

"这孩子，什么时候学得这样不懂事？你姨母用心用意地嘱咐他们专门为你包的，怎么就不如一个路边摊？好了，起来吧，再晚，你肚子就要咕咕叫了。"柳悦琴打断她的话。

许梧桐说："不是我不想吃，只是吃完饭又没事可做，还不如不起床。"

柳悦琴听她这样讲，忙道："我道是为了什么事呢，原来是这样。好了，你姨母组了牌局，你芳蕙阿姐也要回来，吃好饭就跟我一道去牌室看我们打麻将好了。"

许梧桐坐了起身，抱怨道："你们大人就知道打麻将，我才不要看！"

柳悦琴说："那就让你大嫂陪你一道说说话，你不是一向喜欢你大嫂……"

不等柳悦琴说完，许梧桐便打断她的话："大嫂还不是听您的话来说教我？我才不要她陪！"

柳悦琴对这个小女儿充满了耐心："那就让鸿煊来陪你呀，他的脚也好得差不多了。"

许梧桐却说："姨母说鸿煊哥哥脚伤好了没多久需要静养，他整天不是在书房读书便是在琴房练琴，太无趣了！"

柳悦琴佯作生气："你这也不是，那也不行，那你究竟想怎样？"

听柳悦琴这样问，许梧桐忽地拉住柳悦琴的手，撒娇道："母亲，我想要个朋友一道玩。"

"朋友？你呀，早点儿说嘛，我这就跟你姨丈说，让他打发人去接那几个孩子过来陪你一道玩。"柳悦琴轻点许梧桐的额头。

"不是的，母亲。"许梧桐说，"我不喜欢跟他们一道玩，我要的是朋友，您知道吗，朋友！"

柳悦琴蹙了眉头："你这孩子，说的哪门子胡话？你姨丈找的不是亲戚家就是世交家里的孩子，又与你年纪相仿，怎么就不是朋友呢？"

许楮桐急了:"我说不是就不是!"

一旁的徐妈唯恐母女两个起了争执,忙圆场道:"六小姐,太太那是关心您,您先起来吃点儿东西,等吃好了饭,想跟谁一道玩就告诉太太,太太一定会让您如愿的不是?"

不等许楮桐答话,便见柳韵琴笑呵呵入了内来。柳韵琴看柳悦琴双眉紧蹙,又瞧见许楮桐小嘴微噘,就知道母女两个话不投机。

走近许楮桐床前,柳韵琴问:"我在餐厅左等右等不见你们下来,就上来瞧瞧。楮桐,刚进门的时候我好像听见你说要什么朋友,是怎么回事呀?告诉姨母,姨母来为你做主。"

柳韵琴话音刚落,柳悦琴便说:"你来得正好,倒是来评评理。楮桐说无聊,要找什么朋友玩,我说让廷承打发人接那几个孩子过来陪她,她还不愿意。"

许楮桐反驳:"他们跟我玩不到一起,我干吗要跟他们一道玩,我有自己的朋友,我想跟我朋友一道玩。"

柳韵琴听她说完,笑着说:"楮桐,姨母知道你一定是想你北京的小伙伴了,也难为这些日子总把你拘在家里,等天放了晴,我就让鸿煊陪你出去爬六和塔。"

"我在北京也没有朋友……"许楮桐一边小声嘟囔着,一边摆弄着枕边的香包。

声音虽小,柳悦琴姐妹却听得清楚。两人对视一眼,便由柳韵琴开口问道:"楮桐,你这个香包的气味好熟悉呀,嗯,好像是桂花香,真好闻!"

许楮桐听见这话,眼睛忽然亮了:"嗯,姨母,就是桂花,这是我好朋友前几天亲手做的。"

"哦,楮桐,你朋友前几天刚做的,那是杭州的朋友吗?"许楮桐忽觉自己失了言,便低下头,不再出声。

柳悦琴姐妹见她这般模样,生了疑心,忍不住问道:"小六,你今天究竟怎么了?怎么说话遮遮掩掩,是你朋友做的香包怎么就不能告诉我们?那究竟是什么样的朋友?"

见许楮桐还是不出声,柳韵琴接着问:"楮桐,你是个好孩子,姨母相信能跟你做朋友的一定也是个善良的孩子。这杭州城里还没有你姨丈不认识的名门世家,若你当真想跟这个朋友一道玩,你就告诉姨母是谁家的孩子,姨母打发人去把她接来。"

听柳韵琴言语中认可自己的朋友,许楮桐微微抬了头,满眼渴望:"姨母,她叫林卿卿,可她不是什么大家闺秀,但是她真的很好。"

"哦?你来杭州也没多久,又是怎么认识她的?"柳韵琴问道。

"小六，你最近总跟老四往外跑，我倒是忘记问你，老四带你去了什么地方？你说的这个朋友，是不是他带你认识的？"柳悦琴问道。

见许梧桐不吱声，柳悦琴继续说："我说不让你跟他一道出门，你偏要去，究竟去了哪里？你不出声，一定不是什么大户人家的孩子，那些个小门小户的能有什么正经样子的？"

"母亲，为什么不是大户人家的孩子就不正经？您这是偏见！"许梧桐一脸不悦，转头对柳韵琴说："姨母，不是我不告诉您，只是我现在不想说了。"

柳悦琴正要开口，就见柳韵琴轻轻摇头，心下会意，只能将话忍住。

柳韵琴轻抚许梧桐的头："梧桐，你不愿告诉姨母，那姨母也不多问，只是你既想跟她一道玩，那总该告诉姨母她住在哪里，姨母也好打发人去把她接来不是？"

柳韵琴的话许梧桐不能再辩驳，只是她又如何能说出和林卿卿是在掩香阁相识的，一时间不知如何作答，只低头懊悔自己言多有失。

许梧桐这个模样更令柳悦琴觉得可疑，于是对一旁的徐妈吩咐："你去把老四给我叫来！"

第十四章

徐妈是个精明的人，见到许宥利便将事情前因后果和盘托出。往许梧桐房间的路上，许宥利心里已盘算好应对之言。

进了许梧桐房间，许宥利还没来得及问好，便被柳悦琴质问："老四，你这些天带小六去了什么地方？做了什么事？"

许宥利佯作一脸无辜："母亲，我能带小六去哪儿？不过是一个朋友的诗社，我们在那里谈谈时事，聊聊典籍，作些诗词而已。"

柳悦琴将信将疑，又问："小六从来不喜欢这些话题，她在那里能做什么？"

许宥利看了一眼满脸歉意的许梧桐，笑道："小六在那里交了个朋友，一起说话游戏，我瞧着倒是挺投缘。"

听到许宥利的话，许梧桐睁大了眼睛望着他。

柳悦琴并未注意许梧桐神情异样，只盯着许宥利追问："诗社里交了朋友？那是谁家的小姐？"

许宥利摇了摇头："不是什么小姐，是诗社里一个做杂役的女孩子。"

许梧桐心提到了嗓子眼，听许宥利继续跟柳悦琴"解释"："这女孩子父母双亡，是我朋友的远房亲戚，知书晓理，所以让她在诗社做点儿事，也好维持生计。"

"这种做杂役的女孩子，怎么可以做小六的朋友！简直胡闹！"柳悦琴板着脸说。

听到许宥利的说辞，许梧桐心里反倒长舒一口气。柳悦琴声音刚落，她便接过话："为什么不可以？做杂役怎么了？她跟我聊得来，又懂事又好学，怎么就不可以做我朋友了？"

柳悦琴说："什么样的朋友你不好交，要去跟个下人做朋友。"说完看了一眼身旁的吴妈。柳韵琴忙打圆场："阿姐，如果她是个清白人家的孩子，叫她过来陪陪梧桐倒也无妨。"

许梧桐听到柳韵琴的话，顿时来了精神："姨母说得对，我都快要闷死了，好不容易有个朋友可以一道玩，母亲，您就不要阻拦了。"说话间，许梧桐揽住柳悦琴的手臂摇晃着撒起娇来。

柳悦琴禁不住许梧桐撒娇，又听柳韵琴这样说，加上许宥利又说是清白人家的女孩，便点了点头算是应下。

离开掩香阁，是这里每个姑娘的奢想，可在林卿卿这里不过是许梧桐三言两语就能解决的事。

因为对母亲说了谎，许宥利带林卿卿离开掩香阁也是做得避人耳目。许宥利有财政总长公子的身份，又有香凝的帮腔，只给了乔妈妈一笔钱，她便二话不说将林卿卿交由许宥利带走，而对其他人只说林卿卿得了疫病被赶出去。

林卿卿也没有可收拾的行李，只简单装了两件换洗的衣服，便往香凝房间来辞行。

香凝一如往日，慵懒地躺在贵妃椅上。

林卿卿屈身行了个礼："凝姐姐，谢谢您！"

香凝也不抬眼，只淡淡地说："谢我做什么，是你自己有本事，哄得许小姐开心。"

林卿卿回答："如果没有凝姐姐，我哪来的机会离开这里。凝姐姐，我会永远记得您。"

香凝此时抬了眼，缓缓坐起了身，又上下打量一番林卿卿，这才说："记不记得我不要紧，如果你当真有心，日后有机会帮我找找阿强哥……"

林卿卿忽地想起当日香凝让自己来她身边伺候时说的话，难道把自己弄到她身边，只为有朝一日让自己可以离开去帮她找阿强哥？

见林卿卿若有所思，香凝淡淡一笑："你走吧，以后一切看你自己造化。"

林卿卿还想再说什么，却见香凝摆了摆手，无奈作罢，又屈身行礼，这才转身离去。

　　刚走到房门口，又听到香凝的声音："不用跟任何人道别，免得让黄府的司机在下面等急了。"

　　林卿卿愣住，只一秒钟，就点头答"是"，而后随着翠云一道下了楼。

　　姑娘们都在歇晌，午后的掩香阁里静悄悄的，汽车马达声响起，载着小小的林卿卿永远地离开了这里。

　　目送汽车走远，翠云这才回到香凝房里。

　　递了杯温茶给香凝，翠云说："凝姐姐，您先喝口茶，我去寻一下香柔，香茵有封信要我交给她。"

　　香凝接过茶杯，正要喝茶，听到翠云的话，便说："把信给我！"

　　翠云只一秒停顿，便将林卿卿所托的信递到香凝手中。香凝也不打开，刺啦刺啦几声便将信撕得粉碎。

　　看了一眼目瞪口呆的翠云，她把信丢到一旁的茶盘里，才说："掩香阁里只有乔妈妈和我们两个晓得她是被许公子带走的，许公子又不喜欢旁人晓得她去了哪里，你做什么节外生枝？"

　　翠云只"哦"了一声，不敢再接话。

　　香凝见她这个模样，笑了起来："香茵这小囡是有福气的，日后我如果年老色衰没人要了，你倒是可以去投奔她。"

　　翠云听她这个话，反倒糊涂起来："凝姐姐，您似乎特别高看香茵，我怎就没发觉她有什么过人之处哇？"

　　"她眼里有一股劲，是旁的人所没有的。就像……就像小时候的我……"苦笑一下，香凝接着说，"只是我没有她运道好。"

　　"她是运道好，遇上了您，若不是您留她在身边，又解了她裹的足，她哪里有这样好的机会。"翠云说。

　　香凝自嘲地笑了笑："运道这个东西，多是天注定的。她遇上我，是她的命，我遇上她，又何尝不是我的命？"

　　翠云不能理解香凝说的话，却因为跟香凝多年彼此亲近，于是壮了壮胆，问道："凝姐姐，您帮她离开这里，只是为了阿强哥吗？"

　　香凝盯着翠云，直看得翠云心里敲鼓，才又开了口："我希望阿强哥找个好女人，成家生子，他于我而言已是过眼云烟。许宥利让我做了红倌，我自然要为自己日后筹谋。我既是真心帮香茵，又是为自己得个帮手。"

"她只是去给许小姐做伴，又怎么能帮到您？"翠云不解地问。

香凝起身走到窗边，看着院中花草，说："你知道为什么外面的花草早已凋谢，而咱们院子里的花草繁茂吗？"

翠云回答："乔妈妈花重金请了花匠日夜打理，又修了花房培育，自然跟外面的花草不同。"

香凝转过身，说："花无百日红，若想常开不败，只有找到能为它挡风遮雨、细心呵护的人才是。许宥利既得了我，便该担起这份责任。"

慢慢踱回贵妃椅前，香凝又接着说："只是他虽说喜欢我，可我做不了他的妻室，即便甘心做妾，财政总长这样的人家也不是我想进就能进的。翠云，我要有人帮我，你懂吗？"

翠云似懂非懂，点了点头。

香凝轻轻点了一下翠云的额间，说："你呀，好了，你也别心里嘀咕了，许宥利老早就跟我提过他那个六妹，被他父母视作珍宝，她的性格脾气我也略知一二。本来我想着趁他母亲与六妹来杭州，找个机会向许宥利引荐香茵，让香茵去给他六妹做伴，也好借机拉拢他六妹。谁料到那许小姐主动上了门来，香茵也算争气，没辜负我的期望。临走跟她提及阿强哥，一来心里真的记挂；二来也能让她认定我是个重情义的人，这下你可明白了？"

第十五章

林卿卿生平第一次走进这样的豪门大宅。她只记得转过好几重院子，又绕过几道走廊，这才来到了黄家的正厅。

中西合璧的建筑，四四方方的正厅，挑高大面窗上安装了时新的玻璃。厅里虽摆放了西式的皮沙发，所用的木质家具却都是雕花紫檀。

林卿卿在掩香阁的这些日子里也见识过一些名贵的木器，可是这样满屋陈设却是头回见到。她心里感慨，这些东西，于寻常人家而言，便是倾尽所有都未必能得到的。

穿过正厅，来到了牌室。柳悦琴与柳韵琴以及黄府的两位姨太太正在搓麻将，而许宥权的太太张幼念则与黄家大女儿黄芳慧围在一旁观牌。

许梧桐拉着林卿卿的手来到柳悦琴面前介绍："母亲，这个便是卿卿。"

柳悦琴转头将林卿卿上下一番打量，边往外打牌，边说："我道是什么样的人物呢，也不过如此，既然小六喜欢你做伴，你以后就好好陪着她，别让小六不开心。"

林卿卿有些紧张又有几分羞怯，只点了点头却并未答话。柳悦琴见她不出声，反倒放下了手里的牌，转头对一旁站立的徐妈吩咐："让她跟着你，学点儿规矩。"

不等徐妈应下，许梧桐便接口道："母亲，您慢慢玩，我带卿卿先出去了。"说完，不等柳悦琴反应，便拉着林卿卿跑出了牌室。

望着两人的背影，柳悦琴沉了脸："乡下来的毛丫头，不懂一点儿规矩！"

柳韵琴笑道："阿姐，小门小户人家的孩子，兴许是一时害怕。"

黄芳慧听母亲这样讲话，也帮腔道："姨母，您哪，是见惯了我梧桐妹妹大方懂事，所以觉得这女孩子不够得体。我瞧着倒是觉她老实，您就放心吧。"

柳悦琴笑了："你们母女两个倒是与她投缘，这才见一面就帮她讲话。"

柳韵琴说："阿姐，梧桐是大家的宝贝，梧桐喜欢的，我们当然也喜欢哪。"

柳悦琴听到大家喜欢自己的宝贝女儿，心里自然欢喜，便又开开心心与众人搓起了麻将。

许梧桐拉着林卿卿逛遍了黄家的角角落落，最后才往花园方向走去。

江南本妩媚，即便深秋亦不似北国那般飓风肆虐。黄家的园子里枫叶正红，银杏泛黄，色彩斑斓中还透着晚桂的清香。林卿卿呆呆地望着眼前的景色，只觉置身画卷，沉醉其中。

"鸿煊哥哥，你在做什么？"听到许梧桐的声音，林卿卿这才回过神来。一棵樟树上，黄鸿煊正骑在树干上，听到了许梧桐的问话，他伸手比了个止声的动作。

等许梧桐拉着林卿卿跑到近前，黄鸿煊已从树上滑了下来。黄鸿煊小心翼翼地从怀里掏出一只雏雀，才对许梧桐说："刚才有只小雀掉了下来，我看到树上有鸟窝，就想把它送回去，谁知道鸟妈妈死在了窝里。"

许梧桐看着黄鸿煊手中的小雏雀，喃喃自语："好可怜的小家伙，它没有了妈妈怎么活呀。"

许梧桐无心的话，却让林卿卿心里涌上一阵酸楚。

将小雀交给许梧桐，黄鸿煊说："梧桐妹妹，你先接好它，我再上树把它妈妈弄下来。"

许梧桐不解地问："它妈妈都死了，你还弄下来做什么？"黄鸿煊说："埋了呀，总不能让它烂在窝里吧？"

许梧桐反对："你的脚伤刚好，怎么能三番两次上树哇？去找个人来帮忙吧。"

"我来吧！"不等黄鸿煊答话，一旁的林卿卿开口了。

黄鸿煊打量着林卿卿，问："你当真会上树？"

见林卿卿只点头不语，许梧桐不无得意地炫耀："鸿煊哥哥，这是卿卿，我的朋友，她可厉害了，还上树摘柚子给我吃。"

在黄鸿煊与许梧桐期盼的眼神中，林卿卿将树上的那只母雀取了下来。黄鸿煊又去找来园丁的工具，三个人一道将母雀埋在了樟树下，这才将那只小雏雀带回了房内。

那只小雏雀起初因受了惊吓，总是警惕地望着他们，一旦有了声响便会惊慌失措地抖动翅膀。林卿卿知道小雏雀是努力想飞，那无助可怜的样子着实令她心疼。看着身体微微颤抖的小雏雀，林卿卿暗暗下定决心，一定要将它养好，让它可以羽翼丰满飞上蓝天。在林卿卿的建议下，黄鸿煊从花匠那里找来了小木箱，在里面铺上了刨花絮，又拿了茶盏做小雏雀喂水喂食的器具，算是给它安了家。只是小雏雀蔫巴巴的，不吃不喝，这可急坏了许梧桐。

"这样下去，它会死的！"许梧桐焦急万分。

黄鸿煊说："我看书上说，雏雀要母雀喂哺才行，要不我们来喂它喝水吧。"

见他两人说话间便要抱起雏雀，林卿卿急忙阻止："它太小了，这样会呛到它的。"

许梧桐问："卿卿，你可是有什么好办法？"

林卿卿点了点头："有一年我家窗台上落过一只受伤的小鸟，姆妈就是用谷粉加了一些蛋黄和成泥，用细柳枝喂给小鸟吃……"林卿卿话音未落，许梧桐便欢喜起来："太好了，卿卿，雏雀有救了！"转头对着黄鸿煊，许梧桐又说："鸿煊哥哥，那便劳你大驾往厨房一趟吧。"

黄鸿煊欢喜应下，转身便去了后院厨房。

瞧着黄鸿煊的背影，林卿卿却觉得与他似曾相识。

许梧桐见林卿卿发愣，用手在她眼前晃了晃，笑道："是不是觉得鸿煊哥哥特别心善哪？他呀，从小就这样，有一年姨母带他来北京，他带着养的春蚕一道来了。后来蚕结了茧，我一时好奇想看看春蚕怎么变成蛾，就趁他不在的时候偷偷把蚕茧剪开了，结果那里面是正在变蛾的蚕蛹，我这一剪子下去，唉，也是怪我！他回来后伤心得大哭一场，还冒雨把那个蚕蛹埋到了我家花园里，就因为这个，他许久不搭理我。"

看林卿卿听得仔细，许梧桐继续说："鸿煊哥哥不但心地善良，而且读书也是一等一的好，我这几个表哥当中数他最受姨丈姨母宠爱，他是被夸大的。"

林卿卿笑了笑，并不接话，只低头抚摸着小雏雀。许梧桐也不在意，走到近前与她一道照顾起小雏雀来。

只过了两天,小雏雀便不再害怕,每每看到他们三个人,便会叽叽喳喳地叫起来,仿佛在感谢他们的救命之恩。

自从救了这只小雏雀,黄鸿煊便天天往许梧桐房里来,一来二去,与林卿卿渐渐熟络起来。三个小伙伴除去照顾小雏雀,也一道读读书,习习字,大人们瞧着倒也觉安心,加上黄鸿熠结婚的日子一天天临近,人人都忙碌起来,也就不再过问他们的事。

第十六章

黄鸿熠的婚礼临近,黄府上上下下忙碌异常。前后几院,大小客厅,全部陈设一新。虽说是深秋,每个院门前却是花团锦簇。

院门上,梁柱上,贴满了红色的喜联,来往的人瞧着自是觉得喜气洋洋。廊檐下,红色的灯笼里蜡烛已被电灯取代,入夜之后,灯笼亮起,黄家大院闪耀着一道道红光,喜庆至极。

黄廷承与廖昌明是本城举足轻重的人物,如今两家联姻,早已轰动全城,这几日往来黄家送礼的客人已是络绎不绝。

隔着二楼的玻璃窗,林卿卿看着黄府穿梭往来的人群,对许梧桐说:"这跟我们乡下的婚礼真是大不同。"

许梧桐凑过来,看了看窗外,转头问林卿卿:"怎么就不同啦?我家里哥哥姐姐们结婚的时候也是这样啊。"

林卿卿答:"在我们乡下,结婚的时候会在主家门前搭棚子,请来镇上最会做饭的几位大师傅,全镇的人都会到棚下来吃喜酒。"

许梧桐问:"就在棚子里吃饭?刮风下雨怎么办?"

林卿卿摇了摇头:"我们镇子上的人都特别受上天眷顾,不管迎亲还是过寿,天气总是好得很。老师傅们做的酒席好吃极了,有蛋饺,有肉皮膏,还有顶顶好吃的霉干菜扣肉。"

许梧桐听了林卿卿的话,一脸憧憬:"被你说的,我都馋了,真想去你家乡看看。"

林卿卿却低下头,小心翼翼捧起小雏雀,轻声说:"也不知道几时可以再回家。"言语间,林卿卿心里忽地一阵悲伤,但她瞬间克制了自己的情绪,倒也未被许楮桐察觉。

许楮桐不以为意:"这有什么难的?等忙完鸿熠哥哥的婚事,我便去对母亲说,让四哥带着我们去乡下玩两天。"

"你们要去哪里玩?也算我一份吧!"黄鸿煊人随声至。

许楮桐咯咯笑着:"一说出门玩,你就现身了。"

黄鸿煊径直走到林卿卿面前,慢慢接过小雏雀:"谁不想出门?好在我今天便有机会能出趟门。"

许楮桐问:"你今天要去哪里?带上我们两个一起去。"

黄鸿煊说:"那怎么行?我今天是同大哥与五哥一道去廖府接嫁妆,你们女孩子怎么能去呢?"

许楮桐噘起了嘴:"接嫁妆女孩子怎么就去不得了?我这便去找姨母,我偏是要去!"

黄鸿煊忙劝阻她:"楮桐妹妹,按照风俗,去新娘家里接嫁妆不能有女眷……"

不等黄鸿煊说完,许楮桐就抢过话:"为什么不能?现在是新时代了,还讲究这些个老规矩,真烦!我偏是要去!"

黄鸿煊说:"祖祖辈辈的规矩,我们可以不信,但父母长辈们是信的。你跟着去,廖家的人会觉得我们家不懂规矩,传出去有损我父亲的名声。"

黄鸿煊不提廖家便罢,这一提,许楮桐更是来了劲:"廖家人又怎样,还怕了他们不成?鸿熠哥哥压根儿不喜欢那个廖小姐,做什么要娶她进门?"

黄鸿煊急忙阻止道:"你别乱讲话……"

"我哪里有乱讲话?四哥亲口告诉我的,鸿熠哥哥喜欢他的小学妹。姨丈也真是的,非要鸿熠哥哥娶一个不喜欢的人。"许楮桐愤愤不平。

望着黄鸿煊,许楮桐又接着说:"鸿煊哥哥,换作是你,你会娶自己不喜欢的人吗?反正我是不要嫁一个我不喜欢的人。"

黄鸿煊本是青春少年情窦初开,被许楮桐这么一问,忽然涨红了脸:"以后的事谁知道……"

许楮桐看他这个模样,咯咯笑了起来:"鸿煊哥哥,你就等着姨丈给你择姻缘吧……不跟你说了,我现在就去找姨母,我就是要跟你们去接嫁妆。"

"哎,哎,楮桐妹妹,你别去!"黄鸿煊急忙把小雏雀交到林卿卿手里,一把拉住了许楮桐。

不等许楮桐出声,林卿卿就开了口:"楮桐,你是黄太太最疼爱的外甥女,如果你去找黄太太,她不能不答应,那样她就作难了呀。你要是想出门,我们可以等鸿煊少爷回来之后带我们去西湖玩，正好小雀翅膀也渐渐硬了，我们可以带它出去试试能不能飞起来。"

许楮桐听林卿卿这样讲话，想了想，缓了口气："好吧，卿卿说的也是，我不能让姨母为难。鸿煊哥哥，那你早去早回，我们一起带小雀去试飞。"

黄鸿煊点头应下时，更留心看了一旁微笑着的林卿卿，少年莫名的心绪忽地涌上心头。

黄鸿熠新婚的第二天早晨，按照习俗，新郎与新娘要给长辈磕头敬茶。

廖玉凤嫁到黄家之前早已将家中人员了解清楚，又因头天婚礼上已经与家中诸人见过，此时献茶也无须女仆再做介绍。

先为黄家夫妇敬了茶，廖玉凤便径直来到柳悦琴跟前，伏跪在地磕了头，又甜甜地道了一声"姨母安好"，这才抬头笑嘻嘻地望着柳悦琴。

柳悦琴递了个喜包给她，笑着说："快起来，以后跟鸿熠好好过日子，早点儿让你母亲抱孙子。"

廖玉凤双手接过喜包，笑答："谢谢姨母，玉凤一定不辜负公婆与姨母的期望。"她说话间，柳悦琴已示意徐妈将她搀扶起来。

看了一眼坐在柳悦琴身边的许楮桐，廖玉凤笑着又说："楮桐妹妹好，妹妹果然是个美人坯子，长大了不晓得多少人要上门来提亲呢。"

许楮桐因从许宥利那里得知黄鸿熠心有他属，莫名地就对廖玉凤失了好感。此时见她套近乎，便讥讽道："提亲也要是彼此喜欢才行，现在可是新时代。"

廖玉凤心里一怔，却依然满脸堆笑："楮桐妹妹说的是，新时代新作风。"

柳韵琴知道许楮桐的脾气，忙解围道："我们楮桐将来一定能得个如意郎君。玉凤，去给你二姨娘和三姨娘敬茶。"

廖玉凤是个明白人，见婆母帮了腔，便转身去了张氏和姚氏跟前。

张氏入黄家门也十多年了，为黄廷承生了两个女儿芳茵和芳荃，分别在家里排行老四和老六，还有一个儿子鸿灿，排行老五。

而姚氏则是黄廷承前些年才迎进门的，只生了个小女儿芳菲，在家排行老八。

张氏不等廖玉凤跪下，便亲手将她扶住，接过茶杯不及喝茶就将准备好的喜包递了过去。又其次是姚氏，姚氏笑着道："不敢当，二少奶奶大喜！"说着也将喜包递给了廖玉凤。

廖玉凤见她长得俊秀，身段又好，就料定这位如花般的姨太太一定最得公爹宠爱，于是甜甜地唤了一声"三姨娘"，欠了欠身子，这才往黄鸿烨夫妇那里走去。

第十七章

新娘子向长辈兄嫂敬了茶,一家人欢欢喜喜闲话起了家常。

这大喜的日子里,黄廷承身为一家之主虽依然板着面孔,却用从容和缓的口气对众人说:"借着鸿熠与玉凤的婚事,蒙诸多亲友光临助兴,这婚礼办得妥妥帖帖,算得上风光。咱们家并非富贵至极,在我看来不过衣食无忧,只是在外人眼里,都以为咱们是富贵之家。所以,我今日再重申一遍,凡我黄家子女,不可流入骄奢淫逸之途。"

看了一眼廖玉凤,黄廷承又接着说:"平日里我忙于工作,无暇顾及家事,全赖你们母亲打点料理,故而你们要待母亲至孝,不能违拗忤逆。咱们家人口众多,望你们兄友弟恭,姑嫂和睦,如此才能中兴家业,世代相传。"

廖玉凤心里明白,这是黄廷承在对自己嘱咐家训,自是笑着点头示意,以表自己虚心受教。

黄鸿烨身为长子,等黄廷承话到这里,便带头应下,又对着父母说:"父亲、母亲,您二位放心,我们兄妹八人定当洁身自好,不辱家门。"

等黄鸿烨话音落下,柳韵琴环视了众人,便笑着说:"好了,我同你们父亲都知道你们是好孩子。今天是玉凤到我们家的第一次聚会,不要再说这些个拘谨的话题。昨天那个戏班子今天下午还要再来唱的,大家没事都去园子里听戏。"

柳悦琴问道:"今天唱的哪出戏?"

柳韵琴答:"阿姐,我记得你喜欢听《五女拜寿》,昨天特意嘱咐戏班子唱这出。"

柳悦琴点了点头:"是呀,这出戏好听。这些年在北京,总跟着他们听京戏,这趟来杭州,我要好好过足戏瘾。"

柳韵琴说:"阿姐,这江南是你的根,你自然是要喜欢越剧的呀。姐夫平时忙于政务,你闲暇时就该像宥利一样常回来,我也好陪你多听戏。"

柳悦琴瞟了一眼许宥利,调笑道:"老四如今把你这里当成了家,若不是他父亲逼着,估计一年也难回一趟北京。"

许宥利忙答:"母亲,江南是您故乡,您平时要照顾父亲不能常回来,那我就替您多回来陪陪亲戚友人,这不也是孝敬您吗?"

柳悦琴笑道:"大家听听,老四这倒成了孝敬我……好,只要你姨丈、姨母不嫌弃你,你就长住杭州好了。"

一旁的黄芳蕙笑道："姨母，宥利这样喜欢江南，您不如让宥利讨个江南太太。"

柳韵琴笑嗔道："芳蕙，婚姻大事要你姨丈和姨母一同商量，你姨丈如今身居要职，这杭州城里哪有能匹配宥利的姑娘？"

"芳蕙姐姐说得对，四哥，你就讨个江南太太，我也好常来杭州玩。"许梧桐咯咯笑道。

柳悦琴轻点了许梧桐的额头："你四哥就是讨了江南太太，那也是要带回北京的，你呀，是不是也嫌我管得多，不愿回北京啊？"

许梧桐揽住柳悦琴的胳膊撒娇："母亲，您冤枉我！您生长在江南，我是您女儿，心里自然会有江南情结。"

许宥利走到近前，笑道："你个馋嘴猫，刚吃了鸿熠表哥的喜酒就想来讨我的喜酒吃。母亲，我现在还不想结婚，以后再说。"

许梧桐道："母亲，您别信四哥，他在杭州有喜欢的人。"

不等许梧桐说完，许宥利便狠狠瞪了她一眼。许梧桐忽觉自己失言，急忙收了声。

柳悦琴看看许宥利，又瞧瞧许梧桐，疑惑地问："老四，小六说的可是当真？是谁家的女儿？"

虽说许氏夫妇不太干涉子女婚姻，但是许宥利知道以父亲的身份，绝不允许自己与青楼女子往来。此时被柳悦琴询问，许宥利心内紧张，一时间不知如何应答。

除去许宥利兄妹，黄鸿烨是此间唯一知情的人。见许宥利犯难，他便笑盈盈接了话："姨母，那天我跟宥利开玩笑，说他相貌堂堂，朋友诗社里有些个女眷一定是爱慕得紧。许是梧桐妹妹听岔了。"

黄鸿烨因是黄家长子，平常行事稳重得体，听他这么一说，柳悦琴虽半信半疑，却也不再深究。望着许宥利，她嘱咐道："老四，你喜欢谁就直说，只要是正经人家的女儿，不论门第高低都不打紧。只有一样，便是刚才你姨丈说的，不可流入骄奢淫逸之途，更不可与那些下九流的女子往来。"

许宥利只觉后背渗了冷汗，赶忙连连应是。

正说话间，黄家的管家黄福良急忙忙进了客厅。向黄廷承和柳悦琴姊妹问了好，黄福良禀报："老爷，太太，许太太，北京来了电报。"

柳韵琴说："北京的电报？那一定是姐夫给阿姐的。"

示意黄福良将电报送到柳悦琴手里，柳韵琴又接着说："姐夫一定是想阿姐和梧桐了，鸿熠刚办好婚事，就来电报催了。"

柳悦琴接过电报，边打开，边笑道："我们来了许久，他也不过打了一次电话，他整天就知道忙他的政务，若当真是想，那也只是想小六……"话音未落，只见她忽地变了脸色。

柳韵琴见状，心里一紧，忙问："阿姐，家里可是有事？"

见柳悦琴不出声，黄廷承会意，即刻将客厅内的众人遣散，只余了他夫妇二人与许家母子三人。

等众人散去，柳悦琴这才沉着脸说："你姐夫下野了。"

众人皆惊。

定了定心神，黄廷承小心问道："阿姐，姐夫向来行事沉稳，好端端地怎么就下野了，究竟出了什么事？"

柳悦琴回答："电报里也没提，只说要举家搬回河南老家，要我火速回京打点一切。"

见黄廷承若有所思，柳韵琴接过话："阿姐，姐夫得袁大总统重用，不会无缘无故下野，会不会是电报译错了？"

"若说有几个字译错倒是可能，这么长一段话，又怎么会译错？"心里一面计划，一面招手叫了许宥权到近前，柳悦琴对他说："你岳父在内阁做事，你让幼念挂个电话回去问问。"

许宥权点头应下，刚要离去，便听到黄廷承的声音："宥权，等等！"许宥权止了脚步，转头看着黄廷承，等他继续说下去。

黄廷承看着柳悦琴，说："阿姐，姐夫既然选择拍电报，又未在电报里提及缘由，想必是不愿外人知道。这电话一来二去，恐怕不妥。"

柳悦琴说："廷承这么一说，倒是提醒了我。宥权，你快去准备，咱们今天就回北京。"

许宥权点了点头："母亲，我这就通知杭州铁路局，让他们准备包厢。"

许宥利站了起来："父亲既已下野，铁路局不一定会再给母亲安排包厢，不如我们自己去买火车票，把有包厢的那节车票都买下来就好。"

第十八章

火车是晚上八点半的，因事情来得突然，柳悦琴与长媳张幼念带领着家仆们急匆匆收拾着回京的行李。

傍晚时分，许梧桐被柳悦琴叫去客厅与黄廷承夫妇道别，林卿卿收拾好行李便独自来到后花园。她抱着小雏雀走到最初捡到它的那棵樟树下，靠在树干上，抬头仰望着晚霞。深秋的夕阳是橙粉色的，映在林卿卿稚嫩却是忧郁的脸上。

黄鸿煊是何时走近的，林卿卿竟毫无察觉，只等他轻轻喊了一声，她才转过身来，显得有点儿吃惊。

"鸿煊少爷，对不起，我失礼了。"林卿卿小声说。

"我瞧你抱着小雀，怕惊着它，所以脚步放轻了，不怪你。"黄鸿煊回应。

黄鸿煊已经知道许梧桐一家人要离开杭州，而且柳悦琴已经答应她带林卿卿一道离开。得知这个消息，黄鸿煊心里竟有几分莫名的失落。黄鸿煊不明白自己为何会来到花园，又为何会走到樟树下。

此时看着林卿卿的神情，黄鸿煊不知道该怎么去开口。半晌，他才结结巴巴地说："卿卿，你……不……你们……当真要一起离开吗？"

林卿卿点了点头，只轻轻"嗯"了一声便不再说话。

"以后还会再来吗？"黄鸿煊不知道自己怎么会问这样愚蠢的问题，明明知道林卿卿是无力左右自己的人。

"不知道。"林卿卿答。

"母亲说姨母他们要去河南，那是姨丈的老家。你知道河南在哪里吗？"黄鸿煊又问。

林卿卿这次只摇了摇头，却没有作声。

黄鸿煊走近她些，望着林卿卿清澈秀丽的眼睛，忽然心怦怦地跳了起来。他是个颇有教养的人，尽量克制着自己的情绪。

"河南在黄河边上，离这里很远，很远。"黄鸿煊说。林卿卿低下了头。

黄鸿煊不知哪来的勇气，声音里却有掩藏不住的颤抖："你……你如果不想离开杭州，我去找姨母，让她把你留下。"又觉自己说话唐突，他急忙解释道："我……我是希望你能留下来照顾小雏雀。"花园里静悄悄的，唯有晚风吹落树叶的簌簌声。

林卿卿抬起头，看着黄鸿煊："鸿煊少爷，我晓得您是同情我，只是梧桐待我这样好，我应该陪在她身边。"

林卿卿把手中的小雏雀递到黄鸿煊手里，满眼渴求地说："鸿煊少爷，我们路途上奔波，没办法再照顾它，拜托您了，一定要让它重回蓝天。"

黄鸿煊接过小雏雀，心里莫名地伤感起来。不等林卿卿对他嘱咐小雏雀喂养的事宜，黄鸿煊已转过身去，头也不回地走开了。

出了站台的火车，像一条飞快的铁龙，一路向北狂奔。

看着熟睡的许梧桐，林卿卿却毫无睡意。

林卿卿轻轻走出了包厢，站在过道里望向窗外。长长的火车看不到头，更看不到尾，在夜色苍茫中冲破黑暗，驶向远方。这是林卿卿生平第一次坐火车，也是第一次离开江南，她不知道这个巨型的铁皮怪物会将自己带向何方，更不知道自己未来的人生会怎么样。

一种莫名的心绪涌上心头，林卿卿低唤了一声"姆妈"，默默垂下泪来。

"你怎么在这里？"许宥利的声音从不远处传来。

林卿卿急忙用衣袖擦了擦眼泪，转过身来："四少爷，我……我睡不着，怕吵着梧桐小姐，就出来站站。"

许宥利手里端了一杯香槟，走到近前："你还真知道分寸，难怪小六喜欢你，连母亲现在也夸你懂事。没事的话就早点儿回去睡吧。"落了话音，许宥利就准备往隔壁的包厢里进。

"是，四少爷。"林卿卿点了点头，看着许宥利转身的背影，她不知哪来的勇气，忽地壮了壮胆，小声问，"四少爷，您同香凝姐姐道别了吗？"

许宥利一愣，停下脚步，转过身来，反问："道别？我为什么要跟她道别？"

"我……我以为……以为……"林卿卿倒被许宥利问住了。

"以为什么？以为她是我的情人？"

林卿卿毕竟是个涉世不深的少女，被许宥利这么一问，瞬即涨红了脸，只是车厢里灯光昏暗，未被许宥利察觉。

见林卿卿不出声，许宥利接着说："行了，赶紧睡觉去，我跟她之间的事不用你操心。"

林卿卿得了香凝帮助才有机会离开掩香阁，自然一心想要报答。此时听到许宥利敷衍的话语，她心里一急："四少爷，香凝姐姐待您那样好，您走了不和她告别，她……她会伤心的。"

许宥利冷笑一声："伤心？她承欢他人的时候会来跟我打招呼吗？她想过我的感受吗？"

那日与香凝的对话犹在耳畔，听到许宥利如此无情的回答，林卿卿心里不禁同情起香凝来。咬了咬牙，林卿卿道："四少爷，香凝姐姐也是被迫无奈呀，您喜欢的时候去找她，不喜欢就可以一走了之，香凝姐姐又能怎样？"

见林卿卿敢出言质问，许宥利虽满心不悦，却还是压低了声音说："你一个小丫头又懂什么？这么啰唆！"

林卿卿此时已毫无怯意，直言不讳："您既然不愿香凝姐姐伺候别人，为什么不娶她回家？香凝姐姐只有……只有您一个留宿的客人，您就该对她好一点儿。"

　　许宥利腾地抬起了手，只一秒钟又落下，接着厉声道："快滚回包厢去，如果不是小六要你做伴，你信不信我现在就把你丢下火车！"

　　林卿卿见许宥利动了怒，又恐吵醒许梧桐，虽心有不甘，还是向他鞠了一个躬，怏怏回了包厢。

　　火柴划亮了昏暗的过道，许宥利点燃了一支香烟，望着静静飘动的烟圈，思绪涌动。他不得不承认自己爱上了那个青楼女子，只是他没有告诉林卿卿，自己已经嘱咐黄鸿烨去支付了香凝的包月钱，香凝再也不用去招呼其他的恩客。

　　许宥利揿灭了烟蒂，火星逐渐没有了痕迹，一如窗外深沉的夜色。

第十九章

　　北京的秋很短暂，却是异常美丽。碧蓝的天空，灿烂的阳光，火红的枫叶，金黄的银杏，还有皇城根儿下慵懒地晒着暖阳的人们，无处不透着帝都的古韵。

　　许府坐落在北京城东四五条，是一座清朝的王爷在京的府邸。清亡之前，王府的子孙就已经把偌大的家业败光，等到宣统皇帝宣布退位，他们便将王府转手卖给了许家，而许家的男主人、许梧桐的父亲，就是时任财政总长的许昌贤。

　　见到许昌贤，柳悦琴才知道了事情的原委。原来许昌贤因不满大总统袁世凯要背叛革命复辟称帝，便屡次进言劝说，可袁世凯复辟之心已决，许昌贤见劝说无效，便辞去财政总长之职，退出政坛准备回乡避世。

　　许家的正厅里，许梧桐依偎在许昌贤的怀里，问道："父亲，我们还会回北京吗？"

　　许昌贤温柔地抚摸着女儿的头："北京有我们的家，当然会回来。"

　　许梧桐问："父亲，干吗我们要往河南去？那里是不是很荒凉，冬天会不会很冷？我怕冷，我不想去。"

　　许昌贤听许梧桐这样讲话便有些不高兴，把许梧桐扶了起来，说："我自幼在河南长大，是那里的水土养育了我。你是我的女儿，怎可嫌弃自己的故土？更何况你祖母还在辉县老家，祖母能住得，你怎么就住不得！"

　　见许昌贤变了脸色，一旁的柳悦琴忙劝："小六还是个孩子，她懂什么呀？好了，你这慌慌忙忙召我们回来，总不是为了给孩子们讲大道理的吧？"

许昌贤说:"我平时忙于政务,这孩子都让你惯坏了。如果不想回河南老家,她大可以自己留在北京,爱做什么就做什么!"

柳悦琴说:"好端端的,怎么就动了气?小六才几岁,你就让她自己留在北京,你当真舍得呀?"

许昌贤轻叹一口气:"现在袁大总统要复辟,那是倒行逆施,我既不能苟同,自然要离京避世。思来想去,唯有河南老家最是妥当。"

许梧桐在一旁小声嘟囔:"为什么不去杭州,住在我姨母家里,多好哇……"

不等她说完,许昌贤便打断道:"你小孩子家懂什么!你以为这举家迁居能像往日里探亲旅行?去杭州?那是寄人篱下!"

柳悦琴听许昌贤这样讲话,怕许梧桐再顶嘴,就要陷入僵局,于是接口:"好了,小六,你父亲自有他的道理,快回你房里去,卿卿还等着陪你收拾东西呢。"

许梧桐知道这是母亲帮自己解围,正想借机离开,便听到许昌贤说:"你不提我倒忘了问,你们怎么从杭州带回来个小丫头?她是什么来路?"

许梧桐刚想开口解释,一旁的柳悦琴便轻轻拉了她一下,继而又笑着对许昌贤说:"你的宝贝女儿在杭州觉得寂寞,便找了老四朋友诗社里做杂役的这个小姑娘来做伴。是个清白人家的孩子,也读过书识得字,只是命苦,小小年纪就失了双亲。"

许昌贤因自己幼年家境贫寒,寡母将他兄妹几个人拉扯长大,后来得乡邻资助北上应试中了科举才得以改变命途。此时听柳悦琴这样讲,他心里倒生了几分怜悯,转头望着许梧桐,说:"既是这样,你就善待人家,不要欺负她。"

"她是我朋友,我怎么会欺负她?倒是父亲您,卿卿刚学着讲京话,您不要训她不懂事才好。"抢白了一句许昌贤,许梧桐只觉心里顺畅许多,站起了身,又道,"好了,父亲,我去找卿卿一道收拾行李,要不您又该说我无心回老家了。"不等许昌贤出声,她便转身出了正厅。

看着许梧桐的背影,许昌贤轻拍一下自己的大腿:"这孩子,气性不小,就说不得了。"

要在平日里,许昌贤待这个小女儿娇惯得紧,柳悦琴见他今天跟女儿置气,知道许昌贤必是因了下野心内不悦,也只好一声不响默然陪坐着。

这时,长子许宥权带着长媳张幼念入了正厅。许宥权哪里知道父亲连许梧桐也训斥了,还以为跟往常一样,向双亲问了声安,便坐到了一旁的沙发上,继而拉了拉张幼念的手,示意她一道坐下。张幼念正要入座,抬眼却瞧见婆母向自己使了眼色,这一下,张幼念马上直起身子,站在一旁。

许宥权见妻子这个模样，心里一怔，正要起身，却见许昌贤已经沉了脸色。许宥权哪里还敢再坐，急忙起了身，站着问："父亲，刘管家说您叫我们。"

许昌贤冷冷道："怎么，我可有耽搁你时间？"

许宥权赶忙答道："父亲叫我们来定是有事嘱咐，怎么能是耽搁。儿子和幼念但凭父亲吩咐。"

许昌贤见他答得乖巧，语气也就缓了下来："你在衙门里兼了两份职，如今我下野了，你可有想过怎么办？"

许宥权这两日不是未曾计算过，这几年依着父亲的面子挂了闲职，每月有几百块白白入账，现在父亲下野，在衙门里恐难以为继。此时听许昌贤发问，许宥权便把盘算的事情道了出来："没有父亲的荫庇，儿子能保住本职的饭碗已是万幸。"

"你倒是想得明白，好在亲家还在内阁任职，加之这些年我也帮衬了一些人，相信他们还是会给我留几分薄面的。你只要安分守己，这饭碗丢不了。"环顾左右，许昌贤压低声音接着说，"你们夫妻两个就留在北京，一来因工作之需，二来也可为我打听京城的动静。民心所向，大总统若当真复辟，这政府长不了。"说罢，仰头长叹了一口气。

许宥权不得不赶紧应道："父亲放心，儿子一定仔细打点在京一切。"看了一眼身旁的张幼念，许宥权又说："父亲，母亲，儿子还有一件事要告诉您二老，幼念有了身孕，已经快两个月了。"

柳悦琴听到这话，一展愁眉："幼念，你当真有喜了？"见张幼念娇羞地颔首，柳悦琴接着欢喜地说："好哇，这是我许家的长孙，你可要好好养胎，缺什么少什么只管对刘管家说。"

许宥权说："母亲，您就放心地和父亲一道回老家，我一定照顾好幼念！只是……"

"只是什么？你有什么话就当你父亲和我的面直说。"柳悦琴问。

许宥权平日只喜欢听戏喝酒，见父亲交了留守重任给自己，自然是要推脱掉的："现在幼念有了身孕，我自然是要多应一份心，加上衙门的工作，恐怕分身乏术，有负父亲重托。"

许昌贤看了一眼柳悦琴，见她面无表情，便转过头对许宥权说："宥豪如今也在衙门做事，你若无力兼顾，不妨让他回来帮你。"

不等许宥权出声，柳悦琴便接话："自从老太太把老五带回河南老家抚养，你又把梧桐嫁到了姚家，老三回家的次数就越来越少，如今咱们要回老家，你还能指望他再回来帮衬家里？"

许昌贤说:"他也是怕回来瞧见他娘的遗物伤心……"

柳悦琴打断他:"行了,我还没说他不是,你就提这个,我倒觉得老四这两年在外历练成长了不少,倒不如让老四留下来帮老大。"

许昌贤知道柳悦琴心里的盘算,但二人毕竟是结发夫妻,也不想因此起了龃龉,看了一眼柳悦琴,说:"也好,那就让老四留京帮老大一道守家吧!"

第二十章

林卿卿还来不及欣赏北京城的美,便已随着许梧桐一家登上了去往河南的火车。

辉县地处太行山东部,隔太行山邻山西陵川与壶关。许家并非辉县大姓,却因许昌贤而成了一方大户。

许老太太龚氏曾被许昌贤接到北京居住,后因思念故里便搬回了辉县老家。许昌贤斥重金扩建祖宅,令其焕然一新,以供其母居住。

许昌贤一家进了门,便往正厅来拜见老母亲。正厅很是精致,厅里全部用朱漆漆过,门前走廊有四根红柱落地,正对着大大的院子。

彼此见了礼,许昌贤夫妇便于两侧入座。龚氏对着许梧桐招了招手:"梧桐,快来祖母这里,让祖母瞧瞧。"

许梧桐倒很懂事,急忙近前:"祖母,您身子可好?"

龚氏边拉许梧桐坐在身旁,边说:"好,好着呢。几年没见,梧桐长成大姑娘了,越发出挑了。祖母想你们哪!"

许昌贤:"母亲,这次回来就让梧桐好好陪着您,在您膝下承欢。"

"好,回来就好。"龚氏笑道,转头对站在一旁的许宥崇说:"宥崇,你也好几年没见你父亲、母亲了,快去给他们请个安。"

许宥崇是许昌贤二房段氏所生,段氏为他生了长女许梧梅、三子许宥豪和五子许宥崇,却因为生产许宥崇时落下病根儿,没几年就病去了。许昌贤失去心爱之人,因而并不待见这个儿子。龚氏念及祖孙情,回老家时便将这个孙子带在身边抚养。

听见祖母的话,许宥崇这才走到许昌贤夫妇面前,作揖行礼,小心翼翼请安:"儿子问父亲、母亲安!父亲、母亲一路辛苦。"

许昌贤也不正眼瞧他,只问道:"这几年在你祖母身边可有惹你祖母生气?"

不等许宥崇答话，龚氏便答："宥崇不但孝顺得紧，读书也是特别用功，像你小时候。"

坐在一旁的柳悦琴接过话："母亲，您这些年照顾老五辛苦了。昌贤平时政务繁忙，鲜少过问孩子们的学业，这次回乡倒是有时间能照看老五的功课了。"

龚氏知道柳悦琴弦外之音，于是说："你们既然回来了，这孩子自然交给你们来照看，我也乐得清闲。"

转头对着许楮桐，龚氏又说："楮桐，你第一次回老家，周围也不熟悉，这两天让你五哥带着你到处走走。"

许楮桐问："祖母，北京有很多名胜，咱们老家这里能有什么地方去玩呢？"

龚氏说："这里比不得北京城，你父亲小的时候只能跑山上去玩，现在天冷了，等开了春，让你五哥也带你上山玩。"

柳悦琴听龚氏开口闭口都是许宥崇，心里便有几分不悦，于是说："好了，楮桐，别缠着你祖母，赶快让卿卿陪着你去看看房间收拾好了没有。"

许楮桐的房间在后院的西侧，门前搭了花架，时至初冬，爬了一架光秃秃的紫藤。

等家仆们一切收拾妥当，许楮桐便拉了林卿卿坐到暖炕上。许楮桐说："卿卿，我怎么看怎么不喜欢这里，我想回北京。"

林卿卿伸手比了个噤声的动作："楮桐，老爷听见会不高兴的。这是你的老家，又能和父母兄长一起，在哪里不都一样吗？"

许楮桐抱怨："你到北京时日短，是不知道北京的好。那里有戏园子，有公园，还有各式各样好吃的好玩的，哪像这里，穷乡僻壤，到处都光秃秃荒凉凉的。"

林卿卿说："乡下有乡下的好玩之处，刚才老太太不是说有山吗？我小时候，到了春天，我阿爹常带我上山采药，你不知道山上有多好玩，只是现在入了冬，所以显得荒凉了些。"

许楮桐问道："真的吗？山上都有什么好玩的？"

林卿卿告诉她："到了春天，山上有野兔，还有各种野果子，漫山遍野都是五颜六色的山花，美极了。"

听她这样讲，许楮桐倒有几分向往："我从来没有爬过山，等到春天我们一起去爬山！"

许昌贤虽说下了野，可在任上的时候帮了不少乡里，听说他如今回乡定居，上门拜访的人倒也络绎不绝。许家夫妇忙着迎来送往，只叮嘱了林卿卿好好为许楮桐伴读，也就不再多过问她们的事。

许楳桐虽说得父母娇宠，却仍有几分忌惮父亲，平常在北京家里还是拘束着。没承想这些日子回了老家，反倒如同去杭州做客一般自由自在，只觉得痛快无比。

龚氏的上房里，许楳桐拉着林卿卿一道来请安。

祖孙正说着话，过来一个家仆禀报："老太太，孟津的表少爷来了，送来了一车地瓜。"

龚氏说："这家瑶每年都跑这么远来送地瓜，也是有心了。快，叫他来我屋里。"

家仆应声离去，不多时便带了一个十六七岁眉目清秀的男孩子进了屋。

他刚要行礼，就听龚氏说："家瑶，在内室，不用这么拘礼。"边示意家仆给他让了座，边对着他道："我给你父母捎过信儿，叫他们不要再让你大老远跑着来送地瓜，我这里什么都不缺，这些地瓜你们留着也好过冬。"

龚家瑶答："祖姑母，家里有留的。父亲说咱们孟津的地瓜最甜，祖姑母您也最爱吃，务必要给您送来的。"

龚氏点了点头："是呢，咱河南地界就数孟津的地瓜绵甜，难为你父母总惦记着。"

龚家瑶说："父母说我们家道艰难时，多亏祖姑母时常帮衬，旁的祖姑母您不稀罕，唯独咱自己田里的地瓜是外头买不着的。"

龚氏笑道："说的哪门子见外话，亲戚们自然要多走动，互相帮衬着才是。你这次来就别急着回去，多住两天，刚好也见见你表伯。"

说话间龚氏转头望向许楳桐，介绍："楳桐，这是家瑶，我娘家的表侄孙，大宥崇两岁，是你的表哥。"

许楳桐斜眼打量龚家瑶，见他土里土气，心生几分嫌弃，只碍着祖母情面，轻轻"嗯"了一声，算是打了招呼。

龚氏看在眼里，也不与她计较，只吩咐家仆："去叫宥崇，告诉他，家瑶来了。"

龚家瑶这些年常常往来辉县许宅，冬天送地瓜，夏日送甜瓜，又因与许宥崇年纪相仿，两个人自然十分熟络。

向龚氏问了安，许宥崇走近龚家瑶，轻揉一下他的胸口："家瑶哥，你总算来了。"

龚家瑶说："早就想来了，就是今年秋天晴天少，晒的柿饼干得慢，我爹说不能只给你们带地瓜，所以就等着柿饼风干一起送来。"

许宥崇说："你一来就有好吃的，我最爱你家的地瓜和甜柿饼了。"

"地瓜有什么好吃的。"一旁的许楳桐小声嘟囔。

059

龚氏虽上了年纪，依然耳聪目明，听见许楉桐的话，便说："宥崇，你家瑶哥赶路也辛苦了，你带他去吃点儿东西，歇歇。"

龚家瑶说："祖姑母，我不累。您最爱吃烤地瓜，我等下就烤来给您吃。"

"不急，等你歇两天再烤也不迟。"龚氏转头看着许宥崇，接着说，"宥崇，我预备着让家瑶见见你父亲，所以他会多住几天，这回还是你们两个一道住吧。"

龚家瑶虽说是个乡下孩子，却生来有几分见识，又因认识一些字，读过一些书，讲起乡里的奇闻逸事头头是道，很是得许宥崇喜爱。听祖母这样嘱咐，许宥崇当下答应："祖母您放心吧，我就盼着家瑶哥来呢。"

拉起龚家瑶的手，许宥崇接着说："祖母，那我先带家瑶哥下去了。"见龚氏笑着点了点头，许宥崇与龚家瑶便一道出了屋去。

许楉桐隐隐听到他二人走到门口时，许宥崇说要龚家瑶快些讲故事给他听，心里忽地生了几分好奇。

出了龚氏上屋，许楉桐对林卿卿说："卿卿，你说那个乡下来的是不是真的会讲故事？"

林卿卿答："五少爷那么喜欢他，应该是吧。"

"五哥在乡下久了，觉得什么都是稀罕的。"顿了一下，许楉桐又问，"你吃过烤地瓜吗？刚才我听见他说要给祖母烤地瓜吃。"

林卿卿摇了摇头："地瓜就是番薯吧？那不是煮粥吃的吗，怎么烤着吃呢？"

许楉桐嘴角一扬："我怎么去问你一个江南人。走，咱们去找五哥，我倒要看看这个乡下来的怎么烤地瓜，怎么讲故事。"

第二十一章

许楉桐拉着林卿卿一路小跑到了许宥崇房门口，不等入内就听见屋里传来许宥崇咯咯的笑声。

见许楉桐止了脚步，林卿卿不解地问："楉桐，干吗不进去？"许楉桐说："五哥平常总是冷着脸，跟这个龚家瑶在一起却能开怀大笑，你不觉得奇怪吗？先听听他俩说什么。"

林卿卿见许楉桐已经附耳在窗下，少女的好奇心也让她紧随许楉桐贴近了墙。

只听见龚家瑶的声音传来："还有个更好笑的事呢。我舅舅那个村子里有个老实憨大，有一天他怀孕的老婆让他去自己娘家取做好的婴儿肚兜，他怕自己忘了，就走一路拍一路自己肚子，一路念叨'肚兜，肚兜'，谁知道不小心摔了一跤，爬起身竟然忘记老婆交代了什么话，站在原地想了许久也记不得了，这一路寻思就到了丈人家。"

听见许宥崇接话："那到了丈人家他想起来了没？"

又是龚家瑶的声音："他呀，倒是没忘拍着自己肚子，一见丈人，就对丈人说'肚子，肚子'，这丈人见女婿老远跑来，拍着肚子，就以为他肚子饿，赶忙把烤好的地瓜拿给他吃。"

"肚兜，肚子饿，哈哈，这憨大也不憨嘛，起码吃到了烤地瓜。"许宥崇笑道，"家瑶哥，被你这么一说呀，我肚子也饿了，也想吃烤地瓜。"

龚家瑶说："成，我这就去给你烤。"

许宥崇声音里有几分遗憾："为了迎接父亲他们回来，祖母让人收拾了整个院子，他们把你去年做的土炉架子扔了。"

龚家瑶说："不要紧，那我再去打个土坯砌炉，明天就能烤地瓜了。"

"好哇，祖母也喜欢吃的，明天我跟你一起烤。"

"好，表伯表娘都回来了，还有小表妹她们，我明天多烤点儿，只是不知道她们稀不稀罕吃……"

"谁说不稀罕，我们要吃！"听到这里，许楳桐已经忍不住，拉着林卿卿便进了屋。

毕竟龚家瑶大他们几岁，搜寻些乡里的奇闻逸事说给他们听，许楳桐哪里听过这些个故事，只觉得比茶楼戏院里的段子都要有趣。等家仆们来请几个人往餐厅用晚饭的时候，四个人已经相聊甚欢。

许昌贤常年居于北京，跟这些远房的子孙辈鲜少见面。龚家瑶头一次见这个被父母仰望的表伯，入了餐厅便一直屏声敛息，小心跟在许宥崇的身侧。

见许宥崇与许楳桐分别落座，龚家瑶却默候在一旁，龚氏便向他招了招手："家瑶，干吗一直站着，快过来坐下。"

龚家瑶走近几步，向龚氏和许昌贤夫妇鞠躬作揖，问了好，却仍是在一旁站着。

"这孩子，小小年纪却懂事得紧。"龚氏转头对着许昌贤介绍，"这个就是刚才我跟你们提到的你孟津表舅的孙子，家瑶。"

许昌贤点了点头："这些年儿子忙于政务，亲戚们走动得少，这些个小辈更是不大认得了。来，家瑶，坐下一起吃饭。"

听许昌贤这样讲话，又见龚氏向自己招手示意，龚家瑶赶忙又鞠了躬，这才在

061

许宥崇身旁的位置坐下。

许昌贤见他坐定，又说："你祖姑母念旧，空了让你父母也常来家里走动，陪你祖姑母说说话。"

龚家瑶点头间，家仆们已陆续上了菜来。虽说是亲戚，却是隔了几代，又因两家地位悬殊，龚家瑶自然不敢动筷子，抬头间恰看到了站在许楮桐身后的林卿卿，心里只觉得两人身份无二，便又局促不安起来。

龚氏见他不动筷子，便说："大老远的，难为你拉了这么多沉东西来。快，多吃点儿东西，别饿着。"

许宥崇夹了一筷子菜给龚家瑶，小声说："家瑶哥，祖母让你吃饭，你赶紧吃吧。"

龚家瑶点了点头，刚拿起筷子，就听许楮桐说："祖母，吃好了饭我要跟家瑶哥他们一起去砌炉子，明天可以烤地瓜吃。"

龚氏听许楮桐称呼龚家瑶为"家瑶哥"，心里只觉欢喜："祖母从小就喜欢吃烤地瓜，那时候家里穷，就是地瓜也不能随便吃，嘴馋了总是去你表舅爷家里才能吃得上。"

柳悦琴出身江南富户，听龚氏说这些，心里颇有几分鄙夷，只碍于许昌贤在旁，扬了扬嘴角并未出声。

许楮桐却来了兴致："祖母，我以前从未吃过柿饼，今天下午尝了一个，真的好吃极了，没想到老家还有这么多好吃的。"

不等龚氏开口，柳悦琴便接话："楮桐，亏你还是个大家闺秀，整日里把这些个吃的挂在嘴上，传出去岂不是招人笑话。"

许楮桐噘嘴："母亲，我又没说错话，大家闺秀怎么了，怎么就不能说吃的啦？"

"你……"柳悦琴正要驳斥，看见许昌贤沉了脸，也只好收了声。

"女孩子有教养也是应该的，好在这桌上也没有外人。"龚氏放下筷子，"楮桐，咱们老家虽偏僻些，却有不少小吃食，以后让家瑶和宥崇带你尝个遍。"

"祖母，家瑶哥过两天就要回去了，怎么带我们去吃那些好吃的呀？"

"家瑶难得来一趟，让他多住些日子，你们几个也好有个伴。"

柳悦琴心里有几分不悦，便接话说："你们要读书习字，再说了，人家家瑶还要回去帮父母做事的，哪能陪着你们整日里疯跑？"

龚家瑶本来听了龚氏和许楮桐的话也是欢喜，正要答话，忽听柳悦琴这样讲，忙低下了头。

毕竟是龚氏的娘家侄孙，许昌贤听到柳悦琴这样讲话，便将手中的筷子放下，也不看她，只对龚家瑶问："家瑶，你今年多大了？在家可有读过书哇？"

龚家瑶听到许昌贤问话，忙起身答道："表伯，我虚岁十七了，没读过书，只是每次来宥崇都会教我识些字，又给了我一些书，地里不忙的时候就在家里自己看看。"

许昌贤摆手示意他坐下："宥崇教你识的字？那也要你自己上进肯学才是。梧桐整日里有先生跟着教，还不想好好读书呢。"

龚家瑶刚坐下，听了许昌贤的话，即刻又站了起来："表伯，我怎么能跟梧桐妹妹比，梧桐妹妹天资聪颖，是享福的命，我生来愚笨，是个受苦的人，能识得几个字，已经是万幸。"

许昌贤却说："我也是穷苦出身，靠了读书才有的今天。你既是孟津老家的亲眷，若不嫌弃这里，就住上一阵子，跟宥崇、梧桐他们兄妹做伴读书，也好带他们长进。"

柳悦琴没料到自己的一句话竟适得其反，可许昌贤话已出口，自然也不敢再反驳。

许昌贤的话，龚氏听着欢喜，也跟着挽留："入了冬，家里也没什么要干的活，我明天就打发人给你爹娘捎信，说你表伯留你在这里读书。"

第二十二章

北京落下第一场雪时，离袁世凯预定称帝的日子已经没几天了。

东四五条许家的正厅里，许宥权与许宥利各占一个沙发正说着话。

许宥权说："父亲追随徐国务卿多年，这次国务卿也下野回了天津，看来父亲再难有复出的机会了。"

许宥利劝道："大哥，你也别太悲观了，世事难料，父亲不是说大总统这是倒行逆施，依我看，复辟之路不会长久。"

"话虽如此，可如今大局已定，兵权、财权都在大总统手里，旁人想左右也难哪。"见许宥利不出声，许宥权继续说，"老四，咱们是时候为自己做打算了。"

许宥利一脸狐疑望着许宥权："大哥，你这话什么意思？"许宥权跷起二郎腿："老四，我这话什么意思你还不明白吗？父亲力阻大总统复辟，怎能不让大总统生厌？过去有徐国务卿护着，如今连他也离京避世，还有谁再能保咱们家？父母现在在河南老家，依我的意思，不如趁着还没人开始清算父亲，赶紧把咱们家在城里的那几处投资变卖，也好落袋为安，万一有个风吹草动……"

不等许宥权说完，许宥利便打断他："大哥，这是大事，没有父亲的意思怎么能轻举妄动？"

"老四，平时就数你机灵，怎么到了正事上就死脑筋呢！父亲在河南老家，那里交通不便，就是拍电报来回也要几天工夫，万一哪天大总统真的想起来要清算咱们家，到那时候一切就都晚了。"

许宥利却摇了摇头，似乎并不认可他大哥的话："大哥，你仔细揣摩徐国务卿临行前召见你我时嘱咐的话。父亲总说'静观其变'，如今这局势变幻莫测，事情保不准就有了转圜，咱们且耐下心来再等等。"

许宥权放下腿，又坐端正仔细瞧了半天许宥利："老四，我还当真小瞧了你，你还挺能沉住气呀。行，行，行，我也是为了咱们家好，你既然这么说，那就再等等看。"

说话间，许宥权便要起身离开，忽地又想起了什么似的，重新坐了下来："老四，忘了跟你说，昨天你不在家，鸿烨来了封电报，说是你在杭州诗社的朋友病了，好像还挺严重。"

许宥利在杭州哪有什么诗社朋友，不过是用来糊弄柳悦琴罢了。听到许宥权的话，许宥利一时怔住，几秒钟后才回过神来，问道："大哥，鸿烨表哥可有提到我朋友是什么病？"

许宥权见许宥利变了脸色，疑了心，便反问道："老四，怎么你朋友病了不直接跟你发电报却要鸿烨来通知你，究竟是什么朋友？"

许宥利回了个神，忙搪塞道："那能是什么朋友？无非是在诗社里那几个，我们都比较聊得来，估计是咱们家地址不详，担心发错了。大哥，你快去陪大嫂，我现在就挂通电话给鸿烨。"

许宥权听他这样回答，起身拍了拍他肩膀，调笑道："看你紧张的样子，得了，我也不问你，赶紧挂电话吧，我回屋去了。"

打通了黄鸿烨的电话，许宥利才知道原是香凝不明原因导致高烧昏迷，洋人医生说她病毒感染，本地郎中说她受了风寒，中西医药用遍，高热却是反反复复不见好转。掩香阁的乔妈妈唯恐香凝将病气过给其他姑娘，便托人带信给了黄鸿烨，希望香凝可以搬出掩香阁另择他居。黄鸿烨知道许宥利对香凝有情，也不敢擅自做主，这才发了电报给他。

电话里，黄鸿烨说："宥利，听那个姓乔的意思，香凝再这样下去，她是铁了心要把她迁出去的。你虽说托我给她付了月钱，可香凝终究是她掩香阁的人。"

许宥利心有几分不安,问:"鸿烨哥,杭州有没有好一些的洋人医院,要不要送她入院治疗?"

黄鸿烨回答:"有倒是有,只不过是……"

不等黄鸿烨说完,许宥利便急急接过话:"那就赶紧送去,这个费用我来出。"

"宥利,你知道我不是这个意思,这哪里会是钱的问题。"顿了一下,黄鸿烨又说,"你若决定将她接出来,这往后……"

黄鸿烨没有继续说下去,电话这头的许宥利终于明白他刚才为什么欲言又止。香凝是掩香阁的姑娘,如果由他出面送去医院治疗,那势必要为她赎身,无论能否痊愈,便要担负起日后照顾香凝的责任。可如果现在不去管她,乔妈妈一定会将她迁了出去,由她自生自灭。

许宥利对香凝有情,心里如何舍得对她不管不顾。点上一支烟,许宥利狠狠地抽了一口,才又开了口:"鸿烨哥,那便劳你大驾,把她送去医院吧。"

黄鸿烨问:"宥利,你当真想好了?"

"嗯!"许宥利沉声应道。

"好吧,我帮你。只是,善后的事还要从长计议,你什么时候能来杭州?"黄鸿烨问。

许宥利又陷入沉思中,手中的烟灰掉落在身上也未能察觉。足足半分钟,许宥利才说:"我一时半会儿恐怕去不了,你也知道现在这局势,随时随地家中都会有变故,我只能留在北京。鸿烨哥,有劳你了,你把她那个贴身的婢女一起赎出来,也好有个人照顾她。等这段时间,风头过去,局势稳定,我再往杭州谢你。"

挂了电话,许宥利狠狠掐了烟头,软软瘫在沙发上。他不知道自己为什么会做了这样的选择,明知道父母不会允许自己娶一个青楼出身的女人。他发现自己心在痛,他不能控制自己不去管这个女人。

许宥利忽地坐了起来,自烟盒里又取出一支香烟,架起脚,将烟点燃。猛抽一口,许宥利斜眼去看一侧墙边的摆钟,半晌才喷出一口烟来,又起身走向窗边。许宥利伫立良久,陷入沉思。窗外的大雪,好像也同许宥利一样有千丝万缕的情绪,纷纷扬扬,漫天袭来。

第二十三章

柳悦琴生长于江南,虽说嫁了许昌贤长居北京,一应膳食却都是由南方运来,并没有多少改变。如今许昌贤下了野，又迁去了河南生活，饮食起居跟在北京时不可同日而语，她整个人消瘦许多。

柳韵琴接了电报得知阿姐近况，自然忧心不已。

转眼到了腊月，柳韵琴跟黄廷承商量之后便派人拉了整整一车年货准备送往辉县。车子正要启程，便见黄鸿煊拎着行李箱匆匆跑了出来。

管家黄福良一脸不解，问道："小少爷，您这是要做什么？"黄鸿煊说："我想跟车去辉县，黄管家，你去向我母亲说一声。"

黄福良接过他手里的箱子："小少爷，您这怎么使得？杭州到辉县少说要十天车程，这兵荒马乱的，可不行。"

黄鸿煊说："他们去得，我为什么去不得？我想好了，偏是要去！"说话间，他已经上了车。

黄福良见这光景知道自己拦不住，忙打发一旁的家仆去给黄廷承夫妇报信，自己则苦口婆心继续劝说黄鸿煊。

黄家夫妇得了消息，急匆匆赶了过来。黄鸿煊见了父母，不得不从车上下来，低着头道："父亲，母亲，我只是想去看看……"

黄廷承打断道："看看？看什么？以前你姨母在北京的时候让你去你还不情愿，现在倒好，他们一家去了辉县你反倒想去看看。现如今又不是什么太平盛世，你一个小孩子家跑这么远，胆子倒是不小。"

见黄鸿煊仍是低头不语，黄廷承沉下脸，正要再开口，便被柳韵琴拉了拉衣袖，示意他止声。黄廷承"哼"了一声，虽愤愤道了句："都是你惯的！"还是收了声，背手站到了一旁。

柳韵琴轻抚黄鸿煊的头，柔声问道："鸿煊，你可是想你姨母和梧桐妹妹了？"

见黄鸿煊不出声，柳韵琴接着问："你虽说是个孩子，可是平常也颇是关心政局，现如今什么局势你难道不晓得吗？"

黄鸿煊抬起头望着柳韵琴："母亲，我跟着刘叔他们会小心的，我长大了，会照顾好自己。"

柳韵琴说："是，你已经长大了，很懂事，可是在我和你父亲眼里，你长再大还是我们的心头肉哇。你想想，你刘叔他们速去速归，可你跟在路上，他们还要分心照顾你，岂不是让他们更受累？"

黄鸿煊听母亲这样讲话，一时间也无言反驳，又低下了头。

柳韵琴见状，轻轻将黄鸿煊揽入怀中："好了，听母亲的话，安心在家读书，好好过个团圆年。"说话间便摆手示意车子尽快离开。

听到汽车发动的声音，黄鸿煊一把挣脱了柳韵琴，跑到司机老刘面前："刘叔，你帮我带个话。"

老刘忙回道："小少爷，您吩咐。"

黄鸿煊说："你帮我同……同梧桐讲一声，小雏雀长得很好，前些日子我已经把它放生了。"

到了年关，往来送货的、交租的佃户多起来，许昌贤夫妇再度忙碌起来，也无暇顾及许宥崇兄妹几个人，加上腊月初八之后，授学的先生也要回乡过年，便将他们几个人的课停了下来。

闲来无事，这天许宥崇兄妹几个商量着一起往许宅附近的河边凿冰捕鱼。

辉县冬季的河冰并不比北京的薄，瞧着有近半尺厚。龚家瑶颇有凿冰捕鱼的经验，率先下了河，在冰上试着踩了踩，觉得冰实了，这才招呼许宥崇他们几个下到冰面上。

许梧桐哪里有过这样的体验，只觉得兴奋无比，在冰面上就蹦了起来。

龚家瑶忙制止道："梧桐妹妹，你千万不能乱蹦，小心冰面裂开。"见林卿卿拉住了许梧桐，龚家瑶又说："河冰滑，咱们不可以乱跑乱跳，小心摔着。要想捕鱼，得先凿开一个冰窟窿。我和宥崇去找大石头，你们两个就在这里等着，别乱跑。"

这些日子以来，许梧桐不知不觉间开始听龚家瑶的话，他的一言一行，都如同军令一般。找来一些干草，林卿卿拉了许梧桐一道坐在河边等龚家瑶他们去找石头。

偏着头望着冰面，许梧桐嘀咕着："先生说王祥卧冰求鲤，这么厚的冰，怎么能融呢？"

林卿卿说："卧冰求鲤不过是个传说罢了。从古至今都讲究孝道，我想着先人把'凿'字换了'卧'字，虽是一字之差，却不过是为了体现浓浓的孝意。"

转头看着林卿卿，许梧桐捂嘴笑了："好你个卿卿，平日里先生总夸你读书认真严谨，原来你心里有这些个小九九。"

林卿卿笑了笑："我不过照实说而已，你想啊，这么厚的冰，别说是靠体温来融，就是拿暖炉也难化掉哇。"

许梧桐哈哈大笑："后羿还能射日，也许王祥身上藏着火炉呢。"

两人正说笑着，忽见一只野兔跳过，停在了不远处的冰面上。许梧桐欢喜极了，丢了个眼色给林卿卿，两人迅速起身，蹑手蹑脚向野兔靠拢。

那兔子警觉性极高，不等两人靠近，蹬腿便跑。许梧桐急了，顾不得龚家瑶的叮嘱，疾步去追。林卿卿见状，忙大喊："梧桐，小心……"

话音未落，许梧桐已重重摔倒在冰上，林卿卿赶忙要上前去拉她，却听到咯吱咯吱的冰裂声。

虽说本来河冰并不太薄，可被许梧桐这么一摔，出现像龟背一样的裂纹，她蹬脚试图起身，裂纹突然崩开，河面上竟然出现了一个冰窟窿。

许梧桐瞬间白了脸色，大叫："卿卿，救我！"

林卿卿往前近了半步，伸手要去抓许梧桐，可是冰面太滑，她还没来得及抓紧许梧桐的手，自己也摔了下去。

林卿卿不敢起身，她怕震裂了冰面，小心地往许梧桐方向爬着，一点点接近，终于拉住了她的手："梧桐，你抓紧我，顺着我的手慢慢挪过来。"

许梧桐像得到了救命稻草，紧紧抓住，她小心地一点点向林卿卿靠拢。

"你们两个快往两侧打滚！"耳畔传来龚家瑶的声音。

两人来不及多想，便按龚家瑶说的向两边打滚。龚家瑶与许宥崇分别小心移到两人旁边，伸手慢慢把她们拉起，又一步步小心挪动着离开了裂面。

龚家瑶刚才见她两人倒在冰窟窿旁，悬心吊胆，倘若当真有个闪失，自己该如何向许家人交代。虽说有惊无险，可龚家瑶仍觉得心有余悸。

许梧桐也是惊魂未定，瞧见龚家瑶沉着脸，便带着哭腔说："不敢了，家瑶哥，我以后再也不敢不听你的话了。"

龚家瑶正要开口，一个家仆已由远至近跑了过来："少爷、小姐，杭州黄府来人了，太太让你们快回去。"

第二十四章

到了腊月十八，许昌贤受邀往郑州赴宴，一早便出了门。许梧桐平时只对父亲有几分忌惮，见他出门，拉着林卿卿就往许宥崇房间跑去。

因为不用上课，许宥崇和龚家瑶睡了个懒觉，此时刚刚起身准备洗漱。房门突然被推开，许梧桐喊着"家瑶哥"就入了房内，两人都只穿了睡觉的中衣，避闪不及。林卿卿满脸绯红，赶忙拉许梧桐就要往外退去。

许梧桐却没半分离开的意思，笑着对林卿卿说："家瑶哥和五哥又不是没穿衣服，你看你，新时代了还这么拘于小节。"

林卿卿听她这样讲话，进退不是，只低头不语。

龚家瑶甚是尴尬，只因寄居于此，许梧桐是主，自己为客，也不好出声指责，只一刹那退到了屋子一角。

看他这个模样,许梧桐笑到弯下了腰:"哈哈,家瑶哥,你怎么像个大闺女!"

龚家瑶攥紧了拳头,却憋着硬是没说一句话。

许宥崇从未见过龚家瑶这般模样,心里一时气恼,上前一把拉住许梧桐:"梧桐,要知道羞耻!"

许梧桐瞪大了双眼:"五哥,什么是羞耻?你别告诉我,我进你房间这事也要羞一羞?"

许宥崇本就老实,刚才不过情急之下脱口而出,被许梧桐这么反问,一时竟接不上话来。

林卿卿见场面僵下了,忙拉了拉许梧桐衣袖:"梧桐,前几天五少爷他们不是捉回来一只野兔,我们先去隔壁喂兔子,等五少爷他们洗漱好了咱们再来。"

许梧桐见龚家瑶低着头一语不发,又看许宥崇一脸僵硬,心里也觉自己行为有失,只是她平时心高气傲不愿承认。此时林卿卿这么一说,倒给了自己一个台阶下,于是撇了撇嘴,跟着林卿卿到了外面。

从那天开始,林卿卿便隐约感觉到龚家瑶在有意避开自己和许梧桐,可许梧桐却浑然不觉。不等到腊月二十三,龚家瑶便往龚氏上房请辞准备回家。

龚氏瞧着这些日子几个孩子一并读书玩耍颇是融洽,就连平常不苟言笑的许宥崇也终日洋溢着笑容,心里自然十分欢喜。见龚家瑶前来辞行,龚氏心有几分不舍,便挽留道:"家瑶,你就在这里过罢年再回去,你爹娘那里我自然会让人去捎话。"

龚家瑶回答:"祖姑母,您的好意我明白,只是我出来一个多月了,也想念父母弟妹,再有几天就要过年了,我还是回去看看的好。"

龚氏想了一想,说:"你要是打定主意回去,我也不强留你,吃了中饭再走,我也好让人给你准备些东西带回去。"

龚家瑶说:"祖姑母,不吃中饭了,我去跟表伯表娘辞了行就早点儿赶路。"

龚氏点了点头,转头对一旁的女仆吩咐:"去瞧瞧老爷和太太忙不忙,就说家瑶要去跟他们辞行。"等女仆应下转身离去,龚氏又问道:"宥崇和梧桐他们知道你今天要走吗?"

龚家瑶摇了摇头:"我想着先来跟您讲一声……"

龚氏只"哦"了一声,也并不问他缘由,抓了一把果盘里的花生递给他,说:"你先嗑花生,等留柱家的回了话,你就去见你表伯。"

龚家瑶虽说归心似箭,可也知道礼数不能少,于是谢过龚氏,就沿着桌角一旁坐了下来。

不一会儿，留柱家的就回来回话，道是太太说老爷昨天刚从郑州回来，路上车马劳顿，现在还歇着没起身，一时半会儿恐怕也起不来。太太连日来忙着张罗家事，累着了，身上不大好，也不再道别。太太已经传话给了许管家，让他去为表少爷准备回家的年货。

听了留柱家的话，龚氏只微微蹙了一下眉，便对龚家瑶说："你表伯虽说下野回乡，可隔三岔五总少不得被人邀约，也确实忙了些。不如你再等等？"

龚家瑶听了，忙站起身："祖姑母，我知道表伯忙，不敢再多叨扰。这些日子表伯留我在这里读书，我已经感激不尽，现在只能劳烦您代我转达谢意。"

龚氏点了点头："既然这样，那我也不强留你。家瑶，过罢年你再来。"说着便令留柱家的通知备车。于是龚家瑶鞠躬告辞，龚氏亲自送到房门口，又嘱咐几句，目送着龚家瑶走远。

出了龚氏住的院子，穿过一道长廊，就到了许宥崇兄妹住的中院。龚家瑶停了脚步，有几分犹豫，不知道该不该去跟许宥崇正式道个别。

"家瑶哥，你怎么在门口站着？"背后传来许宥崇的声音。

龚家瑶转过身来，尴尬地笑了一下："我……我要回家了。"

许宥崇一脸疑惑，问道："昨晚聊天也没听你提起，怎么就突然要走？家里出了什么急事吗？"

龚家瑶一家这些年多得许家帮衬，日子过得还算安稳。许梧桐是许家夫妇的心肝宝贝，一贯随着性子行事，现在她整天围着自己，龚家瑶只觉千斤重担，若要有个过失，就会给家里惹来麻烦。听了许宥崇的问话，龚家瑶摇了摇头，他咬紧下唇，一时间不知道该怎么对许宥崇说出自己心里的那份担忧。

许宥崇见他不出声，近前半步，直勾勾盯着龚家瑶，又问："家瑶哥，究竟出了什么事？"

龚家瑶只答："没事，就是想爹娘弟妹了。"

许宥崇很想问他一句"你不是说过了正月十五再走吗"，可是话到嘴边还是忍了下来。

"家瑶哥，你在这里呀。"林卿卿从不远处跑了过来，向许宥崇点头问了声好，又对着龚家瑶说，"家瑶哥，梧桐在厨房学做芝麻糖，让我来找你们一起过去尝尝。"

龚家瑶笑了笑，说："卿卿，我马上要回家了，祖姑母已经让人备好了车，你们去吃吧，我先走了。"

林卿卿一怔，忙问道："家瑶哥，昨天也没听你提起，怎么这么突然？"

龚家瑶回答:"我来了这么久,也该回家看看了。卿卿,很开心这段时间跟你们一道读书、游戏。"落了话音,龚家瑶又看了一眼许宥崇,有几分不舍,却还是转身离开。

许梧桐和林卿卿无话不说,闺房夜话里许梧桐提到最多的就是龚家瑶。林卿卿知道许梧桐心里对龚家瑶装着一份懵懂的情愫。

林卿卿猜到几分原因,可是为了许梧桐,她还是喊住了龚家瑶:"家瑶哥,你不去跟梧桐打声招呼吗?"

龚家瑶停下,转过身:"不了,路远,我得早点儿赶路。卿卿,有劳你帮我转告一声吧。"

林卿卿试图挽留:"家瑶哥,梧桐做的芝麻糖很好吃,你等我去拿一些来,你尝尝,也好带一些回家。"

"卿卿,你和宥崇替我多吃点儿,我就先走了。"说话间瞧见许宥崇神情有些失落,龚家瑶心忽地紧了一下。

"宥崇……新年好!"龚家瑶最终还是不想解释自己为何会提前离开。

等许梧桐得了消息,急匆匆赶到大门口时,龚家瑶已经坐上马车走远了。

第二十五章

龚家瑶不辞而别,很令许梧桐伤心失落,连着几天茶饭不思,时不时还会跟林卿卿哭诉一场。林卿卿也只能婉言相劝,每天讲些笑话来逗她开心。直到除夕前夜,许宥利从北京给众人带来了定制的新装,许梧桐这才有了笑容。

许宥利同时也带来了北京的消息,因多方势力的反对,袁世凯被迫无奈已经准备宣布取消"君主立宪"的计划,还准备重新启用徐国务卿。许昌贤追随徐国务卿多年,一直被其视作左膀右臂,这么一来便复出在即。现在得了这个消息,许家上下不免喜气洋洋。

欢欢喜喜的一个年下,转眼就到了元宵。许宅到处挂上了火红的灯笼,灯光相映,五彩缤纷,一片富贵祥和的景象。

按照当地风俗,正月十五夜饭要吃饺子,再做一碗烩菜当作浇头,吃饭前先端一碗加了浇头的饺子送到附近亲友家,以示亲戚间共患难同进退的意思。许家因许昌贤早前位高权重,亲友们不敢等他家来送饺子,多数煮好饺子就先来他家送。龚氏体恤亲朋,多半会留他们在家吃饭,久而久之,正月十五附近亲友到许家吃夜饭看花灯便成了规矩。

今年许昌贤夫妇在家共度元宵，龚氏更是让管家张罗得热热闹闹，把周边乡邻乡亲都请到家里来赴宴。

许家前院搭了大棚，生了大火炉，支了几口大锅，厨房的帮佣们都聚在棚下，包饺子的、做烩菜的、炸丸子的、拌凉菜的，一众男女说说笑笑干得热火朝天。

许梧桐哪里见过这景象，拉了林卿卿一道来凑热闹。眼前的一切，像极了记忆中家乡小镇乡邻办宴席的场面，林卿卿眼圈一红，好在她懂得克制自己，并不曾让任何人察觉。

天刚黑下来，就有乡邻陆陆续续端了自家的饺子送来。柳悦琴心里瞧不起这些乡下的亲眷，只推说头风发作，待在自己房内不愿见客，许昌贤懒得与她计较，亲自陪着龚氏往门口迎客。待客齐开宴，足足十桌之多。许昌贤见母亲欢喜，自己又复出在即，心情甚好，便命人取出多年珍藏的老酒，和亲友们一起欢宴庆贺。

推杯换盏间，许昌贤不知不觉就上了头，待到客人散去，已是酩酊大醉。龚氏瞧着心疼，忙吩咐家仆们送许昌贤回房休息，不料许昌贤却道出恼怒柳悦琴今日举动的话来。龚氏唯恐许昌贤酒后失言，令他们夫妻起了龃龉，便吩咐家仆们把许昌贤送到厢房休息。

一众人手慌脚乱正要扶许昌贤往厢房去，龚氏忽然想起厢房久未住人，还没生炉火，恐怕冻着许昌贤，忙吩咐管家许留柱："留柱，把老爷送我房里休息，今晚我住厢房。"

许留柱说："老太太，您年纪大了，这厢房生火再暖热且得时间，您……"

不等许留柱说完，龚氏便打断他："不妨事，你们先把老爷送到我房里，我打发人把厢房的炉火生着，我跟孩子们看会儿花灯，不多会儿厢房就会暖和。"

许留柱知道龚氏已经打定主意，便点头应下，随了众人将许昌贤送往后院龚氏卧房。

等留柱家的来请龚氏往厢房休息的时候，龚氏也已经和一帮儿孙赏完了花灯，放完了爆竹。热闹了一天的许宅，随着所有人的入寝而安静下来。

许梧桐和林卿卿躺在床上聊了会儿天就昏昏沉沉睡去了。门外传来打更的声音"警惕火烛，平安无事"。

林卿卿拿被子蒙了头，却怎样也睡不着，外婆和姆妈包的汤圆，阿爹亲手扎的灯笼，还有一家人在一起放的爆竹，小时候跟父母过元宵的情景一幕幕浮现眼前。

泪水模糊了林卿卿的双眼，她知道这一切都不复存在。"命啊，一切都是命中注定。"她默默地想着，也只能这样安慰自己。她又想，所幸上天眷怜，自己遇到了许楛桐，两人亲如姐妹。

哭着想着，林卿卿慢慢合上了双眼，迷迷糊糊中却听到了更夫的喊声："走水了，走水了！"林卿卿一下清醒过来，打开被窝跑到窗前一看，就瞧见前院火光冲天。林卿卿不敢耽搁，赶忙叫醒了许楛桐，两人手忙脚乱穿了衣服跑到屋外。

同住在中院的许宥利与许宥崇也已经起身出屋。看着忙乱的家仆们，许宥崇与许楛桐有些手足无措，即便是年长他们几岁的许宥利，也从未经过这样的阵势，一时不知该做何反应。众人正愣神，便有一个家仆跑了过来："两位少爷，小姐，太太让你们先从后院小门出去避避，万一火烧起来，别伤着。"

许宥利问："我父亲、母亲在哪儿？前院哪里着火了？"

家仆答："老爷在后院老太太的房里，只是醉酒还没醒过来，许管家正要让人把老爷抬出来，太太刚吩咐了灭火的事，也要往后院来。"

许宥崇问："我祖母呢？祖母在哪里？"

不等家仆答话，柳悦琴已经到了中院，见兄妹几个人还在原地站着，就沉下脸来："天干物燥，万一烧过来还要不要命了，都傻愣着干什么，快往后院去。"

许楛桐看着熊熊火光，吓得一头扑进柳悦琴怀里，连声道："母亲，我怕，我怕！"

柳悦琴拍着许楛桐的背，安抚道："不怕，不怕，有母亲在呢。快，一道去后院避避。"说话间，柳悦琴便拉着许楛桐的手疾步便往后院走去。

许宥崇仍站在原地，一把拉住那家仆，问道："我祖母在哪儿？"

家仆看了一眼柳悦琴的背影，小声说："起火的就是老太太那个厢房……"

许宥崇急急追问："那祖母……祖母跑出来了没有？"

家仆答："更夫发现的时候厢房已经起了浓烟，人进不去呀……"不等他说完，许宥崇拔腿就往前院跑去。

一旁的林卿卿也听到了他们的对话，转头看一眼已经随柳悦琴离开的许楛桐，她只片刻犹豫，便转身跟着许宥崇也跑去了前院。许留柱正指挥家仆们奋力扑救，瞧见许宥崇要冲进厢房救人，一把拉住他："五少爷，您可使不得，万一老太太救不出来，您再有个三长两短，我怎么担得起这个罪过呀！"

许宥崇急了："祖母在里面，我不能不救她，你放开！"

许留柱劝道："火太大，五少爷，刚才两个护院的壮汉都冲不进去，您怎么进得去呀。"

两个人正争执间，只见林卿卿提起一桶水就浇在了自己身上，又用手帕捂了口鼻，冲进了厢房。

第二十六章

许昌贤醉酒醒来才知道家里发生了这么大的事情。龚氏的床榻前，他焦急地等待着昏迷不醒的老母亲，满脸的自责与担忧。

郎中为龚氏施了针，这才转过身走到许昌贤面前："许老爷，老太太这是吸了浓烟，伤了肺，我刚才已经给老太太扎了针，等老太太醒了再喝几服药，慢慢调理些时日就会康复的……只是木梁砸到老太太，伤了腿，伤筋动骨需百天，要慢慢养。"

话虽如此，许昌贤还是不放心地问道："我母亲当真无碍？不会落下什么病根儿吗？"

郎中答道："老太太福大命大，身体底子又好，救得也及时，只是上了年纪，恢复起来毕竟不如壮年的人，慢慢调理一段时日，定可大安。"

听郎中这样讲话，许昌贤这才松下一口气，打发人送走郎中，又嘱咐女仆们悉心照料龚氏，这才到了外面。

前院西侧尽毁，好在正北前厅与东北侧主房并未被火势波及。进了前厅，不等落座，许昌贤就质问许留柱："夜夜有巡逻打更的，西厢房即便起了火也能及时扑救，何至于此？"

许留柱本是许家宗亲，自从许昌贤扩建祖宅开始就来帮着打理一家大小事宜。昨夜失火，许留柱自觉责任重大，听许昌贤问话，直直跪倒在地："老爷，是我失职，是我的错呀！老太太心善，体恤更夫们没年没节地值夜，逢到年下里便会特意嘱咐让他们每夜只留一个人当值。咱家院子大，更夫巡一圈下来，等发现厢房起火的时候，那火势已经不小了。"

一旁的柳悦琴接话："母亲也是，前后三个院子，怎么能让一个更夫当值？"

许昌贤斜她一眼，又问许留柱："好端端的怎么会起火？"

许留柱答："老太太平时是我那媳妇在跟前伺候着，虽说有个小婢女，但是这些年老太太身子骨硬朗，也心疼她是个孩子家，就没让她陪过夜，所以也不知道究竟因了什么起火。老爷，我罪该万死，我有负您所托呀。"

"行了，行了，现在不是追究你责任的时候。"许昌贤摆了摆手，"你刚才说是谁把我母亲救出来的？"

"是……"许留柱刚开了口，便被柳悦琴接了话去："是卿卿，就是陪着梧桐的那个孩子。"见许昌贤点了点头,她接着说,"梧桐孝顺她祖母,哭着要冲进去救她祖母,可是你知道她哪有这个力气呀。好在卿卿被梧桐感动了,她替梧桐冲了进去。"

许留柱抬头看了一眼柳悦琴,见她目光犀利瞪了一眼自己,即刻又低下了头。许昌贤只一心懊悔,并未留意他两人的举动,等柳悦琴说完,许昌贤说:"这孩子有功,赏她些钱,再给她多做几身新衣服。"

中院许梧桐屋内,许梧桐一边帮林卿卿上药,一边问道:"卿卿,疼吗?"

林卿卿摇了摇头:"不要紧,都是一些皮外伤。"

许梧桐红了眼圈:"你看看你,头发都烧掉一截,还说没事。"

林卿卿伸手摸了摸自己头发,咧嘴笑了一下:"头发可以再长的。你呀,怎么就哭了?"

许梧桐放下药膏,哽咽着问:"你还笑得出来……如果不是你,祖母可能就……卿卿,你哪来的勇气冲进火场?"

林卿卿垂下眼睑,敛了笑容,停了一下,才答:"梧桐,我外婆就是因为家里失火,吸了浓烟而不治身亡……"

许梧桐一把抱住林卿卿:"卿卿,谢谢你,谢谢你救了我祖母!"

"哎呀呀,疼……疼……"

许宥利因为要处理其他事务,等龚氏病情稳定便回了京。这些日子许宥崇、许梧桐与林卿卿常常伴在龚氏膝下,龚氏心情舒畅,康复得也快起来。等到杏花开满树枝的时候,龚氏已经可以拄拐下床慢慢走路了。

三月二十二日,袁世凯宣布取消"君主立宪"国体,恢复原有民国政府,重新启用徐国务卿。徐国务卿与许昌贤公私皆引为知己,一上任便致电许昌贤,让他复出任职。

对于柳悦琴而言,这是天大的喜讯,她终于可以离开辉县回到朝思暮想的北京去。不等许昌贤发话,柳悦琴便已吩咐家仆们收拾行李打包装箱。

许昌贤进了龚氏的屋子,顺着她的床沿坐下,先问了龚氏身体状况,而后小心翼翼将要回京的消息告诉了她。

龚氏倚靠着床头坐着,听完许昌贤的话,浅笑道:"难得徐国务卿赏识你邀你复出,你们赶紧收拾收拾就回北京吧。"

"母亲,您身体还没痊愈,我们就这么走了,儿子怎么忍心……"

龚氏拍了拍许昌贤的手:"先有国才有家,现在国家需要你,你就安心回去。至于我,你放心,我也好得差不多了,再说还有这么多人伺候着,不妨事。"

许昌贤点了点头:"母亲您深明大义,儿子就听您的。等我回了北京,再给您找个好郎中,让他来给您瞧瞧。"

龚氏说:"如今给我看的这位郎中就挺好,别费事再折腾。你能安心政务,我也就能安心养身体了。"

许昌贤看了一眼站在一旁的许宥崇,又说:"母亲,儿子不能在您身边照顾,就让宥崇还留在老家,也好替儿子承欢您膝下。"

龚氏说:"宥崇大了,不能总在乡下陪我这个老太婆,你把他带回去吧,也该去正经学堂念念书。"

"不急这一时半会儿,就让他留下陪您。"

许宥崇与龚氏一起生活多年,心里也是不愿离开祖母。龚氏正要再开口,许宥崇已经接过了话:"祖母,我愿意一直留在您身边,照顾您,陪着您。"

龚氏心头一酸,招了招手让许宥崇近了前:"宥崇,你长大了,要读书,将来还要有一番作为,哪能一直陪着祖母?听话,跟你父亲回北京去。"

许昌贤紧皱双眉:"母亲,您身体好了儿子才能安心在外,宥崇如果跟我们回京,您身边没个亲人怎么能行?"

龚氏说:"他一个小孩子又能做什么?无非陪着我说话玩笑罢了。你们安心回去,家里有的是人陪我。"

许昌贤早前虽说不待见这个儿子,可这段日子相处下来,觉得他谦逊有礼,懂事好学,心里倒增了几分好感,可是仍觉放心不下龚氏,便坚持道:"那怎么会一样?母亲,您就让他留下吧!"

龚氏一心盼着许宥崇能回京读书,可看着许昌贤固执己见,也不好太驳了他的心意,无奈之下轻轻叹了口气便不再作声。许昌贤见龚氏不出声,只当她已经默许。

为龚氏拉了拉被子,许昌贤正要起身离去,就听到林卿卿开口:"老太太,您如果不嫌弃,就让我留下来伺候您吧。我虽然替代不了五少爷,可也能多个人陪您说话聊天。"

第二十七章

龚氏自从知道林卿卿冒死救了自己,对她便是另眼相看。此时听到林卿卿愿意留下相伴,即刻欢喜不已:"好孩子,只要你不嫌陪着我这个老婆子无趣,我又怎么会嫌弃你?"

看了一眼许昌贤,龚氏又说:"卿卿,你日后不要再称呼我'老太太',就跟宥崇和梏桐他们一样,叫我'祖母'。"

林卿卿忙答:"老太太,这怎么使得?不管称呼您什么,您都是我心里仁慈有爱的长辈。"

龚氏对许昌贤说:"瞧瞧,这孩子多懂事,你这一家之主倒是发句话。"

许昌贤见母亲欢喜,忙回答:"这孩子平常多跟着梏桐,我虽不甚了解,倒也瞧得出是个懂事的孩子。既然母亲您中意,那就让她留下来陪您。"

见龚氏点头,许昌贤转头对着林卿卿说:"卿卿,你安心留在这里陪老太太,哦,你祖母。"

林卿卿睁大了眼睛,她不敢相信许昌贤竟然这么快接受了龚氏的意见。见林卿卿愣神,许昌贤假意咳了一声:"卿卿,快来谢谢你祖母。"

林卿卿不敢再迟疑,忙走了近前,怯怯地说:"谢谢您,祖……祖母。"

最欢喜的要数许梏桐,她跑近林卿卿,欢喜地嚷着:"太好了,卿卿,以后你就是我亲妹妹了!"看着许昌贤,许梏桐又说:"父亲,不然就让我替代五哥,和卿卿一起留下来陪祖母吧。"

许昌贤不料许梏桐会这样要求,犹豫不决:"你母亲能同意吗?女子学堂的课你已经落下很多了。"

许梏桐却说:"这里有先生教课,无非落下一些洋文,以后回去再补也不迟。父亲,您不是说百善孝为先吗,您和母亲回了北京,我就跟卿卿在老家替你们尽孝。"

许昌贤笑了:"伶牙俐齿,好,那你就留下来陪你祖母,等你祖母大安了,我就让人来接你祖母和你一起回北京。"

柳悦琴虽说心里百般不情愿,可是许昌贤既已开口应下,她也无力反驳。她唯恐许梏桐不在自己身边,旁人照顾不周,临行前千叮咛万嘱咐,这才依依不舍回了北京。

这两天柳悦琴因为要和许梏桐分离,便拉了许梏桐住到了她房里。现在他们一行离开,许梏桐便搬回中院,两个小姐妹又像从前一样睡前聊起了闺话。

林卿卿说:"梏桐,真没想到你会留下来。午间老爷他们出发的时候,我看到太太眼圈都红了。"

许梏桐说:"我不敢看母亲,我也不舍得他们,可是我更不舍得跟你分开。"

"谢谢你,梏桐。你待我真好。"

"谢我什么呀?以后我们之间不要说'谢'字。我母亲回去有我哥哥嫂嫂陪,而且我大嫂快生了,她恐怕一忙起来就顾不得我了。可是你不一样,你离不开我,我也离不开你。"

林卿卿心里感动,却装作若无其事地用手肘撞了一下许梏桐:"你怎么就知道我离不开你?"

"还嘴硬,刚才我分明看见你眼里有泪光。"用胳膊支起头,许梏桐笑道,"卿卿,我老实告诉你,我想留下还有一点儿别的心思,只是你不许笑话我。"

"我几时笑话过你?你的小心思是什么,快同我讲讲。"

"我……我还想再见见家瑶哥。他走的时候不是说过春上会再来吗?现在已经春天了,他应该快来了吧?"

虽说心里知道许梏桐对龚家瑶有好感,但是听她这样讲,林卿卿还是认真打量了一番许梏桐,然后才说:"梏桐,你不会是真的喜欢上家瑶哥了吧?"

许梏桐说:"我也不知道自己是不是喜欢他,只是我常常想起他,总是希望能见到他……"

林卿卿想了一下:"以前我在掩香阁的时候,香凝姐姐告诉我,喜欢一个人就会渴望见到他,跟他厮守在一起。梏桐,你是这个感觉吗?"

过了半天,许梏桐才出声:"嗯,是这种感觉……卿卿,我该怎么办哪?"

过了清明,雨水渐渐多起来。

许梏桐趴在窗前望着滴滴答答的落雨出神,就看见林卿卿一阵风似的跑了过来。不等进屋,林卿卿就站在廊檐下隔着窗户对许梏桐喊:"梏桐,快去祖母房间,家瑶哥来了!"

许梏桐简直不敢相信自己的耳朵,急切地问:"卿卿,你说的是真的吗?别是哄我开心。"

林卿卿凑近窗台:"真的,真的,我骗你做什么?快,跟我一起去祖母房间。"

一路小跑进了龚氏上房,许梏桐来不及跟龚氏问好,就冲着龚家瑶喊:"家瑶哥,你可算来了!"

出于礼貌,龚家瑶站起了身:"梏桐妹妹,好久不见。"

许梏桐走到近前:"家瑶哥,你怎么这么久才来?我……我和卿卿都很想你……想你烤的地瓜……"

龚家瑶回答:"本来爹娘知道祖姑母抱恙就着急着要来看看,可是咱们庄稼人不得不等着播了玉米种才能出门。"

龚家瑶说完,许梏桐这才注意到他旁边坐着的一对中年夫妇和一个八九岁的男孩。

龚氏这时开了口："梧桐，这是你表叔表婶，专程带着家瑶两兄弟来看我。"

许梧桐听到是龚家瑶的父母和弟弟，忙问候："表叔表婶好！"

龚家瑶母亲笑脸盈盈："这就是六小姐吧？长得真俊，又这么懂事，怪不得姑母您和表哥表嫂都这么疼爱。"

"梧桐孝顺，专门留下来陪我养病，是个好闺女。"又指了指一旁的林卿卿，龚氏接着说，"这个是卿卿，也是我的小孙女。她们两个整日陪着我说说笑笑，病也好得快起来。"

林卿卿向他们夫妇鞠了个躬，又问了好，便退到一边站着。

龚家瑶的父亲龚有旺是个老实人，见林卿卿鞠躬，也赶忙站起了身。龚氏摆了摆手示意他坐下，说："你们难得来，这次别急着回去，多住些日子，也好陪我说说话。"

龚有旺家的笑着说："姑母，我们地里有活，来瞧瞧您没事也就能安心回去了。我听家瑶说咱家后院有个菜园子，要是您不嫌烦，就让家瑶哥儿俩在这儿陪您几天，他俩会干农活，正好让他俩帮着收拾收拾园子。"

第二十八章

好不容易等到龚家瑶来，许梧桐却发现龚家瑶没有了先前的欢乐与热情。

许梧桐躺在床上翻来覆去难以入眠。碰了碰林卿卿，她问道："卿卿，你睡了吗？"

林卿卿打小就睡得轻，被许梧桐一碰就醒了过来："嗯，怎么了，梧桐？"

许梧桐说："我睡不着，想跟你说说话。"

林卿卿转过身："好哇。"

许梧桐又说："从昨天家瑶哥来到现在，我都没怎么见他笑过。我觉得他不是很开心。"

林卿卿也察觉到了龚家瑶的不同，只是没有对许梧桐道明，此时听到她这样讲，便说："是呢，家瑶哥总是那么客客气气，反倒让人觉得远了许多。"

"今天早饭后你陪祖母去散步，我有意磨蹭着等他吃好饭叫他一道去书房读书，可他推说这次只住几天就回，不去打扰先生了。他以前多渴望读书哇，总是追着五哥借书看。"

"家瑶哥会不会因为要照顾弟弟，怕他去了书房读书，弟弟没人管？"

"不会吧，他那个弟弟多老实呀，整天就待在菜园子里，又不会出什么意外。"忽地掀开被子，许楮桐就要冲出房间，"不行，我要去问问他。"

林卿卿一把拉住她："你疯了？大晚上跑去人家男客房里，传出去不是辱没你名声吗？好了，你先安稳睡觉，明天我去探探他口风。"

长夜漫漫，好不容易盼到天边现了鱼肚白，许楮桐便推醒了林卿卿催促她起床。

轻轻敲厢房的门，发现屋里没有人，询问了家仆，林卿卿才知道龚家瑶兄弟一早起来就去了菜园子松土。

菜园子里鸟声啁啾婉转，菜叶上晶莹的露水闪着亮光，蜂蝶往来飞舞，林卿卿竟不知清晨的菜园是这般美好。

叫了一声"家瑶哥"，林卿卿便走了过去。龚家瑶听到声音，转头看见林卿卿要下地，忙阻止道："卿卿，别进地，夜里有露水，地里的泥很湿。"

林卿卿停下脚步立在地头等着他走近。一边将挽着的袖子放下，龚家瑶一边问道："卿卿，你一大早来菜园子做什么？"

"找你呀！"

"找我？有事吗？"龚家瑶不解地问。

林卿卿点了一下头："昨天忘记告诉你，五少爷走的时候留了本书给你。"

龚家瑶的眼睛忽地明亮了起来，忙问道："当真？宥崇当真留了书给我？"

林卿卿又重重地点了点头："嗯，前天见你们来，只顾着欢喜，把这个事情忘得一干二净。"

龚家瑶显得有些迫不及待，问道："书在哪儿？卿卿，你快点儿给我！"

许宥崇与龚家瑶彼此曾有过春天再见的约定，可许宥崇来不及与龚家瑶道别，便被许昌贤带去了北京。临走时，许宥崇将一本托尔斯泰的长篇小说《心狱》交给了林卿卿，嘱咐她转交龚家瑶。林卿卿昨天一时忘记，今早被许楮桐催来见龚家瑶，正好想起这本书，也算寻了个由头。

见龚家瑶着急要书，林卿卿说："书在我房里，你跟我一道走，我去拿了给你。"

刚走两步，龚家瑶就停了下来，问道："祖姑母说收了你做她干孙女，那你现在还跟楮桐住一个房间吗？"

林卿卿回过头道："那是祖母抬爱，可是我进许家就是来陪伴楮桐的，我当然还是跟她住一起呀。"

林卿卿的话让龚家瑶改变了主意："我怕弟弟一个人做不好地里的活，卿卿，麻烦你拿了书再送来给我好吗？"

林卿卿盯着龚家瑶："家瑶哥，你怎么了？我怎么觉得你是在躲梧桐？"

林卿卿冷不防这么一问，令龚家瑶一时答不上话来，他那双原本明亮的眼里忽然现出一股忧郁的光。

林卿卿第一次见到龚家瑶这种神情，愣了一下，才小心地说："家瑶哥，我乱讲的，你千万别生气。你等着，我去把书给你取来。"

"卿卿，我跟你去拿书吧。"龚家瑶踌躇一下说。

"家瑶哥，你……"

"在一个屋檐下，总归是要见面的。卿卿，以前宥崇在，我可以和你们一起进书房读书，可是现在只有你和梧桐两个女孩子，我要是总跟你们两个一起，即便是亲戚，也不是那么妥当的。"龚家瑶知道自己刚才有些失态，只能这样解释。

林卿卿一下像是明白了龚家瑶的顾虑。她有些自责，做什么讲出这些不经大脑的话，她想安慰龚家瑶，可又想不出能对他说什么话。她想到了自己，也无意间感受到了龚家瑶的处境。

林卿卿心下觉得抱歉，喃喃低语："家瑶哥，对不起……"

龚家瑶并未听清她在说什么，只对着她说："走吧，咱们去取书。"

许梧桐见龚家瑶站在房门口，以为林卿卿说动了他，便欢喜着跑了过来，问道："家瑶哥，你是来找我的吗？怎么不进来？"

龚家瑶垂目回答："卿卿说宥崇留了本书给我，我来取书。"

许梧桐看了一眼旁边的林卿卿，见她点了点头，心里有几分失落，却又有几分羡慕："五哥走得急也不忘留书给你，你们俩真亲！"

"宥崇心善，处处总想着我。"

"你们两个好像很投缘，就像我和卿卿。知道吗，家瑶哥，五哥只有看见你才有那么多的话。"

龚家瑶眼中的许宥崇很是活泼开朗，听了许梧桐的话，抬眼看着她，狐疑地问："宥崇平常不爱说话吗？"

许梧桐说："除了你在的时候，我就很少见他笑过，不信，你问卿卿。"

林卿卿刚好拿了书从屋里出来，听到这话，便对着龚家瑶点了点头，认同了许梧桐所说。

"宥崇这些年可能太孤单了！"龚家瑶无心道出了这句话。

"家瑶哥，也许你说得对。"许梧桐盯着龚家瑶，"你跟五哥这么要好，不如跟我们一起回北京，这样你们又可以见面了。"

"去北京？"龚家瑶重复了一句。

"是呀，父亲已经来电报，过些日子就会派人来接祖母和我们回去。家瑶哥，你如果愿意，祖母一定会带上你的。"

龚家瑶眼里似乎有了亮光，只一瞬间又像受了很大打击似的，忽地低下头，垂了眼，不接一句话便转身离开。

第二十九章

当紫藤花爬满屋前花架的时候，许昌贤已经派了人来接龚氏和许梧桐她们回北京。龚家瑶早已回了孟津，即便龚氏让人捎去口信，让他一起进京读书，还是被婉言谢绝。许梧桐无奈，带着遗憾，离开了辉县老家。

回到北京，许梧桐便央求许昌贤，要带林卿卿一同往女子学堂读书。因林卿卿救了龚氏，如今又得龚氏疼爱，许昌贤也算应得痛快。

大半年不在北京，每日往来学堂又要补习洋文，见忙碌起来的许梧桐渐渐不再提及龚家瑶，林卿卿也就安下心来。

许昌贤官复原职，长媳张幼念又为许家产下长孙，柳悦琴神清气爽，决意大操大办长孙满月喜礼。接了喜帖，黄廷承与柳韵琴夫妇便携同子女们入京道贺。

许宥利这些日子忙着父母回京安置事宜，也不得空往杭州探望香凝，这趟黄鸿烨随父母进京贺喜，得了空闲，许宥利便迫不及待邀他叙话。

小茶室里，遣走了家仆，不等黄鸿烨喝下一口茶，许宥利便问："鸿烨哥，她还好吗？"

黄鸿烨并没有直接答话，将举着的茶杯送到嘴边，缓缓喝下一口茶，而后略略抬头："还好！"

许宥利跷起二郎腿，笑道："看你，不过半年不见，怎么说句话也慢腾腾起来……她没事就好，辛苦你了。哦，之前你帮我垫了那么些钱，总共多少？我一并开支票给你。"

黄鸿烨又喝下一口茶，说："不用了，都是小钱。"

"果然是黄大老板，财大气粗。"许宥利咧嘴一笑，"好了，黄老板，不跟你开玩笑，快说个数！你帮了我，总不能再让你贴钱。"

黄鸿烨一脸尴尬，只淡淡地说："你别拿我取笑了，什么大老板，不过是帮我父亲做些力所能及的事。"

黄鸿烨本来就是个不苟言笑的人，许宥利也不以为意，又道："好了，言归正传。你可有转达我的心意给她？她可愿意迁来北京？"

一缕斜阳透过玻璃窗射进屋内，照在黄鸿烨的脸上。他挪动了一下身子，摩挲着茶杯，似乎在思忖着什么。

许宥利见他这个模样，脸上现出一丝疑惑："鸿烨哥，是她不愿意，还是出了什么问题？"

那时许宥利让黄鸿烨将香凝赎身送入医院治疗，等香凝痊愈之后又嘱咐他安置了住所给她。许宥利因回河南老家陪父母过年，而后又打点他父亲出山事宜，并未曾亲往杭州探望香凝。而香凝一来感念黄鸿烨救命之恩，二来知许宥利失了势，又加上黄鸿烨本也生得气宇轩昂，便有心依附于他。

香凝天生貌美，琴棋书画无所不精，即便黄鸿烨曾经只因许宥利所托而关照于她，可一来二去，心里也对她生了几分情愫。虽说家中有妻室，却是父母自幼定下，黄鸿烨没有快乐，也不曾悲哀，他的婚姻就像是他为这个家族所尽的义务。

香凝的柔情让他享受了先前不曾有过的乐趣，他忘记了许宥利，忘记了佟玉梅，甚至忘记了他的家族。他陶醉了，满足了，在一个青楼女子的爱情里。

此时的黄鸿烨脸上现出一丝窘相，他想告诉许宥利，却找不到一句适当的话。

许宥利越发起疑："你是不是有什么事瞒着我？"

"宥利，香凝她很好，只是她不想迁来北京……"黄鸿烨终于开口。

"她不肯来北京？你没有告诉她，我会对她日后的生活负责吗？"

"说了……只是……"黄鸿烨进京前想好了不少话，可是真正面对许宥利的这一刻，他犹豫了。

许宥利追问："只是什么？这不像你的性子，说吧，出了什么事？"

黄鸿烨放下手里的茶杯，鼓足勇气，一字一句坦白："宥利，你不要怪我。香凝……香凝如今跟了我……"

许宥利不敢相信自己的耳朵，重复道："你说什么？她跟了谁？"

"跟了我。"说这句话的时候黄鸿烨低下了头，他不敢看许宥利。

许宥利只觉得怒火中烧，胸腔好像快要炸裂似的，直勾勾瞪着黄鸿烨，半晌，才从他嘴里一字一顿地吐出话来："黄鸿烨，黄老板，真有你的！"说完便站起了身，恶狠狠踢了一脚茶几，转身离去。

牌室内，柳悦琴姐妹与许宥权以及黄家大女儿黄芳蕙正开了牌局打得兴高采烈，全然不知小茶室里发生的事。

柳韵琴边打牌边说："刚才去幼念房里，瞧着大胖孙儿，我欢喜得不得了，阿姐你真好福气！"

柳悦琴笑道："宥权大鸿烨两岁，可是鸿烨早就当了爹，我哪有你福气好哇。"

黄芳蕙伸手拿过柳悦琴打出的牌，说了声"吃"，然后又笑道："姨母，您和我母亲果然是亲姊妹，福慧双修，都是顶顶有福气的人。"

"还是芳蕙会哄我们开心。"说完，柳悦琴又对着许宥权说，"你呀，以后少往酒楼戏院跑，在家多陪陪幼念，给我和你父亲多添几个孙儿。"

许宥权说："母亲，您别总盯着我，不如让老四早点儿成家，您就能多抱几个孙儿了不是？"

柳悦琴说："这一说让你多在家，你就推给老四。不过话又说回来，老四和鸿熠只差半个多月，现在玉凤都有喜了，老四可还连个合适的人选都没有。"

柳韵琴接了话："宥利一表人才，只要阿姐和姐夫开口，恐怕提亲的要踏破门槛呢！"

柳悦琴不置可否："老四心思重，心气又高，要给他寻内助，非但样貌出众，还得体贴懂事的才好。咱自家没有年纪相当的女儿，不然知根知底的到底会好些。"

柳韵琴说："亲上加亲固然是好，可也要宥利喜欢才行啊。阿姐，姐夫人脉广，总会有合适的名门闺秀能入宥利的眼。"

柳悦琴点了点头："你说的也是，明日我就跟你姐夫提提。"一抬眼，瞧见窗外追逐着游戏的黄鸿煊与许梧桐，柳悦琴忽而心里一动："韵琴，你瞧鸿煊和梧桐，那才真是天生的一对呀。"

姨表兄妹成婚在这种豪门大户中是极寻常的事，可许梧桐被娇惯着长大，心性脾气柳韵琴又岂会不知。听柳悦琴这样讲，柳韵琴笑道："只要阿姐不嫌弃鸿煊，我自然是求之不得呀！只是如今孩子们都主意正得很，要两个孩子自己愿意才好。"

柳悦琴不以为然："鸿煊是我看着长大的，我喜欢还来不及呢，又怎么会嫌弃？婚姻大事，还不是咱们当父母的说了算哪！"

许宥权见他母亲欢喜，忙附和道："鸿煊和梧桐那是金童玉女，绝配呀！"

黄芳蕙通透，见母亲并未当即应下，就知道她有所顾虑，于是说："梧桐和鸿煊当真配得很，只是他们都是新时代的思想，姨母您若是强行安排，恐怕他们两个都要生了厌烦的心……"

柳悦琴不等黄芳蕙说完，就急着问："芳蕙，那你可有什么好法子？快说来听听。"

黄芳蕙莞尔一笑："等日后他们再大一些，让他们多些相处的时间，若当真情投意合，您再说不迟呀。"

柳悦琴说："芳蕙说的是，只是北京杭州相隔两地，他们两个哪有那么多时间相处哇?"

黄芳蕙本来只想着先帮母亲搪塞过去,未曾料想柳悦琴当了真,一时间也不知道该怎么接口。倒是许宥权,见他母亲欢喜,便建议:"母亲,昨晚家宴时,姨丈不是说日后想让鸿煊入清华学堂读书吗?倒不如这趟就让鸿煊留在北京,一来日后入学便利,二来也可以和梧桐多些相处的机会。"

第三十章

柳悦琴没有料到黄鸿煊竟然会一口答应留在北京读书,既是这样,便商量好了等秋季开学就送他到北京入学。黄鸿烨心中忐忑,直到临回杭州这日也未见许宥利有任何举动,总算是松了一口气。

黄廷承与柳韵琴夫妇一行回了杭州,许昌贤每日往政府工作,许宥利兄弟也各司其职,许家似乎又恢复了往日的平静。

夏去秋来,虽说袁世凯的死令时局发生了一些变化,可许昌贤仍安坐其位,许家并未有任何变故。

黄鸿煊如期从杭州入京,进了许宥崇在读的那间教会学堂,因与许梧桐和林卿卿的女子学堂邻近,许家的司机总是会一起接送他们往返学堂。

这日放学,黄鸿煊与许宥崇走出校门,就看见许梧桐坐在路边的车子上冲着他们招手。许宥崇没有任何反应,倒是黄鸿煊对着她招了招手,欢快地向车子走去。

上了车,却不见林卿卿,黄鸿煊迟疑了一下,还是忍不住问道:"梧桐,怎么就你一个人?"

许梧桐回答:"学堂里排演节目,卿卿要和搭档对戏,所以会晚点儿回家。"

黄鸿煊又问:"她一个人回家?你怎么不等她一起?哦,我的意思是你不演吗?"

许梧桐说:"当然演哪,只是我们这次要用洋文,卿卿虽然反复练习,可毕竟她没有基础,今天彩排时候出了点儿错,所以留下来请她搭档再重新排练。她搭档说会送她回家的。"

"哦……"黄鸿煊答应了一声。

许梧桐却兴致勃勃道:"我们排的是莎翁的《仲夏夜之梦》,我演的是赫米娅,卿卿演的是海丽娜,都有好多台词呢。"

黄鸿煊好奇地问:"你们女子学堂怎么能排《仲夏夜之梦》?难不成有同学要女扮男装?"

许楰桐笑了："做什么要女孩子扮成男人模样？是你们学堂的男同学来和我们一起演哪。"

黄鸿煊一脸茫然："我们学堂？怎么我没听说这个事情？"拍了一下坐在前排的许宥崇，他又问道："宥崇，你听说了吗？"

许宥崇转过头来："嗯，这是老早定下来的，那时你还没来。"黄鸿煊默默点了一下头，望向了窗外。

秋天的夜来得早一些，即便刚刚过了饭点，天已经全黑下来。

许府门口的红灯笼早已亮起，照耀着门前那对永远沉默的石狮子。林卿卿抬脚刚跨进大门，就听到一旁有个声音传来："卿卿，怎么这么晚回来？大家都已经吃好饭了。"

林卿卿认得这个声音，抬头一看果然是黄鸿煊冲着自己走了过来。她笑了笑："学堂里排练节目，回来晚了些。我不饿。"

"家里来了客人，楰桐被姨母叫去作陪了。"黄鸿煊说。

"哦，谢谢你告诉我，鸿煊少爷。"林卿卿带笑说话的时候，那双明亮的眼睛总会闪动着光。

黄鸿煊不敢正视她的眼睛："楰桐嘱咐人给你留了夜饭，你去小厨房吃点儿吧。"

"嗯，我知道了。鸿煊少爷，是楰桐让你在这里等我的吗？"

黄鸿煊有一丝尴尬："我……我只是出来走走，碰上了你。"

不等林卿卿答话，就看见伺候龚氏的婢女香凤朝这边走来，边走边说："卿卿，老太太惦记着你，让我来门口等你。"

看见了黄鸿煊，香凤一愣，忙问了好。黄鸿煊点了点头，转身离去。望着黄鸿煊的背影消失在门廊，香凤才问道："卿卿，鸿煊少爷怎么在这里？他跟你说什么呀？"

林卿卿抿嘴一笑："碰巧遇见，他告诉我楰桐在陪太太见客。"

"哦。"香凤应了一声，跟着林卿卿向里走去。

金秋的北京格外迷人，这是林卿卿第一次真正欣赏到它的美。许楰桐知道她想看路边的红叶，打发走了司机，两人决计沿途观赏美景，步行回家。走了没多久，就见车子掉头回来，黄鸿煊拉着许宥崇从车上跳了下来，只说要和她们一道欣赏美景。

黄鸿煊一会儿跳起来揪两片红叶递给许楰桐和林卿卿，一会儿跑到沿街叫卖的小贩那里买几串糖葫芦，看见大碗茶馆，又拉着他们进去品茶，显然心情舒畅极了。即便是平日里鲜少讲话的许宥崇，也露出了难得的笑容。

街灯逐个亮起来，街上的行人慢慢少了下来，四个人这才意犹未尽地加快了回家的脚步。

翘首等待的管家刘才厚看见他们走近，小跑着过去迎接："少爷、小姐们，你们可算是回来了，太太快要急死了。"

许梧桐高声答道："不过是稍晚了一些，有什么好急的。"

刘才厚说："黄太太和黄二小姐来了，等着你们开饭呢。"

"啊，母亲和二姐来了。"黄鸿煊听到母亲来了，便疾步往里走去。

原来黄鸿煊离家虽不足一个月，可柳韵琴已经思子心切，趁着中秋临近，便带着黄芳蕙一道进京探望。

许昌贤离京巡视，龚氏吃得清淡，平常也不愿往餐厅内用餐。此时的餐厅内，柳悦琴便坐在了上首的位子，紧挨着她的是柳韵琴，隔了一个位子是黄芳蕙，很显然中间位子是给黄鸿煊预留的。柳韵琴对面坐了张幼念，她身边也空了两个位子。

黄鸿煊几个人进了餐厅，向两位长辈问了好，便在几个空位上坐了下来。林卿卿并未随他们一同入内，她一直恪守自己的身份，即便许梧桐曾邀过她很多次，她也总是笑着婉拒。

"你们几个去哪儿了，今天怎么回来这么晚？叫你姨母好生等。"柳悦琴先开口问道。

许梧桐回答："我们又不知道姨母和芳蕙姐姐今天到。难得好天气，我们就想着走走逛逛。再说了，大哥和四哥不也没回来，您怎么总盯着我们？"

柳悦琴说："你大哥衙门有事，你四哥今早和几个朋友去了天津卫……"

不等柳悦琴说完，许梧桐便嘟囔道："是，是，他们都有理，就我们没理！"

柳悦琴笑着瞪她一眼，正要开口，便听见柳韵琴笑着说："阿姐，梧桐说得没错，孩子们也不知道我们要来。秋高气爽的，逛一逛也舒服的。"

柳悦琴说："你呀，就是宠着她，日后去了你家，还不知道你把她惯成什么样！"

柳韵琴不愿接话，抿嘴笑了一笑，却拉住了黄鸿煊的手问："可有想母亲哪？"

黄鸿煊点了点头："母亲，您和二姐怎么不通知我一声？我也好去车站接你们哪。"

"母亲想给你个惊喜，这才不让姨母告诉你们的。"黄芳蕙笑着告诉他。

柳悦琴却不依不饶："我怎么听司机说是为了陪卿卿看风景？卿卿也太不懂事，怎么能拉了你们一道陪她走路回家！"

"不是，是——"许梧桐刚要开口解释，黄鸿煊便接过话来："姨母，司机恐怕听错了，是我，我觉得北京的秋天很美，所以想要他们陪我逛逛。"

许楠桐眼里有几份感激，也在旁边插话道："母亲，鸿煊哥哥今天给我们买了糖葫芦，还请我们喝了大碗茶。"

听他们这样讲话，柳悦琴也就不再计较。大家说说笑笑，边吃饭边聊起了家常。等放下碗筷，女仆们端了水果入内，一见是红柚，许楠桐便嚷嚷开了："姨母，这是您从杭州带来的吗？北京难得吃到呢。"

柳韵琴说："这个季节正吃柚子呢，想着你母亲喜欢吃，就带了些来。"

许楠桐吃下一口："嗯，真好吃，好甜！"忽然，水汪汪的大眼睛盯着红柚，她停下了手里的叉子。

一旁的张幼念觉得奇怪，问道："六妹，怎么了？刚不是还说甜吗？"

"嗯，甜的。只是我记得卿卿喜欢吃柚子，我要给她留一些。"

第三十一章

北京的秋虽美却短，转眼便入了寒冬。

冬天能在湖上嬉戏的日子不算长，一年里也就那么一个多月冰面是牢固的。自打清兵入关，冬日溜冰便成了国俗，每逢冬日就要举办隆重的冰嬉活动。即便如今换了新政府，可这项活动因深得百姓喜爱，便被保存了下来。

这几日天气奇寒，学校早已放了寒假，许楠桐便琢磨着去什刹海看冰嬉。林卿卿生长在江南，从未感受过冰上游戏，虽说去年在辉县河边险些落入冰窟窿，可是听许楠桐将冰嬉描述得绘声绘色，也是一脸憧憬。

头天夜里许楠桐已经得了柳悦琴的许可，这天早上和林卿卿两人起得格外早，吃好了早饭，就急匆匆往大门外等候的车上走去。"楠桐，卿卿，你们要去哪里？"黄鸿煊从影壁后面走过来。

"鸿煊哥哥，我跟卿卿要去什刹海看冰嬉。"许楠桐欢喜地回答。

"你们去什刹海怎么也不叫我和宥崇一声？"黄鸿煊的语气里有一丝失落。

"昨晚我去请示母亲的时候，听母亲说你要回杭州过年哪，我想着你要收拾行李呢。"许楠桐说。

"又不要我自己收拾……"黄鸿煊嘟囔道。

许楠桐凑近，盯着他问："你带来的那个灵瑶说你从不让人收拾你贴身的东西，怎么这会儿又说不用自己收拾？哈哈，我知道了，你是想跟我们一道去玩吧？"

黄鸿煊耳根微红，却也不置可否。

许梣桐见他这样，揉了他一下："还愣着干吗？走吧！"

林卿卿走了过来："梣桐，要不要叫一声宥崇少爷？要去大家就一起吧。"

许宥崇虽说表面上比较冷漠，却从没有拒绝过跟他们一起出门。

老百姓玩冰，不似清朝皇家那般威严壮观以表演为重，只随着自己喜好，三五知己嬉戏于冰上。什刹海冰面上，有穿着冰鞋格斗的、舞蹈的，还有纯粹溜冰比远近的，很是热闹。

黄鸿煊虽说生长在江南，却因为从小在洋人学堂读书，学过一些溜冰的技巧，只不一会儿工夫，就在冰上得心应手了。许宥崇在冰上尤其欢快灵动，一改平日木讷的样子，这倒是许梣桐与林卿卿始料未及的。

她们就地坐下，一边吃着驴打滚，一边看着冰上欢快往来的人们。

见林卿卿一脸向往的样子，许梣桐问："卿卿，你是不是想溜冰啊？"

林卿卿点了一下头，又赶忙摇了摇头："想是想，可是我不会呀。"

许梣桐指了指远处的许宥崇和黄鸿煊："让他们教你呀，我跟你说，学起来也不是很难的。"

林卿卿侧过脸，看着许梣桐："要不然我们两个一起学吧？"

许梣桐一脸嫌弃："我才不要学，你是不知道，我小时候学过，到现在我还记得摔倒的滋味。"

"好你个梣桐，自己摔疼过，还要怂恿我去学。"林卿卿佯作生气。

"哪有，哪有，我不是看你想溜冰嘛！再说我想着你会爬树哇，灵活性一定比我强多了。"许梣桐忙解释道。

冲她做了个鬼脸，林卿卿笑道："逗你玩呢，你才不会害我，我当然晓得呀！"

许梣桐听她这样讲话，马上又欢喜起来，站起身，对着远处的两个男孩挥舞起了双臂。很快黄鸿煊就看到了招手的许梣桐，滑到许宥崇身边招呼了一声，两个人便一起滑了过来。

黄鸿煊与许宥崇刚接过林卿卿递来的冰糖梨水，便听见许梣桐问："卿卿想学溜冰，你们两个谁负责当师傅哇？"

黄鸿煊正要开口，只听许梣桐又说："嗯，鸿煊哥哥虽说滑得不错，可不如五哥看上去老练。"转头对着许宥崇，她继续说："五哥，你滑得那样好，不如你来教卿卿吧？"

许宥崇刚喝了两口梨水，听许梣桐说完，放下杯子说："我，我怕教不好卿卿。"

"五哥，太过谦虚就是骄傲哟。你滑得那样好，一定是跟高人学过，你把自己心得体会传授给卿卿就好了呀。"

许宥崇耳垂微红:"我不是谦虚,这是早前在辉县老家跟家瑶哥学的,我笨,学了很久才会。"

"你是跟家瑶哥学的?家瑶哥会溜冰啊?"许楉桐兴奋地问。

"嗯,家瑶哥滑得好极了,长滑短滑都不在话下。老家没有冰鞋,他就自己做了冰刀绑在鞋底滑。"许宥崇平常话极少,可是讲到龚家瑶总是不吝言辞。

轻揉了一下林卿卿,许楉桐说:"你们要是都去溜冰了,我一个人也是无聊得紧,要不我跟五哥学,你跟鸿煊哥哥学?"

林卿卿明白许楉桐为何会突然转变心意想学溜冰,抿嘴一笑:"好哇,我们一起学,做伴学得快。"

冰场上的人们来回穿梭,有的如轻燕飞舞,有的如芭蕾舞动。林卿卿身体微微倾斜,小心翼翼挪动着步子。黄鸿煊倒滑着保持与她半步距离,一边叮嘱她如何保持平衡,一边紧张地注视着她。

林卿卿努力让自己两脚向外撇,重心向前倾,渐渐地放松了自己。慢慢地,她感觉能轻松向前滑行了,心里开始有些小小的兴奋。黄鸿煊悬着的心刚松了下来,突然一个疾速滑行的人挨着林卿卿擦身而过。只见林卿卿脚底一滑,重心不稳,身子往后一仰,眼见着就跌了下去。黄鸿煊手疾眼快,顺着自己的方向一把拉住林卿卿,两个人同时跌坐在地。

林卿卿跌倒在黄鸿煊怀里,瞬间双颊起了一抹红晕。吃力地爬起身,她晶莹的眼眸透着满满的歉意:"抱歉,鸿煊少爷,真抱歉……"

黄鸿煊眼神清澈,痴痴地看着林卿卿,直到她起了身,才回过神来:"不要紧,你……你没事吧?"

林卿卿不敢直视黄鸿煊的目光,低着头道谢:"我没事,对不起……谢谢你……"林卿卿知道,如果不是黄鸿煊拉住自己,那她一定是后仰着倒地,极有摔伤的可能。见黄鸿煊重新站了起来,她又说:"鸿煊少爷,我不学了,我……"

黄鸿煊问:"你是怕再摔吗?哪有学溜冰不摔跤的呢?"

见林卿卿低头不语,黄鸿煊明白她一定是怕再连累摔倒自己,抿嘴笑了笑,伸手拉住林卿卿,说:"我带着你,这样再不会摔倒了!"

第三十二章

"寒随一夜去,春还五更来。"

等到春盛的时候，许梧桐随着柳悦琴一道去了趟杭州，参加黄鸿熠儿子的百天宴。本来许梧桐要求带了林卿卿同往，可龚氏突染风寒，林卿卿自然就留下陪伴左右。等柳悦琴一行返程的时候，回杭州过年的黄鸿煊也跟着回了北京。

一家人多日子不见，欢欢喜喜吃好了夜饭，许梧桐随着柳悦琴在正厅逗弄许宥权的儿子曦文。龚氏因身上并未大安，见女仆抱了重孙入内，唯恐过了病气给他，便由林卿卿陪着回了自己房间。

和香凤一起服侍龚氏吃了药，又陪龚氏说了会儿话，林卿卿这才起身离开。从龚氏的房间到许梧桐的房间要穿过一个小花园，走过一段花径。入了夜，花园里静悄悄的，只有几盏路灯闪烁着微弱的光。

"卿卿！"没走几步，林卿卿便听到有人喊她。这个声音她认得，转过身去，果然见黄鸿煊从园子那头向她走来。

林卿卿站住，等他近了前，问道："鸿煊少爷，你怎么在这里？"

黄鸿煊并不回答，却将手中的一个小盒子递给她："这是红豆青团，我从杭州带来的。"

林卿卿接过盒子："现在江南正是吃青团的季节呢，梧桐一定是忘记拿了，我这就给她带回去。"

"不是，这个是给你的。"黄鸿煊说。

"给我的？梧桐总是这样丢三落四，带礼物给我还要麻烦你送来。"林卿卿笑道。

"不是。"黄鸿煊轻声说。

林卿卿好像没听清，反问一句："什么不是？"

黄鸿煊紧张地抿了抿嘴，只听他道："不是……梧桐……这个……是我带给你的。"

林卿卿捧着盒子，呆呆地望着黄鸿煊，没有再出声。"卿卿，你怎么了？不喜欢吗？可是我记得那年在我家的时候你提过，你说你喜欢吃这个。"黄鸿煊走近她，那声音恳挚而不安。

"谢谢你，鸿煊少爷，我是高兴，高兴又可以吃到家乡的味道。"林卿卿没想到自己无心的一句话竟然能被黄鸿煊记得，她双眸有些泪花，却强忍着并未落下。

明月似水，月光下的她越发清丽动人。

"你为什么总这样称呼我？你可以……可以像称呼梧桐那样来称呼我。"

林卿卿神色暗淡下来，只是这样的光线下，难以被黄鸿煊察觉。

"卿卿……"黄鸿煊低低地又喊了一声。

林卿卿抬眸看着黄鸿煊："我很感恩有现在的生活，不可以逾越规矩。谢谢你给我的礼物！"

没有再等黄鸿煊做任何回答，林卿卿便转身迈步离开。

许梧桐回到房间的时候，林卿卿正坐在灯下看书。

走到近前，许梧桐问："在看什么呢，卿卿？"

"《茶花女》。"林卿卿答。

"做什么看这么苦兮兮的故事？"一把夺过她手里的书合上，许梧桐问，"这么多天没见，你可有想我呀？"

林卿卿点了点头，笑道："这半个月没有人跟我抢床铺，我还真有些不习惯呢。"

许梧桐拉了凳子靠近她坐下："要不是祖母身体不适，我们又怎么会分开那么久？"

林卿卿莞尔一笑："这个季节的江南最美了，你可有往郊外踏青？"

"姨母说母亲难得回去，刚好赶上清明，一起往郊外给外祖父上了坟。"许梧桐答。

林卿卿没有作声，灯光照在她的脸上，隐隐露出一丝忧郁。许梧桐忽然意识到自己不该去提清明上坟，只恨自己口无遮拦，赶忙换了话题："卿卿，你托我去看的人，我去了。"

许梧桐的话让林卿卿敛了心神，便问道："怎么样，香凝姐姐还好吗？"

许梧桐却摇了摇头："我没见到她，我去掩香阁没找到她，就去找了那个姓乔的妈妈。她含糊其词，只说香凝前年得了一场病，久治不愈就离开了掩香阁。"

"凝姐姐病了？"

"是呀，那个姓乔的是这样跟我说的。"见林卿卿有点儿失望的样子，许梧桐又说，"那天是趁着母亲他们开了牌局我才能溜出去的，后来一直没机会，所以……"

"那你见到香柔了吗？她还好吗？"林卿卿又问。

许梧桐拍了一下自己的头，嘟起嘴："哎呀，我只记得那个香凝，把这人给忘了。"边晃着林卿卿的手臂，她边道歉，"抱歉，卿卿，让你失望了。"

林卿卿抿嘴一笑："怎么会抱歉？梧桐，你已经帮了我很多，是我要谢谢你才是！"

许梧桐嘟了嘴："说好的，我们两个之间不可以说'谢谢'，你怎么总忘记？"

"好，不谢，不谢，是我说错话，下次再也不说了。"林卿卿不想自己的情绪影响了许梧桐，转移话题，"鸿熠少爷的小公子是不是也像曦文小少爷这么可爱？"

"没有曦文百天时候胖，不过也是好玩得紧。"许梧桐答道。

"曦文小少爷打生下来就胖乎乎的，可爱极了。"

许梧桐很爱这个小侄子，提起曦文便滔滔不绝："是呀，曦文白白胖胖的，我每次抱上他就恨不得咬他一口。将来我要是有了大胖儿子，我就天天抱着亲他，一家人天天一起亲不够，才不会允许丈夫离开自己和孩子。"

林卿卿捂嘴笑道："不知羞，现在就想着有丈夫和儿子了。话说回来，谁家丈夫会舍得离开自己妻儿啊？整天讲话没遮没拦的。"

许梧桐说："我们是新时代的青年，这有什么可羞的。当然有人会舍得离开妻儿，鸿熠表哥就是其中之一。"

林卿卿一脸不解，问道："鸿熠少爷要出门？"

许梧桐说："我听姨母在跟母亲念叨，鸿熠表哥当初答应姨丈完婚就是为了去法兰西留洋，本以为有了孩子他的念头会打消，可谁知道他心意不改。"

见林卿卿不出声，许梧桐接着说："我早前听四哥提过，鸿熠表哥心里是不愿跟表嫂成婚的，可是拗不过姨丈。姨丈太守旧，婚姻的事情一定要儿女遵父母之命，鸿烨表哥是这样，芳慧姐姐是这样，鸿熠表哥也是这样。"

林卿卿听了只是淡淡一笑："想必黄老爷太看重儿女的婚姻了吧。"

许梧桐反驳："看重就要包办吗？我父亲就开明许多，去年四哥要去东洋留学，母亲本想让他先找个合适的人结了婚再出去，可是父亲就没有阻拦。"

林卿卿说："梧桐，你当真很幸福，有这样开明和爱你的父母。"

许梧桐拉了林卿卿的手："卿卿，你有我，也一样幸福！"

第三十三章

这半年时事发生了许多变化。清帝溥仪短暂复辟，继而倒台，临时总统通告离职，新一届政府重新组阁。许昌贤为人周全，加上又是财政界砥柱，倒也相安无事。

北京的盛夏骄阳似火，空中不见一朵云，就连一丝风也没有。院子里早已听不到鸟儿的啼鸣，只有夏蝉不停歇地聒噪着。

黄鸿煊举着一本杂志，大步走进了书房："宥崇快来看，最新一期的《新华夏》，如果不是我及时下手，又要被抢空了。"

许宥崇原本正在翻阅洋文书籍，听到黄鸿煊的话，就站起身来："鸿煊，快让我看看。"

黄鸿煊把杂志递给他，拿起桌子上的茶壶倒了杯凉茶，大口喝起来。外面响起了脚步声，黄鸿煊放下杯子，刚拿出手帕擦了擦嘴，许梧桐与林卿卿便拉着手进了屋来。

"梧桐，卿卿！"黄鸿煊满脸笑意地唤了一声。

许梧桐拉了一把竹椅坐下："鸿煊哥哥，我听母亲说你要回杭州了？"

黄鸿煊点了一下头："放暑假都大半个月了，我母亲打了几次电话来催我回去。"用余光扫了一下林卿卿，他又说，"梧桐，反正你们在北京也没什么事做，要不要跟姨母商量一下，随我回杭州玩一段时间？"

许梧桐笑道："谁说我们闲着没事做？我们学堂的学生联合会还准备组织暑期筹款演出呢，我和卿卿都报了名。"

"筹款演出？"黄鸿煊问。

"是呀，筹到的款项用来开办平民女校，这样能帮到更多的女孩子进学堂读书。"许梧桐有些兴奋。

黄鸿煊是个进步青年，虽说心里有些小小的失落，可筹款建校毕竟是善举，便伸了拇指表示赞许。

许梧桐的话传进许宥崇的耳里，他放下手里的书，略略抬头："你们女子学堂的学生果然是新女性！筹款募捐是好事，我们学堂也应该学一学，组织起来。"

许梧桐笑起来："我们这个活动暑假前已经筹备了，过两天就要演出了。所以，我们可以跟你去杭州！"说完，冲着黄鸿煊做了个鬼脸。

黄鸿煊当下欢喜起来："好你个梧桐，原来你是在逗我，小心到了杭州我不带你去吃好吃的。"

许梧桐揉了一下林卿卿，俏皮地说："不带就不带，大不了我和卿卿自己去找好吃的好玩的。"

林卿卿做梦都没料到这么快就可以回到杭州，那种感觉过于美好，太不真实。

黄鸿煊与五哥黄鸿灿因为年纪相仿，平日里就颇为亲近，如今黄鸿煊去了北京读书，而黄鸿灿入了同济医工专门学校，暑假都是难得回家，加上许梧桐与林卿卿的到来，几个人自然是结伴玩耍。

每天吃了早饭，许梧桐便会拉了林卿卿跟在黄鸿煊兄弟身后，或读书温习，或闲谈时事，笑着，唱着，全然抛却世俗的忧虑与烦恼。

柳韵琴本就宠爱这个小儿子，加上黄廷承有意促成黄鸿煊与许梧桐的婚事，见他们这般开心，也不去干涉这个小团体，任着他们玩耍嬉闹。

晚霞未能留住夕阳，最后一抹淡淡的粉色褪去时，黄家的夜饭也结束了。白日闲聊的时候林卿卿提到了莲蓬，黄鸿煊便计划着晚饭后带他们一起去西湖采莲。

放下碗筷，黄鸿煊问："五哥，楛桐，要不要一起骑车去西湖边逛逛？"

一听黄鸿煊的提议，许楛桐便欢喜不已："太好了，我还没有傍晚游过西湖呢。你们等等，我去叫了卿卿，咱们一道去。"

不管是在许家还是黄家，林卿卿一直恪守规矩，随着管事的女仆们一道用饭。等许楛桐叫了她一起赶到大门口时，黄鸿煊兄弟已经各推一辆脚踏车等在那里了。

黄鸿煊与黄鸿灿肩并肩踩着脚踏车，各自车后坐着一个笑容灿烂的少女。黄鸿煊不时回过头，假装不经意地瞥一眼坐在黄鸿灿身后满眼荡漾着波光的林卿卿，然后故作潇洒，哼一句歌，脚下生风。

西湖码头畔停泊了许多乌篷船，几个人停好脚踏车，便径直向船家走去。

夏日傍晚的西湖，微风徐来，芦苇荡漾，碧波连天。船夫将小船划进了湖心绿亭似盖的荷花丛中，一阵阵清香扑鼻而来。

许楛桐斜倚着林卿卿，一脸陶醉。黄鸿煊伸手折下一枝荷花，放在鼻尖上嗅了嗅："好香！送给你们两个！"

许楛桐一把抢过荷花，调笑道："我们两个女生，你却折了一枝，这究竟能给谁呀？"

黄鸿煊没有答话，又伸手折下一枝莲蓬，转手递给了林卿卿，粲然一笑："卿卿，这个给你。"

林卿卿接过黄鸿煊手里的莲蓬，道了声谢，继而嘴角扬起了笑意，落在莲蓬上的眼神里充满了幸福。这一刻，黄鸿煊却只将眼神落在林卿卿身上，全然忘记了身旁的黄鸿灿与许楛桐，直到黄鸿灿从怀里掏出口琴吹奏起来，才让他回了心神。

黄鸿灿的口琴吹得极佳，许楛桐欢喜极了，即刻和曲而歌。林卿卿一边用她那纤白如玉的手指轻轻拨开了莲蓬，取出水嫩的莲子，一边也忍不住跟着唱起来。

黄鸿煊的眼神在三人身上徘徊，最终还是落在了林卿卿的脸上。她似乎觉察到了黄鸿煊那炙热的眼神，脸颊现出一丝红晕。月光下的湖面，波光粼粼，少年心中却是一番别样的甜蜜。

从西湖采莲回来的许楛桐毫无睡意，让女仆燃了蚊香，便拉了林卿卿坐到门前的花架下。这些共处的日子，许楛桐渐渐察觉了黄鸿煊的心意，今夜终于没能忍住，便问道："卿卿，你觉得鸿煊表哥怎样？"

林卿卿一怔，回答："鸿煊少爷人很好。"

许楮桐追问:"我问的不是这个。卿卿,你看不出来他喜欢你吗?"

黄鸿煊的心意林卿卿自然能感受得到,只是她不能也不敢奢想两人之间能有什么结果。心底幽幽地叹了口气,林卿卿低声唤了一句"楮桐",便不再出声。

许楮桐望着她,问道:"你为什么不出声了?在想什么?"

林卿卿拢了拢鬓发,淡淡地说:"楮桐,如果我说没看出来,那一定是在撒谎。可是,看出来又能怎样。"

"什么叫又能怎样?看出来了就要问问你自己的心,是不是也同样喜欢他,如果是,你就坦然接受哇!"听了许楮桐的话,林卿卿抬起头仰望星空,半晌无语。

"你倒是说句话呀,卿卿!"许楮桐拉了一下林卿卿。

"楮桐,鸿煊少爷同我是两个世界的人。我有你和我做伴就够了。"林卿卿无奈回答。

"什么叫两个世界?卿卿,我们是新时代的新女性,你怎么可以看轻自己,怎么还停在过去的旧思想里?"

林卿卿心里是喜欢黄鸿煊的,可是她知道自己的身份,也清楚两家长辈的心意。许楮桐是自己的知己,更是恩人,林卿卿绝不允许自己去影响到她的未来。

月光照在林卿卿白净的脸上,她的神情很柔和,也很平静:"我从未也不会看轻自己,只是命运一直在跟我开玩笑,好在,我遇到了你。楮桐,只要你能幸福,我也就快乐了。"

"卿卿,你难道是在顾忌我?"定定地望着林卿卿,许楮桐接着说,"你知道我的心事,如果可以,我宁愿选择留在辉县老家……"

第三十四章

黄芳蕙与黄鸿煊一母同胞,从小带着他长大,因而对这个弟弟格外疼爱。黄芳蕙的丈夫柳孝贤也是父亲黄廷承为她择选,是一间参茸行的少东家,为人敦厚老实,夫妻间也算相敬如宾。自从黄鸿煊放假回杭州,黄芳蕙便隔三岔五地往回跑,有的时候更会留宿在娘家。

许楮桐因为是柳韵琴至亲,两家长辈又有意撮合她与黄鸿煊,因而她的住房被安排在了内院,紧邻黄芳蕙出嫁前的闺房。午后喝了两杯咖啡,加上夏夜湿热,黄芳蕙辗转反侧毫无睡意,便起了身准备往花园里乘凉,刚到门口就听见许楮桐与林卿卿坐在花架下说的体己话。

黄芳蕙悄悄收了脚步，退回房中。她是个读过书的人，从心里并不介意双方是否门当户对，她也曾有过自己心仪的对象，可是被孝道束缚，终究没能听从自己的内心，而是选择了父母安排的婚姻。这件事，始终是黄芳蕙心里解不开的结，即便她的丈夫对她尊宠有加。

黄芳蕙倚着床头坐着，脑海里一时浮现出曾经的那个人，又一时跳出自己心爱的小弟，直到天光拂晓，才迷迷糊糊睡去。

在黄鸿煊准备回北京的前夜，黄芳蕙终究是没能忍住，将心里憋藏了多日的话道与柳韵琴。

柳韵琴似乎有点儿质疑，反问道："芳蕙，你听得可仔细，梧桐当真和那个小囡这么说的？"

黄芳蕙点了点头："母亲，夜深人静的，我听得清清楚楚，怎么会有错。"

柳韵琴双眉微微蹙起，过了片刻才说："鸿煊与梧桐年纪相仿，两人算得上是青梅竹马。在北京时我之所以没有一口应下，也只是担心梧桐脾气不好，两个人日后能否过得和睦。可这些时日瞧下来，梧桐变化不小，虽说还有几分娇气，却也算是个得体的孩子。莫说我跟你姨母感情深厚，即便是你父亲，这些年生意上也没少得你姨丈照拂。如今你姨母提出来的事情，我又如何拒绝？"

黄芳蕙说："母亲，我就是晓得其中利害，才说给您听啊。只是听梧桐的口气，倒是很支持鸿煊与那个卿卿。倘若梧桐对鸿煊没有那份心意，做什么硬要将他们绑在一起？"

"芳蕙，我怎么觉得你是在帮这个小囡讲话？"

"母亲，我不是在帮她讲话，只是就事论事。如今时代在进步，鸿煊又是个有思想的人，他成家过日子，总归要找个他喜欢的人才是。"

柳韵琴端起茶杯，喝了一口，才道："不管旧社会还是你们口中的新时代，古往今来最终有几个人是为爱情而结婚的？"看了一眼黄芳蕙，她又语重心长地说，"芳蕙，母亲知道你心里有憾，可现在你不是一样生活得很好？"

黄芳蕙神情黯淡下来，她并非为林卿卿难过，只是母亲说的话她无法反驳，那是心底的无可奈何。

有人说世界上有三样东西是无法隐瞒的：咳嗽、贫穷与爱情。经过这个炎热的夏日，黄鸿煊对林卿卿的心意再也无法遮掩，即便木讷如许宥崇，也在隐隐约约中察觉到了一些变化。

那夜许梧桐的话让林卿卿找到了庇护，她不再畏惧，不再担忧，每一次与黄鸿煊相对时，他炙热的目光都令她怦然心动，那变成了她快乐的源泉，她在这份纯真的爱情里找到了遗失多年的美好。

然而，一切美好都终止在柳韵琴带着黄芳蕙来北京共度中秋的前夜。

看着眼前的鲜柚，黄鸿煊与许梧桐异口同声对身旁的女仆吩咐："拿一盘送去书房给卿卿！"落下话音，两人相视而笑。

柳悦琴刚吃下一瓣柚子，听到他们这样讲话，便说："瞧瞧，你们两个真是默契！这小囡也当真是三世修来的福，整日这样被你们两个应心惦记着。"

许梧桐回答："母亲，卿卿是咱们家的一分子，当然要惦记她呀，更何况……"说话间，笑嘻嘻看了一眼黄鸿煊，却也知道及时收了声。

"更何况什么呀？"柳悦琴问。

不等许梧桐答话，柳韵琴就接过话："阿姐，这个柚子是廷承特地让人往乡下收来的，汁多肉甜，你多吃点儿。咦，怎么老太太没来，我去问候一声，给她老人家也送一些过去尝尝。"

柳悦琴说："那次火灾后老太太身子骨一直不算硬朗，白日里总是犯困，这会儿应该歇着呢。"

柳韵琴说："上了岁数是禁不起折腾，更何况身体遭了这么大个罪。那好，我晚些时候再去问候。"

点了点头，柳悦琴说："老太太恋故，一心惦记着回老家，前几日还跟昌贤商量来着。你若晚些日子来，也许就碰不上了。"

"阿姐家四世同堂，齐齐整整在这里多好，老太太何苦要这么折腾着回去？"

柳悦琴说："说是梧桐祖父生祭要到了，惦记着呢！"

柳韵琴不再接话，倒是许梧桐，听见柳悦琴的话，转头问许宥崇："五哥，你知道祖母要回老家的事吗？"见许宥崇点了点头，又问："你会跟祖母一起回去吗？"又怕许宥崇有所误会，她忙补充道："我的意思是你会回去几天祭拜祖父吗？祭拜完了再回来上课。"

许宥崇答："嗯，祖母身子不是那么硬朗，我想陪着祖母回去，祭拜好祖父就回来。"

许梧桐心里一直记挂着龚家瑶，听见许宥崇这样讲，便说："我也想陪祖母回去！"见许宥崇面露难色，许梧桐转头对着柳悦琴央求："母亲，过些日子祖母回老家我也想跟着一道去。"

柳悦琴反对："有你五哥陪着你祖母就行了，你回去凑什么热闹！"

许梧桐却说："这怎么是凑热闹？一来路上可以陪伴祖母，二来可以回去祭拜祖父，您就是说到父亲那里，我也是有理的。"

柳悦琴嗔怪道:"我说不过你,你总是有理的。可你生日临近了,你姨母这趟来北京不光是为了同我们一道过中秋,更是为了给你过生日呀。"

许梧桐对着柳韵琴撒娇:"姨母最疼我,只是生日年年过,陪祖母的机会可不多呢,姨母,您说是吧?"

笑着点了点头,柳韵琴说:"梧桐说的是,以后有的是机会姨母陪你一道过生日。现在这么孝顺的孩子不多了,阿姐,你就让梧桐和宥崇他们陪老太太回去吧。"

柳悦琴一脸不解地望着柳韵琴,姐妹俩素来默契,明知自己不希望宝贝女儿离身,却帮着她来劝自己。看柳韵琴一脸笑意对着自己摇了摇头,柳悦琴一时也不知她葫芦里卖的什么药。

第三十五章

柳韵琴原本没打算将事情和盘托出,可今日她抵达北京,午间小憩后往花园散步,那一幕令她感到了事态的严重性。

柳韵琴午觉起来,听女仆说柳悦琴与黄芳蕙还未起身,便自己往花园散步。

此时正值金秋时节,满园金桂飘香,柳韵琴只觉身心舒畅。寻着桂香,她穿过假山,绕进一个山洞,穿过便能走到桂树林里。正要出山洞,却听到熟悉的声音传来,柳韵琴认得那是黄鸿煊的声音。

虽说今天是周末,可午饭时黄鸿煊说有许多课业要做,母子俩还没来得及坐下叙话。这会儿听见黄鸿煊的声音,柳悦琴心里一喜,正想迎上去,忽又停了脚步,她听到了另一个声音。

"你不用在这里等我,快回去把功课做完,也好快点儿去陪黄太太。"是林卿卿的声音。

"我帮你吧,桂花又小又易落,采摘哪有这么容易?前几日我不是见你已经做了好些香包,你做什么今天还要这么费事再来采它?"黄鸿煊问。

"桂花不但可以制香,还可以养肺化痰,祖母从那次吸了浓烟便一直咳痰不利,我想着给她制些桂花茶带回辉县老家,这样祖母每天饮用,便可以缓解一些。也要不了很多,我自己就可以的。"林卿卿回答。

"你等我爬上树去折几枝,这样也摘得快些。"黄鸿煊说。

"不要,你等下还要去见黄太太,别弄脏了衣服,我自己来。"林卿卿阻止他。

"哪有我一个男孩子看着,却让你女孩子上树的?你就在树下等着。"黄鸿煊说。

听到这里，柳韵琴悄悄探出身子，看到他们在不远处的桂树下正背对着自己。

黄鸿煊说话间已经将开衫脱去交到林卿卿手里，不几下便爬上了树，林卿卿仰着脸，紧张地盯着黄鸿煊："你要当心，当心点儿。"桂花娇小，黄鸿煊唯恐掉落在地给林卿卿的采摘增加难度，便是折枝，也是那么小心翼翼。

等他下了树来，林卿卿赶忙递了衣服过去："快穿上，当心着凉。"

接过衣服，黄鸿煊套上，一边帮林卿卿摘桂花，一边开口："卿卿，我想跟你商量个事……"

林卿卿抬头看着他，笑着问："有什么事还要同我商量？"

"你知道我母亲和二姐来了，我想……我想把你介绍给她们……"黄鸿煊说。

柳韵琴岂会不认识林卿卿，黄鸿煊说要把她"介绍"给她们，林卿卿自然明白他话里的含义。她怔住，眼里有一丝惊惶。

黄鸿煊放下手里的树枝，望着她的眼睛："卿卿，我是认真的！无论如何，我也要让她们知道我的心意。"他伸出手，缓缓地拉过她的手，贴在自己的心口。

林卿卿试图将手抽回来，却被黄鸿煊牢牢地抓住。

"鸿……鸿煊，你不可以去说……我配不上你……真的……"林卿卿眼神黯淡。

"你怎么可以妄自菲薄！"黄鸿煊近乎生气地喊，依然紧紧拉着林卿卿的手，"在我眼里，你无人可及。我快要十八岁了，我大哥如我这个年纪的时候已经结婚成家了。卿卿，我了解自己的心，知道自己想要什么，我也不是意气用事，从我们在一起养小雏雀开始，我就喜欢上了你！"

泪水顺着林卿卿的脸颊落下来："可是，我……太太们的意思是要你……"

"卿卿，你不晓得我每一次看到你是有多开心，当你在我身边时我又有多安心，你也不晓得你对我意味着什么……卿卿，你信我！我母亲最疼我，我一定可以说服她的！"黄鸿煊抓着她的手握得更紧了。

虽说那天黄芳蕙已经将许梧桐与林卿卿的对话告诉了柳韵琴，可此时亲耳听到，她的心情还是难以平静。黄鸿煊是她钟爱的儿子，虽说不一定非要和许梧桐亲上加亲，可也不能娶一个小门小户出身且近乎婢女的人为妻。柳韵琴不能，也绝不允许这样的事情发生！

当柳韵琴将实情一五一十告诉了柳悦琴后，柳悦琴自然是恨得咬牙切齿："梧桐莫不是被这个林卿卿下了药，怎么能把鸿煊让给她？虽说是老四带回来的，可也是来路不明，要不是梧桐欢喜，我怎么会让这样的人陪在她身边？"

看了一眼柳韵琴，柳悦琴继而说："当日还不都是你，净帮着梧桐说好话把她带回家，现在倒好，养虎为患！"

柳韵琴轻叹一口气："阿姐，我哪里能料到会这样。这件事要是被廷承晓得，依他的脾气，非要打断鸿煊的腿不可！"

柳悦琴不耐烦地挥了挥手："得了，得了，现在说这些有什么用，对了，你刚才帮腔让楮桐回老家，可是你心里已经计划好了？"

柳韵琴点了点头："我下午一直在琢磨着怎样能将鸿煊与那个林卿卿分开，刚才楮桐提出要回老家，我寻思着楮桐要是出了门，这不就好办多了？"

柳悦琴问道："那你准备怎样？"

柳韵琴说："她救过老太太，也不能真把她怎样，趁着楮桐不在家，找个借口把她赶出去，让鸿煊和楮桐找不到她就行。"

柳悦琴脸上没有一点儿表情，冷冷地说："腿长在她身上，你说找不到就找不到？楮桐那个脾气，回来要是闹起来，我这条命也别要了。"

柳悦琴说的不是没道理，许楮桐待林卿卿亲如姐妹，倘若她知道林卿卿是被赶出家门，一定不会善罢甘休。柳韵琴倒在沙发上，一只手不停地摩挲着膝盖，却说不出话来。

见她这个模样，柳悦琴缓了口气："好了，也不是什么大不了的事情。容我这两天好好想想，只要这个林卿卿不在这里碍眼，鸿煊和楮桐自然能成一家。"

柳韵琴没答话，只直起了身，又默默点了一下头。

柳悦琴走过去，挨着她坐下："你呀，从小就这样，心软又不担事。这次不管我做什么决定，你都不要再干涉。我就这么一个女儿，容不得有人伤害她，更何况事关她终身幸福。若打发走了这个林卿卿，我就跟昌贤商量，等楮桐从老家回来就让她跟鸿煊订婚。"

第三十六章

许楮桐没料到临出发的时候林卿卿会腹泻不止，心里虽有些不舍，却想着十天半月便会回来，也就不再坚持要她同行。

原本以为要陪龚氏回老家，林卿卿与许楮桐便一道向学堂告了假。虽说没走成，可腹泻之后身体也有些虚弱，她决定休养一日再去上课。

傍晚的时候，黄鸿煊来探望过，可是不等进门，就被家仆喊走了，说是黄太太头风发作，要他过去看看。林卿卿还是很欣慰，即便此刻一个人躺在床上，心里却是温暖的,她知道黄鸿煊、许梧桐都在关心着自己。

没有什么比得到爱与关怀更暖心,林卿卿缓缓闭上双眼,脑海里浮现的都是他们平日里在一起的画面,她的嘴角微微扬起,那是甜蜜的、幸福的滋味。

就在她昏昏欲睡的时候,柳悦琴贴身的徐妈来将她唤醒,她被带到了柳悦琴的面前。

偏厅的灯光调得很暗,照在柳悦琴那张虽说端庄周正却毫无表情的脸上。林卿卿看了一眼,问了好,马上低下头去,她不知道柳悦琴找她是因为什么。

"卿卿,你来我们家几年了?"柳悦琴开口问道。

"三年了,太太。"林卿卿答道。

"都三年了,真的蛮快呀!"柳悦琴慢腾腾地重复,"你来的时候我都不曾问过你,只知道你也是江南人氏,父母双亡。那你家乡究竟何处,现在还有什么人哪?"

"我生在余杭,父亲家里没什么人了。"林卿卿不知道柳悦琴为何突然问到自己的身世,既如实又巧妙地回答。

"哦,也是可怜见的。"柳悦琴上下打量了一番林卿卿,接着说,"梧桐和你有缘,自打你进门就把你当亲姊妹一般对待,你呢,算是争气,又在大火里救了老太太。我和老爷也没把你当外人,所以我想要你在梧桐的订婚礼上给她做女傧相。"

林卿卿从未曾听许梧桐提到过要订婚,而且知道她心里属意龚家瑶,此时听到柳悦琴的话,便有几分惊愕:"太太,梧桐要订婚了?"

"是呀!梧桐已经十七岁了,年纪也不小了。你知道的,我和老爷一直有心让梧桐和鸿煊亲上加亲,他们两个算得上青梅竹马,论家世,论学问,般配极了。刚好这次鸿煊母亲来了,等到梧桐从老家回来,就把这件事办了。"柳悦琴说。

柳悦琴的话落进林卿卿的耳朵里,每一个字都像利刃刺进她的心里,可她无力抗拒,只能任由它们刺穿自己。她和黄鸿煊本就是两个世界的人,曾经那份爱情带来的光明瞬间消失殆尽。

林卿卿努力克制着自己,怀着颤抖的心,凄然地向面前的柳悦琴点了点头。

林卿卿前脚刚离开偏厅,柳韵琴就从隔间走了出来。在柳悦琴身边坐下,柳韵琴便开口问道:"阿姐,你不是说要找人把她——"

不等她说完,柳悦琴便打断道:"倘若只是找人把她绑架走,万一哪天她跑了回来,岂不是惹了大麻烦?我仔细想过了,这个林卿卿表面看着柔柔弱弱,骨子里却要强得很,我把梧桐和鸿煊要订婚的事告诉了她,即便她得机会跑出来,也绝不会再回来找梧桐和鸿煊的。"

柳韵琴犹疑地问:"阿姐,你说她现在会不会去找鸿煊?我让芳蕙哄着鸿煊一道去接廖医生，可他总归要回来的呀。"

柳悦琴说："这么多年，都是你在帮我拿主意，怎么到了鸿煊的事情上你就犯了糊涂？放心吧，我赌她不会！若非你一再要求，我们又都是吃斋念佛的人，收拾她这么个小东西还用得了费这么多心思？"

柳韵琴叹了口气："要说这小囡也没有什么不好，可千不该万不该，不该打上鸿煊的主意。阿姐，你找的那些人可都还牢靠？"

柳悦琴说："都交代好了，只把她绑走关几个月，等梧桐同鸿煊订了婚，就放了她，省得造孽。"

秋天的夜，已经有了些许寒意。林卿卿站在屋前的花架下，花叶早已凋零，只留了光秃秃的藤干。就在今夜之前，那份纯洁爱情带来的希望与期盼，让她开始憧憬未来。而这一刻，她清楚地知道，有一堵无形的墙隔在他们之间，任他们怎样相爱也无济于事。

林卿卿想不顾一切地去找黄鸿煊，告诉他自己内心有多么渴望陪伴着他，哪怕只是在他身边照顾他，服侍他。可是她挪不动脚，任由自己呆呆地站在黑暗里。黄鸿煊对她讲的每一句话，每一次微笑，都让她觉得心在刺痛。泪水模糊了她的双眼，一如这漆黑的夜。

黄鸿煊知道许梧桐不在家，林卿卿一定会徒步上学，早晨临出门的时候便刻意让近身伺候的灵瑶去邀林卿卿一道坐车，灵瑶回来却说林卿卿一早已经去了学堂。黄鸿煊只觉自己思虑欠周，徒步上学的人，定会赶早出门，心想着放学早点儿去接她，免得她又要走那么长的路。

秋天的北京天黑得早，眼看着夜幕低垂，黄鸿煊却还是没看到林卿卿的身影。他站在学堂门口等了两个小时，原本想进去找她，却碍于女子学堂的规矩，不得不作罢。

司机老杨走了过来："鸿煊少爷，别等了，你瞧这学堂里的人都快走完了。"

黄鸿煊有点儿不甘心："再等等，也许卿卿在学堂里有什么事情耽搁了。"

老杨说："会不会我们来的时候卿卿姑娘已经走了？"

黄鸿煊摇了摇头："她们学堂四点钟才放学，我们来的时候还不到四点，怎么会碰不上？"

老杨见他这样执着，点了点头，又坐回到车里。

直到门卫大爷将学堂的大门锁上，黄鸿煊这才怏怏地上了车。

一脚刚踏下车，早已候在大门口的灵瑶便迎了上来："七少爷，您怎么现在才回来？太太都快急死了，许太太正说要派人去寻您呢。"

黄鸿煊也不解释，只问道："你可是一直在门口等我？那你可有看见卿卿回来？"

灵瑶说："我老早就在门口等您了，却不曾见着卿卿。刚才刘管家也在问，说是许太太在找她。"

"卿卿没回来？"黄鸿煊反问。

"嗯……"还没等灵瑶说下去，黄鸿煊拔腿便往内院跑去。

第三十七章

林卿卿迷迷糊糊醒来的时候，发现自己躺在一个稻草铺上，屋子里一片漆黑。她只记得上学的路上被人用布塞了嘴，又用麻袋套了头，扔在一辆马车上。也不知道马车走了多久，她在又渴又饿中昏昏睡去。

求生的欲望战胜了恐惧，林卿卿动了动手脚，发现自己的手被麻绳捆绑住了，好在嘴上的布已经被去掉，脚也是自由的。她摸着黑，靠手臂支撑着坐了起来。慢慢地，她的眼睛适应了黑暗的光线，逐渐看清了屋子里的一切。屋子似乎没有窗，只有一扇门，从门缝处微微透进一丝光，除去一张低低的小方桌和一个小板凳，剩下的便是自己躺过的这个稻草铺。

林卿卿百思不得其解，无缘无故怎么会被人绑架到了这里。离开稻草铺，她正慢慢摸索着向门边走去，忽地门被打开了，一个中等身材的男人托着一个盘子走了进来。

将托盘放到小桌上，男人冷冷地说："吃吧，别饿死在这里！"

林卿卿往后退了几步，问道："这是什么地方？你为什么把我关到这里？"

"有的吃你就吃，哪来那么多废话！"男人操一口不地道的京话，极不耐烦地说完，不等她再出声，转身就出了屋子。林卿卿只听到咔嗒一声，大约是门上落了锁。

再往后的日子，不论林卿卿说什么，问什么，那男人依旧不理不睬，每天却仍会送来两顿吃食，还会领一个年纪与他相仿的妇人来更换屋内的便盆。

没有白天与黑夜，林卿卿只依稀透过那微弱的光与那两餐饭来判断日子，等到那男人送来一床破棉被的时候，她知道已经入冬了。

三个月了，许梧桐每夜都会喊着林卿卿的名字醒来，而后再哭着重新进入梦里。她那天下了车，带了一兜老家的特产奔进家门，只为要跟最好的朋友分享，可听到的却是林卿卿失踪的消息。

许楉桐跟着黄鸿煊一起发疯似的找寻过，也跟着他撕心裂肺地痛哭过，可林卿卿就这样莫名其妙在自己的世界消失了。想起三年来的相依相伴，如今却连个道别的机会都没有，她懊悔不已，悲伤不止。

无论柳悦琴怎样许诺，许楉桐也不同意与黄鸿煊订婚的事。柳悦琴了解这个宝贝女儿的性子，虽说心有不甘，却也不敢强行安排，只相信没有淡忘不掉的感情，不过是个时间问题。

黄鸿煊整个人清瘦了很多，那忧戚的容颜与没有了往日光芒的眼睛，让柳韵琴着实担心了一阵子。她开始有些懊悔自己当初的决定，可是又不敢将实情道出。

柳韵琴几番劝说黄鸿煊让他随着自己回杭州，可黄鸿煊执意要留在北京，他要等，等着那个人有一天可以再回来。柳韵琴无奈，也只得与柳悦琴一样，寄希望于时间。

风刮得很急，大片大片的雪花散落下来。许楉桐站在大门边，她看见路灯下，黄鸿煊的影子被拉得很长很长。寒冷的空气，暮色的四周，因了风的怒吼让那个身影显得更加孤独。

自从林卿卿失踪之后，黄鸿煊白天会漫无目的地四处寻找，傍晚便会站在路灯下，等待那个不归人。许楉桐轻轻叹了口气，打了伞，向他走去。

"鸿煊哥哥，雪下大了，回去吧。"许楉桐将伞往上举了举，为黄鸿煊挡住了雪。见他没有离开的意思，许楉桐又说："我母亲说你明天的火车。过完年，你还会回来吗？"

黄鸿煊凄凄地看了一眼街角，慢慢收回眼神，才说："过了正月十五，我三哥就要去法兰西了，我要回去跟他道个别。等三哥走了，我就回来。"

接过了许楉桐手里的伞，黄鸿煊又说："楉桐，往后我不在的日子……"

许楉桐心里忽地一阵酸楚，不等他说下去就开口："你放心，我每天都会来这里等，等卿卿，等你。"

"楉桐，你变了。"黄鸿煊感慨道。

"人总会成长……"许楉桐淡淡地回应。

林卿卿从最初的渴望逃离，到现在的静观其变，她每一天都不曾放弃过自己。她知道，至亲们的在天之灵会保佑自己，她要活下去，活到走出去的那一天。日子久了，那个男人见她并没有逃走的意思，渐渐放松了警惕，也不再捆绑她的手脚。

林卿卿躺在稻草铺上总是睡得很浅，隐隐约约间听到外面传来争执的声音。掀开棉被，她蹑手蹑脚向门边靠拢，听见是两个男人的声音。

其中一个声音她很熟悉，就是每天来送饭的那个男人："真他娘的，这都三个多月了,也算对得起那份钱了。"

另一个男人的声音传来:"拿人钱财替人消灾,这是规矩。行了,也没亏着你,赶紧带着你那婆娘回家过年吧。"

"你说得轻巧,这几个月可都是我们两口子伺候她。你现在给这一点儿钱就想打发我们?"送饭的男人说。

"活是我接的,地方是我找的,就这么清汤寡水的饭,我让谁都能干。"另一个男人声音大起来。

"好,好,都是你的功劳。可是我说,这马上过年了,欠的账要还,家里年货要备,这点儿钱实在不够哇!"送饭的口气缓了下来。

"那你想怎么着?"另一个问。

"你看,那主家只说不能杀她,不能辱她,可没说不能卖她呀……"送饭的出主意。

外面静了片刻,另一个男人的声音又传来:"你说的倒是个好法子。年节里大户人家都等人手用,保不准还能卖个好价钱。成,让你家婆娘把她带出来洗吧洗吧,下午就带去集上卖了。"

林卿卿攥紧了拳头,心跳加快起来,她有些害怕,又好像有些期待。忽然耳畔像有个声音在跟她说话:"即便是命中注定你要为奴为仆,你也要先出去!"这是她几个月来的渴望,她不能有一丝慌乱,她要得到这个机会。

慢慢退回到稻草铺上,林卿卿让自己安静下来。虽然失去了赖以生活的一切,可是她不会放弃自己,即便前途暗淡,可是她心里曾经有过爱。她的眼前闪过一个少女甜美的笑容,还有一个青年深情的眼神,她忽然笑了。

第三十八章

刚踏出屋门的那一刻,林卿卿只觉得一股耀眼的光亮刺得她眼前一片模糊。她慌忙眯上眼睛,又抬起手臂挡在额前,停了片刻才缓缓地睁开了双眼。

雪后的天空是阴郁的,四周白茫茫的一片。这也许是个郊外的所在,门前一条积满白雪的小道边停了一辆马车。

那两个男人用厚厚的围巾捂住了自己的口鼻,又将帽檐儿压得很低。他们一左一右夹着林卿卿,将她带上了马车。

新年临近,即便已是午后,集市上依然车水马龙人声鼎沸。林卿卿被他们带到一个店铺的门边，其中一个男人随手捡起路边一根稻草就插在了她的头上。林卿卿不能任由他们卖了自己，她在等待一个逃跑的时机。

渐渐有人围拢过来，或旁观的，或询价的，那两个男人便跟人搭起话来。见他们的视线离开了自己，林卿卿忽地站起身，拔腿便跑。那两个男人紧追过来，只不一会儿便追上她，其中一个拖住她就往回拽。

林卿卿挣扎着，鼓足了勇气呼喊着"救命"。可这乱世，街上买卖人口的事本就屡见不鲜，加上年节将近，哪有一个人愿意多管闲事，任凭林卿卿喊破了喉咙，也没有一个人理睬。

那个拖着林卿卿的男人狠狠地将她按跪在地上，骂骂咧咧："你最好老实点儿，再跑就打断你的腿！"林卿卿却没有畏惧，仍然呼喊着"救命"。

跟在一边的男人被惹恼了，抬起手就要打她。这一巴掌正要落下，却被人一把拽停下来。男人转身正要怒骂，看到了一个背着长枪的士兵。他马上转了脸色，赔着笑脸道："军爷，这是我自己的孩子，您这是做什么呢？"

那士兵并不搭理他，径直走到林卿卿面前，拿枪杆碰了碰她，说："走，跟我过来。"

林卿卿的阿爹当年死在匪兵手里，她从小就憎恨这些当兵的，更不愿自己出了狼窝再进虎穴。她依然跪在原地，并没有起身的意思。

男人得意起来，在一边说："军爷，您瞧瞧，我说是我孩子吧，您这是要让她去哪儿啊？"

士兵还是未搭理他，见林卿卿不动，掉头就向着不远处路边停着的一辆小汽车走去。也不知车里的人吩咐了什么，那背着枪的士兵又转身回到林卿卿身边。指了指林卿卿，他说："这丫头我们四姨太要了！"

男人听到这话，满脸堆笑："您家太太好眼力，这孩子读过书，准能讨太太欢心。"说着便拽起林卿卿，将她往士兵身旁搡了搡。

士兵拉过林卿卿，就要往汽车方向走。那男人手疾眼快，挡在前面，嬉皮笑脸地问："军爷，您不能这么不给钱就把人带走不是？"

士兵一把推开他，冷笑一声："督军府上要人，你还敢讨钱？作死呢吧！"

在这个寒冷的冬日傍晚，林卿卿被带到一所巨大的公馆里。这所公馆坐落在大街尽头，它和别的公馆不太一样，大门两边站满了手持长枪的士兵。

林卿卿刚被带到偏院的天井里，便有一个中年男人迎了上来，一边上下打量她，一边对带着她进门的那个妇人问："姚嫂，这是哪来的丫头？"

那个被称作姚嫂的妇人说："常管家，这是刚才四姨太在街上带回来的。四姨太交代了让给她洗漱更衣。"

常管家说："原来是四姨太要的人。那你赶紧带下去让她洗洗，找身合适的新衣裳给她。"

姚嫂连忙应下，便带着林卿卿往里走去。

客厅里虽然灯火辉煌，却空无一人，而右侧的牌室里则传出一阵阵说笑声。刚才牌室里有女仆出来传话，道是四姨太要新来的丫头送茶，于是林卿卿便被安排端了茶送进去。跨入房门之前，她只觉心跳加快，根本无心四处张望。

还不等林卿卿走近牌桌，在一旁伺候的四姨太近婢绿萝便责备道："怎么这么不懂规矩？太太们都在这里打牌，却只端了一杯茶来？"

林卿卿被她这么一问，似乎吃了一惊，刚才女仆来通知她说倒茶，分明姚嫂就在身边，可是没人提醒她要准备所有人的茶。她微微抬起头，一边将手里的茶杯交给绿萝，一边说："我这就去再倒几杯茶。"

林卿卿很快出了牌室，去茶房的路上遇见了姚嫂，只是她也不想多问。沏了三杯茶，她重新送进了牌室。

刚到门口，绿萝便迎了上来，声音压得很低："怎么一阵风似的，四姨太还没说让你走，你就出去了。"

林卿卿说："我怕太太们等着用茶……"

"好了，好了，快进去，四姨太叫你呢。"绿萝没好气地说。

将茶杯交给了其他女仆，绿萝便领着林卿卿到了四姨太跟前："四姨太，这个就是下午集市上带回来的丫头。"

四姨太正在摸牌，头也不抬地问："叫什么名字，多大了？"

林卿卿回答："我叫林卿卿，十六了。"

林卿卿的回答清晰送进了四姨太的耳朵里，她忽然像触了电似的，将手悬在半空中："你再说一遍，你叫什么名字？"

"我姓林，叫卿卿，四姨太。"林卿卿低着头又重复一遍。

四姨太扔下手里的牌，转过身来："你把头抬起来！"

林卿卿抬头的瞬间，看见了一张美丽的、似曾相识的面庞。四目相对，她们的眼神从狐疑到肯定继而是欣喜，是的，是曾经在掩香阁与自己同床共枕的那个朋友。

"卿卿，是你吗？"如今已经是督军四姨太的香柔问道。

"是我，香柔姐姐。"林卿卿两眼微红。

三年前林卿卿不辞而别，香柔做梦也没有想到两人再见会是这般情景。午后香柔途经集市，听到女孩子求救的声音，不过是出于自己曾经被家人卖身的经历，一时心软便让人将她带回府上，却不料竟是自己当年的好友。

拉起林卿卿的手，香柔动情地说："卿卿，我以为再也见不到你了……"说话间，已是双目晶莹。

一旁的三姨太望着她两人的模样，起身拍了拍香柔的肩："四妹妹，你这是遇上故人了呀。这是开心的事，怎么就伤心起来呢？"转头望着牌桌上的另两位，她又道，"好了，好了，看样子今天的牌局是要黄了。刘太太、张太太，咱们都散了吧。"

第三十九章

三年前林卿卿突然离去，着实令香柔伤心了好一阵子。久别重逢，这一刻彼此心里都有一种莫名的感觉，这种感觉是苦是甜，是惊是喜，连她们自己也不能辨别，又或者每种都有。

在香柔的追问下，林卿卿便把这三年在许府的经历大概讲述一番，等她讲完，香柔的心情也渐渐趋于平静。望着昔日的好友，香柔终于忍不住，还是将憋在心里多年的话问出了口："卿卿，你走得急不能跟我道别我理解，可是为什么连句口信都不愿留给我？"

林卿卿原本正想问香柔这些年的境况，听她这样问，有些不解："我怕你担心，走的时候留了封信给你呀。难道翠云姐姐没有交给你吗？"

"我从来不知道你还留了信给我，"冷哼了一声，香柔眼里现了一丝恨意，"一定是香凝为了讨好许家公子，怕我知道了你的去向。"

林卿卿说："算了，香凝姐姐可能不想节外生枝，她这样也是为了我。好在老天保佑，我们又见面了！"

香柔听她这样讲话，嗔道："你呀，总是把别人往好处想。行了，行了，不说她了。"擦了擦眼角的泪珠，她又问道："你既然说自己给许小姐做伴，那怎么会来了保定？今天又怎么会被人带到了集市上？"

林卿卿不是没怀疑过柳悦琴找人绑架了自己，她心里也曾有过怨憎，可转念想起许梧桐的好，一切怨念都烟消云散。她不想将自己的猜疑与痛苦告诉香柔，既然是命运在捉弄自己，又何必令其他人为自己担忧。

嘴角挤出一丝苦笑，林卿卿说："说来也是我倒霉，可能被人认错了，稀里糊涂就被绑架到了这里。如果你不说，我竟不知道自己已经身在保定了。"

香柔并不怀疑她的话，便宽慰她："也是天意。好了，现在我们又在一起了，你有我，再也不用担心有人会伤害到你！"

林卿卿浅浅一笑："柔姐姐，你这些年怎样，怎么会到了督军府？"

拉林卿卿在自己身边坐下，香柔说："知道你准会问我。你离开的那年冬天，那个香凝一病不起，乔妈妈那种人，还不是谁会捞钱待见谁？她那么一病，乔妈妈怕她把病气过给其他人，就把她遣了出去。"

听到这里，林卿卿有点儿按捺不住，便打断道："你说香凝姐姐病了，被乔妈妈遣出了掩香阁？"

"是呀，不过我听说她出去后就被黄家那位大公子接走了。"香柔说。

"黄家的大公子？你说的是黄鸿烨，黄大公子？"林卿卿追问。

"不是他，杭州城里还有哪家黄公子有那个能力？"香柔嘴角微扬，"那黄大公子早前曾替许公子来为香凝付过包月钱，香凝病下，估摸着是乔妈妈给他捎了口信。"

香柔并未留意林卿卿陷入了沉思中，只自顾自道："香凝一走，掩香阁凑不齐十二朵金花，乔妈妈见我渐渐长开了，又得了梁先生的认可，就让我搬去了前院。也是我命不错，虽然还没能当上花魁，却在去年遇上往杭州公干的督军。乔妈妈原本想要香奕姐姐去作陪，谁料想他无意中看到了我，竟指名要我去作陪。"

听到香柔的话，林卿卿才回过神来："所以督军就把你带回了保定？他待你好吗？"

香柔用手指轻轻点了一下她的额头，笑道："你瞧瞧我今天把你带回来的情形，就该晓得他待我如何了。"

林卿卿耳垂微红："是呢，我问的都是傻话。柔姐姐，看到你幸福，我真为你开心。"

香柔脸上有一丝捉摸不透的笑意："我到现在还是会在夜里睡不着的时候去数星星。卿卿，生活的安定与富足并不意味着幸福。他爱的只是我姣好的容颜，年轻的身体，并非是我这个人……"

见林卿卿有些惊愕地望着自己，香柔拍了拍她的手，又说："有什么奇怪的？我不过实话实说而已。你在掩香阁的时日短，要是也像我这样多待几年，就什么都看开了。好了，不说我了，你倒是说说你有什么打算。打我私心里，我倒是希望你就这么留在我身边，可是你毕竟是被人绑架到了保定，如果你还想回北京，我就同督军讲，让他派人送你回去。"

林卿卿脑海里浮现出许梏桐与黄鸿煊的面容，她的心颤抖了。她知道，自己还热烈地爱着黄鸿煊，也迫切地思念着许梏桐。可算着时间，他们两个应该订婚了，她如果回去，只会给他们带来痛苦与困扰。她感恩许楮桐曾与她平等地生活在一起，也感谢黄鸿煊曾给了自己一个美妙的梦幻，现在想来能有过他们这样的爱，已经是自己莫大的幸福了。

抬头望着香柔，林卿卿说："柔姐姐，我从小就相信天意，既然阴差阳错让我离开了北京，那我也不想再回去打扰他们的生活了。"

香柔听她这样讲话，欢喜起来："好哇，你能留在我身边那实在是太好了！卿卿，你放心，有我的就有你的，我保证让你过上锦衣玉食的生活。"

林卿卿说："柔姐姐，你还是像小辰光一样待我那么好！只是……"

不等林卿卿说下去，香柔马上接过话："只是什么？你放心，大太太整日里吃斋念佛，从不多管闲事，旁的人我根本不把她们放在眼里。我想留下你，没人敢驳了我的意思。"

林卿卿浅笑："柔姐姐，我虽然只来了半日，却也看得出来你在这个公馆里的地位。你刚才的话，让我更能放心离开了。"

香柔满脸疑惑："你的意思是要离开？你不是说不回北京吗，那你要去哪里？"

"我想回家乡去，那里有外婆和阿爹、姆妈的坟，我想陪在他们旁边。"

"可是你娘舅把你卖了呀，那个家你还能回得去吗？"

林卿卿摇了摇头："现在我长大了，可以靠自己养活自己，不用再去求他们。你放心，那里是我出生的地方，很熟的，我回去找个落脚的地方不会太难。"

第四十章

春节临近，香柔再三挽留，林卿卿也不想太扫了她的兴致，就留在督军府里过了个年。到了正月初十，林卿卿便与香柔辞了行，坐上了南下的火车。

火车急速行驶在轨道上，那轰隆作响的声音淹没在呼啸的寒风中。林卿卿依靠着车窗，思绪万千。她不能对那个人说"我在想你"，他于她而言，就像轨道边的斜阳，永远无法触摸。也许这份爱从一开始就是个错误，就像开满杏花的树上，永远不可能结出蜜柚。

林卿卿八岁就随母亲搬去外祖父家，离开了这个生养她的小镇，如今回去竟无一人认得她。她找了一家富户做家教，空闲的时间便会去镇上的高小做义工，教那些小孩子一些洋文。每天夜里，她都会在灯下写下一篇日记，将自己对许楮桐与黄鸿煊的思念融在生活的点滴里。

清明那天，林卿卿祭拜完父母，便往邻近的外祖父家小镇上去祭拜。远远瞧见舅父与舅母，她便悄悄躲了起来，等他们走远，才往外祖父母的坟上去上香。她告诉外婆，自己学会了做青团，还学会了做芊芳饭，她长大了，可以自己照顾自己了。

春去夏来，夏尽秋至，日子平淡无奇，林卿卿回到小镇上已经大半年了。

她的学生是一对八九岁的孪生兄妹，哥哥叫锁儿，妹妹叫兰儿。兄妹两个很是喜欢这个年轻漂亮的家庭教师，尤其兰儿，只要林卿卿在，便缠着她不离左右。

午后阳光正好，上完了当日的课程，林卿卿便带着锁儿与兰儿唱起了童谣。那是小时候母亲教她的："天上一只鹤，地上一只鹅，鹤上鹅桥，鹤碰鹅……碰鹅做什么？鹅带鹤往桥下望，望到桥下柚满园……"

唱到这里，兰儿拍手问："先生，鹅桥在哪里？我也想去。"

林卿卿笑着摸了摸她的头："鹅桥在歌谣里，兰儿是要去碰鹤吗？"

兰儿笑道："先生刚才说柚满园，我是想去鹅桥下摘柚子啦。"

林卿卿说："是呢，快中秋了，这个季节正是吃柚子的时候。兰儿好好用功，得够三个甲等，我就带你往附近的柚园摘柚子去。"

兰儿欢喜，正拍手叫好，就听锁儿说："先生，入秋常多雨，不如趁着今日天好，您就带我们去吧？您瞧，我已经够三个甲等了，您就当作是奖励我吧。"

兰儿听哥哥这样讲话，正好合了她心意，于是拉住林卿卿的手撒娇："先生，哥哥说得对，您就答应吧……日后我一定好好用功，跟哥哥一样次次得甲等，好不好嘛，先生？"

看着锁儿与兰儿期盼的眼神，林卿卿软下心来："好，那你们去问问你们姆妈的意思，倘若她应允，我等下就带你们去。"

只等片刻，锁儿便风风火火跑了回来，道是母亲同意了。林卿卿也很欢喜，收拾了东西，便领他们两个出了门。

秋天的柚园很美。远远望去，枝头上就像挂了一盏盏黄绿色的灯笼，不及走近，便有阵阵柚香扑鼻。

兰儿兴奋不已，拉着林卿卿的手就向柚树下跑去。一口气跑到一棵枝繁叶茂的柚树下，兰儿指着树上一个柚子说："先生，您瞧瞧，这个柚子多饱满哪，我们就摘它吧！"

林卿卿抬起头，看着那个圆滚滚的柚子，脑海中忽地浮现出当年初识许梧桐的情景。那时候的许梧桐也如兰儿一样，以为肥圆的柚子是最好的。"梧桐，你还好吗？"林卿卿心里默念。

见她愣了神，兰儿摇晃着她的手臂央求："先生，我想要这个柚子！"

兰儿的声音让林卿卿回过神来，她弯下腰，对兰儿笑了笑："兰儿，大屁股小脑袋的柚子才是最甜的呢。"抬头在树丛里找了一下，她的眼神停留在一个柚子上："兰儿你瞧，这种形状的汁多肉甜，最好吃。"

兰儿开心地说："嗯。哥哥，你上树去摘吧。"

锁儿正要上树，却被林卿卿拦了下来："锁儿，柚园都是有主人的，我们应该先去找一下主人家，经过人家允许才可以上树去摘。"

锁儿不以为然："先生，您不用担心，这镇上有柚园的都和我阿爹认得，等我们摘好了再寻他们付钱就好。"

林卿卿摇了摇头："我不是同你们讲过'用人物，须明求，倘不问，即为偷'吗？锁儿，即便是你阿爹的熟人，也不可以不问自取哟。"

见锁儿噘了嘴，林卿卿拍拍他的肩说："走，锁儿，我们一道去找主人家，找到了就可以摘柚子了。"

只穿过几棵柚树，就找到了一个守园的大爷。林卿卿上前表明了来意，那大爷却摇了摇头："恐怕是不行哟……"

不等他说下去，锁儿就抢过话问："为什么不行？你这是为难人！镇上的人没有我阿爹不认得的，这家柚园主人姓什么？我要我阿爹去同他讲！"

大爷说："这位小少爷，咱这镇上有头有脸的多互相认得，我哪里敢为难你们？你们有所不知，三天前镇上所有的柚园都被人买下了。现在要摘柚子，得人家同意才行。"

林卿卿觉得奇怪，便问道："大爷，您说咱们镇子上的柚园全被人买下了？一个没留吗？"

大爷点了点头："是呀，大手笔呢，咱这镇上就这么几个大柚园，都被那家人买了。小园子就不知道了，你们可以去别处找找。"

林卿卿谢了大爷，见锁儿与兰儿一脸失望，便对他们说："天还早，我们再去附近找找，即便没有大园子，一两棵柚树定是有的。"

兰儿一听，又来了精神，拉了林卿卿的手："先生，那我们快些去吧！"

三人刚走到柚园门口，就瞧见一辆黑色的轿车向这边驶来。柚园门前是条土路，不知道那车子是不是为了避免扬尘，开得极缓。即便如此，林卿卿还是用手帮锁儿与兰儿掩了口鼻，停下了脚步。车子在柚园门口停下，司机慌忙下了车，为主人打开了后排的车门。见车子停稳，林卿卿拉着锁儿与兰儿便要离开，转身之际，她回头看了一眼车上下来的人，不料那人也正望向这边。

第四十一章

  缘分是这世间最奇妙的东西，往往不期而遇，尽在偶然之中。林卿卿做梦也不曾想到，再见黄鸿煊竟然是在自己家乡的小镇上。
  送了锁儿与兰儿回家，黄鸿煊执意随着林卿卿回了她的住所。屋子里飘散着淡淡的桂花香，藕荷色的窗帘低垂着，夕阳洒落在窗台上，让屋子里如同笼上了一层金粉。
  "我不喝茶。"黄鸿煊一把拉住要去为他烧水泡茶的林卿卿。"为什么？"黄鸿煊定定地望着她，问道。
  林卿卿轻轻挣开他的手，却垂下了眼，不去看他。"为什么？"黄鸿煊追问。
  林卿卿并没有回答他的问题，只抬了头，问他："你和梧桐都好吗？"
  "你觉得呢？"黄鸿煊情绪有些激动，"我不知道你身上究竟发生了什么事，可你，你总该跟我们道个别！"
  "对不起！"林卿卿不愿将自己的遭遇告诉黄鸿煊，既然事情已经过去，又何必再让他为自己难过。
  "对不起？你轻描淡写的一句对不起就算是给了答案？你知道梧桐为了你，这一年来流了多少眼泪？你知道我……"黄鸿煊并没有再说下去，却攥紧了拳头。
  "对不起！"林卿卿又说了一遍，她红了眼圈，却将眼泪强忍下来，"是我不好，害你们为我担心了。"
  黄鸿煊爱林卿卿，她莫名消失的头半年，他像发了疯似的四处寻找，也曾来到过她的家乡，可是依然没有她的音讯。这一年来，任凭柳悦琴与黄廷承夫妇怎样软硬兼施，他与许梧桐依然不同意订下婚约。黄鸿煊可以深切地感受到，林卿卿明明是爱自己的，却不明白她为什么一声不响就离开了。
  想到这里，黄鸿煊心里颤了一下，停了片刻，问道："你……你是不是有什么难言之隐？好端端的为什么不吭声就回了家乡？"
  "鸿煊少爷，"林卿卿知道黄鸿煊不喜欢自己这样称呼他，可此时她却故意拉开与他的距离，"请你帮我转告梧桐，我很好，让她不要再为我担心了……我……我只是想留在家乡，守在爹娘旁边。"
  黄鸿煊听她这样称呼自己，面色暗沉下来。沉默片刻，他沉声道："你的意思我明白了，你躲的不是梧桐，而是我。既是这样，又何必当初？那时你大可以说清楚，我绝不会死缠不放！现在倒好，你不辞而别，让梧桐终日闷闷不乐，让我公然抵抗父母，你这是存心给我们找不痛快是吗？林卿卿，你真行，算我自作多情！"话音刚落，黄鸿煊便狠狠地一拳砸在身旁桌子上放着的茶杯上，他再抬手，已经满手猩红。

林卿卿任他指责，也不想辩解什么，可她没想到黄鸿煊会做出这样的举动来。林卿卿慌了神："你怎么样了？别动，我去拿药！"说着忙往柜子里取出药盒，便要为黄鸿煊包扎。

黄鸿煊却挣开了林卿卿的手，冷冷地说："不用你管！"

林卿卿垂下眼睑，终于没能忍住，大颗的泪珠顺着脸颊滚落下来。黄鸿煊微微一怔，却似乎没有因为林卿卿的眼泪而散去心里的那股郁结。

林卿卿转过身去，用衣袖擦了擦眼泪，也不管黄鸿煊会不会再度拒绝，只抓过他的手去为他包扎伤口。

黄鸿煊忽然有些懊恼自己，这一年来心心念念盼着能找到她，可现在心爱的人明明就在眼前，却又因为那点儿自尊而让她落泪。

彼此都沉默着，黄鸿煊还是忍不住，抬起头看着林卿卿。夕阳透过窗纱镀在她的身上，让她整个人都笼罩着一层淡淡的光晕。她眼中有充盈的泪光，却在滑下之前被她转身抹去。

忽然之间，黄鸿煊脑中涌现出了一个异常强烈的冲动。他心里有个声音在对他说："黄鸿煊，你十六岁认定的事，即便六十岁也不能改变！你爱的人，不可以再失去……"想到这里，黄鸿煊一把将林卿卿拉入怀中，紧紧地拥抱住她，让她动弹不得。

他看不见林卿卿的脸，可是不必去看，就这样紧紧地抱着怀中人，呼吸之间都是她身上淡淡的桂花香。

林卿卿并没有拒绝他的拥抱，她也一样爱着他，无时无刻不在思念他，只是刚才她在尽力克制着自己，可是这一刻，她无力拒绝，也不想去拒绝。如果时光可以停留，她只希望这一刻可以静止万年。

抱了许久，黄鸿煊才慢慢松了手，又好像怕她会离开，便紧紧抓住她的双臂。两人近在咫尺，他那双深邃的眼眸深情地望着她："卿卿，我知道你没变。"他的声音很低，可每一个字都带动着他的胸腔微微地震动。

见林卿卿没有答话，黄鸿煊犹豫了一下，接着缓缓抬起一只手，抚上她的脸颊，定定地、怜爱地望着她。忽地，他吻上了林卿卿那双蓄满了泪水的眼睛，继而自己也跟着红了眼圈。

"卿卿，你不需要再回答我，不管之前你身上发生了什么，可现在我知道，你心里一直有我，你不要再离开我，永远都不要再离开我……你可知道，我找了你整整一年，去遍所有你提到过向往的地方。我以为我这辈子再也找不到你了，所以我才会求了大哥，买下你家乡所有的柚园。"

　　这曾经是林卿卿对黄鸿煊憧憬过的生活，带着儿女与爱人在柚园里看日出日落，一起弹琴，一起作画，一起读诗，看儿女奔跑嬉戏，那是她最向往最渴望的画面。

　　林卿卿再也无法自抑，这一年来所有的遭遇与思念顷刻间奔涌而出。她倒进黄鸿煊的怀里，颤动着肩膀，大哭起来。黄鸿煊紧紧地拥着她，任由她的眼泪浸湿自己的胸膛。他庆幸自己没有因为那点儿可怜的自尊而放弃离去，他不能也绝不允许自己再一次失去她。

　　夕阳的余晖淡了，屋子里渐渐暗下来。林卿卿哭累了，闭着眼睛靠在黄鸿煊的怀里。他低下头，轻轻地去吻她眼角的泪痕。"过去的就让它过去吧，从此以后都会有我在！"黄鸿煊贴着她的耳畔低语。

第四十二章

　　前几日黄芳蕙回娘家碰到黄鸿煊，姐弟两个聊了几句，从谈话里得知黄鸿煊找到了林卿卿，并有意向父母提及婚事。只是两人还未详聊，黄芳蕙便被三弟媳廖玉凤叫去应了牌局。

　　这一年来黄芳蕙看着黄鸿煊日益憔悴，后悔不迭自己把那夜听到的话告诉母亲。她本来就心疼这个幼弟，加上内心的自责，自然是有心弥补。刚才接了黄鸿煊的电话，道是约她一同吃饭，黄芳蕙心里惦记着他那日说的话，并没犹豫便赶了过来。

　　采祥楼是杭州城有名的酒楼，黄芳蕙兄弟姊妹几个都十分喜爱这家的菜品。因是店内熟客，黄芳蕙刚下了车走进酒楼大堂，跑堂的伙计便迎了上来："柳少奶奶，七少爷已经来了，在楼上临湖那个雅间里正等您呢。"

　　黄芳蕙点了一下头："鸿煊总是喜欢坐那间屋子。他一个人吗？"

　　那伙计说："还有一位小姐一道，都在等您呢。"

　　黄芳蕙略一停顿，问道："一位小姐？不是我家的姊妹？"

　　"您府上的各位我都认得，应该不是。"见黄芳蕙放慢了步子，那伙计又小心间,"柳少奶奶,您还上去吗?"

黄芳蕙说:"前面带路吧。"

雅间的门半敞着,那伙计还是轻轻敲了门,对内禀报:"七少爷,柳少奶奶来了。"

里面的黄鸿煊闻声迎向门口,看见黄芳蕙,笑道:"二姐,你来得倒是挺快的。"

黄芳蕙应道:"我家七少爷邀请,哪里敢怠慢?"说话间,眼角就向内瞟去。

迎着她目光走来的竟然是林卿卿。

黄鸿煊不等黄芳蕙再开口,拉着她就往里走。林卿卿含笑点了个头:"芳蕙小姐好!"

黄芳蕙虽有些猝不及防,可毕竟是经过世面的人,只一瞬愣怔,便停下脚步回应:"卿卿,好久不见。"转而望向黄鸿煊,又说:"鸿煊,怎的你电话里不讲卿卿也在这里,让我这样唐突,多难为情。"

黄鸿煊说:"本来卿卿也是要我提前告诉你的,可我想你们又不是不认得。好了,二姐,先坐下来点菜吧。"

听他这样讲话,黄芳蕙宠溺地笑了笑:"就你心思多。我吃哪样菜你还不晓得吗?你看着点就好。"

酒楼离近西湖,湖光山色透过窗户呈现在眼前。三个人走到临窗的桌前,围坐下来。

黄鸿煊先开了口,问黄芳蕙:"二姐,怎么不带阿茂一道来?我好久没见到他了。"

黄芳蕙笑道:"他听说我与你一道约饭,倒是嚷嚷着要来的,可我想着你寻我来许是有紧要的事情,怕他来了闹腾着不方便。"

黄鸿煊微微红了脸:"二姐,你怎晓得我寻你是有事情,不过是想请你吃顿饭罢了。"

"你是我弟弟,我可是看着你从小长大的……"讲到这里,黄芳蕙故意停了下来,瞄了一眼对面的林卿卿,见她一副温厚从容的模样,心里倒是添了一分好感。

"我就说什么事都瞒不过二姐。既然二姐知道我要讲什么,那我就开门见山了。"望了一眼身旁的林卿卿,黄鸿煊说,"二姐,你晓得我找了卿卿许久,现在终于找到她了,我便不会再放手。"

黄芳蕙不是没想到过这个问题,只是他讲得这样急,一时间又怔住。黄鸿煊见她不出声,以为她要反对,可当着林卿卿的面,这是万万不能够的。情急之下,黄鸿煊疾声道:"我原本打算带着卿卿一道出洋,去一个没有人认识我们的地方,过

117

只属于我们两个人的生活。可是卿卿不同意，她说父母生养我一场，如果这样离开，是最大的不孝。"

黄芳蕙看了一眼林卿卿，目光里有感激与赞许："鸿煊，卿卿讲得对，你千万不要着急。父亲母亲都是明理的人，有什么事情我们从长计议。"

"二姐……"

黄芳蕙轻轻拍了拍他的手，会意地说："我晓得的。"黄鸿煊点了点头，安静下来。

黄芳蕙说："鸿煊，我看着你长大，晓得你心里怎么想的，所以，你今天邀我来，是要我代你去知会父母吗？"

黄鸿煊说："不，二姐，父亲母亲那里我会亲自去讲，只是父亲那里，你晓得的，所以想请二姐代为疏通。"

黄芳蕙看了一眼林卿卿，却只抿嘴不语。黄鸿煊见她不出声，正要再开口，便听林卿卿对他讲："鸿煊，我记得隔壁街有家桂花糕很好吃，可以辛苦你跑一趟吗？"

黄鸿煊闻言一怔，随即便点了点头："好，那你跟二姐先聊，我这就去给你买。"

看着黄鸿煊离去的背影，黄芳蕙摇了摇头，喃喃道："从小到大，他几时这样过……"

林卿卿也不接话，只浅浅一笑："芳蕙小姐，您是有话要对我讲吗？"

"你果然通透，难怪鸿煊这样迷恋你。"黄芳蕙笑得有些勉强，看了一眼林卿卿，她接着说，"鸿煊向来行事沉稳，可唯独这一年来失了分寸。今天你们既然一道来见我，定是已经有了想法，那不妨就直言吧。"

林卿卿缓缓将鬓发绾到耳后，才开口："鸿煊同我讲，在这个家里除去父母就是您待他最好，他也与您最亲近，我们两个倘若得不到您的祝福与认可，我想他心里一定会有很多遗憾。"

黄芳蕙却有几分酸涩："他都预备着带你留洋了，还会在意这些吗？讲老实话，我并不反对自由恋爱，甚至有的时候会羡慕……"她的言语中透出淡淡的忧伤，"你很懂事乖巧，想必嫁作人妇后也会是个贤妻良母。可是我们家，儿女的婚事我父亲极为重视，决计不会由着我们的性子来。鸿煊对你动了情，可倘若真要为你而同父母决裂，你心里能安吗？"

林卿卿露出一抹苦笑："若非鸿煊给了我勇气，今天我决计不会出现在这里。爱情原本是自私的，但是婚姻不能，如果一定要在这两者之间做个选择，我宁愿孤老一生。"

黄芳蕙说："你做这样的选择，难道他就能独善其身？他从没有处于逆境，根本不晓得没有了这个家庭的庇护生活会有多大的改变。贫贱夫妻百事哀，所谓的爱情，在柴米油盐面前将一文不值。"

林卿卿回答："豪门大宅或者寒门小户，幸福与否都只有生活在其中的人能感受到，如人饮水，冷暖自知。芳蕙小姐，您爱鸿煊，一定与我一样不希望他两难。"

黄芳蕙愕然发现眼前的林卿卿再不是自己过去眼中那个谨小慎微的小囡，她眼里有一份坚定与自信。黄芳蕙吃透了她的话，明白她话里所指。

片刻的缄默之后，黄芳慧定定望着林卿卿："成人之美是好事，何况他是我的弟弟。现在你们既然提出了婚姻问题，我也不能袖手旁观，至于能不能成，我却下不了断语。"

第四十三章

农历八月里的江南，虽说已经褪去了暑天的湿热，可正午时候的阳光照在身上依然十分炎热。黄鸿煊只穿了一件单衣，跪在花园中间原本用来开派对的那片空石板地上。他的额头上渗出了豆大的汗珠，顺着他那棱角分明的脸颊往下流淌。

黄鸿烨走到他身旁，弯下腰，轻声劝道："老七，你这是何苦？去父亲那里服个软，只说刚才有些冲动，也就能起来了。父亲向来疼你，有什么事情坐下来慢慢再商量。"

黄鸿煊却抿紧了嘴唇没有作声。

黄鸿烨看他这样，微微蹙眉："秋后的太阳毒死人，你这样会晒出病来的。从小到大，我们兄弟几个数你最听话懂事，今天怎么就这样倔上了！"

黄鸿煊也不看他，只淡淡说："大哥，你不要管我。父亲他要罚便罚，我心意已决，不会，也不可能改变。"

听他这样讲话，黄鸿烨咬了咬牙："都怨我，好端端的做什么答应你去收购那些个柚园，早知如此，任凭你当时跟我吵一架，我也不能应了你！"

"大哥，谢谢你。"黄鸿煊说完，便闭上了眼睛。

见他这个模样，黄鸿烨知道再劝也没用，无奈地摇了摇头，转身离开。他知道，黄鸿煊今天午饭后既然敢当着一家人的面提出要跟林卿卿成亲，心里便是做好了一切准备。

隔着落地玻璃窗，正厅里黄鸿烨的妻子佟玉梅与黄鸿熠的妻子廖玉凤也在观望着园子里的动静。

"长兄如父,大哥对弟弟妹妹个个上心!"廖玉凤瞧着黄鸿烨走远,微微侧了脸,眼睛却仍盯着园子里跪着的黄鸿煊,对佟玉梅问,"大嫂,你说老七是不是着了什么魔道?放着梧桐妹妹这样的千金小姐不要,偏要去娶一个丫头!"

佟玉梅跟她并排站在窗前,听她这样讲话,便说:"早前这丫头跟着梧桐妹妹在咱们府上住过,看着本本分分,没想到还蛮有一套。"

廖玉凤说:"我说这一年来老七失魂落魄,就像变了个人似的,原来是因了她。大嫂,你说父亲能应允这桩婚事吗?"

佟玉梅说:"父亲要是能应允,也就不会让老七跪在园子里头了。谁不晓得父亲、母亲平日里最偏心他呀。要我说,都是给惯的。"

佟玉梅一贯口无遮拦,却是个有口无心的人。廖玉凤却是心思缜密,本就因为黄家一半产业交给黄鸿烨打理而心有不甘,加上如今丈夫黄鸿熠远渡重洋去了法兰西,只留下她母子二人在家,心里更是难以平衡。表面上廖玉凤迎上接下,与家中每个人都和气友善,尤其与佟玉梅妯娌二人亲密无间,心里却无时无刻不在算计着一切。

佟玉梅的话让廖玉凤心里一阵窃笑,压了声音,嘴上劝阻道:"大嫂,有些话放在心里就好……"说话间瞟了一眼坐在不远处黄鸿灿的新婚妻子王藜旻。

佟玉梅撇了撇嘴,却毫不在意地说:"我不过照实说罢了。玉凤,要是老七当真娶个丫头进门,我回娘家都觉得脸上无光哟!"王藜旻是黄鸿灿在同济医工专门学校的学妹,低他一级,跟黄鸿煊同岁。她的父亲早年留过洋,曾任过同济的教授,现在在杭州开了一家西医诊所。王藜旻是个女权主义者,提倡男女平等,闲暇时候多往外面募捐慈善,自然与两位嫂子接触得不多。

听着她两人言来语去,王藜旻心里觉得厌烦,站起身打了个招呼便离开了正厅。

黄廷承的书房紧邻正厅,一样看得到跪在园子里的黄鸿煊。黄廷承黑沉着脸,背了两手在屋里来回踱步,手里还夹着点燃了的半截雪茄。柳韵琴望着园子里的黄鸿煊,泪眼婆娑。

黄芳蕙已经得了消息,火急火燎地赶回了娘家。到了书房门前,不等家仆禀报,她敲了敲门便径自走了进来。

黄廷承停了脚步,望着黄芳蕙问:"你怎么这个时候回来了?"黄芳蕙也不瞒他,答道:"我听说父亲在罚老七,就回来看看。"

黄廷承冷哼一声:"你消息倒是灵通。既然你知道了他的事,你就不要再来劝我!"

黄芳蕙看了一眼沙发上两眼含泪的母亲，又向窗外望了一眼跪在地上的弟弟，便走上前，挽了黄廷承的一只手臂："父亲，我不是来为鸿煊做说客的。弟弟固然重要，可是也比不得您和母亲的生养之恩。您瞧瞧，现在您生气，母亲伤心，我要是不回来，那就是最大的不孝。"

黄廷承被她这么一说，口气倒缓了几分："你们兄弟姊妹几个要都像你这样懂事孝顺，我跟你母亲也能多活几年。"

黄芳蕙瞅了一眼他手里的雪茄，见一点儿烟也不生，就笑道："您可是半天没抽雪茄了吧？瞧，火都灭了。"说着走到书桌前拿了火柴，取了一根擦着，伸到黄廷承面前为他点雪茄。

见黄廷承抽了几口，雪茄头上冒了烟，黄芳蕙才接着说："父亲，您抽雪茄也有些年头了，我记得鸿煊小的时候总爱帮您点雪茄，虽说每次都被雪茄的气味呛得直流眼泪，可他还总乐此不疲，我就问他为什么呀，他对我说，因为我要孝敬父亲哪。我们兄妹几个就数他最孝顺您和母亲。"

黄廷承说："我就知道你是回来为他帮腔的。孝顺？他当真孝顺就不该忤逆我的意思！你知道他午饭时候当着全家人的面，不管不顾跟我说他要娶那个林卿卿。他那种做法非但没有一丝孝顺，我倒觉得是在公然对抗我这个父亲！"

黄芳蕙劝道："父亲，鸿煊到底年轻，做事确实欠妥。他是您的儿子，要打要罚当然由您决定。只是这大日头晒着，别说鸿煊，就是做杂役的下人们，那也受不了。万一鸿煊身体有个不适，心疼的不还是您跟母亲吗？"

见黄廷承抽了一口雪茄，并不出声，黄芳蕙心里一喜，继续说："父亲，不如我去叫了他进来，有什么话您只管当面训斥。"

第四十四章

黄鸿煊刚一进书房的门，便被黄廷承要求跪在了地上。

柳韵琴见他因为日晒而红肿的脸，自然是多了几分心疼。走上前，刚要伸手去拉黄鸿煊，便听见黄廷承沉声命令："就让他跪着，谁都不许让他起来！"

柳韵琴看了看他的脸色，叹了口气，只得重新回沙发上坐着。

黄芳蕙见状，走近黄廷承说："父亲，鸿煊在外面跪的时间可不短了，刚才我去喊他进屋，他险些跌倒呢。"

黄廷承说："他有本事可以一直跪在外头，我没有非要他进来。"

黄芳蕙笑道："父亲，您就是刀子嘴豆腐心，有什么话，您让鸿煊起来好好跟您说。"说话间，碰了碰黄鸿煊，示意他起来说话。

黄鸿煊却没有起身的意思，还是咬着牙不说话。

黄廷承看了他的模样，越发地生气："他爱跪，就让他跪着！我生养了你们兄弟姊妹八个，没承想出了这么个忤逆的儿子！"

黄芳蕙听父亲这样讲话，心跳加快起来，唯恐事情越发地严重下去，以至不可收拾。她贴近黄鸿煊，轻声说："鸿煊，你先起来，去跟父亲认个错，万事好商量。"

黄鸿煊望着黄芳蕙说："二姐，婚姻是一辈子的事情，我有自由选择的权利。"

黄廷承冷哼一声，对黄芳蕙说："听听，这就是你说的孝顺！自古婚姻秉循'父母之命，媒妁之言'，他要自由，何谓自由？他以为自己进了几天洋学堂，喝了几天洋墨水，就可以同我来讲这些？可笑至极！"

转头对着黄鸿煊，黄廷承又说："你既然置父母之命于不顾，好哇，那我就给你自由，我权当没有生过你这个儿子！"

黄鸿煊见父亲竟以跟他断绝关系来要挟，更是铁了心要坚持下去。抬起头，两眼望着黄廷承，他说："我真的很想把卿卿带进这个家，因为她跟你们一样，是我最亲最爱的人。父亲，我只希望能让自己最爱的人都生活在一起，难道这也有错吗？"

说完，黄鸿煊对着黄廷承磕了三个头，又转过身对着柳韵琴也磕了三下，说："儿子不孝，辜负了父亲与母亲的期望。我从没有想过要忤逆你们，可是结婚成家是我自己的事情，我不能，也不愿做违心的事情！"

黄廷承怒极反笑："好，你倒是长进了。我有四个儿子，从今天起，只有三个了！"

一旁的柳韵琴站起身，对黄廷承说："你胡说什么！这是我怀胎十月生的，辛辛苦苦养大，你说不要就不要？"

黄廷承道："都是让你给惯的！他那三个兄长，哪个不是按我的意思成的家？现在鸿烨与鸿熠都做了父亲，都是家庭和睦过得很好。"

柳韵琴虽说也不愿黄鸿煊娶林卿卿，可是听到丈夫要和儿子断绝关系，心里自然就站到了儿子一边。走近黄廷承，她说："你就是偏心！鸿灿难道不是自己择的配偶？怎么到了我的儿子身上，就要被赶出家门？"

黄廷承听柳韵琴这样讲话，心里一阵躁怒："你怎的不讲理！我哪一点偏心鸿灿？他毕竟不是你生的，能得到王博士的认可，娶到王家的女儿也算是门当户对了。"

黄廷承的话已经说得很明白,黄鸿灿是二房庶出,自然在成家的问题上不会像黄鸿煊兄弟几个人那样讲究。柳韵琴被他这样一说,确实也辩不出话来。

黄芳蕙见父母起了争执,忙打圆场:"父亲,母亲,您二位消消气。我说句不知轻重的话,这世上最割舍不下的就是血亲,父亲您纵是赶鸿煊出门,您心里当真能放下他?"

黄廷承心里虽是不置可否,嘴上却冷冷回应:"多一个不多,少一个也无妨。"

黄芳蕙接着劝说:"父亲,我知道您所做的都是为了我们兄弟姊妹好,鸿煊也一定不是非要违背您的心意。婚姻这事要讲缘分不是?如果他当真跟梧桐妹妹有缘,那个林卿卿已经离开一年了,鸿煊就不会再遇到她。反过来说,鸿煊再度遇上她,那就是缘分使然。"

"是呀,之前我和阿姐一心促成鸿煊与梧桐,即便将她……"柳韵琴情急之下差点儿将之前绑架林卿卿的事脱口而出。"即便她不辞而别,鸿煊与梧桐不一样没能成婚?"柳韵琴忙改了口。

黄廷承反问:"我怎么觉得你现在偏袒起他了?原本你不是也一心要把梧桐娶进门?"

这一年来黄鸿煊变得沉默少言,人也消瘦憔悴了许多,可怜柳韵琴当母亲的心,看在眼里悔在心里,今天瞧着黄鸿煊心意坚决,只怕真失了这个儿子,便打定主意帮着他。

柳韵琴看了一眼跪在地上的黄鸿煊:"我不是要偏袒他,可芳蕙说得没错,倘若鸿煊真的与梧桐有缘,又怎么会节外生枝出了这个林卿卿?就说这婚姻的事吧,遵循父母之命是没错,可是终究是他们自己过一辈子,冷暖也只有他们自己晓得。梧桐是我亲外甥女,我当然想要亲上加亲,可要是鸿煊不愿意,就是强行让他们两个成亲,以后别别扭扭一辈子,岂不是要伤了和阿姐家的感情?"

黄廷承冷着脸并不接话,走到沙发旁坐了下来。柳韵琴了解他的脾气,知道自己的话起了些作用,于是接着说:"鸿煊的婚事我们可以慢慢地商量,哪里值得你们父子因此反目?你平日里总说颇欣赏姐夫的行事作风,可你几时瞧见姐夫过多干涉了子女们的婚姻?宥利去了东洋两三年,姐夫不是一样没逼他回来成亲?"

黄廷承道:"若照你这样讲,我宁愿他不结婚。我黄家虽不是什么豪门大户,却也不能娶个做过丫头的人当儿媳。"

黄鸿煊刚要张口为林卿卿辩解,却被黄芳蕙一把拉住。她笑嘻嘻对黄廷承说:"父亲,每个人出身不同,也不是她自己能挑选的。鸿煊从不以貌取人,既然能这样倾心于她,必然是她有不同于常人的地方。父亲,您不妨让鸿煊起来同您讲清

123

楚，若您还是觉得不能认同，那时再拒绝也不迟呀。"

第四十五章

黄廷承听到黄芳蕙的这句话，便冷冷地看向黄鸿煊。黄芳蕙见状，轻轻用脚碰了一下黄鸿煊，示意他出声解释。

黄鸿煊看了一眼黄芳蕙，垂下眼帘，淡淡地说："二姐，她没有什么过人之处，但她心地善良也很上进，她第一次到我们家来给梧桐做伴的时候，就已经写得一手好字，也懂作诗赋词。那两年她跟梧桐在女子学堂读书的时候，门门功课都是甲等，即便是她从没接触过的洋文，如今也不逊色于我。

"二姐，人力胜过天分，她肯下功夫在每一件事上，这样的心志难道不值得赞许吗？有的人，一出生就在金玉之家，却会懈怠倦懒，有的人却愿意靠自己的努力去创造未来，若二者择其一，我宁愿是后者。"

黄芳蕙偷偷瞟了一眼黄廷承，见他沉着脸未出声，心知他的疑虑，便故意问："话是这样讲，可是你怎就知道她不是贪慕我们的家世，一切只是做给你看的呢？"

黄鸿煊答："二姐，她如果是贪慕我们家世故意而为之，那她为何宁愿独自在家乡小镇上生活而不来找我？她难不成可以未卜先知，料定我一定会去那里？"

柳韵琴听到这里，唯恐黄鸿煊知晓林卿卿被绑架的事，插话试探道："那她有没有讲为什么突然离开你姨母家？"

黄鸿煊微微红了眼圈："她只说想守在父母旁边。"他讲到这里，柳韵琴这才将绷着的身子慢慢靠到沙发背上，心里算是舒了口气。

只听黄鸿煊继续说："我知道她是在躲我，她怕影响我和梧桐。父亲，母亲，我知道您二位有心亲上加亲，可我和梧桐是不可能在一起的，即便没有卿卿，也不可能。"

黄廷承打断他："论家世，论学识，论样貌，梧桐哪一点不是佼佼者，怎么就配不上你？"

黄鸿煊说："父亲，我从不否认梧桐是个优秀的人，只是我们两个不合适。父亲，强扭的瓜不甜，您为什么这样……这样执拗……"

黄廷承面带愠色："我执拗？现在执拗的人是你！我和你母亲哪一样不是为了你们兄弟姊妹做长远计？放着好好的梧桐你不要，偏要娶一个来路不明的人？你才经过多少事，了解多少人心？她这叫欲擒故纵！"

黄鸿煊反驳:"父亲,命运由天不由己,谁又能左右自己的出身?大的道理我不懂,只是我晓得,我每一次见到她,心里便觉安稳。您和母亲既是为了我长远计,便该让我择心仪的人过下半生。"

抬头定定望着黄廷承,他鼓足了勇气又说:"您以为大哥和三哥当真幸福吗?三哥倒是按您要求结了婚,可卓骥不到一岁,他就去了法兰西,这样的婚姻难道算圆满吗?他们不过是满足父亲您的愿望罢了。"

黄廷承一手指着黄鸿煊,怒斥道:"一派胡言!他们一个个娶妻生子,日子正正经经,有什么不好?"

不等黄鸿煊出声,柳韵琴就接了话:"你父亲所做的一切都是为了你们日子能安稳,如今虽说是新社会了,可结婚生子是两个家庭的结合,总归不是你一个人的事。既然你不喜欢梧桐,我也不想再强求你,可是那个卿卿,她当真能做好你的太太吗?我们这样的大家庭,兄弟姊妹,妯娌姑嫂,那不是小门小户出来的人能做得周到的。"

黄鸿煊说:"母亲,卿卿在姨母家这些年,她的接人待物您当真不晓得吗?她没有音讯的这一年,姨母府上又何止梧桐一人思念?您素来信佛讲因缘,我和她若非冥冥中注定,又怎么会再次相遇?母亲,儿子求您尊重儿子的选择吧!"

柳韵琴走近黄鸿煊,叹了口气:"本来你和梧桐这事也是我们做父母的一厢情愿,这一年来看着你们两个这样抵触,我心里也是难过得紧——"

不等柳韵琴把话继续下去,黄廷承便打断她:"这一年来,你辍了学,骗我说要四处游历,却原来是为了找她。你有这些个工夫,为什么不用在跟梧桐培养感情上?现在倒好,你让你大哥去收购了那个镇上所有的柚园,就是再遇上也不稀奇,无非是拿着你老子的钱去讨好别人。这种婚姻,即便成了也不是什么好事。谈什么婚姻自由,我和你母亲都是遵了父母之命媒妁之言,成亲的时候都不曾见过彼此,可如今还不是照样儿孙满堂?"

黄鸿煊反驳:"儿孙满堂就一定是幸福吗?若您和母亲当年有自我选择的机会,您就一定会一生一世一双人,而不是……"

"你竟敢教训起我来了!"黄廷承扬起手就要掌掴过去。

柳韵琴见状心里登时揪了起来,她伸手拦在黄廷承面前:"正南,你要做什么!"柳韵琴极少称呼黄廷承的字,此时脱口而出便是动了气。

黄廷承不得不落下手,冷冷道:"这是要由着他说了?"

"知道的是他出言不谨慎,不知道的以为是你被戳中了难堪之处。"转过头对着黄鸿煊,柳韵琴接着说,"做小辈的不能妄议长辈,你们父亲对这个家对你们都算上心上意，单凭这一点，你们兄弟几个就该好好学习。至于婚姻里其他的，你现在还年轻，自然不懂。"

黄廷承听她这样讲话，便问："你这个话是怎样意思？怎么听起来倒是对我有意见似的。"

柳韵琴说："说让孩子们跟你学习，怎么就成了我对你有意见？难不成你自己心里有旁的想法？"

"我能有什么想法，不过是家里有两个姨太太，可我哪一样不是以你为先。"

"瞧，是你自己把话引到这上头来的，我几时有提起你那两房姨太太？"

黄芳蕙见状，忙劝道："父亲，您跟母亲这么多年夫妻，还能不晓得母亲吗？今天您和母亲是讨论鸿煊的婚姻，怎么就扯到您二老身上？"

见两人都不出声，黄芳蕙铆足了勇气又将原本想帮腔黄鸿煊的话都吐了出来："女儿说句逾矩的话，结婚成家本该听从父母的意见，可婚姻如穿鞋，合不合适也只有自己晓得。父亲，您当初既然把鸿煊送进了洋学堂，就是希望他能接受新鲜的事物，如今他有了自己对于婚姻的主张，您又站出来反对。"

一边去拉黄鸿煊，黄芳蕙一边又说："鸿煊要娶这个林卿卿纵然不是什么让您欢喜的事，可日后毕竟是他们两个过日子。这件事您二老可以再考虑考虑，尽可以慢慢商量，不值得让您二老这样动气。"

黄廷承冷哼一声："他的事，你倒是热心得紧。你这样帮他，难不成是于你有什么好处？"

柳韵琴听他抢白女儿，便说："她能有什么好处？不过是心疼鸿煊罢了。"见黄鸿煊仍然没有起身的意思，柳韵琴心里更觉不安，她了解自己这个儿子，认定的事很难更改，又想到黄鸿熠抛下妻儿远渡重洋，心里也觉得黄芳蕙说得不无道理。

第四十六章

所谓的相顾无言并不是只在情人之间。许梧桐坐在林卿卿的板床上，定定地望着她。

那天接到黄鸿煊的电话，得知了林卿卿的消息，许梧桐再也按捺不住了，顾不得柳悦琴的反对，搭上南下的火车便赶了过来。还是林卿卿先打破了僵局："梧桐，对不起……"

许梧桐微微涨红的脸上没有太多的表情，只依旧盯着她，过了半天，忽然大声道:"对不起?你轻轻松松一句对不起就打发了?林卿卿,你真有本事,想来就来想走就走,你当我是什么?你有想过我的感受吗?"

林卿卿心痛如绞,只是她不能将实情告诉许楮桐。此时听她这样问,林卿卿只低着头轻声说:"楮桐,是我不好,害你为我担心。"

"你不好,你是不好,非常不好!你一直说我们两个就像亲姐妹,你会永远陪在我身边。你现在的所作所为,有哪一点儿把我当亲姐妹了?说走就走,你这么决绝,这么狠心吗?"许楮桐一股脑儿地将憋在心里的话倒了出来。

"你可以不珍惜我们之间的情谊,可你总不能让我这么不明不白不清不楚哇!为了你,每次和祖母通电话,我都要想方设法编谎话骗她老人家;为了你,我顶撞父母不去上学,每天守在家门口只怕错过你回来……你呢?你每晚睡在这里,良心可有不安?"

林卿卿的头更低了,一颗豆大的泪珠滴落在了衣襟上。过了半晌,她才勉强压制住悲伤,轻声说:"楮桐,你对我的好一直都在我心里。你相信我,我是真的愿意永远陪伴着你的……"

许楮桐见她这样,心里一酸:"鸿煊哥哥同我讲了,你是为了躲他。可你就是为了躲他,也不该瞒着我呀!我和鸿煊哥哥一样,每天都在想念你,到处在打听你的消息。"

林卿卿没有解释,缓缓抬起了头,看见许楮桐眼里也泛着泪光,心头猛地一紧,便抱住了她,在她耳畔轻声说:"楮桐,我再也不会不辞而别,再也不会……"

等到彼此松了手,林卿卿一边为许楮桐抹着泪,一边说:"楮桐,以后的日子还很长,我会一直陪着你。"

许楮桐轻轻推开她的手,破涕为笑:"谁要你一直陪着我,难不成你还跟着我一道嫁人哪?"

林卿卿也挤出了一丝笑容:"不嫌臊,又提要嫁人!我就是想陪着你,我有很多话要同你讲。"

许楮桐说:"我几时嫁人还不知道,可你就快嫁人了。"

林卿卿羞红了脸:"楮桐……"

许楮桐抿嘴一笑:"鸿煊哥哥在电话里已经告诉我了,他要跟姨丈和姨母表明心意,他是铁了心要娶你的。卿卿,你不要再逃避了,你应当为自己争取幸福!"

林卿卿眼里有了光:"在这之前,我以为自己心里已经放下了。可那天重新遇上鸿煊,我就知道自己逃不了了,不论是天意还是心向,我都不会再去伤害他。楮桐,谢谢你,一直这样支持我!"

黄廷承没料到许梧桐竟在这个节骨眼上来了杭州。

许梧桐由管家黄福良领着入了书房，一眼就瞧见跪在地上的黄鸿煊，心里大概明白了几分却并不作声，径直朝向自己迎来的黄芳蕙走去。

"梧桐，快来，我母亲念叨你好几天了。"黄芳蕙一边伸手拉许梧桐，一边说。

不等许梧桐答话，柳韵琴也起身迎了过来："你母亲打来电话，讲你来了杭州，我天天派人往火车站接你，可都扑了空。阿弥陀佛，你平安来了就好。"转头对着立在门口的黄福良交代："快打个电话给许太太，告诉她梧桐到家了。"

等黄福良应下转身离去，许梧桐说："姨母，我先去了余杭找卿卿。"

柳韵琴的笑容忽地僵住了，瞟了一眼身旁面无表情的黄廷承，才说："来，先坐下说话。"

许梧桐却没有挪动脚步，向黄廷承问了声好，便问："鸿煊哥哥做什么跪在地上？怎么看着这么憔悴？"

黄芳蕙说："鸿煊这倔脾气，惹了父亲生气。梧桐你来得正是时候。鸿煊，有什么话起来好好跟父亲商量。"

黄廷承指着黄鸿煊："梧桐是客，你别在这里丢人现眼，赶紧给我起来滚回你房间去。"

黄鸿煊抬头："梧桐不是外人，您不答应我和卿卿的婚事，我便跪着不起来。"

"你！"黄廷承只觉脸上无光，愤愤道，"我真是家门不幸，出了你这样的逆子！"

黄芳蕙心里一惊，她知道父亲是极要面子的人，当着许梧桐的面，黄鸿煊只能好好相求，哪里再能讲蛮。她满眼渴求地看着柳韵琴，希望她能出声讲个情。

柳韵琴会意，她本就心疼儿子，这会儿趁着许梧桐的到来，忙借机劝道："有什么事，坐下来慢慢再商量。梧桐刚来，你这板着面孔，是让哪个瞧？好了，鸿煊，你先起来，送梧桐去客房休息一下。"

黄廷承还未来得及表态，许梧桐却开了口："姨丈，我今天来，就是为了鸿煊哥哥和卿卿的婚事。"

看了一眼瞠目结舌的柳韵琴与黄芳蕙，许梧桐接着说："姨丈，卿卿是我带进门的，今天既然事关他俩，那我也想讲讲我的意见。说句不知羞的话，我知道母亲和您二位都有心促成我和鸿煊哥哥，可是我们两个之间只有亲情。"

说话间，许梧桐瞟了一眼黄鸿煊，继续说："姨母您是了解我的，要是我不情愿的事情，谁也强求不来。我已经跟母亲讲明白了，纵是逼着我和鸿煊哥哥成婚，日后也会离婚。"

毕竟说话的是许梧桐，黄廷承强压着火气不好发作，转过身走到书桌前，将手里的雪茄狠狠地掐灭在烟缸里。

许梧桐却不理会他的反应，自顾自道："论出身，卿卿是不好，可那又怎样，我父亲不也是穷苦出身？我父亲常常训诫哥哥们，说娶妻当娶贤，卿卿知书识礼，曾经还冒着生命危险把我祖母从火堆里救出来，足见她的善良与勇敢。姨丈，这样的女孩子哪点儿不配鸿煊哥哥？"

黄鸿煊一脸感激地望着许梧桐，像是认可她的话，又像是在感谢，对着她点了点头。

黄廷承满心不悦却克制地说："婚姻大事原本就该遵从父母之命，可是你们进了学堂都要讲究自由，我也并非不讲理的人，只是鸿煊这东西，太过胡闹，是他自己不做任何商量就当着众人面向我宣布要结婚，他当我这个父亲是什么？莫说如今都靠我养活着，即便自力更生，那身体发肤也是受于父母！"

瞪了一眼黄鸿煊，黄廷承板着脸继续说："婚姻是件多紧要的事，你不提则罢，一提起就即刻要办。我就不明白她好在哪里，怎么就让你像被摄了魂魄似的？"

见他话里有松口的意思，黄芳蕙忙接话："父亲，年轻人嘛，难免会冲动一些。这个卿卿跟梧桐妹妹相处了这么几年，人品好坏梧桐妹妹最能说明。如果要挑毛病，无非是她出身贫寒，可这也算不得什么。"

听到她这句话，许梧桐说："姨丈，我知道您在顾虑什么。外人的闲言碎语大可不必担心，卿卿早就被祖母认作孙女，这一年来她老人家常念叨卿卿，如果她出嫁，自然有祖母会替她正名分。"

黄芳蕙借机劝道："父亲，梧桐都这样讲了，您老人家就应允了吧。"

黄廷承依旧沉着脸，却不再出声。黄芳蕙忙说："鸿煊，快给父亲磕头致谢，他老人家这是应下了。"

第四十七章

晚餐的时候黄廷承与黄鸿烨因有商务应酬，并未露面。柳韵琴与一众人吃好了饭，便如往日一般坐到正厅里闲话家常。

今日因了许梧桐的到来，加之黄府上下暗地里都在等着书房的消息，就是平日饭后常借故离开的三姨太姚氏也懒洋洋坐在软榻上没有离去的意思。

柳韵琴拉了许梧桐坐在自己身边，对众人说："梧桐这趟来会住段日子，你们没事就多陪陪她。"

廖玉凤在一边笑道："母亲您放心，只要梧桐妹妹欢喜跟我们一道，我们可都求之不得呢。"

许梧桐说："三嫂不用理我，接下来的日子我还要陪着芳蕙姐姐筹备鸿煊哥哥的婚礼呢。"

这话一出，厅内的众人都提了精神，齐整整望向了柳韵琴。

接过女仆递来的茶，喝下一口，柳韵琴才开了口："还没来得及同你们讲，鸿煊的婚事老爷已经答应了。据鸿煊讲，女方提倡一切从简，老爷也没明确意思，所以就交给芳蕙着手去办。"

二姨太张氏笑道："鸿煊好事近了，那可是要恭喜大姐！"张氏平常也并非多事的人，见柳韵琴只点头浅笑示意，也就收了话不再出声。

佟玉梅瞟了一眼廖玉凤，见她正望向自己，登时端起了长媳的姿态："母亲，鸿煊是您亲生的，这又是咱们长房最后一桩婚事，如果婚礼这样草率了事，岂不让亲友笑话？晓得的是新娘子提议，不晓得的还以为我们家嫌弃她家境清寒呢。"

许梧桐最听不得别人讲这样的话，转过头对着佟玉梅说："新娘子是我祖母认下的孙女，谁敢说她家境贫寒？倒是有些人，家里再有钱，自己肚子里要是没一点儿墨水，那才是真的贫寒。"

佟家信奉女子无才便是德，佟玉梅自然是没读过几天书，听见许梧桐抢白她的话，心里实在有气，可讲话的人是许梧桐，她不得不相让几分，只有忍了不作声。

黄芳蕙看得明白，便接过话："繁与简都不过是个形式，重要的是两个新人心意相通。只是大嫂说的也没错，鸿煊的婚礼虽比不得大哥和鸿熠的婚礼那样热闹，却也马虎不得。既然交给我来筹备，我一定尽力而为，只到时候少不得大嫂和玉凤你们一道来帮手。"

廖玉凤本就存了讥笑的态度，听到黄芳蕙的话却满脸堆笑道："瞧二姐说的，鸿煊的婚礼我们自然是要出一份力的。"

柳韵琴吩咐："芳蕙，你明天先去找常先生把吉日择好再做打算。"

黄芳蕙回答："母亲，鸿煊出门的时候嘱咐我，婚礼越快越好。"

柳韵琴微微蹙眉："既然答应了他，他还这样急做什么？他们两个生辰八字要先去合一下，哪里是他想什么日子就什么日子的？还有，即便从简，家里亲近往来的还是要通知一下，婚礼该有的步骤也不能省。"

黄芳蕙点了点头："您放心吧，父亲虽说不管，可也交代了黄管家预算由我来定，我保证把鸿煊的婚事办得妥妥帖帖的。"转过头望着软榻上的姚氏，她接着说："三姨娘，给新娘子端洗手盆的事就交给芳菲了呀。"

小姑给新进门的嫂子端洗手盆是当地婚礼上的习俗。黄家老四黄芳茵和老六黄芳荃都已经出嫁，只有姚氏生的老八黄芳菲今年刚满八岁，是最佳人选。听到黄芳蕙把端洗手盆的事安排给了自己女儿，姚氏心里也觉满意，便坐正了身子说："芳菲是小妹，这是理所当然的事情，你只管安排好了。"

午间还等着看热闹的事情，此时已经有了结果，等简单商量之后，厅内的众人欢喜的嘲讽的看戏的，都各揣心思散去。

廖玉凤回到自己房间，刚换好衣服，佟玉梅便走了进来。

廖玉凤心知她因何而来，嘴上却说："大嫂你有事就打发人来喊我过去，怎么亲自跑我屋里来了？"说话间已经起身将佟玉梅迎到沙发上坐了下来。

佟玉梅刚一坐定，便抱怨："你听听梧桐刚才说的话，分明是跟我过不去。"

廖玉凤说："她是大小姐脾气，大嫂你不要跟她一般见识。"

佟玉梅满心不悦："我不过据实说罢了，瞧她那愤愤不平的样子。那个林卿卿当年说是来给她做伴读，那跟贴身婢女有什么区别？我哪里讲错了？"

廖玉凤却不正面答她，只说："老七娶这么个人进门，长嫂如母，日后可是要辛苦大嫂你调教了。"

佟玉梅不以为然："关我什么事，这么门不当户不对的婚事，我瞧着长不了。"

廖玉凤却说："也难说，老七欢喜得紧。"

佟玉梅冷哼一声："那可不见得！我进这个家早，看着老七长大，他从小被世家小姐们围着，恐怕是没见过这野路子的，一时间迷了心窍，将来一定会反悔的。"

廖玉凤说："家里除去父亲与母亲，就数大哥和大嫂最受人尊敬，大嫂你说的话自然是有道理的……"

不等廖玉凤讲完，佟玉梅便打断她："得了吧，除了你待我好，谁把我这个大嫂放在眼里？你瞧刚才二小姐那个神气劲，怎么老七的婚礼就轮到她一个嫁出去的女儿来筹备了？"

廖玉凤说："二姐受父母宠爱，又常常回来陪伴二老，家里的事自然会上心一些。"

佟玉梅斜她一眼："你倒真会替她讲话。今天老七刚被罚，她就慌里慌张地赶回来帮着求情。现在婚事定了下来，她又积极参与筹备。我怎么瞧着老七这桩事她格外上心？莫不是有什么好处？"

廖玉凤心里自然同她想的一样，只嘴上说："这事她能有什么好处，难不成还能来分一份家产哪？"

佟玉梅听了乍一愣神，继而说："是了，我说她怎么这么热心这件事呢。你想，她嫁出去的女儿泼出去的水，除去平日里父母补贴一些花销，怎么也得不了家里的半分好。在你我这里，她是买不了好处的，只有对这个新来的示好，保不准是日后想同老七联手呢。"

廖玉凤佯作一脸吃惊："不会吧，大嫂？二姐夫可是参茸行的少东家呀。"

佟玉梅一脸不屑："充其量不过是个富户，这世道还有嫌钱多的吗？"

"若他们当真这样一路，那可真的是过分了。"

"无论如何，我们两个要一心，莫要给别人钻了空子去。"

第四十八章

虽说要婚事从简，可毕竟是长房嫡子的婚礼，从那天起，黄府上上下下还是忙碌起来。黄芳蕙因主持婚礼筹备的事情，便带了儿子柳承茂与几个近身伺候的家仆一道住进了娘家。

柳韵琴每日午睡起都会让人将两个孙子带到自己的起居厅内逗弄一番，如今外孙来了，又多了个承欢讨喜的人儿。

柳韵琴接过贴身的尤嫂递来的糖盒，抓了一把递给柳承茂："阿茂，糖是给你了，但是不可以贪吃，当心牙痛。"

不等柳承茂答话，黄鸿烨的儿子黄卓骐就跑到柳韵琴面前："祖母，我也要。"

"有的，有的，怎么会没有我们阿骐的呢？"柳韵琴说话间又伸手抓了一把递给了黄卓骐。

佟玉梅见不得柳韵琴疼爱外孙，撇了撇嘴："阿骐，你跑去跟阿茂争什么？他比你小又是客人，你祖母自然是要先给他。"

黄芳蕙见她有意强调儿子是客人，知她心里不忿，却懒得与她计较。笑盈盈挨近柳韵琴，黄芳蕙说："母亲，常先生送来了帖子，婚礼的日子挑在了十月十七。"

"哦？这么快？你同你父亲讲了吗？"

黄芳蕙说："我这不是先来告诉您嘛。常先生讲年里只有这个日子合适，不行的话就要等到明年春上了。"

柳韵琴想了想，说："日子倒是不错，就是仓促了些。"

"这倒是不要紧，只要您与父亲点头，我去张罗就好。"

不等柳韵琴出声，佟玉梅就接过话："鸿煊的这桩婚事，芳蕙你倒是积极。明白的人晓得是父亲对你委以重任,不明白的还以为我这个大嫂不喜欢新娘似的。"

黄芳蕙心里厌她这样讲话,却仍旧面不改色:"大嫂说哪去了,鸿煊是家里最小的男孩子,咱们家主持好这回婚礼,下回恐怕就要等到卓骐成婚才有机会了。我虽然嫁了出去,可依旧是父母的长女,鸿煊的长姐,这个家的一分子。一家人欢欢喜喜替鸿煊筹备婚事,自然也少不得大嫂你与玉凤、蕠旻一道来帮手,又有哪个会讲闲言碎语。"

黄芳蕙的一番话,让佟玉梅碰了一记软钉子,她心里实在憋气,却也无法反驳。

柳韵琴抱起黄鸿熠的儿子黄卓骧边逗弄边说:"芳蕙说的是,你们这一代人里如今只剩鸿煊同芳菲还没有成婚。芳菲是女孩子,将来结婚嫁人自是由男方家里主持,轮不到我们家。鸿煊这事虽说要从简,可我们家还是要体体面面地办好,不能失了你父亲的颜面。"

林卿卿早已将自己的身世告知了黄鸿煊。虽说婚礼原是以男方家里为主,可黄鸿煊不想她太过委屈,便暗地里寻去了她外祖父家,当面与程友清夫妇谈了他们即将举行婚礼的事,并交了一张支票给他们,希望他们也能出席婚礼。舅母不承想林卿卿竟能嫁到这样的人家,起初又惊又怕,等知道了黄鸿煊的来意,这才笑逐颜开,将支票收了下来。

办妥了这件事,黄鸿煊径直去了林卿卿的住处。他进屋的时候,林卿卿与许梏桐正在屋子里缠毛线。

林卿卿抬头莞尔一笑,仍坐在竹椅上绕着手里的毛线。黄鸿煊还没来得及开口,许梏桐就笑道:"结婚前半月,新郎和新娘是不可以见面的。鸿煊哥哥,你这是有多迫不及待呀。"

黄鸿煊耳垂微红地解释:"刚好到了余杭,就想着来看看。"

许梏桐调侃他:"我倒是忘了,如今这镇上的柚园都是黄少爷的,这是来巡查吗?"

黄鸿煊也不想瞒她们,便将去了林卿卿外祖父家的事讲了出来。末了,黄鸿煊说:"卿卿,原谅我擅作主张,我只是希望日后你可以光明正大地回去给外婆上坟。"

许梏桐生气了:"你做什么多此一举!他们那样对卿卿,凭什么还要让他们去参加婚礼?"

林卿卿放下手里的毛线团:"我晓得鸿煊的心意。这么多年了,我早已经没了怨恨,过去的就让它过去吧。不论他们曾经怎样对我,可他们毕竟是姆妈的亲人。现在我要成婚了,他们能来,外婆同姆妈在天有灵也会安慰的。"

许楛桐撇了撇嘴:"卿卿,你就是这样的老好人,跟谁都不记仇。"

林卿卿说:"真正的老好人是你,事事都包容我,不与我计较。"

因为有婚前不能见面的俗规,黄鸿煊本就打算只看一眼林卿卿便离去,此时见她认可了自己的做法,更觉心里踏实,于是闲聊几句就坐上门口的车子回了杭州。

望着他离去的背影,许楛桐感慨道:"你们两个真的是走进了彼此的心里。卿卿,我好羡慕你。"

"等你的缘分到了,自然也会有的。"

许楛桐摇了摇头:"我不知道自己能不能走进他的心……"

过去日夜相伴的日子里,许楛桐曾多次向林卿卿提及是那样爱慕龚家瑶。听她这样讲话,林卿卿一怔,当即回过神来:"楛桐,你还是放不下他?"

许楛桐不置可否:"只是不知道还能不能再见到他……"

林卿卿走近许楛桐,拉了她的手:"倘若你们注定有缘,一定可以再见的。"

许楛桐说:"我试着让老家的许管家给他带信,邀他来北京听学,却被他以各式各样的理由回绝。我不知道他是真的不想进京求学,还是觉察到我对他的心思而不愿与我有瓜葛。"

林卿卿安慰她:"楛桐,你不要胡思乱想。我能看得出来,家瑶哥是个自尊心强的人,他之所以不受邀进京,也许是不想被人说有心攀附。亲戚之间贫富悬殊了,是难免会让弱的一方顾虑多些。"

许楛桐说:"我也这样想过。可我常常看到有孟津来的信寄给五哥,那一定是他写的。倘若真的是因为贫富的隔阂,那为什么他与五哥还这样亲近?"

林卿卿拍了拍她的手:"家瑶哥与宥崇少爷是儿时的玩伴,感情自然不同。楛桐,你要相信天意。"

"是呀,要相信天意,就像你和鸿煊哥哥,有缘的人终归是会再相遇的。"

第四十九章

转眼婚期临近。

柳韵琴早早就打电话往北京邀柳悦琴一家来杭州参加婚礼,柳悦琴心结未解,便推说身体不适无法前来。可毕竟是嫡亲外甥的婚礼,柳悦琴还是打发了许宥权与许宥崇来做代表。倒是身在辉县老家的龚氏,接到林卿卿报喜的电报欢喜至极,然而年岁高了,山长水远不能车马劳顿,便派了管家许留柱亲往杭州,送来了丰厚的嫁妆。

婚礼按照新式的做派来举行，因此将旧时的媒妁约定改为了介绍人。原本许槒桐自告奋勇要来担任，却被黄芳蕙阻拦下来，告诉她介绍人当需年长有身份的人物才合宜，这才让许槒桐打消了念头。黄芳蕙与父母及黄鸿煊商议之后，决定请黄鸿灿的岳父王博士担任介绍人。而后又由黄廷承亲自出面，请了时任同济医工专门学校的常务校董沈博士来做证婚人。

林卿卿前一日已经被接到杭州，由许槒桐陪伴着住进了西子大饭店，一同入住的还有程友清夫妇与他们的一双儿女。

原本黄芳蕙为林卿卿安排了三个女傧相，加上许槒桐，刚好四个人。可林卿卿婉言拒绝，她心里只希望许槒桐一人来担任自己的傧相。黄鸿煊知道她的心意，于是也只邀了许宥崇来做男傧相。

一切井然有序，只等婚礼到来。

当日清晨，天刚蒙蒙亮，帮忙梳妆的几个老妈子就敲开了林卿卿的房门。装扮好的林卿卿即使并未佩戴华丽的珠宝，可那一身水红色的绣服衬上她娇美的容颜，已经令她熠熠生辉。许槒桐围绕着林卿卿，左看右瞧，赞不绝口。

到了出门的吉时，在几个老妈子的引领下，林卿卿由许槒桐陪伴着出了酒店的大门。鼓乐声响起来，林卿卿看到已经等在门口的程友清一家。说是放下了，可当真见了面，林卿卿心里还是一阵酸楚，百般滋味涌上心头。

许槒桐朝着林卿卿眼神停留的方向望来，料定了那是程友清夫妇，便狠狠地瞪了一眼林卿卿的舅母。她舅母没见过这样的大场面，原本就有几分不自在，此时被许槒桐这么一瞪，只觉心里慌乱起来。好在很快就有婚礼的管事将程友清一家引向了另一辆车子，总算令她舅母舒了口长气。

西子大饭店离黄府不远，不一会儿就到了府门前。车门被打开，许槒桐先于林卿卿下了车，而后由黄家的两个儿媳佟玉梅、廖玉凤随喜婆在车旁迎新娘下车。

黄府对于林卿卿而言并不陌生，她曾经随着许槒桐在这里生活过一段时间。可今天再次踏进府门，她已经是这里的七少奶奶，名正言顺的少主人。林卿卿抬头看了一眼挂着红绸的门楼，来不及感慨，便被人群簇拥着踏进了府门。

一路向内，来到了花团锦簇的正厅。黄鸿煊穿了合身的燕尾服，手捧一束鲜艳的玫瑰花，由许宥崇陪伴着等候在门口。

不等林卿卿走近，黄鸿煊已经迎了上去，轻轻唤了一声"卿卿"，便将玫瑰花递到她手中。

说是婚礼从简，可是被邀请来的亲朋好友还是乌压压地挤满了偌大的正厅。见一对新人牵手走进，乐队的音乐随即响了起来，两个人由男女傧相陪伴着随司仪走向预先搭置好的小礼台。

按照新式婚礼的步骤，先是新人彼此行礼，交换婚戒，而后由介绍人上台祝福，再由证婚人念婚书，最后是家翁致辞。

听到司仪邀他，黄廷承心里虽不是很情愿这桩婚事，但事到如今也就从容地上了台。环顾众人，黄廷承说："今日乃小儿的新婚之喜，承蒙各位亲朋好友光临，实属荣幸之至。小儿追求婚姻自由，所择妻室乃他心之所向，故不以他论而结秦晋之好。

"时代变迁，如今诸事从新，应了一对新人所求，婚事从简，以西洋之文化替代我传统之婚俗。今日便以酒会形式设宴家中，若有招待不周之处，还望诸位海涵。"言罢，对着所有来宾鞠躬致谢。

一对新人随之向黄廷承鞠躬表示谢意，又转过身向所有宾客鞠了躬，这才被司仪引着走向了柳韵琴。到了柳韵琴面前，两人深深鞠了一躬，又跟着向张氏与姚氏鞠躬相见。林卿卿本以为会再向同辈的哥嫂姊妹们行礼相见，谁知司仪却让许梧桐陪着她离席，只留了黄鸿煊在厅内招呼亲朋。

黄鸿煊曾经居住的上房里外三间都已经重新装饰，做了他们的新房。刚一进房门，就瞧见黄芳菲端了洗手盆，随着尤嫂候在那里。

尤嫂笑着迎向她们："七少奶奶，八小姐来为您接风洗尘。"

她话音刚落，黄芳菲便走到近前，甜甜唤了一声"七嫂"，将洗手盆呈到林卿卿面前。林卿卿在尤嫂的指点下，双手轻轻蘸了一下盆里的水，又接过女仆递来的手巾擦干水，继而取出一个喜包递给黄芳菲。

黄芳菲道了谢，便领一众人等离去。

她们刚一离开，许梧桐便大笑起来："哎呀，憋死我了，从早上到现在，我大气都不敢出一下。"

林卿卿笑道："看把你憋的，这要是到了你结婚的时候可如何是好？"

许梧桐说："我不管，你结婚的时候我陪着你，等我结婚了你也寸步不能离。"

林卿卿说："我结了婚就不能再给你做傧相了……"

不等林卿卿说完，许梧桐便打断她："我才不管这些，我就是要你来陪着。"

林卿卿轻点她额头："好，我陪着你，寸步不离。"

两人正说笑间，就见尤嫂又领了两个年轻的婢女走了进来。向她们行了个礼，尤嫂说："七少奶奶，兰萍和秋霞是太太拨给您的，以后您的饮食起居就由她们两个负责。"

林卿卿随许梏桐在黄府生活时同兰萍与秋霞相处得不错,此时见尤嫂领了她两个前来,就知道是柳韵琴用心安排的。她心里欢喜,对尤嫂说:"尤嫂,你帮我谢谢太太。"

尤嫂笑了:"七少奶奶,您怎么还称呼太太呀,要改口叫母亲才是。"

尤嫂接过兰萍递来的甜羹,又说:"七少奶奶,这碗甜羹是用大枣花生桂圆莲子煮的,您趁热吃了,日后好早生贵子。"

林卿卿点了点头,接过来,虽有几分羞涩,却也遮不住眉宇间的喜悦。

见林卿卿用完了甜羹,尤嫂说:"七少爷担心您累着,已经吩咐了,不让旁人来闹洞房,等到前面宴会散了他就过来陪您。"

第五十章

红烛摇曳,一夜温情。

林卿卿醒来的时候听到屋外已经有了轻微的声响,看了一眼身旁熟睡的黄鸿煊,她嫣然一笑,轻轻为他拢了拢被子,这才蹑手蹑脚下了床。

不等林卿卿走到门口,黄鸿煊已经醒了:"卿卿,你去哪里?"林卿卿听到他的声音,转身回到床边:"我把你吵醒了吧?"

黄鸿煊掀开被子坐了起来,一边向林卿卿伸了手,一边说:"也该醒了,今早我们要去给父母兄嫂敬茶的。"

顺着他手的力道,林卿卿重新坐回到床上:"那也好,我这就去给你准备洗脸水。"

黄鸿煊柔声说:"这些事兰萍她们会做的。卿卿,从今往后你只去做自己喜欢的事。"

林卿卿莞尔一笑:"照顾你也是我喜欢的事。"说话间将脸贴在了黄鸿煊的怀里,眼内一汪秋水。

黄鸿煊动情地捧起她的脸,唇瓣刚要贴上去,就传来轻轻的敲门声,紧接着是兰萍的声音:"七少爷,七少奶奶,八点三刻要往前厅给老爷、太太敬茶的。"

林卿卿羞涩地推开黄鸿煊,边拢额发边说:"原来是有时辰规定的,鸿煊,快起来吧。"

黄鸿煊知道今天是必须早起的,也就二话不说起了身。两个人洗漱更衣,又吃了兰萍准备的简单小食,便由秋霞引路往前面去。前厅里,黄廷承坐在主位沙发上正在读当天的报纸。柳韵琴抱了黄卓骥,和二姨太张氏一起逗弄着,廖玉凤则笑嘻嘻地站在一旁。三姨太姚氏依旧懒洋洋歪在那张贵妃椅上,一副没睡醒的模样。王蓁旻有了身孕,黄鸿灿扶着她安静地坐在一边。

黄鸿煊与林卿卿前脚跨进前厅的门,黄鸿烨夫妇带着黄卓骐后脚也跟着走了进来。

黄鸿煊叫了一声"父亲",又叫了声"母亲",这才拉着林卿卿走到客厅中间:"卿卿来给大家敬茶。"

听见黄鸿煊的声音,黄廷承将报纸放下,正了正身子。尤嫂连忙将准备好的垫子放在黄鸿煊与林卿卿的面前,等他们双双跪下磕头,便端了茶候在一旁。

林卿卿磕好头,直起身子,接过尤嫂递来的茶:"父亲,您请用茶!"黄廷承脸上看不出什么表情,只"嗯"了一声,接过茶喝了一口,就将茶杯递给了一旁的管家黄福良。

林卿卿淡淡一笑,随着黄鸿煊起身走到柳韵琴跟前,磕了头,唤了母亲,又将茶递了过去。柳韵琴一脸祥和,喝了口茶,边递喜包给她,边说:"收下这个喜包,日后儿女满堂。"林卿卿双手接过,又道了谢,这才起了身。

其余的人只需敬茶不再磕头行礼,黄鸿煊便被柳韵琴示意坐到了一旁。林卿卿被尤嫂先引到张氏与姚氏面前,她分别鞠了躬,奉了茶,便被引到黄鸿烨夫妇跟前。

佟玉梅放下手里的茶杯,笑着说:"我们都是托了七弟妹的福,昨天也算见识了新式婚礼。七弟妹,你可是咱们家的特例呢。"

林卿卿知道她这句话的意思,却也不往心里去。正要转身往廖玉凤跟前去,就听见黄鸿煊的声音:"大嫂,新时代新做法,你整天待在家里不出门,不晓得的特例恐怕还多着呢。"

佟玉梅听黄鸿煊抢白自己心有不快,可当着公婆丈夫的面前,努了努嘴,硬是将原本想回驳的话咽了回去。

这边林卿卿刚走到廖玉凤跟前,不等鞠躬,廖玉凤就扶住了她,笑着说:"你三哥在法兰西回不来,我代他向你们道喜。"

林卿卿并不十分了解廖玉凤的为人,听她这样讲话,忙说:"多谢三嫂,三哥远在他乡,有三嫂的祝福是一样的。"

廖玉凤招呼黄卓骥:"阿骥,这是你七婶,快叫人。"黄卓骥倒很听话,奶声奶气地叫了一声"七婶"就向柳韵琴跑去。

林卿卿走到黄鸿灿夫妇面前时,黄鸿灿正要扶王蓁旻一同起身,她忙走到近前,阻止道:"五哥,五嫂身子不方便,千万别客气。"说着对着两个人鞠躬敬茶,完成了相见的仪式。

王藜旻因为怀了身孕,昨天未能参加婚礼,今晨是两人第一次见面,却因为林卿卿这个简单的举动,让她心里莫名地对新来的弟媳生了几分好感。

林卿卿刚在黄鸿煊身边坐定,黄福良就说:"老爷、太太,早餐已经准备好了,请各位移步餐厅用餐吧。"

黄廷承点了点头,起了身,一众人跟着他陆陆续续往餐厅走去。

这是林卿卿正式成为黄家成员的第一餐。

餐厅的幔帘被打开了,阳光照射进来,让整个空间显得格外敞亮。

等黄廷承在主位坐定,柳韵琴也挨着他坐了下去,其余的人这才在各自的位子落了座。黄福良吩咐家仆们将各式餐点摆到了餐桌上,有中式的馒头、炒粉、白粥、豆浆、中国茶以及各式菜点,也有西式的面包、熏肉、沙拉、果汁、牛奶与咖啡,依个人口味自行选择。

黄廷承一直保持了进食传统的中式早餐的习惯,倒是柳韵琴手边已经放了一杯热腾腾的牛奶。林卿卿看似不经意,心里却记下了每一个人的喜好。

除去黄卓骐与黄卓骧偶尔发出一些声响,其余的人都在安静地进食。饭吃一半的时候,黄廷承放下手里的调羹,忽然说:"咱们这个家即便儿女成了家也跟着父母合居同食,这可能让你们各个小家庭失了自由,可祖上留下来的规矩不能破。这个家,钱财上本就不分彼此,所以少了寻常人家为钱财失睦的由头。我今天在这里再重申一遍,你们每个人都要懂得长幼尊卑,兄友弟恭,不可钻营私利,伤了和气。"

他话音落下,桌上的人都放下了餐具,点头应是。黄鸿烨看了一眼黄鸿煊,对黄廷承说:"父亲,您放心,我们兄弟几个哪来的什么私心?鸿煊现在成了家,也是大人了,我正想着跟您商量,等过几天他们往余杭回了门,就让鸿煊来给我当帮手吧。"

黄廷承点了点头,算是默许。

柳韵琴见状,笑道:"还是鸿烨考虑得周到!鸿煊成了家,是该正经做事了。"

黄鸿煊看了一眼林卿卿,见她一脸从容,于是点了点头:"谢谢大哥!"

第五十一章

香凝已经好些日子没有见到黄鸿烨了,她如今被黄鸿烨安置在离他商馆不远的一幢西式小楼里。

倚窗而坐，香凝远远便瞧见黄鸿烨的黑色小轿车驶了过来，在车子拐进街口的时候，她疾步走向床边，和衣倒下。

黄鸿烨跨进小院的时候，翠云便迎了上来："大爷，您可算来了。"

黄鸿烨也未吱声，将手里的公文包递过去，转身便上了楼。

卧房里静悄悄的，窗子半掩着，床前的幔帘并未卷起，一对绣花拖鞋斜放在边上，鞋尖朝内，似乎翠云忘记了，并未如往常那般将它们摆放整齐。

黄鸿烨心中了然，摇了摇头，嘴角微微露出一丝笑意。他伸手掀起幔帘，走了近前，顺着床沿坐下："这都几点了，怎么还不起身呢？"

香凝身上裹了一件丝质睡袍，并未盖被子，侧身向里背对着他。

"还开着窗子，这屋子可算不得暖和，不盖被子睡觉当心着凉。"说话间黄鸿烨已经伸手拉过一边的锦缎被子，扯了个角搭在香凝身上。

见香凝仍是一动不动，他便伸手去掰她肩膀："这还不醒呢？让我闻闻，昨晚可是喝酒了？"

香凝抖了一下肩，甩开了黄鸿烨的手。"这是不预备理我了？好吧，原本就是一堆公务等着，那你先睡，我回商馆去了。"黄鸿烨将她一军。

这一招果然见效，香凝翻了个身，朝向他："你既要去商馆，又何必来撩拨别人？要去就去，我也不是什么至关紧要的人。"

黄鸿烨笑道："哪里有什么紧要过你？我又何曾撩拨于你，倒是你，撩人而不自知。"说着话，他已轻轻脱去脚上的鞋子，倚着床栏半躺下去。

"我跟着你都三四年了，怕是早就厌了，哪里还能撩到你黄大爷？"

"胡说！你是百看不厌，我喜欢还来不及呢。"黄鸿烨将头贴近她，微闭双眼，嗅了嗅她发丝间的芳香。

香凝轻轻揉了他一下，娇嗔道："既然想我，怎么这些天都不来瞧我？"

黄鸿烨借机拉住了她的手："这不是家里有事吗？这些个日子一刻不得闲，父亲又每日和我一道往商馆，我着实抽不出身过来陪你。"

"你父亲鲜少过问你家商馆的事，这是怎么了？"香凝疑惑地问。

"我家老七成婚了，父亲希望他能历练历练，就让他跟我去了商馆帮手。许是父亲不放心，这些日子便与我们同去。这不，今天他老人家去了商会，我赶忙过来看你，谁知还险些吃了你的闭门羹。"黄鸿烨解释。

"七少爷成婚了？怎么未听你提起过？是了，我算什么东西，哪里能晓得这些。"香凝冷冷地说。

"瞧瞧，又要小性子了。"黄鸿烨赔笑着，"老七这桩婚事办得匆忙，又赶上年底结算，人一忙起来就糊涂，加上每次来跟你说体己话还不够时间，哪里还记得这些个。"

"算你会讲话，罢了罢了，我也不跟你计较。"香凝将脸贴到黄鸿烨的胸口，"把你忙成这样，定是七少爷的婚礼很隆重吧？"

"算不得隆重，却是按照西式婚礼安排，倒也别有意思。"

"西式婚礼？是穿上白色婚纱那种吗？"香凝眼里有一丝羡慕。

"那倒没有，婚礼虽是西式，可我母亲坚持要新娘子穿绣袍。"

"一个女人，这一生能有一次机会穿上嫁衣，不论红白，都是件幸福的事。"香凝神情黯淡下来。

黄鸿烨知道她心里有憾，可也不知道如何接话，一时间僵住。香凝到底出身青楼，人情练达，也不过片刻神伤，察觉气氛有异，便笑着开口问道："都说你家七少爷一表人才，不知道哪家小姐这样有福气做了你黄家七少奶奶？"

"老七不晓得是不是因为读了几年洋学堂，行事作风说来是有些标新立异，他哪里是娶的什么大家小姐，不过是个乡下姑娘。"黄鸿烨抚着香凝的秀发说。

"哦？你家七少爷倒是新奇得很。这乡下姑娘也是有福，怎么就得了机会被你家七少爷相中了……"香凝起了好奇心。

"机会？她是我梧桐表妹的伴读，不知道怎的，就把老七迷得神魂颠倒，非她不娶。不过看上去倒是个温顺听话的人，老七娶个这样的太太倒也省心。"黄鸿烨答道。

"你是说她是梧桐小姐的伴读？她叫什么名字？"香凝心里一怔，随即问道。

毕竟有许宥利在先，黄鸿烨自知理亏，平日里鲜少与她提及北京许家的亲戚。此时因为黄鸿煊的婚事扯出了许梧桐，他也不得不正面回答："是的，前几年梧桐来杭州玩，宥利不知从哪里给她找了一个玩伴，后来就陪着一起读书，倒与梧桐成了知己。"

黄鸿烨不知道林卿卿的来路，香凝却是心知肚明。她怎么都没料到当年自己顺水人情放走的小囡如今已成了黄府的七少奶奶。见她愣了神，黄鸿烨起了疑："阿凝，你怎么了？刚才做什么打听她姓名？"

香凝闻言瞬间回过神来，努了努嘴："哟，你黄府的少奶奶们就是金贵，怎的连问问名字都不能够哇？好了，好了，你愿讲就讲，不愿讲我也不稀罕听。"

黄鸿烨顺势滑下身子，揽住她躺着："好端端的这是又开始了？她的名字有什么好瞒你的？在我这里谁都没有你金贵。"

香凝紧贴着他的胸膛，放柔了声音："我哪里是关心她叫甚名谁，不过是你这

141

些日子没来，心里惦记着。这会子你来了，也不过是顺嘴问一记。不过你这个弟弟，倒是有些魄力。"

黄鸿烨对香凝是动了真情的，只因顾及父母家庭，不敢将她带回家中收了做小。此刻香凝虽没有再讲其他，可他也能听出弦外之音，心内陡生歉意。

"阿凝，我给你订了一辆车子，过几天就到上海港口，等报了关，就会送过来。"

香凝心里一喜，却不动声色地说："易得无价宝，难得有情郎。鸿烨，有你真心待我就够了。"

第五十二章

热闹了几天的黄府随着婚礼的结束也恢复了往日的平静。

黄家的男人白日里多在外工作应酬，鲜少有人在家。女眷们依着惯例，每日午睡后都往柳韵琴的小客厅里小坐，闲话家常。

林卿卿与许梧桐一道入了柳韵琴的小客厅，厅里已经坐了二姨太张氏、佟玉梅母子与廖玉凤母子以及王藜旻，却未见三姨太姚氏。

见她二人入内，柳韵琴开口问道："午饭时候没见你们两个，听尤嫂说了才晓得你们吃了早饭就出门去了，还以为要到夜饭时候才回来呢。"

这句话柳韵琴并未起高腔，却能听得出有几分不悦。林卿卿心里一紧，瞬间涨红了脸。许梧桐瞧着她的样子，忙接口道："姨母，都怨我！我预备着明天回北京，想着临走前再去吃下阿喜档口的小食，就拉着卿卿陪我一同去了。"

"你明日就要回北京？怎么也未听你提起？"柳韵琴对着许梧桐招了招手，示意她坐到自己身边来。

"您府上大大小小每天有许多事要您操心，我不想您再为我这点儿事劳神，这不是现在来跟您讲嘛。"许梧桐撒娇。

柳韵琴拉了她的手："你呀，自小到大都是风风火火，说做什么就要做什么。你早点儿告诉我，我也好预备东西让你带回去给你母亲哪。"

"您每次都是大包小包地送进京，又重又累，我才不要带！"

"我哪里舍得要你亲自搬那些个东西呀，我打发几个人随你一路回去，既能护你周全，又能帮你搬个行李。"柳韵琴笑道。

"姨母，我都多大人了，自己能保护好自己。"许梧桐说。

柳韵琴却不接话，抬头瞧见林卿卿还在一边站着，便摆了摆手，示意尤嫂让她入座，而后又对着许楮桐说："冬月了，离年关又近了些，如今也不是什么太平盛世，你一个女孩子家还是要当点儿心的。"

"母亲待楮桐犹如己出，事事周到。楮桐妹妹，你可要常来杭州陪陪母亲哟。"廖玉凤笑着接过话。

"姨母只要不嫌我烦，我以后会常来叨扰。"眯眼看着林卿卿，许楮桐接着说，"若非我父亲盯得紧，我母亲也说姨母您上上下下一大家子要忙，我还真想留在杭州过年呢。"

"我整日里除了应个牌局听场戏，哪里还有其他的事情？倒是盼着能常常见到你和你母亲，你们来了，我就多个谈天说话的人。"柳韵琴说。

"母亲瞧您说哪儿去了？要说别的我们做不来，陪您说话解闷，哪里需要劳动姨母山长水远地来杭州，我们几个媳妇还能做不到吗？"佟玉梅插话。

柳韵琴并不曾看她一眼，仍对着许楮桐说："不过话又说回来，你父亲、母亲定是想你了。你不吭声跑了出来，虽说是来杭州，可他们还是牵挂着呢。"

"母亲有孙万事足，如今哪里还会管我。我也是当真舍不得走呢。"许楮桐噘嘴道。

"你是你母亲十月怀胎生下来的，任谁能亲得过你呀？杭州你想来就来，姨母随时欢迎你。"柳韵琴满脸笑意。

"楮桐跟大姐您亲得很，这是舍不得跟您分开。"张氏笑着说。

"楮桐妹妹恐怕最舍不得的是七弟妹吧？七弟妹陪伴你这么些年，也难怪楮桐妹妹舍不得呢。"佟玉梅丝毫不曾察觉婆母方才的不悦，自管自接了话。

林卿卿知她话里所指，看在眼里听在耳内，却因自己是新过门的媳妇，讲话行事皆不能随意而为，便淡淡一笑并不言语。

"哟，大表嫂怎的就这样了解我呀？我跟卿卿是姐妹，自然舍不得她，可姨母是我长辈，我腻在姨母怀里的时候恐怕你还没进这个家门吧？"许楮桐亦知她弦外之音，便没好气地说。

"楮桐妹妹别拿这话揶揄我，我不过是羡慕你跟七弟妹感情好，怎么就让妹妹不高兴了呢？"尽管婆母在前，可佟玉梅自恃家境显赫且又是长房长媳，并不愿被许楮桐揶揄。

柳韵琴按捺下心里的不快，面不改色说："楮桐，你还记得小辰光一来杭州就跟在你芳蕙阿姐屁股后头吗？芳蕙走哪里你就跟到哪里，连她去女子学堂你也闹着要去。时间过得快哟，一眨眼你也到了要出阁的年纪，我跟你母亲都成了老古董，现在哪还有法子要你们常来陪我们？"

143

廖玉凤看了一眼佟玉梅，见她仍是一脸不屑，便悄悄挪了挪身子，靠近扯扯她的衣角，继而又丢个眼色，示意她不要再出声。

大大小小一屋子人，许梧桐见姨母这样讲话，佟玉梅也收了声，加上心里顾忌着林卿卿，便也顺着话题讲起了小时候与黄芳蕙的事。

林卿卿第一次感觉到那种只是来自表面的和睦与情意。

新婚宴尔，小夫妻俩自是不舍分房而睡，但黄鸿煊知道许梧桐明日要回北京，便也由着林卿卿临别前夜去陪她。

初冬的夜晚星光寥寥，月光黯淡，凄迷而漫长。

"卿卿，你好像有心事？"许梧桐倚着床头问仰面平躺的林卿卿。

"没事，就是你明天要走了，有点儿舍不得。"林卿卿答。

"我也舍不得你呀。可你已经嫁给了鸿煊哥哥，我要是再赖着霸着你不走，恐怕他就要发狠赶我走了呢。"许梧桐说。

"鸿煊才不会。只是你这趟出来日子不短了，为我忙前忙后，也是时候要回去看看老爷、太太了……"

"什么老爷、太太，你现在是鸿煊哥哥的妻子，该随他叫姨丈、姨母才是！"不等林卿卿说完，许梧桐便打断她。

虽说林卿卿未将自己遭绑架的事情向许梧桐透露，但她心里明白是谁对自己做了一切。此时听到许梧桐这样讲话，只不置可否地笑了笑。

"卿卿，我好羡慕你，不管经历了怎样的坎坷，如今和鸿煊哥哥有情人终成眷属……"许梧桐忽然有了几分感伤。

林卿卿知她心事，便坐起了身："所谓缘分，既要有缘还需有分。都说缘是天定，那成就彼此的分，却是靠自己去争取。"

"卿卿，你说我还能再遇到他吗？"许梧桐问道。

"如果你们有缘，一定会的。"林卿卿安慰她。

"如果再遇到他，我再也不会错过……"许梧桐坚定地说。

第五十三章

冬月之后，便入了腊月，转眼就到了除夕夜。

许宥利踏进家门的时候，阖府上下刚由许昌贤引着在小祠堂拜了祖。

"四哥，你终于回来了！"许梧桐飞也似的奔过去，抱紧了许宥利。

"嚯，小六长成大姑娘了。"许宥利摸了摸她的头，满脸笑意。

"四哥，你怎么这么多年都不回来呀，我可想你了。"许梧桐撒娇。

"就是知道你想我，这不就赶着回来陪你吃年夜饭了吗？"许宥利宠溺地回答。

"四少爷，六小姐，你们俩站院子里冷不冷啊，太太要你们快回屋里来。"徐嫂在廊檐下对他们喊，声音里是掩不住的欢喜。

许梧桐挽着许宥利的胳膊一道入了餐厅。

许宥利正欲上前拜见父母，柳悦琴却迎上来一把将他揽入怀中："老四，你可算回来了！"说话间，已是双目泪花。

"好了，宥利回来是件高兴的事，今儿又是除夕夜，你这是做什么？"许昌贤说。

这样说着，柳悦琴才松了手，等许宥利向许昌贤问了安，便拉他在自己身边坐下，"宥利，快瞧瞧曦文，你走的时候他还抱在怀里。"对着许曦文招了招手，她又说，"曦文，快到你四叔这里来，让你四叔瞧瞧。"

许曦文却有点儿不好意思的样子，将头埋进张幼念的怀里。"曦文，这是你四叔，嫡亲的叔叔，快，过来呀！"柳悦琴唤他。

许昌贤听她这样讲话，沉下了脸："什么嫡亲不嫡亲，老四这几年不在家，小孩子认生也在所难免，你何必急这一会儿？过几天多接触接触，自然就熟络了。"转头对着席间众人说："好了，人都到齐了，开席吧。"

听他发了话，各人便依次入了座。家仆们陆陆续续将冷碟端上了桌，又为各自的主人斟满了杯中酒，退到一旁候着。

许昌贤举起酒杯，环顾席间，见儿孙满堂，心下添了份欢喜："今夜团圆饭，咱们家也基本聚齐了。有国方有家，第一杯敬我们的国，愿风调雨顺，国泰民安。"

见他一口喝下了杯中酒，众人也都跟着一饮而尽。

"你们祖母上了岁数，今年年下想留在老家，这第二杯酒，我们一起遥祝她老人家身安体健。"许昌贤又喝下一杯。

"第三杯，为了我们这个家，为了在座的每个人，干杯！"许昌贤再次将斟满的酒饮尽。他不善与儿女们交谈，可许宥利留洋这几年心里也记挂得紧，今天见他回来，总算心里踏实许多。

许昌贤贫苦出身，凭借自己苦学得了功名，成就了今日的一切。于他而言，子孙若能知书识礼，便可将富贵延续下去。

"今儿是除夕夜，喝了这三杯酒，你们年轻人就不要太拘谨了。你们兄弟四个也有几年没见了，都多喝几杯。"许昌贤难得这样讲话，他这种不寻常的欢喜让酒

145

桌上热闹起来。

许梧桐嚷嚷着要众人一起行酒令，许宥利笑道："行酒令咱们从小玩到大，不如我教大家一个东洋的新游戏。"

听许宥利这样一说，一桌子人都来了兴致，放下手里的碗筷，笑嘻嘻地望着他。

"倒也不难，就是要找个会弹奏的或者会唱歌的。"许宥利见众人都望着自己，便卖了个关子。

"五哥会弹琴，歌也唱得好。"许梧桐迫不及待地说。

"不是，梧桐，我唱不来日本歌曲呀。"许宥崇有些为难。

"会唱歌就行，不分是哪里的歌。老五，就你来伴唱吧。"许宥利笑道。

"去取个空盒子来。"许宥利对着身旁的家仆吩咐道，"参加玩的人要跟着歌曲节奏轮流拍手，可以拍一下盒子，也可以将盒子拿走，到下一次出手的时候就要将盒子放回原处，倘若盒子已经被拿走，其他人就要握拳敲击桌面，敲到盒子或者只是拍了桌子，那都算输。"

"胡闹！"啪的一声，许昌贤重重地将筷子放到桌子上。

一桌子大大小小不知他因了何故动怒，都怔怔地望着他。"好端端的，你这是怎么啦？"柳悦琴开了口。

"我怎么了？你倒是问问他！"许昌贤斜眼瞧着许宥利。

"父亲，这不过是日本的一个酒桌游戏而已，您是不是有什么误会？"许宥利敛了笑容。

"酒桌游戏？你当我不知道吗？这是日本艺伎待客人时候的手段，你竟然要在家里玩这种游戏，还要宥崇给你们伴曲！"许昌贤提高了声音。

"父亲，这是艺伎的游戏不差，可这个在日本很流行，朋友们聚会时都以此为乐。"许宥利解释道。

"聚会时以此为乐？你聚的什么会，会的什么友？"许昌贤沉声斥责，"我送你去东洋，是为你可以学习东洋缘何先进我中华，学其精华以用之，日后可报效国家。你倒好，终日沉溺于声色，这辈子能有什么出息！"

"昌贤！不过是个游戏而已，至于这样说他吗？你不问缘由，怎么就晓得他沉溺于声色，又怎么晓得他没学到本事？"柳悦琴疾声为儿子申辩。

"我当年随使团往东洋考察时就见识过那些艺伎，不外乎以色、艺来取悦于人，与那些青楼女子有何分别？他既知艺伎的游戏，我便算不得冤枉了他。"许昌贤冷哼一声。

"你见识得，我儿子就见识不得？老四才刚回来，本是欢欢喜喜的团圆饭，你非要小题大做，究竟是因为他去喝了花酒，还是因为要老五屈尊来做伴曲？怎么，你难不成是因为想到他那会唱会跳的娘了？"柳悦琴不依不饶。

许宥崇读书勤奋又懂事明理，自从搬回北京，许昌贤渐渐发现了他的长处，开始另眼相待。许宥豪、许楛梅及许宥崇兄妹三人因非柳悦琴亲出，原本就不得她喜爱，如今更是因为许昌贤对许宥崇的赏识而不受她待见。

许昌贤往日里忙于公务，家里的事鲜少过问，即便有所察觉，也因为柳悦琴是自己发妻，加上未曾发现她有什么出格的言行，也就睁只眼闭只眼由着她去。此时当着一家人的面听她说出这样的话来，许昌贤不由得新怒旧怨一并发作："越说越不像话！我在教训老四，你扯老五和他娘做什么？今夜只就事论事，这跟伴曲是谁又有什么关系！平日里你厚此薄彼我可以不去计较，可方才你实在太过！宥利是我的儿子，我就不能说他两句？"

柳悦琴原本还想再辩驳几句，却被一旁的许楛桐在桌下拉住了手。

"父亲，您别生气了，母亲也是一时心急……"许楛桐堆了笑脸对许昌贤说。

"一时心急就能信口开河？就这一点，我也该主持公道。当着我的面都敢这样，平日里还不知怎么发难呢。"许昌贤说话间重重地拍了椅子上的扶手。

柳悦琴向来疼爱自己的儿女，容不得旁人说半分不是，这才会口不择言。这会儿见许昌贤动了真气，心里也有几分畏怵，可当着两个儿媳，又觉失了颜面，一时间又气又急却也只能闭口不言。

"我走就是，您何必这样说母亲！"许宥利推着桌子站起了身，"我是个男人，即便去了艺馆又有何妨？您是不踏足烟花之地，那我们以前怎会有小妈？您满口仁义道德，又如何置了这偌大的家业？"

见满桌子的人都将惊恐的目光集中在自己脸上，许宥利却没有收声的意思："也许要叫您失望了，我去日本非但吃好玩好，还担任了日本驻华商会的副参赞，负责华北与华东的全面贸易。"

第五十四章

与许家因许昌贤父子反目而显得阴沉压抑的年节氛围形成鲜明对比的，是远在杭州的黄廷承一家。

黄家一直延续着年初一拜坟岁的传统，初一吃好了早饭，一家大大小小分乘几辆汽车往近郊的祖坟出发。

早有家仆先他们而来，将祭品摆放整齐。黄廷承接过黄福良递来的香，亲自焚上插入香炉，这才领了一众子孙下跪叩拜。

拜好了先祖，黄廷承起了身，对着眼前的儿女说："得先祖荫庇，才有如今的安居乐业，慎终追远，方能令后裔昌繁，凡我黄家子孙定当牢记。"

等子孙们齐声应下，柳韵琴笑嘻嘻开口："这些话你年年对孩子们说，他们只怕都能背下来了。"

黄廷承说："背下来好，要能存在心里才是更好。"

柳悦琴应道："是，宗法观念不能忘。哦，鸿煊，你们是新婚，卿卿头一年来拜坟岁，要单独再上一份香，好让先祖们在天之灵晓得我们家又添了一口人。"

黄鸿煊听见母亲吩咐，忙从黄福良手里接过香点燃，拉了林卿卿一道重新跪下。

等他们两个再次起身，黄廷承便让家仆们焚烧元宝纸钱，又放了百十响炮仗，众人方才打道回府。

黄廷承夫妇坐的车子刚在院子中间停稳，黄鸿灿房里主事的梅江就迎了上来："恭喜老爷、太太，五少奶奶生了！"

"是男是女？"柳韵琴问道。

"是男孩，太太！"

站在柳韵琴身边的张氏原本也想出声询问，可知道不能逾越规矩抢在太太前头，这会儿听见梅江答是男孩，心里默念起了"阿弥陀佛"。

黄廷承点了点头："这孩子来得好，生在大年初一，当真是有意思。"

柳韵琴笑道："算着藜旻是这几天要生，早起刘嫂来跟我说藜旻身子不适，我就有预感。这孩子着实会挑日子。"

黄廷承问梅江："可有打发人去向王博士夫妇报喜？"

梅江回答："没有老爷太太的示下，不曾去呢。"

黄廷承转头对身侧的黄福良吩咐："赶紧打发人去王家报个喜。哦，派我的车去，接他二老来看看。"

"廷承，你这是欢喜糊涂了吧？"柳韵琴对着正要离开的黄福良招了招手，"莫说今日是大年初一，就是寻常日子里生产，娘家父母来探望也是要挑日子的呀。"

"黄管家，你让他们去备些上好的陈皮，再带几提龙眼肉，报喜的时候一并送过去给王博士夫妇。"柳韵琴对着黄福良吩咐。

张氏料不到黄廷承会给这样的殊遇，虽说被柳韵琴拦下，但是心里还是欢喜得紧。此刻又听到柳韵琴张罗着给亲家送礼，直觉自己长了脸面，便笑道："大姐您真是料事如神，算定了藜旻今日生产。您和老爷坐了半天车，也累了，赶紧回去歇歇。"

柳韵琴却笑道："瞧你说的，家里有这么大的喜事，哪里还会觉得累？这添了孙子，你也算盼到了。走，我们一道去鸿灿屋里瞧瞧！"

后面回来的人也都得了消息，陆陆续续往黄鸿灿的屋里来，只不多一会儿，大大小小便将小客厅挤了个满满当当。

黄廷承接过奶妈递过来的婴儿，笑道："这孩子长得周正，好，很好！"

柳韵琴说："咱们家这三个孙子模样都俊得很，会长，都像各自的父亲。"

黄廷承笑吟吟说："你这是变着相夸咱们黄家血脉强。"

柳韵琴又道："我不过照实说罢了，他们兄弟几个都像你，这几个孙子又都像自己的父亲，那可不就是黄家血脉强嘛！"

黄廷承听得欢喜："太太说得有理！"

"你呀，别光顾着乐，快给孩子取个名字，不然我们抱着都不晓得叫他什么好。"柳韵琴想到一个重要问题。

望着襁褓中的婴儿，黄廷承想了片刻，抬头对着柳韵琴说："他们这一代是卓字辈，取马首，就叫卓骁吧。"

柳韵琴点了点头："这名字好，卓骐、卓骥、卓骁，我们家的孙儿都是骏马良才。"

张氏拉了拉身旁的黄鸿灿："鸿灿，快谢谢你父亲给你儿子起了个好名字。"

不等黄鸿灿出声，黄廷承便说："卓骁是我孙子，我做爷爷的为他起名是分内的事，做什么还要谢我。"

"她也是开心。好了，我要跟你商量个正事，还要你同意才好。"柳韵琴说话间已经从黄廷承手里接过了黄卓骁，"我刚想着，年下里亲朋好友本就往来频繁，今天又添了卓骁，你想啊，亲朋好友们晓得了能不来道贺吗？既然这样，不如趁着年节，我们一道乐和几天？"

"太太当真今天好心情啊，那你预备着怎么个乐和法？"黄廷承笑着问。

"那我还没来得及细想，不如大家一起来商议一下。"柳韵琴将目光投向众人。

张氏笑道："老爷和大姐您二位做主就好。"她话音未落，黄卓骁忽然哇的一声大哭起来。

"卓骁兴许是饿了。"将黄卓骁交给奶妈抱走，柳韵琴接着说，"我们只顾着看孩子，都忘了藜旻刚生产，要安静休养呢。走，都往我屋里商量。"

149

黄廷承因来了访客，便叫了黄鸿烨一道往前厅待客。

柳韵琴喝下一口茶，笑着对众人说："乐和的法子倒是不少，可众口难调，所以还是大家一起来商讨的好。"

张氏今日心情大好，话也较往日多了起来："大姐，您平日里就喜欢听戏，不如请个戏班子来家里热闹热闹。"

柳韵琴还没答话，佟玉梅就接过话："二姨娘，您倒是会出主意。也好，那我们就跟着沾沾卓骁的光，听听戏。"

听她的话，张氏忽地想起黄卓骐与黄卓骥都是百天宴上才请了戏班子，自己孙子并非嫡出，生在正月初一已经抢了风头，这会儿自己乐而忘形还想要请戏班子，着实是不智之举。

张氏涨红了脸，想解释却又不知如何开口。

林卿卿瞧见她的模样，轻触了一下黄鸿煊，身边人即刻会意："说是为了卓骁，不如说我们这些长辈想借机热闹一下。别说母亲爱听戏，咱们家又有哪个不爱？赶上正月里，父亲、大哥都难得赋闲在家，听听戏也能让他们放松放松。"

柳韵琴同意："鸿煊说得有道理，你们父亲终日忙碌，平日也不得闲听戏，那就趁机请个戏班子来热闹热闹。"

佟玉梅没承想黄鸿煊会出来帮腔，心里有些不忿："鸿煊你不是爱看什么话剧吗，几时也欢喜听戏了？"

黄鸿煊说："大嫂，不过是凑个热闹，这不是大过年的开心吗。"

佟玉梅说："图热闹固然好，可这大年节的去哪里寻戏班子？你也是瞎给母亲出主意。"

"大嫂，这个倒不难，我晓得卓骥大舅舅路子广，票友多，请他出面去找个戏班子也算不得什么难事。"

廖玉凤心里也如佟玉梅一般酸涩，只当着婆母，不便多言。此时听黄鸿煊提及自家兄长，便搪塞道："我大哥是捧了个戏班子，只今年我们家也定了正月里唱戏，恐怕角儿们分身乏术呢。"

柳韵琴接过话："那我们家便早几日开戏，这样可行？"

第五十五章

正月里家家户户都爱燃放爆竹，夜幕刚一降临，街上的爆竹声就接二连三响了起来。

黄府里华灯璀璨，每个人都堆着笑脸，互相说笑着。吃好了夜饭，大人们开了几个牌局，黄卓骐与黄卓骥两兄弟则由奶妈们带着到院子里燃放爆竹。

林卿卿被柳韵琴叫了一道去观战，她虽说不懂麻将，可婆母一番好意，自然要应下同往。

"卿卿，梧桐今天可有和你联系？"柳韵琴打着牌忽然问。

"没有呢，母亲。"林卿卿答道。

"这就奇怪了。我早起往阿姐府上打电话拜年，徐嫂说他们一家人都还没起床，我这白天一忙开也就忘了，这会子想起来，阿姐竟不曾给我回电话。"柳韵琴喃喃道。

林卿卿那些年陪在许梧桐身旁，知道逢年过节两家必定通电话互道祝福。此时听柳韵琴这样讲，心里也觉得有些不寻常。

"母亲，要不我现在去给梧桐挂通电话？"林卿卿轻声问道。

"也好，瞧着你也不是很喜欢这些个麻将，那你就去给梧桐打个电话问问，免得我惦记。"柳韵琴说。

林卿卿应下，又跟在座的人打了招呼，这才出了牌室往正厅走去。

偌大的客厅里虽是灯火通明，却空无一人。林卿卿走到电话机旁的沙发上坐下，拨通了许梧桐家的电话。

听到林卿卿的声音，许梧桐并未像往常那般欢喜，只淡淡道了句"新年好"。两个人都熟知彼此的心性，林卿卿刚要出声询问，电话那头又传来许梧桐的声音："卿卿，我没事，别担心……只是……"

许梧桐欲言又止，林卿卿接过话说："梧桐，你不想讲就别讲了，只要你真的没事。"

"卿卿，我想去杭州找你，可是又担心我母亲……"电话那头的许梧桐沉默着，片刻之后才开了口。

"你能来杭州，我求之不得。"林卿卿明知她讲的并不是这个意思，却不愿去追问缘由。

"我想搬去杭州和你一起住，我不想待在这个家里了。"许梧桐的声音有了几分激动。

林卿卿一怔，便正面问道："是不是和谁拌嘴了？"

"并没有，"许梧桐踌躇了一会儿，接着说，"我四哥回来了，可是……可是他和父亲昨晚闹翻了，而母亲又因为这个和父亲吵得一塌糊涂。父亲昨晚搬进了书房，母亲又将气撒在五哥身上。总之，我们家现在是一团糟。卿卿，我既担心四哥，又心疼母亲，还有五哥，他什么都没做，却要平白跟着受屈。"

电话这头的林卿卿虽没有出声，可许梧桐知道她在仔细听自己讲话。"卿卿，我不知道四哥如今做的事是对是错，我只知道他是我的哥哥。五哥年前就说要去复旦公学读书，父亲却想他留在清华学校，我想这次母亲这样对他，他是非走不可了。二姐、三哥他们本来就不爱回家，五哥要真的走了，他们更不会回来了，我们这个家也就真的没什么人气了。"

"梧桐，大过年的，别说这样丧气的话。宥权表哥一家还在，你又那样喜欢曦文，而且姨丈和姨母也舍不得你呀。"林卿卿劝道。

"卿卿，我……我就是……"

"我晓得的……"林卿卿虽然此刻看不见电话那头的许梧桐，却也知道她一定是深锁了双眉，低垂着长长的睫毛，一脸茫然无措的样子，"梧桐，家庭里倘若有了龃龉，一定要有个人从中去斡旋，这样子就能让彼此有个缓冲的余地，相互有个台阶下。姨丈、姨母都是最疼你的，宥利表哥也对你宠爱有加，倘若这个时候你跑来杭州，那还有谁能去担这个穿针引线的担子呀？"

"你的意思，是要我去做和事人？我又要从哪里下手呢？"许梧桐问道。

"有句老话讲得好，解铃还须系铃人，事情起因在谁，你就从谁身上先做功夫。"林卿卿乐意当许梧桐的倾听者，却不愿意过多地去参与她家里的事情，她能做的，也只是点到为止。

许梧桐听了林卿卿的意见，便着急着去做和事人，只简单又聊了几句便挂了电话。

林卿卿放下话机，将身子靠在了沙发上，静静地坐着出神。

"七少奶奶怎么一个人坐在这里？"

林卿卿听到声音回过神来，寻声望去，见是二姨太张氏，赶忙站起了身："二姨娘，您称呼我名字就好。我刚与梧桐通了电话，正要回去同母亲讲一声。"

"太太这会子正打在兴头上，也不急这一时半刻。"张氏说话间已经走近了林卿卿，又顺势在她身旁的沙发上坐了下来。

林卿卿往日里多在自己房里读书练琴，虽说每日用餐和午后往柳韵琴房里问安时能碰到张氏，可除去打个照面问个安，鲜少与她有过单独对话的机会。

"二姨娘，您怎的不去打牌呀？"林卿卿重新坐了下来。

"我刚去看了看卓骁，回来太太她们已经配好了搭子。"张氏说。

"我原本也想再去看看卓骁，可又怕五嫂刚刚生产身子虚弱，过去扰了她休息。"林卿卿说。

"藜旻这孩子，脑子里都是西洋做法，不但不休息，下午就开始在屋子里走来走去，说是有助于身体恢复，竟然还说什么不需要坐月子。你若去看她，她欢喜还来不及，哪里会打扰她。"张氏笑着说。

"以前我随梧桐在教会学校读书，是有听闻洋人女士不坐月子的。五嫂父亲是西医博士，五嫂也是在西洋出生的，也难怪她有这样的见识。"林卿卿说。

"是呀，藜旻和鸿灿从同济毕业之后都随了她父亲研究西洋医术，所以我这老式的做派她是不大喜欢听的。"

"西洋医术能解决很多我们传统中医不能解决的问题，五哥和五嫂是我们国家最需要的人才呢。"林卿卿也并非客套，只将自己的看法讲了出来。

张氏听她这样讲话，添了几分笑意："鸿灿也是这么同我讲的。鸿灿还说藜旻骨子里其实是讲究儒家的传统。算了，我也管不了，鸿灿能娶到藜旻就已经是他的福气了。"

见林卿卿笑而不语，张氏又说："如今藜旻为鸿灿添了卓骁，我更是替他开心。"说话间，她挪了挪身子，更靠近林卿卿些："卿卿，谢谢你！"

林卿卿有些莫名其妙，不知道张氏为什么要来感谢自己："二姨娘？"

不等她再出声，张氏便接过话："今天鸿煊帮我圆了场，我晓得，那是你的意思。"

林卿卿一怔，忽然明白张氏的话意："二姨娘，鸿煊不过是实话实说罢了，父亲与大哥确实难得有空在家，卓骁出生又赶上过年，就像母亲说的那样，大家一起热闹热闹。"

张氏望着林卿卿，眼里闪过一丝泪花，片刻沉默之后才开口："鸿煊比鸿灿小两岁，是我看着长大的，他的性格脾气我也算了解……"

张氏的意思显而易见，黄鸿煊并非多事的人，若非林卿卿示意，不见得会出面帮着讲话。

"我瞧得出来，你同鸿煊一样，都是心地善良的人。"顿了一下，张氏又说，"我在这个家人微言轻，也谈不上能帮你什么，只好在我也算府上的老人了，你有什么事不明白又不方便找太太的，尽管来找我。"

第五十六章

初二是出嫁的女儿回娘家拜年的日子。柳韵琴晨起已经让黄福良将备好的各式礼品装车，以便儿媳们早饭之后能尽快出发。

黄鸿煊昨晚和黄鸿烨下了整夜的棋，林卿卿见他睡得香甜，便舍不得惊动他，只身来了餐厅用早饭。

林卿卿向柳韵琴问了安，又同在座的每个人打了招呼，这才入了座。

柳韵琴并未放下手里的叉子："卿卿，你是头一年在家里过年，我忘记同你讲了，恐怕鸿煊也忘了。咱们家有个老规矩，过年这几天，从初二开始一直到正月十五，是不用像往常一样准点来餐厅吃早饭的，所以今天早上我就没有等你们。"

她话虽如此，可林卿卿还是听出音来："是我来晚了，母亲。"

柳韵琴并不答话，只招手示意尤嫂为自己添满了热牛奶。林卿卿见状也不再出声，接过兰萍为自己盛的红豆汤圆，低头吃了起来。

佟玉梅与廖玉凤相邻而坐。她边吃边问廖玉凤："玉凤，你那里还有多余的红纸吗？我昨晚包压岁钱用光了，今早起来细细数了一下，还少几个。"

廖玉凤笑道："有的，我现在就让小玉去取。"交代了贴身婢女小玉回房取红纸，她接着说："大嫂心真细，不像我做事情总是大大咧咧的。"

佟玉梅说："难得回去一趟，我家上上下下那么多人，都要打发呢。"

廖玉凤说："是呢，是呢，大嫂家里家大业大，亲眷多，帮佣的更多，可不就要多准备些红包哇。"

佟玉梅瞟了一眼坐在斜对面的林卿卿，对廖玉凤说："恐怕你家会更多吧？我记得你嫁来的第一年回娘家，我和芳菲还带了杏桃去帮你包呢。"

廖玉凤知道佟玉梅话里的意思，笑道："大嫂记性真好！只我来得晚，没能帮大嫂的忙。"

佟玉梅说："你是弟妹，怎么来得及帮上我？这不是现成的七弟妹，你倒是跟得上帮忙呢。"

席间的人都知道林卿卿是个孤女，仅有的娘舅家也鲜少来往。佟玉梅方才的话，无疑是要让林卿卿难堪。廖玉凤心里鄙夷，却笑而不语，并不接佟玉梅的话。

起先林卿卿并不在意她两人的对话，此时听到佟玉梅话里带话，明白她是故意讲给自己听。她从不因自己的出身而觉得低人一等，只是她并不是多事的人，何况讲话的是自己的妯娌。

"大嫂果然爱操心，只是没用对地方。卿卿家里人口单薄，我们原本也没打算要回去，何况家里今天要搭戏台子，人来客往的，我们留下来也能给母亲帮帮忙。"不知道黄鸿煊什么时候已经进了餐厅，且听到了佟玉梅的话。

佟玉梅没料到黄鸿煊此时会出现，听到他的话，忽地一怔，随即放下手里的

154

碗:"七弟妹家里当真是省事,我们是羡慕不来的。"黄鸿煊正要接话,却看见林卿卿对着自己摇了摇头。

柳韵琴看得真切,这才开了口:"黄管家已经替你们备好了礼品,都赶紧吃好饭出发吧。鸿煊,你们不回余杭也好,你阿姐、姐夫们回来也能多个人陪着。"

佟玉梅听婆母这样讲话,转头对着黄卓骐快快地说:"阿骐,快点儿吃,免得你外公外婆等着急了。"

见黄鸿煊在林卿卿身边坐了下来,柳韵琴说:"鸿煊,今天你阿姐们都带着孩子回来,你如今已经成了家,是要给孩子们发压岁钱的。"

黄鸿煊回答:"卿卿已经准备了,您放心吧,母亲。"

柳韵琴笑了笑,端起牛奶喝了一口,又说:"你们房里进账少,倘若不够,让黄管家去账房给你们支一些。"

黄鸿煊说:"谢谢母亲,我们没有什么大的花销,房里的月钱总有盈余,够用的。"

姚氏接过话来:"瞧瞧我们鸿煊,当真是会过日子了。"

黄鸿煊说:"三姨娘,我哪里懂什么过日子的门道,这都是卿卿料理得好。"

姚氏说:"平日里从不见卿卿施过脂粉,只这一项就能省下不少钱。到底是年轻啊,我们羡慕不来的。"

"你跟晚辈们比这个做什么?"柳韵琴说完,又转过头对黄鸿灿说,"鸿灿,今天你就自己去趟岳丈家,刚好也对他们讲一声,我同你父亲请他们明天过来听戏。"

黄鸿灿回答:"好的,母亲,我一定将您与父亲的意思转达给岳丈岳母。"

张氏接过他的话:"为了一天能把这个戏台搭起来,太太嘱咐匠人们一早就开了工。今天家里忙,多亏了鸿煊他们留在家里,你也早去早回,好回来帮忙。"

这一整天,不但是黄廷承夫妇忙得不可开交,就是黄鸿煊与林卿卿也跟着忙前忙后,片刻不闲。

直到落日时分,一应事项准备停当,众人才歇下一口气。黄芳蕙姊妹几个人听说家里明日要请戏班子来唱戏,也都留宿在了娘家。吃了夜饭,回娘家的黄鸿烨夫妇与廖玉凤母子都回来了,众人乘兴又开了几桌牌局,热闹起来。

林卿卿惦记着许梧桐,只白天被几个外甥们缠着陪他们玩耍,刚才又亲自为他们做了些糕点,此时得了空,就独自留在客厅里预备着给她挂个电话。

不等林卿卿在电话机旁坐下,电话铃声便响了起来。"你好,哪位?"她接起电话轻声问道。

"请问你家七少奶奶在吗?我找她!"电话那头传来一个女人的声音。

林卿卿一怔，除去许梏桐，从不曾有人会打电话给自己。"请问你是哪位？"林卿卿一边摆手示意听到铃声跑来接电话的女仆离开，一边问对方。

"我是她的一个老朋友，麻烦你让她接个电话。"那个女人的声音依然平平淡淡。

林卿卿细细回味着这个女声，似乎有些耳熟，却想不起来在哪里听到过。"要怎样称呼你呢？"林卿卿又问了一遍。

"你同她讲，我姓香，花香四溢的香。"那个女人答道。

香！是她！林卿卿猛地一怔，她记起来了，这是香凝的声音。怎么会是她？香柔不是说她因为得了瘟疫被撵出了掩香阁，她又如何晓得自己嫁到了黄家？

"有人吗？"

电话那头的声音让林卿卿回过神来："是凝姐姐吗？我是卿卿。"

第五十七章

林卿卿品着香凝的话，这一夜，她辗转反侧，直到天光拂晓，才迷迷糊糊睡去。也许是心里应记着府上开戏的事情，即便一夜不曾安睡，她还是如往常时间醒了过来。

黄府正月初一添丁，加上开了大戏，那些亲朋挚友得了消息，都携了家眷带着豪礼赶来。林卿卿与那些亲眷并不熟络，也不见柳韵琴派了差事给自己，便趁着大家忙乱，私下里只交代了兰萍，从小门出去了。

林卿卿坐上一辆黄包车，依着香凝昨夜电话里提供的地址，到了一座小院前。

院子的门是虚掩着的，林卿卿对了门牌号，轻轻叩了叩门，却不见有人来开门。顺着门缝，她向里张望，也不见有任何动静，又站着听了一会儿，踌躇片刻，这才伸手推门走了进去。

院子里沿着东墙种了一排细竹，东西两个墙角分别种了两株桂花树，左右两边有长廊相连，直通正房。林卿卿站在原地，将这个院子大致看了一下，这才出了声："请问有人在吗？"

楼上传来香凝的声音："上来吧！"

只一秒钟，林卿卿便抬脚进了房门。顺着楼梯上了二楼，正对着楼梯的那间屋子门敞开着。林卿卿到了门口，理了一下额发，依旧轻轻叩了门。得了香凝的回应，她这才走了进去。

香凝一如从前，慵懒地躺在窗下的贵妃椅上，见了林卿卿入内，也并没有起身的意思。

　　眼前的这一幕，像极了多年前她离开掩香阁去向香凝告别时的场景，林卿卿一时间有些恍惚。

　　"来啦，我以为你们府上今天开戏，你会不得空呢。"香凝淡淡地说。

　　她的话让林卿卿回过神来："凝姐姐，怎么只有你一个人在家？"既然香凝能打电话到家里找自己，林卿卿也就不奇怪她如何得知自己家里开了戏。

　　见林卿卿并没有顺着自己的话回答，香凝支起了上身，斜靠着椅背，开口道："翠云出去替我买糖人了。"

　　她这句话反倒让林卿卿有些诧异："凝姐姐，您也喜欢糖人？"

　　"我父亲没有被流放的时候，总会在我生日和过年时买糖人给我，所以这些年我始终会在这两个日子去买糖人，即便不吃，看看也是好的……"香凝低头露出一抹苦笑。

　　林卿卿的阿爹每到她生日与年节的时候也会到镇上给她买糖人，到现在她依然清晰地记得，阿爹出事那天临出门前还对自己说了，要买个糖人回来给她当礼物。香凝的话，又将她的思绪带回了那个在窗前翘首盼望的傍晚。

　　"卿卿，"香凝喊了一声她的名字，顿了一下，接着说，"我好像还是第一次这样叫你。"

　　林卿卿听到自己的名字，敛了敛心神，却只浅浅一笑，并不接话。她心里其实有许多问题，她很想知道那年香凝生病之后去了哪里，又是如何知道自己嫁到了黄家做了七少奶奶。可是她知道自己不能问，她要等着香凝先开口。

　　"怎么还站着？过来坐呀。"香凝指了指对面的椅子，对林卿卿说。

　　等林卿卿道了谢，在椅子上坐定，香凝望了她一会儿："我们有五六年没见了吧？你除去长开了，变高了，眉眼之间倒是没有多大变化。"

　　林卿卿说："凝姐姐，您也没怎么变，还是那样年轻漂亮。"

　　香凝嘴角微扬："哪里还谈得上年轻，不过是靠些脂粉来自欺与欺人罢了。"说话间，她直起了身，拉开一旁的角几抽屉，拿出了一包香烟。抽出一支烟，夹在两指中间，香凝才问道："你闻得惯吧？"在掩香阁的时候，林卿卿并不曾见她抽过烟，可此时见她拿烟的熟练程度，便知道她抽烟是有些时日了。

　　"不要紧的，您随便。"林卿卿答道。

　　香凝笑了笑，又从抽屉里拿出来一盒洋火，擦着，将烟含到嘴里，点燃。"卿卿，你似乎一点儿也不好奇我如何晓得你的境况。"香凝抽了一口烟说。

"凝姐姐路数广，若当真想打听什么事也不会很难的。"

香凝摇了摇头："你当我还是掩香阁里的头牌阿姐吗？哪里来的什么路子，不过是凑巧罢了。"说着话，她起了身，趿拉上椅旁摆放的那双绣花拖鞋，缓缓地走到了窗边。

香凝夹着烟的手捻了兰花指，轻轻推开了窗户。一股冷风吹了进来，她将睡袍领口紧了紧，倚窗而立。

"看到那幢楼了吗？那就是你们黄家的商馆。"香凝指了指不远处的一幢西式建筑。

林卿卿嫁到黄家几个月，虽说听黄鸿煊提过一些商馆的事，却不知道具体的位置，更没有去过那里。

香凝见她不答话，似乎一点儿也不觉得意外："你不晓得也是正常的，据说你家大少奶奶也不曾到过商馆呢。"

林卿卿不明白她为何会这样了解黄家的一切，更不明白她为何要对自己讲这些。定定地望着香凝，林卿卿心头的疑问越发地强烈起来。

"你不用这样瞧着我，"香凝吐出一口烟，"你知道我为什么会住在这里吗？"自嘲地笑了一声，她又说，"因为离黄氏商馆近哪。"话到这里，她突然止了声，笑吟吟地望着林卿卿。

林卿卿想起在保定巧遇香柔时得来的消息，道是香凝被乔妈妈遣出掩香阁后似乎是被黄鸿烨接走了。难道……

"凝姐姐，这个小院闹中取静，环境也很好。"林卿卿依然不肯开口相问，只顺着她的话搭了一句。

"你呀，还是小时候的脾气，有话总憋在心里。"香凝笑了，"我晓得你心里在嘀咕什么……我就是不同你讲是谁安置我住在这里，恐怕你现在也能猜得到了。"香凝走回到贵妃椅旁，顺势坐下。

"你离开的那年冬天，我得了瘟疫，一直高烧不退，中西医大夫看遍也无济于事。乔妈妈，哼，亏我为她挣了那么多钱，却一点儿情分不讲，准备把我遣出去，让我自生自灭。倒是他，与我非亲非故，帮我赎了身，还为我找了王博士，哦，就是现在你家五少奶奶的父亲，这才保住了我的性命。像我这样的女子，又能以什么样的方式来报恩？"

香凝掐灭了烟头，闻了闻手指间的烟草味："他不喜欢我抽烟，也不喜欢我喝酒，可我不是他的妻妾，我做什么要压抑自己？"

第五十八章

林卿卿来之前做了许多设想，却不曾将香凝与黄鸿烨做过这样的关联。听了香凝的话，她一时间不知如何应对。

也许是林卿卿的表情出卖了她，香凝望着她："怎么，没有料到是吧？任谁也料想不到的。他在人前是个好儿子，好丈夫，好父亲，又有谁会将他与一个青楼女子联想在一起呢？"

"大哥待您好吗？"林卿卿冷不丁冒出一句这样的话来，问完之后连她自己也觉得多余。

香凝笑了："这个小院是他用我的名字买下来的，每个月也会有几百块供给我的衣食用度。在这一点上，他无可非议。"

黄府账房也不过按月发给每房三百块零用，林卿卿没想到黄鸿烨对香凝竟如此大方。"看这院子和屋内的陈设，我应该想到的。"

香凝像是能洞穿林卿卿的心思一般，问道："你是不是奇怪，我既然衣食无忧，做什么要找你来？你小的时候我就能瞧得出来，你是个聪明人。在聪明人面前就不说多余的话了。他之所以会这样待我，无外乎是因为他不曾感受过爱情。他与他那个妻子是指腹为婚，不过是两个家族的联姻罢了，哪里有什么真情实感？"

香凝的话，林卿卿不置可否。除了黄鸿煊与黄鸿灿的婚事，黄家其余兄弟姊妹的都是由黄廷承一手包办，林卿卿不曾了解他们相敬如宾的婚姻表象之下究竟是何种状态。

将鬓边的一缕碎发绾到耳后，香凝接着说："我当初跟他的时候，是为了报恩，后来慢慢发现自己对他生了情。你不晓得，我是有多希望能为他生儿育女，可那不过是痴人梦话罢了，我哪里还有生育的能力？"

林卿卿虽说在掩香阁待了大半年，却不知道这些阿姐在梳拢前会被乔妈妈灌下汤药，用来绝育。香凝的话，令林卿卿心内五味杂陈。

香凝像是没有看到林卿卿面部表情变化似的，毫不掩饰地继续着自己的讲话："常言道，花无百日红，情无千日长。我使出浑身解数，才让他这些年来还不曾厌了我。可我晓得，我无儿无女，和他之间没有任何牵绊，这终究不是长法。"

林卿卿虽不曾见过他俩相处的样子，但也可以想象，香凝一定是小心翼翼地维护着这段关系。她心里放下了戒备，忽地有些感伤，继而生出一股莫名的同情。

"以色侍人，自然会有色衰而爱弛的那一天。卿卿，我没有你这样的好运道，所以我只能靠自己。"香凝说着又从烟盒里摸出一支烟来。

"凝姐姐，听说烟抽多了对皮肤不好的。"林卿卿出了声。

摇了摇头，香凝说："原先我也不抽烟的，也不过这两三年，现在倒是有了瘾。"将烟捏在手里，她却没有点着。

林卿卿见她不出声，也想不出什么安慰的话，就静静地陪她坐着。

须臾的宁静后，香凝又开了口："我找你来，并不是为了向你诉苦，做怨妇又能改变什么？人的一生就像一条鱼，倘若肯拼尽全力一搏，也许就跃过了龙门。譬如，你……"

林卿卿心里一怔，她不清楚香凝话里的含义，但是她认同这个比喻。她笑了笑，算是回应了这句话。

香凝把手里的香烟重新放回烟盒里，仍旧半侧着坐在贵妃椅上，目光凝视着林卿卿，露出一丝凄然的笑："我没有做正室的命，能名正言顺地给他做妾便算是幸运了。他对我也算有求必应，可唯独这一件事上，无论这些年我用了多少手段，他也不曾松过口。"

林卿卿知道香凝说的并不假，黄家家训颇严，黄鸿烨又是长子，任他再喜欢香凝，恐怕也不敢贸然将她纳回家中做妾。

见她依旧不出声，香凝略一盘算，直言不讳地说："我请你来，是想要你帮我。府上的情况，这些年我也多多少少从他那里知道了些，你家那位七少爷最得爹娘宠爱，倘若能得到他的支持……"话到这里，她便直勾勾地盯着林卿卿，不再往下继续。

林卿卿知道香凝是个骄傲的人，今天肯放下身段说出这样一番话来，也不过是因了年岁渐长为日后筹谋而已。

林卿卿感念香凝当年对自己的援手，若非有她，自己就碰不到许梧桐，也没有机会离开掩香阁，更不可能遇到黄鸿煊。那么如今，她不能想象自己又会是什么样的境遇。

然而林卿卿明白，自己是黄府的新妇，莫说是黄鸿烨纳妾这样的事，就是府上新添个帮佣，她也不好插手过问。黄鸿煊为了自己差点儿与父母决裂，她不想再有任何事情让他为难。

林卿卿与香凝各揣了心思，都缄默着。正这时，楼下传来大门落锁的声音。

"翠云这丫头，每次到家就把大门紧锁起来。她要是晓得你来了，一定很高兴。"香凝开了口。

"翠云姐姐一直在您身边照顾？"林卿卿问道。

"他把我们两个一道赎了出来，为的是我有个人照应。"香凝淡淡地回答，"我记得你是八月生的吧？你一直叫她姐姐，其实她只比你大几个月而已，只是她十一岁就跟着伺候我，人情世故见多了，便显得老到了些。翠云这孩子也是个苦命人，她阿爹参加了义和团，被抓住活活打死了，她是遗腹子，她姆妈生下她不几年也病死了，把她留给了她娘舅，结果被她舅母卖进了掩香阁。乔妈妈嫌她不够灵，要把她转卖去酒楼……"

讲到这里，香凝像记起了当时的场景似的，笑了笑："这孩子也是有趣，她不去求乔妈妈，倒是抱着我的腿，也不说话，只一个劲地哭。我那时候刚做阿姐，身边也缺个贴心人，便央了乔妈妈把她留下来。

"我想给她找个好人家嫁了，可是她不肯离开我，说是担心我日后……"轻轻叹了口气，她的笑容渐渐消失了，"日后……我会一天天老下去，哪里能去奢想日后？如今我能做的，也不过是每月从月钱里拿出几十块帮她存起来，以防……"

她默然一会儿，又说："卿卿，你们年纪相仿，倘若有一天我无暇自顾，请你给她一碗饭吃。"

香凝的话，字字句句都直击林卿卿的内心。她不知道当年那个做事老到，被自己唤作姐姐的翠云是自己的同龄人，更不曾想过翠云竟然有着和自己相似的遭遇。命运是个很玄的东西，自己即便经历了很多磨难，可仍被上天眷顾，找到了归宿。

林卿卿沉默了，她从昨夜接到电话时的忐忑不安，到先前踏入小院那刻存下的戒心，再到刚才听完香凝请求的释怀，直至这一刻，她内心忽然有一股汹涌的情感在奔流。

"有适当的时机，我会跟鸿煊提一提。"林卿卿望着香凝答应了。

第五十九章

黄包车到了街口，林卿卿便让车夫停了下来。身后有汽车喇叭响起，她还来不及躲避，车子便挨着她身子开了过去。

她不需多想，也知道这是往自家府上来贺喜听戏的客人，只这些人与她并不熟络，即使挨身而过，也没人认得出她来。

林卿卿绕道小门，刚一脚踏进门，门房便迎了上来："七少奶奶，您怎么从这个门进哪？"

许是早上兰萍将门房引开了，林卿卿出门的时候并未见到有人，这会儿被他这么一问，竟答不上话来。

"七少奶奶，您说往街口转转，怎么现在才回来？"兰萍的声音传了过来。她一边上前搀住林卿卿，一边对门房说："七少奶奶爱清净，府里今天闹腾，正门人来客往的，哪有您这里出入自在？"

"是呢，是呢，这里人少清静。七少奶奶，您往后要是嫌大门那里嘈杂，只管往这里出入。"门房殷勤地说。

林卿卿对他笑了笑，便随着兰萍转身离去。

走了有几丈远，兰萍小声说："七少奶奶，太太到处找您呢。"

"母亲找我？晓得是什么事吗？"林卿卿有些奇怪。

"不晓得。太太没有要我惊动七少爷，只差尤嫂来问我您去了哪里。"兰萍回答。

见林卿卿不出声，兰萍忙又说："七少奶奶，您放心，我本来也不晓得您去了哪里，我不会乱讲话的。"

林卿卿垂眼浅笑："我晓得的，自然是信你的。"

兰萍舒了口气："太太正陪着几位亲家太太搓麻将呢，尤嫂嘱咐，您一回来就让我去通报。"

"你去吧，我先回房换身衣服，你得了母亲指示就往房里回我。"顿了一下，林卿卿又问，"鸿煊在哪里？"

兰萍答："七少爷陪着五少爷那几位同济的校友在小客厅里打桥牌呢。"

林卿卿点了点头："好，那你去吧。"

林卿卿走进柳韵琴小客厅的时候，见她斜靠在沙发上，却看不出来脸上有何表情。

"母亲，您找我？"林卿卿在离她几步远的地方站住，小心问道。

"你去哪里了？怎么连兰萍和秋霞都不晓得？"柳韵琴直了直身子，问道。

林卿卿本不愿扯谎，可又不能据实相告，来的路上她心里做了一番挣扎，这才盘算好了说辞。

此时听到婆母问话，林卿卿虽说心里仍有几分不安，可还是将想好的话讲了出来："母亲，我往湖边走了走。"

柳韵琴有些不悦："往湖边走了走？这一走可就是一个上午呢。今天家里开戏待客，你不晓得吗？"

"我晓得的，母亲。只是没见您派差事给我，我也跟客人不熟。"林卿卿小声回答。

"不熟那就更应该留在家里，可以跟着你嫂嫂们认一认亲戚朋友，而不是一个人跑出去躲清闲。"

林卿卿自知理亏，见婆母并不再追问自己的动向，心想只要不再让自己违心讲谎话，便由着她说，哪怕训斥几句也无妨。

"若非我有事找你，还不晓得你私自出了门，念你初犯，我也不想再惊动你父亲与鸿煊，以后注意就是。"看了一眼垂头站在面前的林卿卿，柳韵琴忽地转了话题，"好了，这事先搁一边。我来问你，你姨母家里出了那样的事，你为何不同我讲？"

那夜林卿卿从许梏桐嘴里知道许家不睦，原本想讲给婆母知晓，可又怕她为此忧心，影响了年节里欢喜的心情，因而并没有如实相告。此刻听她是为这件事找自己，反倒将悬着的心放了下来。

"母亲，我不想您伤神担忧，所以……"

柳韵琴上下打量着她，而后不温不火地说："我以前觉得你这孩子怕事，接人待物总是小心拘谨着，今天倒是觉得我看错了。"林卿卿低着头，知道再去辩解也毫无意义。

见她低头不语，柳韵琴微微蹙眉："你说你这样的性格，也不晓得鸿煊怎么喜欢上你的！以后不要擅作主张，有事情不能瞒着我。特立独行在这个家是行不通的，你既然嫁给了鸿煊，就要学会如何在这个家里生活。"

林卿卿点了点头："谢谢母亲教诲，我记下了，会慢慢学的。"也许是惦记着外面的客人，柳韵琴并没有要跟她长谈的意思，见她点头应下，便道："梏桐打来电话找你，你去给她回个电话。"落了话音，柳韵琴便站起了身。刚走了两步，忽地转过身对着跟在她身后的林卿卿嘱咐一句："刚才的都是小事体，不要去烦着鸿煊。"

林卿卿心下了然，只管应下。

在林卿卿这里，许梏桐永远没有秘密。

许家父子不睦导致了夫妻间的争执，即便许梏桐依着林卿卿的建议从中调解劝说，依旧没能令许宥利搬回家来。所幸柳悦琴因偏爱这个小女儿，见她出面调停，总算没再为难许宥崇。

许梏桐将这两天发生的事一气讲完，并不等林卿卿接话，便又说："卿卿，虽说母亲不再为难五哥了，可是我看得出来，他是真的伤了心。今早我去找他，他话里的意思我听得出来，那是铁了心要离开北京去复旦读书了。"

许宥崇虽非寄人篱下，可他并不是正房嫡出，又没了亲生母亲，在许家的处境可想而知。林卿卿从小没了爹娘，自是了解这种孤独无依的滋味。可她知道，即便自己讲给许梧桐听，对方也无法感同身受。

想了想，林卿卿决定先不令她担心再说，于是宽解道："听说复旦校名撷取自'卿云烂兮，纠缦缦兮；日月光华，旦复旦兮'两句中的'复旦'二字，他们的办校宗旨是以复兴中华为全员之任。宥崇哥平时虽然不爱多讲话，可一直关心着国事，去复旦恐怕是他心之所向，不见得是姨母的原因。我晓得你舍不得宥崇哥离开北京，可是这么多年他都没有按照自己的意愿做过事，这次倘若姨丈不反对，我们应该为他高兴才是呀。"

许梧桐说："你说的好像也有些道理，不过我是真的不想他离开北京。"

林卿卿又劝："又不是出国留洋，你想他了就坐火车去上海看他，也刚好顺道来杭州看我。"

许梧桐却没有像往常听到林卿卿邀她来杭州那般欢喜，电话那头没了声响。

"喂，梧桐，你还在吗？"林卿卿起了疑，"梧桐，你不想宥崇哥离开北京，只是因为怕家里少了一口人吗？"

许梧桐的声音压得很低："卿卿，我……五哥常常能收到他寄来的信，我……我好歹还能看到他的字，如果五哥去了上海，我连看字的机会都没有了……"

第六十章

在爱情的世界里，总有一些近乎荒谬的事情发生。当一个人爱上对方，可以完全放下阶级与世俗的束缚。

林卿卿与黄鸿煊的爱情便是建立在不对等的基础之上，所以她更能感受到许梧桐对龚家瑶那份小心翼翼的近乎渴求的爱意。林卿卿心疼许梧桐，又不知道该怎样做才能帮到她。

林卿卿倚靠在沙发上，微微闭了双眼，可她脑子里一刻也不能停歇，一时浮现出许梧桐与龚家瑶，又一时出现香凝与黄鸿烨。

此刻窗外喧天的锣鼓声让平日里喜爱听戏的林卿卿觉得聒噪，可是她不得不站起身来去融入所有人，她不只是她，她是黄府的七少奶奶。

艳阳高照的冬日午后，花园里坐了不少来贺喜听戏的客人。

佟玉梅与廖玉凤坐在一堆客人中间，边嗑着瓜子边看戏，一脸春风。

林卿卿找了个不起眼的角落坐了下来。她看了一眼佟玉梅，心内五味杂陈。

廖玉凤瞧见了林卿卿，扯了扯佟玉梅的衣服，努了努嘴。

佟玉梅似乎并不知道林卿卿也来了花园听戏，笑着问："做什么这样鬼鬼祟祟的？哪个又来了？"说话间转过头来瞧了一眼，见是林卿卿，冷哼了一声，"我当是谁，人家来看戏，你管得着吗？"

廖玉凤凑到近前，贴耳说："一早上没见人，都是我们两个忙里忙外招呼客人，这会子开戏了她便跑来，倒是会享清福。"

佟玉梅说："人家有本事，一会子要给这个打电话，一会子又要给那个送点心，你能跟人家比吗？"

林卿卿很得家里晚辈们的喜爱，尤其是黄芳蕙的儿子柳承茂，凡是来了外祖父家便会缠着她一道玩耍。昨天傍晚她为孩子们做了些糕点，被柳韵琴知道后，当着打牌众人的面夸她好脾性，有孩子缘。佟玉梅最听不得婆母当着她丈夫的面夸赞旁人，廖玉凤昨夜在场，自然知道她心里的那份酸涩。

"比是比不来的。不过要我说，这家最有孩子缘的人是大嫂你才对呀。我们阿骥总说顶欢喜见大妈了！"刚才佟玉梅的话正中廖玉凤下怀。

"得了吧，我看你家阿骥昨晚一进门就接住她给的点心，欢喜得跟什么似的。"佟玉梅抢白道。

廖玉凤并不觉尴尬："阿骥在我娘家吃了西洋的巧克力，怎么会稀罕她那些东西？不过是有样学样，跟着起哄罢了。"

佟玉梅说："行了行了，爱谁欢喜谁欢喜，关我什么事。刚看你哥哥嫂嫂都来了，可真是给老五面子呀。"

廖玉凤说："照说这种事我母亲带着嫂嫂来就成了，可这回用的我哥哥捧着的戏班子，他哪能不跟着来瞧瞧？我瞧亲家伯母也带着亲家嫂嫂们来了，怎么不见来听戏？"

佟玉梅说："母亲那里开了三桌牌，有一桌三缺一，我家大嫂被拉了过去，弟妹去了老五房里看孩子。"

廖玉凤说："小嫂嫂跟藜旻倒是蛮熟的。"

"她们两个好像是女子学堂的同学，往日里就走得颇近。你别说，这两人还真是像，整日里跟着教会的人去布施，今天这个救济会，明天那个孤儿院，搞不灵清。"

廖玉凤笑道："亲家伯母真是好脾气，容了小嫂嫂这样出门去。"

佟玉梅翻了她一眼："我那个宝贝弟弟把她当作宝，我母亲好不好脾气又能怎样?睁只眼闭只眼,权当为家里积德行善了。"

佟玉梅平日里常常编派王藜旻不守妇道,做事特立独行,刚才廖玉凤听她抢白自己,就想着拿这事来揶揄她几句,正要接话,便看见黄芳蕙与自家嫂嫂秦素云有说有笑地朝这边走了过来。

黄芳蕙与相熟的亲友打了招呼,便拉着秦素云在她两人身旁坐下。

"二姐,大嫂,你们怎么到这会儿才来,戏都快散场了。"廖玉凤将瓜果点心往她二人面前推了推。

"母亲刚说有点儿事,让我替她打了几圈。"黄芳蕙回答。

"这出看不看倒是无妨,我就是想来看下一出《碧玉簪》的。"秦素云说。

"是呢,我也为的是看《碧玉簪》。去年在上海看过一次,演得真叫一个好,想不到廖阿哥的这个戏班子竟然会演这出戏。"黄芳蕙又说。

秦素云说:"去年夏天玉凤哥哥往上海公干,刚好赶上《碧玉簪》首演,他看了之后欢喜得不得了,当即就拍电报让戏班经理往上海协调。"

"廖阿哥果然大手笔,我们也都跟着沾沾光。"黄芳蕙笑道。

"今天我可是让了好角儿来演的!"众人一转身,看见廖玉凤的大哥廖炳荣与黄鸿烨兄弟几个人已经走到近前。

前一出刚好散场,有些宾客起了身,黄家兄弟三个人过去招呼着送了离场,这才趁着新戏开场前的当口儿重新到了女宾席。

佟玉梅几个人站起了身,黄芳蕙道:"托阿哥的福,我们今天都能看出好戏。"

廖炳荣答:"养兵千日,用兵一时,这不是自家的事吗?你们等下看得好了,给他们些打赏就行。"

黄鸿烨说:"打赏是少不了的,这次多亏了炳荣兄鼎力支持,要不这大年节的去哪里临时找个好戏班哪。"

廖炳荣摆了摆手:"一家人又何必讲两家话。不过,鸿烨,我倒是要说说你,一个戏班子花不了多少钱,以你家的实力,你就该捧一个。"

黄家家训甚严,其中一项便是不许子孙捧养戏班优伶,可黄鸿烨又不便道明。见他脸上有一丝尴尬,黄鸿煊接过话说:"我们家懂戏的人不多,哪有炳荣兄您懂行啊。"

黄鸿烨也笑起来:"是呀,日后还要向您老兄多多讨教才是!"

廖炳荣听他兄弟两个这样讲话,笑了笑:"不能够,不能够……只要你们需要,随时说一声,我摆个场,给你们邀角儿。"

廖玉凤见自家大哥不明就里,便说:"刚你不还说一家人来着?有你捧着就好，做什么再多捧一个?"

黄芳蕙也借机转了话题："我刚瞧着你们在偏厅里打扑克，倒是说说谁赢了?"

黄鸿烨笑道："炳荣兄与鸿灿他们几个打扑克，鸿煊与鸿灿的几个同学打桥牌，我只是两边跑着看，不过我倒是押了注，结果人家几个都平了手。"

佟玉梅说："这么多客人，你倒是能安心看他们玩，刚刚女客这里已经让我和玉凤忙得团团转了。"

黄鸿灿忙说："藜旻还在坐月子，母亲不许她出屋，有劳两位嫂嫂辛苦了。"

佟玉梅哪里是为了他这句谢，无非是想借机在丈夫面前邀功罢了。这会儿听见他提及王藜旻，便将目光投向了黄鸿煊，故意说："鸿煊，母亲可派了差事给七弟妹？我们招呼客人时候也不见她，马上要开新戏了，你去请她来听戏呀。"

第六十一章

黄鸿煊一早起来便随着两个哥哥迎来送往，先前得了空，又被黄鸿灿的几个同学拉着陪打了桥牌，即便刚才进了园子，恰好又赶上戏散场送客，忙碌着倒也未曾注意到林卿卿。此时被佟玉梅这么一问，他才发现已经一早上没见着自己妻子了。

黄鸿煊觉得有些奇怪："卿卿没有跟着二位嫂嫂招呼宾客吗？"

佟玉梅说："不曾见过七弟妹，还以为你晓得她在哪里呢。"

黄鸿煊说："我一直在忙，倒是不曾注意卿卿。让大嫂、三嫂受累了。"

廖玉凤用余光扫了一眼角落里的林卿卿，见她一副若有所思的样子，似乎并未瞧见这边的黄鸿煊，便也跟佟玉梅一样装作没看见："都是自家的事，谈什么受不受累的？招呼客人的事我和大嫂也应付得了，不过想着《碧玉簪》是出新戏，想请弟妹一道来看罢了。"

黄鸿烨见黄鸿煊怔在那里，忙问："会不会是母亲派了其他的差事给弟妹？不如打发个人去找找。"

黄鸿煊知道林卿卿并不是会偷懒的人，刚才被她们两个说得一时没反应过来，这会儿被黄鸿烨这么一提醒，便对跟在身后的家仆吩咐："去找找七少奶奶，即便忙着也该歇歇了。"

黄芳蕙向来心思缜密，刚才廖玉凤细微的动作并没能逃过她的眼睛。趁着黄鸿煊讲话的当口儿，她顺着廖玉凤瞟过的方向望去，便看见了林卿卿。

"卿卿在那里呢！去，请七少奶奶过来。"黄芳蕙指着角落的方向吩咐近婢

167

红蕊。

红蕊去请她的时候，林卿卿还陷在沉思当中。"七少奶奶，七少爷请您过去呢。"红蕊说。

林卿卿回了神，这才发现园子中央的那群人。她遥遥地向那边望了一眼，瞧见黄鸿煊正微笑地望着自己，来不及细想，便起身随着红蕊往人群中走去。

"卿卿，原来你也来听戏了，怎么一个人坐在一旁角落里？"黄芳蕙笑着问。

佟玉梅调笑道："芳蕙，瞧瞧你，怎么把鸿煊的词儿都抢了去。"

一早上这些事林卿卿是万万不能对他们挑明的，迟疑了一下，才说："来之前母亲叫我问了话，到了园子里戏还没散场，我怕扰着其他人，所以坐去了那里。"

黄鸿煊望着林卿卿问："嫂嫂们想邀你一同看新戏，只是这一出我也没看过，不晓得闹不闹腾，你要留在这里吗？"

不等林卿卿接话，廖炳荣便说："这完全是一出唱功戏，好着呢，又不是看美猴王，怎么会闹腾？"

黄芳蕙轻轻拍了一下黄鸿煊，笑道："听戏全在锣鼓烘托，哪有不吵的？你这样问卿卿，要她怎么答你呀？"

佟玉梅瞟了一眼黄鸿烨："你们兄弟几个，就数鸿煊最晓得体贴人，你们也该学着点儿。"

黄鸿烨也不理她，只顺手拿起桌上的一瓣柚子肉放进了嘴里。

佟玉梅见自己讨了无趣，怏怏地不再说话。

黄芳蕙见他夫妻两个的样子，心内叹了口气，可当着这么些人，只能笑着打圆场："跟鸿煊与卿卿哪有可比性呢？他们新婚不久，且得热呢。"

廖炳荣不明就里："男人心疼太太不在细节，让太太有戏听，有钱花，有用人伺候就行了。"

秦素云斜他一眼，接过话说："你讲这样的话真不惭愧，我们哪个嫁给你们之前缺衣少食了？"

不等廖炳荣出声辩驳，廖玉凤便说："大哥，大嫂，我们在这里夸鸿煊，你们讲这些有的没的做什么？好了，马上要开戏了，听戏吧。"

廖炳荣因在妹夫家里做客，听她这样讲话，便将嘴边的话咽了下去。

黄鸿烨借机说："炳荣兄，那边男客多起来了，劳老兄陪我们过去招呼招呼。"说完对着黄鸿灿也招了招手，示意一起离开。

刚才趁着他们说话，黄鸿煊仔细观察了林卿卿，觉得她看上去心不在焉，一副疲累的模样，这会儿见他们走远，他并不急着跟上。

"卿卿,你是不是哪里不舒服?要不要我陪你回屋里歇歇?"黄鸿煊靠近她,小声问道。

林卿卿即便心里装着事很想静一静,可见这么多人都在这里,只觉得自己离开并不合适,对着黄鸿煊摇了摇头:"我没事,快开戏了,你跟大哥他们过去招呼男客吧。"

她越是这样讲话,黄鸿煊越觉得心里不安,于是拉住她说:"这里有嫂嫂们,还有二姐在,你要是不舒服就别强撑着。"

黄芳蕙听他们两个在小声嘀咕,又见黄鸿煊神色有些紧张,便走到近前:"鸿煊,出了什么事吗?"

不等黄鸿煊答话,林卿卿便接了话:"二姐,没事。"

佟玉梅与廖玉凤对望一眼,见丈夫走远,便端起长嫂的架子:"芳蕙,大年节的家里还开着戏,你干什么问这种话?鸿煊,弟妹好端端地在这里,你呀,知道的人说你心疼太太,不知道的人当你是触霉头。"

廖玉凤也说:"鸿煊这是关心则乱,今天是你五哥的好日子,幸亏他走开了。不说了,不说了,大年节的,我们一家人都吉吉利利。"

黄芳蕙也觉得自己失了言,尴尬地笑了笑:"是,是,哪里会有什么事?好了,好了,都预备着听戏吧。"

黄鸿煊听她们言来语去,只怕她们误会了林卿卿,情急之下便脱口而出:"不是的,卿卿身体没事,因为……因为她有喜了,所以……"

林卿卿已经怀孕快两个月,只因她家乡有怀孕不满三月不能外传的风俗,因而小夫妻俩并未对其他人言明。

黄芳蕙笑了起来:"你们两个鬼灵精,瞒得滴水不漏,害我跟着瞎操心,差点儿讲错话。"

林卿卿微微红了脸:"是我不好,让二姐担心了。小时候听家里长辈讲过,不足三月胎气不稳,所以想等够了三个月再说。"

廖玉凤说:"这可是大喜的事,对外人不能说,但对自家人是不要紧的,我怀阿骥时候早早就对母亲讲了。"

佟玉梅说:"怀孕的人吃饭喝茶,甚至走路坐卧,都能看得出来的,七弟妹倒是厉害,竟然能不露声色。"

黄芳蕙知道她们两个话里有话,也懒得理会,只对黄鸿煊说:"风俗这个东西也是仁者见仁,智者见智。既然现在大家都晓得了,你们两个还不赶紧去禀告了母亲?这可是喜上加喜的大好事呢!"

第六十二章

　　林卿卿有孕的消息很快便在黄府上下传了开来。

　　虽然黄廷承一直不是很满意这门婚事，但得了这个消息心里还是有几分欢喜。柳韵琴遣尤嫂给林卿卿送了两斤上好的燕窝，又派了一个有经验的喜婆卢嫂过来照顾她的日常起居。

　　正好在年节里，大家不论时间还是手头上都十分宽裕，几个兄嫂姊妹加上两个姨太太都送来了礼物，一时间黄鸿煊的小客厅里堆满了各式各样的东西。

　　等所有来访的人都告辞回去，林卿卿这才有了和黄鸿煊单独相处的机会。

　　"卿卿，你累不累？坐下来我帮你捏捏腿。"黄鸿煊眼里是满满的爱意。

　　林卿卿摇了摇头："一直是你在招呼大家，应该我问你累不累才是。"

　　黄鸿煊说："我开心还来不及，怎么会累？现在大家都晓得了，以后你就大大方方地享受着，别委屈自己。"

　　这个出乎意料的情况让林卿卿将原本计划好要对黄鸿煊讲的话生生憋了回去。她笑了笑，什么也没讲，只把香凝的事搁在了心里。

　　到了第二天，黄府虽然拆了戏台，仍有许多前来拜年道贺的宾客。林卿卿因了身孕，理所当然地就闲了下来。

　　林卿卿想起来昨天没去看王藜旻母子，便往她的屋里来。恰巧奶妈将黄卓骁抱走哺乳，王藜旻闲着没事正靠在床上看一本英文小说。

　　王藜旻瞧见近婢梅江将林卿卿引着进了屋，忙放下手里的书："卿卿，你来了，快过来坐。"

　　林卿卿见她将抹额扔在床头一边，便笑道："五嫂，你刚生产没几天，还是当心点儿好。"

　　王藜旻说："屋里烧了暖炉，也没有风，不要紧的。"

　　林卿卿知道多劝无用，便转了话题："五嫂在看什么书？"

　　王藜旻将书递给她："是托尔斯泰的《安娜·卡列尼娜》，我不认得俄文，却又不想看中文版的，所以看一看英文版。"

　　林卿卿接过她递来的书，翻了几页，问道："五嫂喜欢托尔斯泰先生的书？"

　　王藜旻答："是呀，先生的《黑暗的势力》还有《战争与和平》，我都读了，他当真是对人性进行了大量的思考。我记得鸿煊说你懂英文的，你如果也喜欢看，从我这里拿几本去。"

林卿卿微笑着说："只是会一些基础的，读这样深奥的书，恐怕我的英文还不能够。不过因为梧桐也爱读先生的书，所以我跟着读了一本中文版的。"

王藜旻问："哦，梧桐表妹也喜欢先生的书？那你读的是哪本？"

林卿卿回答："梧桐说先生的书里有个理想国，可以人人平等，生活里充满了爱与自由，特别适合需要解除禁锢思想的当下，她评价最高的好像是《婀娜小史》。我读的那本是《心狱》，据说是先生晚期的作品。"

王藜旻笑道："《婀娜小史》就是中文版的《安娜·卡列尼娜》呀，梧桐和我的看法一致，这本书我虽然只读到大半，可我也认为它是精华之作。对了，《心狱》也很好的，情节基础据说是一个真实的案件。"

林卿卿看着眼前滔滔不绝的王藜旻，在某种程度上，她分明是另一个许梧桐。"五嫂，你和梧桐有聊过天吗？"林卿卿不由得问道。

王藜旻说："没有，每次见她总是客气寒暄，还真的没有机会和她详聊过。"

林卿卿将书递还给她："你们一定能聊得来的。五嫂，你不要总坐着，当心腰！"

王藜旻说："西洋医学里讲究产后要多运动，可是母亲交代她们看着不让我出屋，我也只能在屋子里走走坐坐，不然要憋死我了。"

林卿卿告诉她："从前我阿爹是郎中，我跟着他读了一些医书，那里面讲了产后有许许多多的禁忌，当真是西洋风俗和我们有很大的差别。"

王藜旻瞪大了眼睛望着她："你也懂医？"

林卿卿摇了摇头："只是一些皮毛，不算懂。阿爹过世的时候我还小，并没有学到什么。"

王藜旻说："原来你也是中医世家出身。太好了，我和鸿灿正在研究中西医结合疗法，正缺一个懂中医的人一起探讨。"

林卿卿有一些疑惑："中西医结合？这个要怎么结合，能行吗？"

王藜旻似乎来了劲头，挪了挪身子，又坐直了些："国人对西洋医术多数持怀疑态度，如果能将传统中医融入西医，既让病患得到有效的治疗，又能让他们不再畏惧看西医，岂不是一举两得？"

林卿卿眼里现了一丝光："如果能行得通，这真的是个好方法。"

"会行得通的！卿卿，你如果感兴趣，可以加入我们，你懂中医，我们懂西医，大家一起想办法研究。"王藜旻很是兴奋。

林卿卿有点儿难为情："五嫂，你太高看我了，我真的是只懂皮毛。中西医结

171

合这个想法真的很好,我愿意跟你们一起出份力,只是我能做的事情实在有限。"

王藜旻开心起来:"鸿灿要是晓得了一定很高兴!咱们家里的人都比较保守,现在能有家人支持并且加入我们,实在是太好了!"

林卿卿似乎被她的情绪所感染,竟然也有了一种莫名的兴奋,终于将这两天萦绕心头的烦恼抛了开去。

两个人正聊在兴头上,梅江引着黄芳蕙走进了屋。

黄芳蕙边摆手示意起身迎她的林卿卿重新入座,边笑道:"卿卿,你也在这里。"

"是呀,二姐,我来看看五嫂和卓骁,只是不巧,卓骁被奶妈抱去喂奶了。"林卿卿答。

黄芳蕙笑道:"那我来的也不是时候,我本来想着来看看你们母子就走。"

王藜旻问:"二姐这是要急着走吗?"

黄芳蕙说:"我都住了两天,也该回去了,毕竟大年节的,那边家里也有许多客人。"

王藜旻连忙叫道:"梅江,去问问奶妈,看看卓骁吃饱了没有,快抱来给二姐瞧瞧。"

黄芳蕙说:"月子里的孩子吃奶是顶要紧的事,可别为了我打断孩子。虽说我要走了,可回来也不过一会儿工夫,闲了我再来。"又对着林卿卿说:"卿卿,头三个月还是要多当心,等我回去了让人给你和藜旻再送些参茸过来。"

王藜旻因为在屋里坐月子,并不知道林卿卿怀孕的消息。听到黄芳蕙的话,她开心不已:"卿卿,恭喜你呀!真的太好了,卓骐和卓骥都大了卓骁许多,这下卓骁可就有了伴儿。"

第六十三章

事有凑巧,黄芳慧与林卿卿正起身告辞的时候,恰好廖玉凤的近婢小玉来给王藜旻送虎头鞋。

小玉回到廖玉凤屋里的时候,廖玉凤正让女仆端了一碗燕窝准备吃。

"鞋子送去了?"廖玉凤问。

"送去了,三少奶奶。我按您吩咐的,去见了五少奶奶,亲手将鞋子交到她手里的。"小玉答道。

"嗯。"廖玉凤应了一声,将燕窝舀起送入口中,"对了,她说什么了没有?"

小玉回话:"只说让我替她谢谢您,别的也没说什么了。"

见廖玉凤吃着燕窝不作声,小玉长了些胆子,问道:"三少奶奶,照说五少奶奶是二房的媳妇,论年纪论身份都不能跟您相提并论,您随便送她些礼物就行,做什么一针一线缝了鞋子送去?"

廖玉凤也不看她,继续吃着碗里的燕窝:"这个家里,谁会缺吃少用?我送旁的礼她也记不得我的好,倒是这虎头鞋,她那种洋派人,兴许见不到呢。阿骥底子弱,头疼脑热总没断过,老五两口子都是学医的,一个屋檐下,总归是方便些。"

小玉点着头:"您这么一讲我就明白了,难怪七少奶奶在五少奶奶屋里待那么久,该不会是为着未出生的孩子提前拉拢关系吧?"

廖玉凤听她的话,反问道:"哦?你怎么晓得她在人家屋里有多久?"

小玉答:"我快到五少爷屋门口的时候,瞧见梅江正迎着七少奶奶进屋。我惦记着您的嘱咐,想着要是我那会子进去一定是梅江接了鞋子,那就不能亲手交到五少奶奶手里了。所以,我就在门口等着,一直等到二小姐和七少奶奶一起出来。"

廖玉凤问道:"二姐也在?她和林卿卿一起去的?"

"不是的,二小姐后去,没坐多大时候就出来了。"

"这倒怪了!她跟王藜旻平日里来往也不多,说去看孩子吧,也不至于跑到人家屋里坐那么久。知道她们聊了什么吗?"想了一想,廖玉凤摆摆手说,"算了,我问你也是白问。"她心里一番盘算,站起了身,往林卿卿屋里去闲坐。

林卿卿隔着玻璃窗看见廖玉凤走了进来,就起身将她迎进了内厅。"三嫂来了,快请进来坐。"说着便把廖玉凤让到临窗的桌前坐下。

"昨天你屋里来来去去人多,也没能坐下来好好同你讲讲话。"廖玉凤探头往里屋瞧了一眼,"鸿煊可是随大哥他们待客去了?"

林卿卿答:"是呢,一早就往前面去了。"

廖玉凤说:"你嫁进来日子短,不晓得我们家到了年下有多少客人,这每顿饭前面张罗着至少也得三四桌!鸿熠不在家,鸿灿房里刚添了人,可不就忙了大哥和鸿煊。"

林卿卿说:"这么多年都是哥哥们忙前忙后,现在也是时候让鸿煊出些力了。"

廖玉凤笑道:"鸿熠在家的时候最疼鸿煊,要是晓得如今鸿煊已经能独当一面,该多欢喜呢!"

林卿卿知道黄鸿熠这些年一直留在法兰西,也不过是偶尔寄封书信。眼前这个锦衣华服的女人,提及丈夫时内心究竟是怎样的滋味,她无从知晓。

"鸿煊常提到哥哥们待他的好,这种兄弟情真是难得。"林卿卿不忍顺她的话去

173

提黄鸿熠，只这样回答。正说着，兰萍送了茶来。

"三嫂难得来我们屋里，坐下喝点儿茶。"林卿卿说。

廖玉凤看兰萍放下的是一套极为普通的紫砂茶器，心里觉得她怠慢自己，只是嘴上说："都说七弟妹雅致，这会子瞧着这茶器，果不其然。"

林卿卿说："三嫂见笑了，我哪里是什么雅致，只是小时候阿爹送我一把紫砂茶壶，很是喜爱。我曾对鸿煊提起过，刚巧他年前往宜兴公干，便买了两套回来。"

廖玉凤说："鸿煊当真对弟妹上心。家里有的是上好的瓷器，你大可以打发人往库房去取。"

林卿卿笑了笑，为她倒了一杯茶："晓得了。"

廖玉凤呷了一口茶："我倒是许久没喝过茶了。在娘家的时候就爱喝咖啡，嫁过来后发现母亲也爱喝。咖啡是个好东西，很能提神，七弟妹不妨也尝尝。"

林卿卿说："好哇，正巧这些日子总是觉得身上倦，那我也试试喝点儿咖啡提提神。"

"你要是想喝，我等下煮了就打发小玉给你送来。"话音刚落，廖玉凤忽地轻轻拍了自己的额头，"瞧瞧我这记性，竟然忘了有身孕的人是不能喝咖啡的，怎么这会子推荐给你。"

见林卿卿一脸不解，她又解释道："听说那里含了一种叫咖啡因的物质，似乎不太适宜有孕的和哺乳的人饮用。怪我了，怪我了！"

林卿卿莞尔："三嫂是好意，怎么能怪你？是我没有经验，只一心想着尝鲜。"

廖玉凤说："瞧你说的，谁头一次怀孕会有经验？我怀阿骥时候也是什么都不懂，多亏了有母亲和尤嫂提醒着。"

"以后我遇上不懂的事情也要多讨教母亲和嫂嫂们。"顿了一下，林卿卿又问道，"三嫂，刚你说哺乳的人也不能喝咖啡是吗？"

廖玉凤煞有介事地说："是呀，说是那个咖啡因会影响孩子长脑子。"

林卿卿说："刚我去看卓骁，还见五嫂在喝咖啡，她会不会不晓得这一点？"

廖玉凤答："照理说你五嫂不应该，毕竟他们两夫妻都是学医的，哪能不晓得咖啡因对小儿的影响呢？只不过你五嫂是西洋做派，鸿灿又随着她性子来，许多禁忌都不以为然的。你不晓得，有一次卓骐发高热，赶巧鸿灿去了上海，三更半夜的也不好找医生，大嫂就让她房里的金秀去找藜旻，谁料到藜旻竟然让大嫂给卓骐喝冰凉的淡盐水，再敷冰块，说那样退热快……后来被母亲阻止了，连夜派人把鸿灿的岳丈请了来。"

林卿卿不解地说："五嫂让用冰盐水退烧？王博士医术精湛，五嫂应该能得她父亲亲自指导吧？"

廖玉凤道："并没有，倒是说鸿灿在同济读书时候他岳丈是他的教授，可藜旻一直在外国念书，后来才转回的同济，没上多久就跟鸿灿结了婚，所以她呀，满脑子都是西洋的东西。按说我们都是一家人，可鸿熠同大哥与鸿煊更近些，所以我待你与大嫂也感觉更亲似的。往后你有什么不懂的，尽管来找我。"

第六十四章

廖玉凤有的没的又说了几句，坐了不久就起身告辞回去。林卿卿将她送走，想起王藜旻提起中西医结合治疗的方法，便点了沉香，摊开早前买的一本医书看了起来。

这是一本清乾隆年间的《妇科心法要诀》，只看了不几页，"妇人不孕之故"几字便赫然出现眼前，林卿卿耳畔即刻响起香凝"我多想给他生儿育女呀"的声音，她刚平静的心忽地紧了一下。

林卿卿缓缓合上书，将身子向后靠在椅背上，微闭了双眼。这一刻她内心的矛盾根本无法言说。她思前想后，只觉得香凝既已找到了自己，便不能佯作不知。香凝于自己而言，虽谈不上知遇之恩，却也因她才令自己改变了命运，归根结底，自己欠了她一份人情。

想着想着，忽然觉得脖子上有一丝凉意，顺手摸了一下，她才意识到自己落了泪。刚用手帕将眼泪擦干，便听见黄鸿煊走进屋子的声音。

"卿卿，你就歇着，不要起来。"黄鸿煊将正要起身的她按回到椅子上，又顺手把一旁放着的羊毛披肩搭在她身上。

"我歇了蛮久，也该起来走走了。"林卿卿说，"前面忙完了？"

黄鸿煊拉过她的手，笑道："走一拨来一拨，忙不完的。就是想回来看看你。"林卿卿一抬脸，黄鸿煊才看见她眼睛有些泛红，忙问道："你怎么了？刚才是哭了？"

林卿卿摇了摇头，转过脸去。

"是哪里不舒服吗？卿卿，你究竟怎么了，可是有别的什么缘故？"黄鸿煊的声音里多了一分担忧。

林卿卿转过来望着他时，脸上已经挤出了笑容："我很好，没有不舒服。只是刚才想起了过去的一些事……"

黄鸿煊听她这样讲话，稍稍松了口气："过去的就让它过去吧，何必再去想它？你现在是有身孕的人，不能太忧伤思虑。"

林卿卿说："对不起，鸿煊，是我不好，害你担心了。"

黄鸿煊安慰她："你只要真的没事就好，我们之间不需要讲'对不起'。假若真的遇上不开心的事，哭一下会痛快些，只是你要告诉我，让我晓得，千万不要憋在心里头。"

林卿卿先前还在犹豫着是否要向黄鸿煊说明香凝的事，此时听到他这样讲话，便不想再对他隐瞒。

"鸿煊，我有件事想要同你讲。"林卿卿望着黄鸿煊说。

黄鸿煊见她面色凝重，便知道刚才她确是有了伤心的事，于是拉了一把椅子在她身边坐下。

"鸿煊，"林卿卿顿了一下，"我没有告诉你，其实昨天我出了趟门。"

黄鸿煊既没有半分惊讶，也没有一丝不悦，只静静地看着她，等她讲下去。

"我去的地方离我们家商馆很近，那里住着我的一个故人……"话到这里，她停了下来，垂下了眼睑。

黄鸿煊了解林卿卿，若非遇上让她两难的事，绝不会有这样的神情。虽说刚才听她的话心里一怔，可他不想打乱她的思路，于是把想问的话憋了回去。

"鸿煊，你晓得我小辰光被舅母卖去了掩香阁，如果不是楮桐，现在还不知道会过着怎样的生活。"林卿卿幽幽地说。

"我刚被卖进去的时候，那个当家的妈妈收我做了'女儿'，想要让我日后做阿姐。也许是天意，我被一个当家阿姐收了做贴身的婢女，这才有了机会认识楮桐。"

黄鸿煊只知道她童年时候被舅母卖去了青楼，后来因许宥利的缘故认识了许楮桐，可这中间的细节他并不十分清楚，只是林卿卿不提，他也不问。

听到林卿卿的话，黄鸿煊大概明白她昨日去见的是什么人了："卿卿，昨天你是去见了当年的那个阿姐？"

林卿卿点了点头："她打了电话到家里找我……"

即便林卿卿已经做了自己的太太，可黄鸿煊知道在这个家里，她曾经被卖到青楼的事情依然是不能被接受的。不等她说完，黄鸿煊已经锁了双眉："她是如何晓得的？"

林卿卿望着他，缓缓开口："是大哥，大哥同她讲的。"

黄鸿煊一脸不解："大哥？他既不晓得你进姨母家之前的事，也不可能认得那个阿姐，怎么会是大哥同她讲的？卿卿，究竟怎么回事？"

黄鸿烨平日里端庄周正，行事沉稳，是黄家兄弟的楷模。林卿卿理解黄鸿煊的反应，于是伸手过来拉着他："鸿煊，你听我说……大哥确实不晓得我进过掩香阁的事，他只是在不经意间同香凝姐姐提起你成了家，娶的是梧桐的伴读。而我给梧桐当伴读的事，当时只有四个人晓得，其中一个就是香凝姐姐。

"宥利表哥当年是香凝姐姐的恩客，却因为姨丈下野，他随姨母回了北京而将香凝姐姐托付给大哥照应。"

黄鸿煊听到这里，紧锁的双眉舒展开来："所以大哥只是因为帮助宥利哥才认识了她，是吗？"

林卿卿有一丝诧异，她感觉到黄鸿煊的急迫，似乎极力在为黄鸿烨寻找认识香凝的理由。她并没有正面回答他的话，只是说："老人常说'日久生情'，大哥在香凝姐姐病危的时候帮了她……"

黄鸿煊定定地望着林卿卿，眼睛里充满了疑惑与矛盾。林卿卿轻轻抚摸他的脸庞，心里忽然对黄鸿煊生出一份愧疚。

"卿卿，我晓得她为什么会住在离商馆不远的地方了。"片刻的沉默之后，黄鸿煊开了口，"她找你只是因为叙旧，还是有心要告诉你她和大哥的关系？"

"香凝姐姐深谙人情世故，若非对大哥动了真心，我想她也不至于要来寻我帮忙。"林卿卿回答。

黄鸿煊也是个通透的人，只是刚才猛一听到他大哥的绯闻，一时之间没回过神来。听林卿卿这样讲话，他此时已经猜到七八分："她寻你帮助，是想要个名分吗？"

林卿卿不置可否："对于香凝姐姐，我终归是欠了一份人情。鸿煊，对不起……"

"我懂你！"黄鸿煊顿了一下，又说，"只是这件事确实很棘手。她不比寻常人家的女子，先不说大嫂会做何反应，只父亲这一关，恐怕就很难过去。还有……"

黄鸿煊止了声，犹豫片刻才继续说："还有，一旦帮了她，真的把她迎进门，那就是无形中被人掣肘，你日后就要受制于人。"

第六十五章

黄鸿煊的担忧，林卿卿不是没有想到过，只是香凝既然已经找上门来，她也就没有了退路，不论于己于人，这件事都不能置之不理。

黄鸿煊见她缄默着，便知道此事她是非管不可了。

正说着，秋霞敲了敲外屋的门："七少爷，大少爷让人来请您，说前面人客多起来，让您赶紧过去帮忙。"

黄鸿煊却没有起身的意思："去跟大哥讲一声，我屋里有点儿事，晚点儿再过去。"

不等秋霞应下，林卿卿便出了声："等等，秋霞！"望着黄鸿煊，她又说，"鸿煊，是福不是祸，是祸躲不过。人总是要面对现实，只有面对才能解决所有的难题。"

"卿卿，你预备好了？"她的话，黄鸿煊不置可否，虽然已经明白她的态度，可还是忍不住多问了一句。

林卿卿拉着黄鸿煊的手又紧了些，点了点头，她对着门外吩咐："秋霞，去告诉大哥，七少爷换身衣服就过去。"

黄鸿煊到底还是年轻，因为心里装着事，整一个午宴上都显得有些心不在焉，敷衍着行事。黄鸿烨看在眼里，等到客人散去，得了空闲，便叫住了他："老七，弟妹是不是有什么事？怎么你回了一趟屋，就心神不定似的。"

黄鸿煊原本正盘算着如何向他提起香凝的事，此时听他来问话，心里一横："卿卿没事，只是我有句话想要问大哥。"

黄鸿烨很少见他一本正经的样子，反倒笑了："哦？原来是因为我？好哇，你问吧，我有问必答。"

黄鸿煊看了一下四周，才说："大哥，我听说了一件事，想要跟你证实一下。"

黄鸿烨说："是什么事，还这样郑重？你说来我听听。"

黄鸿煊说："大哥，这里不是很方便，我们要不要去你书房？"黄鸿烨见他这样郑重其事，心里一怔，随即便应下，领着他往书房走去。

书房的窗户偏向西南，午后的阳光斜射进来，将屋子照得通亮耀目。

黄鸿烨将黄鸿煊让到沙发上坐定，边往酒水柜方向走边问："老七，你要咖啡、茶还是威士忌？"

"大哥，我什么也不想喝，你先坐下来。"

"好！"黄鸿烨转身走回他身边坐下。"有什么话，你就问吧。"

"大哥，你与那个香凝究竟是什么关系？"等他坐定，黄鸿煊便开了口，顿了一下，又说，"我希望你能照实回答我。"

黄鸿烨脸上的笑容瞬间凝固了，黄鸿煊的这个问题是他始料未及的。他忽然觉得有些燥热，边伸手将长衫的领口解开边说："许久不穿长衫，倒是有点儿不习惯了。"

"大哥……"黄鸿煊有些按捺不住。

见他这个模样,黄鸿烨顿了一下,反问道:"你既来问我,那就该晓得我同她什么关系了,又何必非要我给个答案?"

他这么一问,黄鸿煊反倒沉默下来。

"鸿煊,你刚才问的,我已经回答你了,还有什么问题,你也可以一并提出来,我决计不会瞒你。"倒是黄鸿烨打破了屋子里的寂静。

"大哥,"黄鸿煊望着他,"如果你只是逢场作戏,我权当不晓得这件事……"

"不!"黄鸿烨打断他,"我并不是逢场作戏,我对她是真心的。"

虽说在往书房的路上黄鸿煊做好了心理准备,可此刻黄鸿烨毫不遮掩的回答,倒令他一时反应不及。他似乎没有什么话可接,也觉得自己没有再问下去的必要。他忽然觉得自己并不了解黄鸿烨,即便他们一母同胞,在一起生活了二十年。

"我不清楚你是如何晓得这件事情,可你既然来问我,我也不想再瞒你。"黄鸿烨见他惊讶地望着自己,便继续说。

"大哥,你想过和她的将来吗?"又是片刻的沉默,黄鸿煊才问。

"将来?"黄鸿烨轻哼一声,露出一丝苦笑,"我的过去、现在与将来,都不在我的掌控之中,我能做的不过是在围墙之下寻一丝缝隙,让心里仅存的一点儿光照进来,仅此而已。

"因为我是长子,从出生的那刻起,便被父亲寄予厚望。我不能吃自己想吃的食物,因为怕损伤身体;我不能交自己想交的朋友,因为要世家往来;我不能读自己想读的书,因为对生意无用;就是婚姻,我亦不能选择自己喜欢的对象,因为要强强联手,巩固家族的利益。有无数双眼睛盯着我,我不能犯错,不能认输,更不能逾矩。

"你不晓得,也不能理解我心里的那份难过。我在这个家里没有真正的喜怒哀乐,没有青春,也没有爱情。旁人眼里的功成名就,于我而言,它一钱不值。"黄鸿烨说这句话的时候没有愤怒,更没有激动。

黄鸿烨十八岁成家,同年就接手了家族三成生意,凭着他自身的努力,将生意经营得红红火火,因此更得黄廷承器重,而后便掌管了黄家近一半的产业。他一直被"长子"这个名头束缚着,无论生活还是婚姻,都不曾有过半分逾越。

黄鸿煊从小敬重自己这个大哥,在他的内心深处虽然不能接受黄鸿烨在外面包养青楼女子的事实,可他此时更多的是对于黄鸿烨的同情与理解。

他在黄鸿烨的眼里看到了忧郁与克制,只觉得有什么东西在啃噬着自己的心,不忍也不想打断他的讲话。

"我很想像你一样,奋起为自己的爱情一搏,可我没有这个勇气,也无法放下自己肩负的责任。我不怪任何人,这是我的命。"黄鸿煊看到他微红了眼圈,只是他极力忍住了,就在眼泪快要流下来时,他转过身去,望向窗外,却仍继续着自己的说话,"她于我而言,既是情感的寄托,也是心灵的慰藉。这几年,我越发地爱她,只是我从不曾告诉她,她对我有多么的重要。"

黄鸿煊听到这里,有些忍不住了:"大哥,如果你愿意,可以放手一搏,我一定会支持你!"

黄鸿烨转过身来,定定地看着他:"放手一搏?把她带回来,然后给她一个妾室的名分吗?那和现在又有什么区别?"

黄鸿煊更加不能理解他:"大哥,你爱她,却又不愿给她名分,你就准备一直这样金屋藏娇?"

黄鸿烨无奈地说:"你比我小,很多事情不清楚。父亲刚娶二姨娘的时候我还小,瞧不出来母亲有任何不悦。只有一次不经意在花园里窥见她一个人落泪,后来又碰见过两次。母亲在人前总是表现得大度开朗,谁又晓得她背后的心酸与无奈?

"正所谓新人不知旧人泪,那时候我便对自己说,日后一定不会让我的爱人受伤难过。可如今,我却步了父亲的后尘,活成了自己最不想要的样子。"他痛苦地讲述着,声音回荡在屋子里,悲哀而颤抖。

第六十六章

当黄鸿煊回到自己屋里的时候,已经是夜里九点多了。

林卿卿倚着床头看书,见他进来,忙放下手里的书:"鸿煊,我给你炖了百合雪梨,焖在暖锅里,我喊兰萍让她去端来。"

黄鸿煊说:"你现在要多休息,别总是为我忙碌。"说着走到近前,顺着床沿在她身旁坐下。

林卿卿猜到他是要对自己讲香凝的事情,便由着他,不再去张罗他的夜宵。

等黄鸿煊将黄鸿烨的话毫无保留地告诉了林卿卿后,她陷入了沉思。

这一刻,林卿卿很难表达自己的心情,既有对黄鸿烨的同情与理解,又有替香凝的惋惜与遗憾,更有一丝释负感,这种感觉是连她自己都觉得匪夷所思的。

黄鸿煊见她出了神,小心问道:"卿卿,你没事吧?"

林卿卿听到他问话,回过神来:"我没事……鸿煊,大哥确定不肯让香凝姐姐进门吗?"

黄鸿煊点了点头:"大哥确实有他的难处,我能理解,所以不再坚持去游说。你放心,他有他的考量,一定能让那个阿姐下半生衣食无忧,不会委屈她。"

林卿卿露出一抹苦笑:"也许在男人们的眼里,衣食无忧就是对女人最好的照顾吧……"

"卿卿,我不是那个意思……"黄鸿煊慌忙解释。

"鸿煊,你我之间不需要解释,我懂你!"林卿卿轻轻捂住他的嘴,"鸿煊,你晓得吗,刚才我竟然有一丝窃念,不为旁的,只觉得松了口气。"缓缓放下手,她接着说,"在我的内心深处,其实很矛盾,既想帮助香凝姐姐找到一个依靠,又担心自己日后受制于人。我苦过,并不怕失去少奶奶的身份,可我怕失去你……"

"卿卿,你永远不会失去我!"黄鸿煊抱住她,坚定地说,"我很庆幸,自己没有像大哥那样服从父亲的安排,不然,我就会失去像你这样真挚的妻子。"

转眼到了元宵节。自清以来,杭州元宵灯会从正月十三开始一直到十五,这几个夜里百姓都看灯赏月,街上还有舞龙舞狮助兴。新年的这些日子里人来客往,黄府里的饭局、牌局又或者是茶局,从早到晚没有一天停止过,到了元宵,更加热闹起来。

孕期嗜睡,林卿卿醒来才知道黄鸿煊一早便出了门,却也不曾交代去了哪里。

兰萍端了红豆汤圆进来:"七少奶奶,太太让您吃好了汤圆去趟她屋里。"

林卿卿问:"兰萍,家里元宵夜有没有什么特别的讲究?"

兰萍笑道:"七少奶奶,您真是小心。和年三十夜里差不太多,唯一不同的是今天夜里咱们府上会待外客,各位小姐、姑爷都会回来,一道看舞龙舞狮,还有花灯排鼓,夜里咱们府上可得热闹呢。"

林卿卿倒也不避讳:"毕竟是头一年,我瞧着鸿煊这些日子忙,想着你在府上多年,问你也是一样的。以前在梧桐家里过元宵,也是十分热闹,只是吃的是北方的汤圆,他们叫元宵。"

兰萍说:"太太和许太太虽说是亲姊妹,可许太太毕竟嫁去了北方,很多习俗必定按照北方的了。"

说话间,兰萍从食盒里取出一个瓷罐,舀出一些干桂花撒在红豆汤圆里,又说:"七少奶奶,七少爷嘱咐的,让我多给您加些桂花。"

林卿卿舒心一笑,缓缓吃下一口红豆汤圆:"甜食里加些桂花,既能去腻又能增香,桂花还有排毒润肺、安神定魄、温补气血的功效,不论男女老少,都可以多用一些。"

兰萍说:"七少奶奶,您懂得真多!难怪您连香包都是用桂花制作,您要是不怪罪,我下次也学了来用它做香包。"

林卿卿莞尔:"哪里,只不过小辰光听阿爹讲过。桂花再寻常不过,只要你们喜欢,当然可以用它来制香包,我怎么会怪罪?"

"您当真是个好主人,一点儿架子都不曾有,我和秋霞都觉得我们两个是走了大运才能跟了您。"

林卿卿说:"我们三个从前就投缘,如今又到了一个屋里生活,这也是天意。"

两个人正说着话,秋霞便走了进来:"七少奶奶,太太那边的咖啡已经煮上了。"

柳韵琴每天早饭之后有看报纸喝咖啡的习惯,秋霞这么一说,林卿卿知道她是在催促自己,赶紧放下碗勺,漱口之后便往前院走去。

林卿卿进到柳韵琴起居厅的时候,二姨太张氏也正好进门。

彼此问了安,柳韵琴开了口:"卿卿,我听卢嫂讲你腌了些咸冬瓜?"

林卿卿点了点头:"是的,母亲。"

柳韵琴微微蹙眉:"卿卿,听说那种东西闻起来臭烘烘的,能有什么营养?你现在怀了身孕,不吃也罢。"

林卿卿外婆祖籍宁波府,咸冬瓜是当地百姓家常小菜,她从小随着母亲与外婆一道吃饭,对这道小菜自是情有独钟。这些日子因为孕期反应,她胃口不佳,想起来咸冬瓜下饭利口,这才让秋霞腌渍了一些。

黄府是杭州城内数一数二的豪门,即便家仆杂役的吃穿用度也比寻常人家要高出许多。听她讲完,林卿卿知道柳韵琴一定是觉得自己这样做失了体面,也不愿辩解,只应答:"我都听母亲的,以后不会再腌了。"

虽说她答得乖巧,柳韵琴却没有到此为止的意思:"你二姨娘不是外人,当她的面我也不避讳什么,"放下手里的杯子,她继续说,"你不管以前是怎样的出身,既然嫁给了鸿煊,你就是黄家的七少奶奶,你一言一行都代表着鸿煊的体面。我也不是针对你,只是你三个嫂嫂从小家里规矩都多,晓得哪样该做,哪样不该做。"

张氏见林卿卿微微红了脸,便出来打圆场:"大姐,说一千道一万,您都是为了他们好,卿卿哪能不晓得?不过我没进府的时候倒是尝过咸冬瓜,当真利口下饭得很。"

柳韵琴说:"利口下饭的小菜多得很,让厨房多做几样不就成了?"

林卿卿怕张氏为了自己再吃了话头,忙说:"母亲的教诲,我都记下了,以后不会再擅作主张了。"

柳韵琴依然沉着面孔："你向来跟梧桐亲近，她是我从小看大的，哪里都好，只做事一贯我行我素，这点你可别学了来。"

"是谁在那里念叨我？难怪我一进大门就打了好几个喷嚏。"不等林卿卿答话，许梧桐已经走了进来。

第六十七章

柳韵琴见许梧桐进了屋，忙起了身，边迎她坐到自己身边，边笑着说："都说杭州地邪，说谁谁就到。梧桐，你来怎么也不打个电话，或是拍封电报也行，我好安排人去接你呀。"

许梧桐撒娇："姨母，我这不是想给您和卿卿一个惊喜吗？谁料到您在背后编派我。"

柳韵琴也是个老到的人，即便心里有些尴尬，依然笑着说："我宝贝还宝贝不过来呢，怎么会舍得编派？你晓得的，府上成百双眼睛盯着呢，我就是提醒卿卿，要学着如何做个少主人。"

许梧桐说："卿卿做事情上手快的，她做少奶奶也有几个月了，您就放心吧，不用教她。"

柳韵琴不再接她的话，拍了拍她的手，让身旁的尤嫂倒了杯咖啡给她："刚进门，先喝杯热咖啡，尤嫂刚煮好的。"

许梧桐接过咖啡，望着林卿卿："卿卿，恭喜你呀，要做母亲了！快说说，要我送什么礼物给你？"

林卿卿对她笑了笑："你来了，就是最好的礼物。"

许梧桐佯嗔道："还好意思说我是礼物！你和姨母都舍不得告诉我，哪里当我是最亲的人？"

林卿卿知道自己怀孕的第一时间就想把这个喜讯分享给许梧桐，可那几日临近年节，不知道是不是因为线路繁忙，每次打电话还没讲上两句，电话局的信号就会被中断。等到了年下，许家又发生了争执，她不愿意在许梧桐伤心的时候去说太多自己的事情，所以迟迟没有将这个消息告诉她。

而柳韵琴这边，知道柳悦琴心结未解，也并不十分待见林卿卿，因而也不曾提起她有孕的事情。

虽然许梧桐这样讲话，可林卿卿知道她并不是真的恼了自己，还没来得及开口，柳韵琴已经接过话去："这不是你五哥房里大年初一添了人，我们都忙坏了吗？姨母跟你赔个不是，今天夜里让他们多给你准备几个彩灯，你们一道好尽个兴。"

张氏也忙着来帮腔："楮桐，你姨母这一个年下迎来送往的，着实忙坏了。"

许楮桐转头对着张氏："二姨娘，也恭喜您哪，鸿灿表哥得了个大胖儿子。"

张氏笑道："楮桐，你当真消息灵光的。这次来多住段时间，吃了阿骁百天宴再走。"

许楮桐说："只要姨母不嫌弃，我可是打算赖着不走的。"

柳韵琴笑道："在姨母这里，你想住多久就住多久，只要你母亲别来催我送你回去。"

"我母亲才不会催我回去，大嫂现在怀了双胎，她忙得团团转，哪有工夫理我呀。"

柳韵琴轻轻点了一下她额头："胡说，你母亲最宝贝你，心里装的全是你。不过你大嫂怀双胎是辛苦，你母亲自然是关注她多一些。话说回来，你这一个人跑到杭州来，你母亲晓得吗？千万别叫她担心。"

许楮桐说："您就放心吧，我不是一个人偷跑来的。您也知道，因为四哥的事情，父亲和母亲生了场气，总算因为大嫂有喜，家里才算太平下来。可是我五哥……唉，总之我父亲应允了他，等过完元宵节就让他去复旦读书。我没去过上海，也想跟着去看看，就央了父亲。可前几天五哥和鸿煊哥哥通电话，我正好在旁边，才晓得卿卿有喜了，我当然着急来看看，这才跟父亲商量了提前出门，先绕道杭州。"

"你是说宥崇也一道来了？怎么不见他人？"柳韵琴问。

"五哥随着鸿煊哥哥去见姨丈了，等下就过来见您。"许楮桐答道。

柳韵琴喝了一口咖啡："你说鸿煊晓得你们来呀？难怪，我听黄管家说他一早就要了一辆车子出门。"

许楮桐着急单独与林卿卿说话，便一口气讲完："就是为了给您和卿卿惊喜，所以鸿煊哥哥答应了为我们保密。我五哥小住两天就会先往上海去，我想留下来陪卿卿一些日子，刚好二姨娘不是说鸿灿表哥的儿子要摆百天宴吗，那我就赖着吃完再走。"

柳韵琴说："鸿煊保密工作当真做得好，一点儿口风都不漏。"

许楮桐吐了吐舌头，起身走近林卿卿，拉住她的手："姨母，您慢慢品咖啡，我跟卿卿先走了。"

柳韵琴几分无奈几分宠溺："去吧，去吧，我让尤嫂给你安排好客房再去鸿煊屋里请你。"

两个最要好的朋友数月不见，一旦相逢，这种亲密自是不用细说。

许梧桐觉得有满腹的话要对林卿卿说，刚刚坐定，便开了口："卿卿，你要做母亲了，知道我有多开心吗？"

林卿卿拉过她的手："梧桐，对不起，原谅我没有及时告诉你……"

"讲过几百遍了，我们之间不需要说'对不起'。卿卿，我知道你怎么想的。"许梧桐打断她。

这个世界上，最好的朋友并不是天天在一起，而是你懂我的心意，我知你的想法。林卿卿上前抱住许梧桐，心里有千言万语，可此时都尽在这个拥抱里。

"哎呀呀，别抱这么紧，当心挤着我的小外甥。"片刻之后，许梧桐笑嘻嘻推开了林卿卿。

"你怎么就晓得是个外甥？也许是个外甥女呢。"林卿卿有几分害羞。

"好啦，好啦，不管是外甥还是外甥女，我都喜欢。"许梧桐说。

"卿卿，刚才我在门口都听到了，"许梧桐犹豫一下，又说，"姨母的话你不要往心里去。"

"我晓得的，母亲自有她的道理。"

"你从来遇事都只放在心里，即便对我，也是缄口不提，不要总委屈自己，该说什么就说什么。"

林卿卿不想许梧桐为自己担心，便想将话题引去别处："好，我听你的，不会委屈自己。对了，你刚下火车，是不是还没吃早饭？今天有红豆汤圆，我让兰萍去给你盛一碗。"

"不说不觉得，你这一问，我还真觉得有点儿饿了。"

林卿卿笑着揉了她一下："肚子里的馋虫今天怎么就不提醒你呢？"

许梧桐说："好你个林卿卿，还在笑话我。"

许梧桐在女子学堂的时候，因学堂有规定不能自带食物，可她又吃不惯食堂的饭菜，常会饿得肚子发出声音。后来林卿卿每天换着样帮她准备各式饭团，偷偷装在书包里带去学堂，才算解决了她午餐问题。

林卿卿说："不笑话，不笑话……等你吃好了，我带你去五嫂那里看卓骁。"

第六十八章

傍晚的时候，由黄廷承引领着全家先在院子里敬了神，又往小祠堂供奉了祖先,这才开始吃夜饭。

席开两桌,黄廷承带着儿子与女婿们坐在左侧的男宾席,而柳韵琴则是带着媳妇与女儿们在右侧的女宾席落座。另开了一小桌,各房的孩子由奶妈们带着入座。

里面主人们酒酣耳热,外面做杂役的家仆们已经在管家黄福良的指挥下开始迎龙灯与燃放烟花的准备。

黄家从上一代开始,逢元宵夜便会敞开大门,迎龙灯燃烟花祈福。届时无论街坊邻居或者市井百姓,都可以进入黄府前院观赏。

黄府还会备下赏钱,凡是猜对院中灯谜的,都可以得到奖赏。这一夜是一年之中黄府最最热闹与喧嚣的。

夜里天气很好,一轮白玉盘般的满月,伴着几颗明亮的星,高高挂在天幕之上。

吃好了夜饭,老老少少一大家子齐集到前院。

院子里早已设好了香案,案上放着敬奉神灵的供品,案前放了一个大火盆,熊熊的火焰在盆里燃烧着。

因为男人们与女眷们分别站立在香案两侧,许楉桐便紧紧拉着林卿卿,唯恐等一下进院看热闹的人多碰伤了她。

大家刚刚站定,便听到远远地响起了锣鼓声。

"敬天地,迎龙王,风雨顺,五谷丰!"伴随着黄福良的声音,大龙珠先行入了院,紧随其后的是一条九节长龙。

龙灯入了院,先对着香案磕了头,而后随着龙珠的翻滚,上下舞动,像极了一条真正的火龙。每一个舞龙的人都卖力地表演着,既因为年节的欢乐,更为了可观的赏钱。

锣鼓声中,舞龙还未结束,又迎来了舞狮,围观的人们越发地兴奋起来。孩子们提着小灯笼,在人群中跑来跑去,闹得很是起劲。

"卿卿,你还要看吗?"许楉桐问。

"我正想着问你呢,"林卿卿会心一笑,"是不是想去猜灯谜啦?"

"还是你了解我。小时候觉得舞龙舞狮特别有趣味,现在却不这样觉得,倒不如去那边猜个灯谜来得有意思。"许楉桐说。

春灯谜语,虽说属于艺文小道,却是上自天文,下至地理,经史辞赋,现代知识,包罗无遗。如果没有一定的文化素养,并不易猜得中,的确是个启发性灵、让人生趣的游戏。

两个人钻出熙熙攘攘的人群,走到了院子里挂着绢灯的这一侧。人们也许都被舞龙与舞狮吸引着，这边除去守灯的几个家仆，竟然空空荡荡。

领头的家仆见她两人走近，忙迎了上来："七少奶奶，许小姐，您二位来猜灯谜呀。"

许梧桐说："是呀，你们去那边看热闹吧，我们两个自己玩就好。"

领头的赔了笑脸："这怎么能成？守灯是我们几个分内的事情，要是出了什么岔子，我们可担待不起。"

许梧桐本要再开口，林卿卿却拉住了她："好，你们尽职做好自己的事情，不用管我们两个，去忙吧。"

等领头的走开，许梧桐说："卿卿，他们这么盯着，我怎么就觉得没了兴趣？这会子没人，让他们去看看热闹怕什么？"

林卿卿说："我听说他们每年元宵夜都是轮流当值，今年看不到，明年一样看得到，如果坏了规矩，不论是对他们还是对其他人，都不合适。不是说……"

"知道了，知道了，没有规矩就不成方圆嘛，你一定是要讲这句话。"不等林卿卿说完，许梧桐就抢了话。

林卿卿莞尔："你呀，古灵精怪的，就像我肚里的虫子。"

许梧桐扮个鬼脸："恶心死了，谁要当虫子，我呀，就是第二个你！"

说话间，已经拉了林卿卿在一盏绢灯下驻足。

见灯上只短短写了三个字"不老实"，许梧桐扑哧一笑："这谁出的谜面，不是白送钱吗？"

林卿卿笑道："就数你聪明，一猜即中。"

许梧桐扬起下巴："这么简单，换谁都能猜中啊，不就是'长生果'吗？"

说话间两人已经来到了第二个绢灯下，"八九不离十！打一字。"许梧桐念出了声。

"杂！杂乱无章的杂。"林卿卿笑嘻嘻地说出谜底。"平局。"许梧桐说。

"你们俩悄没声地跑这里来，原来是在打赌。"黄芳蕙的声音在身后传来。

两人转过身来，瞧见黄芳蕙与黄芳茵姐妹两个已经走了近前。"二姐，四姐，你们也来猜灯谜呀。"林卿卿跟她们打招呼。

"我嫌锣鼓闹得慌，正好芳茵也不想看了，就说往这边来逛逛。"黄芳蕙说。

"芳蕙姐姐，我们也是嫌那里无趣，所以来这边瞧瞧。"许梧桐说。

"你们猜了几个？可有不会的？"黄芳蕙问道。

"卿卿与梧桐妹妹一个赛一个的聪明，这种寻常的灯谜哪里能难得倒她们两个。"黄芳茵笑道。

几个人结伴一路走着，或闲聊几句，或猜个灯谜，倒是惬意自在。

"你们快来看，这个有点儿意思。"许梧桐走在前面，看到了一盏绢灯里写着一首诗谜，便对着她们招了招手。

"春雨连绵妻独宿。"黄芳茵走近前，看着诗谜念出声来。

"这是字谜吗，还是打一个什么物件？"黄芳蕙好奇地问。

"看着谜面，倒不像是打物谜，应该是个字谜。"林卿卿说。

"依这样来看，'春雨连绵'该是个部首，'妻独宿'该是个字体。"许梧桐分析道。

"那会是什么字？'春雨连绵'，莫不是雨字头？"黄芳茵犹豫着说。

"嗯，像了，那'妻独宿'又是什么？"许梧桐接过话。

"会不会是个'木'？双木为'林'，夫妻一体，既然'妻独宿'，那便是独自一人。雨字头加木，是'霂'。"黄芳蕙解释。

"芳蕙姐姐分析得是。"许梧桐对着她竖了个拇指。

"听起来也有点儿道理，却不是这个字。'春雨连绵'就会不见'日'，'妻独宿'就是夫不在，那'春'字里不见'夫'又不见'日'，便成了'一'字。这是字谜里的一种，称作'损字法'。"一个女人的声音在她们身后响起。

第六十九章

寻声望去，林卿卿惊异地发现讲话的人竟然是香凝。

不等林卿卿做任何反应，香凝已经来到她们的面前："字谜里分了许多玩法，刚刚这种'损字法'是将谜面的字去掉某些笔画，从而得出谜底，其实还有'增损法''增字法''侧扣法''反扣法'等等，有趣得很。"

黄芳蕙并不认识香凝，只觉得眼前这位女士才情样貌都在常人之上，便笑着道："我们几个都是随便猜着玩的，竟然不晓得字谜还有这样的讲究。多谢指点，今天也是受教了。"

香凝说："谁不晓得黄小姐是大才女，您过谦了。"

黄芳蕙未料到对方竟然认得自己，便问道："您认得我？敢问您是哪个府上的？"

香凝看了一眼林卿卿，笑嘻嘻地说："我同七少奶奶是朋友，自然能认得您。"

听她这样讲话，黄芳蕙便将目光投向了林卿卿："卿卿，原来这是你的朋友哇?"

林卿卿虽不清楚香凝葫芦里卖的是什么药,但此时已经从起初的惊慌中镇定下来,听见黄芳蕙问话,答得也算从容:"是呀,二姐。"

黄芳茵笑道:"都说人以群分,卿卿的朋友也同你一样才情兼备。"

林卿卿有什么朋友,许梧桐一清二楚。刚才见香凝,她只觉得似曾相识,却记不起在哪里见过。此时瞧着林卿卿笑得有几分勉强,又见香凝这种装束谈吐,她心里便起了疑。

"你是专程来找卿卿的吗?"许梧桐问道。

"许小姐,好久不见。"香凝转脸对着许梧桐,脸上仍是堆着笑意,"也不能说是专程,今晚府上广开大门迎客,我也是来凑个热闹。"

许梧桐见她还认得自己,心里的疑云越发重了,正要再出声,便听林卿卿已经开了口:"凝姐姐,你既然来了,要不要我陪着你逛花灯?"

香凝微微一笑:"猜灯谜人多热闹,如果各位不嫌弃,我们结伴一道,似乎更有趣些。"

林卿卿捉摸不透她的用意,但当着黄芳蕙姐妹的面也不能挑明来问。

一声"凝姐姐"倒是令许梧桐清楚了这个女人的身份,她记起来了,是那个曾经让自家四哥神魂颠倒的掩香阁头牌阿姐。

许梧桐明白香凝的出现对林卿卿意味着什么,她不能也不允许有人威胁到自己最亲密的朋友。不等林卿卿答话,她已经把话接了过来:"倒不是嫌弃不嫌弃的事,只是卿卿身上有点儿累了,我们正预备着回屋。你如果有兴致,大可以自己再逛逛,恕不奉陪。"

"哦?卿卿,你很累吗?好哇,你们回去歇着,我再去寻寻其他人,看看能不能结个伴一道逛。"香凝的声音不急不缓。

林卿卿曾经跟在香凝身边几个月,虽然并不十分了解她的心性,却也听得出她话里的意思。暗暗拉了一下许梧桐的衣角,她开了口:"凝姐姐来了,我怎么能不陪着?"

黄芳蕙不明就里,笑着插话:"是呢,来的都是客,况且又是卿卿的朋友,走,我们一道逛。"

黄芳蕙既然开了口,许梧桐也不好再拒人千里,几个人便一道继续逛着打灯谜。

除去不知情的黄芳蕙姐妹,其余三个人都各怀了心事。可香凝毕竟老到,且有备而来,她或给黄芳蕙姐妹解释谜面,或参与她们的讨论,又或者同林卿卿闲搭一句，全然不像是别有用心的人。

也不多久，舞龙舞狮表演就接近了尾声，看热闹的人群陆陆续续开始往这边涌来。

"母亲！"黄芳蕙的儿子柳承茂边喊着边往这边跑来。

"阿茂你慢点儿，当心摔着。"黄芳蕙话音刚落，柳承茂已经扑进她的怀里。

"母亲，我找了您半天，我以为您把我扔在这里，自己回家去了。"柳承茂的言语里有几分委屈。

"母亲怎么舍得把你一个人留下？我瞧着你跟阿骐他们几个玩得高兴，所以没同你讲。"黄芳蕙拍拍他的背，安抚道，"你看，你四姨母、小舅母还有梧桐姨姨都在这里呢，男子汉，要有礼貌呢。"

柳承茂平常就喜欢跟着林卿卿，听他母亲讲完，这才抬起了头："小舅母，等下我要跟着您和母亲一起看烟花。"

林卿卿俯身对着他："好哇，还有你四姨母与梧桐姨姨，我们都陪着阿茂一道看。"

"黄小姐，这是您家的小公子呀？长得真是俊朗。"香凝已经凑了过来。

黄芳蕙站起了身，笑眼盈盈："还小，谁晓得大了以后会长成什么样子。"转头对着柳承茂，她又说："阿茂，这是你小舅母的朋友，你要叫人哟。"

柳承茂到底是富贵人家的孩子，从小见的世面多，看着香凝，倒也没有羞怯："娘娘好！"

香凝笑道："好乖巧懂事的孩子，黄小姐您教得真好。"黄芳蕙说："过誉了，这是跟你生，平日里淘气得很。"

香凝又说："谁家的孩子还不淘个气呀？您对孩子要求真是严格呢！"

黄芳蕙笑了笑，还来不及答话，柳承茂就晃着她的手臂："母亲，您别光顾着说话，我想去打灯谜，外祖父刚才说我们几个谁揭的谜底多，就奖励一个西洋闹钟。"

黄芳蕙笑道："哦，你外祖父还有这样的奖励呀？那你可要好好问问这个娘娘，她很会猜灯谜呢。"

"阿茂，你也可以问我和你小舅母，保证让你得奖励。"许梧桐抢着接过话。

林卿卿一直留心着香凝的举动，见她刻意亲近黄芳蕙，心里已经猜到几分。

"阿茂，灯谜是你外祖父请人写下的，答案他心里自然有数，之所以要奖励揭开谜底多的人，无非要考考你们哪个肯动脑筋。如果我们帮了你，即便你揭开所有谜底，你外祖父恐怕也不会有任何奖励的。"林卿卿对着柳承茂说。

"凝姐姐，我有几句话想同您讲，您方便随我来吗？"林卿卿又转头望着香凝说。

香凝正要拒绝，就瞧见黄廷承一手牵着一个孙子朝这边走了过来，他们身边跟着黄鸿烨兄弟。

"好，我也正想跟你聊几句呢。"香凝颇会审时度势，即刻顺着林卿卿的话答道。

第七十章

月光洒在铺着鹅卵石的小路上，隐隐约约，朦朦胧胧。

林卿卿开门见山："凝姐姐，您今晚是来找我，还是为了接近二姐？"

香凝嘴角微扬："卿卿，这会子可不像平日里的你。你瞧瞧，初二那天一别，到现在也有半个月了，我想你了还不成吗？"

"凝姐姐，您有什么话就直说吧。"

香凝说："哟，是不是不高兴啦？我晓得的，你是怕我影响了你吧？"

见林卿卿不答话，她轻轻哼了一声，又说："人哪，都是实际得很，说什么报恩感谢，哼，都是空话！"

林卿卿知道她对自己有怨气，也不想再去解释："随您怎么想吧。我晓得您今天来是想在二姐这里另辟蹊径，可这件事不是她能解决的……"

不等她讲完，香凝便打断她："我怎么听说你之所以能嫁进黄府，这位二小姐功不可没呢？怎么，你可以靠她，我就靠她不得？"

林卿卿不忍心将黄鸿烨真实的想法告诉她，只顺着她的话讲："凝姐姐，我不是那个意思，只是我们情况不同……"

"情况不同？不外乎我青楼出身，而你七少奶奶命好，得了人相助，飞上枝头变了凤凰。"香凝有些不悦。

林卿卿知道她话里的意思："凝姐姐对我的帮助，我从来没有忘掉。"

香凝定定地望着她："没有忘掉最好！黄家这样注重名声，如果被人晓得七少奶奶曾经卖身进过青楼，你觉得会怎样？"

林卿卿自嘲式地笑了笑："我很清楚会怎样。我同凝姐姐一样，都没有办法将出身掌控在自己的手里。小辰光外婆同我讲，要我信因果，所以不论日后发生什么，我都会去坦然面对，因为有因必有果，任谁都无力逃脱的。"

香凝一怔，她没料到林卿卿会这样讲话。片刻的缄默后，她定了神，口气有几分缓和："你还真跟旁人不一样。如果你是担心我进了府会让你受威胁，那大可以放心。你那几个嫂嫂出身非富即贵，恐怕你在府里的日子也不会太好过。这个家除了老爷子，就是鸿烨当家，他待我如何你是晓得的，只要你这次肯帮我，日后我们两个就能互相帮衬着，你也不会再势单力薄。"

林卿卿一记苦笑："凝姐姐说的是实话，可您未免太高看我。如果我能帮您，又何乐而不为？大哥恐怕也有他的难处，这么些年了，如果他能将您迎进门，又怎么会拖到现在？"

香凝笑起来："你的意思是他如果想娶我，早就娶了，到现在都不娶，那就没戏是吗？我同你讲实话吧，原本我也已经死了心的，我爱他，也不想他为难，何况他也没有亏待我。可是……"

香凝忽然提高了声音："可是你嫁到了黄家，非但嫁进去，还做了名正言顺的少奶奶！凭什么？凭什么我跟你一样的出身，你能改变自己的命运，而我就不能？我只是想要做个妾，一个妾而已，我不算贪心吧？"

林卿卿从没想过香凝千方百计要嫁给黄鸿烨做妾，竟然是因为受了自己婚姻的刺激。她怔住了，不知道该怎么去宽慰眼前的人。

忽而一道绚烂的烟花升起，璀璨了整个夜空。

"瞧，我就像这烟花，再美也不过瞬间即逝。"香凝的声音里有些许苦涩。

"凝姐姐，有的时候我会问自己，究竟什么对自己最重要。我苦过，所以并不怕再过穷日子，想来想去，没有了爱，即便锦衣玉食，那又有什么意思？"林卿卿抬头仰望着天空，烟花在不远处接二连三地升腾起来。

人群欢呼的声音传了过来，香凝淡淡地说："饱暖才能谈情感，没有饭吃的时候哪里还顾得上什么爱情？那些在欢呼的人，当真个个有爱吗？不，于他们而言，衣能裹体，饭可饱腹就是幸福。你不用自诩爱情的圣母，黄鸿煊如果不是黄府的七少爷，你们每日要为柴米油盐奔波操劳的话，你还能这样天天将爱情挂在嘴上吗？"

林卿卿无言以对，香凝不是她，她也不是香凝，每个人都有自己心里看重的东西。

"卿卿，你在哪儿？"不等林卿卿再出声，黄鸿煊与许梽桐的声音由远至近。

"梽桐，鸿煊，我在这里。"林卿卿答道。

顺着林卿卿声音传来的方向，许梽桐跑到近前："你说往后面逛一小会儿，怎么待了这么久？担心死我了。"

林卿卿安慰她："在自己家里，怎么会有事？"

许梧桐刚要接话，香凝便已经开了口："许小姐这是担心我会把卿卿怎样了？竟然还请来了七少爷。"

许梧桐转头看着她："你莫名其妙跑来找卿卿，要说你没害她的心，我还真不能信。"

"我也是个柔弱的女子，怎么能害得了她一个做过粗活的人？许小姐，您当真高看我呢。"香凝冷笑道。

"你……"许梧桐还想跟她争辩，却被林卿卿拉住了："梧桐，凝姐姐不会那样做的。"

"可是她……"许梧桐有些气恼。

"卿卿，你没事就好。"黄鸿煊过来揽住她的肩，继而对着香凝说："香凝阿姐，可能我这样称呼你比较合适。老早就听卿卿提起过你，却一直没有机会见面。卿卿同我讲你曾经很照顾她，今天既然见到了，那我要当面谢谢你。我和卿卿都不是忘恩负义的人，只是有些事情不是我们想帮就能帮的。今晚家里开门迎客，你来赏灯猜谜，我们欢迎，你来同卿卿叙旧聊天，那该聊的恐怕也聊过了。现在天有点儿晚了，烟花散尽，我们家也要闭门送客了。"

黄鸿煊不温不火的几句话，拒她却又不失礼貌，香凝找不到合适的话来反驳。

"都说黄家的七少爷做事有礼有节，今日一见，果不其然。"香凝笑了一下，走近林卿卿，"既然七少爷下了逐客令，那我就先走了。卿卿，你可要多保重啊！"

香凝的身影融入夜色之中，天幕上的这轮明月，窥得见这个世间所有的秘密。

第七十一章

香凝醒来的时候，黄鸿烨已经坐在卧室里的沙发上了。

她心里一喜，抓起床边搭着的一件睡袍裹在身上，边趿拉绣花拖鞋，边柔声问："你来了怎的不叫醒我？今天好稀罕，怎么这么早就来了？"

"来的时候见你睡得很香，就想着不去打扰你。"

香凝笑道："你总是这样体贴。昨夜睡得晚，难得的一个懒觉还让你撞见了。"

黄鸿烨说："能睡是福，我倒是想天天都可以睡懒觉。"

香凝心疼他："你呀，就是给自己上了枷锁，一年三百六十五天，全年无休。商馆的事固然紧要，可也不能总让自己这样辛苦不是？"

见黄鸿烨张了张嘴，香凝点了兰花指轻轻捂压住他的唇："我晓得你要讲什么,'我是家里的长子,自然要担负起这份责任'。黄大爷,我猜得对也不对?"

黄鸿烨不置可否:"你说得没错,我是家里的长子……"话到这里,他忽然收了声,只定定地望着香凝。

香凝通透,见他这个神情,马上联想到自己昨夜去了黄府的事情。只她练达,即刻定了心神,笑吟吟地回望过去,却并不讲话。"是我对你不住……"片刻的沉默之后,黄鸿烨开了口,"我晓得你昨晚去了府里,我不管你出于哪种目的,你这样做只会让我们两个都难堪。"

香凝的笑容凝住了:"是你家七少爷同你讲的吧?我就晓得,他那样护妻心切,这是怕我揭了他们的隐私吧?"

"老七?他昨夜瞧见你了?你这话什么意思,什么他们的隐私?"黄鸿烨一怔。

看他神情似乎真的不知情,香凝顿了一下,才开口:"昨夜你们府上我还真的见了不少人,你家七少爷就是其中之一。"

昨夜黄鸿烨陪着黄廷承一道看花灯,瞧见林卿卿与香凝的背影,便假装顺嘴问了黄芳蕙,得知是一个叫凝小姐的来客,与林卿卿是旧相识。香凝找上门来的举动本就让他心里一紧,加上又知道了她与林卿卿相识,更觉得有几分惊惧。

联想到那天黄鸿煊找自己问话,加上刚才香凝所讲,黄鸿烨疑窦旋生:"你昨夜去府里是为了找七弟妹还是为了其他原因?你和七弟妹是怎么认识的?"

香凝笑了,抢白道:"你刚才不是说不管我去府上是出于什么目的的吗?怎么这么快就变卦了?"

见黄鸿烨有几分尴尬,香凝又说:"你一大早来找我,一定不是好奇心所使,说吧,你预备着怎样?"

黄鸿烨见她并不正面回答,越发地疑了心:"前几日老七专门找我来问话,问的就是我和你之间的事,我当时还觉得奇怪,老七怎么会晓得这些事,原来是你认得七弟妹……老七两口子向来不多事,你和七弟妹若非交情深厚,老七一定不会蹚这个浑水。"

香凝本以为林卿卿为了自保,一定负了自己所托。听到黄鸿烨的话,心里一怔,她竟然有一丝懊悔昨晚的举动。然而片刻的懊悔之后,她更多的是要筹谋自己的未来。

"一个旧相识罢了。你的好奇心似乎让你忘掉了今早来找我的目的。"香凝调笑道。

黄鸿烨见问不出话来,便正了正身子,脸上神情有些严肃起来:"你跟我也好了这么多年,这些年我待你怎样你心里应该明白,但凡旁人有的,我都不会让你缺了。"

"旁人？你是说你家里那位少奶奶吗？"香凝冷冷地笑了一下，又说，"她有的，我又怎么能有？"

黄鸿烨知道她心有怨气，也不与她计较，只说："你跟我的时候就晓得的，物质上的东西，我不会亏待你，可是我真的给不了你其他。你怨我也好，恼我也罢，今天我想同你讲清楚。也许是我平日里言行举止不当，令你生了些误会。我与你，虽不是逢场作戏，却也不能……不能跟你天长地久……"黄鸿烨讲出违心的话，他的心被揪了起来。

"我们好歹在一起了这么几年，我给不到你想要的，但是我会安置你日后的生活。"说话间，黄鸿烨从怀里掏出一张支票，双手递给了香凝。

香凝一阵心酸，却极力压抑着自己。她接过支票，看了一眼，赫然在目的金额，即便如她这般见惯世面的人，也为之一怔。"黄大爷好大的手笔呀！"香凝停了片刻，开了口。

黄鸿烨幽幽地说："这个房子，还有车子，我都是以你名字买的，加上这笔钱，你和翠云日后的生活与现在可以相差无几。我对你……"

他很想告诉香凝自己对她的爱意，可是话到嘴边又咽了下去："我对不住你！"

听了他这样讲话，香凝此刻反倒定了心。一个男人倘若只对自己逢场作戏，绝不可能给一笔如此巨额的分手费，且这样哀怨与神伤。

"鸿烨……你把支票收回去吧。"香凝适时转变了态度，"我晓得自己做了一场白日梦，是我自不量力，去奢想与你一同白头偕老。"

她微红了眼眶，定定地望着黄鸿烨，又说："哪个女人不希望自己穿上嫁衣？只是我命运不济，怨不得别人。我不要你的支票，也不会再住在这里，这几天我和翠云一道收拾收拾，便搬出去。"

黄鸿烨听她这样讲话，又见她这般神情，心里登时宛如刀割。"不，阿凝，是我没用，给不了你一个家。可现在世道越来越乱，你们两个女人又能去哪里？这个房子本来就是给你的，如果你不想……不想看到商馆，我再重新去给你找房子。至于支票，你一定要留下……"

香凝不等他把话讲完，便伏倒在他身上痛哭起来。

黄鸿烨深锁了双眉，那种忧郁与无奈毫不遮掩地呈现在脸上。他不知道这一刻该怎么去安慰自己的爱人。当他知道这个女人跨进家门的那一刻，他害怕了，退缩了，知道自己不能再这样与她纠缠下去，即便她让他魂牵梦萦。

"阿凝，我要走了。"黄鸿烨轻轻推开香凝，"你，多保重！"

香凝抬起头，梨花带雨的脸上尽是哀怨："我晓得的，我这样的出身是不该缠着你不放的，奈何我自己这样不争气，午夜梦回，想的全是你……"

见黄鸿烨呆住，香凝借机又倒入他怀里："鸿烨，不要离开我……"

第七十二章

黄鸿煊敲开黄鸿烨办公室门的时候，发现他神情凝重地呆立在窗前。

"大哥，我听胡秘书说你好像不大舒服。"黄鸿煊声音里是满满的关切。

黄鸿烨没有答话，依然呆呆地望着窗外。

"大哥，你没事吧？要是身上不舒服，我这就打电话请五哥过来，让他帮你瞧瞧。"黄鸿煊又问。

"老七，我刚才给她送了张支票。"黄鸿烨幽幽地开口，"可是我最终还是下不了决心同她分开。我是个懦夫，做事情这样优柔寡断。"

黄鸿煊明白了他悲伤的原因，可是也不知道该如何去劝解。

"跟她好的几年，我也算尝过爱情的滋味了。本想着日后一别两宽，但求彼此安好，可我还是不忍心拒绝她。"沉默了片刻之后，黄鸿烨苦笑道。

黄鸿煊走近他，拍了拍他的肩膀："大哥，原本我是想要劝你的，可是事情没有发生在自己身上，任谁也不能感同身受，说出来的话其实也起不了什么作用。既然不想同她分开，那就听从自己的内心吧。"

黄鸿烨仍旧望着不远处的那幢小楼："老七，你是个明白人。我又何尝不想光明正大地同她在一起，可是我肩上的担子和你不一样，我做不到义无反顾。更何况，阿凝和七弟妹的出身不同，倘若她没有进过青楼，我又怎么会陷入两难的境地？"

黄鸿煊心里一紧，他不是没有担心过香凝会将林卿卿的身世告知黄鸿烨，可方才自家大哥的话明显是不知情的。他似乎松了一口气，可又有一些惭愧，香凝虽说是个青楼女子，倒也讲究义气。"大哥，如果你当真放不下，不如试着去同父亲谈谈，毕竟不是娶太太，父亲不见得就不能同意。"黄鸿煊建议。

黄鸿烨无奈地摇了摇头："你不懂父亲，他最不能容忍的两件事就是养青楼女子与捧戏班优伶，算了，这些问题你都不会有的，同你讲了你也不会理解。"

说话间，他似乎想起了什么，转过身问黄鸿煊："老七，弟妹和阿凝是什么关系，她们怎么会认得的？"

这突如其来的问话，让黄鸿煊一时间怔住。问话的人是自己的大哥，他不应该撒谎骗他，可事关自己心爱的妻子，他不敢想象如果实话实说会有怎样的后果。

　　见他变了脸色，黄鸿烨越发起了疑："老七，你跟我还有什么话不能明说吗?"

　　"大哥……我……我……"黄鸿煊从小到大从没讲过一句谎话，更何况此时面对的是自己的兄长。

　　"老七?"黄鸿烨一脸狐疑地望着他。

　　黄鸿煊能感觉到自己后背有一丝凉意，他咬了咬牙："我不是很清楚……大哥，你不要再问了。"

　　黄鸿烨说："你不知道也好，不想说也罢，阿凝是个好女人，奈何流落风尘。倘若弟妹和她相熟，请你代为转达我的意思，请弟妹日后有时间去陪陪她，毕竟我也不能常常过去。"

　　黄鸿煊不知道该如何答话，只点了点头，便转身离开。

　　黄鸿煊进到自己屋里的时候并没见到林卿卿，问了秋霞才知道被许梧桐拉着去了后花园。

　　已经是早春时节，花园里迎春花次第绽放，黄鸿煊远远瞧见花丛中的妻子，夕阳余晖笼罩在她身上，让她整个人散发出柔和的光芒。

　　"卿卿，梧桐，你们在干吗?"黄鸿煊走到近前。

　　"鸿煊，你回来了。"林卿卿柔声唤他。

　　"鸿煊哥哥，你回来得正好，五哥回房间拿相机去了，等下我们一起合个影。"许梧桐不等林卿卿讲完，便笑嘻嘻接了话。

　　黄鸿煊心里装着事，可也不愿扫她们的兴，便随着她们往一旁的回廊走去。

　　"你们看这些迎春花，虽说现在乍暖还寒，可是它全然不惧。我就是喜欢迎春花的这种劲头，不像那些个娇贵的花种，一下霜全都枯萎蔫巴。"许梧桐看着眼前成簇的迎春花，由衷赞叹道。

　　"你又在品评了，"林卿卿笑道，"该封你做个鉴花女史，各种花卉，任你点评。"

　　"好你个林卿卿，仗着你家夫君在，又开始笑话我。"许梧桐佯装气恼。

　　"鉴花女史多好的官职呀，怎么就是笑话你呢?"黄鸿煊笑道。

　　"我当不当鉴花女史倒不知道，可是你呀，绝绝对对的是了。"许梧桐朝他们扮了个鬼脸。

　　"我哪里懂什么花，牡丹与芍药我都分不清，更别提鉴赏了。"黄鸿煊说。

　　许梧桐却停下了脚步："你的太太，我的姐妹，就是这不畏严寒的迎春花呀，你娶到她，你还敢说自己不懂鉴花吗？"

黄鸿煊摸了摸自己的头，笑着点了一下："你要真的用花来比喻卿卿，她在我心里何止是迎春花！"

许梧桐说："迎春花怎么了？我就最喜欢它，它没有梅花傲雪凌霜的那种高冷，却又不畏春寒向人传达春意，这种品格特性多像我们卿卿。"

黄鸿煊刚要再开口，林卿卿便笑道："你总是这样夸奖我，我等下要好好翻翻典籍，看看哪种花配得上你！不过说真的，我也喜欢迎春花的。小辰光跟阿爹上山采药，料峭春寒，它却能迎寒而开，等到了山花烂漫的时候，它却隐入山野之间，不争不抢，活得自在快乐。"

"对呀，我就是喜欢它这一点，才拿了它来比喻你。"许梧桐有几分得意地望着黄鸿煊，"你猜猜，还有哪种花能配得上你的太太？"

"自然是牡丹，百花之王。"黄鸿煊脱口而出。

"俗！"许梧桐抢白他，"你太太才不靠娇美的外表吸引人呢。"

"那就是桂花，卿卿平日里最爱桂花香，而且桂花易植，却能芳香满城，就像卿卿，平易近人又招人喜爱。"黄鸿煊不甘示弱。

"你们两个拿我打什么趣？"林卿卿笑道。

"不是打趣，是实话实说。卿卿，我觉得你是出水芙蓉，即便出于淤泥却也能一尘不染。"

黄鸿煊刚才被大哥质疑林卿卿与香凝的关系，此时听见许梧桐的话尤为敏感："梧桐，不许胡说！"

林卿卿见黄鸿煊严肃起来，忙开口打圆场："鸿煊，梧桐不过以花喻人，又没说什么，你做什么这样紧张？"

许梧桐说："就是，打个比喻而已，你几时变得这样小心眼？"

黄鸿煊辩解："我不是小心眼，是大哥在追问卿卿与香凝的关系。对不起梧桐，我只是敏感了些，我……"

不等他讲完，许梧桐便问道："鸿烨表哥知道卿卿与香凝认识了？他怎么会认识香凝？"

黄鸿煊不出声，只摇了摇头，许梧桐却急了："到底怎么回事呀？昨晚香凝来看灯，我就觉得不对劲。你们两个要急死我吗？"

"大哥只是知道卿卿认得香凝，不然也不会来问我。大哥和香凝……"黄鸿煊欲言又止。

"梧桐，你听我说……"林卿卿接过话。

198

第七十三章

"卓骥吾儿，见字如面。据闻家中喜添人丁，不为别陈，只盼汝等兄弟日后齐心勠力，可振兴家门。为父远在大洋彼岸，汝当替吾尽子孙之孝，承欢祖父母膝下，吾心自安。待吾学业所成之日，便可与汝父子相见。"

小玉进门的时候，恰好廖玉凤读完黄鸿熠从法兰西寄回来的信，恨恨地扔在了地上。

"薄情寡义！"廖玉凤自牙缝里挤出几个字来。抬头瞧见小玉，她一脸愠色："死哪里去了，这样的信还要让黄福良差人送来？"

小玉垂眸瞄了一眼地上的信，便知道黄鸿熠又如往常一样在信中只字未提廖玉凤。她定了定神，赔笑道："三少奶奶，没人敢私拆您的信件。"

"哼！幸好没人敢，不然被旁的人看去了，你让我哪还有脸待在这个家里！"

"母子连心，三少爷知道小少爷才启蒙，最终信是您在看，所以写给小少爷就是写给您哪。"小玉宽解她。

"写给我？放屁！他明明晓得是我代阿骥看信，却连只字片语都不愿提及我。"廖玉凤恨得咬牙切齿，"我怎么就这样让他厌烦？当初是他们家上赶子来我家提亲的，可嫁进来才几天哪，他就这样抛下我们母子去了法兰西。老头子嘴上说心疼阿骥，要求他早点儿回来，可从来没用过强制手段。"

"老爷和太太是真的心疼咱们阿骥的，平日里太太总爱抱着阿骥。"小玉说。

"那不过就是做个样子给我看的！这一大家子都不是什么好东西，虚伪！"廖玉凤愤恨地说。

"少奶奶，您小点儿声，当心被人听了去。"小玉忙劝阻道。廖玉凤素来要面子，小玉知道只有这样讲才能让她不再抱怨。

果不其然，小玉话音刚落，廖玉凤便将声音敛了下来："把信扔到火炉里烧了吧，省得我看见心烦。"

小玉小心翼翼从地上将信捡了起来，正要转身往外屋的火炉走去，便又听到廖玉凤的声音："等等，我刚问你跑哪去了，你还没答我呢。"

小玉低着头："三少奶奶，我去了趟花园。"

"去花园？你自己跑花园做什么？"廖玉凤不依不饶。

"我去看花，看迎春花。"小玉忙答道。

"哼！你几时也变得这样雅致，开始赏花游园了？"廖玉凤一脸不屑，顿了一下，她忽而又说，"你别以为你那点儿小聪明我不晓得。你和有财那点儿事，我睁只眼闭只眼，不过是看在你从小跟着我的情分上。你要是想嫁人，可以明着告诉我，又何必做这样见不得人的事？"

"三少奶奶，我愿意陪着您，我不嫁人，您别赶我走。"小玉哀求道。

廖玉凤却没有消气的意思："不想走就给我老实点儿！平常夜里头你们偷鸡摸狗也就算了，这大白天往花园里去苟合，要是被人撞见，我也跟着你丢人！"

小玉头垂得更低了，两只手不停地摆弄着衣角。

廖玉凤蹙了双眉："走吧，走吧，在我眼前头晃什么晃！"

小玉却没有离开的意思："三少奶奶，我真的没有和他……我刚刚是因为碰见了七少爷他们……"

听她这样讲话，廖玉凤似乎来了兴趣，便对着她招了招手："他们？"

小玉"嗯"了一声，走近她："起先是七少奶奶和表小姐还有表少爷一道进了园子，后来表少爷离开了，七少爷又来了。"

"逛花园多正常的事，你碰到了就问个安得了。"廖玉凤淡淡地说。

小玉犹豫了一下："他们没瞧见我，我在假山的山洞里，他们往回廊那边去。"

廖玉凤脸上有一丝讥笑："你在山洞里赏的什么花呀？还说你没去花园苟合，不能自圆其说就不要来糊弄我。"

小玉极力想要为自己开脱，忙解释："三少奶奶，我躲起来是因为听到了他们的谈话，我哪里敢露头哇。"

"哦？你这么说，可是他们在背地里说闲话？是在说我吗？"廖玉凤问道。

小玉摇了摇头："没有，您敬上接下的，谁还能说出来您的不是呀？听他们言来语去的，说了好大一会子。"

廖玉凤听她卖弄，没好气地说："行了行了，少在这里卖关子，拣重点的事情说。"

小玉却转身走到门边，探出半个身子向外张望了一下，又将内室的门掩上，这才重新走到近前："是大少爷……"

看她的举动，又听她提及黄鸿烨，廖玉凤忽地来了精神："他们在议论老大的事？快，讲出来我听听。"

小玉说："好像是说大少爷跟一个女人的事情，那个女人好像还同七少奶奶认得。"

廖玉凤问："哦？有点儿意思。老大是不是在外面有了女人？那他们是筹划着要帮他娶进门做妾吗？"

"应该不是……"

不等她讲完，廖玉凤便打断她："什么叫应该不是？你有没有脑子呀，听来的话能不能过一遍。"

小玉有几分委屈，辩解道："我真的听不太仔细，如果不是表小姐激动的声音大了些，恐怕我就不能听到这些了。"

廖玉凤斜了她一眼，不耐烦地说："说吧，都听到了什么，一字不能漏，一句不要编。"

小玉有些怯怯："三少奶奶，我说的不一定就对，也许我听岔了呢。"

见廖玉凤狠狠瞪了一眼，知道她嫌自己又讲了废话，小玉忙接着说："那个女人好像是被大少爷养在了外头，可不晓得为什么大少爷不愿把她接进门。我听着七少爷的意思，大少爷是要跟那个女人分开，还给了那个女人一笔安置费，可是又没真的分开。

"七少奶奶似乎跟这个女人有些渊源。临末了，表小姐愤愤道了句'果然婊子无情'，却被七少奶奶制止了。"

廖玉凤冷哼了一声："我晓得了，老大在外面包养的这个女人一定不是什么正经人家的，这里面必然另有缘故的。"

"等一下去给我大哥挂个电话……"想了想，她又说，"不行，还是你找个借口回我家一趟，当面去对我大哥讲，请他雇个私家侦探查一查，看看那个女人究竟什么来路。"

廖玉凤心里又做了一番盘算，接着冷冷地说："这下可有好戏看了。"

第七十四章

黄府到了夜里总是会开桌牌局。

柳韵琴放下手里的筷子，环顾左右，笑着问："今晚谁来应局呀？"

张氏答："大姐不用问我，我们两个是铁腿了。"

柳韵琴笑道："是你自己抢着答我，缺谁也缺不了你。"

见廖玉凤并不似往常那般积极，柳韵琴问道："玉凤，你打不打呀？"

"母亲，阿骥今天课业没有完成，奶妈又总是纵着他，我得回去盯着点儿。"廖玉凤说话间在桌下拉了拉佟玉梅的衣角。

佟玉梅会意，便笑着对柳韵琴禀告："母亲，今天我也不打了，头有点儿痛。"

柳韵琴问："这么多年了，你这头痛的病就没见一点儿好转吗？鸿灿的岳丈这医术了得，也没有办法吗？"

佟玉梅回答："我一直在吃王伯父的药，现在发作得少了。今天不晓得是不是受了风，又觉得有些难受。"

柳韵琴说："你这是头风，你生阿骐坐月子那会子，我要你戴好抹额，你偏不听，这可就落下病根了。"

张氏接过话："这种月子期间落下的病只有月子时候能补回来。大少奶奶倘若再生一胎，重新坐一次月子，这病准能好。"

柳韵琴点了点头："你二姨娘说的不假，我们两个都生了几个，这是经验之谈。玉梅，阿骐大了，你和鸿烨也该考虑再生几个了。"

佟玉梅又何尝不想再生养儿女，可是黄鸿烨这几年常常借口疲累，夜里倒头便睡，从未有过夫妻间的举动。她顾及颜面，听婆母这样讲话，有苦说不出，只能敷衍地应下。

姚氏吐出漱口水，边擦拭边说："大姐，今晚算我一个吧。"

柳韵琴说："藜旻刚出月子不能久坐，梧桐与卿卿又不爱打麻将，算上你还不是少了一个？"

姚氏说："您怎么就把鸿煊忘了？瞧瞧咱们家男人，只有鸿煊一个人回来吃夜饭，刚好做个替补。"

"我这满脑子只想着咱们几个，当真没想到鸿煊。"柳韵琴笑了，转头看着黄鸿煊，"鸿煊，你三姨娘可发话了，今晚就你来应局了。"

黄鸿煊听母亲开了口，也就应了下来。一桌人又闲聊几句，各自散去。

佟玉梅回到房间不多大一会儿，廖玉凤便走了进来。

佟玉梅原先正歪在贵妃椅上，瞧见她进来，便站了起来迎她："你要是再不来，我就要让金秀去你房里请了。"

廖玉凤笑道："就这样急着见我呀？我这不是主动找上门来了吗？"

佟玉梅拉她坐了下来："你在饭桌上的举动，分明是有事找我，怎么就是我着急了？明明晓得我是急性子，就该快点儿过来呀。"

廖玉凤说："那倒也不是有什么样的急事，就是鸿熠从法兰西寄了些酒心巧克力，我想着拿来给阿骐尝尝。"

佟玉梅挑了一下眉："就为这个？家里只有阿骐与阿骥两个能吃，你就是带到牌桌上，也没人跟我争不是？"

廖玉凤道:"这不是还有芳菲呢?毕竟也是个孩子……"

不等她讲完,佟玉梅便打断她:"得了吧你,平日里就数你和三姨娘走得近,今天怎的就怕她家芳菲吃了?"

廖玉凤也不觉尴尬,笑道:"瞧你说的,再近,还能够得上我们的交情吗?"

佟玉梅说:"行了,不说这些个。鸿熠当真是有心,漂洋过海寄些巧克力回来。"

"什么有不有心的,他那是寄给自己儿子。"

"寄给儿子就证明心里惦记着你们娘儿俩,快说说,给你寄了什么回来?法兰西的香水可是顶好的呢。"

黄鸿熠又何曾寄过东西给他们母子,廖玉凤不过拿着自己娘家带来的东西寻个由头来找佟玉梅。此时听她这样讲,自然是要顾及自己的颜面。

"是呢,法兰西的香水浓郁得很,你要是喜欢,明天我让小玉给你送过来一瓶。"

佟玉梅羡慕地说:"鸿熠寄给你的礼物,我哪里能要来?鸿熠当真待你好。"

廖玉凤说:"再好哪里能好得过你与大哥天天厮守在一起呀?丈夫,丈夫,一丈之内为夫,鸿熠这样远隔重洋,我是当真羡慕你呢。"

佟玉梅问:"鸿熠出去也有几年了,他有没有讲几时回来呀?"

廖玉凤答:"他呀,心思都在学业上,说是一定要拿了双学位才回来。"

"我就搞不明白了,有什么可学的?家里有这么多事情能做,干吗非要读那么多书?倒不如回来帮帮鸿烨。"

"我也是这样同他讲的,他却说现如今是西方人的天下,要想生意长久,非得弄明白他们的学问才是。我想着他讲的也是有道理,这不也是为咱们这个家长远计嘛!"

佟玉梅有几分不屑:"你的意思是鸿烨不懂生意了?"

廖玉凤赔笑道:"我哪里会是这个意思,谁不晓得大哥把咱们家生意打理得井井有条?"

佟玉梅说:"晓得就好,那些西洋的东西不过是拿来骗人的。"

廖玉凤说:"回头再给他写信的时候,我就跟他提提。刚才母亲说让您和大哥屋里再添几口人,我又何尝不想给阿骥也添个弟弟妹妹呢。"

佟玉梅怔了一下,瞬即说:"这也不是我们想要就能要上的呀。鸿烨平日里忙,应酬又多,我听藜旻讲外国人讲究优生优育,要两个人都是最佳状态要的孩子才聪明。"

廖玉凤心里有数，嘴上却说："是呢，是呢，这种事情急不来的。我们又不是外头那些个女人，为达目的，使得了下三烂的手段。"

佟玉梅一脸鄙夷："这是说哪里去了？生小孩跟那些女人有什么关系！"

廖玉凤说："瞧瞧我，又不会讲话了。我的意思是男人都是贱骨头，总觉得家花不如野花香，外面那些女人肯下身段，男人们自然求仁得仁，在外面就会乱播种。"

佟玉梅忽地站起了身："玉凤，你这话几个意思？合着你是在说鸿烨在外头生了小孩？"

廖玉凤忙跟着起了身，拉起佟玉梅的手，拍了拍："大嫂，你这样敏感做什么？你与大哥感情这样好，怎么会有这种事情发生？我就是顺口这么一说，好了好了，都怪我，比喻不当。"

佟玉梅依然板着脸："这种比喻怎么能随便乱打？晓得的人信你是胡说，不晓得的还以为你疯了。"

廖玉凤赔着笑："好了，是我不对，过几天乐华楼开新戏，我请你，只当给你赔罪。"

第七十五章

乐华大戏楼是杭州城内数一数二的大舞台，各路名角儿都往这里粉墨登场。这天戏院里上了一出新戏《红娘叫门》，廖玉凤订了一个特等包厢，便约了佟玉梅一道去看戏。

特等包厢设在戏院的二楼，只有四间，分别在东西两侧。拉开包厢的帘子，能看得见对面包厢的一切，这种设计无非是让座儿们能互相较劲叫好，多给台上的角儿一些打赏。

戏院经理一见她们两个，便疾步迎了上去："两位少奶奶来了，我给您二位前面带路。"边走他边赔着笑："三少奶奶，今天有些对不住您，包厢里的暖炉坏了，我给您二位备了手炉。"

虽说已经初春时节，可乍暖还寒，两人又因为来看戏，刻意打扮了一番，穿得单薄了些，加上坐在那里不动，没有暖炉自然不会舒服。

今天是廖玉凤请客做东，见佟玉梅微微蹙眉，便问那个经理："其他的包厢可还空着？要是空着，我们就换到那里去吧。"

不等他答话，佟玉梅便接过话："你当真有意思，既知道要请我来看戏，订包厢的时候就该问个清楚。乐华是什么样的行情你还不晓得吗，这个时候哪里还会有空的包厢换给我们坐？"

"这不是今天上新戏吗，就想着邀你一道来。我是托我大哥订的，怨我没同他交代仔细。"廖玉凤转头又对着跑堂的说："去瞧瞧，看看其他包厢人来了没有，保不准临时有事不来了。"

经理说："二位少奶奶，那几间包厢都订在廖大爷前头，即便廖大爷要全包也腾不出来。您各位来之前，那几间就已经来人了。"

佟玉梅问："都是谁家订的呀？没准我们还认得。"

见经理支吾着不答话，廖玉凤接过话："大嫂，这是人家行规，哪里能讲给我们晓得，你这不是为难他吗？今天就请给我个面子，将就一下得了。"

经理也赶忙接道："多谢二位少奶奶体谅，我给您二位已经备了全新的棉毯，加上手炉，应该还能应对，今天是我们的错，让您二位受委屈了。"

听他这样讲话，佟玉梅也不好再坚持什么，两个人便并排坐下，金秀与小玉则站到各自主人的身后。

经理又带着跑堂的陆续送来了茶水瓜果点心，坐下不多时锣鼓齐鸣，戏便开了场。

廖玉凤对着小玉吩咐道："去把帘子拉开，也好让我们瞧瞧下面的热闹。"

戏开了一会儿，台上红娘与莺莺正在闺阁里绣花闲谈，见廖玉凤站了起来，佟玉梅问："做什么去呀，名场面就要来了。"

廖玉凤回答："不晓得是不是早上咖啡喝得多了，要去如厕，我去去就回。"

佟玉梅接过金秀递来削好的苹果，只顾着看台上的戏，也不再去理她。

廖玉凤去了不多大一会儿，就回了包厢。佟玉梅刚才听她讲咖啡喝多了，便顺嘴问她："你没事吧？咖啡也能喝坏肚子？"

廖玉凤答："没事了，也许是咖啡有利肠的功效。"

佟玉梅又问："我就奇怪了，那东西又苦又涩，你和母亲怎么就那样爱喝？换作我，倒贴钱我也不要喝的。"

"起初我也喝不惯的呀，加了糖和奶，当真就好喝起来，现在一天不喝倒觉得缺了什么似的。"见佟玉梅要将眼神转回戏台上去，廖玉凤连忙又说，"你说巧不巧，刚我路过对面的包厢，见门上也挂了'黄府'的字样。"

从开戏佟玉梅就一直盯着前面的戏台，倒也没人去留心对面包厢里坐了什么人，廖玉凤这么一讲，她便来了兴趣，不由得望向了对面。

"这杭州城里除了咱们家，还有哪个姓黄的也能坐特等包厢？"佟玉梅抻长了脖子，向外探了探。可那个包厢的帘子并未拉开，里面坐了什么人她们不得而知。

廖玉凤的心里却是明明白白。原来廖炳荣找的私家侦探将香凝的来龙去脉摸得一清二楚，廖玉凤自然知道了她与黄鸿烨之间的私情，前几天得了消息，知道香凝预订了乐华大戏楼的特等包厢，便自编自导了刚才的这出"戏"。

"你说怪不怪，来看戏还把帘子拉得这样严。"佟玉梅说。

"人家能看到戏台就好，做什么要让我们这些对过的人看呢。"廖玉凤说。

"如今这世道，什么样的人都有，保不准有什么龌龊的勾当呢。"佟玉梅又说。

"在戏院里能做什么？大庭广众的。"廖玉凤明知故问。

"那还能有什么？不外乎听戏的时候犯了烟瘾吸一口，又或者与那些下三烂的女人厮混，总之就是见不得人的事情。"佟玉梅不屑地说。

廖玉凤心里窃窃，嘴上却说："你说的也没错，这世道当真乱。只是对面也姓黄，这姓黄的都不会出格到哪里去吧？"

佟玉梅讥笑道："照你这样讲，这全天下姓黄的都是你家的？一个母亲生出来的，还不一样性格脾气呢，更何况只是一个姓。"

廖玉凤说："说的也是，一只手伸出来，五个指头还不一样长呢。好了，我们听戏吧，任他是谁，又不是咱们家的人。"

楼下传来阵阵喝彩声，佟玉梅不再答话，又专心专意看起了戏。廖玉凤却没有心思去看戏台上的热闹，不时瞟一眼对面的包厢，唯恐错过了可以发挥的时机。

戏文将近尾声的时候，跑堂的敲了门进来："二位少奶奶，对面的客人起身要走了，您二位要是还想挪过去，我这就去打扫一下。"

佟玉梅说："戏文都要结束了，我们还挪个什么劲啊？也不长长脑子，还跑来问。"

"这对过的有点儿意思，还没散场呢，怎么就起身要走哇。"廖玉凤摆手让跑堂的离开，起身径直走到了护栏前，故意说，"我倒是要瞧瞧这是哪路大神，做事情这样古古怪怪……"

听她话没讲完忽然收了声，佟玉梅转过头来看着她："怎么了，是谁呀？"

廖玉凤故作慌张："没有谁……看戏……看戏。"

佟玉梅狐疑地问："看你的样子紧张兮兮的，莫不是碰着了熟人？"说话间，她已经站起身走了过来。

黄鸿烨拉着香凝的手，正巧穿过人群往外走去。

第七十六章

佟玉梅只觉得又羞又气，心里更是一万分的委屈，也顾不得司机婢女都在车上，伏在廖玉凤身上，呜呜地便哭了起来。

廖玉凤拍着她的背，小声劝道："大嫂，也许是看花了眼，认错人呢。"

佟玉梅抽泣着："要是我一个人看走了眼还能说得过去，可是我们四个人，四双眼，难道都看错了不成！"

"都怪我，好端端地拉你来看什么戏，这岂不就是我惹的祸？"

"关你什么事？纸包不住火，他这样在外面搭女人，早晚都要被我晓得的。"佟玉梅直了直身子，又说，"我虽说不像你那样读过书，可也是见过世面的人，他要真的想讨个小的，去问过父母，我必定不会阻挠。可他这样在外面偷着掖着，倒像是我小气似的。"她嘴上这样讲着，心里却是恼火至极。

廖玉凤将她的脾性摸得八八九九，等她落了话音，便开了口："谁说不是呢？大嫂你这样开明大度的人，绝不会吃那些个闲醋。要我说，大哥同那个女人什么关系我们也不好判断，万一这当中有什么误会，那反倒不好了。"

佟玉梅沉着脸："误会？大庭广众之下拉着手走路，还能是什么关系？你站着讲话不腰疼，换作是你家鸿熠，你会怎样判断？"

廖玉凤说："你同我拌什么嘴？我也是好心劝你，不想你们夫妻之间生了误会。"

一旁的金秀听廖玉凤这样讲话，忙赔着笑说："三少奶奶，我家大少奶奶不是这个意思。"

"这里几时轮到你来插话？"佟玉梅沉声道，"你也不用多想，我不过是气极了。"

廖玉凤说："我同你两个的交情，你不说我也晓得。"

"他今天是被我们撞见，万一哪天被亲朋好友见到了，那岂不是坏了我的名声？"

"事可从经，也可从权，倒不是说我要帮着大哥讲话，毕竟我们也只是看见他们一道看戏，究竟发展到哪种地步也不得而知。"

"我回去就要当面问问他，看他怎样跟我解释。"

"我也不是说你小气，可夫妻之间问这种事情最容易擦枪走火。大哥毕竟是这个家的顶梁柱，你也要顾及一下他在这个家里的名声。"

"我顾及他，谁又来顾及我？"嘴上这样说着，可是佟玉梅还是软了下来，"你不让我当面问他，那你倒是说说，我如何能晓得他们究竟哪种关系？"

廖玉凤斜眼瞄了一下车前的倒后镜，见司机全神贯注在开车，便对着窗外努了努嘴，贴近她耳畔说："满大街的私家侦探，让他们去查呀。"

翠云听到敲门声，急忙跑了出来，顺着门上的小窥窗向外瞧，见是一个衣着华丽的陌生少妇，身旁还站了个婢女模样的人，便问道："请问你们找谁？"

那婢女答道："去告诉香凝，黄府的大少奶奶来了。"

翠云知道黄鸿烨瞒着家里将香凝偷偷养在外头，除去他最贴身的司机小李和秘书胡元文，还有之前的林卿卿，这些年从未有其他人来过这里。

翠云正踌躇着，门又被拍响了："别让我们大少奶奶等久了，赶紧开门。"

翠云有些不知所措："等等，我去回一下。"

不等她转身，楼上传来香凝的声音："让她们进来吧。"

翠云抬头看了一眼，见香凝面无表情地立在窗前，院子内外的一切早就被她看在眼里。

佟玉梅并非是个能沉得住气的人，只这件事关系自己颜面，又怕事情闹大了影响黄鸿烨在家族里的地位，这才忍气吞声放下身段来找香凝。

佟玉梅抬脚进了院子，环视四周，脸上反倒现了几分得意。她在院子里立了片刻，不见香凝下来迎她，忍了忍，这才进屋上了楼。

香凝坐在起居厅里正在泡茶，见她进来，并未抬头："过来坐吧，我刚好泡了壶岩茶。"

佟玉梅见她这样慢待自己，原本忍在肚里的话再也憋不住了："你这是哪样规矩？见了我来非但不下楼迎接，这会子还敢这么大模大样的。"

香凝抬起了头，望着她笑道："莫说是您，就是鸿烨，我也不曾下楼迎过。"

佟玉梅听她这样开门见山，反倒语塞，咬了咬牙，走过去坐下。

香凝倒了杯茶推到她面前，淡淡地说："不晓得您要来，我只依着自己的喜好泡了福建的岩茶，您将就着喝一杯。"

佟玉梅冷哼一声："将就？岩茶所出不多，又山长水远从福建运来，到了杭州茶价几乎等同于缎锦，就是我，也不敢说喝它是将就。"

香凝笑了一笑，对她说："您今天不是为了专程来同我讨论茶的吧？"

佟玉梅自知无趣，便直截了当道："我为了什么来找你，你心里还没点儿数吗？难不成非要我挑明了说？"

香凝喝下一口茶："您不说明白，我当真是不晓得呢。"

佟玉梅定定地望着她："你勾引鸿烨，骗他钱财，还有脸说不明白？"

香凝道："您这样讲话，我越发地不懂了呢。我从不曾勾引他，更谈不上骗他钱财，男欢女爱的事情是两相情愿的，您这样讲话，我当真担不起呢。"

"你是哪种出身还要我讲明吗？你不勾引，鸿烨怎么会被你迷惑？你不为他钱财，难道等着喝西北风？"

香凝放下手里的茶杯："我是哪种出身鸿烨一清二楚，不劳您来提醒。如果您只是要问刚才那两个问题，您不应当来找我，而是该去问他本人。"

佟玉梅说："你少拿鸿烨来压我，你当我不敢问他吗？我不过是顾及自己的颜面罢了！"

香凝默默地站起来，走到立柜前，拿出来一盒蛋糕。

佟玉梅有点儿不耐烦："我没工夫同你浪费时间，你坐下来我有话同你讲。"

香凝全然不理会她的话，将蛋糕放在茶桌上，又去拿了叉与盘碟，这才重新坐了下来。一边切蛋糕，她一边说："您可以尝尝，这是维也纳的巧克力杏仁蛋糕，鸿烨去上海公干时候带回来的。"

黄鸿烨往上海公干，回家时候也不过带了些蜂蜜饼干给黄卓骐与黄卓骥兄弟。听她刚才的话，佟玉梅觉得她分明是在向自己炫耀，心里的火再也压制不住。

"我原本给你带了张支票，想要好言劝你，为了鸿烨的前途，早点儿离开他，谁料到你这样不识好歹。"佟玉梅说着话拿出手里的支票就要撕。

香凝拍了拍她的手，示意她不要这样冲动。佟玉梅见她这个举动，心里一喜，来不及出声，手里的支票便被香凝拿了过去。

"看看，这可不是一笔小数目，你要是离开鸿烨，它就是你的了。"佟玉梅仰着头说。

香凝瞧了一眼，笑着将支票放回到她手里："我要是同你讲，鸿烨给我的是你的十倍之多，你做何感想啊？"

"你！"佟玉梅恼羞成怒，"你敬酒不吃吃罚酒，我们走着瞧！"说话间抓起桌子上的茶杯就摔在了地上。

"哟，您动什么气呀？这可是上好的珐琅瓷呢。"香凝的态度还是不温不火。

佟玉梅冷哼一声，道："不过一只破杯子，我十倍赔你！"

香凝掩嘴一笑："那倒不必，反正花的都是鸿烨的钱。"

第七十七章

许梏桐举着手里的棋子，犹豫不定。

林卿卿笑她:"要不你慢慢想着,我先眯一会子。"

"你又笑话我,从小就在下棋上欺负我。"

林卿卿满眼笑意:"嚷着要下棋的人是你,怎么这会子说我欺负你。"

许梧桐说:"不是呀,我的右眼一直在跳,我不敢落子,怕输哇。"

林卿卿笑意更浓了:"我的好姐姐,右眼跳怎么就能输了棋?你心里觉得怎样下合适,就按怎样落子呀。"

许梧桐摇了摇头:"我还是不知道要走哪一步。哎呀,卿卿,要不你来帮我想想。"

林卿卿说:"那还下什么呀?你就不怕我专门把你往死路上引哪?"

许梧桐笃定地说:"你才不会!别说我们俩只是玩一玩,就是赌上金山银山,我知道你也不会那样做。"

"你当真想不出来我就告诉你,不然你再想想也行,反正你跟我一道睡,想要下到几点都随你。"

"这个要感谢鸿煊哥哥,腾出来了房间给我睡,我倒是盼着他在上海再多住几天呢。"

"你就安心在我屋里住吧,鸿煊还要好几天才能回来。"

"不是跟鸿烨表哥一道去公干吗,可是鸿烨表哥昨天就已经回来了呀。"

"本来鸿煊是要跟大哥一道回来的,可他想着既然去了上海,就去看看宥崇哥,顺道也听一听复旦的课。"

"真羡慕他们两个,又能一同坐进教室。卿卿,我也好想有一天能和你再做同学。"

林卿卿摸了摸微微隆起的小腹,莞尔一笑:"这是个好主意,如果真的有机会再去读书,也能让小家伙一并受受先进的教育。"

许梧桐说:"那也不是不可能,金陵女子大学听说就允许已婚女士去读书。"

林卿卿点了点头:"我听五嫂也提过那所女子大学,说是虽然只办学短短几年,可毕业生都成了各行各业的女性精英。"

许梧桐说:"是呀,虽然我们是女人,可也不能只为了丈夫儿女活着。我们要趁着自己青春,运用自己学到的知识去帮助这个国家和社会。"

林卿卿称赞她:"梧桐,你真是个进步的新青年!我要向你学习,不然要被你甩过几条街去了。"

两人正说着话,忽听到窗外传来啜泣的声音。这后院里住的是黄家四兄弟,林卿卿支起耳朵细听,确定是这个院里的声音,便按铃叫了秋霞进来,让她去探听消息。

不多大一会儿，秋霞便回屋来，一进门就说："七少奶奶，表小姐，是大少爷房里的声音，好像大少奶奶在哭，我刚去的时候见三少奶奶已经出了屋门往那边去了。"

见林卿卿微微皱了眉，许梧桐问："卿卿，要不咱们也过去瞧瞧？"

林卿卿犹豫不决："搞不清楚大嫂因为什么事情落泪，我们这样过去，会不会有些冒失？"

许梧桐边拉她起身边说："亏你刚还说要学我做新青年，怎么这会子又婆婆妈妈起来了？我们又不是去看热闹，我们是关心亲人。"

林卿卿不置可否，便接过秋霞递来的外衣披上，随了许梧桐一起往黄鸿烨屋子走去。

原来白日里佟玉梅在香凝那里受了刺激，晚上等黄鸿烨一进门便与他摊了牌。黄鸿烨毕竟觉得理亏，一味忍让，可佟玉梅非但得理不饶人，且气焰越来越嚣张，继而出口谩骂香凝，这才惹了黄鸿烨震怒，与她两人翻了脸。

林卿卿与许梧桐还没来得及进屋，就瞧见柳韵琴身上披了件睡袍往这里走来，身后还跟着尤嫂。

她们两个停下脚步，原地等着柳韵琴。

柳韵琴一上楼便瞧见了她们两个，将林卿卿上下一番打量，压着声音说："有身子的人，夜里头还是少出屋的好。"

不等林卿卿答话，许梧桐便抢着说："姨母，是我要卿卿陪我一道出屋的，我们这不也是关心大表嫂嘛。"

听许梧桐这样讲话，柳韵琴便缓了口气："既然来了，就一道进去瞧瞧，杵在走廊里当心受了凉。"

见柳韵琴她们几个进了屋，黄鸿烨赶忙迎了出来："母亲，都这么晚了，您怎么来了？"

柳韵琴反问："大半夜的你屋里闹这么大动静，我不来能行吗？"看了一眼正伏在廖玉凤身上抽泣的佟玉梅，柳韵琴沉声说："好端端的，这是闹的哪样？"

佟玉梅听了婆母这样问话，觉得自己受了冤枉，更觉得委屈，方才还是抽泣着，这会儿哭得更大声起来。

黄鸿烨走了过来："当着母亲的面，你能不能收敛一点儿。"

佟玉梅不依不饶："我没有半分错，凭什么要我收敛？"

柳韵琴蹙了双眉，正了脸色："怎么，你们是非要惊动了你父亲才能歇下来是吗?"她这话一出,倒是颇为奏效。见佟玉梅哭声渐小,她又问:"什么大不了的事,要弄得夫妻之间面红耳赤?"

黄鸿烨一脸尴尬:"母亲,不过是拌了两句嘴,没想到她哭哭啼啼的,害得您跟着操心了。"

"你这样讲话就是我无理取闹了?我不讲出来只是给彼此留了颜面,你别以为我是怕了你!"佟玉梅瞪着他。

黄鸿烨正色告诫她:"你在母亲面前不要胡言乱语!"

佟玉梅仍旧不依不饶:"我胡言乱语?你既做得出来,就不要藏着掖着。怎么?母亲来了你就不敢让我说了?"

"你……你简直不可理喻!"

"我不可理喻?是呀,我哪里能比得上人家会说话!"

柳韵琴不耐烦地摆了摆手:"行了!你们俩这样你一言我一句的,要我怎么来判断?夫为妻纲,鸿烨再有不对,他也是你们小家庭的一家之主。倘若今天错真在他,你同我讲明白,我自然会主持公道。都说长兄如父,长嫂如母,当着两个弟妹和梧桐的面,瞧瞧你们两个现在的样子,还顾不顾及脸面了?"

黄鸿烨正要出声辩驳,佟玉梅已经开了口:"母亲,要是平常您打我骂我,我都不会驳您一句,可今晚我心里当真委屈呀。我嫁到这个家,上敬老下爱小,也没有做过任何出格的事情,可他刚才非但骂了我,竟然还说要跟我离婚。"

"他敢!"黄廷承不知道什么时候出现在了门口。

第七十八章

见黄廷承入内,即便刚才还哭哭啼啼的佟玉梅也收了声。

柳韵琴等他坐定,便问:"廷承,你怎么来了?"

黄廷承板着脸:"我再不来,恐怕这整条街的人都要晓得了。"

柳韵琴说:"我听说你今晚睡前让他们送了葡萄酒上去,就想着不去惊动你。"

"他们闹成这样,想不惊动我都难!"转头对着黄鸿烨,黄廷承说:"说吧,怎么回事?"

黄鸿烨惴惴道:"父亲,是儿子处理得不当,没什么大不了的事。"

"没什么大不了的事就要闹离婚?"不等他讲完,黄廷承便打断他,"我们家与你岳丈家世代相交,蒙你岳丈不弃,把玉梅下嫁给你,你讲那样的话,对得起你岳丈岳母吗?"

黄鸿烨低下头,只有他自己知道内心的痛苦与无奈。

佟玉梅听到公爹这样讲话,更觉得自己委屈万分,刚才止住的眼泪又吧嗒吧嗒落了下来。

黄廷承看在眼里,沉着声音说:"你们母亲刚才说的话我都听到了,你们两个身为长兄长嫂,当着这许多人的面,不管不顾闹成这样,简直不成体统!既然这样,你们就当着大家的面把事情摊开了说,不管错在哪方,我都会主持公道。"

黄鸿烨看见父亲的那一瞬间,已是惊惶不安,此刻听到他问话,只觉得后背发凉。

"说吧,你们两个谁来说?"黄廷承催促。

见黄鸿烨低头不语,黄廷承点了他:"鸿烨,你先说!"黄鸿烨抬了头,怯怯地看了一眼父亲,犹豫地回答:"父亲,儿子有错,不该与卓骐母亲讲那样的话。"

"卓骐母亲?你既然知道她是卓骐的母亲,就该敬她,爱她!"

佟玉梅听他这样称呼自己,越发地伤心起来:"父亲,母亲,倘若鸿烨真的厌了我,您二位就让他休了我吧。我带着卓骐回我家去,我们娘儿俩也饿不死。"

"胡闹!"黄廷承不悦地说,"卓骐是我黄家长子长孙,还没有要到外祖父家讨饭吃的地步。行了,我晓得你讲的是气话,他不说,你来说。"

佟玉梅接过廖玉凤递来的手帕,边擦眼泪边说:"父亲,前些日子我同玉凤一道去乐华看戏,碰巧遇到鸿烨与一个女子一并也在那里,我怕自己看错,回来倒没敢多问。"

佟玉梅虽说任性,可当着公婆的面也知道不能信口胡诌。公爹纳了两房姨太太,当他的面肯定不能说自己不希望黄鸿烨纳妾,于是心里暗自想了一下,又说:"今晚我们两个闲谈,我对他讲我们是长房长子,该多为家里开枝散叶。倘若他在外面有什么心仪的女士,大可以禀明了您和母亲,将人讨了回来。"

黄鸿烨定定地望着她,恐怕她将香凝的来路公布于众。

佟玉梅见黄廷承微微点头,斜了一眼黄鸿烨,似乎在提醒,更像在警告:"我嫁过来这些年,谈不上贤惠大度,但也算不得小气,他要是能好好挑个清清白白的人回来,我们房里多个说话帮手的人,我何乐而不为?可要是对方只是贪慕咱们家钱财,或者人品不正,这不是辱了咱们家名声吗?我刚刚就是这样同他商量,可他觉得我是偷偷跟踪了他。天地良心哪,现在玉凤也在这里,您二老大可以问问她,我有没有故意去盯梢。"

廖玉凤本以为他们两个这样一闹就能将香凝的事情公之于众,如此一来黄廷承必定震怒，既能借机削弱黄鸿烨在家里的势力，又能看了笑话，也不枉她这番盘算。此时佟玉梅却临崖勒马，让她一时乱了神。

"玉凤？"黄廷承见她不出声，便问道，"你大嫂讲的事情你可知情？"

听到黄廷承的问话，廖玉凤回过神来："父亲，母亲，大嫂说的我倒是能证明，那天因为乐华开了新戏，是我约了大嫂一道去看的。"看了一眼黄鸿烨，她计上心来，"至于大哥一同的那位女士是谁，那我就不晓得了。"

黄廷承说："照这样讲，玉梅非但没有半分错，要我看还是有理有节，开明大度得很。你既然在外头有交往的女士，倒是同我讲讲对方是什么来路。"

"她……她……"佟玉梅的话让黄鸿烨终于松了一口气，可此时听父亲这么发问，他登时又慌乱起来。

黄廷承说："怎么？你既然与她交往就该知道她的来路。"

黄鸿烨并不知道如何回答，两只手紧紧地扣在一起，耳垂已经涨得通红。

他自小但凡遇心虚的时候就会是这个模样，柳韵琴心里有数，便问道："鸿烨，你父亲问你话呢。如果只是逢场作戏也就罢了，要是真的喜欢，难得玉梅这样大度，你就把人带回来。"

黄廷承追问："能与人家交往，又为何不敢讲明？除非是什么见不得人的货色！玉梅，他可有对你说明？"

"我只晓得她叫阿凝，其他的我也不晓得了，父亲。"佟玉梅并不当真想与黄鸿烨决裂。

廖玉凤正愁着不能挑明香凝的身份，佟玉梅的话无疑给了她这个机会，于是借机道："父亲，母亲，大哥交往的应该是正派人家的女士……"

黄廷承满眼狐疑："他们两个都不曾讲出来的事情，你怎么晓得的？"

廖玉凤看了一眼林卿卿说："那天阿骥回来同我讲的，说是同阿茂一道玩的时候，阿茂告诉他的，正月十五那晚猜灯谜，有个叫阿凝的娘娘很是会猜，是小舅母的朋友。刚大嫂提到那位女士叫阿凝，我忽然想到了。倘若当真是一个人，那能与七弟妹做朋友的，我猜想着一定是正派人家的女士。"

"小孩子的话不作数的，再说了，这个世界上同名同姓的人多的去了，你怎么就知道这个阿凝是不是就跟卿卿认识？"许梧桐护林卿卿心切，脱口而出。

廖玉凤说："梧桐妹妹这样紧张做什么？我不过是把自己晓得的事情讲了出来，我不是想帮大哥证实一下嘛，七弟妹斯斯文文，如果真的两个阿凝是同一个人，那必然也是一个乖巧可人的人哪。"

"你……"许梧桐还想要跟她争辩，便被林卿卿拉住了手。

第七十九章

林卿卿听到他们这样言来语去，心里已经将事情的来龙去脉想了个大概。

听到廖玉凤将这个难题推了过来，又见满屋子的人都将目光投向自己，她定了定神，向前走了半步："父亲，母亲，我是有一个旧相识叫阿凝。"

顿了一下，她看了一眼黄鸿烨与佟玉梅，又说："只是我没有同大嫂与三嫂一道去看戏，不晓得大嫂口中的这位女士是她不是。"

廖玉凤张了张嘴，硬是将想反驳的话憋回了肚子里。即便她心知肚明这两个就是同一个香凝，她也不能轻易讲出来，加上黄鸿烨夫妻因这件事发生争执，她更不能让人察觉自己是始作俑者。

黄鸿烨因为与佟玉梅争执惹得心烦意乱，又因为惊动了父母，这才一时之间惊慌失措。可他毕竟商海沉浮多年，刚才趁着他们几个讲话的间隙，心里也已经将事情理了一遍。

"父亲，这个不关三弟妹与七弟妹的事。我本来也没有要纳妾的意思，证明是不是同一个人又有什么意义？"黄鸿烨说。

黄廷承盯着黄鸿烨片刻，才问："既然你没有要纳妾，那你们两个今晚又何必闹得全家不宁？这个叫阿凝的女人究竟什么来路，能让你这样为难？"

黄鸿烨第一次见父亲用那样质疑的眼神看自己，顿时打了个冷战。在父亲听似平淡的语气里，他感受到了一种压迫。父亲有怎样的手段，他心里一清二楚，倘若真的察觉香凝与自己有私，一定会为了保全自己的名声而将香凝处理干净。

黄鸿烨不能，也不愿香凝受到任何伤害，他不能因为自己那点儿所谓的底线而把最爱的女人推入绝境。

"父亲，是我那天有些轻薄了，与一位相识不久的女士举动亲密了些，可能让玉梅生了一些误会。"黄鸿烨换回了以往对于佟玉梅的称呼。

"趁着您二老都在场，我就来表个态，"他停了下来，咬了咬牙，又说，"我会安安心心过现在的日子，现在，以后，都不会娶任何人做妾。"

黄廷承定定地看着他，忽然冷笑了一声："好，既然你这样表了态，这件事就到此为止。我可以不再去追究那位女士姓甚名谁，可今晚你对玉梅讲那样决绝的话，我要是不罚你，以后这个家就有了坏例子。"

黄鸿烨低下了头："父亲，儿子知道错了，以后……再也不会了。"

"念在你初犯，我不请家法。既然祸自口出，你就自己打自己的嘴巴。"转脸对着其他人，黄廷承又说："你们可以散了，夜里头没事少串门。"

众人前脚离开，身后便传来了清脆的声音，那是手打在脸颊上的声音。

黄鸿烨心里的悲痛与无奈，让他不停地在抽打着自己，那张清秀的、俊朗的脸颊上很快就留下深红的印痕。

事情并没有按照廖玉凤的预期发展下去，但是能令黄鸿烨当众被责令自己打耳光，也让她心里觉得有几分痛快。

林卿卿第一次感到这个家庭的沉重与家长的威严，黄鸿烨这样一个在外面有身份有地位的人，无论在语言或是行动上，对于自己父亲的吩咐竟然不曾有一丝反抗。她越发感受到黄鸿煊对自己的爱，可以不顾一切，勇敢地与这个家庭抗争。

许梧桐不明白林卿卿缘何要来见香凝，可她还是跟着走进了黄氏商馆不远处的这幢小楼。

翠云领着她们上了二楼，香凝正在调试新香。

"难得二位大驾光临，随便坐吧，也正好帮我试试这个香。"香凝脸上并未有一丝惊奇。

"凝姐姐，原谅我们不请自来。"林卿卿拉着许梧桐，走到她对面的位置坐了下来。

"来都来了，还讲这个做什么？"香凝对着她们笑了笑，说话间，将手里的香盒递了过去，"来，试试，看看浓度够不够。"

林卿卿接了香盒将它放在桌子上，却并没有去碰它。"凝姐姐一直就是个调香高手，反倒是我们，对这个一窍不通。"

香凝笑了："瞧我，这种助兴情欲的东西怎么能拿来给七少奶奶与许小姐看？真的是抱歉哟。"

林卿卿并没有去解释，只问道："凝姐姐有三天没有见到大哥了吧？"

香凝一怔，继而道："你几时也开始打探我们两个的事情了？怎么，还在担心你自己的前程吗？"

林卿卿嘴角有一丝微笑："如果我说不担心，那一定是假话。只是，问题已经放在那里，担不担心又有什么区别呢？"

香凝说："我就喜欢你的这个性格，起码到现在为止我还愿意信你讲的话。你们今天来也一定不是为了好奇我多久见一次鸿烨，说吧，什么事？"

林卿卿说："您是明白人，那我就开门见山了。大哥之所以这几天没有出现，是因为他在家里养伤……"

香凝没有去追问黄鸿烨的情况，只是垂下眼眸，伸手去拿回香盒，放在自己手里摆弄着。

许梧桐有点儿按捺不住："你当真无情无义，哪个女人听到这种话会不去关心一下？"

林卿卿拍了拍许梧桐的手，看了一眼置若罔闻的香凝，接着说："大哥被父亲责罚，将自己的脸打肿了。"

香凝的手滞了一下，继而伸手去拿放在一旁的香勺。林卿卿看在眼里，继续着自己的讲话："父亲并没有罚他那么重，我想也只是为了给所有人一个警告，可大哥却对自己下了狠手。直到那天夜里，我才真真切切感受到他的痛苦，是那种爱而不舍的痛苦。"

一滴泪，落在香盒之上。

窗外的青色朦胧在如丝的烟雨中，将些许怅然泻出心外，泛起苦涩的涟漪。

"其实昨天胡秘书来过，送来了一条蓝宝石项链。那是以前我同他玩笑时候讲的，说有一天如果我找不到他了，就去买一条蓝宝石做的项链挂在胸口，因为那是海的颜色，而我对他的爱就像海一样深……"片刻之后，香凝开了口，"是我贪心，才走到今天这个地步，我不怨任何人。你刚才的意思我懂了，如果是他让你来传话，那请你回去告诉他，以后我与他一别两宽，互不相欠。"

林卿卿摇了摇头："是我自己想来见您的，我本来想好了许多劝您的说辞，现在看来是我真的不了解您……"

香凝露出一抹苦笑："那天他的太太找上门来，我就已经料想到了结果。她那副高高在上的样子，我终于晓得鸿烨为什么这样渴望得到爱情。"

林卿卿没料到佟玉梅竟然来找过香凝，想到那夜她在黄廷承面前的表现，心里忽然有些迷茫，这个终日端着名门世家架子的女人，竟然也能做到隐忍与克制。

"您是个通透的人，既然大嫂来找过您，这里恐怕……"

"恐怕她会来找我麻烦是吗？我想到了，所以我预备着离开了。"香凝说。

"您想过要去哪里吗？"林卿卿问。

"还没想好，只是杭州我恐怕留不住了……"香凝幽幽地回答。

"凝姐姐，我讲一句不知分寸的话，您衣食无忧，又这样才情兼备，完全可以去做自己想做的事，为自己活一回。"林卿卿建议。

"为自己活一回？是呀，我应该为自己而活……"香凝忽然定定地望着林卿卿，"卿卿，请允许我还这样称呼你。你当真是一个知世故，却不世故的人！"

第八十章

途经西湖的时候，林卿卿叫停了人力车，拉着许梧桐沿着湖边的小路步行回家。

烟雨中的西湖，就像一幅水墨画，不论远山还是近亭，都只留下淡淡的轮廓。

"梧桐，你喜欢这样的西湖吗？"林卿卿问。

"天地间迷迷茫茫，都被这烟雨笼罩了，我还是更喜欢阳光明媚的西湖。"许梧桐道。

见林卿卿不出声，她便问道："卿卿，难道你喜欢这种烟雨茫茫的感觉吗？"

"嗯！"林卿卿回答，"这种美很奇特，是一种迷茫的美。看着眼前虚无缥缈的景象，会让人有一种想去探寻究竟的欲望。西湖安在？青山安在？人生的路知向谁边？"

许梧桐又问："卿卿，你是在感慨人生吗，还是联想到了香凝？"

林卿卿摇了摇头："我不晓得怎么会生了这样的感慨。梧桐，天上的风雨来了，有屋子可以挡风遮雨，可是心里的风雨来了呢？"

"卿卿，任何时候你都有我和鸿煊哥哥，你再也不要委屈自己，更不要憋在心里。"

林卿卿停下脚步，望着她："梧桐，上天给我最大的关照就是让我的生命里有了你们两个！为了你们，我也不会让自己再受委屈。"

"嗯，这才是你该有的样子。"顿了一下，许梧桐接着说，"卿卿，你有点儿和以前不一样了。"

"哪里不一样了？"

"我不太能说得好，就是，就是一种感觉。"

林卿卿拉了她继续前行："是因为我带你来找香凝姐姐吗？"见许梧桐不置可否地点了点头，林卿卿开诚布公地说，"鸿煊不在家，没有你的陪伴，我出门就很难解释。香凝姐姐曾经帮助过我，发生这样的事，我不能假装不知情。"

"卿卿，你不担心自己受牵连吗？万一——"

"我担心！"林卿卿说，"那天夜里如果大哥不是那样表态，他们追查下去，也许就能晓得我是怎么来到你的身边……"

"绝不可能！这件事除了我和四哥还有香凝与鸿煊，不会有别人再知道内情了。"许梧桐着急了，"我看出来了，那个香凝，还算是个讲义气重情义的人。"

"是呀，这段时间我觉得自己像是重新认识了她。"

"所以，你刚才才要建议她去金陵女子大学读书？"许梧桐问。

"她也是个苦命人，原本是个官家小姐，却因为家庭变故，被卖进了掩香阁。我记得她曾经感慨过，讲男人可以通过考取功名来改变命运，如果日后可以平等地进学堂，她也想自己有一番成就。"林卿卿苦笑一下，"她琴棋书画无所不精，既然如今没有了爱情，那她完全可以去追求另一种生活。"

"你讲得也对，鸿烨哥哥这些年在经济上不会亏待了她，既然物质上不需要她再去操劳，是应该去找寻精神上的东西，也许能帮助她早点儿忘掉心里的痛。"许梧桐表示赞同。

风刮紧了些，将初盛的杏花吹落下来，花瓣在空中飞舞，没有目的地四处飘落。

林卿卿与许梧桐前脚刚跨进家门，秋霞便急匆匆迎了出来："七少奶奶，表小姐，你们回来得正好，七少爷从上海回来了。"

"鸿煊回来了？"林卿卿问。

"是呢，七少奶奶，七少爷去见太太了，他要我在门口迎您二位。"秋霞回答。

许梧桐见林卿卿脸上有了笑意，也跟着欢喜起来："太好了，鸿煊哥哥回来了！我去五表嫂屋里看看卓骁，小别胜新婚，我可不要去妨碍你们两个团聚。"

林卿卿微微红了脸："瞧你说的，你不是惦记着宥崇哥的情况吗？走吧，先到我屋里去。"说话间已经过来拉许梧桐的手。

黄鸿煊一进门，就遣走了秋霞与兰萍，又亲手反锁了屋门。

"鸿煊，怎么了？发生了什么事？"林卿卿有些奇怪他的举动。

黄鸿煊望了一眼窗外走远的两个婢女，这才开口："你们两个听我说，宥崇和他的朋友们都被抓了……"

许梧桐不由自主地激动起来："什么？我五哥被抓了？被什么人抓了？"

"听我说，梧桐，你听我说，"黄鸿煊一边安抚她坐下，一边继续说，"宥崇和他的几个朋友一起创建了一个诗社，说是诗社，其实是他们几个进步青年聚在一起写一些自己的言论，然后印成报刊到各个大学与商场去散发。前天夜里，突然一帮巡捕房的人冲了进去，把他们都抓了。好在他们后来晓得了宥崇是财政总长的公子，就把他放了出来。"

听到这里，许梧桐用手按住胸膛，只觉得松了口气。"可是，"黄鸿煊继续说，"他那些朋友们都还被关在巡捕房里。"

"他们会怎样？"林卿卿问。

"不晓得，宥崇说除了他，其他人都被打了，打得挺惨……"黄鸿烨讲这句话的时候咬着嘴唇，脸上写满了愤怒与不安。

"梧桐，宥崇要我回来找你，他说只有你有办法能救他的朋友们。"

"我？"许梧桐一脸茫然，"我和五哥是兄妹，如果我能救得了他们，那五哥自己也是可以的呀。"

"你讲的是没错，巡捕房的人晓得你五哥的身份，如果有用，那宥崇自然不会要我来找你。是因为这次是在租界，能放了宥崇，已经是给足了面子。我们两个昨天到处打听，才晓得新任的日本商会参赞和他们总探长很熟。"黄鸿煊解释。

"日本商会新任参赞？你是说我四哥？"许梧桐狐疑地问。

"嗯！"黄鸿煊点了点头，"所以宥崇让我来找你，他说，只有你出面，宥利表哥才有可能帮这个忙。"

"这……我四哥先前跟家里决裂搬了出去，我也不知道他还会不会再理我。"许梧桐犹豫了。

"鸿煊，梧桐有她的难处。能不能让咱们家在上海分公司的人再去打听打听，看看还有没有其他方法？"林卿卿接了话。

"打听了，说是这个总探长也是新上任不久，都还没来得及给他拜码头呢。"黄鸿煊说。

沉默了片刻，林卿卿问道："宥崇哥到上海也没多久，怎么这么快就搞了这个诗社出来，还张罗了一帮朋友一起加入？"

黄鸿煊说："其实是他朋友们早前就已经张罗好的，因为缺少经费，就搁置了，宥崇去了上海，给他们提供了资金。那几个朋友我都见了，都是很好的进步青年，哦，其中有一个还认得你们两个……"

许梧桐与林卿卿面面相觑，异口同声问道："认得我们两个？"

"嗯，他说小时候同你们一道玩过，他叫龚家瑶。"许梧桐听到"龚家瑶"这三个字，就再也按捺不住了。

"卿卿，我要去上海，我要去找四哥，我要把他救出来！"

许梧桐对龚家瑶有什么样的感情，林卿卿心里有数，她知道自己无论如何都是劝她不住的。

"梧桐，去吧，我陪你一起去。"林卿卿说。

"卿卿，你怀着身孕，当真要是出了门，这件事就会全家传开。你安心在家养胎，我陪梧桐妹妹去。"黄鸿煊安抚她。

林卿卿想了一下："也好，我去了反倒是给梧桐添了麻烦。鸿煊，那你一定要照顾好梧桐……还有，你自己！"

第八十一章

龚家瑶走出巡捕房大门的时候，看见等候在门口的许宥崇与黄鸿煊，便大步奔到近前："宥崇，你没事吧？谢谢你们，保释我出来。"

许宥崇告诉她："我没事，不要谢我，我什么都做不了，是梧桐，她去找了四哥，还有鸿煊，他替你交的保释金。"

龚家瑶有些质疑自己的耳朵，转头望向黄鸿煊，见他对着自己点了点头，这才问许宥崇："梧桐妹妹？那她人呢？"

黄鸿煊说："她说你喜欢吃烤番薯，怕你在里面这些天没有吃好，满大街去找烤番薯了。"

话音刚落，许梧桐与她贴身的婢女灵芝一路小跑着来到他们面前。

"家瑶哥，你出来了，太好了！"许梧桐的声音里是掩饰不住的欢喜，"灵芝，快，把烤地瓜拿过来。"

"谢谢你，梧桐妹妹。"龚家瑶道谢。

"谢我做什么？家瑶哥，快点儿趁热吃了吧。"许梧桐说话间把烤地瓜塞到了他的手里。

"要谢你的，宥崇说是你帮了我。"龚家瑶说。

"为什么要讲这样见外的话？你们都是好样的，是进步青年……"许梧桐说。

不等她讲完，黄鸿煊便阻止道："梧桐，有什么话我们回去再讲，这里不是讲话的地方。"

回到许宥崇的住所，已经是日暮时分。

这是一幢坐落在法租界的二层西式小楼，许昌贤托人租下，作为许宥崇与许梧桐两人在上海的临时居所。

安顿好了一切，几个年轻人便集聚到了客厅。

黄鸿煊望着许梧桐说："梧桐，我明早就要回杭州去，你要不要跟我一道回去？"

许梧桐看了一眼龚家瑶，对黄鸿煊说："鸿煊哥哥，五哥他们刚稳定住，我想先留在上海看看形势再说。"

"可是……"

"可是什么呀，你是怕卿卿担心我吗？没事的，四哥和五哥都在上海，我不会有事的。等下个月卓骁百天宴的时候，我同五哥他们一起去杭州。"

黄鸿煊见她这样坚持，便点了点头不再出声。

许宥崇端了一杯热茶给龚家瑶："家瑶哥，在里面的同学们还好吧？他们有没有对你们动刑？"

龚家瑶说："动刑倒是没有，可也挨了几次打，这几天不让我们吃饱饭，一天只有一碗水和一个馒头，说是要我们写下保证书，以后再也不印刷报刊，也不能再发表任何文章。"

许宥崇很是自责："都是我大意了，连累了大家。我不能独善其身，我们要想办法把那些同学也一起救出来。"

龚家瑶说："巡捕房应该还是顾忌一些社会舆论的。这样，明天我们就分头行事，多找几家报社把这件事公开出去，等到他们顶不住舆论压力的时候，自然就要放人。"

许楮桐听他这样讲话，忙劝阻："你们两个疯了吗？那天四哥对我讲，这种事可轻可重，要是巡捕房把你们交给当局政府，你们这个罪名就重了。"

黄鸿煊接过话："楮桐讲得有道理，一旦这事闹大了，得罪巡捕房不说，他们反过来再给你们扣个其他罪名，那不是让身在里面的同学更加危险？"

许宥崇深锁了双眉，在客厅里来回踱步："我们不过是讲一些当代青年人认识到的问题而已，怎么就是犯法？这个国家要改革，人民要解放，这是我辈青年肩负的责任！"

黄鸿煊说："宥崇，你们的理念都是对的，可是蚍蜉难以撼树，即便想救这个国家，也得先保护自己的安全。"

龚家瑶说："鸿煊，蚍蜉是难以撼树，所以我们才要做这样的事，希望能通过手里的笔，让更多的人觉醒，加入到拯救国家的队伍中。"

听了他的话，黄鸿煊知道在他们的面前有一个更广阔的世界，在那里，有青年人心中的理想国。为了推进这个理想国，他们可以付出自己满腔的热血与激情。

黄鸿煊沉默下来，他虽然也有理想与抱负，却没有许宥崇与龚家瑶那样献身的热诚。

"你们争论这个有什么用？"许楮桐的话打断了黄鸿煊的思路，"当务之急是想办法救你们那几个同学，不然夜长梦多，谁知道过几天巡捕房会有什么样的举动。"

许宥崇停下脚步，望着许梧桐问："梧桐，你还能不能再请四哥出面，让他把那几个同学也一并保释出来？"

许梧桐有些为难："那天我找四哥的时候，他把我训了一顿，说我一个女孩子家去掺和这些事。后来……后来……哎呀，总之我觉得四哥不会再管了。"

许宥崇又说："你怎么不对四哥讲，家瑶哥是祖母娘家的侄孙哪？"

"讲了呀，可是……你知道的，现在父亲和四哥闹掰了，四哥哪里还会再顾念祖母家的亲戚……"话到这里，许梧桐忽然觉得自己不该当着龚家瑶的面讲这样的话，忙改了口道，"也不是……就是四哥也挺为难的。"

许宥崇问："那还有其他什么办法吗？你那天后来又是怎么说动四哥的？"

许梧桐看了一眼龚家瑶，微微红了脸颊，支支吾吾道："我……我对四哥说……说家瑶哥是……是我的对象。"

听她这样讲话，许宥崇瞪大了眼睛："梧桐，你当真这样跟四哥说的？"

见许梧桐点了点头，他既惊讶又无奈："你……唉……"

龚家瑶垂了眸，紧紧地咬着唇。许梧桐见他这样的表情，忽地来了气："你们口口声声说自己是新青年，可是骨子里还是封建的思想。别说是权宜之计，就是真的又怎样？我今天还就明说了，我就是喜欢家瑶哥，在辉县老家时候就喜欢了！"

第八十二章

这几年虽然发生了许多事，可是龚家瑶在许梧桐心上就像划了一条不可磨灭的痕迹。无论她在哪里，又或者在做什么，那个身影都会不时浮现在她的脑海中。她是一个记忆力极强的人，在辉县老家相处的点点滴滴，她都不曾忘却。

以前所有人都觉得许梧桐是个心直口快的女孩，爱说爱笑，可如今只有她自己知道，除了见到林卿卿，多数时间她会一个人坐在花园里发呆，又或者静静地坐在房间里几个小时不讲一句话。

她很难表述自己的情绪，总觉得心一直停留在辉县的那个冬天，跟着远去的时光一并飞走了。

这一切都在此刻给了许梧桐表白的勇气，她不想再压抑自己内心的情感，她要告诉他，自己是有多么渴望得到他的爱。

"你们不用这样瞪着我看,我没有胡乱讲话,我想对家瑶哥讲这句话已经很久了。"许梧桐走近龚家瑶,接着说,"家瑶哥,我喜欢你,请你接受我的爱意。"

龚家瑶依旧低着头,并不曾看她。

"梧桐,你别任性胡闹!"许宥崇过来拉了一下许梧桐。

"我不是任性,更不是胡闹。"许梧桐甩开了他的手,"为什么在你们眼里我这样就是胡闹?你们天天喊着民主、自由,在你们说的那个新世界里,难道不是男女平等,自由地追求爱与幸福吗?"

许宥崇语塞,微微地摇了一下头,走到一边的沙发上坐了下来。

"梧桐,每个人都有追求爱与被爱的权利,我想宥崇不是那个意思。你有好多年没见家瑶哥了吧,随着年岁的增长,每个人都会变,你在变,家瑶哥也在变……"黄鸿煊开口劝她。

听他这样讲话,许梧桐转过头来问黄鸿煊:"鸿煊哥哥,你这话几个意思?"

黄鸿煊说:"我没有别的意思,就是想说要你给自己,也给家瑶哥一些时间……"

许梧桐定定地望着龚家瑶:"家瑶哥,如果你愿意,你就告诉我,如果你不愿意,也请你告诉我。"

龚家瑶内心有个声音在提醒他,不可以当着这么多人的面,去伤害一个刚刚向自己施了援手的人;可又有另一个声音在警告他,不可以为了所谓的感激,出卖自己的爱情。

听到许梧桐的问话,他不得不抬起了头:"梧桐妹妹,谢谢你这样帮我。我和你不是同一个世界的人,你这样尊贵,是表伯和表娘的掌上明珠,我配不起你……"

许梧桐打断他:"我知道了,你口口声声反对这个阶级分化的社会,可到了自己身上,骨子里却依然将尊卑贵贱看在眼里。你不要拿这些搪塞我,喜欢就接受,不喜欢,我……我也不去强求。"

"这世上还有人会不喜欢我家小六吗?"不等龚家瑶开口,许宥利已经走进了客厅。

"四哥,你来啦!"许梧桐惊喜地喊。

"我来看看,到底是什么样的人物,能让我家小六放下身段来求人。"许宥利摸了摸她的头。

"四哥,谢谢你。"许宥崇走到近前。

许宥利对他说:"老五,从前觉得你老实腼腆,没想到你还有这个胆量,当真是小看了你。"

许宥崇说:"四哥,我不过是做了一个当代青年应当做的事。"

许宥利说:"你们这些事要是让家里那个老古板知道了,恐怕也要被赶出家门的。"

黄鸿煊见许宥崇微微红了脸,便走了过去:"宥利表哥,好久不见。"

许宥利笑道:"哟,鸿煊,好几年没见了,听说你已经结婚了。"

黄鸿煊答:"是呀,不过没来得及等你回来喝喜酒,哪天你有空,我和卿卿补请你。"

许宥利说:"那倒不必了。没想到当年梧桐的一个小性子,竟然成就了你们的一段姻缘。"

许梧桐不乐意了:"四哥,谁说我那时候是耍了小性子?我跟卿卿就是投缘,我就是喜欢和她在一起。"

"好,好,好,你是常有理,我说不过你。"说话间,许宥利指了指龚家瑶,"对了,这个就是你说的那个人吧?来,过来我问问你。"

龚家瑶犹豫一下,还是走了过去:"谢谢你,宥利表哥。"

许宥利将他上下一番打量,才说:"长得倒算得上周正,可也没觉得哪里有特别之处。小六,你不是为了要我帮他,编了谎话来骗我的吧?"

许梧桐急了:"四哥,你这话什么意思?家瑶哥性格好,人品好,我就是喜欢他,怎么了?"

许宥利一脸无奈地笑了:"行,行,就凭你刚才这句话,我知道你没骗我。"转头看着龚家瑶,他又说:"听说你是孟津老家的亲戚,能跑来上海读书,也是难得有这样的见识。可我想着,你爹娘恐怕是节衣缩食才能筹够了路费与学费将你送来上海,你不好好读书,你对得起他们吗?"

"四哥,你……"许梧桐还没把话讲出来,便被许宥利拍了拍手制止了。

龚家瑶心里有许多思想在奔涌,可他还是按下自己的激情,克制地说:"父母供我读书,是希望有朝一日我能学有所成,出人头地。"

许宥利追问:"既然知道你父母心愿,为什么要去做这些激进的事情?"

龚家瑶有些激动起来:"我们生活在一个这样的黑暗社会里,我辈青年应当把社会责任放在自己的肩头,学习知识不是只为一己之私,只图个人荣辱。"

许宥利冷笑一声:"你们以为这些举动是报效国家吗?可笑!"

"四哥!"许梧桐提高了声音,"你要是来这里看我们,我欢迎,可是你要是来说教,那我……那我就要下逐客令了。"

许宥利说:"小六,我是好意相劝。现在这种局势,你们都安生点儿吧,要是再出什么幺蛾子,我也保不了你们。"

黄鸿煊忙接过话:"宥利表哥提醒的是,大家还是当心点儿。只是宥崇他们还有几个同学仍在巡捕房羁押着,不晓得宥利表哥能不能再施以援手?"

许宥利说:"鸿煊,没看出来,你也这样积极支持他们的事。我跟那个总探长其实也只是在一次酒会上认识,并不是什么过硬的交情。"

许楉桐说:"起码你还认得他呀,他有什么喜好,不如投其所好给他送些礼去?"

见许宥利面无表情地吹了一下指甲,黄鸿煊说:"我家上海公司的伙计们正想拜访一下总探长,不知道宥利表哥可否引荐一下?"

第八十三章

黄鸿煊提供了资金,在许宥利的斡旋之下,那几个学生终于被放了出来,提心吊胆的日子总算过去了。

黄鸿煊回了杭州,许楉桐却坚持留在上海。许宥崇与龚家瑶依然热心地参加进步青年的活动,他们虽然不再印刷报刊,却还是会投稿给各个报社,批评和攻击不合理的旧制度与旧思想。

许楉桐不见龚家瑶正式拒绝自己,只觉得他是碍于贫富悬殊,加上渐渐对他们的这种新思想产生了兴趣,因而整日围在他们身边,积极参与他们的活动。

每逢周末,许楉桐便会让厨师张罗许多饭菜,请许宥崇和龚家瑶带他们的朋友来家里小聚。这些热血青年本来也苦于找不到适合聚会的地点,有了这样的机会,自是欣然而往。

一群青年人围坐在餐桌边,热烈地讨论着社会时下的问题或是畅聊对于未来国家的改造,到了酒酣耳热之际,常常群情激愤,大谈改革社会、解放民众的话题。

许楉桐每每看到龚家瑶高谈阔论的样子,少女那颗爱慕与崇拜的心便更加炽烈起来。她企图寻找更多的机会去接近他,去融入他的世界,甚至到了不能自拔的地步。

每一次许楉桐看自己时那双燃烧着爱的眼睛,还有每一句对自己小心翼翼讲出的话,不用说,龚家瑶本人也完全能感觉到许楉桐对他的那份热烈。可是,龚家瑶不能,也不愿去接受她的这份感情,因为在他心底燃烧着另一份感情。

这天傍晚,许楉桐正坐在客厅里有一搭没一搭地和灵芝聊天,电话铃声响了起来。

"母亲？"许梧桐听到电话那头是柳悦琴的声音，欢喜地说，"我好想您哪，母亲。"

"想我还赖在上海做什么？我就搞不懂了，你整天跟着老五做什么？我可是听说复旦的学生总是会做冒失激进的事情，你可不要跟着他瞎掺和。"柳悦琴说。

"您这么久不给我打电话，一打电话就来说教我。您要是为了让我回北京，那我就挂了。"许梧桐有些不悦。

"行了，行了，我有其他事情同你讲。"柳悦琴向来对这个女儿没有任何办法，"你姨母打来电话，邀我回杭州吃卓骁的百天宴。本来我不想去的，可算着时间刚好赶上端午了，清明我就没能回去给你外祖上坟，趁着这个机会，也回去看看。"

"好哇，母亲，我也同姨母讲好了的，等卓骁百天宴的时候去杭州。"

"嗯，我刚打电话给你四哥了，他这么多年没有去过你姨母家，让他也一道回去。"顿了一下，柳悦琴又说，"还有老五，你顺便叫他一声，不然你父亲知道了又要说我厚此薄彼了。"

"好！母亲，我们杭州见！"许梧桐笑道。

农历四月已是孟夏时节，江南的天亮得越发地早了起来。

许梧桐睁开睡意惺忪的双眼，懒洋洋地从床上爬了起来，窗外杜鹃鸟啁啾婉转的啼鸣声引得她来到了窗前。

窗前的那棵香樟树上挂满了晨间的露水，晶莹而剔透。顺着树枝往远处看，两个白衣少年正在花园里晨跑，他们似乎聊得很愉快，眼角眉梢里都是遮不住的笑意。

许梧桐心里欢喜，急忙换了衣服，准备下楼和他们一起去晨跑。

不知道是不是跑得太急，楼梯转角处许梧桐一个重心不稳，沿着楼梯一路滑坐下去，只觉得浑身酸痛，腿脚僵硬。

跟在她身后的灵芝吓傻了，一时间手足无措，片刻之后才回过神来喊了人将她抬回房里。

等许宥崇得了消息赶到她房里的时候，许梧桐正皱着眉头让女仆为自己搽跌打油。

"梧桐，你怎么这么不小心？摔伤了哪里，现在好点儿了没有？"许宥崇关心地问。

"我没什么事，应该只是伤了脚踝。"许梧桐回答。

"以后走路要当心点儿，女孩子家，别总是这样风风火火的。"许宥崇教训她。

"知道了，五哥……"许楉桐噘着嘴说，"诶，家瑶哥呢？刚我下楼前不是还见你们两个一起在花园里跑步吗？"

"家瑶哥听说你摔伤了，他说伤了不能乱动，让我先来看看你，他出去请个跌打医生来。"许宥崇说。

"家瑶哥当真这样关心我？"许楉桐的声音里有些许激动。

"你是我们的小妹妹，他怎么会不关心你呢？"许宥崇说。

"我以为……"许楉桐犹豫了一下，又说，"我以为那次我冲动地表白，他会讨厌我。"

"他要是真的讨厌你，就不会再住在我们家，也不会和我一起邀请同学们来家里聚会。"许宥崇虽然不忍心挑明，可他也不愿意许楉桐再这样沉迷下去，"只是……楉桐，感情的事情是不能一厢情愿的……"

"五哥，"许楉桐严肃地说，"你知道我这个人执拗，从小认定的事情，不管过去多少年，也很难改变。我是真的爱慕家瑶哥，并不是一时的心血来潮。我自问身材样貌都不算逊色，我也读过书，也和你们一样追求新世界的思想。思来想去，我找不到他能拒绝我的理由。唯独有一点，那就是我们两家贫富悬殊，会不会因此让他生了压力？"

见许宥崇低头不语，她更认定自己所想不错，便接着说："五哥，你帮我告诉他，我从来没有在意过这些。他既然能与你做最亲密的朋友，那为什么就要在意我的身份？"

许宥崇没有抬起头来，也不去回答她的问题。他曾在许楉桐向龚家瑶表白后找机会问过，可是对方很明确地回答他，对许楉桐毫无感情，现在与将来都不会接受她的爱意。

在许家，许宥崇知道除了老祖母与自己同胞的兄姊，只有眼前这个妹妹是真心实意待自己。他了解许楉桐，她看似马大哈的性格背后却隐藏着一颗敏感的、骄傲的心。他狠不下心去将龚家瑶的话那样直白地告诉她，可他也明白短痛好过长痛，他纠结着，矛盾着，终于打定主意，等到了杭州先与林卿卿商量之后，再婉转地告诉她。

"楉桐，过两天我们就要去杭州了，你先安心把脚上的伤养好。"许宥崇说。

第八十四章

眼看着黄卓骁的百天宴临近在即，可是许楉桐还是不能恢复正常走路。

许宥崇见许梧桐噘了嘴，便宽慰道："梧桐，你别担心，刚才四哥打来电话，说他明天派个车子过来，等你上车的时候，我和灵芝扶着你，应该不会受什么影响。"

许梧桐说："我倒不是担心坐车，只是我怕母亲看见了又紧张兮兮的，搞不好又要兴师动众，找这个医生，找那个郎中，烦都烦死了。"

"母亲那是关心你。"

"我才不要她那样的关心。本来高高兴兴去给卓骁庆百天，要是母亲那样一弄，搅得姨母一家上上下下不得安宁。"

许宥崇知道她的话也并不是夸张，只原想着等到了杭州能让林卿卿当面劝她，此刻听她这样讲话，还是想再劝她一劝："梧桐，你也许久不见卿卿了，她肯定也盼着你去呢。"

"哎呀！"许梧桐一拍自己脑袋，"你不说卿卿倒好，一说卿卿，我更不能去了。你看，卿卿要是看见我一瘸一拐的样子，那份担心必定不比母亲少，她现在可是怀了身孕的人，我说什么也不能让她再为我操心。五哥，明天你们先走一步，我过两天脚伤好了，再去杭州找你们。"

"本来没多大的事，可你要是不去，她们再生了误会，到时候她们会更加担心。"许宥崇有些迟疑。

许梧桐想了一想说："这个好办，我打电话给母亲，就告诉她我要在上海参加一个女子募捐活动，她和卿卿都知道我最热衷这些事，一定不会怀疑的。再说……"她笑吟吟地看着许宥崇，"再说有五哥你给我当证人，她们一定深信不疑。"

许宥崇见她打定了主意，知道再劝也没用，又陪着她闲聊几句，便回房去收拾行李。

许梧桐原本以为许宥崇去了杭州，自己便有了与龚家瑶单独相处的机会，谁知道他竟然借口学堂有事，在许宥崇出发的当天便拿了几件换洗的衣物也不再回来。

微弱的灯光照在许梧桐的脸上，她低声地哭泣着。她为自己得不到的爱情而悲伤。这么多年，她给自己打造了一个爱情的美妙世界，可是在现实面前显得那样可笑与荒唐。

她为自己第一次骗了林卿卿与许宥崇而感到羞愧，可她找不到一个好的方法，能让自己拥有他，得到他。在龚家瑶这里，她连一点儿抵抗力都没有，她不需要什么尊严，更谈不上什么廉耻。

灵芝敲了敲门，走了进来："小姐，您让我去办的事我已经办好了，可是，可是这样真的能行吗？"

许梧桐擦了一下眼角的泪水："你先去吧，等他来了，你带他上来就行。"

龚家瑶进了大门，不见有其他人，便问灵芝："你不是说梧桐有急事找我，她人呢？"

灵芝说："我们小姐脚伤未愈，下楼不是很方便，她说请表少爷去她房里讲话。"

龚家瑶踌躇片刻，还是碍于情面，便随灵芝上了楼。

卧房的灯透出一点儿黄晕的光，许梧桐静静地坐在沙发上，安静而又端庄。

"家瑶哥，你来啦。"许梧桐打招呼。

"梧桐妹妹，你找我来有事吗？"龚家瑶站在门边，并没有往里进的意思。

"有几句话想对你讲……"许梧桐顿了一下，又说，"你这样杵在门口，是要我这个受了脚伤的人拐到你面前吗？"

她的话让龚家瑶有些尴尬，原地又站了片刻，这才走了进去。

"坐吧，我不太习惯仰着头去和人家讲话。"许梧桐说。

龚家瑶在她对面的沙发上坐了下来："梧桐妹妹，有什么话你就说吧，我还有些课业要赶。"

许梧桐微扬了嘴角，笑容里有一丝苦涩："从什么时候开始，你变得这样讨厌我？"

龚家瑶心里叹了一口气，可他又不能对许梧桐明说："没有……梧桐妹妹，你误会了。"

"我也不是三岁孩童，你对我什么样子难道我真的感受不出来吗？"许梧桐微微仰起了脸，将打转的泪水憋回眼眶里，"我对自己说，不要去强求，可是，我就是这样不争气，我做不到不去想你，更做不到忘掉你。"

龚家瑶见她这个模样，心里生了几分愧疚："梧桐妹妹，你很好，真的……是我配不上你，以你的条件，应该找一门门当户对，与你般配的人才是。"

"般配？什么叫般配？像鸿烨表哥与大表嫂那样叫般配，还是鸿熠表哥与三表嫂那样叫般配？"

龚家瑶说："你讲的这些人我都不了解，也无从发表自己的意见，只是我知道自己和你们门第悬殊，我高攀不起。梧桐妹妹，你是个好女孩，只是我们两个不合适。"

许梧桐定定地望着他："我只想问你，你有没有对我有过好感，哪怕一丝一毫也行？"

龚家瑶垂下眼睑，他不愿去欺骗眼前这个率性的女孩，可是他又不忍心更多地去伤害她。沉默片刻，他抬眼看了一下许梧桐，继而又垂眸说："我喜欢你这样爽朗的个性，也很怀念曾经在辉县和你们一起读书游戏的时光。"

他的话，让许梧桐心里泛起了一阵涟漪，她心里得到了些许慰藉。

"家瑶哥，如果，我是说如果……如果我像卿卿一样的出身，你会不会喜欢上我?"许梧桐问。

"这个世界上没有如果，"龚家瑶站起身，"梧桐妹妹，你改变不了自己的出身，我也一样改变不了，所以我没有办法回答你这个问题。"

"你别走，"许梧桐已经垂下泪来，"你这是灭掉了我心里最后的一线希望，从此以后，我再没有幻想，也没有希望，更没有憧憬。"

龚家瑶怔住，他知道许梧桐对自己的感情，却不曾料到她竟然这样用情至深。他心里又多了份自责与内疚："梧桐妹妹，如果你愿意，我们还像小时候那样相处吧，你会是我永远的好妹妹。"

许梧桐却越哭越伤心，脸上表情因为痛苦而不能制止地一下下抽动痉挛起来。

龚家瑶失了主意，只觉得手足无措，呆呆地站在了原地。

许梧桐哭了好一会儿，用手揩了一下眼睛，忽然拿起桌上的酒瓶，仰头就喝。

龚家瑶上前一把夺过她的酒瓶，重重地放在了桌上。许梧桐的举动让他的心乱了，他痛苦极了，忽然抑制不住内心的不安，抓起那瓶酒就倒进了自己的嘴里。

许梧桐低下头，她心里很无奈，也很难过。

第八十五章

许梧桐倚靠在窗边，向远处眺望。清晨的阳光穿过云层铺洒进来，那清澈动人的柔光，照在她如玉一般的身上，更是粲然生光。听到响动，许梧桐转过身来，对着床上睡眼惺忪的人说："家瑶哥，你醒了。"

听见许梧桐的声音，龚家瑶浑身一颤，可是昏昏沉沉的提不起来半点儿劲来。他努力睁开双眼，发现自己躺在一张陌生的床上，顺着身体转动的方向，他渐渐看清楚了，自己还是在许梧桐的房间里，躺的竟然是她的床。

"我……怎么会在你床上……"龚家瑶昏昏沉沉，全然记不起昨晚究竟发生了什么。

"你喝醉了，所以就留了下来。"许梧桐淡淡地说。

"对……对不起……梧桐妹妹……我失礼了。"龚家瑶试图起身，四肢却没有半分力气。

"不用对不起，是我不好，不应该让你喝酒的。"说话间，许梧桐已经走到近前。

她穿着一件白色开合式的丝质睡衣，只用了一根腰带轻轻系住，胜雪的肌肤与饱满的胸部隐约可见。

龚家瑶瞬间涨红了脸，因为笨拙的身体来不及扭转，便紧紧地闭了眼睛："楷桐妹妹，男女授受不亲，请你……请你自重。"

许楷桐问他："你自诩是个进步青年，可这会子又拿儒家那一套说辞来对我，岂不是自相矛盾？"

龚家瑶说："这是两码事……楷桐妹妹，你是个女孩子，这样传出去对你名声不好……对不起，我实在头疼得厉害起不了身，请你先回避一下好吗？"

"传出去对我名声不好？现在说这些，你不觉得晚了吗？"

龚家瑶心里一怔，问道："你这话什么意思？"

许楷桐顺着床沿坐了下来："昨天晚上，我和你已经做成了夫妻……"

许楷桐的话，让龚家瑶昏昏沉沉的脑子彻底醒了过来。他强撑着坐了起来，试图站起身，却发现自己竟然是一丝不挂地躺在床上。

他又羞又愧又急，脸上因为痛苦几乎扭曲了。他颤抖着声音对许楷桐说："我……不可能……这……我竟然做了这样畜生不如的事……对不起，真的对不起，我……我不是人……"

许楷桐在昨晚的酒里放了一些安眠的药物，趁着他昏睡过去，和灵芝一起将他抬到床上，而后亲手褪去了他的衣物。龚家瑶从头至尾并没有碰过她一下，她只是想借这个机会把这个男人留在自己身边。她也明白这个男人也许并不爱自己，可是那种爱欲让她控制不了想要得到他的心。

龚家瑶的话，让许楷桐蹙了双眉，她低下头，靠近他，压制着内心的悲痛，极力让自己放轻松地对他说："家瑶哥，你不要这样讲，是我的错。你放心，我不会怪你，更不会赖着你。"

龚家瑶听她这样讲话，越发地没了主意，他的心像被什么东西刺痛了，跟着只觉得胃里一阵翻江倒海，想吐又吐不出来。

屋子里死一般的沉寂。

坐在床沿上的许楷桐忽然站起身来，对着龚家瑶说："你走吧，趁我没有反悔……"

龚家瑶深深叹了口气，挣扎着起来，颤抖着手拿起一旁的衣物，胡乱地套在了身上。

"是我把你找来的，昨晚……昨晚我也没有反抗你，以后我不会选择嫁人，任凭自己青春逝去，那都是我咎由自取。"许楷桐知道自己是在说谎，可事到如今她觉得自己没有退路，必须破釜沉舟。

龚家瑶原本刚想挪动的脚步又收了回来，他忽然觉得自己是个懦夫，他狠狠地抽了自己一个耳光，脸上满是痛苦与悔恨的表情。许梧桐的心揪了起来，她忽然间迷茫了，她开始质疑自己昨晚这个冲动的决定，她爱他，却不想伤害他。

"家瑶哥，对不起……真的对不起……"龚家瑶的言行举止折磨着许梧桐的心，她有些退缩了。

龚家瑶见她脸上流露出比落泪更悲伤更痛苦的表情，更加责备自己。

"梧桐妹妹，我……你这样我是不能安心的……是我害了你，我没办法宽恕我自己，我恨我自己！"龚家瑶抱住了头。

许梧桐来不及再讲什么，门口传来了灵芝的声音："小姐，不好了，表少爷的弟弟出事了。"

龚家瑶心里一惊，他顾不得细想便拉开门，跌跌撞撞冲下楼去。

原来龚家瑶的弟弟也随着他来了上海，在复旦附近的一间教会学堂勤工俭学。他曾随龚家瑶到过许宥崇家里，也知道自己哥哥如今借住在这里。昨晚教会做了活动，每人发了一些糕点水果，他舍不得吃，连夜送了过来。不承想，到了门口按电铃却没人来开门，便蹲在门口等着，谁料到半夜一帮喝醉了酒的流氓经过，将他打了。

昨晚用人们都被许梧桐放假回了家，今晨厨房的帮工来得早，这才发现了浑身是血的龚家瑞。

龚家瑞就这样躺在地上，他昏死过去的脸上写满了痛苦。龚家瑶试图抱起他，可是身体根本不受自己的控制。他跌坐在地上，把刚才的羞愧、顾虑、自责与此刻的因循、无奈，由心而外倒出了泪水，再从喉咙中激出悲声。

许梧桐已经换了衣服，由灵芝搀扶着来到了门口。眼前的情景让她震惊不已，她不忍再看，却又放心不下龚家瑶。片刻的无措之后，许梧桐定了心神，她嘱咐灵芝去给巡捕房挂了电话，又吩咐家仆去找附近的人力车。

安顿好了一切，许梧桐含着泪到了龚家瑶身边，她想说两句宽慰的话，可是话到嘴边又讲不出口。

直到家仆们找来了人力车，龚家瑶这才忍住悲恸，跟着往医院跑去。

尽管知道龚家瑶此时无心再搭理自己，可是许梧桐还是跟着去了医院，陪着他熬过了龚家瑞抢救的那段时间。

等灵芝付完医药费来找许梧桐的时候，龚家瑶抬起了头："谢谢你，这笔钱，我会想办法还你的。"

许楛桐摇了摇头:"家瑞弟弟是在我家门前出的事,我也有责任的。家瑶哥,不管你怎么想,我都会当家瑞是我的弟弟。"

龚家瑶张了张嘴,还是将心里原本想拒绝的话忍了下来。

第八十六章

许楛桐从医院回到家的时候,已经过了晚饭的时间。

厨房的帮佣将热好的饭菜端了出来:"小姐,给您炖了点儿蛋羹,还有您爱吃的糖醋鱼。"

许楛桐却摆了摆手:"我不饿,也不想吃,你们下去吧,我想一个人坐一会儿。灵芝,你把厅里的灯关掉吧,我不想耀着眼睛。"

帮佣看看灵芝,见她也点头应下,便随着她一起离开了客厅。

客厅里只剩下台灯发出暗淡的光,透过白纱的灯罩,将光投射在花色的大理石地面上。许楛桐用脚踩着那些花纹,她试图将自己心底的疼痛一一踩碎。

许楛桐默默地回味着龚家瑶今天早晨对自己讲过的每一句话,她完全做不到去怨恨他,反而心里更加爱他。她不知道是哪一堵无形的高墙横在他们中间,可是她明白自己对他的爱,那种愿意为他去付出一切的爱。

客厅忽然响起的电话铃声,将她从纷乱的思绪中唤醒过来。"喂,是楛桐吗?"电话那头传来林卿卿的声音。

"是我,卿卿。"许楛桐回答。

"楛桐,你怎么了?怎么声音听起来很疲累的样子?"林卿卿关切地问。

"我……我没事,卿卿。"

电话那头的林卿卿沉默了一下,才又问:"没事就好……我听宥崇哥讲你参加一个募捐活动,是不是累着了?"

"嗯。"许楛桐敷衍着回答。

"楛桐。"林卿卿顿了一下,"宥崇哥同我讲,你忙完了这两天就会到杭州来,你定下来时间了吗?我和鸿煊一道去车站接你。"

"卿卿,我,我可能去不了杭州了……"许楛桐决定将龚家瑞的事情告诉她,"家瑶哥的弟弟昨晚在我家门前被流氓打伤了,他现在躺在医院里。"

"啊?出了什么事,家瑞弟弟要紧吗?"林卿卿吃了一惊。

"他昨晚在我家门口等家瑶哥,可能,可能我们都睡得太熟了,没人听到门铃声。总之，他现在已经没有生命危险了，只是需要在医院治疗些日子。他们是祖母家的亲戚，我必须要帮他们。"许梧桐想告诉林卿卿昨夜自己对龚家瑶做的事情，可最终还是瞒了下来。

"梧桐，你一个人怎么忙得过来？我跟鸿煊他们商量一下，让他和宥崇哥明天就到上海去。"林卿卿说。

"不，不，卿卿……"许梧桐忙阻止道，"要是鸿煊哥哥和五哥明天来上海，这事情马上就会被我母亲知道。你清楚的，她本来就不喜欢五哥，也看不起家瑶哥，要是被她知道家瑞弟弟是在我家门前出的事，还不知道会怎样责难五哥他们。多一事不如少一事吧，先不要跟五哥他们讲了，等过两天他回来再来帮忙也不迟。"

林卿卿并不怀疑许梧桐的话："那好吧，你一个人忙前忙后，千万当心身体，别累着了。"

挂了电话，许梧桐痴痴地坐在沙发上，她心里有一种莫名的不安，自己又一次骗了林卿卿，这个她生命中最亲密的朋友。忽然，她的心像被什么东西刺了一般，很痛，很痛。她倒在沙发上哭了起来，直到哭累了睡过去。

这之后的几天里，许梧桐每天都会三番五次地往医院跑。她为龚家瑶兄弟送去了一日三餐，更是让厨房做了各式补品为龚家瑞调理。她不再害怕直面龚家瑶，就像那夜的事情从没发生过一样，只是会在龚家瑶对她说感谢话的时候，找些借口将话题岔开。

等许宥崇从杭州回到上海的时候，龚家瑞已经能下床行走了。"家瑞，你感觉怎么样了？"许宥崇提了一网兜从杭州带回来的枇杷走进了病房。

"宥崇，你回来了！"龚家瑶看见许宥崇，脸上露出了这些天来从未有过的笑容。

"宥崇哥，我好多了。这是给我的吗，是什么东西？"龚家瑞问道。

"是枇杷，南方的一种水果，现在正当季，我剥给你吃。"许宥崇摸了摸他的头说。

"宥崇哥，我不吃。"见许宥崇一脸疑惑地看着自己，龚家瑞忙补充道，"不是，宥崇哥，我想留给梧桐姐姐吃。"

"哦，原来这样。你好像很喜欢你梧桐姐姐似的。"许宥崇笑道。

"嗯！"龚家瑞点了点头，"梧桐姐姐人很好，这些天她总是来看我，还给我送各式各样的好吃的，而且姐姐也不嫌弃我脏，她怕我躺久了难受，好几次大哥不在的时候，还帮我翻身按摩。"

龚家瑶从没有听他提过这些事，此时听见，心里只觉一怔。许宥崇自然也觉得不可思议，在他眼里，许梧桐多是那种骄蛮的样子，很难将她与龚家瑞口里的那个"梧桐姐姐"联系在一起。

"你梧桐姐姐要是知道你这样喜欢她，一定很高兴。"许宥崇说。

好容易等到龚家瑞睡下，龚家瑶才有机会拉了许宥崇走出病房。他想同许宥崇谈一谈，把这几天发生的事情和心里的痛苦告诉他。可是他又担心，担心许宥崇知道那晚的事情之后会鄙视自己，他更害怕，害怕从此以后失去这个自己最重视的朋友。

龚家瑶犹豫着，徘徊着，想说又不敢说。

许宥崇看他这个样子，便问他："家瑶哥，发生了什么事？你是有什么话要同我讲吗？"

"宥崇……我……"龚家瑶眼睛里有忧郁的光。

"家瑶哥，是不是家瑞身体还有什么状况？"不等龚家瑶讲完，许宥崇便接过话去，"对不起，我不知道家瑞出了这样的事情，我应该早点儿回来帮忙的。"

"不是……宥崇……"龚家瑶克制着自己的情绪，"你听我说，不是家瑞，是我……我欠了你的，更欠了梧桐的……"

"我们是好兄弟，有什么欠不欠的？别说我们是知己，单说祖母这层关系，梧桐这样做也是应当的。"许宥崇不明就里。

"宥崇……"龚家瑶忽然激动起来，"我不是人，我做了畜生不如的事……"他浑身颤抖起来，说话间开始拼命地抓自己的头发。

"家瑶哥，你在说什么？你究竟做了什么？"许宥崇的心被揪了起来。

"我……我……我酒后乱了性……我害了梧桐……"

第八十七章

黄府的女人们在夜里开牌局已经是惯例，何况这些日子柳悦琴来做客，加上黄芳蕙姊妹几个也回了娘家，更是热热闹闹开了两桌。

"阿姐，你今天宴席上穿的那身旗袍真是别致，我看盘的扣子不同于一般的手法。"柳韵琴边打牌边说。

"这是徐夫人介绍的一个新裁缝，说是牡丹扣，要我看着与其他的扣法也没多少差别。"柳悦琴嘴上这样讲着，心里倒是有几分得意。

"姨母，徐夫人这样的身份，介绍的裁缝一定不比寻常的。我就说嘛，那裁剪，那走线，必然是顶好的大师傅才可以做得出来。"站在一旁观战的廖玉凤笑着说。

"姨母气质好，身段好，穿什么都好看，更何况是这样高级的裁缝给定做的。母亲您刚刚要是不提，我本来也是预备着夸姨母来着。"邻桌的黄芳蕙接话道。

"你们几个倒好，跟着你们母亲一道打趣我，看我等下不罚你们！"柳悦琴佯嗔道。

"阿姐，孩子们可都不会讲虚的，"柳韵琴碰了一张牌，又笑着说，"别看她们一个个都成了家做了母亲，在你我面前，还都是孩子呢，哪见过自己孩子在长辈面前不讲实话的？"

柳悦琴心里受用，笑道："看着孩子们一个个都做了父亲、母亲，我和你要服老才行呢。不过话讲回来，趁着我们现在还能穿出个样子来，是要多做些衣裳的。"

柳韵琴说："是呀，几时我去趟北京，请阿姐带我去找那位大师傅也好好剪几身。"

佟玉梅接过话："母亲，倒也不用跑北京那么远，前段日子我母亲和大嫂去了趟上海，也找到了一个裁缝，虽说比不得姨母的那位师傅高级，可我瞧着她们做出来的衣裳，不论样式还是剪裁都还蛮好的。"

黄芳蕙明白她有意显摆，可也知道上海确实有很多好裁缝，于是说："母亲，上海的好师傅的确不少，您要是想就近方便，倒是可以考虑去趟上海。"

柳韵琴点了点头："你们说的也是，我很多年没有去过上海了，倒可以借了这个机会去上海瞧瞧。"转头对着柳悦琴说："阿姐，梧桐不是还在上海吗？卓骁的百天宴今天也吃完了，宥崇下午也已经回去了，我瞧着梧桐是不准备再来了，要不我们一道往上海去看看她，顺带再去做几身旗袍？"

柳悦琴心里惦记着宝贝女儿，听她这样讲话，自然是欣然应下。

相比牌室里的欢声笑语，偏厅里的气氛似乎凝成了冰点。

自从在北京向许宥利坦白了与香凝的私情之后，黄鸿烨这是多年来第一次单独面对他。

"宥利……听说你做了日本商会的参赞……"还是黄鸿烨先打破了僵局。

"不过是个小小的参赞，跟你黄大老板不能相提并论。"许宥利冷哼一声。

"宥利……"黄鸿烨知道他心里还有气，可错在自己，不能怪他，"宥利，是我对你不住，不论你骂我打我，我都没有二话……"

"可别，"许宥利斜他一眼，"谁不知道你黄大老板是跺一跺脚这杭州城都要震三震的人物，我怎么敢打你呀？"

许宥利的抢白，令黄鸿烨缄默下来。他原本并不打算直面许宥利，可黄廷承觉察到了他们两个之间的微妙变化，便找了他去问话，虽说被他借口忙碌搪塞过去，可今天家里宴席已经结束，他再没有理由可以逃避。

"黄大老板，你找我来有什么话就直说，如果没话可说，那我还有事，恕不奉陪。"许宥利冷冷地说。

"宥利……我晓得你还在恼我……"黄鸿烨鼓足勇气开了口，"我是个混蛋，做了那样对不起兄弟的事情……我当初真的……真的情难自禁。你知道的，这么多年我从不曾有过自己对生活的选择，我就像一个傀儡，所能做的就是对我父亲的顺从。直到我遇见了她，她让我感受到了什么叫爱情，什么叫欢乐……"

"所以你就可以堂而皇之地横刀夺爱！"不等他讲完，许宥利便打断他，"你在感受着你自己爱情的时候，有想到过我这个被你口口声声说是情同手足的兄弟吗？"

许宥利的话，黄鸿烨无力反驳，他脸上的表情越来越显得痛苦。他想解释，可又觉得自己解释什么都已经苍白无力，他的嘴唇动了一下，最终还是没有讲出话来。

"知道吗，黄鸿烨，为什么在她病倒的时候，我要你去向她伸出援手？因为……"许宥利定定地望着他，一字一顿道，"我，爱，她！"

"你胆小，你懦弱，你是心甘情愿做你父亲的傀儡，不要说什么你是长子身不由己，那不过是你给自己的一个借口而已。可我和你不同，接她出来只是我的权宜之计，我的本意是想和她在一起，哪怕与我的家庭抗争。可是你，毁掉了我的好梦。"许宥利讲到最后一句话的时候，声音忽然变得忧郁起来。

黄鸿烨低下头，他的心像被刀割一样。他从来没想过许宥利要与香凝成家。是自己的自私，毁掉了他们本该有的幸福。他爱她，如今又给不了她想要的家，许宥利的这番言辞更令他满心懊悔。

"宥利，你说得没错，我是个懦夫，根本不配拥有爱情。"黄鸿烨的声音里满是感伤，"现在我说什么都没有办法弥补自己犯下的过错，终究是我亏欠了你，我愿意用一切你想要的方式来惩罚自己，只希望你能原谅我。"

许宥利再一次将目光落到他身上，直看得黄鸿烨脸上有了窘相，这才扬了扬嘴角："这个可是你说的，我记下来了……"停了片刻，他忽然用脚踢了一下黄鸿烨，又说："这件事上我恨你，也不需要隐讳。可毕竟有姨母的情面在，我也不能真把你怎么样了。得了，得了，该发泄的我也发泄了，你也不用再装到心里当个事。"

黄鸿烨似乎有些不相信自己的耳朵，他看着许宥利脸上那抹让人难以捉摸的笑容，只觉得舌头变得迟钝，找不出一句合适的话来。

许宥利却不再说话，站起身走到落地窗前。窗外细雨如丝，昏黄的灯光下，一地落花。

第八十八章

"宥利，走这条路，是预备着去园子里吗？"许宥利刚走到连接园子的花径上，就听见身后传来廖玉凤的声音。

他停了脚步，回过头："是呀，我到花园里走走。三表嫂怎么没在屋里打牌？"

廖玉凤说："我夜夜陪母亲她们打牌，托了姨母的福，难得这几天人多，我也正好歇歇。"

许宥利说："听三表嫂这话的意思，打牌并不是心甘情愿，只是投姨母所好罢了。"

廖玉凤听他这样讲话，笑了笑："瞧你说的，这话到了你耳朵里，怎么就成了这个意思？"

"我不过是跟三表嫂开个玩笑，你不要往心里去。"见廖玉凤没有离开的意思，许宥利问道，"你这是也要往花园去吗？"

廖玉凤点了点头："是呀，我最喜欢这孟夏夜里的天空，难得今晚有空，就想着到园子里去走走。"见许宥利不接话，她又问："宥利，你要是不嫌弃，那我们就结个伴一道走走。"

许宥利盯着她看了一眼，随即说："好哇，晚上园子里太静，有个伴儿倒是不错。"

"我们朝这边走，"廖玉凤指了指花径另一侧的回廊，"你刚走的那边，常有那么几个不守规矩的下人在里头。"

"哟，恐怕这府里上上下下的事，没有三表嫂不知道的吧？"许宥利调笑道。

"我哪里有这个本事？不过是偶然撞到过而已。"说着话，两个人已经过了回廊，顺着鹅卵石小道入了花园。这一侧的园子并不像刚才许宥利想去的那个西式园林，而是一个假山叠嶂，由一圈竹林包围起来的中式花园。

假山上有个八角亭，山下植满了桂花与香樟。绕过假山，眼前有一池碧水，不算很大，但也应了园景里的"湖"。

"三表嫂是不是搞错了，我怎么觉得这里更像是你说的那些人会来的地方。"许宥利左左右右看了一下，倒也没有停下脚步。

廖玉凤却没有答话，继续往湖边走着。

"刚下过雨，前面草地多是湿漉漉的，就在湖边走走吧。"许宥利说。

廖玉凤停下脚步，立在湖畔："这个园子是前年改建的，恐怕你还没进来过。"说话间，她仰头看了看雨过月明的夜空，又垂眸看了看微微波动的湖面，继续说，"瞧，原本这是一池死水，可是因为刚才的那点儿雨，又让它微波泛澜。你说，这雨下得是好，还是不好？"

许宥利听她这样讲话，乍一愣，而后反问道："三表嫂觉得是好，还是不好？"

廖玉凤幽幽地说："死水能微澜，总好过绝望无涟漪。"

"三表嫂今夜似乎有些许感慨？"许宥利问。

"我有的时候总会想，人这一生究竟是为什么活着？"廖玉凤捡起一颗石子，抛向水中，湖面上又泛起一阵涟漪。

"我嫁过来之前进过几天学堂，对于自己的人生也曾有过各种设想。后来在一次宴会上认识了鸿熠，他那样风雅潇洒，让我一见倾心。当听说他们家来提亲，我欢喜极了，以为从此就得到了想要的爱情与幸福。可惜，我所托非人，我得到的哪里是什么爱情。"

许宥利惊讶于廖玉凤的直白，他想不明白为什么她要对自己讲这番话，因而并不打算接话，只等她再继续下去。

"我一度以为自己是这个世界上唯一被爱情所伤的人，直到刚才……"廖玉凤忽然收了声，只定定地望着许宥利。

她的言行倒是让许宥利一怔，片刻之后，他才开了口："我就知道三表嫂今晚是有话要对我说。刚才怎么了，你就直说吧。"

廖玉凤笑了："我一直晓得你是个明白人。刚刚来花园之前，我路过了偏厅……"

许宥利怎么也没有料到他与黄鸿烨谈话的时候，偏厅的过道里还站了一个人。

"都说隔墙有耳，今晚我算是领教了。"许宥利很快就恢复如常，很自然地对廖玉凤说，"三表嫂似乎对我与鸿烨的事情特别感兴趣？"

廖玉凤有备而来，并未觉得半分尴尬："隔不隔墙的，也不过是凑了巧。先前大哥领了一个娇艳的女士去看戏，被我与大嫂无意中撞见，后来他们夫妻闹得不可开交，不晓得大哥出于哪样考虑，竟然向父亲保证再也不与那位女士往来。想必你们刚才讨论的女士就是我与大嫂瞧见的那位吧？真的是可惜了……"

"哦？可惜？这话怎么讲？"许宥利故作不解道。

"大哥得到了那位女士，却不珍惜，说抛下就抛下。倒是你对她如此珍爱，换来的却是一场空。"廖玉凤迎着他的目光。

许宥利冷冷地笑了笑:"我怎么听着你是在搬弄是非呢?"

"我们同病相怜,都是心里有苦的人,自然会替你鸣些不平。"廖玉凤并不避讳,"你是个男人,还未婚娶,也许日后会再遇到心仪的女士。可我不同,我这后半生都被毁了,没有爱情,更谈不上幸福,我守着活寡,在这个大家庭里讨生活。"

"你倒是直白,就不怕我说了出去?"许宥利讥笑道。

"不,我笃定你不会!"廖玉凤说,"从你这趟进了黄家门开始,我就瞧出来了,你同我一样,都讨厌黄鸿烨,更讨厌这个家。"

"你这话从何而来?这是我姨母家,我为什么要讨厌?"许宥利停了片刻又讲下去,"我知道你是嫉妒黄鸿烨,因为他手里握着黄家一半的家产。"

"难道你不嫉妒?"廖玉凤冷哼一声,又说,"他抢走了你心爱的女人,玩腻了又随手抛弃,那可是你想要却没有得到的。"

许宥利皱了一下眉:"说吧,你预备着怎样?我不喜欢浪费时间。"

"我就晓得自己不会看走眼。在有限的生命里,我们应当善待自己,各取所需……"廖玉凤走近他,眼里多了份妩媚,"现在这种生活,简直是在浪费我的青春,糟蹋我的生命……"

许宥利听到这句意外的话,定定地望着她。忽然有一股热流在他体内由下而上,他冷笑一声,一把拉过廖玉凤,在她耳畔喘着粗气:"你想要的,我都能帮你……"

乌云遮挡了明月,将原本柔和而温暖的夜变得异样深沉。所有的喜与悲,爱与恨,都随风掠过,融进这漆黑的深夜里。

第八十九章

柳悦琴姐妹与黄家两个儿媳以及大女儿黄芳蕙,携仆带婢的,由许宥利陪同着一起到了上海。

柳悦琴第一个下了轿车,见只有灵芝一个人出来迎接,便蹙了眉头问:"梧桐跑哪里去了,怎么也不晓得来门口迎我们?"

灵芝赔着笑:"太太,小姐出去了,您各位先休息一下,小姐说了,她很快就会回来的。"

柳悦琴有几分不悦:"昨天已经给她打了电话,她明明晓得我们今天到上海,怎么还是跑了出去?"

灵芝低了头,含糊回答:"小姐出门时候没说,我也不敢问。"

柳悦琴说:"这几年你跟着她没少一起串通了来糊弄我,得了,我也懒得问你。"

柳韵琴走了过来:"阿姐,梧桐晓得我们要来,既然出去,那肯定是有紧要的事情。"

听她这样讲话,灵芝忙接口道:"是呀,太太,小姐已经吩咐我们把几间客房都收拾好了,您几位先进屋里吧。"

客厅不算太大,这一下子就挤满了人。

柳悦琴四下打量一番,这才对柳韵琴说:"这房子是昌贤临时租了给他们落脚的,确实小了点儿。"

柳韵琴笑道:"原本廷承要让分公司的人给我们订旅馆的,可我想着咱们一道住着热闹。阿姐,你要是不嫌我们娘几个吵着你,我可就预备着让人把行李搬进来了。"

柳悦琴说:"我开心还来不及,哪里会嫌你们吵?这下晚上又有麻将搭子了呀。"

许梧桐进门的时候,见家仆们走进走出搬运行李,脸上顿时有了喜色,飞也似的奔进了屋。

"母亲,姨母,你们来了!"许梧桐欢喜不已。

"晓得我们要来,你还不是一样跑了出去?"柳悦琴故意板起面孔。

"我又不是跑出去玩……"许梧桐噘起了嘴。

"我们梧桐做事情有分寸的,你母亲是因为太想你了,希望一进门就见到你呀。"柳韵琴说。

"还是姨母通情达理。"许梧桐将屋子里的人看了一遍,问道,"姨母,怎么卿卿没跟你们一道来呀?"

林卿卿原本也是想要一同往上海来看许梧桐的,可柳韵琴知道柳悦琴心结未解,只以她有孕在身为由,婉转拒绝了。

"卿卿怀着身孕,出门舟车劳顿,太辛苦了。"柳韵琴说。

"梧桐,"黄芳蕙听她这样问话,忙走了近前,"卿卿说她来不了,让我给你带了红豆青团。"

"我就知道她会给我准备这个!"许梧桐有些兴奋,"卿卿常说端午前后是吃青团最好的时节。"

"左一口卿卿,右一口卿卿,我这个老母亲也没见你这样挂在嘴上。"柳悦琴听许梧桐当着自己的面不住地提及林卿卿,再也不能忍耐。

佟玉梅在一边向廖玉凤使了个眼色,两人相视一笑,继而将目光都投向了许梧桐。

"母亲，您这话怎么听着像在跟卿卿吃醋似的?"许梧桐说话间，已经坐到她身边揽住她的肩膀。

"我跟她吃的哪门子醋?"柳悦琴用手指轻点她额头，"你倒是说说，你这一大早就跑出门去干什么了?"

"您怎么就绕不过去这个话题呢?"许梧桐撇了撇嘴，"我都多大人了，难道说出个门还要跟您再详细汇报?"

"你这孩子怎么讲话的?"柳悦琴当着这许多人的面觉得脸上有些挂不住，"你长再大，那也是我的女儿! 女孩子在家从父母，出门从丈夫，如今你还待字闺中，我不管你谁管你?"

"好了，好了，您又来了……"许梧桐两手捂住耳朵，"您别再老生常谈了，我跟您说还不行吗? 家瑞弟弟今天出院，我去接他……"

"家瑞? 哪个家瑞?"不等许梧桐讲完，柳悦琴便打断她。

"就是祖母孟津老家的侄孙。哦，您见过他的哥哥，就是家瑶哥。"许梧桐解释。

"你说的是那个在辉县老家跟着你们读了几天书的小子?"柳悦琴问。

"嗯，就是他! 母亲，您竟然还记得他!"许梧桐声音里显而易见的欢喜。

"要不是你整天嚷嚷着要他烤什么番薯，我哪里会记得他?"柳悦琴一脸不屑，"话讲回来，他那个弟弟怎么会在上海?"

"家瑶哥到复旦读书，也带了家瑞弟弟一道来了。"

"什么弟弟不弟弟的，好像你同人家很熟似的。"柳悦琴说，"我就搞不懂了，一个种地的，偏要跑到上海来读什么书，恐怕是哄了老五出钱资助的吧?"

许梧桐刚想出声争辩，便听到黄芳蕙开口问道："梧桐，你刚刚讲接那个家瑞出院，他出了什么问题呢?"

许梧桐说："他被流氓打了，伤得不轻。"

"瞧瞧，我怎么说来着? 上海治安不好，流氓横行，你还是早点儿跟我回北京去。"柳悦琴插嘴。

"母亲! 怎么我说什么您都有话要接?"许梧桐满脸不悦。

"天底下哪个母亲不唠叨哇?"柳韵琴笑道，"你芳蕙姐姐出阁前，还不是同你一样整天嫌我话多? 你瞧瞧她现在，恨不能整天回娘家同我在一起说话聊天。好了，别人的事情我们就不要再操心了。听说上海太太小姐们流行像英国人那样吃下午茶，你预备着要带我们去哪里尝个鲜哪?"

许梓桐明白柳韵琴是为自己打圆场,她有些难为情地笑了笑:"姨母,我在鹿鸣酒家订了今天晚餐的位置,那里是上海有名的淮扬菜。只是下午我还有点儿事,不能陪您下午茶了。"

"这才回来多大工夫,你怎么又要出去?"柳悦琴还是忍不住问。

"家瑞弟弟刚出院,借住在一个朋友家里,我要去照顾他。"许梓桐说。

她话音刚落,柳悦琴眉头就皱了起来:"你这孩子,怎么越说越不像话,这样八竿子打不着的远房亲戚,你做什么要去照顾?再说了,他有他哥,关你什么事?"

侧过脸来对着柳韵琴,柳悦琴又说:"老五也真是的,跟这些人拉扯个什么劲,早知道我就不让昌贤同意梓桐跟着他来上海了,再不济,让她待在你那里,宁愿她跟着……跟着鸿煊他们……唉……"

许梓桐本来听到她瞧不起龚家瑶,心里已经不大高兴,这会儿又听见她故意避开林卿卿的名字,顿时来了气:"您整天瞧不起这个,瞧不起那个,在您眼里是不是只有您自己最高贵?什么叫八竿子打不到的亲戚?我也不怕告诉您,家瑞就是我亲弟弟,我是他嫂嫂!"

第九十章

许梓桐的话清晰地传进每个人的耳朵里,大家将目光投向她,似乎在判断她刚才那句话的真伪。

柳悦琴瞪大了眼睛,提高了声音:"住嘴!你一个大家闺秀,在这里胡说什么!"

"我没有胡说!"许梓桐不假思索地顶回去。

"梓桐,姨母晓得你是在跟你母亲怄气呢。"柳韵琴拉了拉正要再出声的柳悦琴,"这种事关系到你的名声,不好乱讲的。"

"姨母,怎么您也这样?我跟大家讲实话,你们不信,难不成要我编一些谎话来骗您才能作数吗?"许梓桐问。

柳悦琴听她讲得没有一点儿含糊,心里蓦地一下揪了起来:"你……你究竟和那个穷小子是哪种关系,你把话给我讲清楚。不然,不然今天我就打死你!"

"这可是您要我讲的,"许梓桐扫了一眼屋内的众人,仰起头坚定地说,"我和家瑶哥已经订了终身……"

"你……"不等许梓桐讲完,柳悦琴已经气得站起了身,抡起的手悬在半空中。

"阿姐,你千万不要动气!"柳韵琴看见这个情形,连忙起身将她拉住,"打在儿身痛在娘心，阿姐你消消气，也许事情不是我们想的那样，先听梧桐把话讲完。"

许梧桐刚把脸转过来，却迎上柳韵琴的目光，她心里一阵慌乱，随即扭过头去。

柳韵琴见她这个模样，半安慰半质疑地问道："梧桐，姨母是看着你长大的，自然晓得你有点儿小性儿，可要是说你胡乱妄为做那些出格的事情，我怎么都不能信。你同姨母讲句实话，到底是不是为了同你母亲赌气？"

"是呀，梧桐，你同姨母拌嘴也不可以讲这些胡话。"黄芳蕙也小声对许梧桐劝道。

"为什么你们都觉得我在讲胡话？和家瑶哥订了终身又怎么了？"许梧桐刚刚虽然是情急之下讲出来的话，可这会儿听她们一个两个都这样讲话，心里更是打定主意要把心里的想法跟她们讲清楚。

"母亲，不管您今天要怎样处罚我，我都要把话同您讲清楚。"许梧桐站起了身，"我已经把我自己的身心都交给了家瑶哥，不论您同意与否，我这辈子就认定他了。"

"你刚才说什么？什么叫身心都给了他？"柳悦琴的声音有些颤抖。

"我的意思是，我和他已经是夫妻了。"许梧桐声音不大，却回答得清晰明了。

这句话送进柳悦琴的耳朵里，她只觉得一阵眩晕心悸，过一阵才缓过神来："你……你不知羞耻！"

柳韵琴见她这个模样，忙凑近前安抚道："阿姐，你当心身体，梧桐也许只是这样说说，事情并不是到了不可挽回的地步。"

许梧桐低下头，挑了挑鬓发："我讲的都是实话。我做都做了，已经无法挽回了。"

"我做了什么错事，造了什么孽，生了你这样的女儿。老天爷，你是不是没有睁眼哪？我这样一个好好的女儿偏偏要被这样的一个人给玷污了。"柳悦琴说话间已经呜呜地抽泣起来。

她不讲后半句话倒也罢了，现在这样一讲，许梧桐更觉恼火。"什么叫'这样的一个人'？在你眼里，只有那些有钱有势的才能算好人是吗？但凡没钱没势的，不论我选了谁，横竖你都不会同意，那我偏就跟定了他！"落了话音，她便夺门而出。

"作孽呀，作孽呀……"柳悦琴捧着脸哭了起来。

柳韵琴从未见过她这个模样，也慌了手脚，赶忙挨近她劝道："阿姐，千万别这样，哭坏了身子不值当。"

"摊上这样的事，我这老脸都丢尽了，还要这个身子做什么？"柳悦琴呜呜咽咽道。

柳韵琴一时也没了主意，不知道该如何是好。望了一眼身侧的黄芳蕙，又看了看佟玉梅与廖玉凤，向她们投去了求助的目光。"姨母，您也别太难过，其实那个龚家瑶，只要是人品好，梧桐妹妹要是当真喜欢，即使家境贫寒也不大要紧。"黄芳蕙劝道。

"什么叫不大要紧？芳蕙，亏你说得出口！"柳悦琴激动得厉害，"我晓得了，你们家娶了个穷丫头，就觉得梧桐也要嫁个穷小子是吗？我就说呀，梧桐这样高贵的女孩子，怎么能看得上这种穷小子，都是那个林卿卿给影响的！"

柳韵琴知道她在气头上，见黄芳蕙想要出声争辩，忙暗暗将她拉住。

"阿姐，你气归气，事情已经出来了，总归还是要想办法解决，现在怨谁又有什么用？"柳韵琴劝她。

廖玉凤素来爱看旁人笑话，方才她们言来语去的让她心里着实觉得舒坦。这会儿见柳悦琴将怨气发到林卿卿身上，心下一阵得意。

她看了一眼满脸无奈的婆母，走到柳悦琴的身边，小声开口："姨母，我说句不知轻重的话，您现在这样，不但解决不了问题，反倒会让梧桐妹妹更加生了逆反的心。"

"那还能有什么办法？这要是被你姨丈晓得了，他一定会把梧桐打死的，那我是真的活不下去了！"柳悦琴颤抖着声音说。

"要我说，不如把那个龚家瑶找来，给他一笔钱，将他远远地打发了，这件事也就过去了。"佟玉梅也凑到近前。

"大嫂，倘若这个人真的贪图钱财，那他怎么会因小失大？你想想啊，抓住了梧桐，那就是抱住了金饭碗，这可不是一笔钱能抵得上的。"廖玉凤道。

"你讲的没错，我就是怕这个呀……"柳悦琴声泪俱下，身子抖得更加厉害。

"既然梧桐妹妹已经同那个人……"廖玉凤顿了一下，看了一眼柳韵琴，见她没有制止自己的意思，便接着说，"姨母您不如顺水推舟，如了她的心愿。"

"放屁！"柳悦琴听见她这个话，忽地失掉了常态，"明知道我快被这事气死了，还要出这样的馊主意，你安的什么心？"

"姨母，您听我解释，"廖玉凤仍是不温不火，"您想啊，梧桐妹妹是您身上掉下来的肉，您能当真跟她断绝关系吗？既然不能，您又如何阻止她？您越是阻止，恐怕她越是要同那人在一起，所以我才说要您顺水推舟……"

"那依你的意思，是要你姨母装聋作哑？"柳韵琴忍不住问道。

"也不尽是，母亲……"廖玉凤卖了个关子，"表面上姨母不再去过问梧桐妹妹的这个事情，只当是默许了，如此一来，梧桐妹妹就能放下戒备心。七弟妹她们两个向来亲近，等她冷静下来，再让七弟妹好好劝她，也许这事就有了转圜。"

"那个林卿卿能真心帮我吗？"柳悦琴也知道许梧桐与林卿卿的感情深厚，可她还是心结未解，多了几分顾虑。

"梧桐待她这样好，她总不能眼睁睁看着梧桐跳进火坑吧？"廖玉凤答道。

第九十一章

"七少奶奶，太太请您去她屋里。"秋霞笑嘻嘻地走进屋来。

林卿卿正坐在窗前的一把明式紫檀椅上，手里拿了一本托尔斯泰的《战争与和平》聚精会神地读着。听到秋霞的话，她有些吃惊地抬起了头："母亲她们从上海回来了？"

"嗯，刚刚尤嫂打发人来传的话。"秋霞走到林卿卿面前，一边过去扶她起身，一边答道。

"哦，"林卿卿合上书，"我记得母亲说要去五六天的，这也才不过两天。"

"前面人来人往的，我看着黄管家在张罗着搬行李，应该是大少奶奶她们都跟着回来了。"

林卿卿心里虽然觉得有些奇怪，可也没有多想，站起来由秋霞扶着，就往外面走。

正是明媚的孟夏时节，空气是那样清爽舒适。林卿卿抬起头，像画布一样的蓝色天幕上飘着几朵白云，宛如大海上的点点白帆。温润和煦的微风迎面吹来，似乎将新的活力吹进她的身体，她轻抚着自己隆起的腹部，只觉得心内轻松畅快。

一进柳韵琴的小客厅，见佟玉梅与廖玉凤两个也在，林卿卿便过去互相道了安，这才由秋霞扶着坐了下来。

"母亲，您找我？"林卿卿问。

"我听卢嫂说你这两天总在屋子里待着，这么好的天气，该到园子里多走走才是。"柳韵琴说。

"好的，母亲。"林卿卿答道。

"我说什么你总是'好的'，可也没见你有多把我的话放在心上。"柳韵琴揶揄她一句，"我晓得你们年轻人总是觉得我们话多啰唆，可我们都是过来人，讲的话可都是为了你们好。"

"母亲您能点拨我们，那是我们的福气，怎么会不晓得您是为了我们好呢？除非是那些不知好歹的人。"佟玉梅不等林卿卿再开口，便接过话去。

林卿卿知道佟玉梅这话是针对自己，似乎也已经习惯了这个女人平日里的无事生非，不但不愿与她计较，反而从知道她去见过香凝之后，对她多了份同情与包容。

"母亲，鸿煊前天带回来一本新书，我是有点儿爱不释手了，以后一定会注意的，请母亲放心。"林卿卿温和地回答。

"行了，行了，我叫你来也不是为了指责你。"柳韵琴接过尤嫂递来的茶，微微蹙了眉，"怎么泡了龙井？"

"太太，咖啡还没煮好，想着您和少奶奶们讲话，怕您口干，就先泡了杯茶给您，咖啡马上就好。"尤嫂赔着笑脸。

"都下去吧，"柳韵琴摆了摆手，"我们娘几个有话要说。"

林卿卿觉得有些奇怪，尤嫂跟了柳韵琴多年，平日里几乎不离左右，即便再私密体己的话也鲜少要她回避，今天不知为何连她也被遣了出去。

"卿卿，我们几个之所以提前回来，是因为梧桐那边出了点儿状况。"客厅里只剩下她们四人的时候，柳韵琴开了口。

听到许梧桐的名字，林卿卿的心即刻揪了起来。许梧桐这趟没来杭州她似乎就有了一种预感，而此时，这种预感像一块石头压在了她的心上。

"是这样的，"柳韵琴犹豫了一下，"梧桐与你姨母拌了两句嘴，讲了些赌气的话，让你姨母坐立不安。我想着梧桐与你平日里最是要好，要是你能出面去调停，也算是为你姨母分了一点儿忧。"

"母亲，梧桐因为什么事同姨母拌了嘴？"林卿卿问道。

"原本也不是什么大不了的事，可是梧桐偏偏为了气你姨母，讲她……讲她已经和别人私订了终身……"柳韵琴声音压低了几分。

"梧桐与人订了终身？"林卿卿有点儿不相信自己的耳朵。

"是呀，还是你姨丈家的一个穷亲戚，叫……叫龚什么来着……"

"龚家瑶，母亲。"廖玉凤在一旁接了话。

林卿卿自然知道许梧桐对龚家瑶心仪已久，只是他们两个什么时候私订了终身，她却浑然不知。

"母亲，您是说梧桐与家瑶哥订了终身？这话是梧桐亲口讲的吗？"林卿卿狐疑地问。

"当然是她亲口讲的呀,母亲同我们都在场的,这种事还能胡说吗?"佟玉梅插嘴道。

柳韵琴斜了一眼佟玉梅,脸上表情有些严肃起来。"楮桐当着我们的面对你姨母讲的。"叹了口气,她又说,"起先我以为她不过一时意气用事,可后来仔细想想,楮桐是任性了点儿,却也不会拿这种关系名声的事情来与你姨母赌气。卿卿,你们两个这样要好,难道她从来没有对你提起过这件事吗?"

林卿卿有些愕然,听柳韵琴的问话,她极力平复了自己的情绪,然后回答:"楮桐偶然会提起家瑶哥,也许是我愚笨,竟然没有往这上面联想。不过我晓得家瑶哥是个老实本分的人,虽说家境不好,可他上进努力得很。"

"你姨母坚决不能接受这件事,至于那个龚家瑶是什么人品,我并不关心。只是楮桐现在……"柳韵琴欲言又止。

"卿卿,母亲心疼楮桐妹妹,一点儿不亚于对二姐,所以有些话母亲讲不出来,那我来替母亲讲。"廖玉凤看了看柳韵琴,见她点头认可,便接着说,"楮桐妹妹自己讲的,她非但与那个龚家瑶订了终身,而且他们两个已经有了夫妻之实……卿卿,你想啊,母亲与姨母哪里遇上过这样的事情?倘若真的如楮桐所说,要是传了出去,别说姨丈与姨母,就是母亲的脸面也是挂不住的呀。"

廖玉凤口里的话,是林卿卿全然料想不到的。这个问题让她沉默了,似乎落进一个沉思里。她又有点儿激动,想马上去许楮桐面前问个究竟。

廖玉凤不见她答话,又说:"卿卿,姨母也实在想不出其他的办法来,这才想着让母亲回来找你,也许只有你能帮着想个法子了。"

等到廖玉凤落了话音,林卿卿才猛地回过神来:"啊,母亲,这件事实在有些突然,我……我能先去给楮桐挂通电话吗?"

她匆匆站起身,刚走了两步,又掉转身来:"母亲,我能去趟上海吗?我想当面与楮桐谈谈……"

第九十二章

懂你的人,一定是用心去感受你,有很多话,即使不说透,对方也能懂得。

虽然彼此沉默着,可许楮桐也知道林卿卿并不是来责备她的。"楮桐,"还是林卿卿先开了口,"究竟发生了什么事?"

"你知道的,卿卿,我喜欢家瑶哥许多年了。"只停了一下,许楮桐便假装若无其事地回答。

"这个我晓得，"林卿卿望着她，"你也明白，我问的不是这个……"

许梧桐即使给自己做了心理建设，可面对林卿卿，她还是不能真的坦然自若。

"卿卿，"许梧桐低下了头，脸已经涨红起来，"我……"这几个字出来之后，她就再也讲不下去了。

"我不晓得这些日子究竟发生了什么，你不讲我也不问。只是梧桐，这个世间什么东西都可以通过努力去争取，唯独有一样，不是靠争取就能得到的……"林卿卿说。

"卿卿……你……你怎么就知道我没有争取到家瑶哥的爱情？"许梧桐的声音里并没有太多的底气，"我承认自己暗地里喜欢了他许多年，我在你面前也没有避讳过……可是，现在……我们已经……已经在一起了……"

"梧桐，你能找到自己想要的归宿，我当然为你高兴，只要你真的能幸福！"林卿卿眼里的光是温和的，"在你不会受到伤害的前提下，不论你做了什么样的决定，我都会支持你！"

许梧桐内心忽然有一股情感在爆发，她没有办法去控制它。泪水顺着她的眼角落下，她将头埋进林卿卿的怀里，呜呜咽咽起来："卿卿，我……我的心好彷徨，好迷茫，我不知道该怎么办，可是，可是我好爱他，真的好爱他……"

林卿卿轻抚着她的背，没有答话。

"卿卿，"许梧桐继续说，"我等了这么多年，曾经以为自己会随着时间的流逝慢慢将他淡忘，可是并没有！你知道吗，这次再见到他，我发现自己更加爱他，甚至崇拜他！卿卿，最近我常常一个好梦连着一个噩梦，我在梦里笑过，也在梦里哭过……"

许梧桐的这番话，让林卿卿的心也跟着疼痛起来，拍了拍她微微起伏的肩头，小声说："梧桐，我晓得你有心事，现在只有我们两个，你可以把它讲出来。"

许梧桐想把那晚自己做过的荒诞事全都告诉林卿卿，可是话到嘴边，她还是忍住了。她怕，怕林卿卿知道了真相，会阻止自己疯狂的行为。这疯狂的行为，是她能得到龚家瑶唯一的希望。

许梧桐抬起了头，她忍住了眼泪，可是她知道自己的心依然在落泪。

"卿卿，原谅我……原谅我瞒着你，"许梧桐脸上带着凄凉的微笑，"我本来没有想过会这个样子，我只是想约他来讲讲话，可是我……我没能克制住自己的情绪……

"我喝了酒，也没有打算要他喝，可是……稀里糊涂的，酒精让我迷失了，好像有什么东西牵引着我，我把自己交给了他，原本我以为今生是没有希望的，可是那晚之后，我又开始期待……"

林卿卿从不曾怀疑许梧桐会对自己说谎，听着她讲出的一字一句，一种强烈的怜爱泛上心头。

等到许梧桐住了口，林卿卿才将她扶了起来："梧桐，是我不好，对你的关心太少了，既然事情走到了这一步，我说什么也都失去了意义。"

"卿卿，那你是支持我了，对吗？"许梧桐脸上有些不安，又有些激动。

"只要你能过得好……"林卿卿握紧了她的手。

"卿卿，那你……你能帮我去问问家瑶哥的意思吗？"许梧桐满眼的期盼，"我知道……我知道自己有些贪婪了，可是，可是我真的不能再等了。"

林卿卿找到龚家瑶的时候，是在复旦操场的一角。

见到她的瞬间，龚家瑶有些吃惊，但是很快就猜到了她的来意："卿卿，你是专程来找我的，对吗？"

"家瑶哥，你有时间吗？如果课业忙，我可以慢慢等。"林卿卿说。

"不要紧，今天没有课。"龚家瑶看了看林卿卿，"附近有家茶馆，你如果不嫌弃环境简陋，我们去那里坐坐。"

"家瑶哥，你几时变得这样见外了？"林卿卿笑了笑，"能有个地方让我这个身子笨的人坐着就好。"

茶馆不大，里面三三两两坐了些学生模样的人。跑堂的似乎认得龚家瑶，见他们两个入内，领着到了一个靠窗的位置，又提了一壶茶放下，便转身离去。

"家瑶哥，你常来这里喝茶吗？"林卿卿问道。

"以前常跟宥崇一起来，"顿了一下，龚家瑶又说，"不过，这些日子很少来了。"

"真羡慕你同宥崇哥，还能一道在这样的高等学府里求学。"林卿卿说。

"是宥崇帮了我，没有他，我恐怕连字都认不得。"

"宥崇哥是个善良温暖的人，他把你当作知己，自然是倾心相助。就像梧桐对我，也是一样的。"

听到"梧桐"这两个字，龚家瑶脸色突然阴暗起来。他不再答话，将脸侧向了窗子一边。

林卿卿似乎明白了什么，她思索了一下，脸上依旧挂着笑容："家瑶哥，你好像不太开心。"

龚家瑶不敢看她的眼睛，仍然对着窗外说："没有什么开不开心的。对不起，卿卿，你来看我，我本应该开心的。"

"是因为楮桐吗?"林卿卿不想再去回避。

龚家瑶依旧不答话,却将头低了下来,拼命地咬着嘴唇。

"我见你之前,以为你已经做了决定。可现在,我觉得自己这趟来是多余的……"这句话,林卿卿说得很慢,"家瑶哥,楮桐是个真性情的人,她不会伪装自己的情感……倘若……倘若你真的对她毫无感情,我希望你能直面问题,去同她讲清楚,而不是选择逃避。"

林卿卿虽然明白许楮桐内心的渴望,可是她更希望龚家瑶是心甘情愿地接受这份感情。

龚家瑶抬起了头,他呆呆地望着林卿卿,沉默着。他的眼睛里分明是一种难过,一种包含了追悔、自责与无奈的难过。

"卿卿,我害了楮桐。"龚家瑶还是开了口,"宥崇说,如果我选择逃避伤害了楮桐,我就是个无耻的人。他说,他会看不起我,更会……更会恨我……"

龚家瑶微红了眼眶,他的声音里有一丝悲伤:"我答应了宥崇,我会对楮桐负责……"

第九十三章

午间见林卿卿与许楮桐聊了许久,又见林卿卿匆匆出了门去,柳悦琴与柳韵琴也不便多问,只在家里等消息。

听到门口有车子的声响,原本还在沙发上打盹的柳悦琴忽地就提了精神。她这么些年来第一次主动想要去找林卿卿讲话,可又觉得面上挂不住。踌躇了一下,她喊徐嫂道:"你去门口迎一下少奶奶,让她过来坐坐。"

徐嫂会意,便往门口走去。

"七少奶奶,您回来了,我们太太和黄太太都在客厅里等您呢。"徐嫂一脸笑意。

一路上林卿卿思前想后,龚家瑶的一言一行都触动着她,她不知道许楮桐的坚持能换来怎样的结局,可是旧式的思想还是禁锢了她。

林卿卿对着徐嫂微微一笑,只在门前犹豫了一下,便随着她入了客厅。

"卿卿,你去哪里了?你姨母让人做了些绿豆糕,我们一直在等着你回来一道吃。"柳韵琴看了一眼欲言又止的柳悦琴,知道她磨不开面子,便先开了口。

"谢谢母亲,姨母。"林卿卿说。

"大着肚子跑来跑去的,别站着了,过来坐下说话吧。"柳悦琴讲话的时候并没有抬眼。

"谢谢姨母!"林卿卿说话间,徐嫂已经走近前扶她坐了下来。

"卿卿,你先吃些点心,吃好了我们再聊。"柳韵琴说。

"母亲,我等下再吃。"林卿卿知道她们两个迫不及待的心,也不想去卖什么关子拖延时间,"我出门前同楮桐谈了,她那天虽说有些同姨母赌气,可是她讲过的那些话应当是真的。"

"什么叫应当是真的?"柳悦琴心里一颤,忍不住追问。

"姨母,楮桐是真心爱家瑶哥。"林卿卿回答。

"什么爱不爱的!她那不过是一时的心血来潮!"柳悦琴有些激动。

"卿卿,我们来上海就是为了帮你姨母排忧解难的……"柳韵琴提醒她。

"母亲,姨母,楮桐就像我的亲姐姐一样,她幸福与否我同您二位一样关心。婚姻生活如人饮水,冷暖自知,楮桐是个有主见的人,她爱憎分明,倘若真的嫁了一个不爱的人,岂不是让她远离了幸福?"林卿卿恳切地说。

"什么叫幸福?楮桐要是跟了那个穷小子,食不果腹,衣不遮体的,还会有幸福可言吗?你们这些年轻人,追求所谓的自由与爱情,那都是盲目不切实际的东西,能当饭吃吗?"柳悦琴质问道。

"姨母,您讲的道理是没错,可是楮桐是什么样的性格,您还不了解吗?"林卿卿说,"在楮桐心里,唯爱情至上。她从小没吃过苦,不会,也不能理解您刚才讲的那些话。我讲一句不应当讲的话,无论楮桐嫁给了什么人,您当真会舍得让她去受那份清贫的苦吗?"

林卿卿的话,柳悦琴心里不置可否,她张了张嘴,还是垂下了眼眸,一句话也没讲。

柳韵琴注意到了她的神情,便开了口:"卿卿,你讲的倒也是实话。楮桐是你姨母的掌上明珠,哪有当母亲的会眼睁睁看着自己女儿去受那苦日子的?我们只是担心楮桐一时冲动,被那个小子给骗了。"

"可不就是嘛,从古至今攀龙附凤的大有人在,谁晓得那些个出身贫寒的人是不是别有用心?"柳悦琴抬起了头,定定地望着林卿卿。

柳悦琴话里带话,林卿卿不是听不出来,只是她此刻心里只装了许楮桐的事,也懒得去计较。"楮桐对家瑶哥的感情不是一天两天了,我相信她不是一时的心血来潮。只是……"

林卿卿忽然收了声,她抬眼看到了站在楼梯口的许楮桐。"楮桐!"林卿卿喊了一声。

"卿卿，你见过家瑶哥了？怎么样，他什么意思？"许楮桐飞奔着下了楼梯，全然不顾柳悦琴姐妹也在场。

所有人的眼光都集中在了林卿卿的脸上。

"楮桐，我可以等下和你谈吗？"林卿卿说。

"是他有什么问题吗？难道……难道他不愿意？"许楮桐迟疑了一下，脸上已经现出了紧张与担忧。

"那个穷小子又要什么花样？他会能不愿意？那是骗你的一种手段罢了！"柳悦琴恨恨地说。

"母亲！您能不能不要一口一个穷小子？您这话要是被父亲听到了，恐怕他也不会愿意！"许楮桐有些不悦。

"你还敢搬你父亲出来？他要是晓得你……晓得你这样任性胡闹，看看他不打断你的腿！"柳悦琴说。

"那我们就到父亲那里去理论理论！父亲向来主张不以出身高低论英雄，他自己也是寒门学子出身，只是您嫁给他的时候，他已经入了官场。您怎么就知道家瑶哥日后不能有所作为？"许楮桐不依不饶，"还有，我怎么就任性胡闹？现在是民主自由的时代，父亲身为政府要员，难道您要他去违背政府提出的主张吗？"

"你……你简直强词夺理！"柳悦琴涨红了脸。

"楮桐，怎么能这样跟你母亲讲话？"柳韵琴蹙了双眉，"你母亲虽然讲话直白了一些，可这都是为了你好。刚才卿卿的话，我不晓得你有没有听到，她讲的也都是实话。咱们这样的家庭，并非真的在乎对方是否有钱有势，只是担心你意气用事，到头来发现所托非人。"

"姨母！"许楮桐打断道，"您怎么也不相信我？我真的不是意气用事，家瑶哥也不是您想的那样贪图我们家权势，他……他甚至拒绝了我！"

许楮桐的眼眶湿润了，她极力地克制着不让眼泪落下来。"他还敢拒绝你？"柳悦琴简直不能相信自己的耳朵。

"是！他拒绝了我。"许楮桐语气忧郁，"我和他之间不是你们想象的那样……"

"你……你不是说……"柳悦琴茫然起来。

"我是和他私订了终身，可那是我主动的，这下您满意了？"许楮桐咬紧了嘴唇。

"楮桐，事情已经发生了，只能往前看。"林卿卿轻抚她的背。

"所以……"许楮桐一字一顿，"卿卿，一切都是我咎由自取，如果家瑶哥还是拒绝我，我不怪他。我预备好了，不能嫁给他，我就落发为尼，终身不嫁！"

"我的祖宗啊，你这是要我的命啊！"柳悦琴一听这话，瞬间号哭起来。

"您也不用这个样子，"许梧桐淡淡地说，"我已经把身心都交给了他，您不是说我这样辱没了名声吗？那我选择离开，这样您也不用再担心您和父亲失了颜面。"

"你出家做尼姑，难道我们就有面子了？你这样做，不如拿把刀先把我杀了！"柳悦琴边号哭边说。

"所以，您要么接受他，要么让我出家，"许梧桐说，"还有，我要跟您提个醒，您不要试图去伤害他，他要是出了什么事，您看到的一定是我的尸体！"

"天哪！"听她这样讲话，柳悦琴又号了一声，便伏倒在柳韵琴的怀里痛哭不已。

"梧桐，虽然我晓得有些事情已经无法挽回，可如果是强扭的瓜，吃下之后也许并不甜蜜。我支持你寻找真爱，可真爱并非一厢情愿。"林卿卿望着许梧桐说。

"卿卿，我只想知道他是怎么决定的。"许梧桐不敢看林卿卿的眼睛。

"梧桐，你当真想好了？"林卿卿并没有正面回答她。

"是我自己选的路，不论怎样的结果，我都接受！"许梧桐抬起了头。

第九十四章

佟玉梅走进廖玉凤房间的时候，廖玉凤正歪在贵妃椅上让小玉拿着木槌敲腿。

"哟，你还真会享受。"佟玉梅打趣道。

"大嫂来了也不讲一声，我好去门口迎你呀！"廖玉凤直起身，站了起来。

"这话怎么听着这样生分，我们隔墙住着，有什么迎不迎的？"

佟玉梅说着话，已经走到沙发上坐了下来。

"我跟你怎么会生分？虽说是隔墙住着，你也是难得上我屋里一趟。"廖玉凤笑道。

"那倒是，平日里不是在牌室就是在母亲那里，倒也用不上专门跑你屋里来。"佟玉梅说。

"大嫂今天专门跑来，那必定是有事情同我说，你就说吧，这里又没外人。"廖玉凤认定佟玉梅是有目的前来的。

佟玉梅瞟了一眼窗外，确定屋外没人，这才开口："你不是说让老七房里那位去上海调停，能让她落个里外不是人吗？现在非但没见她有什么状况，刚才母亲怎

255

么还说梧桐的婚事定下来了?"

廖玉凤努了努嘴:"谁晓得怎么回事。原本我想着她与梧桐那样要好,她去了一定是帮着梧桐讲话,以姨母的性子,还不恼了她呀?"

"姨母向来不待见她,恼不恼她又能影响她什么?"见廖玉凤不出声,佟玉梅接着说,"不过话说回来,梧桐这桩婚事来得太草率了,等着瞧吧,不会有什么好结果。"

"说的也是,姨母这样要强讲面子的人,怎么就由了梧桐的性子同意了这门婚事?"

佟玉梅压低了声音:"那天梧桐讲了那样的话,莫不是……"

"你是说奉子成婚?我们往后等着看吧,恐怕有的是笑话。"廖玉凤说。

"笑话不笑话的,她们在北京,离得十万八千里,想看也看不到哇。"

"说是要搬去上海住。"

"哦?你倒是消息灵通呢!"佟玉梅揶揄她一句。

"是宥利表少爷讲的。"不等廖玉凤出声,小玉便抢着说。

"宥利与你交情不浅哪,昨天他才送母亲她们回来,今天你可就晓得了梧桐的动向。"佟玉梅冷笑一声。

廖玉凤瞪了一眼小玉,转脸赔笑道:"这话多亏是从你嘴里出来,要是旁的人,那我可就被活活冤死了。你晓得的,宥利如今是日本商会的参赞,他上一趟来的时候,我托了他带些日本的香料,这不是昨天他送母亲回来,就把香料捎了来。我也是随口问了句梧桐的情况,宥利才讲起来的。"

说着话,廖玉凤便起身走到立柜前,从抽屉里拿出两盒香料递给佟玉梅:"亏我还什么都想着你,你不来我屋里,我也预备着要给你送去的。"

佟玉梅接过香盒,打开闻了闻:"你别说,日本的这种花语香料的确好闻,那我就不同你客气了。"

"同我还客气什么呀?"廖玉凤重新坐回她身边,又说,"瞧着这些日子大哥每天回家都早了,当真是要恭喜你呢。"

"什么恭不恭喜的呀,他先前那样胡闹,我没有同他决裂已经是给他留足了面子,他要是还不识点儿趣,那我可是不能忍受的。"佟玉梅敛了笑容。

"你们老夫老妻的,不忍受你难不成还真要同他撕破脸哪?"廖玉凤调笑道,"你看外面那些男人,或讨了小老婆带回家,或养在外头金屋藏娇,那可是要费大钱的,同他们比起来,大哥当真算好男人了。"

廖玉凤知道黄鸿烨之前在外面不但为香凝买了别院,还为她配了汽车,一应开支用度与府里也不相上下,当日故意让佟玉梅去找私家侦探,也无非为了让她知道这一切。此时旧事重提,廖玉凤自然有自己的盘算。

"男人都是一路货色。"佟玉梅脱口而出。许是意识到自己失了口,她忙又道:"要按你这么讲,鸿烨倒真算不错的。算了,过去那件事也不过是我在捕风捉影,不见得他真的同那个女人有什么。"

"是呀,瞧着大哥如今与你相敬如宾,又一心扑在咱们家生意上,我当真替你开心呢。"廖玉凤说。

"这两年经济不景气,他又是个要强的人,怎么能不操心呢?"

"说是呢,大哥在这个家里操心最多,出力最大,莫要说每个月开支个千儿八百的,就是三千五千的,也是该得的……"

"等等,"佟玉梅打断她,"我怎么听你这话是我们房里多得了钱似的?别看鸿烨管着商馆里的事,我们房里可从没多拿过账上一分钱!"

廖玉凤自从查到香凝的事情,便刻意留心了黄鸿烨的财务状况。前些日子刚巧有几家与黄府往来的商家来找黄福良结账,她便找了个由头去了账房,趁着他们核算的档口,悄悄偷看了黄鸿烨的账簿,除去每房每月的零用,并未见他有额外的收入。今天见佟玉梅主动找上门来,她便想借机套了她的话。

"瞧我这嘴,怎么就这么笨呢?"廖玉凤笑道,"好了,好了,你当我什么都没有讲过。"

"你是那种笨嘴笨舌的人吗?"佟玉梅似笑非笑,"有些话可不能随便乱讲的。每月各房都只有三百块进账,我与你们哪里有半点儿区别?"

"我也不过顺嘴这么一说,瞧你怎么就认真起来了?"

"不认真能行吗?"佟玉梅斜她一眼,"自古忠臣多冤屈,鸿烨代掌着家里的经济,经不起那些个闲言碎语。"

"你说的倒也是。我说句话也许你不信,在我心里呀,你们房里就该多得一些,毕竟大哥劳苦功高的。"廖玉凤见佟玉梅受用,便接着说,"鸿熠远在法兰西,也没能给家里出上什么力,加上我娘家也时常贴补我们娘儿俩,我是当真不在意分多分少的。"

"你说这个我信!"佟玉梅说,"我到现在陪嫁过来的钱都还花不完,才不稀罕每个月这点儿零用。只是鸿烨这个人古板,丁是丁卯是卯的,他才不会让弟弟妹妹们少得一分呢。"

"是呀,你我都是一样的人,心大,不与人计较。"廖玉凤说话间已将香料点着。

第九十五章

  林卿卿合上书的时候，已经是深夜一点了。她打了个哈欠，觉得肚子有点儿饿，便一手扶着腰站起身。

  黄鸿煊随着黄廷承去了天津公干，她也不想再惊动秋霞与兰萍，便趿拉着鞋走到外间，拉开立柜的抽屉，从点心盒里取了块杏仁酥，又从温水壶里给自己倒了杯茶，这才往窗前坐了下来。

  窗外树梢上挂着一轮明月，许是微风徐来，树影婆娑，寂静的院子里清晰可闻簌簌的声响。

  "卿卿，尝尝这个杏仁酥，刚出炉，还热乎着呢……"林卿卿咬下一口杏仁酥的时候，脑海里浮现出了当年与许梧桐一道在北京逛大栅栏的情景。

  即便在许梧桐的坚持下，柳悦琴不得不同意了她与龚家瑶的婚事，可林卿卿还是不能释怀。她清楚地记得那天龚家瑶应下婚事时，眼睛里的悲伤与无奈。她很想劝许梧桐放下一意孤行的爱情，可转念想到他们酒后犯下的过错，又不忍心再去阻止。一个失去了贞洁的女人，除了嫁给对方，似乎也没有其他的路可走。

  月光下，林卿卿关了灯，放下杯子，双手合十，她现在能做的只有祈求上天，保佑许梧桐在婚后相伴的日子里可以得到龚家瑶的爱情。

  林卿卿思绪万千的当口儿，忽地肚子里的小东西动了一下。她轻轻抚摸着隆起的腹部，忙将心绪平静下来。生命真的特别神奇，自从第一次感觉到胎动，她心里的那份母爱便不自觉地散发了出来。"外面有月亮，不需要手灯了。"林卿卿忽然听到窗外有人在讲话，继而就是隔壁开门与关门的声音。

  "三少奶奶，月光都被外面这树叶给挡了，您还是带上吧。"林卿卿听清楚了，这是廖玉凤房里小玉的声音。

  "拿着也不能开。算了，你送我过去吧，大半夜的，外面也没一个人，看着有点儿瘆得慌。"廖玉凤的声音虽小，可在这寂静的夜里，林卿卿还是能分辨出来。

  "您这么晚了还去，表少爷能等着吗？"小玉问。

  "你给我闭嘴！不现在去，难不成还赶着所有人都醒着的时候去？"廖玉凤冷着声音说。

  林卿卿心里一怔，便稍稍贴近了窗户。

  "你先走几步，去看看巡夜的在不在客房附近，别让人瞧了去。"廖玉凤嘱咐小玉。

等她们两个的脚步声远去,林卿卿这才寻思起她们的话来。这些日子家里没有其他客人,唯一住在客房里的就是今早说来杭州公干的许宥利。林卿卿想起刚才小玉嘴里的"表少爷",加上廖玉凤这半夜三更悄悄出门,这么一联想,倒惊出了一身冷汗。

廖玉凤推开虚掩的房门,见许宥利正歪在沙发上看报纸,便笑道:"你就这么开着门,是料定我会过来吗?"

许宥利说:"你来得还挺早,我猜着你还要个把钟头才能来,真是难得。"

廖玉凤反手锁了房门:"怎么,是不想这么早瞧见我?"

许宥利放下手里的报纸:"就算我说错话还不行吗?这几次我来杭州,你哪次不是一两点钟后才过来的?"

廖玉凤走近:"现在天亮得越来越早,我要是还等到两三点钟来,又是讲不了几句话就要起身。"

许宥利一把将她拉进怀里,贴着她的耳畔道:"哪次不是让你尽兴尽意的……"

乌云遮住了月光,窗外是连天漫地的一片漆黑,远处传来野猫的叫声。

一番颠鸾倒凤,廖玉凤顾不得娇喘未息,便问许宥利:"黄鸿烨的账,你查到了吗?"

许宥利扶了个枕头靠上,这才开口:"你还当真有意思,好歹我们也算是对鸳鸯,不容我喘口气歇歇,就来问他的事。"

廖玉凤也靠着床头坐了起来:"谁跟你是鸳鸯?讲这样的话,不觉得自己昧良心?"

许宥利调笑道:"刚刚还和我巫云楚雨,这会儿说鸳鸯怎么就不肯认了?"

廖玉凤冷哼一声:"鸳鸯是什么?成双成对结伴同行,雄鸳对雌鸯那可是忠贞不贰,哪跟你许少爷似的,到处拈花惹草。"

许宥利摇头笑道:"哎哟,这话我怎么听着醋味十足呢?"

廖玉凤斜他一眼:"我犯得着吃你的醋吗?不过是一些道听途说的话罢了。"

"哦?"许宥利反问,"我在上海,你在杭州,怎么就能道听途说了?你倒是跟我说说,都听了什么话来?"

"你许公子许参赞如今也是上海滩响当当的人物了,被我听来点儿传闻也不稀奇。"廖玉凤讥笑道,"东洋的女人听说讲话都软糯得很,艺馆里的花酒是不是也特别香啊?"

"还不承认是吃醋了,"许宥利伸手揽住她,"那些女人怎么跟你比?偷吃的东西，总是最香的……"

"得了吧，我们不过各取所需，我吃的你哪门子醋。"廖玉凤口是心非，"行了，赶紧说说，账的事有眉目了吗？"

"他出手还真够阔绰，这前前后后查下来，可不是一笔小数目。"许宥利说。

"我前些日子套过大嫂的话，他们房里除去月钱，应该没有其他进项。"廖玉凤告诉他。

"你这样聪慧灵透的人，怎么也改不了妇人之见？"许宥利不等她讲完，便打断她的话，"黄鸿烨守着商馆往来的大账，怎么会去动家里那点儿私账上的脑筋？"

"那你的意思，他动了商馆的钱？"廖玉凤的声音里有掩饰不住的激动。

"这么大一笔钱，不动他黄氏商馆的，还能从天上掉下来不成？"许宥利反问。

"哼，我就晓得这世上没有什么大公无私的人。"廖玉凤撇了撇嘴，又说，"大嫂那天一口一个'我们鸿烨最秉公办事，丁是丁卯是卯'，可真够打脸的。"

"你这女人，日后还真不敢得罪你。"

"你这话什么意思？"廖玉凤敛了笑容。

"没什么意思，我随口一说，你不用当真。"

"我最讨厌讲话讲一半的人。"廖玉凤推开许宥利，与他面对面，"我不跟你开雄辩会，只是我同你讲，黄鸿烨必须要倒……"

"那你要怎么谢我呢？"许宥利眯了眼笑吟吟地望着她。

"这不是天还没亮吗？"廖玉凤露出一记媚笑。

第九十六章

廖玉凤走进餐厅的时候，见其他人都已经到齐了，忙带着黄卓骥走到餐桌前坐了下来。

"母亲，我昨天夜里没睡好，今早赖了一会儿床。"廖玉凤刚一坐定，便解释道。

"难得见你来晚一次，我心里还惦记着，正预备让尤嫂打发人去你屋里看看。"柳韵琴说。

"多谢母亲关心，我没事。"廖玉凤回答。

"你昨天夜里也没睡好哇？我也是，后半夜不知道哪里来的野猫，叫个不停，吵得我头痛。"佟玉梅接过话。

廖玉凤也许是做贼心虚,听她这样讲话,心里一惊:"大嫂可有起床瞧瞧是怎么回事吗?"

"我睡得迷迷糊糊,哪里会再起来去看那个?只是被它吵得睡不安稳。"佟玉梅说。

"是呀,被那些猫吵得烦都烦死。"佟玉梅的话让廖玉凤稍稍定了心,继而转头望着王藜旻与林卿卿,她又试探着问,"五弟妹与七弟妹昨晚睡得可好?有没有也听到猫叫的声音?"

王藜旻正在喝牛奶,听到她问话,放下手里的杯子回答:"我睡得比较沉,还真没听到什么猫叫声。"

廖玉凤道:"真羡慕五弟妹,到底是年轻,睡眠的质量也好。"

王藜旻道:"我习惯了睡前喝杯葡萄酒,这样有助于睡眠,三嫂不妨试试。"

"好的呀。"说话间,廖玉凤望着林卿卿,似乎在等着她的回答。

昨晚廖玉凤与小玉的对话,林卿卿听得一清二楚,无须多想,也能猜到她与许宥利有了私情,此时她问话的用意也就一目了然。

"鸿煊不在家,我们房里早早都歇下了,今早也没听谁提起听见猫叫。"林卿卿说。

"那就好!"廖玉凤这才安下心来,"你如今是有身孕的人,睡得香,才能对肚子里的孩子好。"

"都赶紧吃早饭吧。"柳韵琴开了口,"几只野猫的叫声,也能让你们嘀咕半天。"转头对着尤嫂,她吩咐道,"等下打发几个人在树丛草堆里找找,看看有没有野猫的窝,要是有,就让他们去清理了。"

"母亲,家里有几只野猫也不是什么坏事,它们也许拖家带口的,清了它们的窝,它们住哪里去呀?"黄芳菲接过话。

"瞧瞧我们芳菲,就是心善。"柳韵琴笑着说,"那依你的意见,这些野猫就不管它们了?可是它们扰了你嫂嫂们的好觉哇!"

"母亲,要是它再半夜三更地叫,让巡夜的轰它们走就是了。"黄芳菲说。

"也是……平常巡夜的多数时间在前院,以后就让他们也往后院多转转。"柳韵琴应道。

廖玉凤恨黄芳菲多了嘴,嘴上却说:"母亲,您老人家可真心偏爱八妹,让我们都好生羡慕呢!"

柳韵琴笑道:"芳菲,听听,你三嫂可吃你醋了呢!"

黄芳菲有些难为情,不等她开口,姚氏便接了话去:"大姐,别说玉凤觉得您偏心，就是我这个亲生母亲，也觉得您总是偏爱芳菲呢。"

柳韵琴说："手心手背都是肉，什么亲生不亲生的，芳菲是我们家最小的女儿，我不偏心她，还能偏心谁？"

姚氏说："是呢，是呢，自家的孩子哪里会分什么厚此薄彼？"

"要我说，大姐一碗水是端得最平的，不论子女还是孙儿，个个都疼爱得紧。"一旁的张氏笑道。

"你这句倒是大实话，这些个儿女，还有三个孙子，哪一个我不是牵肠挂肚的？"柳韵琴说。

"快了，马上卿卿再给您添一个孙子，您哪，又要多一份牵挂了。"张氏说。

"家里多些小孩子那是好事，代表着人气旺。"柳韵琴说这话的工夫，就望向了黄鸿烨，"鸿烨，不是我又念叨，你是家里的老大，阿骐也大了，你房里是时候再添几个小孩子了。"

黄鸿烨原本吃好了早饭正要起身离席，听见柳韵琴这话，只得停了下来："母亲，我晓得了。"

"晓得了就抓紧时间，趁着你们还年轻，多生几个。"柳韵琴催促。

"姨母，您该让鸿烨表哥立个军令状才是！"许宥利笑着走进了餐厅。

"宥利，快坐到我这里来。"柳韵琴对着他招了招手，"也不晓得你要睡到几时，我们没等你就先用餐了。"

"我习惯了晚睡晚起，您不用等我。"许宥利在黄卓骧身边坐下，笑道，"我坐在阿骐这里，鸿熠表哥去法兰西之前，我就喜欢同他一起，现在他不在家，我就顶替他一下。三表嫂，你不介意吧？"

他的话令廖玉凤心里一阵慌乱，只得借着给黄卓骧夹菜，来掩饰自己的情绪。

柳韵琴不明就里，笑道："你喜欢坐哪里就坐哪里。你去东洋之前就常住在这里，同鸿烨、鸿熠三个天天在一起，我看着就开心。"

"那会儿还没有阿骐呢。时间过得真够快的，鸿熠表哥去法兰西也好几年了，这是不预备回来了吗？"许宥利问。

"这……"柳韵琴忙看了一眼廖玉凤，唯恐惹她们母子心里不痛快，"玉凤和阿骐都在家等着他呢，怎么能不回来？快了，拿到了学位文凭，他就回来了。"

廖玉凤此时已经定了心神，拿出手帕擦了擦眼角，只低着头，做出一副楚楚可怜的模样。

柳韵琴看在眼里，连忙话题一转："宥利，梧桐最近怎么样了？"

许宥利答："她正预备着回辉县老家呢。"

柳韵琴又问："梧桐要回你们辉县老家？她不是在筹备婚礼吗？"许宥利摇了摇头："她那是一头热，老古板到现在还没有发话，谁知道这婚能不能结得成？回去辉县，估计是要请祖母出面调停吧。"

柳韵琴叹口气："梧桐这孩子也是执拗，这婚就是结成了，你父亲、母亲那里也终究会是个心结。"

许宥利说："何止是心结，我家那个老古板嘴上标榜民主，骨子里还是根深蒂固的老观念，梧桐这么一闹，他当即就锁了银行的户头，母亲临走时候开给梧桐的支票都没办法兑现了。"

他们讲的是许梧桐，林卿卿自然是格外留心。她知道许梧桐平日里花钱大手大脚，此时听到许宥利这样讲话，心里一下担忧起来，正要忍不住接话，便听柳韵琴又开了口。

"梧桐从小没吃过一点儿苦，没钱怎么能行？宥利，你帮我给她带些钱回上海，让她千万别委屈了自己。"

"您和我母亲一样，就是惯着她。放心吧，我再不济也是个商务参赞，她那些花销还能供得起。"许宥利说。

"瞧我这老糊涂，怎么就把你这个大参赞给忘了？宥利你当真是能干，有你照顾梧桐，我同你母亲也能放心了。"柳韵琴笑道。

"我哪里能跟鸿烨表哥比？以后生意上的事情少不得要跟他讨教。"许宥利转头望着黄鸿烨，"鸿烨表哥，要是有机会，我们可要好好合作一把……"

第九十七章

屋子里燃了林卿卿喜爱的檀香，窗子半开着，香炉里的烟顺着窗子飘了出去。她倚靠着椅子坐在窗前，用手托了腮，支在窗台上。

许宥利在餐桌上的一番言论，让林卿卿暂时忘掉了他与廖玉凤的私情，心里又记挂起了许梧桐。

许梧桐的婚礼原本该是风风光光、隆隆重重的，却因为双方的贫富悬殊，变得这样悲悲戚戚、黯黯淡淡。

明明许梧桐一口咬定的事情，可不知道为什么，林卿卿总觉得似乎有哪里不对劲，却又讲不出来。

兰萍走进屋来，见林卿卿呆坐在窗前，便走到近前："七少奶奶，您怎么了？"

说话间，又瞧见她眼圈红红的，忙惊讶问道："七少奶奶，您没事吧？七少爷出门前交代了要我们好生伺候您，您可别吓唬我们。"

听她这样讲话，林卿卿挤了一丝笑容："我没事，不过是坐在窗边看看。"

兰萍噘了嘴："您看看自己的眼睛都红了，还说没事。"

林卿卿轻轻揉了一下自己的眼睛："刚才起风了，可能是风眯了眼，我真的没事。兰萍，你去帮我把镜子拿来吧。"

兰萍听她吩咐，忙去梳妆台上取了一面仿唐的镜子，递到她的手里。

"你说女人梳妆打扮是为了悦己还是悦人？"林卿卿照着镜子忽然问道。

兰萍从未听她讲过这样的话，乍一愣，又笑道："不是说'女为悦己者容'吗？您今天是怎么了，总觉得您跟以往不大一样。"

林卿卿心里想到了许梏桐，也想到了廖玉凤，刚才一时感慨，才会突然生了那样的问题。听见兰萍的话，她摇了摇头，却不再出声。

兰萍也摸不着头脑，只得对她说："七少奶奶，我给您换个香吧，沉香能安神定魄，您可以小睡一会儿。"

说着话，兰萍便往立柜那里取了香盒，舀了一小撮沉香末加到香炉里点着。

也许因为昨夜几乎没合眼，又或者因为沉香的功效，林卿卿歪在躺椅上昏昏沉沉睡了过去。

等她醒来的时候，迷迷糊糊听到了兰萍的声音："五少奶奶，我们少奶奶睡着了，要不等她醒了我转告她？"

"让她睡吧，我先走了，等晚点儿时候我再来。"是王藜旻的声音。

"五嫂，快请进来。"林卿卿对着门外喊了一声，然后侧着坐起身，找了一件薄外衣披着就迎了出来。

王藜旻拉过她的手："兰萍说你睡着了，我正预备着走呢，没承想还是惊动了你。"

林卿卿说："我刚好醒了，听到你们在讲话。五嫂快进来坐。"落了话音，便将她拉进屋里。

王藜旻在她小客厅的椅子上坐定，笑着说："早上吃饭的时候我见你胃口不大好，就想着过来瞧瞧。"

林卿卿笑了笑："这几天胃口是不大好。五嫂心真细，不愧是学医的。"

"这话倒是真的，那是我的专业本能。那你同我讲讲，你是吃不下，还是不想吃呢？"

林卿卿当然不会对她讲自己是因为担忧许梏桐，只笑道："不晓得是不是身子笨了，这些日子胃口大不如先前。"

王藜旻说："孕期是这个样子，一时想吃，一时又吃不下，身上查不出来什么病，却又觉得哪里都不大舒服。"

"五嫂说的是，的确是这个样子。"

"且不说我是学这个的，只说我自己也是刚经历了一遭，当然晓得这个过程的感受。哦，我过来就是给你送点儿维他命，你胃口不好，可是肚子里的宝宝要营养的。"

林卿卿接过王藜旻递来的玻璃药瓶，见里面是花花绿绿的药片，好奇地问道："五嫂，刚刚你说这叫什么？"

"维他命！"王藜旻笑道，"这是洋人发明的一种微量营养的补充药物，他们叫它'Vitamin'，可以让人得到没有办法通过食物摄取的养分。"

"维他命……"林卿卿重复着，"卢嫂昨天还说要去给我抓点儿养胎的药，这下倒是省去了我喝那些苦兮兮的汤水。"

"这个当真好，比起吃一大堆补品见效更快，我怀着卓骁时候就吃它。还有，你要多喝点儿牛乳，对宝宝的骨骼发育都是有好处的。"王藜旻嘱咐道。

"嗯，多谢五嫂，我记下了。"林卿卿心里更觉得对王藜旻多了份亲近。

"卿卿，还有一句话，我想同你讲，"王藜旻顿了一下，又说，"思多伤身，这是中医上的理论，却真的有它的道理。西洋医学虽说不讲什么五脏六腑，可是思虑过度，人体脏器功能就会紊乱，从而诱发一些疾病甚至影响了肚子里的宝宝。"

王藜旻的话说到了林卿卿心上，这些日子她所思所想都是许梧桐与龚家瑶的事情，确实已经到了让自己寝食不安的地步。

望着王藜旻，林卿卿点了点头："我晓得，五嫂讲的都是为我好。小辰光听阿爹也提过'心为五脏六腑之大主，而总统魂魄'，为了肚子里的小家伙，我以后也会多注意的。"

"你这样讲，我就放心了，"王藜旻笑了，"我还等着和你一道研究中西医结合的疗法呢。"

"好！只要五嫂不嫌弃，我乐意跟着你与五哥出份力。"林卿卿应道。

忽然听到窗子外头滴滴答答地响了起来，王藜旻探头瞧了一下："外头又落雨了。"

"黄梅季节，今天又是南风天。"林卿卿接了一句。

"早上三嫂说院子里有野猫，这下了雨也不晓得它们会躲到哪里去。"王藜旻自言自语。

"它们应该都有自己的窝，动物对于天气的感应力比我们强得多。"

"是呀，它们应该都会保护好自己的。"王蘩旻望着窗外，又说，"这雨不晓得会下多久，今天夜里总不会有人因为猫叫睡不着了吧？"

林卿卿一怔，她不知道是不是因为自己太过敏感，总觉得王蘩旻是话里有话。

"卿卿，托尔斯泰说'了解一切，就会原谅一切'，有的时候人选择沉默并不是不晓得真相。每一个看似骄傲的人，谁又晓得这人内心的自卑呢？"

窗外已是大雨如注，瓦片上的水顺着屋檐如瀑布般奔流而下。

第九十八章

仲夏夜里，夏蝉的聒噪加上临近生产带来身体上的不适，让林卿卿辗转反侧难以入睡。她看了一眼身旁熟睡的黄鸿煊，轻轻掀开被角，跂上拖鞋，悄悄走到了窗前。

一轮满月发出清亮的光，被雨水冲刷过的星空也显得格外明亮。

"明月别枝惊鹊，清风半夜鸣蝉。"黄鸿煊不知什么时候已经走了过来，伸手从背后轻轻环住她。

"鸿煊，是我把你吵醒了吧？"林卿卿转过头来。

"不会。"黄鸿煊轻抚了一下她的脸，"卿卿，辛苦你了，是不是小家伙闹得你睡不好？"

"没有。只是刚下过雨，有些湿热。"林卿卿不想黄鸿煊为自己担心，"鸿煊，再有一个多月他就要出生了。"

"是呀，我要做父亲了，你也要做母亲了。"黄鸿煊的声音里是抑制不住的喜悦。

"小辰光妈妈帮我做了一个布娃娃，我帮它缝被子、做枕头，还做了衣裳……没想到现在自己真的要做母亲了。"林卿卿望向窗外，仿佛回到了自己的童年。

"你不但要做母亲，还要做许多孩子的母亲。"黄鸿煊贴近她的脸颊，"卿卿，我们以后要生很多孩子，在柚园里看他们追逐嬉戏！"

天穹之上，几颗生辉的星子伴着那轮明月，淡淡的光如薄纱般笼罩着小院。又一阵晚风吹过，簌簌作响的树叶丛中飞出一群带着微光的萤火虫，让这盛夏的夜晚变得越发迷人。

"卿卿，如果是个男孩，一定是由父亲给他起一个卓字辈的名字，那如果是个女孩,我希望她能叫'语影'。"黄鸿煊说。

"'语影',何解?"林卿卿好奇地问。

"语使能也,形影相随。卿卿,我希望这一生都能和你在一起,还有我们的孩子,一家人永远不会分离!"黄鸿煊的语气里满是深情。

"好!我们永远不要分离。"林卿卿转头望着黄鸿煊,眼里有似水的柔情。

这个炎热的仲夏时节,还有一件重要的大事正在进行着,那就是许梏桐即将举行的婚礼。

许昌贤出身寒门,心里本不介意姻亲之间的贫富悬殊,可许梏桐与龚家瑶私订终身的举动令他恼羞成怒。他是个在儒家文化里成长起来的人,认为"父母之命,媒妁之言"是男女双方因循的婚姻之路,虽然因为老母亲的干预,不得不同意了这门婚事,却是心不甘情不愿,因而完全不去参与这次婚礼的筹备事宜。

柳悦琴嘴上恨得咬牙切齿,对于这个宝贝女儿的终身大事却做不到像许昌贤那样不闻不问。因为要顾及丈夫的感受,她只悄悄让管家刘思诚在私账上提了一笔款子,又偷偷托人交给了许梏桐,作为筹备婚礼的费用,而自己留在北京并未前往上海。

许宥利为许梏桐重新租了一个公馆,又请人将新公馆内外重新粉刷,添置了新的家具、灯具,装饰得十分富丽堂皇。

每个人都有自己要忙碌的事情,只有龚家瑶,他不但不做任何事情,反而常常让许梏桐找不到他,只有在许宥崇出面找他的时候,他才不得不在人前现身。

许梏桐虽然心里有些委屈,可是她对于未来的日子还是充满了期望。她不顾一切地向着自己打造的梦里走去,她不仅完全麻痹了自己,甚至相信自己编造的这个谎言,她坚定地认为自己就是那个已经将身心交给了龚家瑶的妻子。

"小姐,您的电话!"灵芝走近许梏桐禀报,"是杭州黄府的七少奶奶。"

"卿卿的电话。"许梏桐心里一阵欢喜,飞也似的奔到了电话机旁。

"卿卿,我们太心有灵犀了,我正在想你,你就打来电话了。"许梏桐说。

"梏桐,我也好想你呀。"电话那头的林卿卿关切地问,"这些天是不是很忙?怎么样,累不累?"

"忙是忙了点儿,可是我一点儿也不觉得累!"

"对不起呀,梏桐,在你最忙的时候我却没能去给你帮忙。"林卿卿满怀歉意。

"你又来了!怎么总是记不住,什么对不对得起的?"许梏桐阻止道,"你现在首要的任务就是安心养胎,其他的事情一概不要再操心了。"

"好,我不说对不起了。对了,母亲明天让鸿煊去上海给你送缎被和一些丝质用品，你看看还有什么需要的东西，让他一并给你带过去。"林卿卿说。

"上海什么都可以买得到，不用鸿煊哥哥再费事送来了。不过，要说还缺什么，那就是你了！不如让鸿煊哥哥把你一并给我带了来，那才是最好的礼物呢！"许楮桐笑道。

"我也想去呢，可我现在这个样子，只怕去了反倒给你们添了乱。"林卿卿言语里有些遗憾，"楮桐，你为了我都把婚期提前了，可是我……"

"也不完全因为你啦，你千万别有心理负担。夏日里结婚多好，寓意着日后的生活能热火朝天，也希望……"许楮桐顿了一下，才说，"也希望我与家瑶哥的爱情可以像夏日的骄阳一样似火燃烧。"

"楮桐……"林卿卿欲言又止。

"怎么了，卿卿？"许楮桐问。

"……没事……"林卿卿犹豫一下，还是将想讲的话咽了回去，"楮桐，我答应过给你绣一对鸳鸯枕套，快绣好了，等下一趟鸿煊再去的时候就能带给你了。"

"卿卿，你竟然还记得！"许楮桐听她这样讲话，兴奋起来。

年少结伴的时候，两个人彼此约定要给对方做伴娘，并且许楮桐会在林卿卿结婚的时候为她写一首英文诗，而林卿卿则答应要给她绣一对鸳鸯枕套。

"楮桐，我记得与你在一起的点点滴滴，更记得对你讲过的每一句话。"林卿卿的眼眶湿润了，她极力克制着自己的情绪，"楮桐，我希望你可以真的幸福……"

电话那头默然了。

"卿卿，"过了一会儿，许楮桐的声音又传来，"我最幸福的时光，是和你还有五哥与家瑶哥在辉县老家的日子……"

林卿卿看不见电话那头许楮桐的神情，可是她知道这句话是对方心底最真实的语言。

第九十九章

许昌贤远在辉县老家的母亲龚氏，因为知道自己儿子在这门亲事上有心结，顾不得年岁已高，在婚礼举行前夕便赶到了上海。

许昌贤即便再心不甘情不愿，可是老母亲已经动身，加上毕竟是女儿的终身大事，也不得不提前三日到达。

婚礼前两天，龚氏按照家乡风俗，要求许昌贤夫妇与龚家瑶父母双亲会面。许昌贤自然不敢忤逆母亲的意思，便让人在许宥崇居住的公馆里备下一桌酒席，请姻亲龚有旺夫妇前来赴宴。

柳悦琴始终不愿面对这门穷姻亲，借口与前来上海参加婚礼的柳韵琴一道往新房装喜被，便离开了公馆。

许家早已是豪门大户，许昌贤如今又身居要职，许家与龚家虽说是远房亲戚，可听说要一桌吃饭，龚有旺夫妇心里还是战战兢兢，生怕说错了话做错了事。一顿饭下来，龚有旺几乎一句话没讲，全凭龚氏这个表姑母张罗招呼。

传统婚礼多以男方家为重，可两家贫富悬殊，加上上海山长水远，龚家并没有什么亲友前来。许昌贤一方面顾及亲家颜面，另一方面心里还是余怒未消，所以除去杭州黄府以及平日往来密切的亲友，并未通知社会各界友人。

可许昌贤这样身份的人物嫁女儿，即便不通知，这消息依然很快传了出去，他人还未抵达上海，前来送礼的人便已经络绎不绝。许昌贤无可奈何，为了不伤体面，只得通知手下管事的，在婚礼前夜到上海饭店包了几桌，仅与柳悦琴一起前往回礼答谢。

从饭店回到公馆，已经是八九点钟。许昌贤一进门就往客房去向龚氏请安，留了柳悦琴一个人在客厅里听刘思诚汇报明天婚礼的安排。

"太太，四少爷刚来了电话，说是已经与租界的总探长打好了招呼，明早会派几个巡警过来维持门前的秩序。"刘思诚禀报。

"老四现在人脉好，他办事我放心的。"柳悦琴点了点头。

"乐队是上海市政府遣人来打听的，说是知道了咱家六小姐要出阁，他们想要出份力……"刘思诚看了一眼柳悦琴，见她没有反对的意思，便接着往下说，"我想着您与老爷那样忙，就自己做主领了他们的心意。"

"他们那个乐队水平怎么样？别到时候离弦走板，还不够那丢人现眼的钱。"柳悦琴问。

"您放心，说是上海市政府礼官处的乐队，很有经验。"刘思诚忙解释道。

"那就好。"柳悦琴轻轻点头，"老爷说是不想隆重铺张，可这毕竟是小六一辈子的大事，不能让她受了委屈。"

"那是自然！六小姐婚礼虽简，却务必求精，这是大少爷和四少爷都交代了的。"刘思诚应道。

"一母同胞到底是不一样，老大和老四为了小六这个婚礼可没少操心。你瞧瞧老五，从我们来到现在，三天了，只见过他一面，也不晓得跑哪里躲清闲去了。"柳悦琴有些不悦。

"五少爷刚还回来过，陪着老太太说了一会子话，接了六小姐的电话才出去的。"刘思诚赔着笑脸说。

"哦？小六打电话叫他出去了？"柳悦琴一脸疑问，"我还正要问你小六回来了没。怎么，老五有没有讲小六叫他去做什么？"

"五少爷没说，只说会早点儿回来，让我跟您和老爷讲一声。"

"只怕这话是你替他说的吧？"柳悦琴一脸不屑，"他眼里会有我这个母亲吗？"

见刘思诚低下头，并不接话，柳悦琴斜他一眼，又吩咐："明天小六打赏用的红包都备好了没有，还有那些喜盆喜碗，都要用红布包起来。"

"太太，都预备好了，您只管放心！"刘思诚应道。

"你办事还是牢靠的，不然我也不会让你提前从北京下来张罗。"

"太太您能委我以重任，那是我的福气！"

"行了，早点儿去歇着吧，明早恐怕不等天亮你就要起身了。"柳悦琴说。

"我这身子，皮实耐用，早睡晚睡都不打紧。太太您明天可是要主持大局的，您早点儿上去休息，我在这里等着少爷小姐们回来就行。"刘思诚应道。

"见不到小六，我也睡不着。"柳悦琴靠着沙发，对着刘思诚摆了摆手。

"那您先歇着。哦，太太，您不在家的时候黄太太打来过电话。"刘思诚又说。

"韵琴来电话了？她有讲什么事吗？"柳悦琴问道。

"黄太太没说什么，知道您与老爷出门了，只说明早她会带着几位少奶奶早点儿过来帮忙。"刘思诚说。

"哦，这样……你帮我挂通电话到旅馆。"柳悦琴吩咐。

柳悦琴打通电话的时候，柳韵琴正与几个儿媳一道在房间里闲聊。

"韵琴，你打了电话找我？"柳悦琴问道。

"是呀，阿姐，刘管家说你同姐夫一道去了上海饭店。"柳韵琴回答。

"也不晓得那些人从哪里得来的消息，都跑去老五那个公馆送礼。昌贤也是心里过意不去，可又不想那么多人去婚礼现场，就提前宴请，算是一并答谢了。"柳悦琴说。

"姐夫德高望重，家里这样的大事，想不让外人晓得也是做不到的。"

"你姐夫的为人，你还不晓得吗？"柳悦琴顿了一下，又问，"你找我有什么事吗？"

"也没什么，你不是说梧桐一直没有定下来女傧相吗？眼看着都到跟前了，我想着要不就让芳菲来顶替好了。"柳韵琴建议。

"芳菲？"柳悦琴想了一想，"年纪身份倒合适得很，就是梧桐那个倔脾气，你晓得的，她非要坚持让你们家那位七少奶奶送她出门！"柳悦琴口气里带着不满。

"阿姐，卿卿在我旁边呢，"柳韵琴看了一眼不远处的林卿卿，"卿卿也劝过梧桐了。"

"怎么样，她同意了吗？"柳悦琴迫不及待地问道。

"起初不肯松口的，好在卿卿坚持，后来算是同意了。"

"阿弥陀佛，谢天谢地！"柳悦琴的声音里多了份欢喜，"不是我说，你家这位少奶奶也是，已经临近分娩了，还不晓得避避嫌！"

"阿姐，这也不能怪她……"柳韵琴当着林卿卿的面也不便将话挑明。

"行了，你几时也开始护短了？"柳悦琴有几分不悦，"我不同你啰唆了，你记得明天梧桐出门的吉时要她避远一点儿，免得冲了梧桐！"

第一百章

处暑时节，虽说暑气至此即将结束，可正值尾伏，江南依旧湿热难耐。

不知道是因为内心的激动，还是因为天气的缘故，许梧桐只觉得浑身燥热。她催促着帮忙梳洗的老妈子，只嫌她们手脚太慢。

林卿卿见她这个态度，便走到近前："梧桐，是不是太热的缘故？瞧瞧你，额头都渗汗了，当心弄花了妆容。"

许梧桐噘了嘴："你看她们慢慢腾腾的，我能不急吗？"

林卿卿笑了笑："慢工出细活，她们是想把你打扮得漂漂亮亮送出门哪！再说了，离出门的吉时还早，你安下心来让她们慢慢弄。"

"卿卿，我讲不出来现在是哪样的感觉，就是觉得好紧张。"

"这是人生中最重要的日子，换谁也要紧张的。好了，别讲话，这些阿嫂都等着给你上头呢。"

个把钟头之后，许梧桐换上了红色中袖龙凤锦缎绣服。她戴了一对硕大的珍珠耳环，胸前也配了一条同色系的珍珠项链，颗颗圆润饱满，裸露的玉臂上戴上了整串金手镯，雍容而又华贵。

"瞧瞧我们梧桐，真好看，像个九天上的仙女！"柳韵琴随着柳悦琴一道进了她的房间，不由得赞叹。

"姨母，您这样夸我，我都难为情了。"许梧桐满脸绯红。

"我不过实话实说罢了。"柳韵琴笑道，"你本来就是个美人坯子，现在这么一装扮,还不惊为天人哪!"

"我这样一个如花似玉的宝贝,今天要出门了,以后再也没人整天围着我叽叽喳喳……"柳悦琴在一旁感慨。

"阿姐,梧桐就是嫁了人,那还是跟你最亲!"柳韵琴安慰她。

"亲不亲的,她要留在上海,以后一年也见不了她几次面,我这心里当真是舍不得。"讲到这里,柳悦琴只觉得一阵心酸。

许梧桐平日里虽说被柳悦琴娇惯得有些任性,可真的到了要出门的时刻,心里也开始有些舍不得,此时听到母亲这样讲话,忽地泛起一阵酸楚,落下泪来。

柳韵琴等几个人见她落泪,忙过来劝阻。

"梧桐,今天是好日子,可不能掉眼泪呀……"

"梧桐,如今火车到北京也就一天时间,想家了就回去看看。"林卿卿走到近前,接过老妈子递来的手巾,哄着许梧桐擦了脸,又亲手为她补了妆,这才见她又破涕为笑起来。

"母亲,吉时快到了,六妹收拾好了没有?"柳悦琴的长媳张幼念走了进来,与她一道进门的还有佟玉梅与廖玉凤以及黄芳蕙、黄芳菲姐妹。

"快了,快了……"柳悦琴抬了抬眼,将眼眶里的泪水忍了下来。

黄芳蕙通透,见这个情景,忙开了口:"我还是头一次见到这样高贵美艳的新娘子!让我好好瞧瞧!"

柳韵琴拍了她一下:"净说大实话!"

黄芳蕙说话间已经走到了许梧桐面前,将她上下打量一番,啧啧赞叹道:"都说丰容靓饰,今天在梧桐妹妹身上当真是应验了!"

"可不是嘛!梧桐妹妹本来就是花容月貌,再配上这些华贵的首饰,谁瞧见了不得赞一声。"廖玉凤笑吟吟地补充。

"讲到这首饰,瞧瞧梧桐这串项链与耳环,你们哪个见过这等成色的珍珠?"柳韵琴称赞道。

"这珠子颗颗饱满,光泽又好,看上去不像一般的首饰店里能买得到的。"黄芳蕙接话。

廖玉凤早就瞧见了许梧桐佩戴的饰品,只是为了顾及颜面,不便出声询问。此时听见她们的对话,便接了口:"梧桐这套不论色泽还是大小,一看便是上等的南珠。这个应当是姨母特别为梧桐定制的吧?"

"这还用说吗?东珠不如西珠,西珠不如南珠,姨母这样疼梧桐,陪嫁的必定是南珠。"佟玉梅说。

"这套珍珠首饰原是宫里的东西，听说是隆裕太后的，估摸着是哪个不要命的太监宫女偷偷拿出来卖给古董店换了钱。"柳悦琴有些得意地笑了，"也是我运道好，刚巧去逛，赶上了。"

"阿姐你的运道当然没得说呀！宫里的东西就是不一般，我就说嘛，你怎么今天让梧桐戴一套珍珠首饰，原来是有这个出处。"柳韵琴笑道。

"母亲，您瞧瞧姨母给梧桐的陪嫁，这样想来，您就是随手打发了我出门。"黄芳蕙调笑道。

"芳蕙，我可是眼睁睁看着你出门的，母亲给你的首饰虽说比不上梧桐的这样名贵，可没少给你陪嫁好东西。"佟玉梅说。

"你们哪个不是自家父母怀里的宝贝？又有哪个出门不是得了他们丰厚的嫁妆？"柳韵琴笑嘻嘻拉过黄芳菲，又说，"你二姐刚吵吵着嫌我给的嫁妆少，等我们芳菲出阁的时候，母亲统统补给你。"

许梧桐听她们这样言来语去，忙偷偷瞟了一眼林卿卿，见她站在一旁笑而不语，这才稍稍安下心来。

"你们怎么净顾着聊天了，刚刚大嫂不还说吉时快到了吗？"许梧桐打断她们。

"对对对，千万别误了吉时！"柳韵琴这才想起正事。

楼下传来乐队的奏乐声，许梧桐的心跳加快起来，她有些慌乱，但更多的是激动。她被女眷们簇拥着出了房门，并未留意到林卿卿独自留在了房内。

昨夜柳韵琴电话里虽然含糊其词，可林卿卿也听得出来是在讲自己。她今早趁许梧桐不防，悄悄问了那些老妈子，知道有孕妇不能送新娘出门的规矩。心里虽说有些遗憾，可她不愿做丝毫对许梧桐不利的事情，即便那只是个风俗而已。

两个公馆相离并不算远，婚车没转几个弯就停了下来。

龚家瑶穿了一身老式的长袍，手里捧着一束玫瑰花，已经迎在了门口，他俊朗的脸上看不出任何的喜怒哀乐。

许梧桐一行下了车，就有主事的喜婆过来搀了她走到龚家瑶面前。

龚家瑶按部就班地将手里的花束递给许梧桐，低着头牵过她的手，向作为礼堂的客厅走去。

虽说婚礼中西合璧，可柳悦琴不愿与龚有旺夫妇同席应礼，便省去了一对新人向双方父母磕头认亲的环节。

许昌贤碍于老母亲情面，上台讲了几句简单的致谢词，领着一对新人向来宾鞠躬行礼，便算是结束了仪式。

273

第一百零一章

白天婚礼上的迎来送往不再细说。

许梧桐再见到龚家瑶的时候，是入夜时分。在一群男男女女的包围之中，一对新人被要求当众喝下交杯酒。

许梧桐接过黄芳菲递来的喜酒，满眼柔情地望着龚家瑶。

男方的傧相是龚家瑶复旦的校友杨嘉奇，他是受了许宥崇的邀请来担任的这个角色。他这是第一次给人做傧相，便学着黄芳菲的样子，也从老妈子手里接过喜酒，递了过去。

龚家瑶这一整天如同行尸走肉一般，按照主事人的要求做着每一件事。此时见杨嘉奇递过来喜酒，迟疑了一下，还是接了过来。见他两人都接过了喜酒，老妈子便走上前："六小姐，六姑爷，这是合卺酒，预示着您二位从今天开始就连为了一体，要您二位交臂同饮才行。"

屋子里又是一阵哄笑，许梧桐涨红了脸，而龚家瑶却垂下了眼。

这一切都被林卿卿看在眼里，她趁着一屋子人闹腾之际悄悄走出屋外，在院子里找了个藤椅坐下来。

林卿卿讲不出来此刻的心情，只觉得龚家瑶的那份冷漠让自己平添了一份对许梧桐的担忧。

"卿卿，你怎么一个人坐在这里？"林卿卿听见声音转过头来，看见黄芳蕙正向自己走来。

"屋子里人多，我觉得有些闷，就出来透透气。"林卿卿答道，"二姐，你怎么也出来了？"

"屋里都是年轻人，我跟着起什么哄啊？"黄芳蕙笑道。

"好像姨母与母亲她们开了几桌牌局，前面还有戏班子。"林卿卿说。

"我晓得的，刚大嫂和玉凤她们都去了听戏，还让我一道去。只是姨母不放心，怕年轻人在洞房里胡闹，就让我和幼念表嫂跟着过来瞧瞧。"黄芳蕙说。

"幼念表嫂当真是贤惠，自己刚生完双胎也不久，这次梧桐婚礼忙前忙后的，可没少出力。"林卿卿听她提及张幼念，不由得赞叹。

"幼念表嫂做事进退有度，又知书达理，姨母的确讨了个好儿媳。"黄芳蕙笑了一下，又说，"还说表嫂刚生产完，你自己还不是临近分娩，可梧桐的婚事也没见你跟着少劳心。有时候我真羡慕梧桐，有你这样的好姐妹，更有一份敢于为爱拼搏的勇气。你们都找到了自己的真爱，能与爱的人结为伴侣共度余生，这是多么幸福的一件事情。"

听黄芳蕙这样讲话，林卿卿心里有说不出的滋味，可也不能对她说明。"二姐，你说会不会有人即便不爱对方，等到结了婚之后也可以慢慢培养出来感情，然后就能变得幸福？"

黄芳蕙听了这话乍一愣，随即笑出了声："你以为人人都能像你与梧桐这样幸运，可以和自己相爱的人结为夫妻？"

"多数人嫁娶的都不是自己年少时心仪的那个人……"黄芳蕙停了话，脸上的笑容渐渐凝固起来。

"二姐……我……"林卿卿见她这个神情，有些歉意。

黄芳蕙摇了摇头，挤了一丝笑容："没事……卿卿，你是个心地纯良的人，鸿煊同你在一起是他的幸福。你刚刚的那个问题，我想我可以回答你。生活的幸福与否不是只取决于情爱，它被许许多多外在的因素影响着。夫妻之间，本就是搭伴过日子，你进我退维持着，等再有了孩子，也就没有什么退路可走，互相迁就着就是一辈子了。"

黄芳蕙的话再真实不过。

"卿卿，我说句话你可不要多心，"黄芳蕙又说，"今天婚礼上，我瞧得出来新郎一直是被动处事，也许这是两家地位悬殊造成的吧？日子长了，慢慢也就磨合下了。"

"二姐，你当真这样看？"林卿卿听了黄芳蕙的话，一时又觉得自己对龚家瑶的举动是多了心。

"我是过来人，不会看错的。卿卿，我晓得你是担心梧桐，过些日子姨丈、姨母他们回了北京，小两口也就自在了。"黄芳蕙笑道。

对于一个满心期望许梧桐幸福的人而言，林卿卿哪怕心里还有许多疑惑，可听见黄芳蕙的这些话，也如同眼前出现了曙光。

院子里洒满了皎洁的月光，这光也同样照在了新房的窗台之上。

那些起哄闹洞房的人都已经各自往楼下的客厅去找乐子，屋子里只留下了一对新人。

"家瑶哥，累了一天，你要不换了衣服歇下吧？"许梧桐的声音里充满了期待。

"你如果觉得累，就先歇着吧，我再坐一会儿。"龚家瑶淡淡开口。

"太热了，到底还是没有出伏天。家瑶哥，你热不热，要不要我帮你拿件薄睡

275

衣换上？"许梧桐自己动手脱掉了身上的锦缎绣服。

"夏天是会热一些，我不怕热，习惯了。"龚家瑶看她脱了外衣，忙低下了头。

"家瑶哥，我们已经是夫妻了，你干什么这样害羞？"许梧桐问道。

"不是的……我……你可以到隔间换衣服的……"龚家瑶的声音小了些。

"夫妻之间一定要避讳这个吗？"许梧桐脸上的笑容有些僵硬了，"还是……还是你不愿意看？"

龚家瑶心里挣扎着，最终还是没有回答她的问话。

"你在想什么？你是准备今晚就这样一直坐到天亮吗？"许梧桐极力克制着自己。

"梧桐……"龚家瑶欲言又止。

"家瑶哥，你为什么看上去这样忧郁？难道说，我对你的爱让你有负累吗？"许梧桐咬紧了嘴唇。

"是我的错。梧桐，我很感激你给我赎罪的机会。我玷污了你的清白，我必须要对你负责任……"龚家瑶凄怆回答。

"这是我们的新婚之夜，你对我讲这样的话……"许梧桐的眼眶有些湿润了，"你是因为内心的罪恶感吗？既然你是来赎罪，为什么不能赎得彻底一些？"

龚家瑶沉默着，在他矛盾的内心深处，似乎在寻找麻痹自己的理由。

"我经历了多少讥讽，克服了多少困难，才能不顾一切地和你结了婚……"许梧桐伏在床头痛哭起来。

龚家瑶知道自己不能再去讲什么了，一丝淡淡的哀怨浮现在他的脸上。

夜是那样静，月光透过纱帘泻在了窗台上。

第一百零二章

不论大江南北，都有新婚三日回门的说法，可因为许宥利接连三天安排了戏班子上门演出，加上杭州黄府一众人等都陪着柳悦琴天天在许梧桐的新公馆里开牌局，如此一来，也就省去了再专门设宴款待新人。

龚氏本就年岁已高，加上难以适应江南湿热的天气，见他们取消回门的仪式，便在婚礼结束第三天由龚有旺夫妇陪同着打道回了辉县老家。

这几天，许梧桐脸上依然如往常一样挂着笑容，也会随了其他人一道跑去听戏，偶尔也坐到柳悦琴身旁看她打牌。可林卿卿的心头萦绕着一种奇怪的感觉，她发现许梧桐似乎有意在回避与自己单独相处的机会，却又讲不出来。

除去黄鸿煊与许宥崇，龚家瑶几乎不与其他人往来，不论白天还是黑夜，他会一直在书房里读书。

在黄氏一家准备回杭州的前一天，许昌贤夫妇让人请了鹿鸣酒家的大厨到许梧桐的新公馆来服务，又开了两桌牌局，热热闹闹地为他们一家人饯行。

黄廷承这次带了些收藏的字画和古玩来送给许昌贤，前几日二人都忙着招呼宾客，今天得了空，便一道往偏厅鉴赏闲谈。

黄廷承打开了一轴画卷，笑着对许昌贤招呼："姐夫，您来看看这幅画。"

许昌贤走到近前，见画卷上远有悬崖峭壁，苍浑奇石，近有草屋村舍，枯树寒鸦，山水、树木、人物俱备，又看了一眼落款，顿时心下为之一喜。

"廷承，这是石涛先生的笔墨，你是从哪里得来的？"许昌贤问道。

"姐夫不愧是收藏大家，石涛先生的画作现在存世的的确不多。"黄廷承笑了笑，"不瞒您说，这是春上我在南京一个藏家手里收来的。"

"石涛先生是前朝名家，集诗、书、画于一纸，笔墨苍劲奇逸，挥洒自如，他的画作件件都是精品！你能收到，这真的是要恭喜你。"许昌贤评价道。

"名画配雅士，姐夫是风雅之人，这幅画是我专门为您收的。"黄廷承道。

"什么风雅不风雅的，也不过是看多了几张字画而已。不过话又讲回来，要不是这些年有你帮我四处张罗着收购，我去哪里能鉴赏到这么些古玩字画？"许昌贤虽然讲着话，眼睛却仍旧停留在画卷上。

"姐夫说哪里话去？您终日忙于政务，这些琐碎的小事我不去张罗又让谁去呢？再说了，家里的生意也多仰仗了姐夫的照拂……"黄廷承赔着笑道。

"欸，你这话讲得就不对了，我们都是一家人，理应互相关照。"不等黄廷承讲完，许昌贤便打断他。

"姐夫说的是，我们都是一家人。"见许昌贤抬了头，黄廷承又说，"姐夫与阿姐回北京之后也不用太记挂梧桐，我已经交代了分公司的人，无论梧桐有任何需要，他们都会全力以赴。而且上海与杭州离得不远，鸿烨也时常来公干，我们会把梧桐照顾好的。"

"梧桐这孩子，从小被她母亲惯坏了，行事作风都太随着自己的性子，日后必定要吃亏。"许昌贤轻轻叹了口气，"幸而老四、老五都在上海，又有你们再帮着照拂，我总算能放心了。"

"梧桐性子就是直了些，却也有她的长处，姐夫您无须多虑。宥利与宥崇当真都是年少有为，有他们护着梧桐，我们这些长辈怎么能不安心？"黄廷承安慰他。

"老四现在翅膀硬了,他做的事,我且不予置评,只说老五,这些日子我瞧着整天与鸿煊一道往外跑,也不知道在忙些什么。"许昌贤说。

"宥利能干得很!最近他与鸿烨往来较多,说是两人有些生意上的事情在合作。"黄廷承笑了笑,"别看鸿煊也是快做父亲的人了,可还是童心未泯,我估计他是拉了宥崇陪着去逛大上海了。"

"哦?老四与鸿烨有生意上的往来?是什么样的生意?"许昌贤问道。

"具体是哪方面的,我也没有去过问,只晓得与日本方面有联系。"黄廷承见他蹙了眉,忙又说,"姐夫,孩子们都大了,他们做事情应该有分寸的,您就放心吧。"

许昌贤摇了摇头:"老四当这个商务参赞,也不晓得东洋人是因为我的缘故,还是真的看上了他的能力。我这些年掌管经济,对那些西方国家也算有所了解,唯独对这东洋,却始终摸不清他们的真正意图。廷承,你回去同鸿烨讲一声,要他与东洋人打交道的时候,多留一份心。"

"姐夫您是经济界的泰山北斗,您讲的话自然有您的道理。我记下了,回去一定告诫鸿烨。"黄廷承应道。

"欸,不是告诫,只是提醒。孩子们再大,办事情还是要我们帮着掌舵不是?"许昌贤说。

书房紧邻偏厅,两人正说话间,看见许宥崇与黄鸿煊正往书房走去。

"老五——"许昌贤喊了一声。

听到喊声,许宥崇与黄鸿煊停了脚步,转头往偏厅里一看,见是两位父亲,忙掉头走了过去。

"父亲,姨丈。"许宥崇与黄鸿煊异口同声。

"这几天也不见你们两个着家,都在忙什么?"许昌贤正色问道。

黄鸿煊这次来上海,才得知许宥崇加入了一个革命社团,他本就是有志青年,又加上心里好奇,便央着许宥崇带上自己一起去听那个组织的演讲。这件事,只有他们两个与龚家瑶知情,自然是不能告诉两位父亲的。

"父亲,姨丈,我们就是出去逛逛。"许宥崇低下了头。

"出去逛也要分个时间,这些天是梧桐新婚的日子,你们应该留在家里帮忙才是。"许昌贤责备道。

"父亲……"许宥崇正要开口解释,便被黄鸿煊拉住了。

"姨丈,是我不好,非要拉着宥崇表哥陪着我一道出去的。"

"你尽胡闹!你们两个是梧桐的兄长,就该多为她出份力!"黄廷承也开了口。

"父亲,我记下了。"黄鸿煊很是乖巧。

"记下了就要做到!"黄廷承瞪了他一眼。

"我刚看着你们两个急匆匆地往书房去,是有什么事吗?"许昌贤问道。

"没事……父亲……"许宥崇抬头看了一眼许昌贤,见他脸上神情不再似先前那样严肃,便又说,"我们只是去和家瑶闲聊。"

"家瑶这孩子也是,天天闷在书房里,你们去和他聊聊也好。告诉他,既然与梧桐成了亲,就是这个家的一分子,不需要太拘谨。"许昌贤嘱咐他们。

第一百零三章

许宥崇与黄鸿煊走进书房的时候,龚家瑶正在伏案书写。

"家瑶哥,你在写什么,这么忘我?"黄鸿煊边走近他边问。

"你们来了?"龚家瑶抬头看见他两人进来,不由得吃了一惊,忙将手里的本子合拢。

"今天父亲、母亲要给鸿煊他们全家饯行,我们两个就没出去。"许宥崇回答。

"鸿煊,你们要回杭州了?"龚家瑶问道。

"是呀,都来了一个多星期。"黄鸿煊脸上洋溢着幸福,"再说,卿卿产期临近了,要早点儿回去准备着。"

"恭喜你,鸿煊,要做父亲了。"龚家瑶嘴上说着道喜的话,口气却是平淡的。

"家瑶哥,你是不是有心事?"黄鸿煊关心地问。

"我没事……"龚家瑶回答。

"刚才我们两个见了父亲与姨丈,"许宥崇靠近他,"你这些日子总把自己关在书房里,连父亲他们都看出来你不大开心。父亲让我转告你,他也是寒门子弟出身,英雄不问出处,所以你无须介怀门第观念。父亲还说,你既然与梧桐结为伴侣,就是这个家里的一分子,不要再拘谨着自己。"

龚家瑶无法将自己心里的痛苦与矛盾向他们两个讲出来,他看了一眼许宥崇,微微蹙了一下眉头,低了头,便不再讲话。

黄鸿煊不明就里,见他这样神情,忙开口宽慰道:"家瑶哥,你的心情我理解,就像卿卿刚到我们家,她也处处小心,事事谨慎。可是为了我,为了我们的爱情,她克服了重重压力。你与梧桐也是自由结合,排除万难才走到今天,所以其他都可以抛却一旁,不用太过在意。"

黄鸿煊的话,让龚家瑶体内升起一股无名的热气,他的手微微颤抖起来,他不能再听下去，可又不能把话讲透。他极力克制着自己，疾步走到边柜旁，倒了一杯凉茶，大口大口喝了起来。

"家瑶哥，"许宥崇开了口，"我们是新时代的青年，不是被传统绑架的畸形人，更不是逃避现实的愚人！你既然有了……有了当初的决定，那就是你自己选择的人生道路。爱情里有苦有甜，生命里有喜有悲，既然决定了要走的路，就坦然去面对。"

"我选择的路？"龚家瑶心里反问了一句，没有人能听得到，更没有人回答他。

屋子里安静下来，一种沉闷压抑的感觉笼罩着这三个处境不同的年轻人。

龚家瑶曾经有过对未来的憧憬，他希望将来能感受不同的世界与文明，更希望能为这个国家干一些不寻常的事业。

可如今，他觉得自己的生命似乎走到了尽头，不再有悲喜，也不再有未来。这样的思想这些日子不断地在折磨着他，他知道有一个无形的枷锁将自己困住，使他无力去摆脱这种束缚。

"家瑶哥，你在矛盾什么？又或者恐惧什么？"黄鸿煊打破了屋子里的寂静。

"我……"龚家瑶抬起头，遇见了许宥崇担忧的目光，"我没事……也许就像宥崇说的那样吧，我会试着慢慢去适应现在的生活。"他掉过头，不再去看许宥崇。

黄鸿煊似乎没有话可讲了，他觉得这是一个需要时间才能解决的问题，自然没有再劝的必要。

龚家瑶默默地感受着这一切，他内心有两种声音在讲话，他不知道究竟哪个才是自己真实的思想。

林卿卿思前想后，还是决定要找许梧桐当面聊一次。

"梧桐，你早先不是讲有礼物要送给未出生的宝宝吗，那是什么？"林卿卿在客厅的过道上叫住了正要与张幼念一道去牌室的许梧桐。

"哦，是一串风铃，我回头拿了给你。"许梧桐回答。

"我们明天就要回杭州了，不如你现在就取给我吧。"林卿卿说。

"卿卿，你什么时候变得这样心急？我先去母亲那里看看，等下让灵芝回我房里拿了给你送去。"许梧桐推托道。

"梧桐，我等着收拾行李……"林卿卿定定地望着她，却不再讲下去。

张幼念通透，见她两人僵持着，便笑着对林卿卿说："卿卿，梧桐恐怕是想多陪陪母亲，毕竟日后我们回了北京，比杭州离得更远。"

"大表嫂，你说的没错，梧桐是该多陪陪姨母，"林卿卿笑了笑，"不过梧桐，我只是同你一道去取宝宝的礼物，应该不会耽搁你太多时间。"

林卿卿鲜少有这样的举动,张幼念一怔,也不好再讲什么,便寻个由头先去了牌室。

　　许楷桐本来心里也记挂着林卿卿临近产期,只是她不敢面对这个最好的姐妹。此刻见林卿卿似乎铁了心要单独与自己谈话,也只得硬着头皮应下。

　　许楷桐带着林卿卿进了二楼的起居厅,打发走兰萍与灵芝,亲手扶着她在沙发上坐了下来。"楷桐——"林卿卿刚一开口,便被许楷桐打断了。"卿卿,你是要问我这几天为什么躲着你,是吗?"许楷桐先发制人,"我没有,只是我想多陪陪母亲,而且……而且大家都跑这么远来参加我的婚礼,我总要尽到地主之谊。"

　　"原来是我多想了……"林卿卿自嘲式地笑了。

　　"不是,卿卿,你……你误会了……"许楷桐不敢直视林卿卿,便起身要去给她倒茶。

　　"我不渴,你能坐下来同我讲讲话吗?"林卿卿问。

　　许楷桐听她这样讲话,不得不重新坐回到她对面的沙发上。

　　"楷桐,宝宝快要出生了,我希望你可以做他的干妈,"林卿卿顿了一下,缓缓又说,"因为我每天都会摸着肚子轻轻同他讲话,告诉他,他有一个活泼开朗的干妈,也像我一样爱着他。"林卿卿微笑着,眼里却有些晶莹。

　　"卿卿,"许楷桐的眼泪快要流出来了,但是她极力克制着,"你的孩子,我当然是要做干妈的!"

　　"以前我们在一起的时候,你时常笑我沉闷,该像你一样快乐。"林卿卿停了一下,又说,"我希望宝宝也能像干妈一样,做个快乐的、活泼的人。"

　　"卿卿,你不要再说了……"许楷桐忽然提高了声音。

　　"你究竟怎么了?"林卿卿追问道。

第一百零四章

　　"你不知道我心里的难受!我没有成为他真正的妻子,我没有得到他的爱情,甚至连身体都没有得到!"许楷桐多想把这些话直白地告诉林卿卿,可是话到嘴边,她还是忍了下来。

　　"卿卿,我知道你想说什么。"许楷桐内心挣扎着,"我没事,我很好,依然像从前一样好!"

　　"楷桐,"林卿卿定定地望着她,"为什么?如果你真的幸福,你为什么没有来同我分享你的那份快乐？"

林卿卿那似乎要洞穿真相的眼神，让许梧桐心里不禁打了个寒战。内心的那点儿骄傲，以及对龚家瑶依旧存在的幻想，让她不愿将心底的这个秘密告诉任何人。

"什么叫为什么？"许梧桐心里一横，反问道，"我现在是新婚宴尔，我跟你分享什么？是我的房中秘事，还是我们夫妻之间的情趣言语？"

听许梧桐这样讲话，让林卿卿瞬间涨红了脸，一时间也接不上话来。

"卿卿，你与我的出身不同，接人待物的方式更不同。"许梧桐撩了一下鬓发，接着说，"你也许觉得我变了，那是因为我现在已经嫁作人妇，不再是过去只知道玩乐的小女孩。家瑶哥和我的婚姻本来就是建立在不对等的家庭背景之下，难免会面临许许多多的问题……就像……就像你当初嫁给鸿煊哥哥的时候，你难道就没有遇到过不如意与不顺心的事情吗？"

许梧桐将脸转向一侧，望着窗外继续说："我们虽然从小一起长大，但是你毕竟不是我……"

"梧桐，曾经我以为自己很了解你，可是今天，我忽然觉得自己又不大了解你。"林卿卿用一个微笑掩饰了内心的担忧，"对于婚姻生活，我称不上是过来人，也无从说起给你讲什么道理。"

林卿卿不再继续讲下去，她知道许梧桐在婚姻的问题上对自己关上了心门，她没有力量，也没有方法可以去帮助或者改变这一切。

"梧桐，明天我就要回杭州了，也不晓得几时可以再见到你，"沉默了片刻之后，林卿卿缓缓站了起来，"我希望你能快乐，发自内心地快乐……"

许梧桐看着林卿卿离去的背影，一个人默默地坐在沙发上发起了呆。

对于许梧桐而言，林卿卿是她生命中多么重要的一个人，可现在，她为了龚家瑶，竟然再一次用谎言来欺骗，甚至不惜伤害彼此的情谊。

她站起身，走到窗前，望着园子里奔来跑去的几个子侄，脑子一片空白。忽然一种难以名状的痛，凶猛地敲击着她的心头，她倚靠着窗户，低声地哭起来。

许梧桐在悲伤自己，她用这么多年营造了一个美妙的梦境，她为之放弃了尊严，放弃了自我，却得不到想要的结果。

直到门口传来灵芝的敲门声，她才觉得自己哭够了，疲倦了。

许梧桐走到梳妆台前，理了理妆发，忽然脸上露出了一丝笑容。这笑容里藏着一份苦涩，还有一份不甘心。

林卿卿带着对许梧桐的牵挂回到了杭州。

桂花香溢满园的时候，林卿卿的产期也临近了。她的身子越发笨重，除去往餐厅吃饭，几乎终日待在房里读书看报。黄鸿煊见她这个模样，也已经无心工作，便向黄鸿烨告了假，留在家里陪她安心待产。

这天午后，林卿卿推开窗子，一阵微风吹过，裹着桂花的清香扑鼻而来，她瞬间陶醉了："人间尘外，一种寒香蕊。疑是月娥天上醉，戏把黄云按碎。"

"卿卿，你又被这桂花香气熏醉了。"黄鸿煊走近她。

"鸿煊，"林卿卿转过头，笑吟吟地望着他，"你又笑话我……"

"怎么会是笑话？我也爱极了这桂花的幽香，它与这秋天太过匹配，一样拥有不起眼的外表，却是有着浓厚的韵味。"黄鸿煊过来拉住了她的手。

"桂花非但香气宜人，而且浑身是宝。"

"我晓得，你每年都会采摘桂花，或做香包，或酿花蜜，又或者制成花茶……总之，在你这里，桂花绝不可以被浪费掉。"黄鸿煊笑道。

"可惜今年我不能亲手去采摘了。"林卿卿轻抚着隆起的腹部，脸上有温暖的笑意。

"这个不难，"黄鸿煊拿起手边的一件外衣帮她披上，"我陪你去园子里，你在树下看着，我来摘。"

黄家有三处园林：一处依照西式风格所建，以草坪与喷泉为主；一处以苏式园林为原型打造，假山叠嶂，小桥流水；还有一处便是这桂园，园内遍植不同品种的桂花，从八月到十一月，花香不断。

黄鸿煊拉着林卿卿，缓步行走在桂园里，那丝丝清香，沁人心脾。

一阵清风拂过，有些花朵随风飘落，林卿卿摊开手掌，让它们落入掌心。她轻轻地嗅着，闭上眼，在心里默默地许了一个心愿，而后对着它们吹了一口气，让那些桂花在半空中飞舞起来，她希望能把这香气带给远方记挂着的许梧桐。

黄鸿煊挑了一株茂密的桂树，脱下外衣，一如当年在北京的样子，三两下便爬上树去。

"鸿煊，你要当心，当心点儿……"林卿卿有些恍惚，这分明是当年自己对他嘱咐过的话。

黄鸿煊小心翼翼地折下一枝，正预备着下树，忽然瞧见林卿卿紧蹙了双眉，手捂着腹部，神情完全不同于先前。他心里一惊，赶忙顺着树干滑了下来，也顾不得手上划破了口子，便跑到她的面前。

"卿卿，你是怎么了？"黄鸿煊紧张地问。

"鸿煊……我肚子缩着疼……好像……好像是小家伙想出来了……"林卿卿脸上强挤了一丝笑容。

"卿卿，那怎么办……我抱着你出去吧。"黄鸿煊有些慌乱。

"不行，鸿煊，我这个样子，你抱不动我的……你快去喊人来……"林卿卿深深地吸了口气。

"你一个人在这园子里，那怎么行？"黄鸿煊坚持过来抱她。

"快去，鸿煊，你听我的，赶紧去叫卢嫂……"林卿卿依靠着身旁的一株桂树，脸上的气色一点点变暗。

"好……好……卿卿，你等我，我马上去叫人来……"黄鸿煊扶她靠着桂树坐下，飞也似的跑出了园子。

第一百零五章

柳韵琴正与二姨太张氏、三姨太姚氏以及黄芳菲在起居厅里喝咖啡。瞧见黄鸿煊行色匆匆地走进屋，几个人都觉一惊。

"鸿煊，你做什么这样慌里慌张？"柳韵琴问。

"母亲，卿卿好像要生了。"黄鸿煊答道。

"你这孩子，这种事至于慌张成这个样子吗？"柳韵琴摇了摇头，"卢嫂不是在跟前伺候着吗，她晓得要怎么做。"

"卿卿一个人在桂园里，我刚叫卢嫂去了，这不是想着赶紧来跟您讲一声嘛。"

"怎么不早点儿说。"柳韵琴站起身，"都是快要生的人了，怎么不跟几个人就跑去园子里去？她也真是的，就不会当心点儿！"

"是我不好，母亲，我想着天好，带卿卿往园子里赏桂……"黄鸿煊连忙解释道。

"行了，行了……"柳韵琴点了一下他的额头，"每次我还没说她一句，你就出来护着。"

"鸿煊，你有没有让人去请产婆？"张氏在一旁提醒道。

"产婆？卿卿没说。二姨娘，去哪里找？"黄鸿煊慌了神。

"别急，别急，你这几个嫂嫂用的都是日本产婆，我现在就去找藜旻，让她先给产婆挂通电话，再去你房里帮忙。"张氏安抚他。黄鸿煊还没来得及向张氏道谢，柳韵琴便接过话道："等藜旻打通电话，那个产婆再来，那就耽搁事了！"转过头对着尤嫂盼咐道，"你让黄福良现在派个车子去接产婆，等藜旻打好了电话，车子一到就能把人拉回来，省得误事。"

柳韵琴几个人赶到黄鸿煊房间的时候，林卿卿也刚刚被家仆们用躺椅抬了回来。

只不多时，消息便在黄府上下传开。佟玉梅与廖玉凤听说婆母与两位姨太太以及王藜旻与黄芳菲都去了林卿卿房里，便也赶了过来。

起居厅原本就不算大，一下子拥进来这么多人，显得有点儿局促狭小。

"鸿煊，我记得除了你大哥的东向上房稍大一些之外，你们兄弟三个的户型大小是一样的，可今天怎么就觉得你这屋子比他们的都小似的。"柳韵琴一边四处打量着，一边问。

"大姐，我们现在这么多人挤在一个屋子里，自然会显小了。"姚氏说。

"鸿煊结婚前，这个屋子重新装饰了，那时候我进来过一次，总觉得没有现在这么拥挤。"柳韵琴一脸狐疑。

"母亲，现在卿卿在里面待产，您怎么还有心思关心这屋子的大小。"黄鸿煊微微蹙了眉。

"鸿煊，母亲也是关心你们，怕房子小让你们委屈了不是？"廖玉凤笑道。

"是呀，鸿煊，大家来也是关心七弟妹生产的情况，可就是憋着不讲话也帮不上忙啊！"佟玉梅也接了话。

黄鸿煊还来不及再说话，尤嫂便领了日本助产士走进来，她的身后还跟了一个年轻的助手，拎着一个白色的医药箱。

这个助产士与黄府女眷相当熟络，一进来便向众人问了好，而后径直朝内室走去。

内室里除去走来走去的脚步声与助产士和王藜旻偶尔的讲话声，也没有什么其他的声响传来。

"五嫂，卿卿怎么样了？"黄鸿煊迎着刚从内室出来的王藜旻，问道。

"有宫缩，频率却不高，照这个样子应该还早。"王藜旻回答。她话音刚落，佟玉梅便接过话："鸿煊，你也是大惊小怪，七弟妹这还不晓得几时会生，你就嚷嚷得尽人皆知。"

"我也不晓得，看着卿卿刚才那个样子以为她就要生了。"黄鸿煊红了脸。

"幸亏你及时叫了卢嫂，母亲又让请了日本产婆……"王藜旻也不看佟玉梅，只对着黄鸿煊说，"卿卿这种情况，不是要生是什么？"

"藜旻，你一下说还早，一下又说要生了，到底什么情况，日本产婆又怎么说？"柳韵琴问道。

"母亲，产婆说依照现在这个情形，最好不要等着自然产生宫缩，要用催产素。"王藜旻回答。

"催产素？那是个什么东西？"柳韵琴一脸疑惑。

"母亲，这是十来年前英国一个药理学家发现的，它可以扩张子宫颈和收缩子宫，促进分娩。"王藜旻进一步解释。

"我生了这么几个，加上你两个姨娘，还有你们妯娌三个，都是顺顺当当，当真没听过这个东西。"柳韵琴说。

"藜旻，为什么要用这个东西？"张氏不等王藜旻再解释便问。

"二姨娘，卿卿宫缩频率虽说不太高，可是孩子已经完全入了产道。"王藜旻说。

"要是不催产，会怎么样？"柳韵琴又问道。

"母亲，会令孩子缺氧，有危险的。"

"五嫂，卿卿有危险吗？"黄鸿煊已经变了脸色。

"只要能及时把孩子生出来，就不会有危险。"

"五嫂，这个东西安不安全，对卿卿的身体会不会造成损伤？"黄鸿煊问道。

"鸿煊，还是很安全的，前些年西方国家和日本已经开始在临床应用，并没有听说对母婴产生任何副作用。"王藜旻安抚他。

"我倒是听说过吃蓖麻油炒鸡蛋能催生的。"姚氏在一旁出主意。

"有没有效果？万一再耽搁了，孩子要是有点儿什么事，那可怎么办？"柳韵琴不放心。

"我也就这么一说，大姐您要是不信，大可以不用。"姚氏撇了撇嘴。

"大姐，三妹讲的这个法子我进府里之前倒是见识过，我的那个娘家嫂嫂就是吃了它催产的。"张氏说。

"那你刚才也不早说。"柳韵琴埋怨道。

"瞧我这记性，"张氏一记尴尬的笑，"不是三妹提起来，确实想不起来。"

"好了，好了……"柳韵琴有些不耐烦，"藜旻，你去问问日本产婆，倘若她觉得可行，就让卿卿先吃点儿蓖麻油炒鸡蛋。"

"五嫂，劳烦你再问问，这两种方法哪种对卿卿更安全。"在王藜旻应下正要离开的时候，黄鸿煊忙加了一句。

王藜旻转过身，对着黄鸿煊点了一下头，便疾步进了内室。"里面还不晓得什么动静，你们也都不用在这里拥着，各回各屋去吧。"柳韵琴被尤嫂扶着坐了下来。

佟玉梅听婆母发了话，正要抬脚离开，却见一屋子人没一个动身的，便收了脚步。

"母亲,您不走吗?"佟玉梅问道。

"这种时候我这当母亲的要是走了,鸿煊不得记恨我一辈子呀。"柳韵琴看着黄鸿煊说。

"怎么会,"黄鸿煊劝道,"母亲,也不晓得要等多久,不然您也回去歇着,有了动静,我再去请您。"

"母亲,这是静候佳音的事,不如您和二位姨娘都回去歇着,我同大嫂在这里陪鸿煊。"廖玉凤说。

佟玉梅斜瞄她一眼,见她对着自己努了努嘴,忙跟着附和:"是呀,母亲,有我们陪着鸿煊,您就放心吧!"

第一百零六章

柳韵琴回到自己房间吃了一碗燕窝,又让婢女帮着捶了腿按了腰,便躺在贵妃椅上闭目小憩。等她睁开眼,就看见尤嫂一脸笑意站在身旁。尤嫂瞧见她醒了,边扶着她起身边说:"恭喜太太,七少奶奶生了。"

"哦?这么快就生了?"柳韵琴理了一下鬓发,又问道,"是男孩还是女孩?"

"太太大喜,是个孙少爷。刚才秋霞过来报的喜,说是白白胖胖的一个男孩子。"尤嫂笑道。

"阿弥陀佛!菩萨保佑哇!"柳韵琴双手合十拜了一拜,"生的时辰晓得吗?"

"这个秋霞倒是没说——"尤嫂说。

"走,我们去鸿煊屋里头瞧瞧。"柳韵琴不等尤嫂讲完,便起身趿上了鞋子。

柳韵琴几个人前脚刚跨进后院,便听到一阵嘹亮的婴儿哭声。她心里一喜,更加快了脚步。

"母亲,您来了,快进去瞧瞧鸿煊的大胖小子。"廖玉凤在房门口将柳韵琴迎了入内。

"快把孩子抱来我瞧瞧。"柳韵琴对着尤嫂吩咐。

"太太,您不进去瞧瞧?"尤嫂小声问道。

柳韵琴迟疑一下,笑道:"卿卿刚生产完,先不去吵她,你小点儿声去把孩子给我抱出来。"

尤嫂不敢怠慢,正要往内室去,黄鸿煊已经抱了孩子走出来。

"鸿煊,快,抱过来让我瞧瞧。"柳韵琴一脸笑意。

黄鸿煊走近她，小心翼翼地将包裹得严严实实的婴儿交到她手里，又俯下身，随着她一起端详着。

"鸿煊，孩子是哪个时辰出生的？"柳韵琴刚一接过孩子便问道。

"是十二点十二分，母亲。"黄鸿煊答道。

"十二点十二分……今天是八月十二，这孩子，真会挑时辰。"柳韵琴脸上是藏不住的欢喜。

"瞧瞧这孩子，长得真周正。"柳韵琴转过头，对着黄鸿煊又说，"鸿煊，你看他的鼻子，还有嘴，和你多像啊！"

"母亲，我生下来的时候也是这个样子吗？是不是也像他一样这么长的头发？"黄鸿煊一脸好奇。

"别说，这孩子头发还真旺。"柳韵琴只管盯着手里的婴孩端详着，"家里这么几个孩子，生下来的时候都没有这个小家伙这么旺的头发。"

"太太，您还担心着七少奶奶记错日子，怕不足月，这下可就安心了。"尤嫂笑道。

"我不是那会儿瞧着她生不下来嘛。"柳韵琴说。

"母亲，刚才不晓得您听没听见他的哭声，那当真是洪亮呢！"王藜旻从内室走了出来。

"听见了，听见了……藜旻，你辛苦了！"柳韵琴很是欢喜，又转头对着佟玉梅与廖玉凤说，"玉梅，玉凤，你们两个也辛苦了。"

"我们比不得五弟妹精通医术，也不过就是在这里守着。"佟玉梅答道。

廖玉凤听她这样讲话，便笑着接了话去："母亲，鸿煊屋里添人，我们也高兴不是？"

"对，对，都是高兴的事。"柳韵琴应道。

"母亲，您跟嫂嫂们先聊着，我进去看看卿卿。"黄鸿煊说着话就要往里走。

"鸿煊，"柳韵琴喊住他，"你有没有打发人通知你父亲？"

"刚才只顾着看孩子，我倒是忘了这件事。"黄鸿煊说。

"行了，你去忙吧，我让人给你父亲打电话。"柳韵琴说。

黄福良将电话打到商馆的时候，黄廷承正与黄鸿烨一起，同各部门经理开会商谈公事。秘书钱峰远悄悄走到他身旁，贴着耳朵将孩子出生的消息告诉了他。

黄廷承乍一听不以为意，等钱峰远讲了孩子的生辰八字，他即时心下大喜，等到会议结束的时候，便向全体与会人员宣布了这个喜讯，并且破天荒地通知财务，给商馆上上下下每一个职员发十块钱红包以示庆祝。

黄廷承回到府里，便往后院来。

黄府的几个女眷也已经得了消息，都挤在黄鸿煊的屋子里，此时见黄廷承入内，都笑嘻嘻地向他道喜。

柳韵琴迎了过来："给黄老爷道喜，你又添了一个孙子！"

黄廷承说："我正开着会，听到钱秘书讲的话，完全就没了心思。快，把孩子抱来让我瞧瞧。"

"瞧把你急的，"柳韵琴笑道，转头便吩咐尤嫂，"去把孩子抱来，让老爷瞧瞧。"

尤嫂连忙应下，入了内室，片刻便随着黄鸿煊一道将婴儿抱了出来。

黄廷承双手接过黄鸿煊递来的婴儿，一面细细端详，一面喃喃自语："像，果然是像。太太，你来看，这孩子像不像。"

"是呀，当真像。"柳韵琴点了点头，说话间，又对着张氏招了招手，"你也过来瞧瞧，看看像不像。"

张氏闻声便走到近前，起初也摸不清他两个人话里的意思，再仔细端详着这个婴儿，又看他两人这欢喜的神情，心里细细一琢磨，一下明白过来："像，太像了，真的要恭喜老爷和太太。"

屋子里的一众人只以为他们觉得婴儿长得与黄鸿煊相似，独廖玉凤一人心思缜密，生了疑。

"父亲，母亲，这孩子眉眼之间尤其像鸿煊，"廖玉凤走上前，"瞧您二老欢喜的，我们也跟着开心呢！"

黄廷承依旧盯着手里的婴儿，只柳韵琴对她笑道："何止是像鸿煊，你们不晓得，鸿煊是他兄弟几个里面最像老太爷的，可这孩子，竟然比他父亲更要像他曾祖父！还有他竟然与老太爷同生肖又同时辰，这孩子，来得太是时候了。"

黄家的老太爷过世已经十来年，屋子里的人除去黄廷承夫妇没有人知道这些。即便进府较早的张氏，也只依稀记得他的样貌，至于生辰的事情，早就忘得一干二净。此时听到柳韵琴的话，一屋子的人都为之一怔。

"母亲，您说的可是当真？"黄鸿煊有些激动起来，"这孩子竟然与祖父有这样的渊源。"

"这种事情怎么好乱讲的？"柳韵琴笑道。

"你还记得小时候，你祖父与祖母不论赴宴还是远行，总会将你带在身边吗？"黄廷承抬了头，"他们二老最疼的就是你！"

"老爷，您光顾着乐了，赶快给孩子起个名字，不然只能一口一个'这孩子'地叫。"柳韵琴笑道。

黄廷承听她这样讲话，又低下头将手里的婴儿仔仔细细地端详一番，而后开口："他们这一代是'卓'字辈，取了马首，那就用'骊'字，叫卓骊，黄卓骊！"

第一百零七章

这一天，非但商馆的职员得了红包，黄家的下人们也都得到了奖赏，上上下下一片喜庆。

等到黄廷承夫妇前脚离开，佟玉梅便拉了廖玉凤一道出了黄鸿煊的屋子。

"大嫂，你这样急着拉了我来做什么？"廖玉凤跟着佟玉梅进了她的起居厅。

"我就是要问你，为什么那会子要我同你留在那里等着？"佟玉梅问。

"妯娌之间互相照应一下，也是理所应当的。"廖玉凤说。

"你还真会做人。得了，现在就我们两个，少在那里装模作样的。"佟玉梅斜了她一眼，"刚才父亲讲老七那个儿子像祖父的时候，你以为我没瞧出来你那个眼神？"

"要不怎么说大嫂你聪慧过人呢！"廖玉凤坐下来，"大嫂有什么话就说吧。"

"聪不聪慧的有什么用，不如人家会生得赶巧。"佟玉梅瓮声瓮气地说。

"别说，她还真会生，"廖玉凤撇了撇嘴，"挑了这样的时辰。"

"我就不信有这么巧合的事！日本产婆来的时候还没什么宫缩，怎么就一定要用催产的东西？"

"你这么一说，还真的是……"廖玉凤附和，"不偏不倚正好赶上这样的时间。"

"可是我又想不明白，祖父的生辰八字，连我们也不晓得，她又是怎么能晓得的？"佟玉梅一脸狐疑。

"遇事就怕有心人，我们两个总是这样大大咧咧的，搁不住人家心思缜密，也许早就暗处打探来着。"

"哼，真的是小瞧了她！"佟玉梅冷哼一声，"不过她就是再动心思，照样也没有母凭子贵不是？"

"大嫂这话怎么讲？"廖玉凤问道。

"哟，你这样的明白人还没看出来吗？母亲在她屋里待了这么许久，不也没进去瞧她一眼吗？"

"原来你说这个。人家能屈能伸，这点儿委屈比起来她那孩子得到的，又算得了什么？"

"那倒也是，刚才父亲对母亲说，今天给商馆里人手十块钱，这是多大一笔开支呀，还有府里百十号下人，又是千把块的支出，她这个孩子生得当真是金贵。"佟玉梅话里有些酸溜溜的味道。

"可不是嘛，父亲非但这样出手阔绰地打赏下人们，你听听给那孩子起的名字。"

"名字怎么了？不也是取了马首的字吗？"佟玉梅一脸不解，"玉凤，你读的书多，快给我讲讲。"

"阿骐他们这一代，父亲都是取了马首的字，寓意个个都是良马俊才，"廖玉凤顿了一下，"可给老七家那个儿子的'骊'，不只是骏马的意思……"

"哦？那是什么意思？"佟玉梅忍不住问道。

"这个'骊'，原意是黑色的骏马，可古时候有骊龙与骊珠的传说……"廖玉凤停了下来，看着佟玉梅，冷冷地笑了一下。

"骊龙？所以，父亲这是要望孙成龙？我们的孩子是良马，他老七的孩子就是龙马？"佟玉梅青了脸。

"谁晓得父亲是什么用意呢。"廖玉凤轻叹了一口气，"鸿熠远在法兰西，原本也没能给家里出什么力，我们娘儿俩也不指望其他，只要阿骥平平安安长大就好。"

看了一眼铁青着脸的佟玉梅，她又继续说："大嫂，我讲的话你也不要往心里去，名字这个东西也只是叫一叫而已，咱们阿骐是家里的长子长孙，谁不晓得他是最受祖父祖母疼爱的呀！"

"得了吧。疼爱？也没见给我们阿骐起那样的名字。"佟玉梅一脸愠色，"这个家里鸿烨最是辛苦，起早贪黑没节没日地干，可我们是比哪房多得了什么？长子长孙？我呸！"

廖玉凤心下一阵得意，嘴上却劝道："大嫂，你也别恼，这些事争不来的，一切都是天意。"

"天意？你现在来同我讲这个？"佟玉梅冷哼一声，"刚刚你不也觉得她是设计好了把孩子生在今天的吗？我现在算是明白了，他们两口子表面上风轻云淡，不争不抢，暗地里早就算计上了，这分明就是想借这个孩子来与鸿烨夺权呢！"

夕阳渐渐行远，留下的那抹淡淡余晖也阻挡不了黑夜的降临。林卿卿醒来的时候，看见身旁满眼爱意的黄鸿煊，她渐渐恢复了血色的脸上，也露出了幸福的笑容。"卿卿，你醒了！"黄鸿煊柔声唤她。

"鸿煊，对不起，刚刚同你说着话，怎么就迷迷糊糊睡着了。"林卿卿满是歉意地说。

"有什么关系呢？产婆讲了，生产时候耗了体力，是要多睡才好。"黄鸿煊安慰她。

291

林卿卿点了点头，看了一眼身旁空着的婴儿床，便问："鸿煊，孩子呢？"

"小家伙刚才饿了，我怕他哭了吵醒你，就让奶妈抱走了。"黄鸿煊答。

"鸿煊，"林卿卿犹豫一下，"我想自己喂养他，好吗？"

"这个……"黄鸿煊似乎有些为难，"家里的孩子们出生，好像都是由奶妈喂养的……"

"哦，没事，我晓得了。"林卿卿笑了笑。

"卿卿，"黄鸿煊想了一下，"如果你想自己喂养，我去找一下母亲，我想她应该会同意的。"

"算了，鸿煊，你不要为难。"

"不为难，我晚点就去找母亲。"黄鸿煊拉了她的手，突然想起来，"对了，父亲给孩子取了个好名字，叫'卓骊'。"

"卓骊，当真是个好名字！"林卿卿笑道。

"还有，卿卿，你晓得吗，父亲刚才说卓骊眉眼之间像极了祖父，而且他竟然与祖父同生肖同时辰！"黄鸿煊的言语里是掩饰不住的激动。

"你讲的话当真？"林卿卿也欢喜起来，"这孩子当真与祖父这样有缘？"

"父亲既然这样讲了，那就一定是真的。而且，父亲今天破天荒打赏了商馆和家里所有的职员，父亲的欢喜可想而知。"

"这都是天意。"林卿卿笑了，忽然她的笑容渐渐凝固起来，"鸿煊……"

"卿卿，你怎么了？"黄鸿煊一脸茫然。

"福兮祸所伏，祸兮福所倚。"林卿卿将心里原本想要对黄鸿煊讲的这句话咽了回去，"没什么……"

"那你？"黄鸿煊脸上有了担忧的神色。

"我只是想到了外婆与姆妈……"林卿卿搪塞道。

"卿卿，等明年开了春，孩子大一些，我们带着他一起去给外公、外婆还有岳丈、岳母上坟，让他们看看咱们的小卓骊。对了，我们再带着卓骊去看看我们的柚园！"黄鸿煊说。

"好！"林卿卿莞尔一笑。

第一百零八章

林卿卿生下黄卓骊第五天的时候，许梏桐来到了杭州。"卿卿，恭喜你呀！"许梧桐一边逗弄着襁褓里的婴儿，一边说。

"梧桐，我好开心你能来。"林卿卿掩饰不住心里的激动。

"讲的什么傻话?"许梧桐抬头看着她，"你生了孩子，我怎么能不来?"

"是呀，你瞧我，生孩子都生糊涂了。"林卿卿有些难为情。

"别的你都可以糊涂，但是要我做他干妈的事情可千万不能糊涂了!"许梧桐提醒她。

听她这样讲话，林卿卿忽然觉得曾经的那个许梧桐又回来了，心里一阵欢喜。

"怎么会? 什么都能忘，这个绝不会忘!"林卿卿笑道。

"嗯，这点我是信的。"许梧桐抱着黄卓骊一边踱步，一边又说，"卿卿，听说姨丈给他起了个好名字，可我这个干妈也要给他起个小名才行。"

见林卿卿一脸笑意地望着自己，许梧桐想了一下，说："你看他白白胖胖的，像一只可爱的小猪，要不我们就叫他'猪猪'吧?"

"猪猪? 好哇，这个名字可爱极了。"林卿卿笑出了声。

"只能我们两个私下里叫，"许梧桐比了个止声的手势，"等以后你要是再生个女儿，就叫她'兔兔'，哈哈……"

"你说阿骊胖嘟嘟像只小猪，所以叫'猪猪'，那女儿为什么要叫'兔兔'呢?"林卿卿问。

"女孩子要温温柔柔的，像只可爱温顺的小兔子，这样日后不会气你这个老母亲哪。"许梧桐调侃道。

"好，都依你，反正你是干妈，你最大!"林卿卿眼角眉梢里都是笑意。

"那就这样一言为定了!"许梧桐走到林卿卿面前，伸了一只手过去要同她拉钩。

"梧桐，"林卿卿眼前出现了年少时两人的模样，"拉钩上吊，一百年不许变!"

"不变，不变……"许梧桐应道。

"我们还约定过以后让我们的儿女喜结连理，亲上加亲的。"林卿卿笑道。

她话音刚落，许梧桐原本绽开的笑容瞬间凝固了。

林卿卿见状，心里一紧，正想转了话题，便听许梧桐又开了口。

"好哇，以后会的。"许梧桐脸上重新浮起了笑容，"那我要先生个女儿，这样才能让小猪猪不落入外人田里。"

两人正说着话，兰萍走了进来："七少奶奶，表小姐，五少奶奶来了，在门口呢。"

"哦，五嫂来了，快请她进来!"

王藜旻端了一个点心盒子走进来："听说梧桐妹妹来了，我刚好做了奶油蛋糕，拿来你们一起尝尝。"

"五表嫂会做奶油蛋糕？"许梧桐有些惊讶。

"小时候在德国，邻居教我的，"王藜旻将点心盒子放在桌子上，又说，"其实不难，你要是有时间，我回头教你，包你一学就会。"

"好哇，这个家瑶哥喜欢，我要学！"许梧桐见王藜旻想抱黄卓骊，便将孩子递了过去。

"卿卿，我听说你想要自己哺乳？"王藜旻抱着黄卓骊走到林卿卿跟前。

"是的，五嫂，"林卿卿点了点头，"可是我奶水不好，母亲还没有同意。"

"姨母思想守旧的，就是你的奶水好，也不见得能同意。"许梧桐在一旁快快地说。

"各有利弊吧。亲自哺乳看似与孩子亲密无间，却也会因为没日没夜地熬着，让刚生产之后的母体极度疲倦，西方的医学研究发现，许多母亲因为产后哺乳的过度疲劳与紧张，导致了一种病症，他们称之为产后抑郁。"王藜旻解释。

"你这么一讲，我就明白了，多谢五嫂！"

"是呀，所以你就安心休养，把孩子交给奶妈喂养就好。"王藜旻笑道，"不过，不用听她们说的总要躺在床上，适当下床运动，那才是有助于身体恢复的。"

"五表嫂，你果然是学西医的，讲的话都是有理有据。"许梧桐很是佩服。

"梧桐妹妹，卿卿同我讲你也推崇西洋医学，你有空了大家可以一起探讨。"王藜旻对她说。

"我哪里懂这个？只是我觉得西洋医学能解决很多我们中医不能解决的问题。"许梧桐想了一下，又问道，"五表嫂，西医里面有没有什么方法可以算准人能怀孕的时间？"

"这个简单。"王藜旻笑着回答。

"五表嫂你快说来听听。"许梧桐追问。

"西医讲究女人每个月事的周期，只要你的周期准确，基本上就在那个周期的中间时间里最易受孕。"

"那周期准确了，又如何得知是不是那个日子呢？"许梧桐又问道。

王藜旻见许梧桐问得仔细，便笑着对她招了招手："你过来，我悄悄告诉你……"

许梧桐附耳过去，等到王藜旻讲完，已经两耳微红。

许梧桐与龚家瑶的婚姻生活是林卿卿一直最为记挂担忧的事情，此时见她这个模样，只觉得瞬间宽下心来。

"五表嫂，你说如果……我是说如果……"许梧桐顿了一下，又问道，"如果男女有一方喝多了酒，又或者有其他身体上的不适，会不会影响受孕？"

"这个嘛，"王藜旻想了想，"这个不太好讲，受孕与否取决于能否成功产生受精卵。"见许梧桐一副若有所思的样子，她便问道："梧桐妹妹，你该不会是之前同房的时候喝了酒吧？"

"没有……"许梧桐涨红了脸，"五表嫂，我就是这么随口一问。"

"那就好！虽说酒精不一定损伤什么，可总归是不大好，能避免就避免，毕竟生孩子是件大事。"

"知道了，多谢五表嫂。"许梧桐应道。

"不要客气，你有任何问题可以随时来问我，当然，卿卿现在也是过来人，也懂的。"王藜旻笑着说。

"我是稀里糊涂怀了阿骊，哪里晓得这些。"林卿卿有些羞涩，"五嫂刚才讲的，我也跟着受教了。"

"我们的父辈母辈哪里有什么计划生孩子，都是顺其自然的，你们两个别被我说糊涂了就好。"王藜旻道。

许梧桐看了一眼林卿卿，见她正望着自己，忙接口道："五表嫂说得是，这些事情哪里能计划的，还是顺其自然的好。"

第一百零九章

许宥崇陪着许梧桐一起来杭州探望林卿卿与新出生的宝宝，可因为男眷不便入内室，只由奶妈抱着看了一眼黄卓骊，等许梧桐进了内室，他便随着去了黄鸿煊的小书房。

黄鸿煊亲手为他泡了茶，这才与他面对面坐了下来。

"家瑶哥怎么没有与你们一起来杭州？"黄鸿煊将茶杯递了过去，顺嘴问道。

"家瑞自从那次受伤之后就落下了头痛的病，我们出门前一天又不舒服了，家瑶哥留在家里照顾他。"许宥崇回答。

"那个不能轻视，要好好找个医生看看才行。"黄鸿煊说。

"对家瑞的事梧桐很上心，她把家瑞接过去和他们一起住，还给他找了几个西医在治疗，可也不见有什么好转。"许宥崇告诉黄鸿煊。

"要是这样，不如带家瑞来杭州，我可以请王伯父帮他诊断一下。"

"好，回去让梧桐与家瑶哥商量一下，如果有需要，就劳你出面请王伯父给看看。"

"好，这个不是什么难的事。"黄鸿煊点了点头，又问道，"家瑶哥还好吧？看这趟梧桐来的神情又与从前无二，想必他们夫妻之间已经彼此适应了。"

"嗯，应该吧。"许宥崇只简短地应了一声。

黄鸿煊见他不愿提及，便也不再多问。

"宥崇哥，你参加的那个社团怎么样了？现在他们有些什么新的举动？"黄鸿煊转了话题。

"这是一个神奇的、特别有远大意义的社团！"讲到这个问题的时候，许宥崇明显激动起来。

"哦？宥崇哥，你快同我讲讲！"黄鸿煊也来了兴致。

许宥崇站起身，四下看看，将书房的门关上，这才重新坐了下来："我最近才知道，原来我们社团的组织者是一个特别小组里的成员。他们目前人数虽然不多，但是他们奉行的理念却是我辈青年要为之奋斗的目标！我相信，在不久的将来，这个组织的人员会越来越多！他们，我们，终将会引领这个时代！"

黄鸿煊虽然不知道他嘴里说的这个组织是什么，却被他的激情打动。

"知道吗，鸿煊，"许宥崇继续说，"他们把《新青年》杂志改成了自身公开刊物，也积极推进以工人为主要读者的各类刊物，举办了工人夜校，建立工会组织，同时开始组织青年团。我们，以及与我们一样的有志青年，都将会是这个组织的核心力量！"

"宥崇哥，你们真了不起！"黄鸿煊由衷赞叹。

"我辈青年应当心怀天下，为这个国家，贡献自己的力量。"许宥崇的情绪更加慷慨激昂，"鸿煊，你应当也加入进来，可以试着去发展杭州的有志青年。"

"宥崇哥，你讲的这些我很感兴趣，也很支持你，"黄鸿煊笑了一下，"不过我没有你这样的魄力，我爱卿卿，爱我们的孩子，我有时间只想与他们在一起，多陪陪他们。"

"人各有志，你的心情，我能理解！"许宥崇拍了拍他的肩膀，"我还是要谢谢你，让上海分公司的职员给我们社团送去了那么多资助。"

"我也只是尽一点儿绵薄之力。"黄鸿煊笑道。

"已经很好了！真的，鸿煊，谢谢你！"许宥崇满眼的真诚，"还有你前些日子让鸿烨表哥带去上海的几台收音机，我也帮你捐赠给了社团，大家都很感激。"

"那是大哥买的一批东洋货，我看着比一般的收音机体积要小，想着更能便于你们存放。"黄鸿煊说。

"是的，的确方便许多。"许宥崇点了点头，忽然又问，"鸿烨表哥现在也开始做东洋贸易了吗？"

"是呀，听说是与宥利表哥合作的，好像做得还不错。"

"嗯，生意上的事情我一窍不通，"许宥崇犹豫一下，又说，"那天我也是无意间听到的，四哥与一个买办在讲什么做空做多，好像提到了你家商馆的名字。"

"哦？你有听清楚他们讲的什么吗？"黄鸿煊问道。

"没有，那天是我去四哥那里借一些关于日本革命党的书，碰巧听到。"许宥崇回答。

"谢谢你，宥崇。这些我也不太懂，回头私下里问问大哥。"

许宥崇的话，黄鸿煊放在心里琢磨了几天，等到他们回了上海，便去找了黄鸿烨。

"大哥，你现在有空吗，我进来坐一会子。"黄鸿煊敲开了黄鸿烨办公室的门。

"老七，你不是告假在家陪弟妹吗，怎么今天回商馆来了？"黄鸿烨站起身，将他迎了进去。

"卿卿有那么多人照顾，我也帮不上什么忙。"

"那倒也是，"黄鸿烨笑道，"怎么样，初为人父，感觉如何？"

"有些忐忑，又有些激动。"黄鸿煊摸了摸后脖颈，有些羞涩。

"是的，刚做父亲都会有这样的感觉。"黄鸿烨说。

"大哥，阿骐刚出生的时候，你也是这样吗？"黄鸿煊问道。

"我同你讲过的，原本我的婚姻只是为了这个家庭，"黄鸿烨讲话的时候脸上有一丝苦笑，"可是阿骐的到来，给我带来了莫大的欢喜。他是我的亲骨血，看见他，似乎我又看见了生活的希望。"

"大哥，以前我不懂，为什么都说子女身上承载的是父母的希望与爱，现在我好像能理解一些。"黄鸿煊说。

"是呀，我们自己做了父母才晓得，父亲与母亲在我们身上同样寄予了希望与爱。"黄鸿烨不禁感慨。

"是的，所以我现在更加敬佩大哥你挑起这个家的重担。"

"我是父母的长子，这是我分内应当做的事。"黄鸿烨停了一下，"鸿煊，你今天来找我是不是还有其他的事？"

"大哥，什么都瞒不了你。"黄鸿煊说，"我有些生意上的东西搞不大清楚，想

297

来向大哥讨教。"

"自家兄弟,还说什么讨教?你有什么不清楚的就问吧。"黄鸿烨温和地说。

"是这样,大哥,"黄鸿煊坐正了身子,"生意上有没有一个叫'做空做多'的讲法?"

"你从哪里听来的这个?"黄鸿烨看着他,问道。

第一百一十章

"这做多与做空是比较专业的讲法,也是相对立的两种做法。"黄鸿烨笑道,"前些年政府在北京成立了一家证券交易所,主要用以发行公债来抑制金融危机。今年年初,上海商会的一些精英人士联合成立了专门经营各种有价证券买卖的证券物品交易所,所以带动了上海证券市场的发展,做多与做空就是这个市场里的两种操作手法。"

"大哥,证券交易?这种事情稳妥吗?"黄鸿煊问。

"怎么会不稳妥?现在上海的证券交易所每天都有大量资金涌入,包括了西方国家与东洋的资金。"黄鸿烨笑道。

"大哥,我晓得你经商多年,资历深厚,经验老到,"黄鸿煊踌躇一下,接着说,"不过这些新兴的市场,还是要当心点儿。"

"放心吧,我也只是观望中。"黄鸿烨端起茶杯,喝了一口茶,又问道,"老七,你从哪里听来的这些?"

"听一个朋友随口提起,因为不懂,所以想来问问大哥。"黄鸿煊解释。

"你有任何不懂的就来问我。"黄鸿烨望着他,"咱们四兄弟,老三在法兰西也不晓得几时能回来,老五行了医,也只有你能帮得上我。老七,等卓骊的百天宴结束,你就回来商馆帮忙吧。"

"好的,大哥!"黄鸿烨这句听似简短家常的话,却触动着黄鸿煊,"大哥,常说生意场上人心凉薄,你还是多当心。"

黄鸿烨笑了:"老七,我觉得你做父亲之后似乎一下子就成长起来了,竟然晓得来同我讲这个。"

本来许宥崇讲的也只是听来的一句闲话,加上黄鸿煊听黄鸿烨在证券这件事上只是观望状态,也就不再把心里的担忧讲出来。

兄弟两个又闲聊了片刻,恰好胡秘书入内汇报工作,黄鸿煊便借机离开了商馆。

"七少爷,您可回来了。"兰萍迎上刚下车的黄鸿煊。

"兰萍,你怎么跑到大门口等我来了,是卿卿让你来的?"黄鸿煊有些奇怪。

"不是,七少爷……"兰萍说话间将黄鸿煊拉到了一旁,压低了声音说,"是余杭来人了。"

"余杭?你是说卿卿老家来人了?"黄鸿煊问道。

"嗯,是个年轻人,他说是七少奶奶的表弟。"兰萍看了看左右,才说,"他倒是老实,一来就走了侧门,那个门房与我颇熟,就来同我讲了。我犹豫着也不敢告诉七少奶奶,就想着先来回了您,等您示下。"

"嗯,"黄鸿煊点了点头,"他人现在哪里?"

"还在侧门的门房里坐着。"兰萍答道。

"你带他到我书房来,"停了一下,黄鸿煊又嘱咐,"先不要让其他人晓得。"

兰萍应下,转身离去,不多时,便领了一个十五六岁的少年到了黄鸿煊跟前。

"你是从余杭来找卿卿的?"黄鸿煊看着眼前这个似曾相识的少年问道。

"是的……您是……您是……"少年怯怯地问。

"我是卿卿的丈夫,你是哪位?"

"哦,原来您是……您是表姐夫!"少年忽然对着黄鸿煊鞠了一个躬,接着说,"我是阿栋,卿卿是我阿姐。"

"你是余杭的那个小表弟,阿栋?难怪看着你眼熟。"黄鸿煊笑起来。

"是我,表姐夫您竟然记得我。"程栋见黄鸿煊亲善的模样,似乎没有了先前的拘谨。

"你随你父母来参加过我与卿卿的婚礼。"黄鸿煊示意他在椅子上坐下,继而吩咐兰萍去给他倒了杯茶,又端了点心,"余杭到这里也是大半天的路程,你累了吧,先吃点儿东西喝杯茶。"

"不累,我搭了一趟顺风车,少走了几个钟头的路。"程栋双手捧着黄鸿煊递来的桃酥却不敢吃。

"吃吧,阿栋。"黄鸿煊拉了一把椅子在他身边坐下。

"表姐夫,您人真好!"程栋咬下一口桃酥,"一点儿也不像其他的有钱人。"

黄鸿煊摇了摇头,一脸笑意:"你这趟来,是来看卿卿吗?"

听他这样问话,程栋原本正要去端茶杯的手缩了回来。"表姐夫,我……我……"

"阿栋,是家里有什么事吗?"黄鸿煊见他这个模样,疑惑地问。

"表姐夫……"阿栋低下了头。

"既然来了,就说吧,要是真的遇上什么难的事,看看我能不能帮得上忙。"黄鸿煊道。

"是我姆妈……她……她逼着我来的……"阿栋依旧低着头,却已经涨红了脸。

黄鸿煊没有接话,只静静地看着他。沉默了片刻,程栋才又开了口:"我阿舅赌博,输掉了许多钱,姆妈为了帮他,就背着阿爹偷偷将家里的地契押了出去。姆妈本以为阿舅很快能翻本,谁料到阿舅不但不能还钱,又欠了更多,讨债的追到了我外祖父家,姆妈没法子,又把我家的房契抵了出去。姆妈以为秋收将至,心里原想着即便他还钱晚了,秋收之后家里账上也会有盈余,那时候就能把地契、房契都赎回来。可谁晓得今年收成不好,政府又加了税,摊去长工们的工钱,交完税,家里也就所剩无几……"

"表姐夫……"话到这里,程栋抬了头,"我晓得不应该来找你们,可是姆妈说要是没有钱,我们家的房子、地都保不住了,那是阿公留下来的东西。"

"赌博就是个有出没进的无底洞,你姆妈怎么能……"黄鸿煊蹙了眉。

"表姐夫,我姆妈她已经悔死了,我阿爹也晓得了,他们两个现在闹得家里鸡犬不宁。前天,我姆妈她……她竟然要上吊自杀。我实在没办法,才答应了来找你们。"程栋红了眼圈。

"我听卿卿提过,那些家产是外祖父攒下的,倘若真的落到别人手里,卿卿晓得了也会伤心难过。"黄鸿煊轻叹了一口气,"你阿舅欠了多少钱?"

"好像……好像三千多块……"程栋支支吾吾回答。

黄鸿煊摇了摇头,没讲一句话,站起了身。

程栋一见他这个模样,心里不禁又忐忑起来:"表姐夫,您要是为难,只当我没说……我,我回去让姆妈再想想其他办法……"

"你姆妈既然让你来这里,就是没法子可想了。"黄鸿煊直言不讳,"这不是一笔小数目,你容我想想……"

第一百一十一章

黄鸿煊找到黄福良的时候,他正在与账房的关先生核对与各商铺的财务往来。

见黄鸿煊进屋,两人忙放下手里的账簿,站了起来。

"七少爷,您怎么亲自来了?有什么事情,您让他们来喊我一声就行。"黄福良说。

"也无妨，我正好出来走走。"黄鸿煊说。

黄福良是府里几十年的老人，这么些年从没见黄鸿煊进过账房的屋门，听他这样讲话，心里嘀咕了一下，笑道："这账房七少爷您头回来，算是稀客。您先坐着，我让人去给您泡杯热滚滚的茶来。"

黄鸿煊拉住他："不用了，我只同你讲几句话就走。"

关先生是个通透的人，听见黄鸿煊的话，忙说："七少爷，您与黄管家聊着，我那边还有账没算清，我先过去了。"

"不，关先生，你不用走，"黄鸿煊知道这事也瞒不了他，索性当着他的面说明，"我来是想问问账上现在有没有多余的钱……"

"七少爷，您的意思是？"黄福良小心问道。

"我有些急用，需要三千块，不晓得账上拿不拿得出来。"

"七少爷，三千块钱倒是拿得出来，只是支出这么大一笔钱，恐怕要经过太太同意才行。"黄福良如实禀告。

"我只是同你借，打个借条给你，不叫你为难。"

"不是的，七少爷，"黄福良赔着笑解释，"即便您打借条，关先生的账总是要平的。"

黄鸿煊微微蹙眉，又琢磨了一下："你看这样行不行……你每个月从我房里的月钱中扣走两百，只当是我同你预支的。"

黄福良对着他作了个揖："七少爷，不是我不应承您，只是每个星期关先生都要把账送去给太太过目，这事早晚太太要晓得的。"

"好吧，既然这样，我也不为难你们。"

"七少爷，其实这也不是多大的事，您去太太那里回一声就成了。"

黄鸿煊笑了笑，并没有答话，便离开了账房。

黄鸿煊心里明白，林卿卿与自己的婚姻是建立在不对等的基础之上，即便自己处处小心翼翼，这一点却真实地存在着。他清楚林卿卿在这个家里的处境，不愿更不会给任何人机会去触及她的软肋。所以他不能向柳韵琴说明实际情况，可又想不到能以其他什么理由去向她张口要钱。他并没有直接回书房，也没有去找柳韵琴，他徘徊在花园里，心里犹豫着。

"鸿煊，你怎么在这里？"他听出来了，是黄芳蕙的声音。

"二姐，你回来了？"黄鸿煊转过头，果然是黄芳蕙朝着自己走了过来。

"是呀，回来看看你的大胖儿子，还有卿卿。"黄芳蕙笑道。

"阿茂没跟你一道回来吗?"黄鸿煊见只有她一个人,便顺口问道。

"回来了,他哪里能错过回咱们家的机会。"黄芳蕙朝着另一个方向指了一下,"从你屋里一出来就跑去找母亲了。"

"母亲也喜欢看到阿茂。"黄鸿煊说。

"再喜欢,也喜欢不过阿骊。"黄芳蕙笑起来,"不过阿茂是当真喜欢黏着母亲,这外孙对外祖母好像都是特别亲。"

"是的……"黄鸿煊沉默下来,他的脑海里浮现出林卿卿对自己讲起与外祖母在一起的日子时,她眼里流露出的那份幸福。

"鸿煊,"黄芳蕙见他这个神情,忙问道,"你怎么了,没事吧?"

黄鸿煊摇了摇头,原本想要告辞离开,却见黄芳蕙一脸疑惑地望着自己,便开口道:"二姐,我没事,就是想到了卿卿,她也与她外祖母特别亲近。"

"你呀,几时变得这样多愁善感起来了?"黄芳蕙轻轻点了一下他的额头,"吓了我一跳,还以为你有什么心事。"

黄鸿煊摸了摸后脖颈,有些难为情地笑了:"二姐……"

"都是做父亲的人了,还像个小孩子似的!"黄芳蕙推了他一把,"快回屋去陪卿卿吧,刚生了孩子的女人情绪容易不稳定。"

"二姐,你讲的话可当真?"黄鸿煊问道。

"我自己是过来人,当然晓得个中感受。"黄芳蕙笑吟吟地望着他,"你以为我为什么只生了阿茂这一个?就是因为那年生产之后有一阵子心情极度低落,不敢再生了呀!"

黄鸿煊原本想着万一筹不到钱,就把自己房里存的那些月钱凑起来给程栋,只是如此一来必定要向林卿卿挑明。可此时黄芳蕙的一席话,让他心里一下又揪了起来。

"二姐,你说女人这种时候要是听到一些不如意的事,会不会落下什么病根子?"黄鸿煊有些手足无措。

"好端端地你怎么会问这个?鸿煊,你同卿卿没事吧,怎么今天讲话总是奇奇怪怪的?"黄芳蕙一脸狐疑。

黄鸿煊本来就与黄芳蕙亲近,听她这样问话,决定不再瞒她。"二姐,你放心,我同卿卿很好,没有事。"黄鸿煊心里一横,"只是我遇上些难事,不晓得能不能请二姐帮个忙。"

"哦?那是一件怎样的难事,你先说出来我听听。"

黄鸿煊不擅撒谎,又从未向人借过钱,到了这个时候,只得将程栋来借钱的前因后果讲了一个详细。

"就这么个事?"黄芳蕙听他讲完,便笑了起来,"我当有多大的事为难住了我家七少爷,原来不过因为这几千块钱。"

"二姐,你不要笑话我。"黄鸿煊微红了耳垂,"你晓得的,卿卿在这个家里……我不想对母亲言明,就是怕卿卿晓得了觉得难堪。"

"我真羡慕卿卿,遇上一个你这样事事处处为她着想的好丈夫。"黄芳蕙由衷赞叹。

"二姐,卿卿待我更好!"

"好,都好!瞧着你们两个这样恩爱,也算没有辜负了我为你们两个去疏通父母。"

"那……那钱的事……"黄鸿煊的脸也跟着红了。

"我现在身上哪里会带这么多钱?晚些我回去之后开张支票,再打发人给你送来。"黄芳蕙说。

"二姐,你真好!多谢了,多谢了!"黄鸿煊感激不尽。

"谁还碰不上个困难,更何况你是我亲弟弟。谢是不用谢了,办好了之后,多让我抱抱你那大胖儿子就行。"黄芳蕙笑道。

第一百一十二章

快要举办黄卓骊百天宴的时候,已经是冬月尾声临近腊月了。

虽然年底商馆事务繁多,可黄廷承依然坚持由他亲自负责宴会上的所有事宜。正因为如此,黄府上上下下忙作一团,各处陈设装点,各项采购置办,加上挑选戏班,搭建戏台,直到宴会头一日,才算安置妥当。

"太太,您醒了。"尤嫂见柳韵琴午睡醒来,忙走近前扶起她。

"不晓得是不是到了冬天,身上总觉得懒洋洋的,"柳韵琴揉了揉自己的印堂,吩咐道,"你去给我煮杯咖啡,让我提提神。"

"太太,咖啡已经煮好了,"尤嫂招招手,示意婢女端进来,她转手接过递给柳韵琴,又禀报,"老爷刚才让黄管家来传话,请您起来了往书房去一趟。"

柳韵琴喝下一口咖啡,笑道:"老爷这些日子忙着阿骊的百天宴,这会儿找我去,保准还是宴席上的事情。"

"可不是嘛,骊少爷的这个百天宴,老爷事事亲力亲为,当真是上心。"

"行了,"柳韵琴放下手里的杯子,站起了身,"我赶紧过去瞧瞧,免得老爷着急。"

柳韵琴走进黄廷承书房的时候,他正伏案写着毛笔字。

"辛苦辛苦,黄老爷这些日子当真是出了大力。"柳韵琴笑吟吟走到近前。

"太太,你快过来看看,"黄廷承停下笔,对着她招了招手。

"鹏北海,凤朝阳!"柳韵琴念出了声,"老爷,你这几个字笔力遒劲潇洒,写得极好!"

"太太,你也觉得好?"黄廷承眉眼之间皆是笑意。

"那是自然!"柳韵琴见他欢喜,便打趣道,"还以为你备了金山银山给我,怎么,你叫我来就是为了欣赏这几个字?"

"金山银山也不及有孙万事足,"黄廷承指着那几个字,又说,"我预备着让人把这几个字装裱一下,明天就悬在正厅里头。"

"廷承……"柳韵琴想了一下,"这未免不太妥当吧?"

"你这话什么意思?"黄廷承问道。

"要是我没猜错,这是鲲鹏展翅金凤飞天的意思。你想想,家里这么几个孙子,也没见哪个你题过这样的词。"

"你这女人家,就是想得多。"黄廷承蹙了眉。

"不是我想得多,毕竟你是一家之主,一言一行都举足轻重。"柳韵琴望着他,"阿骐是长孙,你都未曾给商馆的人发过红包,到了阿骊这里,已经开了许多特例,要是再把这几个字挂出去,你当真以为旁人能没有闲话?"

听她这样讲话,黄廷承背了手,踱起步来。

"不过几个字的事,不挂就不挂吧,瞧瞧你一个堂堂的商会总长,为这个何必再费心思?"柳韵琴接着说。

"这不是几个字的事。你刚才这样一讲,倒是给我提了醒。卓骊与父亲大有渊源,我只顾着稀罕,倒是疏忽了其他。"说话间,黄廷承从书桌的烟盒里取出一支雪茄,自己将它点着,抽了起来。

"我倒是有个想法,保证各房都不会再有任何异议,"柳韵琴扇了一下飘过来的烟雾,"不过还要征求了你的意见才行。"

"什么想法?你话还没说,就能保证各房都满意?"黄廷承说。

"你想,阿骊出生,你那样大手笔地发了红包,百天宴的戏班子又是从上海请来的,这要是被几个亲家晓得了,不在背后议论我们厚此薄彼呀?"见黄廷承听得仔细,柳韵琴又说,"所以我想着,马上就进腊月了,借着快过年的由头,给各房发一笔钱，只说给孙子们添置新衣，你看行不行？"

"照你讲的这个情形，我还有什么意见可提？这是行也得行，不行还得行。"黄廷承抽了一口雪茄，又问道，"你预备着一房给他们多少？"

"这个还不得老爷你说了算，我哪里敢做主呢？"

"都是小小不言的事，太太怎么就当不得家，做不了主？"

"还没见你这样发过话，看来对这几个孙子你是真大方！"柳韵琴笑道，"不过，我可同你讲，我想要给的不是一笔小数目。"

"万贯家业，日后不还是留给儿孙们的？"黄廷承坐了下来，"只要他们正干，给多少我都乐意。"

"好，有你这句话，我就做主了。"柳韵琴也挨着他身旁坐下，"一房给一万，你觉得如何？"

"的确不是小钱，太太既然这么决定了，就这样吩咐下去吧，家里公账上的要是不够，就让关先生去商馆财务上提钱。"黄廷承拍板。

"那倒不至于，"柳韵琴笑起来，"我虽没有你这个当家的财大气粗，可这点儿钱还是拿得出来的。"

见黄廷承没有旁的意见，柳韵琴又小坐了一会儿，便笑嘻嘻地回了自己屋里。

这一天到了吃夜饭的时候，各房都得了一张一万块的支票。即便像佟玉梅与廖玉凤这种自诩不将钱财放在眼里的人，也是明眼可见地欢喜起来。

第二天早饭刚过，黄府门前已经接连响起汽车喇叭声，那些穿戴一新的豪贵亲眷友人，陆陆续续上门来道贺。

不论男眷们的茶桌，还是女眷们的牌局，抑或男女老少皆宜的戏台，都是欢声笑语，里里外外一片热闹祥和。

林卿卿并未被柳韵琴派往各处招待，见午宴的时间尚早，黄卓骊还在熟睡之中，她便搬了一把椅子坐在摇篮旁。她静静地望着这个与自己生命最息息相关的人，忽地心里百感交集，只觉得有一股暖流涌了上来。

"七少奶奶，"秋霞走近她，轻声说，"太太说来人了，让您去她房里一趟。"

"是梧桐来了吗？"林卿卿欢喜起来，"她昨天说有事耽误了来杭州，今天午宴之前一定会赶到。"

"这个就不晓得了，是太太房里的小茹过来传的话。"秋霞回答。林卿卿点了点头，站起身，将黄卓骊交代给奶妈，又嘱咐一番，便往柳韵琴的房里来。

"卿卿，恭喜你呀，得了个大胖小子！"林卿卿刚一跨进柳韵琴的小客厅，舅母便迎了过来。

305

"舅母？"林卿卿有些惊讶。

第一百一十三章

虽说林卿卿结婚那天，余杭的舅舅一家被黄鸿煊请来赴宴，可这一年多几乎与他们没有任何往来。

此时看见舅母，林卿卿心里一怔，不明白她如何得知今天是黄卓骊的百天宴。

"卿卿，这样天大的喜事你也不通知我们一声，这是把我和你舅舅忘了吧？"舅母说。

当着柳韵琴的面，林卿卿只得说："舅母，我成日里忙着孩子，确实没顾上往余杭捎信。"

"有了孩子是忙的，"舅母上前拉住林卿卿，啧啧感叹，"卿卿，你当真是好命，嫁了一个这样的好人家，刚刚我来的时候看门口汽车排成了长龙，我这一辈子也没瞧见过这么多的车子。"

"卿卿，"柳韵琴干咳了一声，"你舅母大老远地过来，恐怕也累了。你让人拿些茶点来，请她在我这屋里歇歇，你就在这里陪着她。"

林卿卿看了一眼柳韵琴阴沉着的脸色，当即明白婆母是因为家里客多，怕带了舅母出了洋相，这才把她向小客厅里让。

"母亲，您今天这么忙，我与舅母就不在这里打扰了，我请她到我屋里去坐。"林卿卿说。

"阿骊不是还在屋里睡着呢。行了，就在我这里吧。"柳韵琴坚持着。

柳韵琴的用意，原是因为不愿舅母去接近黄卓骊。即便林卿卿心里有千万个厌恶舅母的理由，可看到婆母这样怠慢自己的亲眷，心里还是免不了有些难过。然而柳韵琴已经开了口，她不得不应了下来。

"亲家太太，您忙您的，千万不要客气，这里有卿卿陪着我就行。"舅母满脸堆笑道。

"外面客人太多，那就恕不奉陪了。"柳韵琴站起了身，又对着林卿卿说："卿卿，我在外面周旋着，恐怕没时间再回来招待你舅母了，你自己看着安置吧！"

见林卿卿点头应下，柳韵琴便往外走去，刚到了门口，又转过身来："等一下宴席开了，记得把事情安顿好，要是忙不过来，就让奶妈抱阿骊去前面。"

柳韵琴的话，让林卿卿心里泛起一阵苦涩。虽说心里明白她对自己出身的不满，可毕竟还是做了一家人，如今又有了黄卓骊，林卿卿原以为自己可以被这个家庭慢慢接受，然而今天，她再一次感受到了那条不可逾越的鸿沟。

林卿卿目送着柳韵琴离去，耳畔又传来舅母的声音："上次你新婚典礼，我与你舅舅只进了前厅，那雕梁画栋的，就已经把人看得眼花缭乱。今天到了你婆母这屋子里，可真叫见识了。"

舅母说话间，用手摸着玫瑰绒镂花的高厚沙发，又使劲踩了踩脚下绵软的堆花地毯，再四下环顾着一屋子的西式家具，心里啧啧称奇，嘴上越发停不下来。

"以前看他们从城里带回去的彩画，就想着怎么会有那么洋气的地方。现在依我瞧着，你婆婆屋里的摆件，可要比那些画上的高级十倍。"

"舅母，你先坐下来吧。"林卿卿踌躇一下，还是开口问道，"舅舅晓得你来这里吗？"

"晓得的，当然晓得的呀！"舅母笑道，"就是他要我来谢谢你与姑爷的。"

"谢我与鸿煊？"林卿卿一脸茫然。

"是呀，要不是你们出手相救，家里那点儿房子与地可都保不住了。"

林卿卿心下纳闷，可见舅母的样子似乎也不像在讲假话，想了一下，便问道："现在家里都还好吧？"

"好了，好了，阿栋一拿钱回去我就把房契、地契都赎回来了。"舅母完全没有察觉林卿卿的神情变化，继续说，"阿栋回来时候就说你生了孩子，我让刘妈算了一下日子，今天是整百天，就想着来看看，没料到你家竟然这样大的排场。"

黄鸿煊并未对林卿卿提及借钱给程栋的事情，此时听舅母这样讲话，她虽然还不清楚事情原委，心里却也猜到几分。

"刘嬷嬷和阿州伯都还好吧？"林卿卿不想再与她讲其他。

"刘妈年岁大了，早就做不动了，"舅母看了一眼林卿卿，见她一脸关切，忙又说，"要说是该让她走了，可我这个人心软，念着她伺候过你外婆，又带过你们几个，算了，就让她在家里吃点儿闲饭养老吧。"

"舅母，"林卿卿望着她，"刘嬷嬷跟着外婆几十年，请你善待她。"

"放心吧，我又不是那种薄情寡义的人。"舅母面不红心不跳，张口就答。

林卿卿听她这样虚伪，也懒得再去敷衍。

"这屋子的采光真好，这大冬天的，有太阳晒着，我只坐着一会子，竟然一身汗。"舅母自顾自道。

"这不光是太阳晒的，是屋子里有暖气管。"廖玉凤说着话就走了进来。

"三嫂，你来了。"林卿卿见她入内，起身迎了过去。

"我听说余杭的亲戚来了，就过来瞧瞧。"廖玉凤过来拉着她的手说。

"前面有这么多客人，三嫂还要帮着招待，不用专门再跑来的。"林卿卿说。

"瞧你说的，"廖玉凤拍了拍她的手，"今天是阿骊的大日子，余杭来的就是顶顶紧要的客人。"

"这位就是余杭的亲戚吧？"不等林卿卿介绍，廖玉凤已经走到了舅母面前。

舅母刚听到林卿卿唤她"三嫂"，又见她穿衣打扮皆在林卿卿之上，忽地想起新婚那天是由她和另一个珠光宝气的少妇接的婚车，便赔着笑道："这位可是三少奶奶？"

"哟，你认得我？"廖玉凤笑道。

"认得，认得！这样漂亮高贵的少奶奶，怎么能不认得？"舅母回答。

"卿卿，这位是余杭的什么亲戚？你不讲，我也不晓得如何称呼了。"廖玉凤问。

"是我舅母。"林卿卿答。

"哎呀，是舅母。"廖玉凤故作不知，"舅母来了怎么只在屋子里头坐着？前面大厅里已经开了戏，舅母要不要过去听听？"

"府上还开了戏？我最欢喜听戏了。"舅母一听，话也多起来，"以前到了年节，乡下总有戏班子来唱的。卿卿，你记不记得小辰光跟着你外婆搬了板凳去抢位子呀？"

"舅母，现在好戏还没上场，你先在屋里坐会儿，等下再说。"林卿卿不能不依柳韵琴的嘱咐。

"卿卿，你也真是，你舅母难得来一趟，她又欢喜听戏，做什么要拦着？"廖玉凤转头对着舅母，"亲家舅母，你要是想听戏，我带你去。"

"三嫂……"林卿卿只叫了她一声，却又不知道该怎么去阻拦。

"三嫂要听戏，你就自己去听吧，我还想与余杭的这位舅母聊几句呢！"许楁桐不知什么时候已经走到了屋门口。

第一百一十四章

廖玉凤前脚刚一离开，许楁桐跟着便关了小客厅的屋门，又让灵芝守在了门口。

舅母虽然不清楚许楁桐的来头，可依稀记得林卿卿新婚那天是由她做的女傧相，且多次被她恶狠狠地盯着看过。

此时见廖玉凤被她打发出去，又让人关了屋门，舅母忽地悬起心来。

"这位小姐，您……您是……是要做什么？"舅母结结巴巴地问道。

"你问我？"许梧桐冷哼一声，"不该是我来问你吗？你来这里到底想做什么？"

"我……我就是来给卿卿道喜的……"舅母赔着笑脸道。

"你不来害卿卿就是好的了，"许梧桐瞪着她，"你来给卿卿道喜？你这种人也配？"

舅母被她瞪得浑身不自在，却也不得不解释："这位小姐，您这是说哪里去了？我是卿卿的亲舅母，我当然是诚心诚意来给她道喜的呀。"

"亲舅母？你这样的亲舅母当真天下少见！"许梧桐走近她，"你对卿卿做过些什么，难道都忘了吗？"

舅母本以为自己曾经将林卿卿卖入掩香阁的事情不会有外人知道，可眼前这个小姐分明对这件事一清二楚。许梧桐话音刚落，她浑身一颤，打了个哆嗦："过去是我不好，我是个糊涂人，可是我们家境并不富裕，也是没有法子的事呀。"

"得了吧，你家还不至于穷到要卖孩子的地步！"许梧桐上前一把将她拉住，"你的良心是让狗吃了，才会做出来那样昧了良心的事！"

"您这是要做什么？"舅母甩开许梧桐的手就要跑。

许梧桐见她这个举动，心里更是恼火，伸了另一只手来把她抓住："你还有脸问我？你把卿卿卖到那样的地方，差点儿害了她一辈子！"

"这位小姐，我跟你无冤无仇，你看卿卿都没说什么，你又何苦这样对我？"舅母战战兢兢对她说。

"卿卿不说，只因为她心地太过善良。"许梧桐冷哼一声，"我可告诉你，我不是卿卿，没有那么好说话！"

"你放手，你要说什么就说，干吗拽着我？"舅母求救似的看了一眼林卿卿。

"卿卿，她今天这样跑来保不好就是想触你霉头，你可不要对她心软。"许梧桐转头看着林卿卿。

"梧桐，你犯不着跟她一般见识。"林卿卿走上前，拉下许梧桐的手，"好的、坏的，都已经是过往云烟，又何必再放在心里……"

"话是这样讲，可是卿卿，这种人，不值得被你原谅！"不等她讲完，许梧桐便打断她。

"舅母，"林卿卿转头看着舅母，不温不火，"我称你一声舅母，是因为你每年还去为外公、外婆上坟做祭。无论你曾经出于怎样的原因，做了就是做了，又何必再给自己找理由?我选择遗忘,不是因为我要当什么圣母,而是遗忘之后我自己不会再有痛苦。"

林卿卿的一席话,让舅母无言以对,她低下头,不再作声。"你听到卿卿讲的话了?"许梧桐沉着脸,两手叉了腰,"我不管你今天为了什么而来,总之从今往后,不要再让我看到你出现在卿卿周围。"

"还有,"许梧桐定定地望着她,"闭上你的嘴,要是哪天被我听到你在外面胡说八道,你看我怎么收拾你!"

舅母听她这样讲话,只觉得头皮发麻,一时间瞠目结舌,愣住了神。

"你赶快走,趁我现在还能忍得住不打你!"许梧桐揉了舅母一下。

"这……卿卿,我还没同亲家太太道别……"舅母回过神来。

"你少在这里给卿卿添堵了!我刚进门时候遇到姨母,才知道你来了,你以为有谁待见你似的?快走,快走!"许梧桐催促她。

"卿卿,那要不我就先走了?"舅母快快地看了一眼林卿卿,见她也毫无反应,只得又说,"那你代我谢一声姑爷,那三千块钱我也不晓得几时能还。"

林卿卿原本还猜测着黄鸿煊帮了她什么事,听她这样一讲,心里当下明白过来。

"刘嬷嬷与阿州伯年纪都大了,权当是我替他们给你的养老钱,请你日后善待他们。"林卿卿说。

舅母此行的目的无非就是能免去还这笔钱,此时听见林卿卿这样讲话,心里不禁一喜,早将刚才因许梧桐的呵斥而吓坏了的事情忘得一干二净。

她不再讲什么,拿起放在一旁的布包袱,将点心盘子里的西洋巧克力与水果糖统统倒了进去。许梧桐厌恶极了,喊了灵芝进来,将她带出去。

林卿卿望着她身后,不由得生了几分感慨。

"这种人,犯不着为她费神。"见林卿卿愣了神,许梧桐走近她说。

"我不是在想她……"林卿卿收了心神,"梧桐,每一次我遇上难处,总是你在我身边去帮我化解。"

"说什么傻话?"许梧桐拉她坐下,"今天你家这么多亲戚朋友,我是怕真跟她吵起来让你难堪。要是今天不把她轰走,保不准日后就又找上门来。不过鸿煊哥哥也是,有钱干什么不好,干吗要去帮这种人?"

"我不晓得余杭那边出了什么状况,但我明白他一定是为了不让我担心才会去帮他们。"林卿卿说。

"有的时候真羡慕你和鸿煊哥哥,可以彼此理解,站在对方的角度考虑问题。"

卿卿，你真的是个幸福的女人。"许梧桐感慨万端。

"是我运道好，遇到了你与鸿煊，都那样包容我，爱护我。"林卿卿望着许梧桐，由衷地说，"梧桐，在这个世界上，我可以不在意任何人的眼光，可是你与鸿煊是牵动着我喜怒哀乐的人。"

"卿卿，我又何尝不是？"许梧桐心里一暖，"对我而言，家瑶哥与你，缺一不可。"

"说到家瑶哥，他这次可有和你一道来？"林卿卿问道。

"来了，刚才被鸿煊哥哥叫走了。"许梧桐答。

"看见你们两个这样形影不离，我真替你开心。"林卿卿又说。

许梧桐却没有接她话的意思，浅浅一笑，便转了话题："卿卿，刚我进来的时候，三表嫂那个架势分明是要拉了那个坏女人去出你的洋相。依我看着，她就是个笑面虎。"

林卿卿本来没顾上细想，现在听许梧桐这样一讲，无须细琢磨，也明白她所言在理。

"梧桐，多亏你来解了围。"林卿卿很是感激。

"卿卿，姨母家这两个表嫂不是什么善类，以后遇到什么事不要憋在心里，要同鸿煊哥哥讲，同我讲，千万不要太纵容她们。"许梧桐嘱咐道。

第一百一十五章

冬去春来，夏尽秋至，转眼黄卓骊已经开始蹒跚学步了。

这日午后，林卿卿见阳光正好，便与奶妈以及兰萍几个人领了黄卓骊往花园里散步。刚入园子没几步，就瞧见王藜旻几个人也带着黄卓骁在园子里玩耍。

"五嫂，你也带了阿骁在这里。"林卿卿迎了上去。

"是呀，让孩子出来晒晒太阳，强健强健筋骨。"王藜旻笑着也走了过来，"阿骊，来让五妈抱抱。"

林卿卿时常会带黄卓骊与黄卓骁一道玩耍，因而黄卓骊与王藜旻也颇是亲近，这会儿听见她的声音，咿咿呀呀地便往她怀里蹭。

"阿骊现在越发重了，"林卿卿拦住了黄卓骊，"五嫂，你现在有了身孕，可不能再抱他。"

"不妨事的，我在屋子里还背着阿骁玩呢。"王藜旻说话间已经抱过了黄卓骊。

"母亲，我也要抱抱！"黄卓骁拉着她的裙子撒娇。

"一个一个来，母亲抱一会子阿骊，再抱我们阿骁。"王藜旻笑道。

"阿骁，要不要七婶抱抱？"林卿卿笑着走近前。

"嗯，我要七婶抱！"黄卓骁张开手臂扑了过来。

林卿卿抱起黄卓骁，与王藜旻一边说笑着，一边往园子里走去。桂园里此时绽放的是开花较早的金桂，一粒粒细小的金黄色花蕊中，散发出一阵阵沁人心脾的香气。

"桂花馥郁清无寐。觉身在，广寒宫里……"王藜旻放下黄卓骊，似乎被这四溢的花香陶醉了。

"向晓来，却是给孤园，乍惊见，黄金布地。"林卿卿笑着和道。

"卿卿，你也喜欢这首词？"王藜旻问。

林卿卿点了点头："我喜欢一切与桂花有关的事物。"

"难怪你生阿骊那天是在桂园里有了阵痛。"王藜旻说话间又示意梅江接过了黄卓骁，"让孩子们在这里跑着玩，你陪我往里面走走。"

"卿卿，你似乎对桂花与柚子情有独钟？"王藜旻边走边问。林卿卿扶着王藜旻："以前我家门后有一条小河，不知道哪个年月的人在河边种了一排桂花树，我只记得从有记忆的时候看它们，就是又粗又壮的了。"

"至于柚子，"林卿卿莞尔一笑，"小辰光是因为外婆家有棵柚树，到了柚子成熟的季节，外婆总会把最大的那个柚子让阿爹摘下来给我。"

"难怪鸿煊当初要去余杭买下那么几座柚园。"王藜旻笑道。见林卿卿笑而不语，王藜旻打趣她："幸亏你们两个在柚园里重逢了，不然我们家现在哪有这么可爱的阿骊？"

"阿骊要是以后能像阿骁这样聪慧就好了。"林卿卿说。

"还说呢，家里这么几个孩子就数阿骊最聪慧。"王藜旻笑道，"前几天鸿灿回来同我讲的，说他去父亲书房，碰到母亲正带着阿骊也在那里，阿骊竟然能叫出了'阿伯'，把鸿灿高兴得跟什么似的。"

"这孩子开口是早了些，可到现在路还是走不稳。"林卿卿说。

"还不满周岁呢，用不了多久，哪天说走稳就走稳了。"王藜旻安慰她。

"以后我要多跟五嫂讨教才是……"林卿卿话音未落，就看见秋霞向着自己跑了过来。

"七少奶奶，表小姐打来电话，请您去听。"秋霞边喘边说。听到是许楂桐打来电话，林卿卿便要同王藜旻告辞。恰好王藜旻也觉得身子有些乏累，就提出来与她一道回去。

见黄卓骁与黄卓骊玩兴正浓,两人又嘱咐了各自的奶妈与婢女,这才离开了桂园。

林卿卿在沙发上坐下,刚一拿起电话,就传来许梧桐的声音:"卿卿,是你吗?"

"是我,梧桐。"林卿卿回答。

"哎呀,你怎么这么久才来接电话?急死我了!"不等林卿卿解释,许梧桐又开了口,"卿卿,我有个好消息要告诉你!我怀孕了!"

"真的?"林卿卿激动起来,"梧桐,恭喜你呀,这真的是个天大的好消息!"

"嗯!我太开心了,卿卿!"许梧桐的声音里是抑制不住的欢乐,"我怕搞错,昨天专门去了租界的洋人医院,医生对我说,是真的怀孕了,已经快两个月了!"

近一年来许梧桐常常会来杭州小住,可每次都只带了司机与灵芝,龚家瑶鲜少陪同。林卿卿几次从侧面问她,都只说龚家瑶忙于复旦的学业,分身乏术。林卿卿也曾担忧过他们的夫妻生活,可眼见许梧桐每次来杭州都是兴致勃勃,又觉得自己是杞人忧天。

此时听到许梧桐怀孕的消息,林卿卿终于释怀,她相信时间真的改变了一切,许梧桐终于得到了想要的婚姻生活。

"卿卿,我也跟你一样要做母亲了!"许梧桐的声音打断了林卿卿的思绪。

"是呀,梧桐,要做母亲的人了,以后就要多当心,走路不要再风风火火。"林卿卿对她嘱咐。

"我们两个究竟谁是姐姐呀?你现在讲起话来,像我长辈似的。"许梧桐笑她。

"你是姐姐,你是姐姐……"林卿卿笑出了声,"好了,我的姐姐,宝宝都听着呢,他一定也希望他的母亲能平平安安生下他呀!"

"好吧,就依你,你到底比我有经验,以后我都听你的。"许梧桐说。

"嗯,从现在开始,你要注意自己的饮食起居,每天睡前再放一些舒缓的音乐,既能放松自己,以后宝宝再大一些也能听得到。"林卿卿又说。

"你从哪里听来的这些?宝宝在肚子里也能听到音乐?"许梧桐好奇地问。

"是五嫂对我讲的。所以我怀着阿骊的时候,常常会选一些轻柔的唱片来听。"

"好,这个不难,我等下就打发人去买唱片。"

"还有,梧桐,你每天晨起或者睡前,让家瑶哥对他讲讲话。五嫂说,这样能让宝宝有安全感,生出来之后不会总哭闹。"林卿卿接着嘱咐。

电话那头却没有了声响。"梧桐……"林卿卿唤了一声。

"哦,我在。"许梧桐应道。

"你没事吧?"林卿卿问。

"没事,刚线路不好,听不清楚。好了,好了,不跟你聊了,我要给我母亲打电话报个喜。"顿了一下,许梏桐又说,"卿卿,你刚刚交代的话,我都记下了。"

第一百一十六章

林卿卿心里惦记着黄卓骊,刚挂了电话便起身往花园走去,脚下的步伐也许快了些,不小心触到了客厅门口的一个花架,架子上的青瓷花瓶当的一声掉落在了地上。

林卿卿惊了一下,向后退了半步靠墙站着,正要喊人,就看见兰萍火急火燎地跑了进来:"七少奶奶,不好了,骊少爷摔伤了!""啊……阿骊怎么了?"林卿卿顾不得这一地碎瓷,拉着兰萍便往外跑。

"骊少爷同骁少爷本来在园子里玩得好好的,可是大少奶奶和三少奶奶她们也来了园子,骐少爷和骥少爷抢着要抱两位小少爷,我和梅江都阻拦了,可是大少奶奶说他们兄弟们难得一起玩耍……"兰萍边走边说。

"不用再说起因了,你只说阿骊现在怎么样了?在哪儿?"林卿卿打断了她。

"骊少爷好像摔到了头,一直在哭,已经送回咱们房里了。"兰萍回话。

兰萍的话让林卿卿越发加快了脚步,等她进屋的时候,已经赶在她前头到达的王藜旻正在为黄卓骊检查伤势。

"五嫂,阿骊怎么样?"林卿卿满眼焦急地问道。

"奶妈说摔到了头,我刚查了一下,有些肿起来了。"王藜旻抬起头看着她,"这个症状需要冰敷,家里没有,我已经让人去打井水了。"

"五嫂,要不要先擦点儿跌打油?"林卿卿抱起哭得泪天泪地的黄卓骊,问王藜旻。

王藜旻还没来得及答话,梅江已经提了一桶冰凉的井水进屋来。

"快,把毛巾放在水里浸透,再拧干了帮阿骊敷上。"王藜旻吩咐。

"等等!"王藜旻话音刚落,闻讯赶来的柳韵琴便制止道,"藜旻,阿骊这么小,怎么能用凉冰冰的井水敷在头上?"

"母亲,阿骊是摔伤造成的瘀肿,冰敷可以降低发炎的反应。"王藜旻解释。

"从古至今都是听说用热敷,怎么现在又说要冰敷?"柳韵琴将信将疑。

"母亲,中医上的那种做法并不有利于消肿止痛。"王藜旻心里着急,可也不得不对她讲清楚,"先期冰敷,两天之后再热敷。因为受伤的地方一定是有瘀血的,不管到时候还有没有肿着,皮下的瘀血都需要让身体吸收掉,而热敷可以加速血液循环,所以到那时候才可以去热敷。"

"你要不要再问问你父亲?"柳韵琴还是不能放心。

"母亲,这些应该是医疗常识,五嫂应该不会搞错。您看要不先给阿骊敷上凉毛巾吧?"林卿卿对王藜旻深信不疑,看着怀里的黄卓骊,虽然满心焦急,还是耐着性子征求柳韵琴的意见。

柳韵琴斜她一眼,将她手里的黄卓骊抱过来,这才让人用凉毛巾来为黄卓骊敷头。

黄卓骊离开母亲的怀抱,又被冰凉的毛巾敷着,哭得越发撕心裂肺。柳韵琴一口"阿骊"一声"乖孙"地哄着,直哭得累了乏了,黄卓骊才算安静下来。

林卿卿心乱如麻,可上上下下一屋子人,她不能去顶撞柳韵琴,只得在一旁悄悄落泪。

"说说,究竟怎么回事?"柳韵琴边拍着安静下来的黄卓骊,边抬头扫视着屋子里的每个人。

兰萍看了一眼林卿卿,见她满面泪痕,便壮了胆将园子里的事情一五一十道了出来。

"你说是阿骐抱着阿骊,阿骥抱着阿骁,他们两兄弟比赛谁跑得快?"柳韵琴问道。

"是的,太太,骐少爷跑得太快,就摔倒了。"兰萍回话。

"阿骐也不过十来岁的孩子,他说要抱阿骊,你们就让他抱?"柳韵琴瞪着一屋子的人,"你们这么些人,连个小孩子都看不住,要你们是为了杵在那里当摆设吗?"

"太太,我们……我们本来是阻止了的,可大少奶奶说不妨事……"兰萍低着头解释。

"说这些做什么?你们没看好,就是你们的责任,少在那里给自己寻些借口。我为阿骊积点儿德,今天不打你们,可是这罚,绝不能免。"柳韵琴转头对着随她一道来的尤嫂,"你去告诉黄福良,今天园子里在场的人,每人扣三个月的月钱。"

"母亲,这不关兰萍她们的事。"林卿卿擦了一下眼泪,走到近前。

"不关她们的事?"柳韵琴冷哼一声,"我正要问你,你一个做母亲的,不陪着孩子,跑到哪里去了?"

"是我的错……"林卿卿低下头,刚止住的眼泪又吧嗒吧嗒落了下来。

柳韵琴不耐烦地看了她一眼:"哭什么哭!阿骊才好了,你又在那里掉眼泪,

315

躁不躁气！我跟老爷把阿骊当宝似的疼着，你倒好，自己跑一边歇着，让孩子平白无故受了伤，你还有脸在这里哭？"

"母亲，是梧桐打来电话，卿卿也只是离开了一小会儿。"王藜旻开了腔。

柳韵琴听她这样讲话，蹙了眉："那是我冤枉了她？"

"母亲，我不是这个意思……"

林卿卿不想王藜旻因为自己而受了委屈，便抬起头："母亲，阿骊摔倒的时候我不在身边，是我这个做母亲的失职，您不管怎么责罚我，我都心甘情愿地接受。只是，请您责罚我一个人就好。"

"你这话的意思就是我不该罚她们了？"柳韵琴沉下脸，"都罚个遍，也解不了我这口气，更弥补不了阿骊受的伤。"

"最不希望阿骊受伤的人是我，他有任何闪失，我的心疼一点儿也不比您少。"林卿卿说。

"我是好脾气，纵容了你们，才惹了今天这样的祸。"柳韵琴冷哼一声，"阿骊今天没事就算，要真有什么不好，你们哪个今天也脱不了干系！"

"是，您说得对！"林卿卿不知哪来的勇气，"小孩子一起玩耍，磕磕碰碰在所难免，原本也不用追究是谁的过错。可要是真的计较起来，恐怕会牵扯更多的人。"

柳韵琴听她这样讲话，心里一怔，这才注意到肇事的黄卓骐母子并未在场。

"尤嫂，你去看看阿骐是不是也有哪里摔伤了。阿骊刚才哭成那个样子，玉梅她们难道听不到吗？"柳韵琴蹙了眉。

第一百一十七章

柳韵琴对佟玉梅与黄卓骐的训话不过寥寥几句，甚至根本称不上是"训"。林卿卿习以为常，她没有抱怨更没有妒恨，刚才讲出那样的话来，也无非是因为柳韵琴是非不分，而黄卓骐则是她的底线。可毕竟是孩童一起玩耍造成的过失，林卿卿不能再追究什么，只能提醒身边的人日后对黄卓骐再多留一份心。

黄鸿煊回到家的时候，一切早就恢复如常，林卿卿不愿给他心里添堵，白天发生的事情对他只字未提。柳韵琴饭桌上试探着黄鸿煊，见他一副毫不知情的样子，也宽下心来。这件事更不会传到黄廷承耳朵里，自然也就不了了之。

农历八月，黄卓骊就满了周岁。按照老辈的习俗，周岁当日要举行抓周礼，黄廷承让人备下几桌酒宴，邀请往来密切的亲朋前来观礼。

开宴之前，先由黄廷承亲自抱了黄卓骊前往小祠堂里祭拜祖先，祈福祝祷。而后由黄鸿煊接过黄卓骊，将他带到准备好的红龟、苹果、鸡腿、香米、大葱、芹菜与大蒜前。

黄福良在一旁充作司仪，高声道："脚踏红龟，骊少爷日后行事脚踏实地；吃一口鸡腿、苹果、香米，骊少爷日后吃穿不愁，平安喜乐，口齿留香；抱一抱大葱、芹菜、大蒜，骊少爷日后聪明勤劳，精打细算。"

黄廷承见黄卓骊每做一项都是有模有样，欢喜至极："好，阿骊定当平安健康，多福多寿。"

柳韵琴拉了他一下："他才多大一点儿，说什么'寿'？咱们阿骊日后平平安安，多福多金。"

黄廷承哈哈大笑："对，对，多福多金。"

柳韵琴笑道："好了，好了，这么多客人都等着看阿骊抓周呢。"

祠堂的供桌一旁已经铺好了一块红毯，上面摆了十八件代表各行各业的物品，取的是六的三倍数，寓意抓周的孩子一生六六大顺。

黄鸿煊将黄卓骊放在红毯上，林卿卿走到红毯的另一端，轻轻唤着他，引导着他往前爬。

黄卓骊忽闪着大眼睛，东看看西摸摸，几乎爬遍了所有的东西，最终在一包田土前面停了下来。

"阿骊，快往这边来。"黄廷承见他停在田土前，忙唤他。

黄卓骊抬头看看他，咿咿呀呀地哼唧着，并没有挪动的意思。黄廷承耐着性子，逗弄着，却也无济于事。

柳韵琴见一众宾客都在拭目以待，也围了过来："阿骊，快挑你喜欢的东西呀，你看，算盘，印章，毛笔，快去抓呀！"

黄卓骊就像认定了那包田土似的，任凭黄廷承夫妇如何引导，仍是无动于衷，只一心专注地拨弄那包田土。

"阿骊，你是不是喜欢玩泥巴呀，改天父亲带你去园子里玩好不好？"黄鸿煊见黄廷承脸上笑容僵硬起来，便凑近前哄道。

"鸿煊，你这个儿子当真有点儿意思，这么多东西，他偏偏选了这包田土。"廖玉凤的父亲廖昌明笑道。

"世伯，阿骊平常没玩过泥巴，也许是一时觉得新奇有趣。"黄鸿煊答道。

"我记得阿骥当年抓的是块印章吧？阿骐抓的什么我倒是忘记了，只记得大家伙都在夸他将来要子承父业。"廖昌明又说。

317

"是呀，昌明老弟的记性可真好。"佟玉梅的父亲佟文道笑着接过话去，"阿骐当时抓了一把钱币，我记得廷承就说阿骐日后必定擅于理财，长大了能给鸿烨当左膀右臂。"

"那还用说吗，阿骐本来就是廷承的长房长孙，日后还不得靠他扛起这偌大的家业呀！"

"廷承儿孙满堂，个个都是家里的好帮手。"佟文道话虽如此，心下却是受用。

"快看，阿骊去那边了。"顺着柳韵琴手指的方向，只见黄卓骊丢下了那包田土，又向着不远处的一本书爬去。林卿卿望着黄卓骊，她的心跳也加快起来。

黄卓骊到了那本书的前面，一手就将书拉过来抱在怀里。黄廷承看着他这个样子，心里刚松一口气，就看到黄卓骊一掉头，又到了那包田土前。

"阿骊，快，把书递给祖父。"黄廷承满眼期待，向黄卓骊伸出了双手。

黄卓骊似乎听懂了他的话，晃晃悠悠向黄廷承走去，只不几步，又忽地坐了下来。

"阿骊，来呀，快来你祖父这里，快把书给你祖父。"柳韵琴也唤他。

"阿骊，乖，把你喜欢的东西拿给祖父。"林卿卿柔声对他说。

黄卓骊听到林卿卿的声音，抬头看着她，见她对着自己招手，抓起脚下的那包田土，一手书一手土地爬了过去。

"阿骊，你这是要把哪样东西给祖父哇？"黄廷承俯下身问道。

黄卓骊咿咿呀呀，一左一右两只手同时将书与田土递给了黄廷承。

"这……"黄廷承一时不知做何解释。

柳韵琴轻声问道："阿骊这是要把这两样都给你祖父吗？"黄卓骊并不答她，只晃晃悠悠地向林卿卿走去。

"都说'万般皆下品，唯有读书高'，看来咱们家阿骊将来是要做大学问的。"柳韵琴见黄廷承不出声，便圆话道。

"你们家当真全了，有掌钱经商的阿骐，有握印做官的阿骥，还有拿刀行武的阿骁，现在又有了捧书做学问的阿骊，当真是圆圆满满哪！"王藜旻的父亲王仲怀笑道。

"王博士，阿骊还拿了一包田土呢，这做何解释呀？"廖昌明问道。

抓周的物品包罗几个大行业，先人以农耕为生活来源，抓了田土就是寓意日后务农。黄廷承万贯家业，自然不希望儿孙在抓周礼上拿了这样的东西。

"廷承兄家大业大，不但商馆生意兴隆，更有农庄良田万顷。阿骊抓了田土，应该表示他家有田地的意思吧。"王仲怀解释。

"小儿抓周似乎只是寓意自身未来……"佟文道接口。

这一年来，黄廷承对黄卓骊的偏宠几乎人尽皆知。林卿卿听他们言来语去，无非是笑话黄卓骊抓了田土，用意明眼可见。

即便内心毫不在意黄卓骊去拿了那包田土，可林卿卿知道，黄廷承此时不单单期望着孙子的未来，更因为有这一屋子的亲眷在场，他不能失了颜面。

趁众人七嘴八舌地议论着，林卿卿靠近黄鸿煊，悄声对着他耳语几句。

"世伯，我们家祖上靠读书博取功名，凭着祖辈与父辈的辛劳，如今才能坐拥良田广厦。这书与田，恰似我家几代人走过的路。"黄鸿煊笑着走到黄廷承身边。

第一百一十八章

黄鸿煊的话让黄廷承原本暗沉的脸上瞬间又有了笑容。

"诸位，阿骊这孩子，与家父甚有渊源，他抓了这两样东西，的确如鸿煊所讲，应了我们黄家这几代人的经历。"黄廷承朗声笑道。

"廷承，阿骊既然抓好了周，就请大家往前面开宴吧？"柳韵琴笑着接过话。

黄廷承笑着应下，便抱过黄卓骊，领了众人往前面走去。

餐厅里加了两张大圆桌，每张桌上都整整齐齐地摆放着精致的餐具。每个前来观礼的宾客姓名用一张红纸写好压在餐盘之下，以便对名入座。

瓜子花生酒水以及八盘冷碟已经在桌上摆好。黄廷承领了众人入内，将黄卓骊交给奶妈之后，说了声"请入座"，来宾们便按照各自姓名找了座位，很快坐定开席。

最中间的桌子坐的是黄廷承夫妇与黄家的几对姻亲夫妇，以及黄鸿烨、黄鸿灿与黄鸿煊兄弟三人，另外则分别男眷与女眷各成一桌。

黄卓骊的诞生，让他这四个儿子都有了血脉的延续，黄廷承看着眼前的这些儿孙，心里不由得多了份快活。相由心生，他举起酒杯，环视满屋子笑脸盈盈的人，脸上浮现出满足的笑意。

"祖上荫庇，我黄家才有如今这样儿孙满堂的日子。借着阿骊抓周礼，承蒙各位亲友厚爱，来寒舍小聚。在座的都是我黄家的至亲好友，所以大家无须拘礼，今天敞开了喝酒，咱们不醉不归！"

他的话，让席间的宾客都活跃起来。

黄廷承刚喝下一口酒，身后等着伺候的家仆便又为他重新斟满。姻亲们把酒言欢，儿婿又过来祝酒，不多时，他竟有了几分醺然。

"廷承，今天你这个主人翁要多喝几杯。"廖昌明端着杯子又来敬他。

"我已经上了头，不敢再喝了，再喝下去就是醉酒了。"黄廷承摆了摆手，"昌明兄，你是海量，今天你替我多喝几杯。"

"欸，今天是高兴的日子，喝多几杯又有何妨？"廖昌明举起酒杯，站起了身。

"世伯，我父亲不胜酒力，不如我代他敬您一杯。"黄鸿烨站了起来。

"哈哈，鸿烨，你是你父亲最得力的大将，"廖昌明拍了拍他肩膀，"好，你说代你父亲喝，就让你代。"

黄鸿烨笑着接过他递来的杯子，仰起脖子，一饮而尽。

"好！你果然是比你父亲能喝，"廖昌明也一口喝尽，"虎父无犬子，鸿烨，好样的！"

"孩子们是青出于蓝而胜于蓝。"黄廷承一脸笑意，"日后咱们都要让贤，那是他们的天下。"

"是，是，慢慢交给他们，咱们老哥几个就听戏打牌，云游四海，逍遥自在了。"佟文道也笑道。

"来，为了我们都后继有人，咱们老哥几个再干一杯！"廖昌明提议。

"好，来，干杯！"黄廷承站起身。

他这一站起来，旁边桌上的人也都跟着放下手里杯筷，将目光集中在他的脸上。

"儿孙绕膝，兰桂腾芳。"黄廷承一脸得意地笑着，"来，为了子子孙孙，干！"

黄廷承喝下一大口酒，刚要落座，抬眼瞧见了在餐厅门前来回踱步的黄鸿烨的秘书胡元文。

"胡秘书，你在那里做什么？"黄廷承大声问道。

宴席上的人听到他的话，都齐刷刷看向门口，桌上的声音静了下来。

胡元文听见问话，忙答道："老爷，我来找大少爷。"

黄廷承问："有什么至关紧要的事，还要跑到家里来汇报？"

胡元文犹豫着，低下了头。

"父亲，大概是商馆有什么急务，我过去问问。"黄鸿烨站起身。

"明知道今天家里宴客，还找上门来。"黄廷承一脸不悦。

"父亲，下面人也是做事负责，您和几位世伯先喝着，我去去就回。"黄鸿烨道。

黄廷承听他这样讲话，微微蹙眉，便摆了摆手。"来来来，我们继续！"黄廷承指了指酒杯，坐了下来。于是满座又欢声笑语，喝起酒来。

黄鸿煊见黄鸿烨离席许久不曾回来，心里惦记着，借口如厕，便往外面走了出来。

"大哥，出了什么事？"黄鸿煊在偏厅找到了一脸沮丧的黄鸿烨。

"老七，你怎么出来了？是父亲让你来寻我的？"黄鸿烨有些紧张地问道。

"父亲不晓得我来寻你。"黄鸿煊走近，"大哥，是不是商馆有什么事？"

"老七，一时半会儿同你讲不清楚，你就不要问了。"

"大哥，虽然我不太懂生意上的事情，可真要是商馆有什么事情，你讲出来我们一起商量，总好过你一个人扛着。"黄鸿煊满眼真诚。

"不是我要瞒着你，只是同你讲了你也不能明白。"

"大哥，你不想说，我也不问了。"黄鸿煊犹豫一下，"对商馆没有什么大的影响吧？"

"这……没事，你别多想了。"黄鸿烨低头叹了口气，拍了拍他的肩膀，"我要马上去趟上海，你先不要对父亲讲。"

黄鸿煊看他的神情，更加担忧起来："大哥，你每趟出门都要知会父亲，今天家里这么多客人，你要是不声不响地走了，父亲那里恐怕很难交代。"

黄鸿烨摩挲着双手，皱了双眉来回踱步。

"老七，这样，"片刻之后，黄鸿烨停下脚步，"你只当不知道我去了哪儿，安心先回宴席上。父亲那里，等我回来再去告罪。"

也不等黄鸿煊再答话，黄鸿烨对着胡元文吩咐："去让小李把车开到侧门，我从那里上车。"

"你这是要去哪儿？"黄廷承人随声至，他身后还跟着同席的几个姻亲。

"父亲。"黄鸿烨与黄鸿煊异口同声道。

黄廷承原本因为酒意而涨红的脸上添了几分怒意："你们两个，一个是家里的顶梁柱，一个是今天宴会的主家，扔下一桌子长辈，还有没有把我这个父亲放在眼里？"

"父亲，是我不好，我……"黄鸿煊忙试图解释。

"现在我问他。"黄廷承盯着黄鸿烨，"你这是要去哪儿？"

"父亲，我……我出趟门……"黄鸿烨低下头。

"出趟门？出趟门可以不同席上的诸位长辈道个别？当着你岳丈的面，你叫我怎么说你？"黄廷承似乎因为醉意，全然忘记了事关商馆。

"父亲……"黄鸿烨硬着头皮，"我去趟上海，分公司那边有点儿状况，我去

321

看看。"

黄鸿烨的话，让黄廷承醉意忽地醒了一半。"鸿烨，出了什么事？"

第一百一十九回

黄鸿烨因为香凝，挪用了商馆大笔的资金。许宥利得知他账上亏空，便怂恿着让他去上海做互炒股票的投机交易。原本他观望着踌躇不前，后来见证券市场股票疯涨，加上许宥利从旁撺掇，禁不住诱惑，便调动了商馆资金投入行动。

初尝了成倍收益的甜头之后，黄鸿烨便将商馆大量的资金调往上海，除去买入股票之外，还从日本银行借贷，成立了信托公司，专门运作投机买卖股票。

近期因为外商银行与几大钱庄突然收紧了银根，借款投机股票者资金运转不灵，导致了证券价格暴跌。刚刚胡元文来向黄鸿烨汇报的，就是上海方面最新传来的消息，他们持有的股票已经跌破底价，且那间合作经营的信托公司即将宣布倒闭。

黄廷承做梦也没有想到，黄鸿烨竟然背着自己在上海参与了证券交易。

"你，你这个逆子！"黄廷承恨得咬牙切齿。

"廷承，你消消气，"毕竟自己女婿，佟文道忙打圆场，"我虽然不懂股票这东西，但是也听说过它有涨有落，也许过去这几天的风头，又恢复如常了。"

"做这样大的举动，同我连一声招呼都不打，他就是个败家子呀！"黄廷承指着黄鸿烨恨恨地说。

黄鸿煊看了一眼低着头一言不发的黄鸿烨，忙走上前劝道："父亲，您别气坏了身体。大哥纵然有错，可他初衷也一定是为了咱们家商馆能多获些利。"

"你不要再帮他说话！"黄廷承满面通红，转头定定地看着黄鸿烨，"你别在这里给我丢人现眼，还杵在这里做什么？滚，现在赶快滚到上海去给我善后！"

黄鸿烨本来已经心急火燎，现在听到父亲松口发了话，急忙应下，顾不得跟一屋子人再打招呼，转身跑了出去。

"廷承，你宽宽心，你家大业大，了不起损失点儿钱财，不至于动这么大的气。"佟文道劝解道。

即便黄鸿烨已经走远，可黄廷承依然不能消气："这份家业是祖上传下来的，他要是敢给我败了，我一定饶不了……"

黄廷承话还没讲完，身子晃了一下，就向一边倒去。黄鸿煊离他最近，一个箭步冲过去将他扶在自己怀里。只见他手捂着胸口，大口喘着粗气，额头上已经开始渗汗。

黄廷承这一倒下，偏厅里的人都吓得不知所措。幸好王仲怀也在一旁，见他这个模样，心里说了声"不好"，连忙抢上前对黄鸿煊说："快，扶你父亲躺下！"

"廷承兄，你是否能听到我讲话？怎么样，是不是心脏难受？"王仲怀边问边迅速把他的衣袖撸起，又对着另一边的黄鸿煊吩咐："鸿煊，快，跟着我自下往上推天河水。"

黄廷承哼唧着，嘴里却发不出清楚的声音，只直盯盯望着王仲怀，似乎是在向他表达自己的难受。

"世伯，我父亲，我父亲他怎么了？"黄鸿煊一脸焦急地问道。

"好像是心肌梗死。"王仲怀边说边翻看黄廷承的眼皮，"快，叫人准备车子，要马上送你父亲去我诊所。"

跟着黄廷承来偏厅的黄福良倒是手疾眼快，听到王仲怀的话，马上跑去叫司机备车。这边黄鸿煊也极力镇定着，打发人去向柳韵琴报了信。

宴席上的儿女宾客见柳韵琴急匆匆跑出餐厅，也都跟着赶了过来，片刻，偏厅里便被围得水泄不通。

柳韵琴扑倒在黄廷承身边，拉住他的手："廷承，你怎么样？哪里不舒服？廷承，你不要吓我，快看看我。"

"嫂夫人，你不要再同他讲话，廷承兄需要安静。"王仲怀劝道。

"岳丈，我父亲什么情况？"黄鸿灿说话间已经冲了过去，搭上黄廷承的脉，"父亲是不是心肌梗死？"

王仲怀默默点头，抬眼瞧着这一屋子的老老少少，便皱了眉："大家都散了吧，廷承兄可能因为喝了酒，加上急火攻心，才发了急症。他已经不舒服，你们要是都围在这里，空气更加不好，对他身体有害无益。"

宾客们听到王仲怀的话，见主家这种情况，不等柳韵琴与黄鸿煊再起来送客，各自都不出声地离开了。

黄福良让人找了一副担架，又带着几个精壮的家仆将黄廷承抬到了车上。同车前往诊所的还有王仲怀与黄鸿灿两人，其余的人分别乘了自己的车子紧随其后。

王仲怀一进诊所，马上嘱咐护士为黄廷承插上呼吸机，自己边脱外衣边跟着往病房里去。

柳韵琴下了车，便由黄鸿煊扶着跌跌撞撞跑进诊所。她一进门，就拉住正要进病房的黄鸿灿："鸿灿，你们一定要保住你父亲哪……"

"母亲，您放心，我和岳丈一定会尽全力。"黄鸿灿对着她郑重地点了一下头。

"鸿煊……"柳韵琴望着黄鸿灿的背影，已经泪眼婆娑，"你父亲要是有个三长两短，我可怎么活呀……"

"母亲，有王伯父同五哥在，父亲不会有事的。"黄鸿煊宽慰她。

"怎么样？父亲怎么样？"黄芳蕙后一步进诊所，拉住黄鸿煊急声问道。

黄鸿煊只将刚才黄廷承发病的经过略微对她讲了一下，也不再出声。随后赶到的几个儿媳与女儿女婿见柳韵琴歪在黄鸿煊身上落泪，刚想上去劝慰，便被黄芳蕙摆手制止。长廊里虽挤了乌压压一群人，却因为都缄默着，一时间针落有声。

林卿卿刚才听到公爹出了事，匆匆搭了黄芳茵夫妇的车子也跟着到了诊所。看着眼前的这个阵势，只觉得心跳也跟着加快起来。佟玉梅隐约听说了黄廷承发病的起因，有些忍不住想要上前去打听，却被廖玉凤一把拉住，她只得翘首盼望，心里更是急上加急。

过了好半天，终于听到病房的门嘎吱一声打开，黄鸿灿走了出来。

不等黄鸿煊扶起她，柳韵琴已经腾地一下站了起来："鸿灿，你父亲现在怎么样了？"

"母亲，岳丈刚刚帮父亲施行了手术，现在正在做最后一步处理。"黄鸿灿摘下口罩，"让他好好睡一觉，只要情绪稳定下来，问题就不大了。"

第一百二十章

黄家商馆的生意涉及范围之广泛，包括金融、矿产、航运、棉纱以及粮油。黄鸿烨因初期获利丰厚，便将商馆旗下的各个行业统统装入信托公司，而后进行股市交易。

黄鸿烨赶到上海的时候，分公司里已经乱作一团。

分公司主事的秦掌柜看见他进门，忙迎了上去："大少爷，您可算来了。"

"秦掌柜，你快说说，究竟怎么回事？"

将黄鸿烨让到沙发上坐定，秦掌柜反手关了办公室的门，这才开口："您晓得的，咱们商馆的股票从挂出去那天就被居为奇货，抬了至少三四倍之多。可这些日子银根一收紧，出现大量的抛盘。起初那几天我看陆经理按您之前交代的，一旦遇上波动，就自己往回买进，可近两天沪上指数狂跌不止，咱们账上没钱了……"

不等他讲完，黄鸿烨便打断道："你怎么不去找银行借贷？我上一趟来的时候，带着你们见了日本银行的山崎总经理，他答应过有任何问题都可以去寻他帮忙。"

"找了，大少爷，"秦掌柜一脸无奈，"可是日本银行那边说借贷炒股的人太多，银行资金也出现了缺口。"

黄鸿烨皱了双眉，又问道："你有没有去找宥利？他跟日本银行方面相当熟络的。"

"找了，大少爷，"秦掌柜轻叹了一口气，"我去找了两趟，表少爷根本不在他办公室，去了公馆，公馆里的人只说出去了，也不晓得几时能回来。"

"那就不要在日本银行一家抱死！"黄鸿烨面露愠色，"找美国人，法国人，有这么几间大银行，以咱们商馆的名号去借贷，我就不信贷不出来！"

"大少爷，去了，拿着您的片子和印信去的，都没用啊，"秦掌柜摇了摇头，"现在全上海的银行都没有钱可以借贷，连着这些日子陆陆续续已经几十家交易所倒闭了。"

"混账！"黄鸿烨终于将怒气发泄出来，"既然已经陆陆续续倒了这么几家，你竟然拖到现在才来同我讲？秦掌柜，你是商馆的老人，负责上海这一摊子也有些年头了，现在出了天大的差错，枉我那样信任你！"

"大少爷……您……"秦掌柜低下头，踌躇一下，才说，"您当初聘请了陆经理，说要他全权负责信托公司的事情，不要我插手……"

"对，"黄鸿烨恍然想起，"陆毅然去了哪里？他怎么不来见我？"

"我就是发现出了问题，去找他，可就是找不到人，这才打电话给胡秘书的。"秦掌柜说。

"去，快把信托公司的账拿来给我！"黄鸿烨已经白了脸色。

当初黄鸿烨将自家商馆的部分资产做了抵押，从日本银行贷款，在法租界向法国领事馆注册了这家信托公司，并且在许宥利的推荐下找了陆毅然来做证券经理。为了方便起见，他又写了委托授权书给陆毅然，让他可以全权处理公司的业务。

眼前的账簿，让黄鸿烨彻底乱了方寸。他跌坐在沙发上，一脸茫然。

"去，找宥利，"良久之后，黄鸿烨开了口，"务必要找到他！"

"大少爷……这……"秦掌柜一脸为难。

"他的衙门办公室，总不可能一直不去，你就去那里等着！"

秦掌柜听他这样吩咐，也没有其他办法，就壮了胆子准备往日本商会去。

"等等，"黄鸿烨又叫住他，"我亲自去。"

日本商会门岗上值班的原先得过黄鸿烨不少好处，见他亲自前来，也却情不过，只说请他稍候，打电话过去问问。

325

大概过了一个小时，许宥利的秘书金川才跑了过来："黄大爷，劳您久候了，我们参赞刚刚送走了客人，现在请您过去。"

"鸿烨，你怎么亲自来了？有什么事，让底下人来寻我就行了。"许宥利将黄鸿烨迎了进去。

"你许大参赞公务繁忙，我要是不亲自来，恐怕他们是无缘得见的。"黄鸿烨瓮声道。

"瞧你说的，"许宥利装作不知，"上海分公司的人找我办事，我几时把他们搁在那里过？"

"信托公司出了这样大的事，你许参赞能不晓得？"黄鸿烨冷哼一声，又说，"公司资金周转不灵，陆毅然不见了踪影，我要是再不来寻你许参赞，恐怕你依旧能不闻不问！"

"鸿烨，你这话几个意思？"许宥利在他对面坐定，"莫说我们是姨表兄弟，只说你那个信托公司，我也有份入股，难不成我要搬起石头砸自己的脚？

"我这些日子因为商会的事情忙到焦头烂额，信托公司的事情也是刚刚才听说。"许宥利看他一眼，见他黑沉着脸，继续说，"你要是不来找我，我等下也预备着去给你打电话。"

"好，就算你刚晓得，既然这样，我就开门见山了。"黄鸿烨定定地望着他，"现在信托公司这边急需资金周转，你既然是日本商会的参赞，那就请你帮忙跟日本银行方面疏通，让他们同意借贷。"

"不是我不帮，这件事现在着实棘手，"许宥利一脸为难，"上海的证券市场突然出现混乱，被人大肆炒作，哄抬了价格，出现大量的泡沫。前些日子由花旗银行牵头，几家外国的大银行一致达成协议，为了防止过度的通货膨胀，他们终止了一切对华的贷款。"

"你既然前些日子就晓得了，为什么不早点儿通知我？"黄鸿烨质问道。

"我问过陆毅然，他说咱们信托公司账上的资金足以应对这次股市风险。他既然这么说，我想当然地以为账上资金充足，又何必再去烦你？"许宥利答道。

"陆毅然？一个寻不着踪迹的人。"黄鸿烨冷笑起来，"许参赞，我现在算是明白了，这一切，都是你给我下的套！"

"瞧瞧，你这话怎么说的？我以后还要不要再见姨母？"

"你还会在乎我母亲吗？"黄鸿烨站起身，"从头至尾你都是设计好的！"

"我可从来没有逼你做过什么，是你黄大老板自己想要获利丰厚。现在出了问题，怎么反过来怨我？"许宥利反问。

"是，我贪心，"黄鸿烨攥紧了拳头，"我自作自受！"

"不过就是损失点儿钱财，你黄家财大气粗，这点儿东西还值得让你动气吗？"

"你……"黄鸿烨话未出口，金秘书便敲门走了进来："许参赞，北洋政府农商部有人来找黄大爷。"

"农商部的人？他们来做什么？"许宥利问。

"说是请黄大爷协助调查扰乱股票市场的事情。"金秘书回答。

第一百二十一章

看见黄廷承醒来，满屋子的儿孙便齐刷刷地围了上去。

"廷承，你可算醒了。"柳韵琴拉着他的手，悲喜交加。

黄廷承躺在病床上，脸上的血色还未尽数恢复，他微微张开眼睛，缓慢扫视着众人。

"上海那边有什么消息没有？"黄廷承的声音依然虚弱。

"父亲，您安心养病。大哥会处理好的，您放心。"黄鸿煊走到近前。

"廷承，你不要再操心商馆的事了。"柳韵琴边抚摸他的手边说，"只要你身体健康，其他一切都是身外之物。"

"是呀，父亲，什么都比不得您身体要紧。"黄芳蕙也走上前。

黄廷承虽说刚恢复神志，可也知道妻儿为自己担忧，只嚅动了一下嘴唇，终究是没有把要讲的话再讲出来。

正这时，王仲怀与黄鸿灿翁婿两人走了进来。

"仲怀，快来看看，廷承醒了。"柳韵琴忙对着王仲怀招呼道。

王仲怀一边将脖子上的听诊器挂上，一边来到了床前。他轻轻掀开黄廷承的上衣，仔仔细细听了一遍，这才对着柳韵琴点了点头："嫂夫人，放宽心，廷承兄基本算是稳定下来了。"

"仲怀，有你这句话，我自然是放心的。"柳韵琴想了想，又问道，"这里毕竟不似家中方便，不晓得能不能接他回去。"

王仲怀看了一眼病床上的黄廷承，转头对柳韵琴说："嫂夫人，这几天先别急着让廷承兄回家，就在这里养两天，等大安了，再回去。"

"母亲，这里有世伯和五哥在，就让父亲在诊所安心休养吧。"黄鸿煊也劝道。

柳韵琴听他们这样讲话，便点了点头，算是应下。

"鸿灿，你父亲既然已经醒了过来，就让大家安心回去吧。"王仲怀说话间对着黄鸿灿兄弟两个轻轻招了一下手。

黄鸿煊心里一怔，看了一眼黄鸿灿，见他对着自己点头示意，忙跟着一路到了病房外的过道上。

"世伯，是父亲身体还有其他状况吗？"黄鸿煊有些紧张。

"你父亲现在并非真正脱离危险，"王仲怀拍了拍他的肩膀，"刚才当着这么些人，我也不方便明说，你大哥现在去了上海，只有你们兄弟两个在你父亲跟前，所以我要跟你们嘱咐清楚。这段时间我要让他留在诊所观察，这个病若处理不好，隐患极大。"

"世伯，您的意思……"黄鸿煊的心忽地被揪了起来，"我父亲他……他……"

"鸿煊，没事，没事……"黄鸿灿见他这个神情，忙过来揽在他肩上。

"我只是想把最严重的后果告诉你们。这个病一旦复发，危及生命！所以，切记切记不可再让你们父亲劳心费神。"王仲怀郑重嘱咐。

黄鸿煊到底年轻，加上也比不得黄鸿灿身为医生见惯生老病死，此时听到王仲怀的话，除去原本的着急担忧之外，免不得多生了一份悲切。

"鸿煊，我们现在能做的，就是陪护好父亲，不要让闲杂的事情再让他老人家费心神。"黄鸿灿对他说。

"五哥，我晓得。"黄鸿煊生生将眼眶内打转的泪水忍住，"今天开始，我们两个来轮流守护父亲吧。"

"好，大哥和三哥不在家，这是我和你应分的事。"

"还有我，"黄芳蕙说话间已经走到他们身边，"这个时候，还分什么男女？我们都是父亲的儿女，出了这样的事情，大家一起来照顾。"

"芳蕙，眼前你们兄弟姊妹里你年纪最长，做事情又得体周到，你来招呼着，也好！"王仲怀赞同。

"世伯，我们这些做儿女的也只能照顾父亲饮食起居，医疗方面的事，还要劳您多费心。"黄芳蕙对王仲怀说。

"你们放心，莫说我们是儿女亲家，只凭医者之心，我也定当竭尽全力。"王仲怀应道。

安排好黄廷承在诊所的一应事宜，黄鸿煊拖着疲惫的身体走进家门的时候，已经深夜时分。

"鸿煊，黄管家说你大半天滴水未进，我给你煨了海参小米粥，你要不要现在吃一点儿？"林卿卿柔声问道。

"好，让兰萍去盛给我。"黄鸿煊看着眼里充满担忧的妻子，将原本想要拒绝的话咽了下去，"阿骊睡了吗？"

"嗯，老早就跟奶妈回房睡了。"林卿卿望着他，"我从诊所回来的时候，他还咿咿呀呀地在找你。"

"阿骊喜欢同我在一起，他真不像我小时候……"黄鸿煊似乎陷入回忆里，"从我有记忆的时候起，我的印象里父亲终日板着面孔，各种家规家训挂在口上，我们兄弟几个敬他畏他，却没一个愿意跟着他。现在，他躺在了病床上，我才发现自己心里是有多么渴望与他亲近……"黄鸿煊眼内有了泪花。

"鸿煊，"林卿卿走近他，轻轻抚摸着他的脸庞，"父亲既然扛过了最危险的这一关，慢慢调理些日子就会康复的。"

黄鸿煊长长地叹了一口气："卿卿，以前你总是劝我多陪伴父母，可我觉得他们就在一个屋檐之下，朝暮可见，又何必多此一举……"

"鸿煊，来日方长，以后好好弥补曾经的遗憾。"林卿卿宽慰道。

"嗯。"黄鸿煊轻轻将她揽进了怀里。

兰萍端着盘子正要入内，瞧见屋里这一幕，悄悄向外退去。"兰萍，七少爷睡下了吗？"黄福良走了过来，轻声问道。

"没呢，只是……"兰萍摇了摇头，向内努了努嘴。

"哦，"黄福良犹豫一下，"我有点儿急事，你去帮我通报一声。"黄福良做事向来知道分寸，兰萍听他这样讲话，抬起头，仔细看了他一眼，见他似乎面有急色，也不敢再怠慢，忙敲了敲门，走进屋去。

黄鸿煊听兰萍来报，披上一件外衣，边走边问："黄管家，出了什么事？你快进来！"

黄福良被兰萍引进了屋，向他们夫妻两个问了好，便开口道："七少爷，胡秘书从上海打来电话……大少爷……大少爷让农商部的人给带走了……"

第一百二十二章

这一夜对黄鸿煊而言，艰辛且漫长。书房里，他喝下一口酽茶，呆呆地向窗外望着。

这个家，一直由黄廷承与黄鸿烨两人掌舵，可如今他们两个，一个躺在病床上情况堪忧，另一个则被带走调查毫无音讯。更有上海方面面临的情况，倘若处理不善，非但黄鸿烨会有牢狱之灾，便是这个家，也很难再支撑下去。

商馆与府里上上下下几百号人，加上黄家祖孙三代，全赖黄氏商馆生存着。倘若这个商馆当真因此倒了，那眼前的一切都将不复存在。

黄鸿煊真正意识到了事情的严重性，他极力让自己冷静下来，他需要努力地挽救这一切。

思绪万千之时，身后传来轻轻的脚步声，黄鸿煊转过身："卿卿，这么晚了，你怎么来了？"

林卿卿走过去，在他身边坐下："我也睡不着，干脆过来陪陪你。"

黄鸿煊知道刚才那句话问了也是多余，黄福良当着他们夫妻的面讲了上海的事情，自己又大半夜跑来了书房，林卿卿这一宿肯定也是睡不成的。

看着满眼忧色的妻子，黄鸿煊情不自禁开口："对不起，卿卿……"

"鸿煊，我们是夫妻，本该同舟共济，"林卿卿打断他，"家里出了这样大的事情，五哥在医院陪护父亲，母亲那里你又不愿去讲，我不能让你一个人在这里承受着这份压力。"

林卿卿这几句话，触动了黄鸿煊满腹的心事，他不由得落下泪来。

"我从小被父母兄长照顾，现在家里出了事，才发现我这些年除去读书，竟然一无是处。"

"鸿煊，你不要妄自菲薄。无论父母兄姊，还是我与阿骊，都因为有你这样满腹经纶的亲人而感到骄傲。"林卿卿望着他，"你在经商的领域上虽说是羽翼未丰的新人，可你善于思考，做事沉稳。现在既然担子落在了你的身上，那就把它扛起来，真的遇上难事，我们同二姐、五哥他们一道商量，没有什么是过不去的坎。"

"卿卿，"黄鸿煊对着她点了点头，"为了咱们这个家，为了你，为了阿骊，你放心，我一定会扛起来这份担子。"

"鸿煊，我信你！"林卿卿的目光，坚定而又温暖。

"我长这么大，做的最正确的事，莫过于娶了你……"黄鸿煊擦了一把泪，对她说。

"愿得一心人，白首不相离！鸿煊，同甘苦共患难是夫妻之间最基本的情谊。"林卿卿拉过他的手贴在脸上，"谢谢你给了我一个家，更谢谢你这样来爱我……"

正讲到这里，忽听到窗外有人轻声叫道："鸿煊，你在里面吗？"

耳熟的声音，让黄鸿煊一愣，他掀开帘子一角向窗外看了一眼，果然是二姨太张氏，于是忙隔着玻璃请她："二姨娘，请进来吧。"

张氏推门进来的时候，瞧见林卿卿："卿卿，你也没睡。我会不会妨碍你们两个讲话?"

"二姨娘,这么晚您怎么也没睡?"林卿卿将她让到椅子上坐下。

"睡不着,所以来找鸿煊说说话。"张氏回答。

"哦,那二姨娘您与鸿煊聊着,我先回房去。"林卿卿是识趣的人。

"不用,卿卿,你在这里正好,我们一起说说话。"张氏挽留她。林卿卿听她这样讲话,收了脚步,重新坐了下来。

"鸿煊,卿卿,我刚劝着太太睡着了,才从她房里出来。路过鸿烨书房的时候,听到黄管家在他屋里接电话……"张氏看着他们两个,话到这里却停了下来。

"二姨娘,您都晓得了?"黄鸿煊心里已经有数。

"生意上的事情我一窍不通的,可还是忍不住想要来问问,"张氏犹豫一下,问道,"依照现在这个情形,商馆的损失应当不会小。鸿煊,你有没有想过怎么来应对?"

"二姨娘,不瞒您说,我还没有什么好主意。"黄鸿煊有些无奈。

"这些年商馆大大小小的事务都是鸿烨在帮老爷打点,现在他们两个同时撒了手,确实让你为难的。"张氏轻叹一口气,"不过依我看,眼下当务之急,是要先稳住上海那边的情况。"

"二姨娘,您说得对,"黄鸿煊点了点头,"我预备着明早就去上海,不管怎样,我要先见到大哥才行。"

"鸿煊,那个农商部是政府所辖,可不可以先请姨丈出面疏通一下?"林卿卿开了口。

"好,明天一早我就往北京打电话。"黄鸿煊应道。

"鸿煊,我觉得这不是一件小事,你应当请太太出面打这个电话。"张氏表态。

"二姨娘讲得在理!即便你现在瞒着母亲,等姨丈接了电话,母亲还是会晓得的。"林卿卿也赞同。

"好,明早我先去见母亲。"黄鸿煊想了一下,"二姨娘,五哥在诊所陪护父亲,我恐怕来不及与他碰头,请您转告五哥,这些日子总商馆的事情还要请他和二姐一道多劳心。"

"放心吧,鸿煊,他是家里一分子,这是应分做的事。"张氏应道。

"鸿煊,刚才黄管家说上海那边已经出现大量抛盘,如果有人趁着这个当口儿吸进咱们商馆的股票,那后果不堪设想。"林卿卿说。

"这话没错。"张氏接过话,"鸿煊,你要不要明天早上先往商馆提点儿钱带着?"

"是的,二姨娘,多亏了您提醒,我倒是忽略了这个。"

"鸿煊,我记得你以前提过三哥在法兰西学的是经济,眼下商馆遇到的难题恰巧是西洋传来的,我觉得有必要让三哥晓得,也请他给出一些主意。"林卿卿踌躇一下,还是将后半句讲了出来,"还有,父亲现在虽然度过了危险期,可毕竟是遭了这么大的罪,一时半会儿不见得就能大安。"

"是的,这话我原本也想同太太讲的,可又怕太太多想。"张氏接口,"法兰西远隔重洋,不是说回就能马上回得来的,即便老爷身体大安了,鸿熠出去了这么多年,也该回来看看了。"

黄鸿煊点了点头,认可她们所讲的话。

"鸿熠要是能回来,将来你们兄弟几个一道打理商馆的事,老爷也能好好养养身子。"张氏轻声叹了口气,"我进黄家门二十多年,眼看着老爷将心思都扑在商馆里,没年没节的,他这毛病生生是给累出来的。"

张氏这几句话,确实说进了黄鸿煊心里。他知道父亲将商馆视作生命,他要尽一切力量去化解眼下的危机。

第一百二十三章

柳韵琴缓缓放下电话,一手扶在椅子上,身子已经软瘫了下来。"母亲,您怎么了?"黄鸿煊一脸担忧地问道。

柳韵琴与柳悦琴姐妹从小感情深厚,听到黄鸿煊让自己请许昌贤出面调停,心里自然觉得十拿九稳。可刚才电话里,柳悦琴将北京的现状告诉了她,让她无助不已。

"你姨丈三天前下野了……"柳韵琴叹道。

"姨丈追随徐大总统多年,向来是他的左膀右臂,怎么就能突然下野?"黄鸿煊疑惑地问。

"具体的事情我也不晓得,你姨母只说是直系那些头头脑脑不满你姨丈的经济手段,迫着徐大总统免去了他财政总长的职务……"柳韵琴一脸沮丧,"在这个节骨眼上,我又怎么向你姨母去提你大哥的事情?"

这意料之外的消息,让黄鸿煊一时也乱了方寸。

柳韵琴伤心归伤心,可阅历年纪到底还是摆在那里。她静下心来仔细想了一下,又说:"鸿煊,这事不能就这样瞒着你大嫂,要同她讲。她与鸿烨是夫妻,这事瞒谁也不该瞒她。更何况,阿骐外祖父在商界人脉颇丰,又与政府的人多有往来,倘若他能出面帮忙找一找关系,那不就多了一分希望?"

"母亲，您说得是，我这就去同大嫂讲。"黄鸿煊应道。

"让尤嫂去请她过来吧，还是我亲口同她讲的好。"柳韵琴说。

佟玉梅听到黄鸿烨被抓，不等柳韵琴把话讲完，就已经压抑不住自己的情绪，趴在沙发扶手上，便哭了出来。

"这可怎么了得呀？鸿烨既没有抢又没有偷，怎么就触犯了国法？他要是有个什么不测，我们母子两个要靠谁去？"

"玉梅，你也别太难过了。"柳韵琴叹了口气，"鸿烨是我儿子，我也同你一样难过。"

"说一千道一万，鸿烨做的这一切都是为了这个家。"佟玉梅抽泣着，"这一大家子，享福的大把人在，可是出了事遭罪受苦的就只有鸿烨一个人。"

"玉梅，你伤心难过我能理解，你这话却不能这样讲。"柳韵琴沉下脸来。

"我哪里讲错了？"佟玉梅也不管不顾起来，"这么多年都是鸿烨一个人扛着商馆的事情，没白天没黑夜，旁人夫妻、父子享天伦之乐的时候，我们母子两个只能眼睁睁地巴着。"

"鸿烨是这个家的长子，你从嫁进门就晓得的。更何况，你父亲这样信任他，栽培他，也是希望他日后能撑起这个家。"柳韵琴毕竟是有体面的人，心里恼火归恼火，面子上总还是要过得去的。

柳韵琴的话已经讲得很明白，黄鸿烨是长房长子，日后这份家业必定交到他的手里。佟玉梅听了这话，原本心里的怨气只觉得消了大半。

"母亲，我也是一时心急。您想啊，平素里大家都快活逍遥地过日子，哪里会料到出这样的事情？我刚听着鸿烨被抓，我……我……"佟玉梅解释道。

"好了，现在不是讲这些的时候。"柳韵琴摆了摆手，"当务之急，咱们要一道想办法将鸿烨保出来。"

"母亲，现在能有什么办法？"佟玉梅一脸茫然，"我急都急死了，还能想得出来什么办法？"

"大嫂，我马上动身去上海，一定会想办法去见大哥，你安心等我消息。"黄鸿煊宽慰她。

"鸿煊，你可一定要想法子救你大哥呀！"佟玉梅哀求道。

"玉梅，他们两个是亲兄弟，鸿煊自然会尽全力。"柳韵琴接过话，"可是你也晓得，现在你父亲卧病在床，咱们家是群龙无首。"

柳韵琴拉住她的手："鸿烨的事情恐怕还要请阿骐外祖父出面帮忙……"

佟玉梅平日里虽说有些目中无人，还时常口无遮拦，可对黄鸿烨是真心实意。

333

柳韵琴这一通老实话，倒是让她回过神来。她止了哭声，也顾不得再同他们哭诉，拿了手帕边擦眼泪，边起身往外走去。

黄鸿煊到了上海，才从秦掌柜那里将整件事情的前因后果了解清楚，他无论如何都料想不到这件事与许宥利有这样的瓜葛。

"七少爷，昨天刘律师已经去农商部驻上海的办事处交涉过了，可他们说大少爷涉嫌扰乱金融市场，要立案处理。"秦掌柜说。

"大哥只是炒卖股票，怎么就算扰乱金融市场了？"黄鸿煊质疑道。

"因为市场初期获利丰厚，上海滩上因此成立了大大小小上百家证券交易所与信托公司。不论商贾巨富，还是市井百姓，都争先恐后地入市，股价被成倍哄抬，导致了通胀，现在政府发令禁止交易，被调查的也不只是大少爷。只是咱们信托公司因为借了日本银行的贷款，现在日本方面不肯罢休。"秦掌柜解释。

"那么，现在账上亏空了多少？"黄鸿煊又问道。

"这……"秦掌柜摇了摇头。

"我带了三十万的支票过来，看看能不能先应个急。"黄鸿煊说。

"七少爷……"秦掌柜踌躇一下，"大少爷授权给了陆经理，不晓得他怎么在祸害信托公司的业务，现在咱们家商馆的股票已经跌破底价，又被人大肆买进，您带来的这些钱，莫说买回股票，单是银行借贷的款项都不够还哪……"

秦掌柜的话，让黄鸿煊浑身打了一个冷战："秦掌柜，你的意思是……你查到是什么人在买进咱们商馆的股票吗？"

"七少爷，我已经让人去查了，这买家神秘得很，是以一间小商行的名义在吸入。"秦掌柜回答。

"小商行？他难不成要蛇吞象吗？这背后必定有其他的资本在捣鬼！"黄鸿煊攥紧了拳头，"你去汇总一下，看看这个窟窿到底有多大，咱们去想法子填。另外，我带来的这些钱，你先去银行兑现，能吃回多少股票算多少。"

"好，就按您吩咐的，"秦掌柜点头应下，"七少爷，那大少爷这边……"

"我刚打了电话给宥崇，请他也一起帮忙托关系。"黄鸿煊站起身，"这事既然是由宥利表哥牵的头，我必须要去见见他。"

第一百二十四章

屋外风雨交加，就连这天气似乎也格外与人作对。黄鸿煊坐在许宥崇的书房里默默发着呆。

"鸿煊，先喝杯茶，定定心。"许宥崇将手里的茶杯递了过去，"对不起，我不知道四哥竟然会这样决绝。"

黄鸿煊先前去见了许宥利，不承想他非但没有要帮助黄鸿烨的意思，竟反过来要黄氏商馆尽快偿还日本银行的贷款，并且提出日本方面的要求，倘若半个月之内不还清债务，将提请北洋政府出面查封黄氏财产。

"世事难料，"黄鸿煊苦笑一下，"小时候我还那样羡慕他两人之间的情谊，可如今，置大哥于死地的，竟然是曾经的好兄弟……"

"我找了两趟农商部负责这件事的人，可人家根本不愿见我……"许宥崇涨红了脸。

"算了，宥崇哥，那些都是见风使舵的人，姨丈现在下了野，我们家又出现了经济危机，他们又怎么能再像过去那样？"黄鸿煊说。

"这件事，根本还出在四哥这里，他要是肯出面调停，事情不至于这么糟糕。"许宥崇想了一下，"不然我们去找梧桐来，请她去和四哥谈谈？"

黄鸿煊摇了摇头："刚刚我给卿卿打了电话，她说梧桐怀着身孕，不能让她的情绪受到影响，还专门嘱咐我不要让梧桐晓得这件事。"

"眼下当务之急，是要解决资金问题。我已经同母亲讲了，请她出面找几个亲戚帮忙，希望能尽快筹到钱。刘律师说，只要能把窟窿填上，日本方面也没有理由再给农商部施压，大哥兴许就没事了。"

窗外的雨被狂风卷起，像无数条长鞭狠命地抽打在玻璃窗上。

黄廷承被雨声惊醒，看见守在床前的黄芳蕙，便伸手摸了摸她："芳蕙，你一直在这里守着吗？"

"鸿灿刚走，我来替他。"黄芳蕙望着他，"父亲，您现在感觉怎样，舒服点儿吗？"

"我没有什么大碍了。"黄廷承说，"让下人们在这里守着就行，你们都各自去忙吧。"

"瞧您说的，您有我们这些儿女，做什么只要下人们伺候？"黄芳蕙说着话便要起身去为他倒水。

黄廷承却拉住了她："我不渴，芳蕙，你先坐下来，我有话问你。"

黄芳蕙心知他要问什么，可又不得不重新坐了下来。

"鸿烨有没有打回来电话？上海那边究竟怎么样了？"黄廷承问道。

"父亲……"黄芳蕙心里琢磨一下，"没什么大事，他们有法子解决，您好好养身体，就不要再操心了。"

"芳蕙，"黄廷承却坚持道，"这样大的事，我能不操心吗……"

"父亲，您放心，一切都会顺利解决的。"黄芳蕙做一脸轻松状，"如今在我这里，您的身体才是最大的事情，旁的我一概不再回答。"

黄廷承对这个女儿向来满意，更是信任，此时听她这样讲话，便也宽下心来。

"老爷，三少奶奶带着两位孙少爷来看您了。"门口听差的进来禀报。

黄芳蕙见黄廷承脸上欢喜，便让人将他们迎了进来。

"父亲，您今天看起来气色不错！"廖玉凤带着黄卓骐与黄卓骥走上前，"阿骐与阿骥都说想您了，吵着要来看您。"

黄廷承招了招手，让听差的将自己扶着倚靠床头坐起。

"祖父也想你们呀！"黄廷承伸手摸了摸黄卓骐与黄卓骥，"你们两个这几日可有好好去学堂？"

"嗯，去了，祖父。我得了许多甲等，先生还给了奖励。"黄卓骥抢着答道。

"哦？阿骥果然是聪慧！你好好读书，等祖父回了家，也给你发奖励。"黄廷承笑着，又问黄卓骐，"阿骐，你弟弟得了甲等，你呢？"

"只有一门甲等，余下的有乙，也有丙……"黄卓骐低下头。

见黄廷承皱了眉，黄芳蕙忙接过话道："我们阿骐是个诚实的孩子，下次再多努点儿力就好。"

"小孩子诚实是基本的教养。阿骐，你可要用心读书，你看看阿骥比你小，成绩却比你好！再说，你父亲像你这么大的时候，可是门门功课都得甲等的。"黄廷承道。

"祖父，我母亲说会读书不如会赚钱，"黄卓骐有些不服气，"我读书不如阿骥，不见得日后赚钱会比他少。"

"你母亲怎么可以同你讲这样的话？"黄廷承沉下脸来。

"父亲，小孩子的话您别当真。"黄芳蕙劝道。

"你大嫂总是这样口无遮拦，跟孩子讲话也不讲一点儿分寸！"

"父亲，大嫂有口无心的，这点您是晓得的呀。"

"她平常怎么样我可以不去计较，可是教育子女不能有半点儿马虎。"黄廷承面色严肃。

"您说的是，父亲，等我回去一定把这话转告大嫂。"黄芳蕙应道。

"不说这个我倒忘了，"黄廷承扫视一遍屋里的人，"怎么，我这个当父亲的卧病在床她都没有工夫来看看？"

黄卓骐被黄廷承训斥，又听见他抱怨自己的母亲，便有些愤愤不平："祖父，我母亲这几日都往我外祖父家筹钱，她哪里有时间来看您！"

　　"你说什么？筹钱？筹什么钱？"黄廷承忽地惊了一下。

　　"阿骐小孩子乱讲话的，您怎么信他？"黄芳蕙慌了神，忙接话道。

　　"你不要乱插话！阿骐，同祖父讲，你母亲好端端地去筹什么钱？"黄廷承定定地望着黄卓骐问。

　　"阿骐，先带着阿骥到外面玩去。"黄芳蕙喊道。

　　"究竟出了什么事？"黄廷承提高了声音，"为什么不让阿骐说？你们究竟瞒了我什么？说！阿骐，告诉祖父！"

　　黄卓骐没料到自己的这句话会让祖父有这样大的反应，一时间手足无措起来。

　　"说！"黄廷承涨红了脸。

　　"我母亲说父亲借了许多钱，被人抓起来下了大狱……"黄卓骐哭出声来。

　　"你说什么？"黄廷承一把掀开被子，就要起身。

　　黄芳蕙见状，冲上去拉住他："父亲，没有阿骐说得这样严重，您快躺下。"

　　"你们……你们都不同我讲实话……"黄廷承忽然眼珠一翻，倒在了床上。

　　"医生，快叫医生！"黄芳蕙与廖玉凤一同叫起来。

第一百二十五章

　　王仲怀急匆匆赶到病房的时候，黄廷承的手脚已经有些凉了，再一探鼻息，也几乎摸不到了。

　　"世伯，我父亲他怎样？"黄芳蕙提心在口。

　　"芳蕙，去请你母亲和家里其他的人吧……"王仲怀摇了摇头。

　　黄芳蕙脸上抽搐一下，拉住他："世伯，我父亲……我父亲他……"

　　王仲怀垂眸，拍了拍黄芳蕙："你父亲心肌梗死并发脑血管爆裂……芳蕙，让人去准备后事吧……"

　　黄芳蕙难以置信地摇着头："世伯，求求您救救我父亲吧！都说您是华佗再世，您一定有办法救他的……"

　　王仲怀虽说见多生老病死，可眼前躺着的毕竟是自己的儿女亲家，心里也泛起一阵悲凉。

　　"芳蕙，抱歉……我也回天乏术了……"

柳韵琴冲进屋子，看见床上面如白纸一般的黄廷承，便哭出声来："廷承，你怎么就这样睡着了呢？你快醒醒，你看孩子们都来看你了，快醒醒啊……廷承，你听到了没有，你不能就这样撇下我呀……你这样走了，你让我可怎么办哪……"柳韵琴越讲越伤心，继而号啕大哭起来。

病房里里外外，被黄家的儿女子孙挤得水泄不通。原本每个人都还万分忍耐着，这时候听到柳韵琴的哭声，都抑制不住跟着落下泪来。

二姨太张氏与三姨太姚氏也围到了病床前。姚氏平日最得黄廷承宠爱，看着眼前人，想到往日的点点滴滴，情不自禁伏倒在床上，吧嗒吧嗒地落下眼泪。

"老爷，您怎么这么狠心哪……没有了您，这往后的日子您叫我靠谁去？"姚氏藏不住自己心里的话，边哭边道。

"老爷，这一大家子大大小小，您怎么说丢下就丢下了……"张氏也垂着泪。

"嫂夫人，您几位节哀顺变。廷承兄已然仙去，眼下最紧要的是把身后的事情料理起来。"王仲怀见一屋子人哭声不止，便近前劝道。

听他这样讲话，柳韵琴抹了一把眼泪，抬起头："仲怀，这事情太突然，我都不晓得该怎么办了……"

王仲怀说："廷承兄这一走，里里外外有许多事等着处理。眼前只有鸿灿这一个儿子在家，得赶紧通知鸿煊，让他马上回来。"

"对，要让鸿煊赶紧回来。"柳韵琴恍然想起，又说，"去，把这几个孙子带过来，让他们替自己父亲来送一送祖父。"

黄卓骐与黄卓骥本就在病房，目睹了祖父从发病到离世，刚才见大人们都落泪哭泣，也跟着放声痛哭。黄卓骁与黄卓骊被王藜旻与林卿卿牵着走到床前，见两个兄长哭得稀里哗啦，同时受了惊，吓得大哭起来。

一时间，病房内外的哭声震屋移瓦。

黄鸿煊得了消息，紧赶慢赶，从上海奔赴回杭州，已经是第二天午后。

黄府已经搭起了孝棚，屋外的门头、廊檐都悬起了白布。黄鸿煊看着眼前的景象，心里一阵悲伤，只加快了脚步向内走去。

他脚还来不及踏进客厅，就听见屋内传来呜呜咽咽的哭泣声。"母亲，我回来了……"黄鸿煊走上前禀告柳韵琴。

"鸿煊，"柳韵琴看见他，眼泪便落了下来，"后面设了灵堂，先去看看你父亲吧……"

黄鸿煊从后面祭拜完黄廷承，重新回到客厅。他看了一眼不远处站着红了眼圈的林卿卿，没说一句话，便走到柳韵琴跟前。

"母亲，我听着您的嗓子都哑了，千万不要再哭了，当心哭坏了身子。"黄鸿煊劝慰道。

"你父亲走了，你大哥又身陷囹圄，这个家要如何维持下去？你叫我如何能不伤心？"说话间，柳韵琴又哭上一遍。

屋内一众男女，因为家里接连遭遇变故，或因伤心，或因惊恐，都各怀了心事，默默地抽泣着。此时听柳韵琴把这话哭了出来，各自的心事便一下涌了出来。

"母亲，鸿煊说得没错，您要保重身体，这个家现在都要靠您主持大局呀！"黄芳蕙开了口。

"你父亲走得匆忙，一句话也没留下，我的心都乱了，哪里再能主持什么大局？"柳韵琴有些乱了方寸。

"大哥不在，鸿熠还在回国的路上，家里现在只有鸿灿与鸿煊两个男丁，您不能只顾着掉泪，您要发句话，让他们也好分头去张罗。"黄芳蕙劝道。

听了黄芳蕙所言在理，在一旁的张氏心知商馆的事务繁杂，如今又陷入经济危机，加上黄鸿灿是自己所出，于公于私鸿灿都不适合往商馆主事。

"鸿灿对商馆的事一窍不通，倒是他从医这些年，见多生老病死，不如就让他领着张罗丧礼的事。"张氏拿着手帕擦了一把眼泪。

柳韵琴边抽泣边说："我一时半刻也拿不定主意，既然你都这样讲了，只要鸿灿与鸿煊没意见，你们就看着安排吧。"

黄芳蕙接过话道："母亲，您要是没意见，那就按二姨娘说的，让鸿灿主持丧礼，鸿煊主持商馆吧。"

佟玉梅听这话却满心不悦，一面擦着眼泪，一面抱起了不平："芳蕙，你这样讲，那分明是要把鸿烨撇过去了呀！"

"大嫂，都什么时候了，你还要计较这个？"黄芳蕙瞪她一眼，"现在这情形，不让鸿煊去主持商馆的事，难不成你去？"

"你不要拿这话来噎我，"佟玉梅站起了身，"父亲不在了有母亲，还轮不到你一个嫁出去的女儿来安排！"

"你……"黄芳蕙看了一眼满脸泪痕的母亲，生生将要驳斥她的话咽了下去。

"现在你还有心思争这个？"柳韵琴却动了气，"不是你口无遮拦将家里的事同阿骐讲，他一个小孩子能知道什么？"

"母亲，您这话我可担不起。父亲自己有病在先，再说也不是我带阿骐去的诊所，现在人没了，怎么就怨起我来了？"佟玉梅黑了脸。

"大嫂，阿骐是我带去看父亲的不假，可我也是出于一片孝心。你刚才这样讲话，不是要让我来担这个责？"廖玉凤沉着脸，"真正让父亲发病的人是谁，你心里难道没点儿数吗？"

"够了！老爷尸骨未寒，你们就在这里不顾脸面了。"柳韵琴指着她们两个斥责道，"这个家早晚要让你们给拆了！"

第一百二十六章

一众兄弟姊妹之中，虽说各自怀有心思，可独以黄鸿煊的最为复杂。

刚才当着柳韵琴与其他兄弟姊妹的面，他极力克制着自己的悲伤与压力，现在离开了众人，他的情绪像打开了闸门似的，完全涌了上来。

他不能告诉这一屋子男女老少，上海那边如今亏空的金额之巨，更不能让已然悲伤的母亲知道，这件事的始作俑者是她的至亲外甥。

黄鸿煊徘徊在花园里，内心的悲伤打得他痛彻心扉，他已经丝毫感觉不到深秋夜晚的湿冷。

"鸿煊，入了夜，园子里湿气重，当心受凉。"林卿卿走到他身旁，为他披了一件外衣。

"卿卿，你不是在母亲房里吗，什么时候出来的？"黄鸿煊转过身问道。

"母亲一直在哭，二姐说我们这许多人在，会惹她更伤心，所以我就出来了。"林卿卿望着他，"我回房没见到你，就想着来园子里看看。"

"卿卿，对不起，害你为我操心。"黄鸿煊眼里闪过一丝泪花。

"我虽然没有办法帮你去扛这副担子，却能理解你的感受。"林卿卿讲到这里，也有些哽咽了，"鸿煊，事情已经发生了，纵是伤心难过也于事无补。二姐说，父亲之所以走得匆忙，也是因为商馆的事情所致。所以，鸿煊，我们要想法子保住这个商馆，护住这个家，如此才能告慰他老人家的在天之灵。"

林卿卿的这一番话，触动了黄鸿煊满腹的心事。面对着自己的爱人，他再也抑制不住，落下泪来。

"卿卿，大哥这次是被宥利表哥给设计了，整整一千万哪！商馆内外的账我都查了，能抽出来的活钱根本填不了这个窟窿。"

林卿卿做梦也料想不到这笔亏空的金额如此庞大，她震惊之余更多的是开始去寻思事情的来龙去脉。

"即便我们再伤心，也不能只在这里掉眼泪。"林卿卿拉住他的手，"船到桥头自然直，鸿煊，一切都会好起来的。"

林卿卿见到许梏桐的时候，是在黄廷承的葬礼上。

黄府偌大的客厅里撤去了一切华丽的摆设，灵桌两旁整齐摆放着亲眷友人送来的花圈。可因为突然遭遇的变故，除去往来频繁的亲眷，前来吊唁的宾客寥寥。

全身孝服的柳韵琴带着两个姨太太与儿媳、女儿跪在灵堂的右侧，黄鸿灿与黄鸿煊兄弟两个携同女婿则在灵堂的左侧跪下。灵堂上，前来吊唁的人依次上前献花鞠躬，黄家的妻妾子女便叩头回礼。

盖棺之前，所有在场的人都绕着棺木去做最后的告别。当日那个叱咤商场的黄廷承，就这样静静地躺在冰冷的棺木里，苍白的脸上再也没有了往日的神采飞扬。

柳韵琴颤颤巍巍地被儿女们扶起了身，她从清早到现在，不晓得已经哭了多少场，加上这些日子每每夜里哭醒，此时已经浑身绵软，只能靠尤嫂与婢女们架着缓缓而行。

在场的亲眷们见了这一幕，无不摇头垂泪，心感凄凉。

"太太，告别仪式结束了，要给老爷盖棺了。"黄福良抹了一把眼泪道。

哀乐声停了下来，柳韵琴似乎醒过神来，拼了命扒住棺材，哇的一声又哭了出来："廷承……你怎么就舍得丢下我们哪……"

姚氏膝下无子，只有黄芳菲这一个女儿，如今黄廷承撒手人寰，除去心里对他的那些情分，更免不得要为自己日后生活担忧。此时瞧见柳韵琴哭得死去活来，只觉得精神崩溃，也跟着撕心裂肺地哭了起来。

一众儿女见她二人这个模样，也含着一腔凄然忍不住跟着号啕大哭，等到都哭足了，才陆陆续续收了声。

家仆们合力将棺盖盖上，柳韵琴哆嗦着双手，在黄鸿灿与黄鸿煊的陪同下，将棺门插上。哀乐再次响起，桌上跳动的素蜡，伴着男女老少的哭泣，平添了一分悲凉。

男眷需要去护灵，告别仪式之后都随着队伍去发丧。女眷们则无须送丧，宽慰了柳韵琴，等她止了哭声睡下，也都各自散去。

许梏桐随着林卿卿一道去了她的屋子。

"卿卿，出了这样大的事，你也不对我讲……"许梏桐不及坐下，便开了口。

"梏桐，你眼下最紧要的是好好养胎。"林卿卿拉她在自己身边坐下，"事情已然发生，我再同你去讲，那是平添了你的烦恼。"

"可是你知道的，四哥他最疼我，也许我去求他，他就能放过鸿烨表哥。"许梏桐很是焦急。

341

"别的人不明白事情的原委，难道我和你还能不晓得吗？"林卿卿苦笑了一下，"宥利表哥这是在报复……"

"报复？你是说四哥这样做，都是为了香凝？"许梧桐问道。

"这是我的猜想，但是除去这个理由，我想不到他为什么要去设计陷害大哥。"林卿卿答。

"所以，你觉得我就是去找四哥，也无济于事？"许梧桐神情黯淡下来，"你讲的也许是对的。四哥那年突然提出要去东洋留学，走的时候我去天津卫的码头送他，我记得他那时候的眼神。只是那时候我不懂，现在回想起来，那里面应该藏着忧伤与心酸。"

"梧桐，"林卿卿轻声唤她，"解铃还须系铃人，这件事恐怕只有香凝姐姐出面才会有转圜的机会。"

"香凝？她能肯吗？"许梧桐一脸狐疑地问道。

"她对大哥有情，我想她应该不会见死不救。"

"卿卿，你说的话，我信！"许梧桐点了点头，"那你预备怎么办？"

"我想去南京找她，当面同她讲这个事情。"

"她在南京？"不等林卿卿答话，许梧桐忽然又说，"我知道了，她真的去了金陵女子大学。所以你同她一直有联络？"

"偶尔她会有信来。"林卿卿淡淡回答。

"那你还等什么？快点儿动身去南京啊！"许梧桐见她不出声，又问，"你是怕姨母那边晓得吗？放心，有我在，我去帮你寻个由头。"

"母亲现在根本没心思顾我，"林卿卿望着她，"在去南京之前，我要先帮鸿煊解决一件事……"

第一百二十七章

林卿卿跨进廖玉凤屋门的时候，连小玉都吃了一惊。

"七少奶奶，您怎么来了？"小玉迎上去，"我们三少奶奶哭得累了，刚躺下一会子。"

"那我先回去，三嫂几时醒了，你就往我屋里同兰萍讲一声。"林卿卿说。

"是谁在门口？"廖玉凤的声音从屋内传来。

"三少奶奶，是七少奶奶来了。"小玉转身对着屋里回道。

"快请七少奶奶进来！"廖玉凤说着话，已经起身迎了出来。

"七弟妹，快请坐吧！"廖玉凤把林卿卿让到了沙发上坐定，又说，"你嫁进来这两年似乎从来没到过我屋里，今天是什么风把你吹来了，当真难得。"

"三嫂往日里忙，我也不便过来添乱。"林卿卿淡淡回答。

廖玉凤心想林卿卿轻易不进自己屋门，今天不请自来，必然有话要讲。本想等她开口，可又见她一副淡然的模样，心里倒是起了几分好奇。

"瞧七弟妹说的，我忙来忙去不也就是阿骥与家里日常这点儿事吗？"廖玉凤道。

"是呀，上自母亲，下至你我，女人婚后的生活大多都是如此吧。"

"七弟妹讲的倒是大实话。"廖玉凤心里想了一下，又问道，"七弟妹来，是有什么事要同我讲吗？又或者为了商量明天往庙里做功德的事？"

"做功德的事情，二姐已经让黄管家安排下去了。"林卿卿看着她，"我来是有几句话想要当面同三嫂讲。"

见她话到这里停了下来，廖玉凤便摆了摆手："小玉，你找找我那上好的香片，去为七少奶奶沏一杯茶来。"

小玉心下会意，连忙应下，退了出去。

"七弟妹，现在这里只有我们两个，你有什么话就直说吧！"廖玉凤再度开口。

"三嫂，我没见过什么大世面，做事讲话要是有不妥的地方，还请你见谅。"林卿卿说。

廖玉凤望着她一本正经的样子，挑了一下眉："哪个人讲话做事能面面俱到？喜欢你的，你讲什么都是妥当，不喜欢的，讲什么也不能尽如人意。我们都是一家人，七弟妹又何必当成外人那般客套？"

"三嫂既然这样讲，那我就开门见山了。"林卿卿望着她，"父亲走得匆忙，留下这一大摊子未曾解决的事情，不晓得三嫂有什么想法没有。"

廖玉凤不曾料想她会这样直截了当，琢磨了一下才开口："鸿熠还没回来，我一个女人家，哪里能有什么想法？既然母亲已经将商馆的事情交给鸿煊来打理，那一切便由鸿煊去做主。"

"我听鸿煊讲，至多半个月，三哥就能回来了。"林卿卿顿了一下，"莫说鸿煊没有经商的经验，即便他再老到，也是难为无米之炊。"

"大哥捅了这么大个娄子，父亲又突然离世，着实让鸿煊为难了。"廖玉凤接过话道。

"其实这件事，说难它也难，说不难，它也并非没有法子解决。"

"哦？"廖玉凤心内一怔，"是什么样的法子能解了咱们家眼下的危机？"

"我听鸿煊讲，只要能筹到钱，便可以制止别家商号的恶意收购，还能还了日本银行的贷款，这样一来，问题自然迎刃而解。"

"我当是有什么好法子，"廖玉凤一脸不屑，"谁不晓得要筹钱哪？可如今咱们家落了难，哪个还肯来援手？"

"是呀，如今真晓得什么是世态炎凉。"林卿卿苦笑了一下，"不过好在咱们家有这么些富足的姻亲，遇上了难事，相互调一调资金，也不是没有解决的可能。"

"哪个亲戚能拿得出这样大一笔钱来？"廖玉凤脱口而出。

"三嫂又是怎么晓得是多大的一笔数目？"林卿卿反问道。

"这个……"廖玉凤脸上有一丝尴尬，却很快镇定下来，"我自己猜想的，要是数目不大，何至于此？"

"三嫂果然出身商贾之家，对这些事情一眼就能看得明白。"林卿卿不急不缓，又道，"虽说数目是巨大，可是只要找到问题根源所在，不需要太多资金，事情也一样可以解决。"

"哦？七弟妹这样笃定，那是怎样的好法子，不妨讲出来听听。"

"鸿煊已经查到了恶意收购咱们商馆股票的幕后主使……"林卿卿讲到这里，只定定地望着廖玉凤，却不再作声。

这句话清楚地传进廖玉凤的耳朵里，没有半分含糊。她忽地一惊，猜测黄鸿煊夫妇已经知道自己联合兄长廖昌明以低价买入黄氏商馆股票的事情。她极力平复着内心的慌乱，试图撇清自己与这件事的关系。

"七弟妹，你这样看着我做什么？我一个大门不出，二门不迈的人，哪里能晓得这些事情？"廖玉凤绾了一下额发，极力使自己镇定。

"是呀，三嫂，这些商场的竞争，我们这些女人哪里能搞得明白？"林卿卿依然望着她。

廖玉凤心虚，听她这样讲话，忙接过话："可不是嘛，就好比如今咱们家商馆出了危机，我倒是想出个主意尽份心，可也无能为力呀！"

林卿卿转过头，向窗外瞥了一眼："有心也好，无心也罢，其实我们做了母亲的人，无非都是在为儿女计长远。咱们家商馆在杭州城内原本也算数一数二，鸿煊他们这一代要是经营好了，日后也是阿骥他们兄弟几个的福气。以前我不懂，缘何说'在家从父，出嫁从夫'，如今我晓得了，丈夫的荣辱关系妻子的得失。只有丈夫好了，自己才会好，儿女才有未来可言。"

"七弟妹，你今天这话怎么听着就扯远了？咱们哪个不是相夫教子，以丈夫儿女为上？这跟咱们家商馆亏空又有什么关系？"廖玉凤道。

"当然有关系。"林卿卿转过头，又望着她，"如果商馆能保住，这个家就能平安无事，难道不也是儿孙们的福气吗？"

见廖玉凤不出声，林卿卿又问道："三嫂可知道历史上的那位武后？"

"武则天嘛，谁能不晓得她？"廖玉凤努了一记嘴。

"武后当年欲立她的内侄做太子，大臣们冒死进言，对武后讲'姑侄之于母子孰亲？立子，千秋万岁之后，配享太庙；立侄，至今未闻祔姑于庙者'。武后雄才大略，自然明白此中真意。"林卿卿继续说。

廖玉凤咬紧了牙关，只觉一股凉风透过背脊。

"三嫂你是个明白人，阿骥外祖父家资产再多，可阿骥还是姓黄。"林卿卿站起身，慢慢移动了脚步，"对了，听说三哥不喜欢听到猫叫，他快要回来了，希望那些野猫不要再出来扰人了……"

第一百二十八章

许宥利的住所坐落在法租界霞飞路上，虽说是一所并不十分大的公馆，内里却有着极其考究的装修与设施。

唱机里播放着东洋的靡靡之音，许宥利半眯着眼睛，拿了一杯红酒正歪在沙发上，一副气定神闲的模样。

他从接到香凝电话的那刻起，脑海中便不停浮现着她的身影。曾经，他对她，不是逢场作戏的贪欢，也不是探猎新奇的情欲，他将她放在自己的心尖，是那样真挚地爱过她。可是，她非但离开了他，而且做了他兄弟的情人。想到这里，许宥利忽地心冷了，他觉得自己像被寒风无情地打击了一般，身上有了阵阵寒意。他颤抖着将杯里的酒喝下，把自己缩成了一团。他的眼睛渐渐模糊了，再也看不见香凝的影子。

"先生，有位小姐来访，在楼下客厅里等着。"家仆的声音打断了许宥利的思绪。

许宥利揉了揉湿润的眼睛，坐起身："请她上来。"

香凝被家仆迎进许宥利卧房的时候，他正从浴室洗了脸出来。

即便老到如香凝，可毕竟两人曾有过肌肤之亲，又时隔多年再次相见，还是免不了有一丝尴尬。

许宥利见她僵硬地站在门边，便不转眼地盯着她的脸庞。眼前的这个女人，依旧是那张美丽而高冷的面孔，姣好的身材，浓密的长发，还有那双泛着秋水的眼睛。他恍惚了，竟然讲不出一句话来。

香凝见他痴痴的模样，原本想好的说辞也用不上来，只得心里重新去盘算一番。

"你预备着就这样一直站着吗？"许宥利半晌之后终于开了口。

"您是主，我是客，不是吗？"香凝淡淡回答。

"你还是这么伶牙俐齿。"许宥利自嘲式地笑了一声，"进来坐吧，我记得你似乎不喜欢穿着高跟鞋站太久。"

他的这句话，让香凝收住了刚要迈开的步子。她没有想到，许宥利的脑子里还留着自己的喜好。

"你竟然还记得……"香凝凄凉地笑了一下。

"记得，"许宥利挑了一下眉，"我的记性向来不错。"

"坐吧，几年不见也不需要这样客气。"许宥利伸手做了个请的姿势，"既然这么远跑来找我，也不是一句话两句话就能解决的事情，先坐下来再说。"

香凝顿了一下，便走到沙发前坐了下来。

"你要喝点儿什么？"许宥利走到边柜旁，顺手往自己的杯子里倒了红酒。

"不了，我讲完话就走。"香凝说。

"这可不像你处事的风格。"许宥利说话间，已经将另一个杯子里也倒上了酒，"你既来找我帮忙，就该有找我帮忙的态度。来，先喝一杯。"

香凝犹豫一下，还是接过他递来的酒杯："我已经许久不喝酒了，不过今天是我主动找你，你说怎样就怎样吧。"

"难不成你们金陵女子大学有不让饮酒的校规校纪？"许宥利调笑道。

"除去几个亲近的朋友，还真没几个人晓得我去了哪里，你果然手眼通天。"香凝冷笑一声。

"手眼通天谈不上，我只是关心我想要了解的人罢了。"

香凝伸手将垂下的鬓发拢了一下，心里生起一丝莫名的感伤。"我们来谈谈正事吧。"香凝将杯子里的酒一口喝下，"你要怎么样才肯放过鸿烨？"

"瞧瞧你这话讲的，"许宥利冷笑一下，"他自己贪心，去做这样的豪赌，我又能怎么办呢？"

"鸿烨是贪心，可没有你许参赞的推波助澜，他能落到现在这步田地吗？"香凝反问。

许宥利喝下一口酒，耸了耸肩膀："是我推荐他入股市不假，可让他愿意犯险走这步棋的始作俑者，难道不是你吗？"

"我？"香凝一脸疑惑。

"对，就是你！"许宥利用手指弹响了酒杯，那声清脆的玻璃碰撞声回荡在寂静的屋子里。

"他这些年还真是没亏待你，锦衣玉食地供养着，你当他从哪里来的那么些钱？"

见香凝锁了双眉，许宥利笑了笑，又说："别看他黄氏商馆声名在外，可是他家老爷子传统至极，听说每房每月也不过是给个几百块做零用。"

只许宥利这短短的一句话，便让香凝心跳加快起来。这些年，黄鸿烨对她的一应供给丝毫不逊色于那些豪门大户。在此之前，她只以为黄氏商馆富甲一方，黄鸿烨给予自己的不过是九牛一毛。可现在，她恍然大悟，这个男人竟然为了自己，挪用了商馆的公款。香凝垂下眼眸，拼命地咬着自己的嘴唇，一种对黄鸿烨的追悔与爱怜交织着的情感，猛然向她的心里袭来。她忘了自己身在何处，缘何而来，终于忍不住落下泪来。

许宥利见她这个模样，心里不由得泛起一阵酸涩。他一口将杯子里的酒倒进嘴里，定定地望着香凝："幸亏他待你不薄，不然，我还真的放不过他！"

香凝抬起头，往日那双妩媚的眼睛完全失去了光彩，只泛着晶莹的泪光。

"他对我有恩，更对我有情。如果你真的曾经对我动过心，请你看在我的情分上，放过他吧……"

"他对你有恩？什么恩？救你于生命垂危之际吗？又或者在你离开掩香阁之后帮你安顿了下来？"许宥利冷哼一声，"你以为，这都是他主动为你做的吗？"

香凝没有答话，默默地用手捂着胸口，落着泪。

"那我来告诉你，"许宥利托起她的下巴，声音有些颤抖起来，"是我，让他在你病危的时候送你去医院；是我，让他把你接出掩香阁……"

许宥利忽然抱住头，他的心痛了起来，他狂哮着："还是我，亲手把你推给了他！"

香凝呆呆地望着他，一时间难以相信自己听到的话。

"你口口声声说他对你有恩，难道他没有告诉你，这些所谓的'恩'来自什么人吗？"许宥利提高了声音，"我靠着回忆过了这么几年，谁又能来抚平我心里的伤痛？"

香凝渐渐明白过来，可她知道这些年黄鸿烨对自己的感情并没有半分虚假，而她也早已将这个男人放在了心里。

香凝缓缓止了悲伤，拿出手帕将自己的泪痕擦去。

"也许天意弄人，我注定这一生飘零。不论过往如何，一切的错都因我而起。

你可以恨我，怨我，甚至报复我，可如今，他黄家已经落到这步田地，请你放过他吧。"

"好，你既然非要帮他，那我就满足你。"许宥利盯着她，"只是从今天开始，你就不要再离开这公馆半步！"

第一百二十九章

黄鸿烨刚走出羁押他的那所公馆，黄鸿煊与许宥崇以及龚家瑶便一起迎了上去。

在那里，他虽不曾受皮肉之苦，可是精神上所承受的压力让他感到痛苦与崩溃。而此时，走出这道门，那股支撑着他精神与体力的意志忽然消落下去，他的腿马上软了起来。黄鸿煊一个箭步冲上去扶住他，才避免他跌倒在地。

黄鸿烨在即将跨上车门的瞬间，感到一阵眩晕，甚至有些恶心。他用力扶住黄鸿煊，使自己镇定。

"大哥，好了，一切都过去了。"黄鸿煊轻轻抚摸着他的背，"我们先到宥崇那里休息一下，明天就回家。"

黄鸿烨被他们扶着坐进了车子，没有人注意到不远处停着的那辆轿车里，香凝正掏出手帕，默默擦去了眼角的泪水。

那天许宥利将她留下，答应了让日本方面不再催讨黄氏商馆的债务，并出面向农商部做了调停。

从林卿卿来找她的那刻起，香凝就知道自己要为之付出什么样的代价。只是，她没有料到，许宥利对自己曾经而且依然一往情深。

她回想着那天林卿卿的话："不管旧时代抑或新潮流，古往今来，爱情就是生死不渝。为了它，人可以奋不顾身，又或者转了心性。"

香凝矛盾着，因为心里磨不掉对黄鸿烨的那份感情；也权衡着，独身无依的日子让她选择相信许宥利对自己的情意。

她恍恍惚惚地想着，越想越觉得自己红颜薄命。

"小姐，我们可以回公馆了吗？"司机的声音，打断了香凝的思绪。

"走吧……"香凝幽幽答道。

淡淡的月光从窗帘间泻了进来，夜已经很深了，黄鸿烨从睡梦中醒过来。

他回想着睡前问黄鸿煊关于商馆的问题，可并没有得到正面的回应。多日来的紧张与乏累，让他昏昏沉沉睡去，而此时，他再也按捺不住内心的疑虑，下床穿上拖鞋，便走出了屋门。

黄鸿烨走到黄鸿煊屋门口的时候，见里面还亮着灯，他轻轻敲了一下门，得了里面的回应，便走了进去。"鸿煊，你还没睡？"黄鸿烨问道。

"我同宥崇聊了一会子，刚从他书房里出来。"黄鸿煊站起身，将他迎到沙发上坐下，"大哥，怎么样，你睡得还好吗？"

"多日子没这样安稳地睡过觉了……"黄鸿烨苦笑一下。

"大哥，你受苦了。"黄鸿煊由衷感叹。

"是我应受的。"黄鸿烨长叹一声，"我捅了这么大的窟窿，给家里惹了这么大的麻烦，我是自作自受！"

"过去的事情，何必再去提它？大哥，我晓得你的难处。你能平安回来就好！"黄鸿煊望着他。

"我亏空了公账的钱，原本只想着挣点儿外快，把那些窟窿填上。"黄鸿烨摇了摇头，凄然地笑了一下，"人心不足蛇吞象，是我的贪心所致……"

黄鸿煊缄默着，不知道此刻该如何去接这句话。

"鸿煊，我晓得这些日子你们为了救我，为了保商馆，一定是到处奔波。"黄鸿烨垂下眼眸，"对不起，我真的对不起你们！"

"大哥，事情已经发生了，又何必再说'对不起'？"黄鸿煊摇了摇头，"我们都是一家人，遇上了难事，必须要同舟共济。"

黄鸿烨听他这样讲话，心里只觉一暖："大难临头，才晓得孰亲孰远。鸿煊，你跟我讲讲，商馆的事究竟怎样了？"

自从那天林卿卿找上门，廖玉凤心里便重新审视了自己的这场操作。

廖玉凤联手许宥利调查黄鸿烨亏空公款的事，而后设下圈套，本以为可以借机买入黄氏商馆的股票，为日后黄卓骥接收黄氏商馆打下基础。然而她千算万算，也没有算到黄廷承会因此命丧黄泉，更没想到自己与许宥利的私情被林卿卿窥得。

廖玉凤并非怕事的人，可她心里始终放不下黄鸿熠。而黄廷承的死与林卿卿的暗示，让她心里开始不安起来。

正在廖玉凤忐忑犹豫之际，黄鸿煊筹集来的资金开始注入，而许宥利也莫名其妙松了口。她是个明白人，见风向不对，自然及时出面制止了廖昌明的收购行动。而廖昌明本就只为图利，见黄氏回收股票，知道黄氏根基未倒，也不想被人知悉自己乘人之危，便加了价格，将手里的黄氏股票抛出去。

个中隐情，黄鸿煊并未尽数了解，只是他心里清楚，害自家商馆的并不只有许宥利一人。

"大哥，是大嫂和二姐，"黄鸿煊开了口，"你不在的这些日子，商馆被人恶意收购。咱们商馆账上的钱不足以填补这个窟窿，母亲只能请大嫂与二姐出去筹钱。"

"玉梅和芳蕙？"黄鸿烨涨红了脸，"竟然到了让她们抛头露面的地步……"

"事发突然，没有什么银行肯借贷给咱们。"黄鸿煊脸上有许多无奈，"大嫂去央了佟伯父，又幸亏二姐人脉广，人缘好，加上王伯父在医界的名望，总算募齐了回购股票的资金。"

"那，日本银行那边又是怎么松的口？难道是姨丈出面了？"黄鸿烨追问。

"姨丈下野了，回了他河南老家。"黄鸿煊犹豫一下，"是宥利表哥，他出面调停的……"

"他？他害得我还不够？他不落井下石就算好的，怎么可能来帮我？"黄鸿烨有些激动起来。

黄鸿煊踌躇一下，还是把话讲了出来："是香凝阿姐，她去找了宥利表哥。"

"香凝……"黄鸿烨呆呆地望着黄鸿煊，一时间僵住。

"大哥，只要你平安回来，其他的事情都不要再多想了。"黄鸿煊劝他。

黄鸿烨不回答，他低下头，把身子靠在沙发上。

"她们两个都被我伤了心。可如今，我靠了她们的援手才得以保全。"过了许久，他才开口。

"大哥，你能醒悟为时不晚。"黄鸿煊拍了拍他的肩膀，"香凝于你而言已经成了过往，可你还有大嫂与卓骐在。"

黄鸿烨忍下眼里的泪，他压低了声音："是呀，我已经负了她，只有来生再还她的这份情……"

黄鸿煊见他这个模样，轻叹一声："往事随风，好在一切都过去了。"

"鸿煊，"黄鸿烨渐渐克制了心里的悲伤，"你说得对，过去的就让它过去吧。"

"是的，大哥！你回去好好养养身体，以你的经验与能力，咱们商馆很快就能重振起来。"黄鸿煊安慰他。

"鸿煊，我……出了这样的事情，我哪还有脸再回商馆？恐怕父亲也气极了我……"黄鸿烨的声音里有一些悲切。

"大哥，"黄鸿煊踌躇着，却也知道瞒不了他，"父亲……父亲已经去了……"

第一百三十章

"父亲，父亲……"自从知道了黄廷承的死因，每到夜里，黄鸿烨总会在噩梦中惊醒。

他站起身，走到窗边。

深秋的夜晚，天高露浓，一弯月牙静静地挂在墨蓝墨蓝的天上。清冷的月光笼罩着万籁俱寂的大地，夜色越发显得幽暗。

他幽幽地叹了一口气，如今叹气在他来说，已然是一种习惯。

无论柳韵琴还是兄弟姊妹怎么劝说，黄鸿烨始终把自己锁在书房里，就像一只钻进了壳的蜗牛，蜷缩成一团，不论白天，抑或黑夜。

黄鸿烨想着自己过去的所作所为，恨过，悔过，更痛过，每一天，每一刻，没完没了地重复着这些思绪。他重新躺回到床上，可是翻来覆去还是毫无睡意。他伸手去摸枕边的安眠药，不得不借助药物来维持自己的睡眠。

宁静的夜晚，小院里难以入眠的并非只有黄鸿烨一人。

林卿卿端了一杯茶放在书桌上，轻声对黄鸿煊说："鸿煊，这些日子你总熬夜，我给你煮了石斛虫草茶，你喝一些吧。"

"卿卿，也辛苦你每晚总这样陪着我熬。"黄鸿煊抬了头，"我们一起喝吧！"

林卿卿在他身边坐下，浅浅地笑了一下："陪着你，我才安心。"

"不经手不晓得，商馆里里外外竟然有这么多事情。"黄鸿煊感叹了一下，"以前一切有父亲与大哥打点着，不晓得做生意的艰难，现在才明白他们当初的不易。"

"莫说这么大一个商馆，单说一个家，每天睁了眼，柴米油盐酱醋茶就有一堆的事。"林卿卿把茶杯往他面前推了推，"喝点儿茶，也让自己缓缓神。"

"大哥自从晓得父亲过世之后就像变了一个人，整天把自己关在书房里，商馆的事情我去寻他商量，他也是一问三不知……"黄鸿煊轻轻叹了口气。

"经历了这么大一场变故，也难怪大哥会有这样的反应。"林卿卿望着他，"希望时间能治愈一切的伤痛，大哥慢慢会好起来的。"

"也只能如此了，"黄鸿煊喝下一口茶，"商馆现在虽说保住了，可还有许多事情需要重新调整规划，棘手的难题也不少。"

"鸿煊，你辛苦了。好在三哥回来了，你们一起商量着，总是会好些。"林卿卿说。

"三哥是回来了，可是他似乎对商馆的事情并不感兴趣。"

"三哥不是说在倒时差吗？你等他歇过几天，再去找他谈商馆的事。"

"不是，"黄鸿煊摇了一下头，"三哥今天同我讲了，他在法兰西根本没有去拿什么经济学位。而是……而是在那里参加了革命党。"

"革命党？"林卿卿有些诧异，"法兰西也有革命党？"

"嗯！三哥说他游历了俄国、德国，还有许许多多西方的国家！"黄鸿煊有些激动，"那里兴起了世界革命，他们要推翻旧贵族，要提倡平等与民主。"

"就像宥崇哥说的那样？"林卿卿有些好奇。

"我也没太听明白，应该是吧。"黄鸿煊眼里有一丝光，可瞬间暗淡下去。他是个饱读中西方书籍的人，对中国与西方的历史与文化都有相当的认识。他在思想上与许宥崇很接近，甚至不比许宥崇认识得浅薄。只是他爱自己的家，爱林卿卿与黄卓骊，更清楚自己身为男人的责任。

"鸿煊，我晓得，你也是个有志青年，也同他们一样有一腔热血。"林卿卿放缓了语速，"谢谢你，扛起了这个家，也谢谢你，这样爱我与阿骊。"

"卿卿，你不要这样讲。"黄鸿煊放下杯子，拉起她的手，"对你和阿骊好，对这个家尽义务，那是我做男人的本分。我没有三哥他们那样的豪情壮志，我只希望咱们一家人平平安安地在一起就好。"

眼前这个男人质朴而又简单的言语，却让林卿卿心里备感温暖。

"卿卿，你嫁进来还没过上几天好日子，就要让你跟着天天操心受累。你信我，我会努力让商馆恢复正常！"黄鸿煊对她承诺。

"不要讲这样的话，我能做你的妻子是我上辈子修来的福分。"林卿卿轻轻捂住他的嘴，"鸿煊，我信你，你一定可以重振商馆的经济！"

"鸿煊……"林卿卿又唤了他一声。

"这里只有我和你，有什么话，你尽管说。"见她欲言又止，黄鸿煊柔声说。

"我有一句关于商馆的话想说，只是不晓得合不合适。"林卿卿端正了神色。

"哦？关于商馆？"黄鸿煊鲜少见她有这样严肃的神情，便放开手，坐正了身子。

"我在想，咱们家这些年做的生意多数得姨丈照拂，如今姨丈下了野，你有没有想过商馆日后该如何运营？"林卿卿问。

"这个……"黄鸿煊顿了一下，"你不提出来，我还真忽略了这点。"

"你这段时间上海杭州两地跑，忙起来难免会疏忽。"林卿卿望着他，"我在想，政府换了新财长，所有的经济政策也都转了风向，倘若还是一成不变维持原状，恐怕商馆翻盘的机会少之又少。"

她的话引起黄鸿煊的思考。这些年黄氏商馆生意风生水起，无不得益于许昌贤这个财政总长。所谓一朝天子一朝臣，以现在的局势来看，商馆必须要有变革才能谋求新的发展。

"卿卿，你是不是有什么好主意？快讲给我听听。"黄鸿煊迫不及待地问道。

"不知行不行得通，我先把这个想法同你讲，由你来判断可不可行。"林卿卿说。

"好，你讲，我听！"

"如今时局不稳，不论哪行哪业都受到了影响，我们如果转型，就要去做民生最需要的行业。这样，不管太平盛世抑或战乱发生，我们的商馆依然可以稳定发展。"见黄鸿煊听得仔细，她又往下说，"早前五嫂同我提过，她说王伯父与五哥他们在研究中西医结合疗法。我在想，如果我们与他们联手合作，成立一间医药工厂，专门做中西医结合的药品，那不就是独一无二的了？"

"太好了，卿卿！"黄鸿煊有些兴奋，"你这是一语唤醒梦中人！这个想法当真可行，我明天就去见王伯父，找他与五哥一道商量。"

第一百三十一章

兄弟几个虽说同在一个院子里住，可黄鸿熠回来的这两天被柳韵琴拉着一道往寺里给黄廷承做功德，又跟着拜访了几家亲眷，总算在回来的第四天夜里空了下来。

他邀了黄鸿煊，两人一起走进黄鸿烨的书房。

眼前的黄鸿烨，看上去是那样憔悴无力，脸上流露着失魂落魄的沮丧神情，眼睛里完全没有了从前的光芒。

黄鸿熠心头一酸，脱口叫了一声"大哥"，便疾步走到近前。"大哥，我回来了！"黄鸿熠拉住黄鸿烨道。

"鸿熠，"黄鸿烨抬起头看了他一眼，"你回来了。"

"是，我回来了。"黄鸿熠看着他呆滞的眼神，心疼不已，"大哥，过去的事情就不要再想了，我想父亲他也不愿意看到你现在的模样。"

"父亲必然不会再想看到我，"黄鸿烨幽幽地叹了口气，"我是害死父亲的罪魁祸首，父亲不会原谅我，而我，更不能原谅自己！"

黄鸿熠脸上现出了为难的样子，他未料到自己的劝词反倒刺中了黄鸿烨的痛处。

"三哥，我们先坐下来，再陪大哥说话。"黄鸿煊见他这个模样，连忙接过话，"你这么多年没回来，给我们讲讲这些年在法兰西的见闻吧。"

黄鸿熠明白他的意思，点了点头："我几乎游历了欧洲所有的国家，它们那里蓬勃发展的革命思想，已经对政治产生了巨大的影响。俄国的革命者推翻了沙皇统治，他们建立了苏维埃政府，那是一个代表了广大人民意愿的政府。"

"这个我倒是听有崇哥提过。三哥，都说星星之火可以燎原，我现在算是信了。人只要有信念在，再难的事情也是能做到的。"黄鸿煊接话。

"是呀，只要有信念，什么样的困境都能跨过，什么样的难事都能解决。"黄鸿熠又望向黄鸿烨，"大哥，没有什么事情是过不去的，我和鸿灿、鸿煊都会和你在一起！"

"是的，兄弟齐心，其利断金！"黄鸿煊靠近他们两个，"五哥今天在诊所有手术，改天我们兄弟四个一起痛痛快快喝一场。"

"有多少年我们几个没在一起喝过酒了？"黄鸿熠轻轻揉了一下黄鸿煊，"我走的时候你还没结婚，现在也是做父亲的人了。"

"做了父亲，也可以赖着你和大哥一起喝酒的。"黄鸿煊挠了挠头，"现在你回来了，我们又可以像从前那样常常在一起聊天讲话了。"

"在外面的这几年，我会常常想起我们小时候的事情。现在好了，我们又聚到了一起。"黄鸿熠说。

"是呀，那时候你和大哥常常会带我同五哥一道往西湖泛舟，还会带着往清河坊去吃各种美食。"黄鸿煊有心活跃气氛。

"你那时候就是个小毛孩子，"黄鸿熠调侃他，"我与大哥出门只要被你晓得，就像个跟屁虫似的缠着。"

"三哥你还好意思说，"黄鸿煊也回忆起来，"每次你都嫌我麻烦，还是大哥待我好，总会乐意带上我。"

"那还不是因为你贪嘴，见什么要吃什么，可一回到家又肠胃不适，害得我和大哥总被母亲训斥。"黄鸿熠说。

"我那时候不是还小吗，见什么都稀罕。"黄鸿煊摸了摸后脖颈，有些难为情。

"对，你呀，是见什么都稀罕。"黄鸿熠笑起来，"大哥结婚前往大嫂家拉嫁妆，你瞧见大嫂小内侄手里的陀螺都要借来玩一玩。"

"我的生活不该被回忆，它是该被唾骂与诅咒的！"黄鸿烨忽然大声吼了起来。

黄鸿熠与黄鸿煊一时怔住，惊讶地望着他。只见他拼命抓着自己的头发，眼神里充满了忧郁与悲伤。屋子里充满死一般的沉寂。

"为什么？为什么你们都不出声了？"黄鸿烨沉默片刻之后，又大声叫起来。

"大哥，你怎么了？"黄鸿熠拉住他的双臂，问道。

"凭什么？凭什么要我承受这一切？就因为我是长子吗？"黄鸿烨咬着牙道。

"大哥，我们晓得你的难，也晓得你的苦。"黄鸿熠望着他，"可是这些年都这样过来了，你又何必……"

"兄弟，什么是兄弟？这么多年，你们一个个逃离的逃离，反抗的反抗，只有我，只有我这么多年一直忍受着这个旧家庭的一切！"黄鸿烨歇斯底里起来，"我受够了！我不要，不要再忍受这样的生活！"

一种莫名的压抑充斥着这个屋子，侵袭着三个不同性格的兄弟。

"我，也想仗剑走天涯；我，也想快意逍遥游；我，更想牵一人手到白头！可是，我没有！我不能！"黄鸿烨越发激动起来。

"大哥，你冷静点儿，你这样只会让自己更痛苦。"黄鸿熠劝道。

"痛苦？我的痛苦还少吗？这样的家庭，这样的人生，换作你们又该如何？"黄鸿烨咆哮着。

"大哥，你总是把自己的不幸归结于这个家庭，难道我跟你不一样吗？"黄鸿熠不能忍受他，"我又何尝不是遵循了这个家庭的规矩，放弃了自己的爱人？"

"错了就是错了，你不要再给自己找冠冕堂皇的理由！"黄鸿熠定定地望着他，"错过之后去纠正它，克服它，而不是一味在这里忏悔。"

"你和我不一样！你能做的，我不能！我憎恨这种生活，可是我摆脱不了！"黄鸿烨用手捂住脸，声音颤抖起来，"我牺牲了自己的青春，可是因为自己的愚蠢，非但没有成全孝子的名头，反倒害死了父亲。"

"大哥，你为这个家牺牲过的一切，我们都记在心里。"见他这个模样，黄鸿熠的口气又缓了下来，"我刚才有些激动了，对不起！我想你说得是对的，我毕竟不是你，不是这个家的长子，我没有办法去理解你所承受的一切。"

听他说到这里，黄鸿烨再也忍不住，眼泪顺着脸颊落了下来。

"大哥，你不要伤心，我们理解你！"黄鸿煊掏出手帕递了过去。

"过去的事情，就把它埋入黄土里吧……"黄鸿熠低声说。

"你们走吧，我想一个人待着……"黄鸿烨的声音里透着一丝凄凉。

黄鸿煊还想再开口劝慰，被黄鸿熠拉住了："咱们先走吧，让大哥自己静一静。"

两个人一道出了黄鸿烨的书房，各自回了屋。

这一夜，黄鸿煊辗转反侧，黄鸿烨的话不时在他耳畔响起，直到天光拂晓，他才迷迷糊糊地睡去。

第一百三十二章

黄鸿煊迷迷糊糊间听到屋外有嘈杂的声音传来，他微微皱了眉，翻个身坐起来。

还不及下床，就听到门外传来秋霞的声音："七少爷，七少奶奶，您二位起来了吗？"

"醒了，有什么事吗？"黄鸿煊问道。

林卿卿听见秋霞的声音，披上外衣便下了床。

"秋霞，外面怎么乱哄哄的，出了什么事？"林卿卿拉开门问。

"七少奶奶，不好了，大少爷出事了。"秋霞疾声回答。

"你说大哥怎么了？"不等林卿卿出声，黄鸿煊已经冲到了门口。

"刚才如兰去书房给大少爷送早餐，发现大少爷已经没了气息。"秋霞答道。

黄鸿煊心觉不好，一面往外走着，一面问道："叫了五哥没有？"

秋霞紧跟着："刚才黄管家让人先去请了五少爷，这才又来通知了咱们房里。"

黄鸿煊心跳加快起来，虽然极力镇定着，可没走两步便绊了一跤。不等秋霞去扶，他已经站起来，疾步奔着黄鸿烨的书房去了。

刚跨进前院，黄鸿煊便听到了柳韵琴与佟玉梅撕心裂肺的哭喊声。他又加快了脚步，到了书房的内室门口，拨开围着的家仆，便看见黄鸿烨直挺挺地躺在床上，像极了熟睡的样子。

"五哥，大哥怎么了？"黄鸿煊走上前问黄鸿灿。

"服用了过量的安眠药，"黄鸿灿摇了摇头，"发现晚了，来不及了。"

"安眠药？大哥怎么会……"黄鸿煊难以置信。

"大哥从上海回来之后，总说睡不安稳，他让我给了他一些安眠药……"黄鸿灿皱了眉。

"你还我鸿烨！"佟玉梅不等黄鸿灿讲完，便扑了过来，"你为什么要给他安眠药，你就是要害死他呀！"

"大嫂，你冷静点儿！"黄鸿煊拉住她，"五哥怎么会去害大哥？你先听五哥把话讲完。"

佟玉梅虽然被他与红蕊拉住，可仍然号啕着，眼泪止不住地流。

"大哥的情况我同母亲讲过，应该属于比较严重的忧郁症，需要到诊所接受治疗。"黄鸿灿顿了一下，看了一眼满脸泪痕的柳韵琴，又说，"大哥识大体顾大局，懂得克制自己，鲜少会将情感发泄出来。可能商馆的变故加上父亲的离世，将他压抑在心底的情绪爆发了出来，最终导致了这个病的发作。"

"我哪里晓得他会做这样的傻事。"柳韵琴扑在黄鸿烨的身上，"鸿烨，我的儿啊，是母亲误了你，母亲对不起你呀！"

在场的人，听着柳韵琴婆媳的哀号声，无不摇头垂泪。

屋外呼啸的寒风肆虐着大地。阴沉的天空，布满了灰黄色厚重的浊云。当杭州城落下第一场雪的时候，黄鸿烨便被埋入黄土，永远地与这个他既爱又恨的尘世做了了断。

家里两个顶梁柱接连离去，让黄家上下再度陷入了悲痛。江南的冬日，本就阴冷潮湿，加上这些日子又是连续不断的雨雪天气，让人更觉无处安放那一腔愁肠。

自从黄鸿烨离世那天开始，柳韵琴便茶饭不思。被子女们劝得狠了，也不过吃口稀粥，喝口参汤，就凭这些续着命。黄芳蕙见她这个模样，与丈夫商量之后，便带着柳承茂搬回娘家，陪她同住。佟玉梅虽说不至于像柳韵琴这样哀愁，可心里的悲痛也不亚于她。每天跑去黄鸿烨的书房坐一阵子，呜呜咽咽地哭上两声，似乎成了她如今的惯例。

廖玉凤走近佟玉梅屋子的时候，她刚从黄鸿烨的书房哭了一场回来。

"你怎么来了？"佟玉梅接过红蕊递来的热手巾，一边擦脸一边问道。

"大嫂，我来了几趟，总碰不上你。"廖玉凤说。

"找我做什么？"佟玉梅放下手巾，"来看看我这个寡妇吗？"

廖玉凤看她这个模样，就知道她心里憋着气，只是这气从何而来，她却不得而知。

"大嫂瞧您说的，出了这样的事情，我们哪个心里不难过？"廖玉凤拉住她的手，"只是这些日子鸿熠刚回来，加上大哥……唉，我也是病了好几天。"

"我还不曾病倒，你倒好。"佟玉梅脱开她的手，"既然来了，坐下说吧。"

"大嫂，我来就是看看你同阿骐。"廖玉凤在她对面坐下，"我这个人，不会甜言蜜语去讲什么，可以后你与阿骐要是遇上什么事需要我出力的时候，可千万不要同我见外。"

"都已经到了现在这种地步，我们母子还能再遇上什么比这个更糟心的事呢？"

佟玉梅冷笑了一下。

她这句话，反倒让廖玉凤定下心来，知道她不过是因为失去了丈夫，将哀伤转成了对他人的怨气。

"话是这样讲，可毕竟是一家人，怎么能不操着你与阿骐的心呢？"廖玉凤望着她，"尤其我们两个，做妯娌时间最久，往日也最亲近，我可做不到自扫门前雪。"

"你这份心还真是难得！鸿烨走了，这个家如今轮不到我们房里当家说话，就是下人们，也不如过去待我那样殷勤周到了。"佟玉梅满腹委屈。

"那些都是势利小人，狗眼看人低的！"廖玉凤一副愤愤不平的样子，"照说这个家，大哥生前出力最大，更何况，商馆最难的时候，筹钱最多的也是大嫂你。所以，不论讲到天边，家里任何事都不可以越过你去。"

"这话诚然，可旁人怎么看鸿烨的事，谁又晓得？"佟玉梅说到这里，忽然又想起什么似的，"等等，我怎么听你刚才那话，好像家里有什么事情背着我？"

"倒也不是什么事，"廖玉凤偷偷瞟了一眼她的神色，见她一脸狐疑，便又道，"鸿熠这人重情义，这些日子总念叨着大哥的好，弄得也是茶饭不香。昨天我见他又把自己关在书房里，就想着去宽解宽解他，谁料老七也在他书房里，正在同他商量商馆钱的事……"

"商馆？钱？"佟玉梅问道。

"他们嘀嘀咕咕，我隔着门，也没太听清楚。只是我听到鸿熠话里有什么债务哇，运作资金哪，总之，应该是在谈钱的事。"

"如今商馆哪里还有钱？现在这个家，恐怕也只有你跟我还能依赖娘家给些钱了。"

"这倒是，只是大嫂你忘了一个人……"廖玉凤接话。

"谁？这个家还有谁能比得过我们两个？"佟玉梅有些不屑。

"母亲哪，她老人家手里可攥着不少真金白银呢！"廖玉凤挑了挑眉，"老七娶了那样一个穷太太，如今大哥走了，他还能不去寻思母亲的东西吗？"

"这层我还真没想过，"佟玉梅将两手抱在胸前，"难怪，我说前几天关先生怎么来跟我核对我家借给商馆的钱，莫不是老七撺掇着要分家呢。"

第一百三十三章

黄府原本每夜的各种嬉戏娱乐，早在黄廷承离世之后就不曾出现。如今即便年关将近，院子里依然冷冷清清，完全没有过节的样子。

转眼已经到了黄鸿烨的七七，黄芳蕙与黄鸿熠领着一家老小往寺庙里做了功德，回到府上已经是晚饭时分。

即便黄芳蕙姐弟有心舒缓气氛，可这一顿饭，照旧吃得沉重且又压抑。

柳韵琴本就没吃几口东西，见一众人都放下了碗筷，便让下人们张罗着撤去了碗碟，又打发他们出去，这才开了口。

"今天鸿烨过了七七，算是满了热服。"柳韵琴才刚讲出这句话，便已经红了眼圈，"有些话，我一直想讲，可未满七七不能提其他。今天趁着你们都在，我要把这些话都讲明白。"

席间的儿孙子媳，虽不清楚她究竟所为何事，但也猜得应该关乎家族未来，于是个个屏了呼吸，端正了坐姿，等她继续讲下去。"这么些年，咱们家全赖你们父亲与鸿烨忙碌操持着才有这样舒坦安逸的日子。如今，他们两个接连都去了，咱们这个家还不晓得要怎样维持……"柳韵琴开口。

"母亲，虽说这个家父亲与大哥功不可没，可人已经不在了，总归要往长远的方向走。"黄芳蕙接了话去，"您的心情我们都理解，好在鸿熠回来了，再有鸿灿与鸿煊他们几个商量着，商馆日后还是会重振雄风的。"

"话虽如此，可老话讲得好，'国有重臣，家有长子'，这个家没了你父亲与你大哥，已然没了主心骨。哪天我再一闭眼，你们便会如一盘散沙，到那时说什么都晚了。"柳韵琴悲戚着。

黄芳蕙正要再开口，却见柳韵琴对着她摆了摆手，只得将原本要讲的话咽回了肚子里。

"现在你们也该明白我想要讲的是什么事了，"柳韵琴顿了一下，"儿孙自有儿孙福，你们是时候飞鸟离巢，各自投林了。"

"母亲，有您在，这个家又怎么会散？您别胡思乱想，您的身子康健着呢！"黄鸿熠忍不住开了口。

"人有旦夕祸福，你父亲说没就没了，我又哪里晓得这一觉睡下去，明早还醒不醒得来？"柳韵琴擦了一下眼角，"这个主意我已经打定了，前两天也与你姨母、小舅们商量过了，你们现在不用再来劝说。眼下我要同你们商量的，不过就是各房如何分配罢了。"

虽说坐了一屋子的人，可此时都各自怀了心思，反而静到针落有声。

柳韵琴见他们都不出声，用目光依次扫视一遍，又开了口："你们不说，那就由我来分配了。你们都晓得的，商馆虽说渡过了危机，可是外面还有许多借贷未清,所以如今能给你们分的,不外乎是家里我手上的那点儿东西。"

落了话音,她便按了电铃,让账房的关先生将账簿送过来,"关先生,你把账都给他们念念。"

关先生不敢怠慢,便照实将账簿记录的数据一一念出。末了,他将账簿小心放在柳韵琴面前,识趣地退了出去。

等他离去,屋子里又安静下来。照着眼前的情形,众人都明白这家已经到了非分不可的地步。

黄芳蕙因是已经出阁的女儿,此时也不宜先出声讲话,便将身子靠在椅背上,只低头摆弄手里的花帕子。

黄鸿熠见她这个模样,知道她的为难之处,想起自己如今在男丁中排行老大,便开了口:"母亲,如果要我照心里的实话讲,我是不愿分这个家的。可您现在这样铁了心,我要是一味反对,那也是对您的不敬与不孝。这些年我一直留洋在外,从未对这个家出过一份力,"话到这里,他低头看了一眼身旁的黄卓骥,接着说,"所以,家里的钱,我一分也不要。"

他语出惊人,原本正支着耳朵的廖玉凤一下按捺不住,接过话来:"鸿熠,话可不是这样讲的!照道理,现在轮不着我来插话,可是你的决定关系了我们这个小家庭日后的生活,我不得不替阿骥讲两句。你这些年没在家是不错,可你与阿骥都姓黄,母亲是个大公无私的人,晓得的人明白是你自己不要这份家产,不晓得的人还以为母亲偏心而厚此薄彼。"

"别人要怎么看,那是别人的事情,我只说我自己心里的想法。"黄鸿熠说。

"你倒是讲了兄弟义气,可你做丈夫与父亲的责任去了哪里?"廖玉凤不依不饶,"我嫁进你黄家这么些年,上敬公婆,下爱子侄,我有哪点儿没尽到媳妇的责任?你倒好,说留洋就留洋,说不要家产就不要家产,难不成你要我和阿骥回我娘家讨饭吃?"

黄鸿熠本想反驳,可看了一眼沉着脸的柳韵琴,只将两手往腿上一搭,不再出声。

柳韵琴见他不出声,便长叹了一口气:"我不是包青天,也断不了你们的案。只是玉凤有句话是对的,阿骥他姓黄!玉凤你放心,现在分家是我的意思,我不会眼看着我的儿孙落到没饭吃。"

廖玉凤听她这样讲话,又看着一屋子人都瞧着自己,心想等她分配了看看公正与否再说,便也不再出声。

柳韵琴见没人再出声,便又开了口:"你父亲在的时候遵从祖制,总觉得大家庭一起生活是件好事，我又何尝不想呢？可家里现在这个情形，不分必是不行的。刚才关先生的话，你们应该都听明白了。内账上原本有三百二十万现金，那时候鸿煊急着筹钱填补商馆的窟窿，我当时考虑着一家大小要吃喝拉撒，只给了他两百万，所以现在还有一百二十万在手。另外我还在外面放贷了五十万，还有你们小舅父的洋行里有我十五万的股票，这是全部的数了。"

"母亲，这个家一直是您在操持着，再多再少也是您辛苦积攒下来的，您说怎样就怎样吧。"黄鸿煊开了口。

"你们如果都没有其他想法和意见，那就按我的心意来了。"柳韵琴正了颜色，"我在一日，这个宅子一日我先不分，等我日后走了，由这四个孙子平分。这一百二十万现款，你们四房男丁，一房十八万，芳蕙你们姊妹三个虽然已经出阁，可你们也是这家的女儿，我给你们一人五万。

"芳菲还待字闺中，我另外再把你阿姐们当年出门时候的嫁妆钱加上，统共给你十万。至于二妹与三妹，你们跟了老爷一场，一人也给你们五万。余下的，留作这一大家子上上下下的开销。"

第一百三十四章

一众儿女还是头一回听柳韵琴这样大刀阔斧地讲话，即便心里有些异议，此时也没人敢跳出来反对。

"分给你们的钱，只要你们每房正正经经，不嫖不赌，也是足够生活了。"柳韵琴看了一眼众人，"至于商馆，玉梅娘家当初拿出那样大一笔钱来帮衬，还有藜旻娘家与其他几位亲戚，这些日后都是要还的。所以，眼下只有两个法子……

"第一个法子，你们弟兄三个寻个人来接手，可是接了就要一并带上债务，这并不是什么沾光的事，反倒是坑了接手的那个。至于第二个，趁着现在商馆的名声还没倒，就将它卖了，也能把那些亲戚们的钱都还清了。"

"母亲，商馆是祖父传下来的，又凝聚了父亲与大哥的心血，所以这个商馆不能卖，我们务必要将它保下来。"柳韵琴话音刚落，黄鸿煊便阻止道。

"鸿煊，你这话虽说在理，可是讲得太轻巧。"柳韵琴摇了摇头，"你以为我不想保下来商馆吗？可是商馆现在这个形势，又有这样大一笔债，要让你们哪个来扛？"

"母亲，都说兄弟齐心，其利断金。我和三哥、五哥，虽然比不上父亲与大哥经验丰富，可是三个臭皮匠胜过诸葛亮。以后遇事我们商量着，一定可以让商馆渡过难关的。"黄鸿煊又说。

柳韵琴听到这里，先摇了摇头，又跟着长长地叹了一口气："眼看着你姨丈下了野，商馆的生意也一落千丈，你们哪个来扛，我也于心不忍哪！"

"母亲，鸿煊说得对！只要能保住商馆，我们可以把家里的古董字画暂时抵押，"黄鸿熠顿了一下，"还有您分给我们的钱，都可以拿出来先给商馆用着。"

"鸿煊想法不错，可哪年哪月才能填得平这个窟窿？更何况你回国不久，对商馆的事情并不十分了解，要是接手商馆，岂不是搬起石头砸自己的脚吗？"廖玉凤不等柳韵琴接话，直接开了口。

"我要不要财产，你有话说，我要不要保商馆，你还有话说，你还真是个'贤妻'！"黄鸿熠听她这样讲话，便抢白道。

"我还不都是为了你好……"

不等廖玉凤说完，柳韵琴便接过话："我还没咽气呢，你们就在这里吵吵，这个家不分能行吗？"

"母亲，您不要跟她一般见识！"黄鸿熠瞪了一眼廖玉凤，冲柳韵琴说。

廖玉凤张了张嘴，还没来得及再与他辩驳，佟玉梅却开了口："哟，你们这都唱的哪出哇？分家与商馆的事，莫不是你们早就一道商量好了，就只瞒着我们孤儿寡母？"

"大嫂，你别误会。分家我们都是才晓得，至于商馆，我们只是不希望它被卖掉。"黄鸿煊听她这样讲话，忙解释道。

"虽然欠了账，可是瘦死的骆驼比马大，更何况父亲还留下那么大一堆古玩字画，恐怕外面还有股票债券，商馆何至于要被卖掉？"佟玉梅想起那天廖玉凤的话，心里便来了气，"我现在算是明白了，你们今天都是为了唱给我看，无非就是要我们母子不再惦记这个商馆！"

"大嫂，你怎么能讲出这样的话来？"黄芳蕙不禁抬头道。

"我讲哪样的话了？难不成是被我戳中了？"佟玉梅斜眼看她，"芳蕙，不是我说，你一个嫁出去的女儿还整天回来掺和娘家的事，你是几个意思呀？"

"你……"黄芳蕙本想怼她回去，可想了一下眼前的形势，为免柳韵琴生气，便又忍了下来。

"这个家没了你们父亲，就该由我做主。我想分家，也用不着跟谁商量！"柳韵琴冷笑一声，又说，"你们父亲留下的那点儿古玩字画、股票债券，我就是落下来了，日后高兴给哪个，就给哪个，还轮不到你来惦记！"

"母亲，您这话那就是冲着我来的了？"佟玉梅并不服气，"那好，等一会子我就给我父亲打电话，让他该要账就要账，不用再卖我什么面子。"

她话音刚落，柳韵琴便啪的一声拍在桌子上："好，欠债还钱天经地义，你不用去打电话，我明天就卖了这个商馆，一了百了！"

可佟玉梅此时也在气头上，加上黄鸿烨过世之后积压在心里的悲伤，此时统统发泄出来。

"论出力，鸿烨活着的时候没年没节没日没夜地干；论孝顺，家里事无巨细哪点儿不是他来为父亲分忧？"佟玉梅越说越激动，"他是让商馆遭了亏空，可难道他对商馆不是功大于过？现在他人不在了，你们说卖就要卖，说留就能留，只把我们母子隔了过去，这都是存了什么心？"

"刚才我的话，这一屋子人都听得清清楚楚，有谁要隔过去你们母子？"柳韵琴气得白了脸，"莫说卓骐是我长房长孙，就是二房的卓骁，我也不会少他一分！"

佟玉梅一见这个情形，心下一横，便把话都倒了出来："我嫁进来这么些年，除去每个月那三百块零用，还真没沾你们黄家半点儿光。莫说商馆如今这个情形，就是风光如当日，我也不稀罕半分。可讲话要讲理，阿骐年纪再小，他也是这家的男丁，凭什么你们做其他决定之前不让我们娘儿俩晓得？"

"大嫂，你消消气，并没有谁成心要瞒你什么。"黄鸿煊安抚她。

"大嫂，大哥不在了，我们同你一样难过，可你不能讲话做事不论理！"黄鸿熠也站了起来。

"我哪里不讲道理了？"佟玉梅反问道。

"看看你现在这个样子，哪里有个名门出身的样子？"柳韵琴指着她斥责道。

"大嫂，你好歹也是商贾之家出身，随便拨一拨算盘子，便该晓得鸿熠与鸿煊刚刚那番话对你和阿骐没有半分损失。你做什么要这样咄咄逼人，弄得一屋子人都不欢喜？"黄芳蕙也忍不住接了话。

"我还没讲两句，你们就一个个来质问我，"佟玉梅只觉自己委屈至极，红了眼圈，"这摆明了是合起伙来欺负我们孤儿寡母的呀！"

廖玉凤妒恨黄鸿烨当初在这个家的地位，更恨商馆危机之际佟玉梅娘家伸了援手，加上黄鸿煊与林卿卿夫妇窥了自己隐私，让她内心始终惴惴难安。原本仅存的对于黄鸿熠的爱意与憧憬，从他回来敷衍着自己开始，她便后悔为了这个男人而给了这个家族喘息的机会。此时，她冷眼旁观着这一切，心里恨不能让这个家搅得天翻地覆。

"大嫂，大家无论说什么，都是要为了把商馆保住。"一直没有出声的黄鸿灿也开了口，"大哥即便不在，你还是大嫂，我们做事怎么会隔过你去？"

"祖母，母亲，你们不要再吵了，我怕……"黄卓骐红了眼眶。

佟玉梅听到黄卓骐的话，低头又看见他一脸恐慌的模样，终归还是不能撕破脸皮，咬了咬牙，将话憋回了肚子里。

柳韵琴见她不再出声，到底心里还是感念佟家的援手之情，加上也顾及黄卓骐在前，便也缓和了口气："分家的事就这么定了，至于商馆，你们四房再商量商量，这是个千斤重担。"

第一百三十五章

就这样，分家的事情算暂时做了个了断。可商馆的账目毕竟不似家里这样简单明了，离了餐厅，黄鸿熠兄弟三个便邀佟玉梅一道往书房商量，谁知她此刻反倒没了意见，只推说头疼便回了自己房去。

林卿卿与黄芳蕙一道服侍着柳韵琴回房歇下，这才往偏厅去给许梧桐挂电话。

"卿卿，我一直想给你打电话，可又怕你忙着没时间理我。"电话那头，许梧桐听见她的声音欢喜不已。

"再忙，我也会打给你的呀！"林卿卿听到她的声音，方才沉闷的心情好了许多，"梧桐，只是最近家里一连串的事情，我是怕自己的情绪影响了你。"

"怎么会，我本来也想去杭州送一送鸿烨表哥，可是母亲硬拦着我，说对肚子里的宝宝不好。"许梧桐的声音里有些许遗憾。

"姨母讲得对，你现在是有身孕的人，不宜大喜大悲。还有哇，天冷了，你要注意保暖，别受了凉。"林卿卿叮嘱她。

"好了，好了，你怎么越来越像我母亲？她现在搬来上海与我同住，天天在我耳边念叨这些，烦都烦死了。"许梧桐撒娇道。

"你都要烦死了，我哪里还敢再说？怎么样，最近宝宝有没有开始胎动了？"林卿卿问。

"还没有，日本产婆说恐怕要到下个月才会有。"许梧桐答。

"月份足了，就会有动静的，到时候你可别嫌小家伙踢你哟！"

"放心吧，我不会嫌弃你干儿子或者干女儿的。"许梧桐笑道。

"好，那样我就放心了。"

"卿卿，你别总操心我了，说说你家的事吧。"许梧桐顿了一下，"我听母亲说，姨母同她与小舅商量着要给你们分家，现在什么情况？"

"刚才母亲已经同大家宣布了，也算是分过了。"即便电话那头的许梧桐看不见她此时的表情，可林卿卿还是苦笑了一下。

"那商馆怎么说？是卖是留？"许梧桐又问道。

"母亲的意思是将商馆卖了，换些钱回来把债还清。可鸿煊他们兄弟几个倒是有心要将商馆保下来。"林卿卿轻轻叹了一口气，"的确是两难的事，还有大嫂与三嫂，似乎也有自己的想法……"

"你们家那两个嫂子可不是什么善茬，商馆的事情还是让鸿煊哥哥小心处理的好。"许梧桐提醒她。

"是呀，这是一个关系家族未来的决定。"林卿卿停了一下，又说，"梧桐，我有件事要同你商量……"

"什么事，还这样神秘兮兮的？"许梧桐问道。

"我们家的情况你是晓得的，今非昔比，"林卿卿沉默了一下，"倘若鸿煊铁了心要把商馆保下来，我必须要支持他才是。眼下最大的难题就是缺少资金。余杭的柚园当初是鸿煊以我的名义买下的，我想着把它们盘出去，多少能贴补商馆一些。"

"卿卿，这事你与鸿煊商量了吗？"许梧桐问道。

"还没有，毕竟商馆的事情还未最终确定。梧桐，我只是想与你商量，你觉得这个想法可不可行？"

"卿卿，我理解你！你有这个想法，无非就是想要帮助鸿煊哥哥筹钱。可是，柚园是你们两个婚姻发起的地方，也是你憧憬的生活，它们对于你们有非凡的意义。"

没有听到林卿卿的回应，许梧桐又感慨道："如今父亲下了野，我有心想要帮你们却也力不能及……"

"梧桐，你说哪里去了？这么多年，你帮我的还少吗？"林卿卿打断她，"我们是姐妹，你对我的心，我还能不了解吗？"

电话那头的许梧桐缄默下来。

"梧桐，你还在吗？"林卿卿问道。

"我在……"许梧桐听到她问话，忙应了一声。

"你没事吧？"林卿卿有些不放心，"怎么忽然不讲话了？"

"我没事，你不要多想，刚才估计是线路的故障。"许梧桐的声音恢复如常，"对了，你讲到柚园，我倒想起一件事来，或许能给你做参考。前些日子我跟着母亲去国际饭店喝下午茶，尝了一种朝鲜来的茶，酸酸甜甜的味道极佳。我仔细品了，就是用柚子的皮配了蜂蜜所制，后来问了服务生，果然我猜得没错。"

"哦？以柚皮制茶？"林卿卿心里盘算起来，"梧桐，你哪天再去国际饭店的时候帮我买一些回来,我也想尝尝。"

"好,你放心,这件事包在我身上,明天我就去办,然后打发人给你送到杭州。"许梧桐打了包票。

"梧桐,谢——"林卿卿刚一开口,便被许梧桐制止了。

"约法三章你又忘了!改天见到你,我要好好罚你。"许梧桐说。

"不谢了,不谢了,是我的错。"林卿卿停了一下,又问道,"梧桐,还有一件事……"

"我知道你要问什么了,"许梧桐也不避讳,"是香凝对吗?你放心,她还不知道鸿烨表哥的事情。"

"梧桐,这些日子我总在想,在香凝姐姐的事情上,我是不是太自私了?"林卿卿声音里带着淡淡的哀愁,"如果不是我去找她,请她出面帮助大哥,她现在应该在金陵女子大学预备新年的晚会吧?"

"卿卿,你不要想得太多了。"许梧桐宽慰她,"香凝对鸿烨表哥有情,倘若日后她知道他身陷囹圄,而自己恰好有能力帮他却未能去做,恐怕她会更加伤心。"

"可是,她如今被困在那所公馆里。"林卿卿幽幽地说。

"你呀,以为谁都像你似的唯爱情至上吗?那我现在告诉你,你还真的想多了。"

"梧桐,你这话是什么意思?"林卿卿有些茫然。

"我在四哥家遇到过两次香凝,看不出来她有半点儿不开心,行事作风倒还有那么点儿女主人的意思。"许梧桐顿了一下,"还有,前阵子她还跟着四哥去赴了几次日本人的宴会,我听说,她周旋于日本政商名流之间可是如鱼得水呢。"

"香凝姐姐一心想要过寻常人的生活,可最终还是回到了原点。"林卿卿长长叹了一口气。

"你怎么还是听不明白?卿卿,她哪里有你想的那样长情?"

"不,梧桐,我相信自己的感觉,香凝姐姐她有她的不得已。"林卿卿说。

第一百三十六章

分家那夜,柳韵琴让各房日后除去年节,各自独立开灶。林卿卿依旧每天午后会带着黄卓骊往她房里请安问候,一如从前。

这天她刚一进柳韵琴的小客厅,王藜旻便跟着也走了进来。

"藜旻,你身子不便,母亲都说了不用你整天来问安的。"黄芳蕙起身迎她们几个进去。

"二姐，我这个样子，多走动才好。"王藜旻被尤嫂扶着坐下，"再说，来看母亲是我们应分的事情，阿骁一天不来，他还要闹我呢！"

"别看是二胎，可要总是坐着不动，一样不好生的。大姐，我们每天来你房里坐坐，讨杯咖啡来喝，你不要嫌弃才好。"二姨太张氏笑道。

"瞧你说的，"柳韵琴苦笑一下，"今非昔比，你们还能来，我是欢喜还来不及呢。"

转头对着王藜旻，柳韵琴又问道："藜旻，你这也快到日子了吧？这段时间家里事情多，我也没顾上问问你的情况。"

"快了，母亲，产婆说应该能生在年里。"王藜旻答。

"这两个孩子来的日子倒有些意思，一个年头，一个年尾，听着像是隔了很长时间似的，实则差不了几天。"柳韵琴望着她，"藜旻，你就好生照顾自己，顺顺利利把这个孩子生下来，也给咱们家添点儿喜气。"

"是呀，藜旻，新生命新气象，我们都盼着小家伙快点儿到来呢！"黄芳蕙也说。

"五嫂，产期的东西都预备好了吗？要是还缺什么，你同我讲，我去帮你预备。"林卿卿问。

"放心吧，都预备好了。倒是你，白天要照顾阿骊，夜里又要陪着鸿煊熬，这样下去，可是会把身子熬坏的。"王藜旻说。

"我没事，五嫂。"林卿卿安慰她。

"卿卿，藜旻讲得没错，这些日子你也辛苦了！"黄芳蕙对林卿卿说。

"二姐，你说哪里去了，这些都是我该做的。"林卿卿答。

"卿卿，我听鸿灿说你建议鸿煊开药厂，我觉得是个好法子，可行！"王藜旻望着她说。

"五嫂能认可，那我也放心了。"林卿卿莞尔，"只是想法虽好，可前期运作起来并非易事，更何况商馆如今缺少资金也周转不开。"

"是的，那天鸿煊也同我讲了，当真是个好法子。"黄芳蕙点了点头，"至于资金，我想前期购买设备的费用可以想办法筹一筹。"

"你这不是胡闹吗？"柳韵琴接过话去，"拆东墙补西墙，这几时才能还清商馆的债？"

"母亲，药厂要是能经营好，那是一本万利的事情，还愁还不了债吗？"黄芳蕙劝道。

"话虽如此,可能开药厂的又不是只有咱们一家,经营起来哪里像你们想的这么容易!"柳韵琴不免担忧。

"母亲,这段时间鸿煊与三哥早出晚归,就是为了去了解市场,"林卿卿解释,"我们守着王伯父与五哥这样的专业人士,只要能筹到钱启动,就不怕日后经营不下去。"

"母亲,卿卿讲得没错,既然大家都有心要保这个商馆,我父亲与鸿灿一定会尽力的。"王藜旻补充。

"巧妇难为无米之炊,想法再好,还是得能筹来钱才行。"柳韵琴长长叹了口气,"商馆刚出事的时候外人不晓得,加上阿骐外祖父也肯帮手,芳蕙出去筹钱还不算难。可如今咱们家倒了,有谁还会再肯借钱给咱们?"

"母亲,我有个想法,不知道可不可行……"林卿卿踌躇一下,"我见五嫂她们一直都在外面做募捐活动,受了些启发,便想可不可以向外界募集资金?"

不等柳韵琴答话,黄芳蕙便开口问道:"募集资金?你的意思是像招募股票那样的形式吗?"

"二姐,是这么个意思。"林卿卿回答。

"招募股票?那怎么行!"柳韵琴有些不悦。

"母亲,这不是都在出主意商量吗?能行就用,不能行我们再想其他办法,您先听卿卿把话讲完。"黄芳蕙往她杯子里添了些咖啡。

"母亲,招募股票并不是买卖股票,"林卿卿见她端起杯子喝咖啡,心知黄芳蕙的话起了作用,便接着说,"我想着咱们拿出一部分股份,分给有意向合作的亲友,大头仍然攥在自己手里。这样,就能让人心甘愿将钱为我们所用,而且还能与我们共进退,分担了投资的风险。"

"卿卿,这个主意好!"王藜旻先开了口,"你不提我还真的想不起来,这在西方国家叫股份公司,在西方有个荷兰人成立的东印度公司,它就是股份制的。"

"东印度公司谁能不晓得呢?只是我们中国人讲究自己的生意自己当家做主,这个什么股份制当真可行?"柳韵琴一脸狐疑。

"可行,母亲!卿卿刚刚讲了,大头还在我们自己手里攥着,商馆还姓黄。"黄芳蕙说。

"这事情你可有同鸿煊商量?"柳韵琴转头望着林卿卿。

"同鸿煊讲过了,他说先与三哥、五哥商量一下。"林卿卿回答。

"既然这样,就让他们去做决定吧。"柳韵琴轻轻叹了口气,"我跟不上时代了,日后是你们年轻人的天下。"

"母亲,您放心,他们不会令您失望的!"黄芳蕙笑道。

"这种股份公司,大上海早就有了。"廖玉凤人随声至。

"哟,哪阵风把你吹来了?"黄芳蕙冷笑一声。

"芳蕙,你这话说得。这是我的家,我来瞧瞧母亲,这不是再正常不过的事情吗?"

"你还晓得这是你家?"黄芳蕙也不甘示弱,"听说你日日坐了车子出去,不是打牌就是跳舞,倒也没见你有空来瞧瞧母亲。"

"我不来,你说我天天往外跑,我来了,你又拿话揶揄我,你这叫我该如何是好?"廖玉凤反击道。

"你们觉得我还不够闹心是吗?"柳韵琴沉下脸来,"都少说两句,没人会当你们是哑巴。"

"母亲,您这是在怪我喽?"廖玉凤努了努嘴,"既然大家都不愿瞧见我,那我就不在这里碍人眼了。"

她用眼角余光扫了一下屋子里的人,又说:"我明天要陪我娘家大嫂去上海定制旗袍,本来是好心来问问,马上要过年了,看看你们有什么需要的洋货就帮你们带回来。现在可倒好了,我也省得再费心思!"

第一百三十七章

许宥利是国际饭店常客,看见他入内,咖啡厅的领班急忙迎了上去。不等领班开口,许宥利便摆了摆手让他退去,自己站着环视一圈,看见角落里背对门口坐了一个穿着紫色缂丝旗袍的女士。

虽说旗袍是当下时兴的服饰,但国际饭店里往来的名媛贵妇多爱穿着西洋裙装。他料定那就是廖玉凤,扬了扬嘴角,便径直走了过去。

"哟,三表嫂果然是时髦女性的代表哇!"许宥利一边在她对面坐下,一边笑道。

廖玉凤抬起手腕看了一眼表:"许参赞果然是大忙人,要我这个远道而来的客人足足在这里等了三刻钟。"

"这是怪我喽?"许宥利笑了笑,"临出门又接了个电话,抱歉,抱歉!"

"这些虚伪客套的话,你就留着回去讲给那位知心人吧,在我这里大可不必。"廖玉凤话里带着不满。

"按说咖啡厅里不该飘着酸味,难道是我鼻子不够灵光?"许宥利调笑道。

"这话未免太自负,"廖玉凤斜他一眼,"酸不酸的,你问问这一屋子人不就晓得了?"

许宥利知道她的醋意是来自香凝,心里只觉得一阵得意。"好了,你约我来,总不至于就是为了与我斗个嘴吧?"许宥利望着她,眼神里充满了挑逗,"是不是想我了?"

"想不想的,又有什么用?"廖玉凤拿出帕子轻轻擦嘴,"过去是远水解不了近渴,眼下就是离近了水源又如何?"

许宥利被她这么一说,只觉得心神奇痒,不由得在桌下伸过手去摸了她一把。"你那水源不是已经回来了吗?怎么,还不够你用的?"

"这个你就不要问了,"廖玉凤忽然敛了笑容,"我可不想浪费时间去讲这些个扫兴的话。"

"你这人,说翻脸就翻脸。"许宥利讲话间伸手拉过她的杯子,喝了一口,"唇齿留香……"

廖玉凤见他这般举动,不禁柔情荡漾,即刻又笑了起来:"你还当真不同我客气?"

"你我之间,用得着吗?"讲话间,许宥利笑嘻嘻从口袋内掏出一把钥匙,"多日不见,309房间,我们好好聊聊!"

不料廖玉凤却将钥匙推了回去:"怎么,你不打算请我去你公馆里坐坐?"

"你这人还当真有点儿意思。"听她这样讲话,许宥利定定地望着她,过了片刻,笑了起来,"怎么,是要去看看谁占了你的水源吗?"

"那倒不敢!只是没想到你许参赞竟然也是个怕女人的痴情种。"廖玉凤承接着他的目光,丝毫没有羞涩之意。

"你这样聪慧的人,竟然也有估错的时候。她向来不干涉我的事,更何况她这个时间多在外面打牌。"许宥利说。

"瞧瞧,我怎么说来着?"廖玉凤心里有讲不出的一种酸涩,"人不在家呢,都不敢请我去坐坐,这要是在家,恐怕要请东洋兵来把门了。"

许宥利心知她在用激将法,可刚才已经被她撩得欲火中烧,见她执意要往自己公馆去,也不能没有一点儿表示。

"看你这样子,今天我要是不请你去我家里坐坐,是预备着要在这咖啡厅里坐到天黑的。"许宥利站起身,套上大衣,"我让车子开到侧门等你。"

香凝刚一走进公馆大门,就瞧见吴管家迎了上来。

"小姐，先生来了客人，您要不要先到客房休息一下？"

"客人？他们在书房谈话，我回楼上卧房里就好，做什么要去客房？"香凝狐疑地问。

"这个……先生在二楼会客……"吴管家有些为难，"我只是按照先生吩咐的同您讲一声。"

香凝抬头向楼上看了一眼，又想了一下："好，我先去客房歇一会子，几时先生的客人走了，你让翠云去知会我一声就好。"

吴管家见她往客房方向走去，悬着的心这才安了下来。

香凝本就出身风月之所，最擅察言观色，方才瞧见吴管家的神色，心里已经猜得八八九九。她心里虽然没有半分醋意，却也觉得许宥利欺人太甚，此时歪在贵妃椅上，心里做了一番盘算。倘若能将他捉奸见双，自己也能寻个离开的由头。即便不能如愿，起码也能因此找个不承欢他的借口。

心里打定主意，香凝悄悄拉开房门，见四下无人，便蹑手蹑脚地上了楼。才刚走到卧房门口，就听到淫声浪语，娇喘连连。她定了定神，悄悄走到一旁角几边，从抽屉里摸出备用的房门钥匙，迅速插进锁孔，一把将门推开。

床上正颠鸾倒凤的两个人见她进来，着实吓了一跳。香凝朝那床上望了一眼，这才看清那女子竟是廖玉凤。她倚着房门，冷笑一声："哟，我当是谁，原来是三少奶奶，这当真是稀罕。"

"阿凝，你先下楼，"许宥利抓过床边放着的睡袍披上，"我马上下去找你。"

"你们能做得，还怕我看到吗？"香凝冷笑着。

"你这不是让彼此难堪吗？"许宥利皱了眉。

"我为什么要觉得难堪？"香凝虽同他讲话，眼睛却一直盯着廖玉凤，"三少奶奶，您这山长水远地送上门来，还当真是客气。"

廖玉凤被她捉奸在床，一时又羞又恼。可她毕竟不是等闲人物，此刻定下心神，捂着被子坐了起来。

"宥利待客热情，我也不过客随主便。倒是你，站在这里算哪门子人物，还要来多管闲事？"

"我算哪门子人物不用你来操心。"香凝将两手交叉在胸前，"只是你这个黄家的三少奶奶躺在这个床上，似乎有些不合情理。"

"阿凝，你少说两句，先出去！"许宥利只想让香凝先离开。

"我出去？"香凝冷哼一声，"是你非要将我留在这个公馆，既如此，旁的人睡了我的床，我不应该来问问吗？"

"行了，行了，我等下再跟你解释，你先出去。"许宥利又说。

"宥利，看不出来你还真的惧怕这个女人呢！"廖玉凤讥笑道。

"你少在这里胡说八道。"许宥利斜了一眼廖玉凤，转头又对香凝说："你马上给我出去！"

香凝挑了一下眉："放心，我这就走，不会妨碍你们的鱼水之欢。"

许宥利听她这个口气，心里一怔，一把拉住她："你要去哪里？"

"从哪里来，回哪里去。"香凝用另一只手拨开他，"许少爷，我欠你的情也该还清了，现在我们两不相欠。"

"你这话什么意思？"许宥利死死拽住她，"你跟我在一起是有多不甘心？"

"我甘不甘心重要吗？"香凝冷冷地望着他，"你一心报复鸿烨，不但毁了他的生意，还让我在这里伺候你这么久，现在看来，你连他家的女眷也没有放过。"

"怎么，你这是在为他抱不平？"许宥利涨红了脸，"我对你哪点儿不如黄鸿烨？凭什么你心里只装了他？"

见香凝一副不予理睬的模样，许宥利越发地愤恨："那我告诉你，你的那个黄鸿烨已经死了！"

第一百三十八章

林卿卿接到香凝的电话，邀她与黄鸿煊一道在采祥楼见面。虽说心里有些不解，可她还是叫了黄鸿煊同往。

二楼临湖那个雅间的门紧闭着，他们敲了敲门，听到里面的回应，这才推门走了进去。

一袭红衣的香凝临窗而立。明媚的阳光透过窗户，照在她那张精致的脸庞上，泛着柔和的光影，那里看不出任何的喜怒哀乐。"凝姐姐。"林卿卿轻轻唤了她一声。

"哦，你们来了。"香凝答了一声，眼睛却还是望着窗外，"鸿烨以前对我讲，你们兄弟姊妹几个都喜欢来采祥楼吃饭，而且都会坐在这个包房里。"

"是的，尤其我与大哥。"黄鸿煊接过话。

"你们过来坐吧，"香凝缓步走到桌前，"七少爷，鸿烨爱吃采祥楼哪几道菜？麻烦你帮忙点一下。"

见黄鸿煊滞在那里，她苦笑一下："讲来可能你们都不信，他始终没有带我来过这里。我晓得，他是怕撞上你们兄妹。"

"大哥有他的不得已。"黄鸿煊说。

"我晓得的。"香凝淡淡回答。

正说着话，跑堂的敲门进来点菜。黄鸿煊按照香凝要求的，将黄鸿烨平日爱吃的菜都点了一遍，不料香凝却让他一式两份。

"一份上到这里，另一份你帮我装到食盒里，我要带走。卿卿，七少爷，谢谢你们肯来见我。"香凝举起茶杯，"我以茶代酒，敬你们！"

"香凝阿姐，其实是我们要谢谢你，"黄鸿煊满眼真诚，"谢谢你在大哥身陷囹圄之际伸出援手。"

"这是我与他的情分，七少爷不用来谢我。只是，我救得了他的身，却救不了他的心……"香凝幽幽答道。

看香凝的神情举止，林卿卿不用问也已经明白她知道了黄鸿烨的死讯。

"凝姐姐，对不起，请原谅我一直没有将大哥的事情同你讲。"林卿卿一脸歉意。

"我晓得你是为了我好。"香凝摇了摇头，"走了也好，一了百了……"

"凝姐姐，你……你现在怎么样？"林卿卿听许梏桐讲过一些她的情况，本想问她如何能来了杭州，可是话到嘴边还是改了口。

"你是想问我如何能来杭州是吗？"香凝倒像是洞穿她心思似的，"我趁他不在，是偷跑出来的。"

"凝姐姐，对不起！"林卿卿恳挚而又愧疚。

"没有什么对与错。你是黄家的儿媳，为了救黄家，救鸿烨，这样做无可厚非。而我，既然当日应承下来，就已经做好了一切打算。"香凝淡淡道来，"平心而论，许宥利对我也算不错的，只是我心里装着鸿烨，加上心里恨他用这样下作的手段去害鸿烨，我做不到去接受他。"

"香凝阿姐，我替我们家，也替大哥，谢谢你！"黄鸿煊接了话。

"方才我已经同你讲了，不要再谢我。你们家有今天，归根结底还是因我而起……"香凝轻叹一声，"都说红颜祸水，在我身上当真是应验了。如果没有我，许宥利不会恨鸿烨，鸿烨也不会亏空公款，更不会被人下套陷害。你父亲，还有鸿烨，也不会命丧黄泉。"

"香凝阿姐，不要太自责了，我与卿卿都晓得，你也是身不由己。"黄鸿煊安慰她。

香凝紧紧地抿着嘴，眼睛有些湿润了。

"凝姐姐，过去的事情就让它过去吧！"林卿卿望着她，"一切都会慢慢好起来的。"

"我晓得你们的心，"香凝用手帕擦了一下眼角，"七少爷，你的神情举止与鸿烨那么相像，看见你，更让我想起了他。可是，他再也回不来了，而我的心，也跟着他一起死了……"

林卿卿正要开口宽慰，香凝便摆摆手制止了她。

"你们让我把话讲完。我今天找你们两个来，一来是为了道别，二来是有几句话想要同你们两个讲。"

林卿卿听她讲来道别，本想问个明白，可见她神色凝重，便也忍了下来。

"自从知道鸿烨去世的消息，我就转变了对许宥利的态度。这几个月，我极尽迎奉之事，让他对我少了防备，一点儿一点儿从他那里套来了消息，终于知道他如何陷害了鸿烨，整垮了你家商馆。那个姓陆的信托公司经理，如今还在为他做事，只是许宥利这个人对谁都不会真信，所以他大部分的钱款都放在银行里面。"

说话间，香凝从手包里取出一张支票："这是两百万，是以许梧桐的名义开出的，所以你们放心去取。"

见林卿卿与黄鸿煊一脸茫然地望着自己，她继续说："你们不用觉得奇怪，这不是我的钱，是你们家的，确切来讲，是许宥利坑走你们家钱的一小部分。我把他灌醉了，偷了他的印信，在支票上填了数字又模仿他的笔迹，去银行把钱兑了出来，重新转存到了许梧桐的名下。你们两个不用这样看着我，银行经理晓得我同他的关系，自然不会怀疑我。而我不过是掐准了他这两天去南京开会的时机，打了一个时间差。"

"凝姐姐，你这样帮我们，我打心底里感动！可你这样太过冒险，会害了你的！"林卿卿不免担心起来。

"是呀，香凝阿姐，许宥利回来一旦察觉你私自动了他的钱，他不会放过你的。"黄鸿煊也说。

"他没有机会了。"香凝幽幽地说。

"凝姐姐，你能躲到哪里去？虽然他发的是不义之财，我们也很需要这笔钱，可我们不能置你的安危于不顾。"林卿卿还是不放心。

"有你们这几句话，也不枉我费尽心思做这件事情。钱在许梧桐名下最安全，既不用担心他会怀疑到，更不用担心你们提不出来。不过，你们还是尽快去银行，免得夜长梦多。"她凄凄地笑了一下，"你们不需要来谢我，这是我欠你们家的。现在好了，两清了！"

"凝姐姐！"林卿卿红了眼圈。

"该说的我都说完了，我想请你们带我去趟鸿烨的墓地，我想去看看他……"

第一百三十九章

黄鸿烨埋葬在黄家祖坟的东南侧，那些高耸挺拔的松柏，完全遮挡了春日的暖阳。在这乍暖还寒的季节里，因为缺少了阳光，让行走在墓园里的人都不由得打了寒战。

香凝整理了自己的妆发，这才小心翼翼将食盒里的菜肴取出，又一盘一碟亲手摆在墓前。可她并没有烧香焚纸，也没有磕头跪拜，而是就地在墓前坐了下来。

"鸿烨，我来看你了！"香凝轻声说。

"这些菜，都是你爱吃的，"她笑了起来，"以前总是你去采祥楼买了带回来给我吃，今天，也让我给你带一次。"

说话间，香凝打开一瓶葡萄酒，取出两个杯子，分别倒满。"鸿烨，我们有多久没在一起喝过酒了？上一次，还是我前年的生日吧？"香凝的笑容里透着淡淡的忧伤。

林卿卿与黄鸿烨静静地站在一旁，他们明白香凝此时是极度悲伤的。而他们，根本找不到合适的语言来宽慰她，更不忍心去打断她。

"鸿烨，你晓得吗，其实我并不喜欢喝葡萄酒的。不过，只要是你喜欢，就好。"香凝的眼里现了一丝晶莹泪光，"你送我的蓝宝石项链，今天我带来了，我晓得的，那是你对我最深的爱。"她将酒喝下。

随后，香凝站起身，掏出怀里的手帕，轻轻擦拭着墓碑。带着泪痕的两颊，仿佛雨后的梨花，让她美丽的容颜显得越发清冷。

"鸿烨，你讲过，如果有来生一定会与我做夫妻，"香凝又为自己斟满了酒，"你讲过的话可是要算数，我这个人，记性好的。"

香凝喝下这杯酒的时候，微微皱了一下眉头。她放下手里的酒杯，轻轻拢了拢鬓发，站起身，走到了林卿卿与黄鸿煊的面前。"卿卿，七少爷，谢谢你们带我来看鸿烨。"香凝淡淡地笑了一下，"我要走了，去找鸿烨，去让他履行曾经对我的诺言。"她语出惊人，林卿卿与黄鸿烨一时怔住，讲不出话来。

"来之前，我已经吞下了大烟，现在几杯酒落肚，恐怕就要快了……"香凝缓缓讲着，"一命抵一命，欠鸿烨的，现在我也算彻底还清了。"

"凝姐姐，你这又是何苦！"林卿卿已经泪眼婆娑，"你走了，大哥也回不来，倘若他在天上有知，又怎么会愿意看到你做这样伤害自己的事情？"

"卿卿，你在这里陪着香凝阿姐，我这就去叫车子进来，马上送她去五哥诊所。"黄鸿煊说。

"不！七少爷，倘若你们看得起我，就让我去找他，同他去做下一世的夫妻吧！"香凝拉住他，"奈何桥上，他等不了我那么久，万一我去晚了，他就认不得我了……"

香凝的脸色渐渐变得苍白，她像个吃醉了酒的人，开始有些恍惚。

"趁我还有一口气，还有几句话要同你们讲……"她微微喘息着，"卿卿，我给了翠云一些钱让她回了老家，日后她要是遇上什么难事，请你看在我的面子上，一定要记得帮帮她……七少爷，我晓得我身后无论如何是没有办法同鸿烨葬在一起的。请你帮我在你家墓园附近找个地方埋了，只要不让我们两个离得太远就好。"

林卿卿见她摇摇欲坠，忙扶她靠着自己坐下。香凝的手摸上去是冰冷的，她的脸色越发苍白，眼光也渐渐呆滞起来，紧接着便从口里吐出了一些黑水。

林卿卿紧握着她的手，试图抓住她体内如游丝般的生命。

"凝姐姐，你怎么舍得丢下翠云一个人。"林卿卿低声哭泣，泪水顺着脸颊滚落下来。

"阿爹，阿娘，我看见他们了……"香凝的眼睛缓缓地合上。

"凝姐姐，你不要走，不要走哇！"林卿卿喊着她。

"鸿烨，鸿烨我来了……"香凝喃喃着，"鸿烨，我好冷啊，你抱紧我……"

林卿卿紧紧地抱着她，感觉得到她浑身开始颤抖。当两滴泪水顺着香凝的眼角淌下来时，她的抖动渐渐停止了，继而永远停止了。

这一连串的死亡，让林卿卿陷入了茫然，她再一次感受到人世的无常，而这种感觉，是她对于童年最深刻的记忆。

许宥利吃了哑巴亏，原本恨得咬牙切齿，可当他查到香凝已经离世的时候，竟然一反常态，像发了疯似的冲到了杭州。

他穿了一身黑洋装，红肿着双眼，跪在香凝的坟前，微微浮肿的脸上毫无表情。

"阿凝，你是恨我的吧？恨我害黄家破了产，恨我害死了黄鸿烨，也恨我害死了你！对不起……"

他眼前浮现出初见香凝时她的模样。肤如凝脂，唇若点樱，眉如墨画，神若秋水。她一袭浅绿长裙,金莲微步,款款来到他的眼前时,讲不出的柔媚细腻,万种风情。

"为什么?为什么天意要这样弄人?我不该把你留在杭州,更不该托他照顾你!"

阴云遮住了太阳,山风卷起尘土,刮在他的脸上,更打落在他的心里。往日许宥利脸上那副骄傲得意的神情消失了,他的眼神是空洞的,痴痴地像一具没有灵魂的雕像。

"我到底做错了什么?"许宥利忽然大吼一声,哭了出来,"我有悔,我有悔!为什么被鬼迷了心窍,为什么要告诉你他的死讯?你要钱,大可以直接问我拿去,又何必……"

他点燃了一支烟,吸了两口,将它放在墓前。

"如今你也是个烟不离手的人了,来,我陪你抽两口。"说话间,许宥利伸手去抚摸墓碑上的几个字"黄鸿烨故妾香凝"。

"你连死也要死在他身边,可那又如何?你照样进不了他黄家的墓园!"忽然间,他狰狞了面目。

"把她的坟给我掘了!"

"阿凝,我要带你回家,这样你就能安安静静睡在我们的花园里,好好陪着我,再也不会离开我!"

第一百四十章

当沪上开满白玉兰的时候,许梧桐的产期也已临近。

龚家瑶留在复旦做了教员,常常借口工作忙碌而留宿在学校宿舍。这些时日因许梧桐临产在即,被她一再要求,不得不每日回家,可他早出晚归,依然鲜少陪伴在她身边。

这天夜里,等柳悦琴睡下,许梧桐便到了客厅,坐在灯下候着龚家瑶。

快到十一点的时候,龚家瑶推门进来,看见她坐在客厅里,便淡淡地问了一句:"你怎么还没睡?"

许梧桐苦笑一下:"不应该是我来问你,'怎么又这么晚回来'吗?"

"抱歉,"龚家瑶垂下眼眸,"我……"

"在学校里批改学生作业耽误了,是吧?"许梧桐望着他,"不要紧,我也习惯了。"

见龚家瑶站在原地不动，许楮桐又说："我一个大着肚子的孕妇，你总不至于要我一直这样仰着头和你讲话吧？"

龚家瑶迟疑一下，便走到她对面的沙发上坐下，两只手规规矩矩地搭在自己的腿上。

许楮桐看他这个模样，自嘲式地笑了："得亏现在这客厅里只有我们两个人，要是有其他人在，不定以为我们是什么关系呢！"

"楮桐，是我做得不好，对不起！"龚家瑶说。

"倒也不用对不起，一切都是我心甘情愿的。"许楮桐轻轻哼了一声，"像我们这样做夫妻，恐怕也是为数不多的。今晚我找你谈话，并没有要指责你的意思。只是这个孩子快出生了，他总归是你的亲骨肉，我不希望他来到这个世上只知道有母亲。"许楮桐说话的时候，眼神黯淡下来。

龚家瑶极少与许楮桐单独谈话，她心里有什么样的想法与苦恼，他也从来不曾有过了解。此时看见她这样的神情，他的心里有一种莫名的不安。

"楮桐，"龚家瑶握紧了拳头，"这个孩子来得突然，我完全没有做好当父亲的准备。是我不好，让你受委屈了。"

"没有什么委屈，即便有，也是我自找的。"许楮桐淡淡地说。

"其实楮桐，"龚家瑶低下头，心里一横，"你大可不必让自己受这样的委屈。"

"你想要说什么？"许楮桐心里一怔，"孩子都快要出生了，你说这话什么意思？我从小爱慕你，不顾世俗的眼光，想尽办法嫁给你。"许楮桐红了眼圈，"我每月寄钱给你父母，但凡有新奇的东西都会想办法托人给他们二老送去。对家瑞，我更是上心上意，将他当成了自己的亲弟弟。请问，我有哪一点做得不好，你要这样厌恶我，逃避我？"

听了许楮桐的话，龚家瑶深深地吸了一口气，硬是将想要讲的话忍了下去。

"我不想和你翻这些旧账。"许楮桐擦了一下眼角，"算了，我现在不奢望其他，只要这个孩子平平安安地生下来，你好好做个父亲就行。"

"好。"龚家瑶轻声答道。

"家瑶哥……"许楮桐欲言又止。

"你有什么话就说吧。"

"我生产后这一个月，你能不能还回来住，不要总留在学校的宿舍里。"许楮桐央求道。

龚家瑶料想不到她只提了一个这样的要求，心里一怔，生了一分愧疚。

他刚要开口说话，就见许楮桐有些坐立不安，脸色似乎也不对劲，忙站起身走到她身边问道："梧桐,你怎么了?是哪里不舒服吗?"

许梧桐靠着沙发,一手捂着肚子,一手过来抓住他:"恐怕我是要生了,你快去叫我母亲,再让灵芝给日本产婆打电话。"

只一会儿,许梧桐要生产的事情便惊动了公馆里的每一个人,柳悦琴更是焦急万分,上上下下张罗指挥着。

折腾到第二天上午,徐嫂笑嘻嘻地从屋子里走出来,向柳悦琴与龚家瑶说:"太太,姑爷,向您二位道喜了!小姐生了一个千金,母女平安!"

"好,母女平安就好!"柳悦琴欢喜着,转头看龚家瑶似乎没什么反应,即刻沉了脸,"我说姑爷,梧桐辛辛苦苦为你生了孩子,你不该关心一下吗?你晓得女人生孩子,那是半条命搭在棺材上的,保不好就会有生命危险。你瞧瞧你现在,哪里有一点儿当丈夫、当父亲的样子?"

龚家瑶自知理亏,领了柳悦琴的一顿教训,也不敢反驳,只低着头跟她进了许梧桐的卧房。

柳悦琴一进去,看见满脸疲惫的许梧桐,只觉得心疼十分。疾步走到她床边,柳悦琴一只手拉住她,另一只手轻轻抚摸她的脸:"梧桐,我的心肝,你受苦了!"

许梧桐见她这个模样,笑了笑:"母亲,我现在知道做母亲的是有多伟大了。您生了我们兄妹几个,您才是最辛苦的人。"

柳悦琴听她这样讲话,也笑了起来:"你还哄起我来了!孩子呢?快抱来我瞧瞧。"

许梧桐将身边盖着被子的小婴儿抱出来,小心翼翼递给了柳悦琴。

柳悦琴接过来,边端详边说:"你怀她的时候我就让你多吃点儿,你瞧瞧,孩子瘦了一些。不过这个鼻子、嘴巴,还真像你出生的时候。"

"母亲,吃不下我总不能硬吃吧?只要她健健康康的就好,以后慢慢就会胖起来的。"许梧桐说。

"你说什么就是什么!"柳悦琴一脸宠溺,"不过有一条我可不能由着你性子。"

"您说吧,是什么事?"许梧桐问。

"你刚生产,身子虚得很,孩子不能跟着你睡,更不能由你自己喂养。"柳悦琴转头对着一旁的奶妈吩咐:"你从今天开始搬到小姐隔壁房里睡,好好照顾许小姐。"

"另外,孩子要尽快起个名,总不能一口一个宝宝地叫吧?我等下就拍封电报给你父亲,让他给这孩子起名。"她话音刚落,许梧桐便接过话道:"母亲,这是我与家瑶哥的孩子,怎么要父亲来给她起名?"

"你这孩子,你父亲是她外祖父,给她起名那是天经地义的。"柳悦琴说。

379

"母亲，我希望她的名字由她父亲来起。"许梧桐抬眼望着龚家瑶，"家瑶哥，你不过来看看我们的孩子吗？"

龚家瑶听她叫自己，踌躇一下，走到床前。柳悦琴虽然不舍得将婴儿放手，可毕竟龚家瑶是生身父亲，只得将孩子递了过去。

龚家瑶刚一抱住她，婴儿便哇哇大哭起来。见他有些手足无措地拍着婴儿，柳悦琴正要去接过孩子，却被许梧桐一把拉住。

说来也奇怪，那婴儿被他拍了几下，便止了哭声，在他怀里睁开了眼睛。龚家瑶低头看着她一头乌黑的胎发，红红的有些褶皱的小脸，虽然不觉得好看，却有一种莫名的亲近。

许梧桐心里正忐忑着，看见他的神情，只觉得长长舒了一口气。

"家瑶哥，给她起个名字吧！"许梧桐满眼渴望。

龚家瑶不敢承接她的目光，低下头看着怀里的婴儿，片刻之后，才开了口："芊芊！春梦雨天，芳草芊芊。"

第一百四十一章

林卿卿与黄鸿煊得了许梧桐生产的消息，急急忙忙赶到了上海。

与他们一道同来的还有黄芳蕙。

一行人刚进了大厅，还不及上楼，就听到楼上传来哇哇的婴儿哭声。

"卿卿，你听，这孩子声音好亮啊！"黄芳蕙说。

"是呀，新的生命，真好！"这一声婴儿的啼哭，将林卿卿几个月以来心里积压的那层阴霾一扫而光。

"梧桐，恭喜你呀！"一进房间，黄芳蕙便开了口。

"芳蕙姐姐你也来了！"许梧桐很是欢喜，"卿卿，你们终于来了！"

"梧桐，真的抱歉，我们来晚了。"林卿卿走到她身边，顺着床沿坐下，"昨天接到家瑶哥电话就想来的，可是火车票卖光了，只好等到今天。"

"你们能来我就很开心了，不分什么早晚。"

"宝宝真是个乖孩子，刚刚上楼的时候还听到她在哭，这么快就哄下了。"林卿卿说。

"连奶妈都说芊芊的确是少有的乖，生下来到现在，也不过就是饿的时候哭两声，只要奶妈一喂她，保准安静下来。"许梧桐眉眼之间皆是笑意。

"芊芊？女孩子起这个名字真好听！"林卿卿赞叹道。

"嗯，是家瑶哥给她起的！"许梧桐的声音里是抑制不住的欢喜。

林卿卿来的路上还在想着许梧桐与龚家瑶的事情，不知道这个孩子的降生会不会让他们的夫妻关系有所好转。现在听到许梧桐讲了龚家瑶为宝宝起的这个名字，那便表示他对这个孩子的喜爱，如此一来，他们夫妻之间的距离就会慢慢拉近。想到这里，她心里长舒了一口气，只为许梧桐感到开心和欣慰。

"家瑶呢？他怎么不在家？"黄芳蕙问了一句。

"学校有点儿事，打来电话叫他过去一趟。"许梧桐解释着，"他知道你们要来的，肯定忙完就回来了。"

"卿卿，你来瞧瞧芊芊，真可爱。"黄芳蕙说话间已经抱着孩子走了过来。

林卿卿接过孩子端详片刻，向许梧桐调笑道："瞧她懒洋洋贪睡的样子，像足了你早晨赖床的模样。"说话间，她轻轻用额头拱了拱孩子，又亲了亲她红通通的小脸。

"瞧你对阿骊也没有这样宝贝过。"黄芳蕙笑起来，"当心我们阿骊晓得了，吃芊芊的醋。"

"芳蕙姐姐，芊芊是她干女儿，她不宝贝谁宝贝？"许梧桐说。正说着，柳悦琴从外面走了进来。

"芳蕙，你们来了？"柳悦琴嘴上叫着黄芳蕙，又看了一眼林卿卿，算是同她打了招呼。

"是呀，姨母。本来我母亲也想来的，可是你晓得，她现在身子不是很好。"黄芳蕙说。

"我晓得的，我自己的妹妹，怎么会计较？"柳悦琴拍了拍她肩膀，"刚在楼下同鸿煊聊了一会子，他同我说药厂的事情已经有了眉目，阿弥陀佛，这样你母亲也能好过点儿。"

"是呀，姨母，多亏了鸿煊、鸿灿他们几个，现在药厂基本就绪了，等到夏天，就可以投产了。"黄芳蕙告诉她。

"这就好，谁不盼着你们家商馆赶快好起来呢？那个该死坑了你家钱的人，让他日后不得好死！"柳悦琴愤愤地说。

黄芳蕙姐弟自始至终都没有将许宥利陷害黄氏商馆与黄鸿烨的事情告诉柳悦琴与柳韵琴姊妹。听到她这样讲话，黄芳蕙一时间也接不上话来。

"母亲，芳蕙姐姐和卿卿来看芊芊，你去扯他们家商馆的那些事做什么？"许梧桐见状，忙插话道。

"好，好，我不提这些。"柳悦琴对这个宝贝女儿百依百顺。

"姨母，要不我们把芊芊送回她房里，让梧桐也好好歇歇。"黄芳蕙说。

"是呀，你们来了就劝劝她，这两天总抱着芊芊不松手，哪有生了孩子这样熬的？"柳悦琴嗔道。

"好，这件事就交给卿卿，您就放心吧！"黄芳蕙笑道。

柳悦琴看了一眼林卿卿，见她对着自己点了点头，也知道黄芳蕙的话不假，就随她一道出了屋去。

"卿卿，这样清静了，只有我和你。"许梧桐说。

"梧桐，姨母讲得没错，女人生孩子是很辛苦的，这一个月你要好好养着。"林卿卿为许梧桐掖了掖被子，"你躺下来，我们再说话。"

"我不要躺下来，就这样靠着，好不好？"许梧桐撒娇道。

"你呀，那就少坐一会子。"林卿卿一脸宠溺。

"卿卿，刚才母亲在，我没问你，到底廖玉凤和鸿熠表哥现在什么情况？"许梧桐追问。

"你已经晓得了？"林卿卿低下头，"我怕你怀着孕动了气，就没同你讲。"

"她和我四哥喝咖啡，被我碰到过两次，才知道她现在搬来了上海。"许梧桐佯作生气，"你总是怕我这个，怕我那个，我又不是瓷娃娃，你放心。"

"廖玉凤老早之前就与你四哥有染，商馆的事她也有份参与。起初她顾忌三哥，倒是收敛了一阵子。可是……"林卿卿犹豫一下。

"可是什么？"许梧桐却迫不及待。

"我听鸿煊的意思，好像三哥从法兰西回来之后一直同她分房睡，而且还与她摊了牌。"林卿卿说。

"怪不得她现在破罐子破摔，一点儿脸面都不顾了。那天在咖啡馆碰到他们，她当着我的面还与四哥打情骂俏，像足了一个交际花。"许梧桐愤愤地说。

"两个月前，她带着卓骥搬回娘家了。母亲让三哥去接她们娘儿俩回来，可是三哥坚决不肯，这事情就这么僵下来了。"林卿卿摇了摇头，"只是我没想到她竟然搬来了上海，也不晓得卓骥现在怎么样。"

"这天底下哪有不管孩子，自己在外面风花雪月的母亲呢？我看这廖玉凤八成是坏了脑子，她能不知道我四哥为了香凝七天七夜没出过公馆的门吗？"

"感情这个事情真的讲不清楚，也道不明白。"林卿卿苦笑一下，"梧桐，旁人的事我们管不过来，只要你能开心、幸福，我就放心了。"

"我有你，现在又有了芊芊，我已经是最幸福的人了。"许梧桐说。

第一百四十二章

春花落尽，留下盛夏的果实。秋叶飘零，迎来冬日的白雪。雨雪雷电，日月星辰，时光在不知不觉中流逝。当桂花再一次飘香的时候，黄卓骊已经满了六周岁。

黄氏的药厂在黄鸿煊兄弟几个人齐心努力之下，这些年渐渐在市场站稳了脚跟，黄家似乎又有了从前的生机。

已然孤家寡人的黄鸿熠见商馆稳定下来，辞别柳韵琴与兄弟姊妹，再一次登上了西行的远洋轮船。

林卿卿与黄鸿煊依旧恩爱如初，一年前又生下了一个儿子，由柳韵琴起名黄卓骏，如今也已经开始牙牙学语。

许梧桐与龚家瑶虽然还是分房而睡，却也算相敬如宾。许梧桐每每看到他们父女两个一起嬉笑打闹，心里就会有莫名的感动与温暖。

这天龚家瑶从学校回到公馆，看见许梧桐跑进跑出张罗着家仆们做事，他向来不理闲事，即便此时觉得有些奇怪，却也不愿张口去问。

"家瑶哥，你回来了！"许梧桐见他径直向书房走去，便叫住了他，"今天你回来得真及时，快来一起帮忙。"

"是有什么客吗？"龚家瑶一如往日的平淡。

"哪里是什么客人？"许梧桐笑脸盈盈，"父亲今天到上海，算着时间，也快到了。"

"哦，我先把公文包放回书房，再来给你帮忙。"龚家瑶应了一声。

"你让灵芝去放就好，"许梧桐伸手过来接他的公文包，"五哥已经去了车站接父亲，你赶紧帮我到处检查一下，看看哪里还没有安置妥当。"

"宥崇等下也来吗？"龚家瑶听到五哥，便问道。

"当然啦！五哥天天忙着他那个社团的事，多久没来过咱们家了？我刚才在电话里已经跟他讲了，今天不许他再不吃饭就走。"许梧桐答道。

龚家瑶心里有些莫名的兴奋，听到许梧桐的话，不由得替许宥崇解释起来："宥崇恐怕是真的忙，他们社团的活动搞得风生水起，现在我有几个学生好像也加入了他们。"

"你看你，一说到五哥和社团，就像变了一个人似的。"许梧桐笑道。

龚家瑶微微涨红了脸："我的意思是……"

许梧桐一把拉过他的手："我跟你开玩笑的，走吧，赶快陪我去检查一下。"

许昌贤这些年多住在辉县老家陪伴老母亲，前年龚氏离世之后，他便优游山水之间，鲜少往上海与他们团聚。这次恰逢他六十寿诞，在柳悦琴母女的一再要求下，这才同意来上海小住一些时日。

接许昌贤的车子在公馆的门口停下。他与许宥崇刚下了车，还不曾走上门前的石阶，就看见许梧桐带着龚芊芊连喊带笑地跑着迎了上来。

许昌贤抱起龚芊芊，笑着问道："芊芊，这么久没见外祖父，还认得吗？"

龚芊芊没有半分生涩，软糯可人的童声传来："我认得外祖父，外祖母和母亲常常给我看您的照片。"

许昌贤朗声大笑，又看见跟在她们母女身后的龚家瑶，便站住互相问了两三句。许宥崇也走上前，彼此都道了安，这才一起走进屋里。

围着一张长桌坐了六个人，主位上的是许昌贤，左边是柳悦琴与龚芊芊，右边是许梧桐夫妇与许宥崇。

见家仆们陆陆续续将菜上齐，柳悦琴便开了口："昌贤，你坐了那么久的火车，估计餐车上的饭也吃腻了，梧桐专门让厨房做了几道你爱吃的京菜，你快尝尝。"

许昌贤向外瞟了一眼，却没有动筷子的意思。

"父亲，是这些菜不合您胃口吗？"许梧桐问道。

"老四不知道我来上海吗？"许昌贤沉声问道。

柳悦琴见他这个神情，忙解释说："他现在忙得要死，我想着等你大寿那天再叫他来也是一样的。"

"你的意思是他知道我来喽？"许昌贤反问道。

"晓得是晓得，不过……"柳悦琴见他已经沉了脸，忙改了口，"他说要去南京公干，过两天才能回上海。"

"他跟南京政府也有往来？"许昌贤又问。

"这个我就不晓得了，老四这些年自己在外面闯荡，我哪里晓得他在做什么？"柳悦琴说。

"他做什么我不管，只要不是祸害国家！"

"你也是，好端端地怎么一提起老四就像变了个人似的。"柳悦琴拉下脸来。

许梧桐见这个情形，怕他们两个僵持下来，忙开口："父亲，您瞧芊芊也饿了，您不动筷子她也不敢吃呀！"

许昌贤看看一脸懵懂的龚芊芊，摆了摆手："好了，不再提他，我们吃饭！"

两杯酒落肚，许昌贤似乎缓了心情，又打开了话匣子。

"老五，我听说你一直在搞什么社团？这可是真的？"许昌贤问道。

"父亲，不过是我们几个年轻人在一起读读报，写写随笔，没有什么社团。"许宥崇不敢对他言明。

"没有最好。我现在虽然不问政事，可在政界还有几个朋友。听说现在南京政府可是在抓那些所谓的革命党，你千万不要去蹚那个浑水。"许昌贤告诫他。

"父亲，我记下了。"许宥崇应道。

"时移势易，现在这个局势实在让人担忧……"许昌贤喝下一杯酒，轻轻叹了口气，"南京国民政府手段这么严酷，今年这一年各种暴动也没停过，你们该想想出路了。"

"父亲，这个国家的出路就是让民众觉醒起来。"许宥崇说。不等他讲完，许昌贤便打断他："命重要，还是这些看不着摸不到的主义重要？"

"父亲，您刚来，这第一顿饭怎么净说这些不开心的事情？"许楮桐接过话来，"不管局势怎么变，人总归要吃饭要睡觉的。咱们先好好吃饭，吃好了再聊这些不迟。"

见许昌贤不出声，许楮桐又笑道："您这一路游山玩水，跟我们讲讲路上的见闻吧，芊芊除了杭州，可是哪里都还没去过呢！"

"好，是我老糊涂了。"许昌贤听她这样讲话，也笑起来，"对了，芊芊，你祖父祖母还让我给你带了山核桃，吃好了饭，外祖父拿给你！"

第一百四十三章

金秘书为许宥利拉开车门，等他下车站定，忙上前帮他整理了衣帽。许宥利昂着头，抬手紧了一下衣领，这才对着金秘书摆了摆手，让他上车离去。

隔着玻璃窗，许昌贤将这一幕看得清清楚楚。他摇了摇头，径直走到书桌前取出一支雪茄衔在嘴上，找了洋火擦着，将它点燃，而后走到沙发上默然坐下，只管吸烟。

不多时，便听见柳悦琴的说话声，继而书房的门被敲响了。得了许昌贤的回应，柳悦琴与许宥利一道进了书房。

"昌贤，老四回来看你了。"柳悦琴说。

许昌贤抬头看了一眼他们母子，指了一下对面的沙发，淡淡开口："坐吧。"

许宥利本就是被柳悦琴打电话催着来见他，此时看见他这个神情，心里便有几分不爽，只是碍着柳悦琴的面子，便坐了下来。

"昌贤，宥利公务繁忙，你不要跟他计较。"柳悦琴劝道。

"公务繁忙？忙着哪门子的公务？"许昌贤冷冷地反问。

"你这个人，好端端的，怎么讲话阴阳怪气的？"柳悦琴皱了眉。

"母亲，不妨事。"许宥利拉了她一下，转头对着许昌贤说："您找我回来如果只是为了摆脸色给我看，那我看到了，我就不在这里碍您的眼，告辞！"

"宥利，你这是做什么？这才刚回来，怎么就要走？"柳悦琴拉住他。

"果然是东洋人的大参赞，脾气倒是长了不少。"许昌贤冷笑一声，"如今我这个老子是没什么用处，你当然不需要将我放在眼里。不过，我要提醒你，东洋人的饭不好吃，你好自为之！"

"这口饭好不好吃，我也不是向您讨来的。这份心，您还是留着操在别处吧。"许宥利一脸不屑。

"你要是不姓我许家姓，你当我稀罕操你这份心吗？"许昌贤面露愠色。

"好了，你们两个，不见面还好，一见面就唇枪舌剑的，你们这样还要不要我活了！"柳悦琴插话。

"他有今天，还不是你给惯的？从小到大，说干什么就干什么，没有一点儿章法规矩！"许昌贤对她说。

"我做了什么事情要您这样反感？"许宥利愤愤地说，"养不教父之过，您不要现在来责怪我母亲。我不好？那您当初干什么去了？"

"你！"许昌贤黑了脸，手上的雪茄灰被抖动得掉落在了地上，"我为什么？你难道不清楚吗？两个月前，东洋人开的那个会议，公然宣称'唯欲征服中国，必先征服满蒙；如欲征服世界，必先征服中国'。他们已经这样赤裸裸地显示出了自己的野心，你却还在为他们做事！"

"原来是因为这个！"许宥利冷笑一声，"我只是做商务的工作，只管如何挣钱获利，这些个军政的事情，轮不到我来操心。"

"军政商从来就不会分家，东洋人的野心已经这样明显，你还在执迷不悟，难不成你日后要做个卖国贼吗？"许昌贤反问。

"您不用拿这些大道理来和我讲，我做什么事自然有我的道理。"顿了一下，许宥利又说，"日本人也好，中国人也罢，说一千道一万，谁能让老百姓丰衣足食谁就能做主讲话。您瞧瞧这些年这个国家，军阀割据，四方散乱，经济崩盘，有哪一点是为了老百姓？您口口声声说我要做卖国贼，您倒是没有卖国，可您当年也是政府要员，您又为这个国家做了什么？"

"你，你简直强词夺理！"许昌贤怒斥道。

"我不过实话实说而已。"许宥利却笑起来，"哦，我还忘了告诉您，我如今不再是副参赞，已经是商会副会长了，这下您不会再觉得我是靠了您的声望吧？"

"四哥，你怎么可以这样同父亲讲话！"许梧桐终于忍不住，推门进来。

"小六，这里不关你的事。"许宥利沉声对她说。

"怎么就不关我的事？"许梧桐走上前，"四哥，你瞧瞧这些年你都做了什么？"

"我做了什么？我有错吗？"许宥利反问。

"你是我的亲哥哥，你做了什么我都没有正面来问过你。"许梧桐有些激动起来，"可是你自己良心上真的好受吗？"

柳悦琴见许昌贤的脸色越发难看，忙过来拉了一下许梧桐："小六，别当着你父亲的面信口开河！"

"让她说！"许昌贤命令。

"小六，你四哥只是跟着东洋人做事，他又没去杀人放火，你话不能那样胡说。"柳悦琴急了。

"我胡说？母亲，您问问他，他做的事跟杀人放火有差别吗？"许梧桐说。

"小六，这话你憋在肚子里几年了，是不是很难受？我知道，你是为黄家鸣不平，可那又关我什么事？"许宥利冷冷开口。

"对，不关你事！"许梧桐定定地望着他，"午夜梦回，你真的能睡安稳吗？"

"等等，你们两个究竟在说什么？"柳悦琴拉住许宥利的手，"老四，你刚才说什么黄家，到底怎么回事？"

"母亲，没什么，您不要瞎想，我要走了。"许宥利站起身。

"你把话给我说清楚！"柳悦琴脸上已经变了颜色，"我一直奇怪，为什么这些年，不论我说什么，只要提到你，鸿煊他们兄弟几个便会把话岔开。那年芊芊抓周礼上，黄家的三兄弟也不曾与你讲过一句话。原来，你们之间真的有事瞒着我！"

"母亲，谁都知道他们家老大败了家，害死了他父亲，自己又犯了抑郁症自杀身亡，关我什么事？"许宥利说。

"小六，他不说，你说！"柳悦琴望向许梧桐。

许梧桐心知自己刚才有些鲁莽，可是事已至此，索性把话挑明。

"母亲，让鸿烨表哥借贷炒股的人是他，让姨母家商馆出现问题的人是他。"许楂桐咬了一下唇,"跟廖玉凤勾搭成奸的还是他!"

柳悦琴定定地望着许宥利,简直不敢相信自己的耳朵。

"宥利,楂桐是同我开玩笑的对吧?你姨母家的事情跟你没有半分关系对吗?"

看着柳悦琴的神情,许楂桐有些懊悔自己刚才的冲动,可话已出口如同覆水难收,只得硬着头皮去劝慰她。

"母亲,好在姨母家现在也算缓过来了,您不要生气了。"

许楂桐话音未落,只见许昌贤站起来扬手打了许宥利一巴掌。"我怎么养了你这样一个逆子?黄家哪点对不住你,你要这样去陷害他们?"

"哪点对不住我?黄鸿烨抢走了我心爱的女人,我难道不应该恨他吗?"许宥利一脸恨意,"还有你,如果不是你那迂腐的脑子,我就可以堂堂正正地把她娶进门,又何至于发生这些事情?我恨,恨这个世界的不公,恨这个旧家庭,更恨他们的背叛!我没有做错,没有!你这一巴掌打得好,从现在开始,许宥利不过是个代号,我跟你再没任何关系!"

第一百四十四章

许楂桐怎么也没料到自己的一时冲动,会让许昌贤与许宥利父子决裂。她看着气急败坏的许昌贤、愤然离去的许宥利与唉声叹气的柳悦琴,心里追悔莫及。

许楂桐思来想去,走到客厅,拨通了杭州黄家的电话。等她将前因后果一五一十讲给林卿卿后,电话那头传来一声轻轻的叹息。"楂桐,既然话已经讲透,你也不要再纠结了。"林卿卿安慰她,"姨母那边你去劝劝,让她不要太难过,毕竟事情都过去这么久,鸿煊他们也都放下了。"

"卿卿,我觉得自己是个顶顶愚蠢的人,情绪上来就控制不住自己,口无遮拦,我好后悔呀!"许楂桐哽咽着。

"这不是你的错,"林卿卿顿了一下,"楂桐,你已经是做了母亲的人,以后遇事稍微冷静一点儿。芊芊都这么大了,你的一言一行她可都看在眼里呢!"

"卿卿,我知道这次的确是我冲动了。"许楂桐弱弱地说。

"过去的事情就不要再想了,凡事往前看。"林卿卿安慰她。

"卿卿,我什么时候能像你一样处变不惊就好了,也不会惹了一家子不开心……"

"都说了半天,怎么听着还是钻在这个牛角尖里?好了,等下泡个热水澡,好好睡上一觉，明天起来就什么都过了。"

挂了电话，许梧桐心里还是有些沮丧。她走到酒柜前，为自己倒了一杯威士忌，刚喝了两口，眼泪就吧嗒吧嗒落了下来。

她想到了自己的冲动与任性，继而想到了龚家瑶与自己，她不知道自己的内心究竟是庆幸还是懊悔，又或者是痛苦。她觉得自己的心被搅乱了，在一下一下地痉挛。她仰起脖子一口把酒喝下，又接连倒了两杯喝完，这才回了自己卧房。

夜深沉，黑暗笼罩了这所公馆。忙碌了一天的人们，都回到属于自己的那个角落，去寻找内心里最真实的灵魂。

龚家瑶刚踏上台阶，就听到灵芝轻声唤他："姑爷，您可算回来了。"

龚家瑶站住："是的，今天学校有点儿事耽误了。是梧桐让你在这里等我吗？"

"不是，姑爷，"灵芝低下头，"小姐不知道，是我自己专门在这里等您的。"

"你有什么事吗？"龚家瑶问道。

"我知道您忙，可是我想请您去看看小姐，"灵芝看了一眼四周，将下午家里的事简单对他复述了一下，然后又说，"小姐觉得自己说了不该说的话，她懊悔了一晚上，我瞧见她喝了酒，还哭了，我想着请您去看看她。"

这些话一字一句送进龚家瑶的耳朵里，他不作声地站在昏暗的灯光下，犹豫片刻，才对着灵芝点了点头，算是应了下来。

龚家瑶敲了敲许梧桐的房门，不见有人回应，便轻轻推开门走了进去。

许梧桐不知道是不是因为喝了酒的缘故，趴在窗前的小长桌上已经睡着了。她微红的脸颊上带着风干的泪痕，眉头微微皱起，似乎睡梦中她的内心仍在挣扎着。

龚家瑶摇了摇头，从沙发上拿起一块毛毯，轻轻走到她身旁，帮她搭上。眼前的这个女人，龚家瑶谈不上对她有什么心动，只是这几年看着女儿一天天长大，而她对自己永远那样迁就与忍让，不由得心里有了愧疚。他想试着去做一个好丈夫，也想试着去做一个好父亲，可他没有办法去欺骗自己的内心。

台灯的光照在许梧桐的脸上，龚家瑶收了思绪，走近前准备将它熄灭。他准备顺手将灯下那本浅蓝色的本子合拢，却看到上面写着自己的名字。

龚家瑶犹豫一下，还是伸手将那本子拿了过来。某一年，某一月，某一天，原来这厚厚的本子是许梧桐写下的日记。他心里紧了一下，可还是鬼使神差地打开了它。

民国九年　五月初三

这是一个灰暗而又充满了曙光的日子。我第一次对卿卿撒了谎，很难原谅自己，却也无可奈何！

书上说，爱情是伟大的，可我的爱情为什么是龌龊的？

爱，让我迷失，让我堕落，我骗了他，告诉家瑶哥我做了他的女人。

这颗小小的药丸哪，你带给我的究竟是希望，还是失望？若是你深爱，就去坚持到底！

民国九年　七月十八

我终于做了家瑶哥的新娘。

昨夜独守空房，今夜亦是如此，这将会是我爱情的坟墓吗？

我爱他，心甘情愿为他做一切，可是为何此刻我的心这样痛？

卿卿，我不敢正视你那双想要洞穿秘密的眼睛，原谅我，又一次对你撒了谎。

民国十年　五月端午

寂寞与孤独压抑在我的心里。我的婚姻就像一个干涸的沙漠，它让我摇摇欲坠，它让我生不如死。

我要拯救它，我为自己畸形的婚姻做出了一个新的决定。

谁能相信，今夜，我第一次做了女人？靠的，还是一粒小小的药丸，它让他兴奋，让他做了我真正的丈夫。

生命的长河里有生有死，我的爱情里也是有生有死。

我又一次欺骗了自己，麻醉了自己，为的就是将他留在我的世界里。

我的心在痛，是真的痛吗？恐怕连痛字也无法形容。我错了吗？错在哪里？

龚家瑶的手颤抖起来，他感觉有什么东西重重地砸在自己的心上，而后听到了支离破碎的声音。他从来没有想过，自己与许楮桐的夫妻关系竟然是来自她的算计。

"为什么？"龚家瑶低声地问着。

他痴痴地站立着，没有人可以回答他。一种莫名的悲伤与痛苦向他袭来，笔记上的每一个字都像一把利刃刺进他的心里。他的耳畔传来一丝悲哀的声音，那不是任何人的哭声，也不是虫鸟的哀鸣，那是直接来自他灵魂深处的悲哀，时高时低，如泣如诉。

第一百四十五章

　　从那夜起，龚家瑶像完全变了一个人。他再没有露过一个笑脸，也几乎不会对任何人讲一句话，包括龚芊芊。即便在复旦校园里，他一样没精打采，不愿意跟其他人接近。

　　许梧桐很想找他谈话，问一问究竟发生了什么，可是龚家瑶越来越少回家，即便回来，也是早晨极早出门，夜里很晚进门，她难得碰到他一面，即使碰到，看到的也不过是他躲闪的目光。她越来越清楚地感受到龚家瑶对自己的刻意回避，她再也忍耐不住，觉得必须要跟他面对面问清楚。

　　她顾及父母与女儿，思来想去，便找了个午后，怀着一颗忐忑的心，来到了龚家瑶在复旦校园的宿舍。

　　赶上复旦学生组织游行，校园里除去清脆的鸟鸣声，显得格外安静。

　　许梧桐问了门卫大爷，顺着林荫小道走到了龚家瑶的宿舍门前。她敲了敲门，不见有人回应，便走到他的窗下向里张望，可厚厚的窗帘遮挡了一切。

　　许梧桐在门前徘徊着，她不想离去，不想错过这次能和他单独谈话的机会。她铁了心，不管这次结果如何，是好是坏，她要把自己最真实的感受对他讲出来。

　　终于挨过了一些时间，不远处响起了脚步声，她抬头张望，果然是龚家瑶向这边走了过来。

　　"家瑶哥，你终于回来了。"等他走近，许梧桐叫了他一声。

　　"你怎么来了？"虽然这样问了一句，可龚家瑶的眼神里没有一丝惊讶，平淡得如同碰到了一个隔壁邻居。

　　"我想来看看你，同你聊几句。"许梧桐定定地望着他，似乎在向他渴求。

　　"进来吧。"龚家瑶掏出钥匙，开了门。这是许梧桐第一次走进他的宿舍。

　　一张单人床，一张小书桌，一把竹椅子，以及一些简单的日常家具。书桌上堆满了各种书籍与笔记，地上还有揉成了团、未来得及清理的稿纸。

　　龚家瑶走到书桌前，草草地将它们归拢了一下。

　　"你……你宁愿住在这样的环境里，也不愿意回家？"许梧桐心里一阵酸楚。

　　"家？"龚家瑶摇了摇头，"什么是家？"

　　"家是有亲人的地方，那里有我，有芊芊。"许梧桐望着他，眼里充满了期待。

　　龚家瑶没有接话，他默默地站着，不知道自己在这个时候该对她说什么。他的脑海中又浮现出那本蓝色的笔记本，那里面关于他们的一字一句，像一把利刃刺在他心里。他的眼神越来越黯淡，继而出现了悲伤与忧郁。忽然，他嘴里迸出一句话："为什么？你为什么要这样做？"

许梧桐惊讶地望着他："家瑶哥，你这是怎么了？我做了什么？"

"为什么？"龚家瑶又重复一遍，那声音异常凄惨。

沉默片刻，许梧桐像是明白了什么。

"你都知道了？"她苦笑一下，"只为我爱你，我想和你长长久久地生活在一起。"

"爱？你所谓的爱，就是占有，不是吗？"龚家瑶冷冷反问。

"占有？那我得到了什么？一颗孕育芊芊的精子吗？"许梧桐红了眼圈，转头望向窗外。

"每一个安静的夜里偷偷地想你，已经成为我这么多年最隐秘的快乐。每一次梦里的追云逐月，都是我贪恋不想醒来的理由，因为只有在那里，我才可以放纵自己恣意拥有你的柔情。"许梧桐极力忍着眼泪，不要自己哭出来。

龚家瑶的神情有些麻木，他似乎只沉浸在自己的世界里。"为什么你这样抗拒我对你的感情？我哪里做得不好？我哪里配不上你？"许梧桐的声音有些颤抖起来。

狭小的房间里，空气似乎被凝固起来，压得人难以喘息。

过了片刻，许梧桐又开了口："当初你并非感受不到我对你的爱慕，如果你真的讨厌我，又或者，又或者心有所属，你大可以明明白白告诉我，让我也好彻底断了念想。可是，你没有！你从来没有拒绝，那又为什么不试着去接受？爱情和婚姻终究是两个人的事，难道你没有一点儿错吗？"

她的话，像皮鞭抽打着龚家瑶的内心，他觉得原本已经破碎的心，此刻彻底被扔向了黑暗的深渊，他感受到自己内心里的懦弱与可悲。

寂静的屋子，像是一个末日前的囚笼，他觉得眼前的一切都将不复存在。他忽然拼命地拍打起自己的胸脯，发出凄惨的低号。"算了！我们分开吧！"许梧桐冲上去，用尽全力拉住他。

"你不要再这么折磨自己，我，放手！我已经明白了，有情才会有爱，有爱才会生情。"许梧桐还是哭了出来，"我一厢情愿地付出，在这个寂寞的、冰冷的、空虚的婚姻里，我既然为你而入，现在，我也为你退出。我，还给你自由！"

"不，是我的错！"龚家瑶终于开了口，"是我不懂得拒绝，是我顺从地接受了一切，是我带给了你痛苦，还是我，把自己推进了深渊。"

许梏桐完全明白了，他与自己是两条永远不可能相交的平行线，即便用尽全力将它们捆在一起，也不过是一场虚幻而已。她的心一阵阵地痛起来，可又知道无路可退。可是，她怨不起来他，反而觉得自己更加爱他。

"我走了，明天会让人把你的东西送过来。"许梏桐幽幽地看了他一眼，"对不起！我爱你！"

太阳落下了地平线，傍晚的第一抹黑暗带走了白日的光阴。

龚家瑶坐在黑暗里，走进自己的世界。只有在这里，他才会一点儿一点儿剥开隐藏着的情绪，清楚看着那里面的情与爱，血与泪。他爱这个世界，爱向往的生活，但他的爱只能存在于美妙的幻想中。他想到这里，带着满心的恐惧与绝望，慢慢抚摸着自己的身体。

他无处诉说自己的心声。

校园的夜，是那样寂静。

龚家瑶留恋地看了一眼漆黑的四周，他笑起来，纵身跳进冰冷的湖里。

第一百四十六章

林卿卿推开许梏桐的房门，见她目光呆滞地趴着沙发坐在地上。林卿卿回想着进门时候柳悦琴对自己哭诉的话："梏桐这两天不眠不休，不吃不喝，就像丢了魂似的，就连芊芊去找她，她也不理不睬。"

眼前的许梏桐的确如柳悦琴所说，死灰般的脸上毫无生气。林卿卿的心像是被揪了起来，她想开口劝慰，却知道此刻再多的语言也会显得苍白无力。

林卿卿没有讲话，走到许梏桐身边，轻轻为她披了一件外衣，又缓缓坐了下来。屋子里安静极了，静到能听见彼此的心跳。过了许久，许梏桐忽然喃喃开了口："他死了，死在我的手上……"

林卿卿听到她的声音，轻轻拉过她的手："人各有命，梏桐，你不能这样责怪自己。"

她话音未落，许梏桐就像触电一般将手抽了回去。"是我，是我！我是个杀人犯，是我杀死了他！"

"不，梏桐，你没有！"林卿卿抱住她，"你不要这样怪自己，你又何尝不是受了伤害？"

许梏桐挣扎着离开林卿卿的怀抱，她拼命扯着自己的头发，嘶吼着："是我的错，是我的自私逼死了他！我有罪，我是杀人犯！"

"梧桐，你不要这样折磨自己！"林卿卿用尽全力抱住她，"感情的事情上没有错与对，何况你也受了很多苦。"

"不，不，他来了……"许梧桐忽然捂住自己的耳朵，"他说他恨我，他说他怨我！"

"梧桐，这里只有我和你！"林卿卿红了眼圈，"一切都过去了。"

"过去了？他走了吗？真的走了吗？"许梧桐四下张望一下，即刻将身子蜷在林卿卿怀里，"卿卿，我怕……"

听到她喊出自己的名字，林卿卿终于没能忍住落下泪来。"梧桐，别怕，你有我，我会一直陪在你身边。"

林卿卿找到柳悦琴，将自己要带许梧桐母女回杭州的想法告诉了她。

柳悦琴思虑再三，知道留在上海也于事无益，加上杭州是她自己的故乡，如今许昌贤云游四方，与许宥利又鲜少见面，上海再没有什么值得她留恋的地方，便应允下来。

一切收拾妥当，林卿卿刚扶了许梧桐上车，就看见许宥崇朝她们走过来。

"卿卿，我来送送母亲与梧桐。"许宥崇说。

林卿卿朝车子里看了一眼，见许梧桐歪在灵芝身上，而柳悦琴则眯上了眼，便婉转地说："梧桐刚才情绪有些激动，我给她吃了医生开的安定药，姨母这两天恐怕也是累着了。"

"不要紧，看到梧桐能稳定下来就好。"许宥崇尴尬地笑了一下，"我能力有限，也照顾不了她们，现在你把她们带走，我也安心了。"

"宥崇哥，"林卿卿想了一下，"梧桐现在这个身体状况也不宜长途跋涉，家瑶哥的骨灰就请你代劳送去孟津他的家乡。"

"卿卿，你放心，我会把家瑶哥的骨灰送回孟津。"许宥崇顿了一下，"之后，我就要走了。"

"你预备去哪里？"林卿卿问道。

"去参加革命，"许宥崇仰头看了一眼天空，"年少的时候就跟家瑶哥说好了，我们一起走遍千山万水，一起为这个国家做点儿力所能及的事情。"

"宥崇哥，"林卿卿犹豫一下，最终还是将心里的话忍了下来，"你多保重！"

柳韵琴见林卿卿带了她们祖孙三人回来，心里也颇感欣慰。她亲自出面请了王藜旻的父亲为许梧桐问诊，可那些精神类的药物似乎对许梧桐起不到大的作用。

这天夜里，忙碌了一天的林卿卿刚刚躺下，就听见有人在敲窗户玻璃，继而窗外传来许梏桐的声音："卿卿，卿卿，快起来！"

林卿卿抓起一件睡袍裹在身上就走了出去。"梏桐，怎么了？你怎么还没睡？"

"卿卿，他来了，在我屋里坐着！"许梏桐缩着肩膀，小声说。

林卿卿心里一惊，拉住了她的手："梏桐，外面冷，你先进来再说。"

"卿卿，我不冷，他在屋里等着，你陪我去跟他说说话。"许梏桐满眼渴望。

许梏桐的神情让林卿卿感到心痛。自从龚家瑶去世之后，她就这样时而清醒时而迷乱，像一叶失了舵的小舟，随时都会被大江大河吞没。

"好，梏桐，我陪你去和他说话。"林卿卿扶着她慢慢走向她的房间。

"卿卿，你看，他在那里！"许梏桐指着沙发上的靠垫，"你帮我告诉他，我没有画地为牢，我只是因为爱他，我爱他！"

"梏桐，你没有，他知道！梏桐，你看着我。"林卿卿扶住她的肩膀，"他什么都知道，他走不出的不是和你的关系，而是他自己的内心！"

许梏桐痴痴地望着她，半天不说话，忽然眼里落下泪来。"他是在怨我，怨我骗他娶了我，怨我骗他生了芊芊。他宁愿选择结束自己的生命，也不肯原谅我。"

"梏桐，他有藏在他心底的秘密。不管芊芊是怎么来到你的生命里，她实实在在已经是你的女儿。为了芊芊，为了我，请你要好好爱惜自己，不要再这样自责沉沦下去。"林卿卿怜惜地说。

"芊芊……"许梏桐喃喃低语，"对，我还有芊芊。"

安顿好了许梏桐，天边已经曙光微现。

林卿卿看着躺在自己身边熟睡的许梏桐，不禁想起当年在辉县老家与她一起初识龚家瑶的情景。那时候闺房夜话，许梏桐与她谈论最多的就是龚家瑶。原本她以为那该是一场抛弃门第悬殊，真挚而又热烈的爱情，却不承想竟然会是现在这样的结局。她恼恨自己，为什么没有早一点儿阻止，那样就不会有今天的悲剧发生。林卿卿想着想着，迷迷糊糊地睡了过去。

忽然一阵异样的声响将林卿卿震醒，紧接着就像沙石倒落的啪啦啪啦声从屋顶传来。

林卿卿猛地坐了起来，刚走到门边，就听到秋霞敲门的声音："七少奶奶，不好了，革命军打来了！"

第一百四十七章

林卿卿赶到前院的时候,家里的男女老少已经挤满了客厅。

"鸿煊,究竟怎么回事?"柳韵琴一脸惊恐地望着迎面走进来的黄鸿煊。

"母亲,姨母,"黄鸿煊一脸凝重,"革命军和省政府的军队打了起来,街上现在乱得很。"

"这几年革命军闹得厉害,时不时还有个巷战。还是避一避的好。"柳悦琴担忧地说。

"姨母,我已经让人出去打探了,也交代了多上一个门闩,我想他们总不至于会冲进家里来。"黄鸿煊安抚他。

"鸿煊,药厂那边你有没有通知到?"林卿卿走近他,小声问了一句。

"打过电话了,让工人们也先避一避。"黄鸿煊点了点头回答。他话音未落,忽然听到远处有一连串的枪声响起。

"外祖母,我怕……"龚芊芊哇的一声哭了出来。

柳悦琴一把将她抱进怀里,边拍边道:"芊芊莫怕,外祖母在这里呢,没事的,没事。"

林卿卿见状,想起熟睡的许梏桐,忙嘱咐了秋霞往她房里去照看,这才走到龚芊芊身边蹲了下来。

"芊芊不怕,让阿骊哥哥带你去干妈房里吃点心好不好?"

"干妈,我要找母亲,"龚芊芊扑进她的怀里,"我想母亲了。"

"你母亲身体有点儿不舒服,还在休息,芊芊先跟阿骊哥哥去玩,等你母亲醒了,干妈就带你去找她,好不好?"林卿卿柔声哄她。

龚芊芊与黄卓骊兄弟还没来得及被兰萍带走,轰隆轰隆的大炮声又接连响起,震得客厅里的每个人都跟着晃了起来。一时间惊惧与哭喊声充斥了整个客厅。

"母亲,姨母,大家赶快先去密室里避一避。"黄鸿煊边说着话,边去扶起柳韵琴。

黄家大宅当年扩建之时恰逢义和团之乱,便在园中地下修筑工事,建了一间密室,以防不时之需。

柳韵琴想了一下,便依着黄鸿煊的提议,领着一屋子老少都往花园密室走去。

林卿卿见状,交代兰萍与奶妈照看几个孩子,便掉头往许梏桐房里跑去。

许梧桐此时已被枪炮声惊醒，正蜷曲在床上，不论秋霞说什么也不肯跟她出门。看见林卿卿入内，她一把掀开被子扑了上去。

　　"卿卿，打雷了！你看，连雷公都来捉我了。"

　　林卿卿紧紧地抱住她，一边接过秋霞递来的外衣为她穿上，一边宽慰道："梧桐，这不是打雷，是外面在打仗。"

　　"打仗？是要死人的吗？"许梧桐忽地推开她，"芊芊，我的芊芊，我的芊芊在哪里？"

　　"芊芊跟姨母她们在一起，你别担心，芊芊没事。"林卿卿拉住她，"你穿好衣服，我带你去找她。"

　　三个人刚走到花园门口，就看见黄福良急匆匆地朝着这边走来。

　　"黄管家，有什么事吗？"林卿卿问他一句。

　　"七少奶奶，我正要去找太太。"黄福良走上前，"三少奶奶回来了。"

　　"三嫂？不是说外面都被戒严了，交通也断掉了吗，她怎么这个时候来了？"林卿卿问道。

　　"三少奶奶说她是来帮咱们家的，还说要见姨太太和太太。"黄福良说。

　　"这事你先不要去同母亲讲，免得她老人家看见她又心里难过。"林卿卿想了一下，转头对秋霞吩咐："你陪着梧桐先去密室，然后悄悄把这事告诉鸿煊，我先同黄管家去前面看看。"

　　"卿卿，你要去哪儿？你不能丢下我。"许梧桐拉住她。

　　"梧桐，我只是去前面看看，很快回来。你先让秋霞带你去找芊芊，好不好？"林卿卿拍了拍她的手，柔声哄道。

　　见许梧桐不出声，林卿卿又哄了片刻，这才让她同意跟着秋霞去了密室。

　　林卿卿与黄福良跨进客厅，就见廖玉凤眯着眼睛正倚着靠背坐在沙发上。

　　"三嫂，"林卿卿想了一下，还是像从前一样称呼她，"外面兵荒马乱的，你这样出门太危险了。"

　　廖玉凤懒懒地睁开眼："你当我想来呀？"

　　见林卿卿不出声，她翻了一下白眼："怎么，现在这个家是由你来当家吗？"

　　"家里有母亲健在，当然是母亲说了算。我碰巧知道你来了，先过来看看。"林卿卿也不与她计较。

　　"瞧瞧你黄家多怠慢人，你不要拿这些话来搪塞我！"廖玉凤冷哼一声，"要不是宥利知道他母亲与梧桐在这里，要我给她们送张平安符来，你当我稀罕踏进这个门吗？"

397

"平安符？什么平安符？"林卿卿狐疑地问。

"能让你黄家免于战火的救命符。"廖玉凤斜了她一眼，"把这张符贴在你家门上，政府军就不会来占屋舍，这下你晓得了？"

"卿卿，是不是阿骥回来了？"林卿卿还来不及答话，黄鸿煊便进了客厅。

"哟，鸿煊也来了。看来你们夫妻真成了这一家之主哇！"廖玉凤正了正身子，"阿骥可不会来，他哪里能够得上你黄家的门槛？"

"阿骥是我黄家的子孙，这里永远是他的家，又怎么会有门槛？"黄鸿煊不温不火地回答。

"不用说得这么冠冕堂皇，"廖玉凤冷笑一声，"还好意思说阿骥是黄家的子孙，这几年你们哪个关心过他？"

"母亲三番五次打发人去府上接阿骥，可总是被拒之门外。我们想要关心，却苦于没有门路。"黄鸿煊说。

"得了，得了，他那个没良心的父亲都能对他不闻不问，更何况你们？"廖玉凤不屑地说。

"三嫂，我想你今天回来不是为了讲这些话吧？"黄鸿煊看着她，"不管你有什么怨气，现在也不是说这些的时候。外面枪炮不长眼，你要是不嫌弃，请跟着我往后面避一避。"

"你当我来你家是为了讨个避难的地方吗？当真是要笑死人了。"廖玉凤拿手帕捂了嘴，"你们就谢天谢地，谢谢宥利这样孝顺他母亲吧。"

说完，她从手包里拿出一张黄色的油纸扔在茶几上，头也不回地离开了。

"卿卿，你怎么看？"黄鸿煊指了一下平安符，问林卿卿。

"鸿煊，你不觉得有些奇怪吗？"林卿卿拿起那张平安符仔细端详，"照说这是政府军与革命军的战事，可许宥利一个日本商会的副会长怎么能得到这个东西？再说战事刚发生，三嫂就将这东西送了过来，难不成她有未卜先知的本事？"

"你说得有道理！"

"鸿煊，不晓得为什么，从刚才三嫂进门开始，我心里就有个不大好的预感。"林卿卿走近他，"这个世道恐怕真的要乱了……"

第一百四十八章

天渐渐黑了下来，外面还不时传来枪炮声。

密室里昏暗的灯光下，恐惧与疲惫笼罩了里面的每一个人。"这到什么时候是个头？"佟玉梅有些急躁不安起来。

"难道我们就要一直在这里憋着？"姚氏也开始抱怨。

"这种时候你们还想往哪里去？"柳韵琴沉下脸，"枪炮可是不长眼睛的，出去说不定就是送死。"

不料她"死"字刚一出口，许梧桐便抱住了头："不要，不要死，不要死……"

林卿卿见状，忙抱住她："梧桐，没事的，很快就过去了。"

许梧桐拼命抓住林卿卿的胳膊，颤抖着声音："是雷公来夺我命了，我要死了，雷公来劈我了。"

她这一闹，原本就惊恐不安的几个孩子都哇哇地哭了起来。忽然密室里吵成一片，分不清楚是大人的哀号还是孩子的哭喊，却使得这间屋子里的人越发感到恐惧。

"这叫人还活不活了！要死就痛痛快快死了吧！"佟玉梅突然尖叫起来。

她刚落了话音，就听到地面上有炮声传来，紧接着密室的地板也跟着被震动了。

许梧桐听到佟玉梅的声音，加上传来的炮声，浑身抖得更加激烈。她忽然挣脱了林卿卿，冲到柳悦琴面前一把拉过龚芊芊掐住了她的脖子。"都是你这个冤孽！我要杀了你，杀了你！"

黄鸿煊手疾眼快冲过去将许梧桐死死抱住，林卿卿又将龚芊芊抱进怀里。这时屋子里的人才反应过来，七手八脚帮忙安抚她们母女两个。

许梧桐被黄鸿灿注射了一针安定剂，总算睡了过去。屋子里的每个人都铁青着脸，彼此茫然地望着，除去柳悦琴嘤嘤的哭泣声，却再没人发出一点儿声音。

这一夜似乎显得格外漫长，直到第二天阳光出现在密室的通风口，他们才相信枪炮声是真的停止了。所有人带着蓬乱的头发，疲惫的容颜，如同逃离牢笼似的冲出了密室。

"鸿煊，是真的没事了吗？"柳韵琴依然惊魂未定，"那些兵不会打到我们家来吧？"

"母亲，大概是停下来了。"黄鸿煊镇定着自己，"您先回房好好睡一觉，我出去打探一下消息。"

这一天果然没有再响起枪炮声，在提心吊胆中，所有人度过了平静的一天。

吃了夜饭，林卿卿正要去许梧桐房间，却被黄鸿煊拉住了。"卿卿，五哥和五嫂同我约了在书房见，说是有事情与我们商量。"

"这样,"林卿卿想了一下,"那我让兰萍先请姨母去陪楷桐。"夫妻二人刚一进书房,黄鸿灿与王蓼旻也跟着走了进来。

"五哥,外面有什么消息吗?"黄鸿煊边让他二人坐下边问。

"好像抓了不少革命军。"黄鸿灿顿了一下,"我下午去了趟诊所,很多无辜的百姓受伤,让人触目惊心。"

"凡是遇到战争,伤及的都是无辜的百姓。"黄鸿煊轻轻叹了一口气,"也不晓得几时能让老百姓过上太平日子。"

"这两年闹得凶,世道越来越乱。"黄鸿灿依然是他稳重的口气,"我回来的时候街上没什么人,戒严的岗也撤了。听岳丈的意思,革命军这次似乎败了。"

"这几年革命军多是打游击战,东一枪西一锤,政府军几乎没有赢过。这次倒是怪了……"黄鸿煊有些奇怪。

"我也正奇怪着,"黄鸿灿微微皱眉,"听说政府军这次向东洋人买了一些军火。"

"难怪……"黄鸿煊想起廖玉凤昨天来送的那张平安符,便将这事告诉了黄鸿灿夫妇。

"这几年英国人与法国人消停很多,可东洋人似乎越来越多地插手咱们的事情。"王蓼旻说。

"卿卿也是这样说的,"黄鸿煊看了一眼林卿卿,"我们是该好好商量一下日后的打算了。"

"鸿煊,卿卿,今天找你们就是要跟你们商量这个事情。"黄鸿灿坐正了身子,"今天岳丈同我讲,他接到美国霍普金斯大学的聘书,请他去他们的公共卫生学院任教。岳丈的意思,是希望我和蓼旻也能一道去美国。"

黄鸿煊知道黄鸿灿夫妇潜心医学研究,这样的机会对他们而言是最难得与宝贵的。这些年为了商馆与药厂,黄鸿灿也是不遗余力地奔波操劳。黄鸿煊不能让家族的事情再牵绊了他追逐梦想的脚步。

"霍普金斯大学?我晓得,北京的协和医院就是以它为蓝本建设的。"黄鸿煊故作轻松地说,"五哥,五嫂,能去到这样的学府深造实在难得,你们就安心去,家里有我们在!"

"鸿煊,对不起,要把这样一副担子交给你一个人来扛。"黄鸿灿一脸歉意。

"不,五哥,你为这个家已经做了很多。"黄鸿煊说。

"其实,我有个想法,"王蓼旻开了口,"国内世道这么乱,我们一家人可以一道去美国。"

"美国？五嫂，这个不太现实。"黄鸿煊摇了摇头，"母亲年纪大了，家里还有这么大的一摊子。"

"鸿煊，"林卿卿唤他一声，"五嫂说的并非没有道理，这两天其实我也在想这个事情。世道一天比一天乱，尤其像我们开药厂的，那是战时必需品，早晚会被盯上。"

"卿卿说的是，咱们家药厂这两年生意越来越好，所谓树大招风，这是在所难免的事情。"黄鸿灿接过话来。

"卿卿，那你有什么想法吗？"黄鸿煊问道。

"本来我也没有什么主意，可刚才五哥说要去美国，我临时有了一个想法。"林卿卿望着他们三个，"咱们家老老少少一大家子人，加上还有药厂的搬迁，那样去美国就太远。我早前看报纸，香港如今的财政年入已经达到两千多万，抵得上国民政府四分之一的年入。而且他们的招商局在大力推进招商引资，我们要是把药厂搬去香港，不但免受战乱，还能扩大市场。"

"卿卿这个主意实在太好了！我觉得可行！"王藜旻表示赞同。

黄鸿煊陷入沉思之中。他知道林卿卿这几句话陈述着不争的事实，这是乱世中生存的悲哀。如今他是这个家庭的顶梁柱，他的一举一动都将决定这个家族未来的兴衰成败。

战争是国家与民众的一场噩梦，他没有能力去左右，更不可能去改变。他想到了祖辈创业的艰辛，想到了父亲因商馆破产而亡故，他知道自己肩负着怎样的重担。

"这未尝不是一个好的出路……"黄鸿煊抬起头望着他们，"走，我们一道去见母亲！"

尾　声

这些日子，林卿卿断断续续向程利红讲述着自己年轻时的故事。

程利红听她讲到这里便再也不往下提起，心里虽然有许多疑问，却也不敢轻易开口。临行回国的前一夜，林卿卿又把程利红叫到了客厅。她没有像以往那样边吃水果边讲自己的故事给程利红，而是拿出了一沓文件。

"囡囡，你把这个带回去，交给国家的相关部门。"见程利红有些茫然，林卿卿微微笑了一下，"我签了文件，把我名下所有的资产全部捐赠给国家，用来帮助那些需要寻找战争时期失散亲人的同胞。人哪，千万不要生在乱世，那种生离死别的痛苦实在太过沉重……"

程利红呆呆地望着她，苍老的容颜上写满了岁月的痕迹。她终于没能忍住，将自己心底的疑惑问出来。

"姑母，您说您一家老小去了香港，怎么又到了加拿大呀？"

林卿卿深邃的目光里看不出任何喜怒哀乐，却又像冬日的阳光，寂寞而又温暖。

"母亲足足想了三天三夜，最终还是决定举家迁往香港。鸿煊的勤劳与努力，让我们药厂的生意越来越兴隆，梧桐的情绪也渐渐稳定了下来。正当美好的一切向我们招手的时候，抗战爆发了。鸿煊与我商量之后，便将大量的药物与资金运送回了内地，希望能尽自己的绵薄之力去帮助我们的国家。可是一个接一个的噩耗传到了香港。"

林卿卿的神情渐渐黯淡下来，她似乎回到了那段痛苦的记忆中。

"宥崇哥死了，据说是死在了抗战前线。因为二姐夫不肯加入日本人组织的商会，二姐家的参茸行被日本人烧了，二姐一家在逃难到香港的路上遭飞机轰炸，只留下阿茂只身一人到了香港。阿骊这个孩子年轻气盛，听到内地的战况，不顾一切地回到内地，加入了抗战的队伍，从那天起，我再也没有见到过他。"

程利红听到这里，她的心跟着痛起来，她开始后悔自己提出了这样的问题。

"姑母，对不起，您别说了。这场战争给太多人带来了伤害与痛苦！"

林卿卿缓缓地摇了摇头，她的笑容里藏着一丝苦涩。

"一九四一年的那个冬天，母亲病了。有一天，芊芊带着阿骏去参加大学的抗战募捐，梧桐说让我安心在家陪母亲，她去接他们回来，可是他们遇上了日本人轰炸港岛，梧桐只带了受伤的芊芊回家……从那天开始，梧桐的精神又开始恍惚，她时而抱着阿骏的枕头哭，时而抓住芊芊往死里打……

"母亲也没能扛过那个冬天，在香港沦陷的几天后也带着遗憾走了。战乱时期，别说精神科医生，就连诊所的护士也都上了前线。眼看着梧桐的情况越来越糟糕，我与鸿煊最终决定带她到美国找五哥。

"鸿煊把我们几个送上轮船安顿下之后，突然自己跑下了船。他只给我留了一封信，他说这个国家到了最危难的时候，他要回去，回去做一个中国人该做的事情。"

讲到这里的时候，林卿卿的眼睛里泛起了泪光。

"后来，鸿煊告诉我，他上了前线，每隔几个月我都能收到他寄来的信，他说要我等他，等到胜利了他就来接我们回去。可是后来，他的信越来越少，越来越少……

"我真想冲回去找他呀，可是我不能丢下梧桐。梧桐不喜欢纽约的天气，而且鸿煊喜欢雨，他说雨是天上落下的音符，代表了他对我的思念。所以我搬到这个多雨的地方，这样我就能常常听到他对我的思念。"

林卿卿缓缓站起身，慢慢走到了窗边。

眼前碧水茫茫，海天一色。停泊的远洋货轮发出低沉的汽笛声，惊动了翔集的海鸟。

"这世界有很多事就像这海与天，看似紧紧相连，却永远遥不可及。"